स्वर्ग की छुपी राह

धरती पर छिपा हुआ स्वर्ग– `शांगरी-ला'

लेखक - महेश दास महंत

AF762054

प्रथम संस्करण : 2025

घोषणा

इस उपन्यास में वर्णित सभी तिथियाँ, स्थान, प्राकृतिक घटनाएँ और परिस्थितियाँ केवल कहानी को वास्तविक स्पर्श देने के उद्‌देश्य से उपयोग की गई हैं। इनका किसी भी वास्तविक व्यक्ति, घटना, संगठन या स्थान से किसी भी प्रकार का प्रत्यक्ष या अप्रत्यक्ष संबंध नहीं है। किसी भी प्रकार की समानता मात्र संयोग है। यह उपन्यास पूर्णतः कल्पना-आधारित है और इसका उद्‌देश्य केवल मनोरंजन और साहित्यिक अनुभव प्रदान करना है।

लेखक : महेश दास महंत

लेखक परिचय

महेश दास महंत समकालीन हिंदी लेखन में एक ऐसे सृजनशील लेखक के रूप में पहचाने जाते हैं, जिनकी लेखनी में अध्यात्म की गहराई, मानवीय भावनाओं की ऊष्मा और जीवन के सरल-सत्य अनुभव सहज रूप में प्रवाहित होते हैं। वे जीवन के संघर्षों, द्वंद्वों, रिश्तों की नाजुक परतों और आशा की उजली किरणों को कहानी के माध्यम से इस तरह प्रस्तुत करते हैं कि पाठक स्वयं को उसी संसार में जीता हुआ पाता है। शिक्षा के क्षेत्र से जुड़े होने के कारण उनके साहित्य में समाज का यथार्थ, मानवीय संबंधों का सूक्ष्म विश्लेषण तथा जीवन के प्रति एक सकारात्मक, संवेदनशील और चिंतनशील दृष्टि स्पष्ट रूप से दिखाई देती है। उनका उपन्यास "स्वर्ग की छुपी राह" मानवीय अनुभवों और भावनात्मक गहराइयों को स्पर्श करने वाली उनकी लेखन शैली का सशक्त और उत्कृष्ट उदाहरण है–जहाँ कल्पना और यथार्थ मिलकर जीवन की नई तस्वीर रचते हैं।

महेश दास महंत

लेखक, शिक्षक और मार्गदर्शक

समर्पण

यह पुस्तक मैं हृदय की सम्पूर्ण श्रद्‌धा के साथ समर्पित करता हूँ– उन सभी सत्य-पथिकों, स्वप्न-साधकों और अन्तर्मुखी यात्रियों को, जो संसार के कोलाहल, भागदौड़ और अनगिनत भ्रमों के बीच भी अपने भीतर छिपे उस दिव्य लोक की खोज में निरंतर अग्रसर हैं। उन आत्माओं को– जो बाहरी अंधकार में भी अपने अन्तराल के प्रकाश पर विश्वास रखते हैं, जो जीवन की तपती राहों से गुज़र कर भी उम्मीद के उस शीतल झरने और आत्म-शांति के अलौकिक उपवन तक पहुँचने का साहस रखते हैं। मेरी कृति 'स्वर्ग की छुपी राह' उन खोजी हृदयों के नाम– जो अपने भीतर के स्वर्ग 'शांगरी-ला' को जानने, छूने और जीने की लालसा रखते हैं, और जो विश्वास करते हैं कि प्रत्येक मनुष्य के भीतर एक अनजाना, अनकहा, अनंत स्वर्ग पल रहा है– बस उसकी राह पहचानने की प्रतीक्षा में।

आभार

मैं इस पुस्तक 'स्वर्ग की छुपी राह' के निर्माण में अपनी विनम्र श्रद्धा के साथ उन सभी व्यक्तियों के प्रति हृदय-तल से आभार व्यक्त करता हूँ, जिनका प्रत्यक्ष अथवा अप्रत्यक्ष सहयोग, प्रेरणा और स्नेह मेरे लिए सतत प्रकाश-पुँज बनकर रहा। यह कृति अकेले मेरी नहीं–उन सभी मनुष्यों की सामूहिक ऊर्जा, विश्वास और प्रेम का रूप है, जिन्होंने मेरे साथ इस यात्रा में कदम से कदम मिलाया। मैं अपने परिवार का विशेष रूप से धन्यवाद करता हूँ, जिनकी धैर्य, समझ और अटूट समर्थन ने मेरे रचनात्मक पंखों को उड़ान दी। मेरे मित्रों और मार्गदर्शकों का हृदयपूर्ण आभार, जो हर मोड़ पर मेरे विचारों को सँवारते रहे, कभी सुझावों के माध्यम से, तो कभी मौन विश्वास के रूप में शक्ति देकर।

मैं अपने शुभचिंतकों को प्रणाम करता हूँ– जिनके स्नेहिल शब्दों ने न केवल उत्साह बढ़ाया, बल्कि कठिन पलों में आगे बढ़ने का साहस भी दिया। और अंत में, सबसे गरिमापूर्ण स्थान उन पाठकों का है जो मेरी लेखनी को

समय देते हैं, महसूस करते हैं, समझते हैं और अपने मर्मस्पर्शी सुझावों व प्रतिक्रियाओं से मुझे निरंतर और अधिक परिपूर्ण, और अधिक संवेदनशील लेखन की प्रेरणा प्रदान करते हैं।

यह पुस्तक आप सभी के प्रति मेरे गहन कृतज्ञ भाव का समर्पित प्रतीक है। आपके विश्वास और प्रेम ने ही इस रचना को जन्म दिया– और इसी विश्वास ने शब्दों में जीवन फूँका।

भूमिका

कभी-कभी दुनिया की सबसे बड़ी सच्चाइयाँ हमारे सामने होते हुए भी अदृश्य रहती हैं। हम अपनी रोज़मर्रा की भागदौड़ में उलझे रहते हैं, और जीवन के उन रहस्यों को अनदेखा कर देते हैं जो हमारी किस्मत बदलने की ताकत रखते हैं। यह नॉवेल, 'स्वर्ग की छुपी राह', उसी अदृश्य सत्य की खोज का सफर है–एक ऐसा सफर जो बाहर से नहीं, भीतर से भी आपको बदल देगा। कहा जाता है कि हिमालय की ऊँची चोटियों के बीच, बादलों की गोद में छिपा है एक स्थान– 'शांगरी-ला'। एक ऐसी जगह जिसे दुनिया ने 'मिथक' कहकर भुला दिया, पर कुछ लोग जानते हैं... कि मिथक अक्सर सच की ही छाया होते हैं।

शांगरी-ला–जहाँ

- समय रुक जाता है,
- उम्र ठहर जाती है,
- और मनुष्य अपने भीतर के असली रूप से परिचित होता है।

कहते हैं, वहाँ पहुँचने वाले वापस नहीं लौटते... और जो लौटते हैं, वे पहले जैसे नहीं रहते। यही रहस्य, यही अनकही कहानी, यही अदृश्य दुनिया आपको इस पुस्तक में झलक-झलक कर दिखाई देगी। लेकिन सावधान–यह यात्रा सीधी नहीं है। यहाँ हर कदम एक नई परीक्षा है, हर मोड़ पर एक नया रहस्य है, और हर पात्र अपने भीतर एक ऐसा सच छुपाए बैठा है जो पूरी कहानी का रुख बदल सकता है।

इस पुस्तक में आप पाएँगे–

- एक आदमी की ऐसी तलाश, जो उसे उसकी नियति तक ले जाएगी।
- एक खोया हुआ 'स्वर्ग', जो शायद कभी अस्तित्व में था... या शायद आज भी कहीं सांस ले रहा है।
- और शांगरी-ला के वे रहस्य, जो अब तक सिर्फ किंवदंतियाँ माने जाते थे।

कहानी आपको धीरे-धीरे एक अदृश्य दुनिया में खींच ले जाएगी– एक ऐसी दुनिया जहाँ आपको खुद को भी नए रूप में देखना पड़ेगा। शायद आप अपने जीवन के कुछ

सवालों के जवाब यहाँ पाएँगे... और शायद कुछ नए सवाल भी जन्म लेंगे। यदि आप सच में यह जानना चाहते हैं कि 'शांगरी-ला' सिर्फ एक कल्पना है या एक छुपी हुई हकीकत– तो यह किताब सिर्फ पढ़ने के लिए नहीं, 'अनुभव करने के लिए' है।

अब आगे बढ़िए... क्योंकि स्वर्ग की यह छुपी राह सिर्फ उन्हीं के लिए खुलती है जो अपने दिल और दिमाग को अज्ञात के सामने समर्पित करने का साहस रखते हैं।

लेखक : महेश दास महंत

अनुक्रमिका

स्वर्ग की छुपी राह

अध्याय 1 : काँगड़ा की घाटियों में

अध्याय 2 : पहली मुलाक़ात

अध्याय 3 : सफ़र की शुरुआत और आपदाओं की कड़ी

अध्याय 4 : रिश्तों की परछाइयाँ (2015-2017)

अध्याय 5 : दिल की धड़कनें

अध्याय 6 : प्यार का इज़हार

अध्याय 7 : शादी और नया जीवन

अध्याय 8 : हनीमून और नई मंज़िल

अध्याय 9 : रिया की ख़्वाहिशें और आरव से दूरी

अध्याय 10 : टकराव और टूटन

अध्याय 11 : खतरे का रास्ता

अध्याय 12 : शांगरी-ला का पहला संकेत

अध्याय 13 : शांगरी-ला की ओर प्रस्थान

अध्याय 14 : रिया कि तन्हाई और रहस्यमयी संकेत

अध्याय 15 : आरव का पहला बर्फ़ीला तूफ़ान और गुफ़ा में शरण

अध्याय 16 : गुप्त रास्ते

अध्याय 17 : हिमालय की गुफाएँ और कोल्ड डेज़र्ट का रहस्य

अध्याय 18 : खतरे और परीक्षाएँ

अध्याय 19 : मनोवैज्ञानिक परीक्षा

अध्याय 20 : रिया का आरव को खोजने जाना

अध्याय 21 : अदृश्य महामारी की आहट

अध्याय 22 : आत्मा की परीक्षा - मृत्यु और अमरत्व के द्वार

अध्याय 23 : आत्मा का शांगरी-ला दर्शन

अध्याय 24 : महामारी और आरव का चमत्कार

अध्याय 25 : आरव - रहस्य और हकीकत

अध्याय 26 : षड्यंत्र की छाया

अध्याय 27 : मृत्यु के साए में

अध्याय 28 : नई सुबह का जन्म

अध्याय 29 : मानवता का देवदूत

अध्याय 1 : काँगड़ा की घाटियों में

हरी-भरी वादियाँ, जिनमें देवदार की लंबी कतारें मानो आकाश से बातें करती हों... दूर-दूर तक फैली धौलाधार की चोटियाँ, जिन पर सूरज की पहली किरणें सुनहरी ओढ़नी डाल देती है। हवा इतनी शुद्ध कि हर सांस भीतर जाते ही मन को हल्का कर दे। यही है काँगड़ा की धरती–जहाँ प्रकृति केवल देखी नहीं जाती, महसूस की जाती है। इसी घाटी के बीच बसा है गरली गाँव। मिट्टी की खुशबू से महकता, लोकगीतों से गूंजता और सुबह-शाम मंदिर की घंटियों से जगमगाता। गाँव छोटा है, मगर आत्मा से बहुत बड़ा। और इसी गाँव का बेटा है–आरव शर्मा।

सुबह का आसमान अब धीरे-धीरे नीला होता है। रातभर की ओस अब भी देवदार और चीड़ के लंबे-लंबे पेड़ों की सुईदार पत्तियों पर चमकती है। दूर कहीं से मंदिर की घंटियों की मधुर ध्वनि हवा के साथ बहकर पूरी घाटी में फैलती है। वह घाटी – काँगड़ा की, जो प्रकृति की गोद में

बसी ऐसी जगह है जहाँ हर पत्थर, हर पेड़ किसी पुरानी कहानी का हिस्सा लगता है। धौलाधार की ऊँची-ऊँची बर्फ़ से ढकी चोटियाँ उस सुबह की रोशनी में चाँदी की तरह चमकती है। सूरज की पहली किरणें उन पहाड़ियों को हल्के सुनहरे रंग में रंगती है, और नीचे, हरे-भरे खेतों में काम पर जाते किसानों के कदमों की हल्की सरसराहट सुनाई देती है। कभी-कभी कोई ग्वाला अपनी भेड़ों के झुंड के साथ रास्ते से गुजरता तो उसके गले की घंटियों की झंकार इस शांति में एक अद्भुत लय भर देती है।

इस धौलाधार श्रृंखला की तलहटी में बसा है एक पुराना गाँव – गरली। लकड़ी और पत्थरों से बने बहुमंज़िला घर, जिनकी दीवारों पर समय की परतें जमी है, लेकिन भीतर आज भी जीवन की गर्माहट बसती है। छोटे-छोटे आँगनों में तुलसी के पौधे, बरामदों में बैठी बुज़ुर्ग औरतें ऊन कातती, और दीवारों पर लटके पीतल के दीपदान – सब मिलकर गरली को एक जीवंत चित्र बनाते है। गरली का हर मोड़, हर गली किसी कहानी की तरह खुलता है। कहीं पर पुरानी हवेली के लकड़ी के दरवाज़े पर जटिल नक्काशी है, तो कहीं कोई पत्थर का रास्ता बांस की बाड़ से घिरे

खेतों तक जाता है। गाँव के बाहर एक पुराना बाँज का पेड़ है – इतना विशाल कि लगता मानो सदियों से धौलाधार की पहाड़ियों की पहरेदारी कर रहा हो। उसकी छाँव में बैठकर अगर कोई आँखें बंद करे तो केवल हवा की सिसकी और पक्षियों की पुकार सुनाई दे – मानो प्रकृति स्वयं ध्यान लगा रही हो। दोपहर के वक़्त हवा में सेब के फूलों की महक घुल जाती। पास ही बहती बीन नदी की कलकल ध्वनि, और दूर धौलाधार से पिघलती बर्फ़ का जल उसकी धाराओं में मिल जाता – एक अनसुनी, अनकही संगीत-लहर जैसी अनुभूति देता हुआ। साँझ के समय जब सूरज उन पहाड़ों के पीछे उतरने लगता, तो पूरा आसमान केसरिया हो उठता और गाँव के घरों की खिड़कियाँ उस सुनहरी आभा में जैसे जलने लगतीं। इन्हीं पहाड़ियों, इन्हीं घाटियों में जन्मा है आरव शर्मा – गरली गाँव का रहने वाला, जिसके भीतर कैमरे की आँख से दुनिया को कैद करने का जुनून है। वह अक्सर अपने घर की छत पर खड़ा होकर धौलाधार की ओर देखता, जहाँ बर्फ़ीले बादल शिखरों से लिपटकर धीरे-धीरे नीचे उतरते। वह दृश्य उसके भीतर कुछ जगा देता – एक अनजाना

खिंचाव, मानो उन पहाड़ों की गोद में कोई रहस्य उसकी प्रतीक्षा कर रहा हो। गरली का आरव कोई साधारण युवक नहीं है– उसके भीतर पर्वतों की दृढ़ता और नदियों की गहराई है। वह अक्सर कैमरा लेकर गाँव की गलियों, देवदार के जंगलों, और बीन नदी के किनारों तक चला जाता। कभी वह किसी बच्चे की मुस्कान को कैद करता, कभी किसी चरवाहे की आँखों में झलकती सादगी को। उसे लगता – यह धरती खुद एक कहानी है, बस कोई उसे सही नज़र से देखे एक शाम, जब धौलाधार पर हल्के बादल छाने लगते है, और हवा में ठंडक घुलने लगती है, आरव अपनी छत से उन चोटियों को देखता है। उसे लगा जैसे बर्फ़ के बीच कुछ झिलमिला रहा है – कोई चमक, कोई संकेत... उसका दिल तेज़ी से धड़कने लगा। शायद वही है– उसके जीवन की कहानी का पहला इशारा, जिसकी तलाश उसे उन पहाड़ियों के पार ले जाने वाली है।

काँगड़ा की घाटी के चाय बागानों का दृश्य

सुबह की पहली किरणें जब धौलाधर की बर्फ़ीली चोटियों से उतरकर घाटी में फैलती हैं, तो पूरा काँगड़ा एक सुनहरी चादर ओढ़ लेता है। उस वक़्त हवा में मिट्टी और ओस

की मिली-जुली महक घुली होती है – एक ऐसी खुशबू जो दिल के भीतर तक उतर जाती है।

घाटी के नीचे फैले चाय के बागान मानो हरी मखमली कालीन हों, जो दूर तक लहरों की तरह ढलानों पर फैले हैं। हर झाड़ी की नोक पर ओस की बूँदें चमक रही होती हैं – जैसे किसी ने पन्नों पर मोती टाँक दिए हों। हवा में हल्की ठंडक है, और जब वह झाड़ियों के बीच से गुज़रती है तो चाय की पत्तियों की खुशबू हवा में घुलकर एक नशा सा पैदा करती है।

छोटे-छोटे रास्ते बागानों के बीच से साँप की तरह मुड़ते-घुमते निकलते हैं। कभी कोई औरत टोकरी सिर पर रखे, गुनगुनाती हुई पत्तियाँ तोड़ती नज़र आती है, तो कभी दूर किसी कोने से बच्चे की हँसी गूंज उठती है। पहाड़ी औरतों के हाथों की लयबद्ध चाल में एक अजीब सा सौंदर्य है – जैसे प्रकृति खुद उनके साथ मिलकर संगीत रच रही हो।

पास ही एक छोटी लकड़ी की झोपड़ी में ताज़ी तोड़ी हुई पत्तियाँ बोरों में भरकर रखी जा रही हैं। वहाँ से उठती भाप में चाय की ताज़गी और मेहनत की खुशबू साथ-साथ

महसूस होती है। कुछ दूरी पर एक बूढ़ा आदमी, अपने पुराने केतली में चाय उबालते हुए, मुस्कुराकर कहता है – "साहब, काँगड़ा की चाय में हिमालय की ठंडक और धरती की मिठास है।"

ऊपर आसमान में बादल धीरे-धीरे तैर रहे हैं और धौलाधर की चोटियाँ धुंध में ओझल हो रही हैं। बागानों के बीच खड़े होकर ऐसा लगता है जैसे समय ठहर गया हो – यहाँ केवल हरियाली, शांति और सुगंध का संसार है।

शाम को जब सूरज ढलने लगता है, तो घाटी में हल्का सुनहरा धुंधलका छा जाता है। चाय के पत्ते फिर से ओस में भीगने लगते हैं और दूर से मंदिर की घंटी की आवाज़ हवा में घुल जाती है। यही काँगड़ा की असली आत्मा है – प्रकृति, मेहनत और शांति का अद्भुत संगम।

दृश्य 1 - परिवार और घर का आँगन

आरव का घर पुराने लकड़ी के खंभों और स्लेट की छत वाला था। बरामदे में दादी के समय से रखा तुलसी का चौरा अब भी सुबह-सुबह धूप की महक से सज जाता। पिता महेश शर्मा, जो कभी स्थानीय स्कूल में शिक्षक थे,

अब रिटायरमेंट के बाद ज़्यादातर वक़्त किताबों और अखबारों में खोए रहते। माँ, शांति शर्मा शांत और सीधी-सादी, परिवार की धड़कन है और छोटी बहन नंदिनी, अभी कॉलेज में पढ़ रही है।

सुबह की चाय के साथ महेश शर्मा अक्सर अपने बेटे से कहते: महेश शर्मा (गंभीर स्वर में) - "बेटा, तेरा ये व्लॉग का काम... सब ठीक है, मगर ध्यान रख, पत्रकारिता केवल कैमरा दिखाने का नाम नहीं है। ये ज़िम्मेदारी है।"

आरव (मुस्कुराते हुए)-- "पापा, मैं समझता हूँ। कैमरे से ज़्यादा मैं सच्चाई दिखाना चाहता हूँ। चाहे वो पहाड़ों की हो, या हमारी परंपराओं की।"

माँ शांति शर्मा बीच में टोक देतीं- "बस इतना ख्याल रखो कि खाना-पीना सही करो। ये पहाड़ जितने सुंदर हैं, उतने ही ख़तरनाक और मुश्किल भी।"

दृश्य 2 - गाँव की हवा और दोस्त

गाँव के रास्ते कच्चे थे, किनारे बहता नाला बच्चों की हँसी से गूंज उठता। आरव का बचपन का दोस्त करण अक्सर उसके साथ ही घूमता-फिरता। एक दिन करण ने (छेड़ते हुए कहा): करण- "यार, तू रिपोर्टर है या साधु ? बाकी सब लोग न्यूज़ में पॉलिटिक्स , फ़िल्म , क्रिकेट दिखाते हैं, और तू कैव्स , मंदिर, लोककथाएँ खोजता फिरता है।"

आरव (मुस्कुराते हुए)- "क्योंकि असली कहानियाँ वहीं हैं। जो आँखों से नहीं दिखतीं है, पर जिसको देखने और समझने के लिए नजरिये कि जरुरत होती है, वही सबसे बड़ी खबर होती हैं।"

दृश्य 3 - आरव का व्लॉग

आरव का एक छोटा-सा यूट्यूब चैनल था। ट्रिपड और डी एस. एल आर कैमरा उसका साथी थे। वह गाँव की गुफाओं, झरनों और अनकही कथाओं को अपने लेंस में

कैद करता। एक सुबह की शूटिंग–धुंध में लिपटी घाटियाँ, पक्षियों की चहचहाहट और पत्तों से गिरती ओस।

आरव ने कैमरा चालू किया और बोला: आरव (कैमरे की ओर)-"नमस्कार दोस्तों! आज मैं आपको ले जा रहा हूँ एक ऐसे स्थल पर, जहाँ गाँव वाले मानते हैं कि देवताओं ने कभी तपस्या की थी। कहते हैं यहाँ की हवा में भी प्रार्थना घुली है। चलिए, देखते हैं सच्चाई क्या कहती है।

दृश्य 4 - माँ की चिंता

शाम को एडिटिंग करते हुए जब आरव लैपटॉप पर झुका था, माँ शांति शर्मा पास आ गईं। माँ (धीरे से)-"बेटा, इतना खतरनाक जगहों पर अकेले मत जाया कर। कभी-कभी डर लगता है... तुझे खोने का।"

आरव ने माँ का हाथ पकड़ा। आरव (मृदु स्वर में) -"माँ, भय वहीं होता है जहाँ भरोषा नहीं होता। मुझे यकीन है, ये मेरा पथ है। मुझे इसे पूरा करना है।"

माँ उसकी आँखों में देखतीं और ठंडी सांस भरकर कह देतीं - “तेरे पापा कहते हैं–ये लड़का साधारण नहीं है। शायद सच ही कहते हैं।”

दृश्य 5 - छत पर रात

उस रात, जब पूरा गाँव नींद में था, आरव छत पर बैठा तारों को निहार रहा था। हवा हल्की-सी ठंडी थी। कैमरा उसके पास रखा था, मगर वह शूट नहीं कर रहा था। बस आसमान की गहराई को पढ़ रहा था। आरव (मन ही मन) -“इन तारों से परे भी तो कोई दुनिया होगी... शायद इन पहाड़ों से पार भी। अगर वो सचमुच है–शांगरी-ला ... तो मैं उसे ढूँढ निकालूँगा। चाहे कितनी भी मुश्किलें क्यों न हों।”

एक ठंडी हवा उसके चेहरे को छूकर गुज़री। मानो प्रकृति ने उसके संकल्प पर मुहर लगा दी हो। यही से उसकी यात्रा शुरू होती है। एक ऐसी यात्रा जो केवल भूगोल की सीमाओं को नहीं, बल्कि जीवन और विश्वास की सीमाओं को भी चुनौती देने वाली थी।

आरव का चरित्र चित्रण

कांगड़ा की हरी-भरी घाटियों और पुरानी बस्ती की मिट्‌टी में जन्मा आरव शर्मा पहाड़ों-सा अडिग और नदियों-सा मुक्त स्वभाव वाला युवक है। उसके भीतर साहस ऐसा प्रवाहित होता है कि खड़ी चट्‌टानों पर भी उसके कदम बिना हिचके बढ़ जाएँ, और मन में इतनी शांति कि आंधियों के बीच रखा दीपक भी उसके सम्मुख स्थिर प्रतीत हो। उसका कद लंबा नहीं पर संतुलित; शरीर चुस्त–मानो प्रत्येक पेशी रोमांच और खोज का निमंत्रण देती हो। रंग गोरा, पर व्यक्तित्व में पहाड़ की धूप-छाँव जैसा गहरापन। चेहरे पर हल्की दाढ़ी, सजी हुई मूँछें, और उन पर खिलती मुस्कान–जो लोगों के मन से बोझ पलों में हल्का कर दे। वह स्मार्ट, आकर्षक, और चुंबकीय व्यक्तित्व का धनी है–लोग बिना प्रयास उसकी ओर खिंचते चले आते हैं।

आरव की आवाज़ में पहाड़ी पवन-सी शीतलता है और शब्दों में ऐसा मधुर जादू कि सुनने वाला भीतर तक उतर जाए। उससे बातचीत करना ऐसा है जैसे कोई थका यात्री

देवदार की छाया में बैठ जाए—मन को राहत मिले, आत्मा को सुकून। उसकी आँखों में कभी-कभी एक रहस्य चमक उठता है—जैसे वह संसार को बाहर से नहीं, भीतर से देखता हो। उस चमक में अध्यात्म की आहट है और उस राह पर चलने की बेचैन प्यास भी।

उसका जीवन दो धाराओं में समान रूप से बहता है—एडवेंचर और अध्यात्म। दिन में वह पहाड़ी कंदराओं, प्राचीन मंदिरों, रहस्यमयी झीलों और भूली-बिसरी स्थलों की खोज में भटकता है—कंधे पर कैमरा, हर पल को यूट्यूब व्लॉग के लिए कैद करते हुए। वह मिथकों में छिपे सत्य को खोजता है—कभी रिपोर्टर, कभी कैमरा-मैन, और कभी सिर्फ एक जिज्ञासु यात्री। तीनों रूपों में वह समान रूप से जीवंत और प्रखर।

रातें उसकी डायरी की स्याही से बोलती हैं— देवतुल्य ऊर्जा, मानव-सी करुणा, और अज्ञात की ओर अनंत आकर्षण। कभी-कभी लगता है जैसे वह मात्र मनुष्य नहीं—कोई दिव्य संदेश लिए मनुष्य रूप में उतरा हो। उसकी चाहत स्पष्ट और विशाल है— मानवता के लिए कुछ ऐसा कर जाना जो समय में दर्ज रह जाए। उसके सपने भारी नहीं—पंख-से

हल्के, पर उड़ान आसमान जितनी ऊँची। उसकी उपस्थिति में एक अजीब-सी पवित्रता है– जैसे मंदिर की घंटियों की मधुर ध्वनि, बारिश के बाद मिट्टी की नमी भरी महक, या बर्फ की चोटी पर उगता प्रथम सूरज। आरव शर्मा केवल पात्र नहीं–एक अनुभव है। एक यात्रा, एक रहस्य, एक खोज– जो स्वयं को खोजते-खोजते शायद स्वर्ग की उस छुपी राह तक पहुँच जाए जिसका अस्तित्व अब तक संसार केवल कथाओं में जानता आया है।

*****

अध्याय 2 : पहली मुलाक़ात

दृश्य 1–धर्मशाला के लोकल टीवी न्यूज़ चैनल ऑफिस का दृश्य

- 'हिमालय टुडे न्यूज़ नेटवर्क' धर्मशाला की सुबह जैसे किसी पेंटिंग से बाहर निकली हो – हल्की ठंडी हवा, देवदार की सोंधी खुशबू और दूर धौलाधार की बर्फ़ से लदी चोटियाँ जो उगते सूरज की किरणों से सुनहरी हो उठी थीं। पहाड़ों के बीच बसा यह शहर हमेशा शांत दिखता है, लेकिन उसके भीतर खबरों की दुनिया हर पल उबलती रहती है। इन्हीं पहाड़ियों के बीच, मुख्य चौक से कुछ ही दूरी पर, एक छोटा लेकिन ऊर्जावान लोकल टीवी न्यूज़ चैनल – "हिमालय टुडे न्यूज़ नेटवर्क" का दफ़्तर स्थित है।

यह ऑफिस धर्मशाला के टी-बगान की ढलान पर बनी दो मंज़िला इमारत में है, जिसकी छत पर हवा में लहराते सैटेलाइट डिश ऐंटेना हमेशा आसमान की ओर झुके रहते हैं, मानो बादलों से खबरें पकड़ने को तैयार हों। बाहर लकड़ी के बोर्ड पर नीले और सफ़ेद अक्षरों में लिखा है –

"HIMACHAL NEWS NETWORK - HIMALAYA TODAY"

नीचे छोटी सी लाइन – "आवाज़ पहाड़ों की" – जैसे इस चैनल की आत्मा हो। ऑफिस के भीतर कदम रखते ही रिपोर्टिंग की हलचल साफ महसूस होती है। दीवारों पर पहाड़ी त्योहारों, हिमाचल के वीर जवानों और प्राकृतिक आपदाओं की पुरानी न्यूज़ फ़ोटो टंगी हैं। रिसेप्शन के पीछे लगी बड़ी एलईडी स्क्रीन पर लगातार फ्लैश चल रहा है –

"BREAKING: कांगड़ा घाटी में भारी बारिश, कई सड़कें बंद।"

कॉरिडोर में कैमरों की झंकार, रिकॉर्डर के बीप, और टाइपिंग की खटखट से माहौल जीवंत है। न्यूज़ रूम के अंदर लगभग दर्जन भर रिपोर्टर और टेक्निकल स्टाफ अपने-अपने डेस्क पर काम में डूबे हुए हैं। दीवार के पास रखे पुराने से लेकिन हमेशा जगमगाते मॉनिटर पर धर्मशाला, पालमपुर और चंबा से लाइव फीड्स आती रहती हैं।

यहीं, एक कोने में, एक मेज़ पर बैठी है रिया पाण्डेय – धर्मशाला की जानी-मानी लोकल रिपोर्टर। उसके सामने लैपटॉप खुला है, जिसमें वह कांगड़ा के एक पुराने मंदिर में आयोजित मेले की रिपोर्ट एडिट कर रही है। उसकी तेज़ नज़रें स्क्रीन पर जमी हैं, बाल हल्के से कंधों पर बिखरे हुए, और कानों में छोटी सी इयरपीस लगी है, जिससे कभी-कभी वो अचानक बोल उठती है – "हाँ, वो बाइट कट करके लास्ट में डाल देना... और विजुअल में मंदिर की घंटियाँ ज़रूर रखना।"

धर्मशाला की धुंधली वादियों में जन्मी और पली-बढ़ी रिया पाण्डेय पहाड़ों की सुबह की किरणों-सी उजली और तेजस्वी है। लगभग पाँच फीट की ऊँचाई के साथ उसका व्यक्तित्व सँभला हुआ, स्लिम किन्तु स्वस्थ देहयष्टि लिए हुए–इतना कि वह आकर्षक लगे, पर नाज़ुक नहीं। उसका रंग गोरा है, जैसे बर्फ़ से ढकी चोटियों पर पड़ती कोमल धूप। उसकी आँखों में पहाड़ी झील-सी गहराई है–चमकती, सतर्क, प्रश्नवाचक–और उनमें छिपी चपलता उसके पेशे का परिचय देती है। न्यूज़ चैनल की रिपोर्टर होने के कारण उसकी चाल में आत्मविश्वास और आवाज़

में एक निडर धार है। वह बोलती है तो शब्द प्रमाण बनकर गिरते हैं–स्पष्ट, सीधे और तीक्ष्ण। कभी-कभी यही तीक्ष्णता उसके धैर्य को कम कर देती है–क्रोध आता है जल्दी पर शांत भी उतनी ही तत्परता से हो जाती है। सोच में आधुनिक, दृष्टिकोण में स्वतंत्र, और निर्णय में तीव्र– रिया शक्ति और नर्माहट का संतुलित संगम है। धर्मशाला की संस्कृति उसके पहनावे में भी झलकती है। कभी वह हल्के ऊनी कपड़े का सलवार-सूट पहनती है– पश्मीना दुपट्टा हवा में उड़ता हुआ... रंग कभी देवदार-सा हरा, कभी बादलों-सा सफ़ेद, तो कभी सुबह-सा सुनहरा। दुपट्टा कंधे से ढलता है तो लगता है जैसे देवदार की पगडंडी पर कोई अप्सरा उतर कर चली हो। स्टोरी कवरेज के समय लॉन्ग कुर्ता + जीन्स, कलाई में स्मार्टवॉच, पैरों में हल्के ट्रेक-शूज़–एकदम प्रोफेशनल और स्मार्ट। त्योहारों या किसी विशेष अवसर पर वह लॉन्ग गाउन-स्टाइल कुर्ता पहनती है–नरम कढ़ाई वाला, जिसे देखकर उसकी कोमलता और निखर उठती है। उसके बाल हल्के लम्बे, कंधों से नीचे झरने-से गिरते हुए–हवा से खेलते, धूप में चमकते, जैसे हिमालय की किसी नदी का पारदर्शी प्रवाह।

उसकी मुस्कान में शहद-सी मिठास है पर भीतर कहीं सत्य की तलाश में जलती एक बेचैनी भी–उसे जीवन से कुछ बड़ा, कुछ गहरा, कुछ छिपा हुआ जानना है। कैमरा हाथ में लेकर वह जब पहाड़ी गाँवों की ओर निकलती है तो चढ़ाई कभी उसके कदमों को धीमा नहीं करती। उसकी आँखों की दृढ़ चमक बढ़ जाती है–जैसे वह सिर्फ़ रिपोर्टिंग नहीं, सत्य की खोज के अभियान पर निकली हो। वह सुंदर है–चेहरे से भी अधिक ऊर्जा से। रीया पाण्डेय दिखती नहीं, महकती है। जैसे स्वर्ग की अप्सरा ने मनुष्य रूप लिया हो– तेज़, प्रखर, प्रश्नों से भरी– पर भीतर उतनी ही कोमल जैसे देवदार की छाया में खिली सफ़ेद कली।

रिया का स्वभाव ऑफिस में सब जानते हैं – काम को लेकर बेहद गंभीर, लेकिन अपने साथियों के प्रति हमेशा मददगार। उसने इस चैनल को एक साल से संभाला है, और उसकी पहचान धर्मशाला की सबसे भरोसेमंद आवाज़ के रूप में बन चुकी है। उसी दिन दोपहर के समय चैनल के मुख्य संपादक राजीव ठाकुर ऑफिस में प्रवेश करते हैं। उनके साथ एक नए चेहरे को देखकर सबकी नज़रें मुड़ जाती हैं – वो है आरव शर्मा, जो पहली बार “हिमालय टुडे

न्यूज़ नेटवर्क" में बतौर रिपोर्टर और कैमरा मैन जुड़ रहा है। पहाड़ी चेहरे पर हल्की मुस्कान और हाथ में कैमरा बैग लिए हुए, आरव की आँखों में उत्साह और घबराहट दोनों झलक रहे हैं।

राजीव जी मुस्कराकर कहते हैं – "रिया, ये हैं आरव शर्मा... काँगड़ा से आए हैं। आज से हमारे साथ रिपोर्टिंग और कैमरा दोनों संभालेंगे।"

रिया खड़ी होकर हल्के से मुस्कराती है –"स्वागत है 'हिमालय टुडे न्यूज़ नेटवर्क' में, मिस्टर शर्मा। यहाँ खबरें सिर्फ़ रिपोर्ट नहीं होतीं, यहाँ जी जाती हैं।"

आरव थोड़ा झेंपकर कहता है –"धन्यवाद, मैं उम्मीद करता हूँ कि आपसे बहुत कुछ सीखने मिलेगा।"

कमरे में माहौल अचानक हल्का हो जाता है। कंप्यूटर स्क्रीन पर धर्मशाला की लाइव फीड चल रही है – मेकलोडगंज के ऊपर बादलों की परतें धीरे-धीरे धौलाधार को ढक रही हैं, और बाहर से आती हवा में चाय की पत्तियों की महक घुल रही है।

रिया अपनी फाइलें समेटते हुए बोलती है –"चलिये आरव, आपकी पहली स्टोरी शुरू करते हैं... आज आपको दिखाते हैं कि धर्मशाला में खबरें कैमरे से नहीं, दिल से बनाई जाती हैं।"

दोनों ऑफिस से बाहर निकलते हैं, और पीछे "हिमालय टुडे न्यूज़ नेटवर्क" की इमारत यूँ दिखती है मानो पहाड़ की गोद में बसा कोई जीवंत न्यूज़ सेंटर हो – जहाँ हर खबर में हिमालय की आत्मा बसती है।

आरव (हल्की मुस्कान के साथ)– "जी, मैं काँगड़ा से हूँ। अभी पोस्टिंग यहीं हुई है। और आप?"

रिया–"रिया पांडे। यहीं धर्मशाला से हूँ। रिपोर्टिंग करती हूँ। शायद अब हमारी जोड़ी बनेगी–आप कैमरा, मैं माइक।"

आरव ने सिर हिलाया। औपचारिक-सी मुस्कान, लेकिन कहीं अंदर एक नया परिचय जन्म ले चुका था।

दृश्य 2 – पहला असाइनमेंट - मैक्लोडगंज का मंदिर

पहली ही ड्यूटी उन्हें साथ दी गई। मैक्लोडगंज के प्रसिद्ध मंदिर में धार्मिक उत्सव था। रास्ते में दुकानों पर तिब्बती झंडियाँ लहरा रही थीं और हवा में घंटियों की मधुर ध्वनि। आरव कैमरे का ऐंगल सेट कर रहे थे और रिया भीड़ में लोगों से बातें कर रही थी।

रिया (कैमरे की ओर इशारा करते हुए)–"ज़रा बाएँ से लीजिए... पीछे पहाड़ भी आ जाएँगे तो फ़्रेम जीवंत लगेगा।"

आरव (हँसते हुए)–"जी मैडम। आप अगर कैमरा संभाल लेंगी तो मुझे बेरोज़गारी झेलनी पड़ेगी।"

रिया हल्के से हँसी। यह हँसी औपचारिक नहीं थी–दोनों के बीच की बर्फ़ पिघलने लगी थी।

हिमालय शांति उत्सव - दिसंबर 2013, मैक्लोडगंज

दिसंबर की ठंडी हवा में धर्मशाला के आसमान पर हल्का कुहासा तैर रहा था। धौलाधार की चोटियाँ धूप की पहली किरण से सुनहरी हो रही थीं। सुबह-सुबह सड़कें चाय और ऊनी कपड़ों की खुशबू से महक रही थीं। उसी रास्ते पर, हाथ में कैमरा बैग लिए आरव शर्मा और माइक्रोफोन पकड़े रिया पाण्डेय दलाई लामा मंदिर की ओर बढ़ रहे थे।

रिया (धीरे से मुस्कराते हुए) - "आज का दिन खास है आरव... दस दिसंबर – वही दिन जब दलाई लामा को नोबेल शांति पुरस्कार मिला था। हर साल यहीं 'हिमालय शांति उत्सव' मनाया जाता है। और इस बार हम कवरेज कर रहे हैं!"

आरव (कैमरा एडजस्ट करते हुए)-"हां, और उम्मीद है इस बार कुछ ऐसा कैप्चर हो जो लोगों के दिल तक जाए – सिर्फ खबर नहीं, एहसास भी। दोनों मंदिर के बाहर बने रंगीन तंबुओं की तरफ बढ़े – जगह-जगह तिब्बती झंडियाँ हवा में फड़फड़ा रही थीं। भिक्षु और स्थानीय लोग

पारंपरिक वस्त्रों में मुस्कुरा रहे थे। दूर से ढोल और बांसुरी की ताल सुनाई दे रही थी।

सुबह 10:00 बजे - उद्घाटन समारोह

मंदिर के मुख्य प्रांगण में मंच सजा था। ऊपर बौद्ध प्रार्थना ध्वज और नीचे लोक कलाकारों की कतार। रिया ने कैमरे के सामने खड़े होकर रिपोर्ट शुरू की।

रिया (लाइव टोन में) - "मैं रिया पाण्डेय, हिमालय टुडे न्यूज़ नेटवर्क से, कैमरा मैन आरव शर्मा के साथ। इस वक्त हम हैं दलाई लामा मंदिर, मैक्लोडगंज में, जहाँ आज से शुरू हुआ है 'हिमालय शांति उत्सव'। यह वही दिन है जब 1989 में दलाई लामा को नोबेल शांति पुरस्कार मिला था – और तब से यह परंपरा हर साल जारी है।

कैमरे के पीछे आरव मंदिर के ऊपर उठते धुएँ, प्रार्थना करते भिक्षुओं और विदेशी पर्यटकों को कैद कर रहा था। उसके लेंस में सुबह की धूप से झिलमिलाता हिमालय

किसी आशीर्वाद जैसा लग रहा था। मंच पर स्थानीय बच्चों ने बौद्ध प्रार्थना गान से शुरुआत की – "ॐ मणि पद्मे हुम..."

सैकड़ों दर्शक मौन भाव से हाथ जोड़कर खड़े थे।

11:00 बजे - लोक नृत्य और पारंपरिक संगीत

धर्मशाला की पहाड़ियों की गोद में गूंजने लगीं डफली और बांसुरी की धुनें।

कांगड़ा के लोक कलाकार पारंपरिक परिधानों में नाचते हुए मंच पर आए – लाल, नीले और सुनहरे रंगों से सजा दृश्य मानो किसी जीवित पेंटिंग जैसा था।

रिया (ऑफ-कैम वॉयसओवर) –"ये है हिमाचल की आत्मा – नृत्य, संगीत और प्रकृति से संवाद। हर ताल में छिपी है पहाड़ों की सांस।"

कैमरे के पीछे आरव ने मुस्कुराते हुए कहा, –"रिया, ये शॉट मिस मत करना, रोशनी बिलकुल जादुई है।"

रिया ने सिर हिलाया और बोली,–"इस रोशनी में ही तो हिमालय का सच्चा चेहरा दिखता है।"

नृत्य समाप्त होते ही रिया ने मंच से उतरती कलाकार सुनीता देवी का इंटरव्यू लिया।

रिया–"आपका प्रदर्शन अद्भुत था। इस नृत्य के पीछे की कहानी क्या है?"

सुनीता (हल्की सी मुस्कान बिखेरते हुए)–"ये हमारी धरती का धन्यवाद नृत्य है। जब फसल पकती है, तो हम इस तरह नाचते हैं – यह प्रकृति के प्रति कृतज्ञता है।"

12:30 बजे - शांति वार्ता सत्र

मंदिर के पिछवाड़े एक अस्थायी टेंट लगा था जहाँ भिक्षु, लेखक और पर्यावरण कार्यकर्ता बैठे थे।

दीवारों पर छोटे पोस्टर लगे थे – "Peace begins within", "Save the Himalayas"।

रिया ने माइक संभाला – "यह सत्र शायद इस उत्सव का सबसे अर्थपूर्ण हिस्सा है – जब हिमालय के लोग शांति और प्रकृति की रक्षा पर खुलकर बात करते हैं।"

एक स्थानीय युवा कार्यकर्ता ने कहा,–"हमें केवल पर्वत नहीं बचाने, बल्कि हमारी आत्मा बचाने की ज़रूरत है। अगर हिमालय सुरक्षित रहेगा तो हमारी संस्कृति भी जिंदा रहेगी।"

आरव ने कैमरा नीचे रखते हुए धीरे से कहा,–"रिया, यह लाइन हेडलाइन बनेगी – 'हिमालय हमारी आत्मा है'।"

रिया ने हल्की मुस्कान के साथ सिर हिलाया।

2:00 बजे - अंतर-राज्यीय सांस्कृतिक झलकियाँ

मंच पर अब सिक्किम और लद्दाख से आए कलाकार प्रस्तुतियाँ दे रहे थे। बर्फ जैसे सफेद पोशाकों में लद्दाखी नर्तक, और पारंपरिक मुखौटे पहने भूटानी कलाकार – पूरा वातावरण रंगों से सराबोर था।

रिया (वॉयसओवर)–"यहाँ हर गीत एक कहानी कहता है, हर नृत्य एक प्रार्थना है। शायद यही इस पर्व का असली अर्थ है – एकता में विविधता।"

3:30 बजे - हस्तशिल्प प्रदर्शनी

मंदिर परिसर के बगल में एक छोटी गली में स्थानीय महिलाएँ हाथ से बने ऊनी शॉल, टोपी और लकड़ी की नक्काशी बेच रही थीं। रिया हर स्टॉल पर रुककर कुछ बातें करती रही।

रिया–"आपका ये डिज़ाइन बहुत सुंदर है – इसे बनाने में कितना समय लगता है?"

बूढ़ी कारीगर महिला–"बेटी, एक शॉल में पाँच दिन लगते हैं... पर जो बनता है, उसमें हमारी कहानी छिपी होती है।

आरव ने वह दृश्य बहुत कोमलता से शूट किया – रोशनी के नीचे बुजुर्ग हाथों की झुर्रियाँ, शॉल के रंग, और पीछे

से आती बच्चों की हँसी – सब कुछ किसी फिल्म की तरह।

5:30 बजे - शाम का मुख्य कार्यक्रम

सूरज धौलाधार की चोटियों के पीछे ढल चुका था। मंच पर हल्की पीली लाइटें जल उठीं। भिक्षु और स्थानीय अधिकारी दीप प्रज्वलन के लिए आगे बढ़े। भीड़ शांत हो गई – सिर्फ मंत्रों की मधुर गूंज सुनाई दे रही थी।

रिया (धीरे से, रिपोर्टिंग टोन में)–"यह पल केवल धर्मशाला के लिए नहीं, बल्कि पूरे हिमालय के लिए है – जब सैकड़ों लोग एक साथ शांति के लिए प्रार्थना करते हैं।"

आरव (धीरे से)–"रिया, इस फ्रेम को मत काटना... यह वक्त इतिहास जैसा लग रहा है।"

रिया ने माइक्रोफोन नीचे किया और पलभर के लिए आंखें बंद कीं। हवा में मोमबत्तियों की लौ झिलमिला रही थी। सामने से आती ठंडी हवा में प्रार्थना ध्वजों की सरसराहट एक अदृश्य संगीत बना रही थी।

6:30 बजे - साइन ऑफ़

रिया (ऑन-कैम, सौम्य मुस्कान के साथ)–"आज का यह दिन हमें याद दिलाता है कि शांति कोई उपदेश नहीं – यह एक जीवनशैली है। मैक्लोडगंज से, मैं रिया पाण्डेय, हिमालय टुडे न्यूज़ नेटवर्क से , कैमरे पर आरव शर्मा के साथ नमस्कार।"

आरव ने कैमरा नीचे किया। दोनों कुछ देर तक वहीं खामोश खड़े रहे। सामने बर्फ़ की चोटियाँ चाँदनी में चमक रही थीं, और मंदिर से आती घंटियों की आवाज़ हवा में घुली थी।

आरव (धीरे से)–"रिया, कभी-कभी लगता है... कैमरे के पार जो हम दिखाते हैं, वही असली जिंदगी नहीं – असली तो ये एहसास हैं, जो हमें भीतर छू जाते हैं।"

रिया (हल्की हँसी के साथ)–"शायद इसलिए हम पत्रकार हैं, आरव... ताकि दुनिया को दिखा सकें कि शांति अब भी संभव है।"

दोनों ने ऊपर देखा – और दूर धौलाधार की चोटियों पर चाँद चुपचाप मुस्कुरा रहा था।

दृश्य 3 –ऐतिहासिक कांगड़ा किला

कुछ ही दिनों बाद दोनों को कांगड़ा किले की रिपोर्टिंग पर भेजा गया। ऊँची दीवारों और टूटे-फूटे दरवाज़ों में सदियों का इतिहास सोया हुआ था। दूर बर्फ़ से ढकी चोटियाँ इस विरासत की गवाही दे रही थीं। आरव ड्रोन कैमरा ऊपर उड़ा रहे थे और स्क्रीन पर नज़ारे कैद हो रहे थे।

रिया (धीरे से)–"इतिहास को कैमरे में कैद करना आसान नहीं है। यहाँ की हर दीवार जैसे कोई राज़ कह रही है।"

आरव (ड्रोन की स्क्रीन देखते हुए)–"और जब आपकी आवाज़ के साथ ये कहानी लोगों तक जाएगी, तो उन्हें लगेगा कि वो खुद यहाँ खड़े हैं।"

रिया थोड़ी चौंकी। किसी ने पहली बार उसके शब्दों को इतनी अहमियत दी थी। उसने मुस्कुराकर नज़रें झुका लीं।

सुबह की ठंडी धूप और आरंभिक शॉट

(कैमरा धीरे-धीरे ड्रोन शॉट में किले की ऊँचाई से घूमता है। पृष्ठभूमि में बर्फ से ढकी धौलाधार शृंखला चमक रही है।)

रिया (वॉयस ओवर) – "नमस्कार, आप देख रहे हैं हिमालय टुडे न्यूज़ नेटवर्क, और मैं रिया पांडेय और कैमरा मैन आरव शर्मा के साथ। आज हम आपको लेकर चल रहे हैं उस ऐतिहासिक धरोहर की ओर, जो हिमाचल की आत्मा में बसती है... कांगड़ा किला। यह वही किला है जिसने समय के असंख्य तूफ़ान, युद्ध और भूकंप झेले - लेकिन आज भी गर्व से खड़ा है।"

(कैमरा आरव पर फोकस करता है जो कैमरा सेट कर रहा है। उसके चेहरे पर सुबह की ठंडी हवा की ताजगी और पेशेवर जोश साफ झलकता है।)

आरव (धीमी मुस्कान के साथ) – "रिया, यहाँ का हर पत्थर बोलता है... बस हमें उसे सुनना आना चाहिए।"

रिया (मुस्कराकर) – " हिमाचल प्रदेश के काँगड़ा किला में आप सभी का स्वागत है। आज हम देखने जा रहें हैं हिमाचल प्रदेश का सबसे बड़ा और पुराना दा काँगड़ा फ़ोर्ट जो की अभी आप को जस्ट मेरे पीछे ही नजर आ रहा होगा। नॉर्मली यहाँ कोई लोकल गाइड नहीं मिलते हैं लेकिन आज हम आपको इस किले को ऐतिहासिक तरीके से पूरा गाइड करते हुए दिखाएंगे, पूरा इतिहास पूरा हिस्ट्री इस किले की बतायेंगे। चलिए मिलकर घूमते हैं। काँगड़ा किला घुसने से पहले मैं आपको दिखाऊंगा मुख्य दीवाल के बाहर एक गहरी और चौड़ी खाई नजर आ रही है। यह किले के प्रोटेक्शन के लिए बनाए थे ताकि कोई भी आसानी से किले में प्रवेश ना कर सके।"

"तो चलिए, सुनते हैं इन पत्थरों की कहानी – रंजीत सिंह गेट से शुरू करते हैं हमारी यात्रा।"

रंजीत सिंह गेट (पहला द्‌वार)

(किला प्रवेश द्वार के बाहर भीड़ हल्की है। पुराना शिलालेख, पत्थरों की नक्काशी और ऊपर उड़ते पक्षी माहौल को रहस्यमय बना रहे हैं।)

रिया (कैमरे की ओर) – "हम अभी खड़े हैं रंजीत सिंह गेट के सामने, जिसे सिख सम्राट महाराजा रंजीत सिंह के शासनकाल में नाम मिला था। कहते हैं, यहीं से वह समय शुरू हुआ जब इतिहास ने करवट बदली थी - जब कटोच राजवंश का गौरव फिर से उठ खड़ा हुआ था। किले के अंदर प्रवेश करते ही एक दूसरा द्वार यहाँ पर हैं ठीक इसी के सामने। इस द्वार जे बगल में देखेंगे की यहाँ कुछ होल्स बने हुए हैं। इन होल्स का यूज़ पुराने ज़माने में गंस या तीर या भाले चलाने के लिए किया जाता था ताकि सामने से कोई भी दुश्मन आये तो बिलकुल सामने से अटैक किया जा सके। जैसे ही हम रास्ते पर आगे बढ़ते जाते हैं यह रास्ता बड़ा ही खूबसूरत और नेचुरल वादियों से भरा हुआ है। इस किले की जो छत है वह लकड़ी की बनी हुई है। जैसे ही हम आगे बढ़ते जाते है हमें किले का दूसरा द्वार भी दिख गया जो की मुख्य द्वार के ही भांति है। और इसके आगे हमें सीढ़िया ही

सीढ़िया नजर आ रही है। यह किला कटोच राजपूत डायनेस्टी द्‌वारा बनवाया गया था। लेकिन सन 1556 में राजा धर्मचंद ने मुग़ल शासक अकबर को यह किला सौप दिया था। उसके बाद 1620 में सम्राट जहाँगीर ने राजा हरिश्चन्द्र को मार डाला और काँगड़ा साम्राज्य को मुग़ल साम्राज्य में मिला लिया। और इसके बाद यह किला सन 1783 तक मुगलो के आधीन रहा, लेकिन जैसे ही मुग़ल साम्राज्य का पतन शुरू हुआ। राजा धर्मचंद्र के वंशज राजा संसार चंद्र बहादुर द्‌वितीय ने सिख नेता के समर्थन से काँगड़ा की विजय श्रृंखला शुरू की और सन 1783 में मुग़ल गवर्नर सैफ अलीखान की मृत्यु के बाद इस किले को उनके बेटे ने सिख नेता को सौंप दिया एक सुरक्षित मार्ग के बदले में।"

आरव (कैमरे के पीछे से) - "रिया, यहाँ के पत्थर इतने पुराने हैं कि लगता है जैसे इन्होंने खुद अकबर, जहांगीर और संसारचंद के कदमों की आहट सुनी हो।"

रिया (हल्की आवाज़ में) - "सही कहा आरव, इस गेट से गुजरते वक्त ऐसा लगता है जैसे समय की सुरंग में उतर रहे हों।"

अमीरी गेट

(टीम अब पत्थरों से बने तंग रास्तों से गुजर रही है। बीच-बीच में पहाड़ी बयार की सरसराहट और पक्षियों की आवाज़ें आती हैं।)

रिया (वॉयस ओवर) -"यहाँ का तीसरा द्‌वार अमीरी गेट कहलाता है - अमीरी, यानी शान और वैभव का प्रतीक। इस गेट पर से आगे बढ़ने के लिए एक शार्प टर्न है चढ़ाई के साथ और तंग सीढ़ी है ताकि कोई भी दुश्मन आये तो इस द्‌वार पर उसका बाल समाप्त हो जाए। इसके ऊपर में सैनिको के रुकने के लिए छावनी बनी हुई है और अटैक पॉइंट भी हैं.

माना जाता है, यहीं से कभी राजाओं की रानियाँ और अमीर लोग अंदर प्रवेश करते थे।"

(कैमरा अगले गेट की ओर घूमता है – पुराना, मजबूत और कहीं-कहीं टूटता हुआ पत्थर।)

रिया (आगे बोलती हैं) -"और यह है जहांगीर गेट – वह नाम जो इस किले के मुग़ल अध्याय की याद दिलाता है। अमीरी गेट और जहाँगीर गेट के मध्य एक शार्प टर्न और

चढ़ाई है। अगर कोई भी दुश्मन यहाँ तक आ जाए तो द्वार को नहीं तोड़ पायेगा क्योंकि उसका पूरा बल यही समाप्त हो जायेगा. साल 1620 में मुगल सम्राट जहांगीर ने इस किले पर कब्ज़ा किया था। कहते हैं, जब उसके सैनिकों ने इस दरवाज़े से प्रवेश किया, तो यहाँ के राजपूतों ने आख़िरी सांस तक लड़ाई की थी।"

आरव (धीरे से) - "कभी-कभी सोचता हूँ रिया, अगर ये दीवारें बोल सकतीं तो इतिहास का चेहरा कैसा होता..."

रिया (भावुक होकर) - "शायद खून और गौरव दोनों की कहानी कहतीं, आरव।"

अँधेरी गेट (पाँचवां द्वार)

(कैमरा एक सँकरे, अंधेरे मार्ग से गुजरता है। रोशनी कम है, आवाज़ें गूंजती हैं।)

रिया (धीमे स्वर में) - "यह है अँधेरी गेट – नाम के अनुरूप, यह जगह सचमुच अंधेरी है। कहा जाता है, इस हिस्से को ऐसे बनाया गया था कि दुश्मन अंदर घुसने से

पहले भटक जाएँ। इतिहासकारों के अनुसार, यही वो हिस्सा था जहाँ कई युद्धों में सैनिकों ने अंतिम मोर्चा संभाला। पुराने समय में यहाँ छत हुआ करती थी जो अब नहीं है। इसी की वजह से यहाँ अंधेरा होता रहा होगा। शायद इसी की वजह से इसका नाम अँधेरी गेट रखा गया होगा।

आरव (कैमरे के पीछे से) - "यहाँ की दीवारों पर अब भी तलवारों के निशान दिख रहे हैं, देखो।"

रिया (उसी को फिल्माते हुए) - "यह सिर्फ निशान नहीं, ये उस समय के साहस और संघर्ष की गवाही हैं।"

दर्शनीय दरवाज़ा (छठवां द्वार) और मंदिर परिसर

(अब कैमरा एक खुले हिस्से में आता है जहाँ से नीचे माँझी और बाणगंगा नदियाँ साफ़ दिखाई देती हैं। दूर धौलाधार की बर्फीली चोटियाँ चमक रही हैं।)

रिया (वॉयस ओवर) - "और अब हम पहुँच गए हैं किले के छठवें दरवाज़े, जिसे कहते हैं दर्शनीय दरवाज़ा। इस

द्वार के दोनों तरफ यमुना और गंगा के स्टेचू बने हुए हैं ये स्टेचू ठीक से दिखाई नहीं दे रहें हैं लेकिन उनके नीचे लिखा हैं यमुना और गंगा। यहाँ से कांगड़ा की घाटी का अद्भुत दृश्य दिखाई देता है। कहते हैं, राजा संसार चंद अक्सर यहीं से अपने राज्य की सीमाएँ निहारा करते थे।"

(कैमरा ऊँचाई से नीचे की घाटी पर घूमता है। हवा में पाइन के पेड़ों की सुगंध घुली है।)

रिया (आगे कहती हैं) - "छठवे गेट से प्रवेश करते ही हम पहुँच चुके हैं मन्दिर प्रांगण में और यहाँ बहुत सारे कमरे बने हुये हैं। सबसे ऊपर बने ये मंदिर – अंबिका देवी, लक्ष्मी नारायण और शीतला माता के प्राचीन स्थल हैं। यहाँ श्रद्धा और इतिहास साथ-साथ सांस लेते हैं। अम्बिका देवी मन्दिर के पास है आदिनाथ जैन मन्दिर।"

आरव (धीरे से) - "रिया, जब मैं यहाँ कैमरा घुमाता हूँ, तो लगता है जैसे समय ठहर गया हो... जैसे इतिहास खुद हमारे सामने खड़ा है।"

रिया (मुस्कराकर) - "और शायद यही इस किले की सबसे बड़ी खूबसूरती है – यह सिर्फ पत्थरों का ढेर नहीं, यह

भारत की आत्मा का आईना है। मंदिर वाले एरिया से जैसे ही हम ऊपर आते है हमें एकदम फ्लैट घास का मैदान मिलता है और यहाँ से नीचे देखेंगे तो नजारा बहुत ही खूबसूरत दिखाई देता है जो की काँगड़ा की घाटी है। और हम अब पहुंच चुके हैं सबसे ऊपर जहाँ एक कुंड नुमा आकृति है जो की बहुत गहरा और बड़ा है। यहाँ हो सकता हो की पानी स्टोरेज किया जाता रहा होगा।

समापन - रिपोर्ट का क्लोजिंग शॉट

(रिया दर्शनीय दरवाज़े के सामने खड़ी हैं, पीछे सूरज की सुनहरी किरणें किले की दीवारों पर पड़ रही हैं।)

रिया (कैमरे की ओर) - "कांगड़ा किला - जहाँ हर पत्थर में इतिहास की गूँज है, हर दीवार में वीरता की कहानी। यहाँ आने वाला हर यात्री यह महसूस करता है कि भारत की आत्मा कितनी प्राचीन, कितनी गहरी है। कैमरा मैन आरव शर्मा के साथ, मैं रिया पांडेय, हिमालय टुडे न्यूज़ नेटवर्क, कांगड़ा से।"

दृश्य 4 – एक दिवसीय त्रियुण्ड ट्रेकिंग

धर्मकोट, सुबह 9:00 बजे

हल्की धूप पेड़ों के बीच से छन रही थी। धर्मशाला की हवा में ठंडक और देवदार की खुशबू घुली थी। रिया अपने माइक को सेट कर रही थी, जबकि आरव कैमरा ट्राइपॉड पर लगा रहा था।

रिया (कैमरे की ओर) – "नमस्कार, मैं रिया पांडे और आप देख रहे हैं हिमालय टुडे न्यूज़ नेटवर्क। आज हम आपको ले चल रहे हैं एक रोमांचक और खूबसूरत सफर पर – धर्मकोट से त्रियुंड ट्रेक की ओर। हमारा साथ दे रहे हैं हमारे कैमरा मैन आरव शर्मा। आइए शुरू करते हैं यह सफर – कदम दर कदम हिमालय की गोद में। धर्मकोट से त्रियुण्ड की दूरी है 9 किलोमीटर और अभी बज रहें हैं सुबह के 9 आज का मौसम बहुत अच्छा है. सूरज की धूप फैली हुई है यह दिसंबर 2013 का लास्ट वीकेंड है। बहुत दिनों से दिली ख्वाहिश थी की विंटर में त्रियुण्ड का ट्रेकिंग न्यूज़ कवरेज किया जाए जो आज पूरा होने जा रहा है। यहाँ से 3 किलोमीटर तक टैक्सी जाती है लेकिन

वो आपसे 500 रु चार्ज करेंगे और हम अपने पैसे बचाने के लिए अपने प्राइवेट वेन में जा रहें हैं। यहाँ से 3 किलोमीटर तक पक्की सड़क मिलेगी और फिर कुछ समय बाद हम पहुंचेंगे गल्लू देवी मंदिर।"

(कैमरा पैन करता है) – पीछे ऊँचे-ऊँचे देवदार, बर्फ की चमकती चोटियाँ, और पगडंडी पर चढ़ते ट्रेकर्स दिखाई देते हैं।

शुरुआती रास्ता (9:30 AM - 10:30 AM)

रास्ता शुरू में आसान था। पगडंडी के दोनों ओर ओक और देवदार के पेड़ झूम रहे थे। ठंडी हवा चेहरे को छूती हुई निकलती थी। लेकिन कुछ ही देर में चढ़ाई तेज होने लगी।

रिया (थोड़ा सांस लेते हुए)–"दोस्तों, रास्ता भले ही छोटा लगे, लेकिन हर मोड़ पर एक नई चुनौती है। यह ट्रेक सिर्फ प्रकृति से मिलने नहीं, खुद से मिलने का भी सफर है।"

आरव (हँसते हुए): “रिया, कैमरा तो संभल गया... पर खुद संभालो पहले! ये ढलान माइक से ज़्यादा खतरनाक है।”

दोनों हँसते हुए आगे बढ़ते हैं। रास्ते में कुछ विदेशी ट्रेकर्स मुस्कुराकर “Hi” कहते हैं।

गल्लू देवी मंदिर (10:45 AM)

करीब सवा घंटे की चढ़ाई के बाद एक छोटा सा मंदिर आता है – गल्लू देवी मंदिर।

यहाँ पर लकड़ी की छोटी-सी झोपड़ी में चाय और परांठे बन रहे हैं।

रिया (कैमरे की ओर) - “गल्लू माता मंदिर... यह जगह सिर्फ आस्था का प्रतीक नहीं, बल्कि हर ट्रेकर के लिए एक ऊर्जा का पड़ाव है। यहीं से असली ट्रेकिंग की शुरुआत होती है। और यह स्थान ट्रेकिंग का बेस है। क्योंकि यहाँ से कोई भी वाहन ऊपर नहीं ले जा सकते हैं। और यहाँ से त्रियुण्ड की दूरी है 6 किलोमीटर।”

आरव (चाय पीते हुए)-"रिया, यहाँ की चाय में कुछ तो जादू है... ठंडी हवा और गरम चाय का कॉम्बो।"

रिया (मुस्कुराकर)-"बिलकुल, हिमालय की चाय में सिर्फ स्वाद नहीं – सुकून घुला होता है। गल्लू देवी मंदिर में दर्शन के बाद हम जा रहें हैं आगे की ट्रेकिंग के लिए। कुछ दूर चलने के बाद देख सकते हैं रास्ता बहुत ही पथरीला और उबड़ खाबड़ है यानि की पत्थरों के बड़े बड़े बौल्डर से भरे पड़े हैं। और चढ़ाई भी है हरियाली के साथ। यह दिसंबर लास्ट का महीना है और कहीं कहीं पर आपको बर्फ देखने को मिल रहा है देखिये। अभी केवल 15 मिनट ही हुये हैं गल्लू देवी मंदिर से निकले हुए और जैसे जैसे हम ऊपर की तरफ बढ़ रहें हैं बर्फ बढ़ती ही जा रही है देखिये। देखिये रास्ते पर कुछ लोग भी मिल रहें हैं जो की ट्रेकिंग पर हैं। कुछ लोग बता रहें हैं कि ट्रेकिंग पूरा नहीं हो पायेगा क्योंकि ऊपर बर्फ बहुत ज्यादा है।

मिडवे हाइट्स (12:00 Noon)

सूरज अब सिर पर था। रास्ता संकरा और ऊबड़-खाबड़ हो गया था। कई जगह पत्थर टीले थे, जहाँ फिसलने का डर था। रिया का बैग भारी लगने लगा था।

रिया (थोड़ी थकान में) – “दोस्तों, अगर आप यहाँ आ रहे हैं तो पानी, जैकेट और धैर्य साथ लाना मत भूलिएगा। क्योंकि ये ट्रेक आपको परखेगा – शरीर से भी, मन से भी।”

आरव (कंधे पर कैमरा रखते हुए)–“रिया, थोड़ा ब्रेक लेते हैं, ये लो एप्पल... यहाँ हिमाचली सेब ही असली एनर्जी बार हैं।”

दोनों पेड़ों के नीचे बैठकर ब्रेकफास्ट करते हैं – आलू परांठा, अचार, और थर्मस में रखी गरम चाय। ब्रेकफास्ट करने के बाद दोनों थोड़ा आराम करते हैं। पंछियों की चहचहाहट और दूर से आती हवा का संगीत एक शांत माहौल बना देता है। वहाँ से नीचे देखने पर बहुत ही खूबसूरत नजारा देखने को मिलता है। जो की काफ़ी शुकुन और शांति भरा है। अब वे दोनों आगे की चढ़ाई के लिए आगे बढ़ते हैं।

अंतिम चढ़ाई (1:00 PM - 2:00 PM)

अब रास्ता और कठिन हो गया था। हर कदम जैसे परीक्षा ले रहा था। ऊपर से बर्फ के टुकड़े गिरते, नीचे ढलान गहरी। रिया के चेहरे पर थकान और जोश दोनों थे।

रिया (कैमरे में बोलते हुए)–"यह रास्ता हमें सिखाता है कि हर ऊँचाई के पीछे संघर्ष छिपा होता है। और जब आप थक जाएँ, तो बस ऊपर देखिए – वहाँ आपका लक्ष्य इंतज़ार कर रहा होता है। ट्रेक का सेकंड पार्ट ज्यादा कठिन है और बहुत ज्यादा बर्फ होने की वजह से और भी कठिन हो जा रहा है। बहुत लोग ट्रेकिंग को पूरा नहीं किये और वापस लौट रहें हैं। लेकिन हमने हिम्मत नहीं हार रहें हैं और ट्रेक में आगे बढ़ रहें हैं। ऐसा सोच कर चल रहें हैं कि जहाँ तक चल सकेंगे चलेंगे नहीं तो हम भी वापस लौट जायेंगे। आप देख सकते हैं बांया तरफ चट्टान और दाहिने तरफ में गहरी खाई है, इसलिए हमें हमेशा लेफ्ट साइड में सट कर चलना चाहिए क्योंकि अगर हमारा संतुलन बिगड़ा तो हम सीधे खाई में गिर सकते हैं। धूप काफ़ी है। यहाँ पर कहीं भी भालू भी कभी कभी मिल सकते हैं। बहुत लोग जो ट्रेकिंग को बिना पूरा

किये वापस आ रहें हैं, उनका कहना है रास्ता नजर ही नहीं आ रहा है। पूरा रास्ता बर्फ से ढका है। तब हमारा हौसला उस समय थोड़ा कम हो रहा है, लेकिन कुछ लोगों को देखकर हमारा भी हौसला बढ़ रहा है और हम आगे बढ़ रहें हैं। मैं अपने एक हाथ में डंडा और दूसरे हाथ में माइक पकड़ी हूँ। यहाँ देखिये इतना जबरदस्त बर्फ पड़ा है कि पूरा ढेर लग गया है। रास्ता का अता पता नहीं है बस जाने वाले की थोड़े से पद चिन्ह दिखाई दे रहें हैं। अब हम पूरी तरह से थक गये हैं। यहाँ रास्ते भर रोडोदेंद्रों जो कि एक खूबसूरत लाल फूल है और ओक के पेड़ भी मिल रहें हैं। कहीं सीधे चढ़ाई और कहीं सीधे उतरना और ऊपर से तेज धूप में बर्फ में चलना। थकान कि वजह से मेरा पैर जवाब दे दिया है। इसलिए हम बीच में थोड़ी देर बैठकर आराम कर लेते हैं और पानी पी लेते हैं। लास्ट स्टेज बहुत ही कठिन है हमारा तो सांस भी फूलने लगा है और हम उम्मीद कर रहें हैं कि किसी तरह ऊपर तक पहुंच जाए।

आरव (मुस्कुराकर)–"रिया, अगला कट तब लगेगा जब हम त्रियुंड के टॉप पर होंगे... बस पाँच मिनट और!"

(त्रियुंड टॉप (2:00 PM)

और आखिरकार... वे पहुँच गए।

सामने फैली बर्फ से ढकी धौलाधार की चोटियाँ, नीचे बादलों का सागर। रिया ने एक लंबी साँस ली – जैसे आत्मा को नया जन्म मिल गया हो।

रिया (भावुक होकर)–"दोस्तों, हम पहुँच गए हैं त्रियुंड टॉप पर। यहाँ आकर समझ आता है कि यह सिर्फ एक ट्रेक नहीं... यह आत्मा का अनुभव है। धौलाधार पर्वत जैसे मौन में भी कुछ कह रहे हों – 'तुम भी शांति बनो। अभी दोपहर के 2 बज रहें हैं। 5 घंटे के मेहनत के बाद हमारा यह खूबसूरत सा ट्रेक पूरा हुआ। और विंटर में त्रियुण्ड आने का सपना भी पूरा हुआ। यह ट्रेकिंग काफ़ी चैलेंजिंग और मुश्किल भरा रहा लेकिन ऊपर पहुंचने के बाद जो खूबसूरत नज़ारे देखने को मिले जिससे हमारा थकान शांति और शुकुन से भर गया है। यहाँ चारों ओर बर्फ कि मोटी परत जमीं हुई है। पूरा बर्फ पर चलने का अनुभव भी अलग रहा उसका मैं शब्दों में बयां नहीं कर पाएंगे।

ट्रेकिंग करने वाले के साथ यहाँ कई कुत्ते भी आये हुए हैं जो दौड़ दौड़ कर मस्ती करते हुए खेल रहें हैं।"

"कुछ देर बाद यहाँ रुकने के बाद हमें यहाँ से नीचे भी उतरना भी है क्योंकि मौसम कभी भी ख़राब हो सकता है। इसलिए सूर्यास्त से पहले हमें जरूर नीचे उतरना पड़ेगा। जितनी भी जोश से हम ऊपर चढ़ते हैं उतनी ही सावधानी से हमें नीचे भी उतरना होगा। यदि आप यहाँ कैंपिंग में रुकना चाहते है तो उसका किराया लगभग 500 रु और यदि विश्राम गृह में रुकना चाहते है तो उसका किराया लगभग 700 रु है।"

आरव (कैमरा घुमाते हुए)–"यह नज़ारा शायद किसी स्वर्ग से कम नहीं... रिया, अब फोटोशूट शुरू करें?"

दोनों चारों ओर घूमकर कई रील्स और फोटो शूट करते हैं। हवा में बर्फ की ठंडक और आज़ादी की खुशबू घुली है।

वापसी (4:00 PM - 6:00 PM)

सूरज अब ढलने लगा था। सुनहरी किरणें पहाड़ों को आग के रंग में रंग रही थीं। नीचे उतरना उतना ही कठिन जितना चढ़ना था – पर मन में संतोष भी था।

शाम का धर्मशाला चौक

दिनभर की रिपोर्टिंग के बाद दोनों धर्मशाला चौक पर चाय की दुकान पर रुके। बर्फ़ीली हवा और भीड़-भाड़ के बीच गरमा-गरम चाय की भाप जैसे एक राहत थी।

रिया (कप थामते हुए)–"सोचा नहीं था कि न्यूज़ की नौकरी इतनी जगहें दिखा देगी। बचपन से ये पहाड़ देखे हैं, लेकिन कैमरे की नज़र से कुछ और ही लग रहे हैं।"

आरव (धीरे से, कप उठाते हुए)–"शायद इसलिए कि अब आप इन्हें किसी और के साथ देख रही हैं।"

रिया चौंकी, फिर चाय की चुस्की लेकर मुस्कान छुपा गई।

दोस्ती की शुरुआत

रात को ऑफिस लौटते समय दोनों स्कूटी पर थे। चाँदनी में धौलाधार की चोटियाँ चमक रही थीं। हवा ठंडी थी, लेकिन उनके बीच अनकही गर्माहट थी।

कुछ देर ख़ामोशी के बाद रिया बोली–रिया (धीरे से)–
“लगता है अब ये रिपोर्टिंग सिर्फ़ काम नहीं रही...”

आरव (मुस्कुराकर)–“हाँ, अब ये सफ़र बन चुका है।”

स्कूटी आगे बढ़ती रही। पहाड़ों की घुमावदार सड़कों पर, और उनके बीच जन्म लेती एक नयी दोस्ती।

पहाड़ों में रिपोर्टिंग

अगले हफ़्ते उन्हें पहाड़ों में एक मेले की कवरेज करनी थी। भीड़, लोकगीत और रंग-बिरंगे झंडे–हर तरफ़ उत्सव का माहौल। आरव कैमरे से झूमते-गाते लोगों को कैद कर रहा था जबकि रिया उनसे बातचीत कर रही थी। धीरे-धीरे उसका डर कम होता जा रहा था।

एक बुज़ुर्ग महिला से बात करते हुए–“माँजी, ये त्योहार आपके लिए क्या मायने रखता है?”

महिला ने हँसते हुए जवाब दिया, और रिया की आँखें चमक उठीं।

आरव ने दूर से देखा और मन ही मन सोचा– "ये लड़की वाकई कमाल कर सकती है, बस इसे अपनी चमक पर यकीन करना होगा।"

अचानक बारिश

शाम ढलते ही अचानक बादल गरजने लगे। तेज़ बारिश ने पूरे मैदान को भीगा दिया। लोग इधर-उधर भागने लगे। आरव और रिया ने पास के एक पुराने ढाबे की छत तले शरण ली। रिया के बाल भीग चुके थे, हाथ में डायरी गीली हो रही थी। आरव ने अपनी जैकेट उतारकर उसे थमा दी।

आरव – "संभालो... नहीं तो तुम्हारी डायरी भीग जाएगी।"

रिया (हँसते हुए)–"धन्यवाद... लेकिन इतनी बारिश में ये जैकेट तुम्हें भी चाहिए।"

आरव (मुस्कुराकर)–"मैं पहाड़ का लड़का हूँ। थोड़ी बारिश से मुझे कुछ नहीं होगा।"

बिजली की कड़कड़ाहट और बारिश की बूंदें... माहौल में अजीब-सी नज़दीकी घुल गई। दोनों कुछ देर चुप रहे, बस बारिश को सुनते रहे।

भावनात्मक जुड़ाव

रिया ने धीमे स्वर में कहा - "जानते हो, मैं हमेशा डरती हूँ... कि लोग मुझे जज करेंगे। मेरी आवाज़ की तारीफ़ करते हैं, पर मैं कैमरे के सामने जम जाती हूँ। कभी लगा ही नहीं कि मैं ये सब कर पाऊँगी।"

आरव ने उसकी आँखों में देखा और शांत स्वर में बोला - "रिया, जब तुम बोलती हो तो सिर्फ़ आवाज़ नहीं, एक सच्चाई निकलती है। और सच में हमेशा ताक़त होती है। तुम्हें सिर्फ़ अपने डर को दोस्त बनाना है।"

रिया की आँखें भीग गईं–शायद बारिश से, शायद भावनाओं से। उसने पहली बार महसूस किया कि कोई उसे समझ रहा है।

नई शुरुआत

बारिश थम गई थी। आसमान में इंद्रधनुष खिल चुका था। रिया ने डायरी बंद की और आरव की ओर देखा।

रिया (मुस्कुराते हुए) – "शायद अब मुझे खुद पर थोड़ा और भरोसा करना चाहिए।"

आरव - "नहीं... तुम्हें पूरा भरोसा करना चाहिए। क्योंकि तुम्हारे पास वो है जो सबके पास नहीं होता–आवाज़ और दिल की सच्चाई।"

दोनों हँस पड़े। और यही से उनके बीच एक अनकहा रिश्ता शुरू हुआ–दोस्ती, भरोसे और अनदेखे आकर्षण का।

अध्याय 3 : सफ़र की शुरुआत और आपदाओं की कड़ी

धर्मशाला का छोटा-सा न्यूज़ ऑफिस अब उनके लिए केवल एक शुरुआत थी। असली सफ़र तो तब शुरू हुआ जब चैनल ने उन्हें दूर-दूर की आपदाओं और बड़े इवेंट्स की कवरेज के लिए भेजना शुरू किया।

दृश्य 1 - धर्मशाला से निकलते हुए

ऑफिस से निकलते वक्त दोनों हाथों में कैमरा, ट्राइपॉड और बैग लेकर खड़े थे।

रिया (हल्की थकी हुई आवाज़ में) - "आरव, अबकी बार हमें कितने दिन लगेंगे? सुना है हालात बहुत ख़राब हैं।"

आरव (सामान उठाते हुए) - "कम से कम पंद्रह-बीस दिन तो लग ही जाएँगे। लेकिन जो सच वहाँ छुपा है, वही हमें दिखाना होगा। यही हमारी ज़िम्मेदारी है।"

रिया ने उसकी ओर देखा। आँखों में डर भी था और भरोसा भी।

दृश्य 2: केदारनाथ की विभीषिका 2013

काली रात की दस्तक

तारीख़ - 15 जून 2013, स्थान - गौरीकुंड, उत्तराखंड

घाटी में काले बादलों का साम्राज्य था। लगातार तीन दिन से बारिश हो रही थी, लेकिन उस रात बारिश जैसे प्रलय का रूप ले चुकी थी। हवा में घबराहट थी। मंदाकिनी नदी का पानी बाँध तोड़ देने को बेचैन था।

आरव अपने कैमरे के साथ रिया के पास खड़ा था। दोनों का असाइनमेंट था–"चारधाम यात्रा पर विशेष रिपोर्टिंग"। लेकिन उन्हें अंदाज़ा नहीं था कि वे इतिहास की सबसे बड़ी आपदा का गवाह बनने वाले हैं।

रिया (चिंतित होकर) - "आरव, ये बारिश कुछ ज़्यादा ही है... लगता है हम फँसने वाले हैं।"

आरव (शांत लेकिन गंभीर) - “रिया, डरना मत। जो कुछ भी होगा, हम उसे रिकॉर्ड करेंगे। यही हमारा काम है।”

बादल फटने की चीख़

16 जून 2013, देर रात

अचानक एक जोरदार धमाका हुआ। आसमान जैसे फट पड़ा। पानी और कीचड़ की दीवार पहाड़ों से टूटकर नीचे आई। गाँव वाले चीखते-चिल्लाते हुए भागे।

गाँववासी (चीखते हुए) - “भागो! पहाड़ टूट रहा है... सब बह जाएगा!”

आरव कैमरा उठाकर रिकॉर्डिंग करने लगा। रिया ने माइक पकड़ लिया।

रिया (रोते-बोलते स्वर में) - “ये नज़ारा भयावह है... पानी और पत्थरों की धाराएँ गाँवों को बहाकर ले जा रही हैं। लोग इधर-उधर भाग रहे हैं। हम लाइव रिपोर्टिंग नहीं कर

पा रहे हैं, लेकिन रिकॉर्ड कर रहे हैं ताकि सच सामने आ सके।"

मृत्यु का सन्नाटा

17 जून 2013, सुबह - केदारनाथ मंदिर परिसर

सुबह होते-होते पूरा कस्बा खंडहर में बदल चुका था। मंदाकिनी और सरस्वती नदियों का उफान सब कुछ बहा ले गया। दर्जनों होटल, दुकानें, घर–सब मलबे में दफ्न हो गए। आरव ने कैमरा उठाया। वह काँप रहा था लेकिन रिकॉर्डिंग जारी था।

आरव (धीमी आवाज़ में) - "इतिहास गवाह बनेगा कि इंसान प्रकृति के आगे कितना असहाय है।"

विशाल शिला का चमत्कार

मंदिर के पीछे से पानी की प्रचंड धारा आई। लेकिन तभी एक विशाल शिला पहाड़ से लुढ़ककर मंदिर के पीछे आकर

अटक गई। उस शिला ने पानी का रुख मोड़ दिया। मंदिर सुरक्षित रहा, जबकि आसपास की हर चीज़ तबाह हो गई।

गाँववासी (हाथ जोड़कर) - "ये महादेव का चमत्कार है! ये शिला भगवान ने भेजी है। मंदिर बच गया... वरना सब खत्म हो जाता।"

रिया (कैमरे की ओर) - "आप देख सकते हैं... यह वही शिला है जिसने मंदिर को बचा लिया। लोग इसे अब 'भगवान की ढाल' कह रहे हैं।"

मौत का आँकड़ा और लापता लोग

सरकारी रिपोर्ट आने लगी–4,000 से अधिक मौतें दर्ज़। हज़ारों लोग लापता। सोनप्रयाग, गौरीकुंड, गुप्तकाशी में तबाही का मंजर।

एक महिला (रोते हुए) - "मेरा बेटा गौरीकुंड में फँसा था... आज तक कोई खबर नहीं।"

एक आदमी - "सिर्फ मंदिर खड़ा है... बाकी सब मिट गया।"

राहत शिविर और ऑपरेशन सूर्या होप

भारतीय वायुसेना (IAF) ने ऑपरेशन सूर्या होप चलाया। हेलीकॉप्टर से लोगों को सुरक्षित निकाला गया। रुद्रप्रयाग, ऋषिकेश और देहरादून में राहत शिविर बनाए गए।

राहतकर्मी - "हम रोज़ाना 10,000 से ज़्यादा लोगों को एयरलिफ्ट कर रहे हैं। हालात अभी भी गंभीर हैं।"

रिया (कैमरे पर) - "सरकार ने इसे आज़ादी के बाद की सबसे बड़ी आपदा बताया है। राहत कार्य तेज़ी से चल रहे हैं, लेकिन पीड़ा का यह सिलसिला लंबा है।"

साधु का संदेश

रिया ने एक बूढ़े साधु से सवाल किया। रिया - "बाबा, आपने अपनी आँखों से ये सब देखा। आप क्या सोचते हैं?"

साधु - "बेटी, मंदिर महादेव का है, उसकी रक्षा स्वयं महादेव करेंगे। लेकिन इंसान ने प्रकृति के साथ खिलवाड़ किया है। पहाड़ काटे, नदियों को रोका। अब प्रकृति बदला ले रही है।"

आरव यह रिकॉर्ड करता है। यही वीडियो बाद में वायरल होता है और लोग इसे आध्यात्मिक चेतावनी मानते हैं।

भावनात्मक क्लाइमैक्स

रात को राहत शिविर में आरव और रिया बैठे थे। चारों ओर घायलों की चीखें, बच्चों का रोना और अंधेरे में सन्नाटा था।

रिया (आँखों में आँसू लेकर) - "आरव, मैंने कभी नहीं सोचा था कि हम इतना दर्द देखेंगे। क्या पत्रकार होना इतना कठिन है?"

आरव (गंभीर स्वर में) - “रिया, यही हमारी कसौटी है। अगर हम सच को दुनिया तक नहीं पहुँचाएँगे तो कौन करेगा? ये तो बस शुरुआत है... आगे हमें और बड़े रहस्यों का सामना करना है।”

दृश्य 3 – डूबता शहर, जागती इंसानियत

झेलम का कहर

सितंबर 2014 की शुरुआत थी। कश्मीर की वादियाँ आम दिनों की तरह हरी-भरी और शांत थीं। लेकिन इस बार बादलों ने जैसे साज़िश रच ली थी। तीन दिनों से लगातार मूसलाधार बारिश ने झेलम नदी को उफान पर पहुँचा दिया था। 4 सितंबर की सुबह तक नदी ने तटों को तोड़ दिया। पानी तेज़ रफ्तार से श्रीनगर की गलियों में घुसने लगा। देखते ही देखते डल झील, लाल चौक, और राजबाग जैसी जगहें पानी में समा गईं। हर तरफ़ चीख़ें थीं– बच्चों की रुलाई, औरतों की पुकार, मलबे के बीच फँसे लोगों की बेबसी।

रेडियो पर सिर्फ़ एक ही आवाज़ गूंज रही थी–"झेलम खतरे के निशान से ऊपर बह रही है... सभी लोग ऊँचे स्थानों पर चले जाएँ।"

रिपोर्टिंग का मिशन

इन्हीं हालातों में 'हिमालय टुडे न्यूज़ नेटवर्क' की ओर से रिया पांडेय और आरव शर्मा को श्रीनगर भेजा गया। दोनों ने हवाई अड्डे से बाहर निकलते ही देखा–हवा में नमी थी, आसमान सीसे की तरह धुँधला। हर जगह सिर्फ़ पानी और तबाही।

रिया ने माइक उठाया और बोली–"आरव, ये रिपोर्टिंग सिर्फ़ एक स्टोरी नहीं... ये इंसानियत का इम्तिहान है।"

आरव ने सिर हिलाया, - "हाँ, लेकिन सावधानी रखना, यहाँ हर कदम खतरे में है।"

दोनों ने एक स्थानीय नाविक की मदद से एक लकड़ी की नाव किराए पर ली। डल झील अब किसी समंदर जैसी लग रही थी–मकानों की छतें ही बस दिखाई दे रही थीं। तेज़ बहाव के बीच नाव डगमगा रही थी।

रिया ने कैमरे के सामने खड़े होकर बोलना शुरू किया– "मैं रिया पांडेय, 'हिमालय टुडे न्यूज़ नेटवर्क' से... श्रीनगर का ये इलाका अब पूरी तरह पानी में डूब चुका है। चार दिन से लगातार बारिश के कारण झेलम ने अपना रास्ता बदल लिया है। हज़ारों परिवार अपनी छतों पर फँसे हैं, और बचाव कार्य लगातार जारी है। हेलीकॉप्टर ऊपर से उड़ रहे हैं, पर नीचे इंसानियत चीख़ रही है।"

तभी नाव अचानक हिली। आरव ने कैमरा संभालते हुए कहा– "रिया, ज़रा ध्यान से! अगर कैमरा पानी में गिरा, तो हम पूरी रिपोर्ट खो देंगे।"

रिया मुस्कुराई, भीगे बाल चेहरे से चिपक गए थे। "आरव, यहाँ लोग अपनी ज़िंदगियाँ खो रहे हैं, हमारा कैमरा गिर भी गया तो क्या फर्क पड़ता है?"

इतने में पास से एक दूसरी नाव गुज़री। एक स्थानीय युवक, शायद बीस-बाईस साल का, पानी से जूझते हुए चिल्लाया–

"मैडम! हमारे माँ-बाप तीसरे दिन से छत पर फँसे हैं। कृपया उनका ज़िक्र अपने चैनल पर कर दीजिए... शायद सरकार तक बात पहुँच जाए।"

रिया की आँखें भर आईं। वो कैमरे की तरफ़ मुड़ी और बोली– "सरकार से हमारी अपील है–राजबाग इलाके में कई परिवार अभी भी फँसे हैं। अगर ये रिपोर्ट किसी अधिकारी तक पहुँचे, तो तुरंत मदद भेजी जाए।"

नाव आगे बढ़ी। चारों तरफ़ तैरते फर्नीचर, फटी किताबें, और बच्चों के खिलौने पानी पर तैर रहे थे।

रिया ने कैमरे के लेंस में झुककर धीरे से कहा– "ये सिर्फ़ पानी नहीं, ये हर उस सपने की डूबन है, जिसे लोगों ने सालों से सींचा था।"

तीन दिन बाद, भारतीय सेना और NDRF ने बड़ा रेस्क्यू ऑपरेशन शुरू किया। हेलीकॉप्टरों से रस्सियों के सहारे लोगों को निकाला जा रहा था। हर शिविर में एक जैसी कहानी थी–"हम बच गए, पर सब कुछ खो गया।"

रिया और आरव ने राहत शिविरों में रिपोर्टिंग जारी रखी। रिया थकी हुई थी, पर उसकी आँखों में अब एक नई चमक थी–किसी को उम्मीद देने की। एक बुज़ुर्ग महिला आई, गीले कम्बल में लिपटी हुई। वो बोली– "बिटिया, भगवान तुम्हें खुश रखे। तुम्हारे कैमरे की वजह से हमें राशन मिला। वरना हम तो भूखे मर जाते।"

रिया चुप रही। उसके गले में कुछ अटक गया। आरव ने धीरे से कैमरा नीचे रखा और बोला– "रिया, शायद यहीं से असली पत्रकारिता शुरू होती है।"

रिया ने मुस्कुराकर कहा– "हाँ आरव, जब शब्द किसी का दर्द बाँटने लगें... तब वो खबर नहीं, प्रार्थना बन जाती है।"

वायरल वीडियो और आत्मबोध

आरव ने उस पूरी रिपोर्ट को एडिट किया और अपने यूट्यूब चैनल पर अपलोड किया– “कश्मीर: डूबती वादियाँ, जागती इंसानियत” कुछ ही घंटों में वीडियो लाखों व्यूज़ पार कर गया। लोग कमेंट में लिख रहे थे– “रिया की आवाज़ ने दिल छू लिया। कभी सोचा नहीं था कि न्यूज़ इतनी मानवीय हो सकती है।”

रिया बालकनी में बैठी थी, सामने झेलम नदी अब शांत थी।

उसने आरव से कहा– “देखो, पानी उतर गया, पर जिनके घर बह गए, उनके दिलों में ये बाढ़ हमेशा रहेगी।”

आरव बोला– “शायद यही इंसानियत की सबसे बड़ी परीक्षा थी... और तुमने उसे पास कर लिया।”

रिया ने हल्के से मुस्कुराकर आसमान की ओर देखा। बादल छँट चुके थे, और दूर पहाड़ियों के पीछे से सूरज निकल रहा था– मानो यह बता रहा हो कि हर अँधेरी रात के बाद, एक नई सुबह आती ही है।

दृश्य 4 - जमी हुई वादियाँ, गर्म दिलों की कहानी

स्थान: गुलमर्ग, जम्मू-कश्मीर

समय: दिसंबर 2014

बर्फ़ की गिरफ्त में

सर्दियों का सबसे ठंडा महीना था – दिसंबर। पूरा जम्मू-कश्मीर बर्फ़ की चादर में लिपटा हुआ था। **गुलमर्ग, पहलगाम, बारामुला, सोनमर्ग** – हर जगह सफ़ेदी ही सफ़ेदी थी। पेड़ों की डालियों पर मोटी बर्फ़ की परत जमी थी, और सड़कें ऐसे गायब थीं जैसे धरती ने उन्हें निगल लिया हो। रात भर की बर्फ़बारी के बाद सुबह के वक्त हवा में सुई जैसी ठंडक थी।

हर सांस मानो बर्फ़ का टुकड़ा बनकर फेफड़ों में उतर रही थी। लोग अपने घरों में बंद थे, लकड़ी के स्टोव के आसपास सिकुड़े बैठे थे।

इन्हीं हालातों में, **'हिमालय टुडे न्यूज़ नेटवर्क'** ने अपने दो सबसे भरोसेमंद पत्रकारों – **रिया पांडेय और आरव शर्मा** – को मैदान में भेजा था।

मिशन था – "लोगों तक वो आवाज़ पहुँचाना जो बर्फ़ के नीचे दब गई है।"

सफ़ेद मौत के बीच रिपोर्टिंग

सुबह के लगभग नौ बजे थे। रिया और आरव ने श्रीनगर से गुलमर्ग की ओर निकलना शुरू किया। उनकी जीप के चारों पहिए बर्फ़ में आधे धँसे हुए थे। हर मोड़ पर रास्ता बंद था, लेकिन आरव ने हार नहीं मानी।

आरव बोला–"रिया, अगर हम यहाँ तक आए हैं तो वापसी का सवाल ही नहीं उठता। लोगों को सच्चाई दिखानी ही होगी।"

रिया ने माइक कसकर पकड़ा। उसके हाथों की उंगलियाँ ग्लव्स के बावजूद सुन्न पड़ चुकी थीं। ठंडी हवा उसके गालों को काट रही थी, और बालों पर बर्फ़ की महीन परत जम चुकी थी। कुछ किलोमीटर आगे जाकर रास्ता पूरी तरह बंद था।

उनके साथ चल रहा स्थानीय गाइड बोला–"साहब, आगे खतरा है। बर्फ़ बहुत भारी है। कहीं भी स्लाइड हो सकता है।"

लेकिन रिया ने धीमी आवाज़ में कहा–“लोग अगर इस बर्फ़ के बीच जी रहे हैं, तो हम क्यों नहीं जा सकते? हमें उनकी आवाज़ बनना है।”

गाइड चुप हो गया। और दोनों ने पैदल सफ़र शुरू किया।

जमी हुई साँसें

रिया कैमरे के सामने खड़ी थी, पीछे बर्फ़ में दबे छोटे-छोटे घरों का दृश्य था।

उसने काँपती आवाज़ में कहा– “मैं रिया पांडेय, ‘हिमालय टुडे न्यूज़ नेटवर्क’ से...आज हम गुलमर्ग के उस हिस्से में हैं जहाँ बर्फ़ ने ज़िंदगी को जैसे रोक दिया है। सड़कें गायब हैं, बिजली के तार बर्फ़ के बोझ से झुक चुके हैं। लोग अपने घरों में कैद हैं... और बाहर सिर्फ़ खामोशी है।”

बोलते-बोलते उसकी साँसों से धुंध निकल रही थी। ठंडी हवा ने उसके होंठ नीले कर दिए थे। वो काँप रही थी, लेकिन कैमरे के सामने उसकी आँखों में वही दृढ़ता थी – वही साहस, जो पत्रकार को परिभाषित करता है। आरव कैमरे के पीछे खड़ा था, लेकिन उसके हाथ भी अब बर्फ़

की तरह ठंडे हो चुके थे। वो रिया की तरफ़ देखता है – उसके काँपते कंधे, नीली उंगलियाँ, और थकी मुस्कान। उसने झट से अपना जैकेट उतारा और बोला–"रिया, ये पहन लो। तुम्हें मज़बूत रहना है। रिपोर्टिंग तुम्हारे बिना अधूरी है।"

रिया ने थोड़ी झिझक के साथ जैकेट ओढ़ लिया। उसकी आँखों में नमी थी, पर होंठों पर एक हल्की मुस्कान आ गई।
धीरे से बोली–"शुक्रिया..."

आरव मुस्कुराया-"शुक्रिया मत कहो... ये वो पल है जहाँ इंसानियत ठंड से बड़ी हो जाती है।"

ज़िंदगी की उम्मीद

कुछ ही दूरी पर, एक छोटा-सा घर दिखाई दिया। छत पर बर्फ़ का पहाड़ जमा था, लेकिन भीतर से किसी बच्चे की रोने की आवाज़ आ रही थी। रिया और आरव भागकर वहाँ पहुँचे। दरवाज़ा मुश्किल से खुला। अंदर एक बुज़ुर्ग

दंपती और उनका तीन साल का पोता सिकुड़कर आग के पास बैठे थे।

महिला ने काँपती आवाज़ में कहा–"बिटिया, तीन दिन से खाना नहीं बना... लकड़ी भी खत्म हो गई। बाहर कोई नहीं आता।"

रिया झुककर बच्चे के सिर पर हाथ रखती है। -"अब सब ठीक होगा आंटी... आपकी कहानी अब कोई नहीं छुपा सकेगा।"

आरव ने तुरंत कैमरा चालू किया।

रिया (काँपती हुई बोली) -"सरकार से अपील है कि इस इलाके में तुरंत राहत भेजी जाए।
यहाँ ज़िंदगी बर्फ़ में दब रही है। यहाँ तीन दिनों से खाना नहीं बना है। कृपया जल्दी से जल्दी मदद भेजी जाए।"

रिया ने बच्चे को गोद में उठाया।
बच्चा मुस्कुराया – शायद उसे पहली बार गर्मी महसूस हुई थी। रिया के चेहरे पर भी वही गर्माहट उतर आई।

बर्फ़ में जलती लौ

शाम तक सूरज पहाड़ियों के पीछे डूब गया था। आसमान में लालिमा घुली थी और चारों तरफ़ सन्नाटा। रिया बर्फ़ पर बैठी थी, उसके सामने सफ़ेद मैदान फैला था। उसने धीरे से कहा–"कभी-कभी लगता है कि बर्फ़ सिर्फ़ ठंड नहीं लाती... ये हमें सिखाती है कि जीवन कितना नाज़ुक है।"

आरव ने उसकी ओर देखते हुए कहा–"और ये भी कि हर ठंड में किसी का दिल अब भी गर्म रह सकता है।"

दोनों ने आसमान की ओर देखा। बर्फ़बारी धीरे-धीरे रुक चुकी थी। दूर कहीं किसी गाँव की मस्जिद से अनज़ान की आवाज़ गूंज रही थी। श्रीनगर की घाटी मानो एक बार फिर सांस लेने लगी थी।

रिया ने कैमरे की ओर मुड़कर अंतिम वाक्य कहा–"ये सिर्फ़ एक रिपोर्ट नहीं... ये उन दिलों की कहानी है जो ठंड में भी गर्म रहना जानते हैं।"

दृश्य 5 - धरती हिली, लेकिन इंसानियत अडिग रही

स्थान: काठमांडू, नेपाल
तारीख़: 25 अप्रैल 2015
समय: सुबह 11:56 बजे

भूकंप का क्षण

नेपाल की वादियाँ उस सुबह सामान्य थीं। काठमांडू की गलियों में मंदिरों की घंटियाँ बज रही थीं, दुकानदार दुकानें खोल रहे थे, बच्चे स्कूल के लिए तैयार हो रहे थे। लेकिन ठीक **11:56 बजे**, धरती अचानक काँप उठी। पहले हल्का झटका लगा, फिर एक भयंकर गर्जना जैसी आवाज़। कुछ ही सेकंड में पूरा काठमांडू हिलने लगा। इमारतें झूलने लगीं, मंदिरों के शिखर टूटकर गिर पड़े, सड़कों पर दरारें पड़ गईं। लोग घरों से चीख़ते हुए बाहर भागे, लेकिन ज़मीन उनके पैरों तले कांप रही थी। **धरहरा टॉवर**, जो सदियों से काठमांडू का गौरव था, कुछ ही पलों में धूल में मिल गया। मलबे में से धुआँ, धूल और चीख़ों

की गूंज फैल गई। नेपाल का आसमान मानो उस दिन रो पड़ा था।

रिपोर्टिंग का आरंभ

दोपहर तक, पूरी दुनिया को खबर मिल चुकी थी– **नेपाल 7.8 तीव्रता के भूकंप से हिल गया है। 'हिमालय टुडे न्यूज़ नेटवर्क'** ने तुरंत अपनी टीम तैयार की। आरव और रिया को हवाई मार्ग से काठमांडू भेजा गया। त्रिभुवन अंतर्राष्ट्रीय हवाई अड्डे पर उतरते ही उन्हें लगा जैसे वे किसी युद्ध क्षेत्र में आ गए हों। हर ओर स्ट्रेचर पर लेटे घायल, एम्बुलेंस की आवाज़ें, और रोते-बिलखते परिवार।

रिया ने माइक को ऑन किया, हाथ काँप रहे थे लेकिन आवाज़ में दृढ़ता थी।

रिया (कैमरे पर) – "मैं रिया पांडेय, 'हिमालय टुडे न्यूज़ नेटवर्क' से...

यहाँ हर तरफ़ तबाही का मंजर है। काठमांडू दरबार स्क्वायर के प्राचीन मंदिर अब सिर्फ़ मलबे में बचे हैं। धरहरा टॉवर जो कभी इस शहर की पहचान था – अब

सिर्फ़ धूल है। लोग खुले आसमान के नीचे, बिना छत, बिना खाना, बस उम्मीद के सहारे हैं।"

आरव कैमरे के पीछे खड़ा था, चेहरे पर गंभीरता थी। धीरे से बोला–**"रिया, कैमरा पर स्टीडी रहो ... यहाँ हर शॉट इतिहास है।"**

रिया ने सिर हिलाया। उसकी आँखों में आँसू थे, पर उसने उन्हें रोक लिया। वो जानती थी – अभी भावनाओं से नहीं, साहस से काम लेना होगा।

मलबे में जिंदा लोग

टीम दरबार स्क्वायर से आगे बढ़ी। चारों ओर टूटे मकानों का मलबा था। कहीं किसी की आवाज़ आती–"बचाओ... कोई है क्या?" लोग अपने हाथों से पत्थर हटाकर अपनों को ढूँढ रहे थे। एक आदमी अपने बेटे की तस्वीर हाथ में

लिए पागलों की तरह दौड़ रहा था। "किसी ने मेरे बच्चे को देखा है? मेरा बेटा यहाँ स्कूल में था!"

रिया ने कैमरे की तरफ़ देखा और धीमे से बोली–"ये सिर्फ़ एक देश की त्रासदी नहीं... ये पूरी मानवता की परीक्षा है।"

आरव उसके बगल में खड़ा था, पर अब उसकी आँखों में भी वही सवाल था –" **क्या पत्रकारिता सिर्फ़ कैमरे तक सीमित है, या दिल की आवाज़ बनना भी ज़रूरी है?"**

मानवीय दर्द

रिया का कैमरा अचानक रुक गया। सामने एक छोटा बच्चा, लगभग पाँच साल का, मलबे के पास बैठा था। उसकी माँ का शरीर धूल में ढका हुआ था। बच्चा बार-बार उसे हिला रहा था। **"माँ... उठो ना... मुझे भूख लगी है..."**

रिया का दिल टूट गया। वो झटके से कैमरा नीचे रखती है और बच्चे के पास जाकर बैठ जाती है। बच्चे को अपनी बाँहों में उठा लेती है, आँसू उसके गालों पर बहने लगते हैं।

रिया (धीरे स्वर में, आरव से) - "आरव... क्या हमें सिर्फ़ रिपोर्टर रहना है? इंसानियत का क्या?"

आरव कुछ पल चुप रहा, फिर बोला–**"रिया... कैमरा बाद में भी चल सकता है, पर किसी का दर्द नहीं रुकता। हम दोनों पहले इंसान हैं... फिर पत्रकार।"**

दोनों ने बच्चे को राहत कर्मियों को सौंपा। रिया ने बच्चे के माथे को चूमा। वो पल सिर्फ़ खबर नहीं था – वो इंसानियत का सबूत था।

अंतरराष्ट्रीय मदद और उम्मीद

अगले दिन भारत ने **"ऑपरेशन मैत्री"** शुरू किया। भारतीय सेना के हेलीकॉप्टर आसमान में गूंज रहे थे। वायुसेना राहत सामग्री गिरा रही थी। डॉक्टरों की टीमें गाँव-गाँव जा रही थीं। विदेशी पत्रकारों का जमावड़ा था। अमेरिका, जापान, फ्रांस, सबके कैमरे यहाँ थे।

एक विदेशी पत्रकार ने आरव से कहा–**"You Indians are everywhere. Your army is doing an incredible job."**

आरव ने मुस्कुराते हुए जवाब दिया–**"Yes, because Nepal is our family. When family suffers, we don't watch... we act."**

रिया ने उस पल कैमरे की तरफ़ देखा। उसके चेहरे पर गर्व और कृतज्ञता दोनों थे।

मलबे के बीच दो दिल

रात हो चुकी थी। काठमांडू की गलियाँ अंधेरे में डूबी थीं, बस कभी-कभी कहीं जलती मोमबत्तियाँ दिख जाती थीं। दूर मंदिर के टूटे शिखर के पीछे हल्की चाँदनी फैली थी। रिया और आरव मलबे के पास बैठे थे, दोनों बेहद थके हुए थे। चारों ओर सन्नाटा था, सिर्फ़ हवा की ठंडी सरसराहट सुनाई दे रही थी।

रिया ने चुप्पी तोड़ी–**"आरव... जब हम पहली बार धर्मशाला में मिले थे, मैंने सोचा था तुम बस एक सरल, शांत इंसान हो। लेकिन अब समझ आ रहा है – तुम्हारे भीतर एक साधु छिपा है, जो हर दर्द को अपने अंदर समेत लेता है।"**

आरव ने कहा - **“रिया, और तुम्हारे भीतर वो शक्ति है जो अँधेरे में भी रोशनी ढूँढ लेती है। शायद इसी वजह से हम साथ हैं – एक कैमरा, एक दिल, और एक मकसद।”**

रिया ने हल्के से उसका हाथ थाम लिया। उनकी हथेलियाँ काँप रही थीं, पर उस स्पर्श में एक अजीब-सी गर्मी थी – शायद यही वो पल था जहाँ उनके रिश्ते ने शब्दों से परे अर्थ पाया।

दूर किसी राहत शिविर से बच्चों की हँसी की आवाज़ आई। रिया ने आसमान की ओर देखा – चाँद अब साफ़ दिखाई दे रहा था। मानो कह रहा हो – **“धरती भले हिली हो, पर इंसानियत अब भी ज़िंदा है।”**

अध्याय 4 : रिश्तों की परछाइयाँ (2015–2017)

दृश्य 1 - 2015, दिल्ली न्यूज़रूम (नेपाल से लौटकर)

स्थान: नोएडा, सेक्टर-16 – *हिमालय टुडे न्यूज़ नेटवर्क* का ऑफिस

समय: अप्रैल 2015 की सुबह, नेपाल भूकंप कवरेज के बाद का पहला सोमवार

नोएडा के सेक्टर-16 में *हिमालय टुडे न्यूज़ नेटवर्क* का भव्य ग्लास फ्रंट वाला ऑफिस सुबह की धूप में हल्का-सा चमक रहा था। अंदर, न्यूज़रूम में हलचल थी – बड़ी स्क्रीन पर नेपाल के पुनर्निर्माण से जुड़ी फुटेज चल रही थी। हर डेस्क पर कॉफ़ी मग, नोट्स, और आधे खुले

लैपटॉप। दीवारों पर लटक रहे *"Breaking News: Humanity Beyond Borders"* के बैनर की चमक अभी भी बाकी थी। रीया पांडेय और आरव शर्मा, दोनों अपने कैमरा बैग्स के साथ अंदर दाख़िल हुए।

दोनों के चेहरे थके हुए थे, लेकिन आँखों में एक अजीब-सी चमक थी – जैसे उन्होंने कुछ ऐसा देखा और महसूस किया हो, जो हमेशा के लिए उनके भीतर दर्ज हो गया हो। संपादक, *सुमित राव*, एक तेज़ नज़र और गहरी आवाज़ वाले अनुभवी पत्रकार, सामने के केबिन से बाहर आए। उनकी नज़र जैसे ही आरव और रिया पर पड़ी, उन्होंने ज़ोर से कहा – एडिटर (मुस्कराते हुए, तालियाँ बजाते हुए) -"आप सभी स्टॉफ आज थोड़ा रुक जाइए –

हमें कुछ कहना है!" पूरा न्यूज़रूम शांत हो गया। सबकी नज़रें रिया और आरव पर थीं।

एडिटर -"हमारे चैनल *हिमालय टुडे न्यूज़ नेटवर्क* की TRP इस हफ्ते नंबर वन पर है... और इसका सारा श्रेय जाता है इन दो रिपोर्टर्स को – आरव शर्मा और रिया पांडेय को! नेपाल भूकंप की वो कवरेज... इंसानियत की जो झलक तुम दोनों ने दिखायी, उसने पूरे देश का दिल छू लिया।"

ऑफिस तालियों की गड़गड़ाहट से गूंज उठा। कुछ रिपोर्टर्स ने उठकर दोनों के लिए कॉफ़ी मग टकराए, "Cheers to team Nepal!"

रिया थोड़ा झेंप जाती है। उसकी आँखों में नींद और थकान के पीछे कहीं राहत की नमी थी।

आरव एक पल के लिए उसकी ओर देखता है – उस नज़र में गर्व और कृतज्ञता दोनों थे।

आरव (धीरे से, मुस्कुराते हुए) -"रिया... कैमरे पर तुम चमकती हो, लेकिन असल में... तुम्हारा दिल और भी ज़्यादा चमकता है।"

रिया हल्के से मुस्कुरा देती है, पर नज़रें झुका लेती है। उसके होंठों से धीमे स्वर में बस इतना निकलता है –रिया -"और तुम्हारे बिना... ये कहानी अधूरी रहती।"

आरव कुछ कह नहीं पाता। बस कंधे उचकाकर मुस्कुरा देता है। पृष्ठभूमि में स्क्रीन पर वही फुटेज चल रही होती है –

एक नेपाली बच्चा मलबे से बाहर आता है और रिया उसकी आंखों से आँसू पोंछ रही है।

आरव की आवाज़ वॉयस-ओवर में गूंजती है –"कभी-कभी न्यूज़ सिर्फ़ हेडलाइन नहीं होती... वो किसी की ज़िन्दगी की आख़िरी उम्मीद होती है।"

कमरे में एक पल के लिए सन्नाटा छा जाता है। हर कोई उस इंसानियत की झलक को महसूस करता है, जो पत्रकारिता की असली पहचान है।

एडिटर (धीरे से, भावुक होकर) –"तुम दोनों ने साबित किया है... कि सच्ची रिपोर्टिंग कैमरे से नहीं, दिल से होती है।"

आरव और रिया एक-दूसरे को देखते हैं –उस नज़र में कोई शब्द नहीं, बस एक अनकहा एहसास था –कृतज्ञता, थकान, और किसी नई शुरुआत की हल्की-सी आहट।

दृश्य 2 - 2016, चेन्नई बाढ़: इंसानियत की रिपोर्ट

स्थान: चेन्नई - अन्ना नगर, ताम्बरम, और गुइंडी के इलाक़े

समय: दिसंबर 2015 के अंतिम सप्ताह से जनवरी 2016 की शुरुआत तक।

चेन्नई का आसमान उस दिन धूसर था –भारी बादलों के नीचे शहर लगभग डूब चुका था। जहाँ कभी ट्रैफ़िक की गाड़ियों की आवाज़ गूंजती थी, वहाँ अब सिर्फ़ पानी का अनंत सागर था। सड़कों पर बिजली के खंभे आधे डूबे हुए थे, और कुछ घरों की छतें ही अब दिखाई दे रही थीं।

हिमालय टुडे न्यूज़ नेटवर्क चैनल के रिपोर्टर रिया पांडेय और कैमरा मैन आरव शर्मा को आपात कवरेज के लिए

चेन्नई भेजा गया था। लेकिन हालात इतने बिगड़े थे कि चेन्नई एयरपोर्ट पूरी तरह जलमग्न था। उनका विमान बीच रास्ते से ही डायवर्ट कर दिया गया – फिर भारत नौसेना की मदद से वे *अरक्कोनम एयर बेस* से एक हेलीकॉप्टर में बैठे, जो राहत सामग्री लेकर जा रहा था। हेलीकॉप्टर जब चेन्नई के ऊपर पहुंचा, तो नीचे का दृश्य किसी सिनेमाई आपदा जैसा लग रहा था – पूरा शहर पानी के समंदर में घिरा हुआ, छतों पर लोग सफ़ेद कपड़े हिला रहे थे, कहीं बच्चा अपनी माँ की गोद में रो रहा था, तो कहीं बुज़ुर्ग दीवार पकड़कर खड़े थे।

आरव (धीरे से, नीचे झांकते हुए) ---"रिया... देखो, नीचे हर घर जैसे किसी कहानी का दुख छुपाए बैठा है।"

रिया (साँस रोककर) —"हाँ... और हम वही कहानी दुनिया को सुनाने आए हैं – ताकि कोई इन्हें भूले नहीं।"

हेलीकॉप्टर *ताम्बरम* के पास एक सूखी पट्टी पर उतरा। बारिश की बूँदें अब भी लगातार गिर रही थीं। चारों तरफ़ पानी, कीचड़ और गंदगी का भंवर –पर उन सबके बीच लोगों की आँखों में उम्मीद की एक पतली-सी लौ थी।

रिया ने तुरंत माइक थामा। आरव ने कैमरा चालू किया।

रिया (कैमरे पर, भावनात्मक आवाज़ में) —"यह चेन्नई है... जहाँ सैकड़ों कॉलोनियाँ अब भी पानी में डूबी हैं। अन्ना नगर से लेकर ताम्बरम तक लोग अपने घरों की छतों पर फँसे हुए हैं। राहत सामग्री नौकाओं और हेलीकॉप्टरों के ज़रिए पहुँचाई जा रही है, लेकिन हर मदद के बाद भी यह आपदा जैसे हर दिल में उतर गई है।"

इतना बोलते-बोलते रिया की नज़र भीड़ में एक महिला पर पड़ी – गोद में एक छोटा बच्चा, चेहरा उतरा हुआ, होंठ सूखे।

वह महिला भीड़ के बीच से चिल्लाती है – महिला (काँपती आवाज़ में) – “मैडम! तीन दिन से बच्चे को दूध नहीं मिला... कोई सुनने नहीं आ रहा... क्या आप हमारी आवाज़ सरकार तक पहुँचा सकती हैं?”

रिया का हाथ थम गया। उसकी आँखें भर आईं। कैमरे की लाइट झिलमिला रही थी, लेकिन रिया के चेहरे पर सिर्फ़ इंसानियत का उजाला था। आरव ने कैमरा नीचे रख दिया। वह पास आया, और बोला –

आरव (धीरे, पर दृढ़ता से) –-“रिया, पहले इन बच्चों को कुछ दे देते हैं... फिर शूट करेंगे।”

रिया ने बिना कुछ कहे अपने बैग से बिस्किट और पानी की बोतलें निकालीं। आरव ने अपनी जैकेट उतारकर उस महिला के बच्चे को ओढ़ा दी।

आसपास के लोग चुपचाप यह दृश्य देख रहे थे – कुछ ने सिर झुका लिया, कुछ की आँखें नम थीं।

किसी ने धीमे से कहा –"ये हैं असली पत्रकार... जो कैमरा नहीं, दिल लेकर चलते हैं।"

थोड़ी देर बाद, रिया ने फिर कैमरा ऑन करवाया। उसकी आवाज़ अब और गहरी थी, दर्द में भी एक ताक़त थी।

रिया (कैमरे पर) –"कभी-कभी न्यूज़ सिर्फ़ आंकड़े नहीं होती... वो किसी माँ की पुकार, किसी बच्चे की भूख और किसी परिवार की उम्मीद बन जाती है। यह सिर्फ़ चेन्नई की कहानी नहीं है – यह इंसानियत की परीक्षा है।"

आरव कैमरे के पीछे खड़ा था, लेकिन उसकी आँखों में भी वही नमी थी जो स्क्रीन पर दिख रही थी।

दोनों कुछ पल के लिए मौन रहे – सिर्फ़ बारिश की आवाज़, बच्चों के रोने और नावों की मोटरों की गूंज सुनाई दे रही थी।

फिर आरव ने धीरे से कहा – आरव –"रिया... कभी-कभी लगता है, हम सिर्फ़ रिपोर्ट नहीं कर रहे... हम उस दर्द का हिस्सा बन गए हैं।"

रिया ने उसे देखा – "और शायद यही पत्रकारिता की असली कीमत है।"

वो दोनों फिर से कैमरा उठाते हैं। दूर नौसेना की एक नाव दिखती है, जिस पर लिखा है – "INS Rajali Relief Operation - Hope for Chennai"

आरव धीरे से ज़ूम करता है। रिया की आवाज़ बैकग्राउंड में गूंजती है – “हर आपदा के बीच, जब इंसानियत हाथ बढ़ाती है... वहीं से उम्मीद की कहानी शुरू होती है।”

कैमरा स्लो पैन करता है – छतों पर लोग हाथ हिला रहे हैं, कुछ नावें राहत का सामान बाँट रही हैं। आसमान में सूरज की एक हल्की किरण बादलों को चीरती हुई निकलती है – मानो उस शहर को फिर से जीने का वादा दे रही हो।

दृश्य 3 - 2016 ऑफिस कैंटीन (रिश्ते की शुरुआत)

स्थान: नोएडा न्यूज़ चैनल ऑफिस, रात का सन्नाटा, कैंटीन की हल्की रोशनी में दो थकी लेकिन मुस्कुराती हुई आत्माएँ।

नोएडा का ठंडा दिसंबर का महीना था। बाहर ऑफिस की पार्किंग में धुंध की हल्की परत तैर रही थी। चैनल के न्यूज़रूम में अभी भी कंप्यूटरों की लाइट झिलमिला रही थी – कुछ स्टाफ़ अगली बुलेटिन की तैयारी में लगे थे, लेकिन ज़्यादातर लोग जा चुके थे। कैंटीन में बस दो कप कॉफी की भाप थी और उनके बीच बैठा हुआ एक अनकहा एहसास।

रिया अपने कंधों पर डाली शॉल को ठीक करते हुए बोली – रिया (मुस्कुराते हुए) – "तुम्हें पता है आरव, लोग कहते हैं पत्रकारिता सिर्फ़ कठोर दिल वाले लोगों के लिए होती है। लेकिन तुम तो उल्टे हो – दिल से बहुत नरम।"

आरव हँस पड़ा। उसकी मुस्कान में एक अजीब सी सादगी थी, जैसे किसी बच्चे की आँखों में झलकती ईमानदारी। उसने धीरे से अपने कप को टेबल पर रखा, और हल्के स्वर में कहा –आरव – "और तुम? तुम तो बाहर से बहुत सख़्त लगती हो, जैसे किसी तूफ़ान में भी टिक जाओगी। लेकिन अंदर से... काँच जैसी नाज़ुक हो। बस कोई समझने वाला चाहिए।"

रिया ने उसकी ओर देखा – उसकी आँखों में थकान थी, लेकिन साथ ही एक चमक भी, जैसे कोई अनकही बात

लफ़्ज़ों से निकलने को बेचैन हो। दोनों के बीच कुछ पल की ख़ामोशी रही। उस ख़ामोशी में न कोई अजीब थी, न कोई दूरी – बस एक अजीब सा सुकून। कैंटीन की खिड़की से आती हल्की ठंडी हवा ने रिया के बालों की लट को चेहरे पर ला दिया। आरव ने अनजाने में उसे हटाने को हाथ बढ़ाया, लेकिन बीच में ही रुक गया।

रिया मुस्कुराई, रिया (धीरे से) –"क्या हुआ? डर गए?"

आरव (संभलते हुए) – "नहीं... बस... कभी-कभी कुछ बातें कहने से ज़्यादा महसूस की जाती हैं।"

रिया ने उसकी बात पर हल्के से सिर झुकाया, और अपनी कॉफी की चुस्की ली। बाहर दूर कहीं पुलिस की सायरन की आवाज़ आई, लेकिन अंदर का माहौल वैसा ही शांत रहा।

रिया (थोड़ी गंभीर होकर) – "तुम्हें पता है आरव, इस पेशे में भरोसा करना मुश्किल होता है। हर कोई बस कहानी ढूंढता है... इंसान नहीं।"

आरव (धीरे से) – "और शायद इसलिए तुम्हें कोई ऐसा चाहिए जो कहानी नहीं, तुम्हें समझ सके।"

रिया ने पहली बार बिना कुछ कहे उसकी आँखों में देखा – लंबे, गहरे, और सच्चे नज़रों से। जैसे दो लोग जो अब तक सिर्फ़ ख़बरें बाँटते आए थे, अब पहली बार अपने दिल बाँट रहे हों। कैंटीन की घड़ी ने रात के 11:45 बजाए। कॉफी ठंडी हो चुकी थी, लेकिन उनके बीच की बातों की गर्माहट बढ़ती जा रही थी।

रिया ने अचानक कहा – रिया (हल्के मज़ाक में) – "देखो,

ये रात की कॉफी खतरनाक होती है... कई बार इससे दिल की बातें बाहर आ जाती हैं।"

आरव (मुस्कुराते हुए) – "अगर ऐसा है, तो आज की कॉफी मैं तुम्हें रोज़ पिलाऊँगा।"

रिया ने हँसते हुए उसकी ओर देखा, फिर धीरे से उठी– "अच्छा चलो, अब चलते हैं वरना लोग कहेंगे कि रिपोर्टर लोग अब रिपोर्टिंग के बजाय रोमांस करने लगे हैं।"

आरव ने हल्के से कहा – "कभी-कभी रिपोर्टिंग में भी सच्ची भावनाएँ खोजनी पड़ती हैं... शायद आज वही मिली हैं।"

रिया ने कुछ नहीं कहा, बस एक नज़र पीछे मुड़कर उसे देखा – वो नज़र जो किसी शुरुआत की गवाह बन गई।

उस रात जब दोनों अलग-अलग रास्तों से घर लौटे, तो हर ट्रैफ़िक सिग्नल, हर सुनसान सड़क, और हर हल्की हवा में एक ही बात थी – कुछ तो बदल गया है। शायद एक रिश्ता जन्म ले चुका था – बिना किसी इज़हार के, बिना किसी वादे के, पर पूरी सच्चाई के साथ।

दृश्य 4 - 2016 नोटबंदी का कवरेज

तारीख़: 8 नवंबर 2016

स्थान: दिल्ली - चाँदनी चौक, कनॉट प्लेस

समय: सुबह से देर रात तक।

सुबह की दिल्ली हमेशा भीड़भाड़ वाली होती है, लेकिन उस दिन माहौल कुछ अलग था। ठंडी हवाओं के बीच, हर गली, हर नुक्कड़ पर लोग नोटों को लेकर चर्चा कर रहे

थे। रात को प्रधानमंत्री के भाषण के बाद से ही पूरा देश एक उथल-पुथल में था – 500 और 1000 के नोट बंद।

रिया और आरव, चैनल की OB वैन से निकले, कैमरा कंधे पर, माइक हाथ में, और चेहरों पर वही जिम्मेदारी जो एक पत्रकार के पास होती है – "सच्चाई दिखाने की।"

चाँदनी चौक की तंग गलियों में लोगों की भीड़ लगी थी। कुछ ATM के बाहर, कुछ बैंकों के दरवाज़ों पर। हर चेहरे पर अलग कहानी थी – किसी के माथे पर चिंता की लकीरें, किसी की आँखों में उम्मीद की चमक।

रिया (कैमरे पर, हल्की सर्द हवा में माइक थामे) – "यह है दिल्ली का चाँदनी चौक, जहाँ ATM के बाहर लंबी लाइनें लगी हैं। लोग पुराने नोट बदलवाने के लिए घंटों खड़े हैं। किसी के पास अस्पताल का बिल है, किसी के

पास बच्चों की फ़ीस... लेकिन हर कोई अपने-अपने तरीके से इस बदलाव को झेल रहा है।"

आरव कैमरे की फोकस एडजस्ट कर रहा था। उसके हाथ ठंड से सुन्न हो रहे थे, पर उसकी आँखें रिया पर टिकी थीं – वो कैसे भीड़ में भी एक शांति बनाए रखती है।

भीड़ में एक अधेड़ उम्र का आदमी गुस्से में आगे आया –

आदमी (भरे स्वर में) – "मैडम, हमारा धंधा चौपट हो गया है! छोटे दुकानदार बर्बाद हो गए। कोई नकद नहीं दे रहा, ग्राहक कम हो गए, और बैंक में लाइन का कोई अंत नहीं।"

रिया ने उसकी ओर सहानुभूति से देखा।

रिया (शांत स्वर में) – "आपको लगता है ये फैसला गलत है?"

आदमी – "गलत नहीं कहूँगा, पर हम जैसे लोगों को किसी ने सोचा ही नहीं। टीवी पर बड़े-बड़े भाषण आसान हैं, लेकिन यहाँ ज़मीनी हक़ीक़त कुछ और है।"

आरव ने कैमरे के पीछे से कहा –आरव – "रिया, अब चलो कनॉट प्लेस चलते हैं। वहाँ से पॉज़िटिव साइड भी दिखा दें।"

कनॉट प्लेस - शाम के लगभग 5 बजे

सूरज ढल रहा था। CP की गोल मार्केट में अब भी भीड़ थी। सफेद कॉलमों के बीच, एक महिला बैंक से बाहर आ रही थी, हाथ में नए नोट।

रिया (कैमरे पर) – "आपको लाइन में कितनी देर लगी?"

महिला (थकी हुई लेकिन मुस्कुराते हुए) – “लगभग चार घंटे... पर कोई बात नहीं। देश की भलाई के लिए थोड़ा कष्ट तो उठाना ही पड़ेगा। काला धन खत्म होना चाहिए।”

रिया मुस्कुराई, और कैमरे की ओर मुड़कर बोली – रिया – “देश के लोगों में गुस्सा भी है और उम्मीद भी। नोटबंदी के इस दौर में हर भारतीय एक नई कहानी जी रहा है – कोई संघर्ष की, कोई बदलाव की।”

आरव ने शूट बंद किया और धीरे से बोला – “आज पहली बार लगा, ये कैमरा सिर्फ़ चेहरे नहीं, भावनाएँ भी रिकॉर्ड करता है।”

रिया ने उसकी ओर देखा – उसके शब्दों में गहराई थी, और कहीं न कहीं एक भावनात्मक जुड़ाव भी।

रात - लौटते समय, रिक्शे में

दिल्ली की सड़कें अब कुछ शांत थीं। स्ट्रीट लाइट की पीली रोशनी में धुंध तैर रही थी। दोनों एक रिक्शे में बैठे थे – रिया खिड़की की ओर देख रही थी, और आरव बस चुपचाप उसके चेहरे को।

रिया (धीरे से) – “देखा आरव... देश में बदलाव भी दर्द देता है और उम्मीद भी।”

थोड़ी देर चुप्पी रही। फिर आरव ने गहरी साँस ली –

आरव (गंभीर स्वर में) –“हाँ रिया... ठीक वैसे ही जैसे रिश्ता – कभी कठिनाई, कभी उम्मीद।”

रिया उसकी ओर देखती रही। उसकी आँखों में हल्की नमी थी, लेकिन होंठों पर मुस्कान भी। जैसे उसने पहली बार उसे सिर्फ़ एक सहकर्मी के रूप में नहीं, बल्कि एक ऐसे इंसान के रूप में देखा हो जो उसे समझता है।

रिक्शा धीमी रफ़्तार से इंडिया गेट के पास से गुज़रा – वहाँ कुछ युवा नोटबंदी पर बहस कर रहे थे, कुछ बस चुपचाप फोटो ले रहे थे। हवा में एक बेचैनी थी, लेकिन उसी में एक नई शुरुआत की खुशबू भी।

रिया ने धीरे से कहा –रिया – "कभी-कभी सोचती हूँ, ये पेशा हमें कितना कुछ सिखा देता है – दुनिया को देखना, लोगों को समझना... और शायद खुद को भी।"

आरव मुस्कुराया, आरव गुड र शायद किसी को महसूस करना भी।"

रिया ने कुछ नहीं कहा। बस उसकी ओर एक पल देखा – लंबी, गहरी नज़र – जैसे उस रात की ठंडी हवा में भी दिलों में एक अनकही गर्मी फैल गई हो।

रिक्शा चलते-चलते न्यूज़ ऑफिस के बाहर रुका। दोनों उतर गए।

रिया ने धीरे से कहा – "कल सुबह एडिटिंग है... पर आज का दिन शायद कभी एडिट नहीं होगा।"

आरव बस मुस्कुराया – "कुछ रिपोर्टिंग दिल में दर्ज हो जाती है, कैमरे में नहीं।"

उस रात, जब दोनों अपने-अपने घर पहुँचे, तो फ़ोन की स्क्रीन पर "गुड नाईट " का एक छोटा-सा मैसेज था – लेकिन उस दो शब्दों के पीछे छिपे भाव शायद वही जानते

थे जो 8 नवंबर की रात से सिर्फ़ देश नहीं, बल्कि एक रिश्ता भी "बदल" चुका था।

दृश्य 5 - 2017 अमरनाथ यात्रा हमला

तारीख़: 10 जुलाई 2017
स्थान: अनंतनाग, जम्मू-कश्मीर
समय: रात के करीब 8:30 बजे

पहाड़ों के सन्नाटे को गोलियों की आवाज़ ने तोड़ दिया था। हवा में बारूद की गंध थी, और सड़क पर फैले चप्पलों, टूटे कांच और खून के धब्बे उस भयावह पल की गवाही दे रहे थे। अमरनाथ यात्रा पर आतंकियों ने हमला किया था। आठ तीर्थयात्री अपनी जान गंवा चुके थे। कई घायल थे। चारों तरफ़ अफरा-तफरी, और फिर भी कुछ लोग मदद कर रहे थे – चुपचाप, बिना किसी पहचान पूछे। ठंडी हवा में रिया का चेहरा सफेद पड़ गया था। हाथ में माइक काँप रहा था, और आँखों में डर साफ़ झलक रहा था। पास में आरव कैमरा सेट कर रहा था, लेकिन

उसकी नज़रें हर तरफ़ चौकन्नी थीं – कहीं कोई और गोलीबारी न हो जाए।

रिया (कंपकंपाते स्वर में) – "आरव... यहाँ तो कुछ देर पहले गोलीबारी हुई थी... हमें... हमें डर नहीं लग रहा?"

आरव ने पल भर को उसकी ओर देखा – उसकी आँखों में डर के साथ सच्चाई की आग भी थी। वह उसके पास आया, उसके काँपते हाथों को थाम लिया।

आरव (धीरे लेकिन दृढ़ स्वर में) – "डर तो सबको लगता है रिया... लेकिन पत्रकार वही है जो डर के बीच इंसानियत खोजे। देखो वहाँ..."

रिया ने उसकी उंगली के इशारे का पीछा किया – सड़क किनारे एक स्थानीय मुस्लिम युवक अपने कंधे पर घायल तीर्थयात्री को उठाकर एंबुलेंस की ओर ले जा रहा था। पास ही कुछ महिलाएँ – सिर पर दुपट्टा बाँधे – घायलों को पानी पिला रही थीं, किसी का सिर अपनी गोद में रखे रो रही थीं।

रिया के गले में कुछ अटक गया। उसने खुद को संभाला, कैमरे की ओर देखा, और बोलना शुरू किया – रिया (कैमरे पर, हल्की कंपकंपी के साथ) – "यह अनंतनाग का वो इलाका है जहाँ कुछ घंटे पहले आतंकियों ने अमरनाथ यात्रा पर हमला किया। लेकिन आज की सबसे बड़ी कहानी यह नहीं है कि हमला हुआ... बल्कि यह है कि यहाँ के कश्मीरी मुसलमान अपने हिंदू भाइयों की जान बचा रहे हैं।"

कैमरा आरव चला रहा था। उसकी आँखों में गर्व था – रिया आज डर के बीच खड़ी थी, लेकिन उसके शब्द किसी साहस की मिसाल बन गए थे। पास ही एक बुज़ुर्ग स्थानीय व्यक्ति आगे आए – दाढ़ी में खून के छींटे थे, पर चेहरे पर इंसानियत की चमक थी।

बुज़ुर्ग (टूटी आवाज़ में) – "हम सब इंसान हैं बेटा। जो मरे हैं वो हमारे भी भाई हैं। इस मिट्टी ने कभी नफरत नहीं सिखाई... सिर्फ़ मोहब्बत।"

रिया ने उसका हाथ पकड़ा, और भावनाओं से भरे स्वर में कहा – रिया – "आप जैसे लोगों की वजह से ही देश अब भी ज़िंदा है, चाचा।"

आरव ने यह दृश्य कैद किया – उसकी आँखें भीग चुकी थीं। शायद पहली बार किसी रिपोर्टर की आँखों में 'कहानी' नहीं, 'इंसानियत' थी।

रात - पहाड़ों के बीच, राहत कैंप के पास

सड़क पर एंबुलेंसों की आवाज़ें गूंज रही थीं। डॉक्टर और स्थानीय लोग मिलकर घायलों को संभाल रहे थे। रिया और आरव एक टेंट के बाहर खड़े थे – उनके कपड़ों पर धूल, आँखों में थकान, लेकिन दिल में भारी सुकून था।

रिया (धीरे से, थककर बैठते हुए) – "आरव... कभी-कभी लगता है... ये पेशा हमें सिर्फ़ ख़बर नहीं दिखाता, बल्कि हमें महसूस कराता है कि इंसानियत अब भी ज़िंदा है।"

आरव (गंभीर स्वर में, उसके बगल में बैठते हुए) – "हाँ... और शायद यही वो पल हैं जो हमें याद दिलाते हैं कि कैमरा सिर्फ़ रिकॉर्ड नहीं करता... वो इतिहास बनाता है।"

रिया ने उसकी ओर देखा – उसकी आँखों में चमक थी, लेकिन कहीं भीतर डर की परत अब भी थी। आरव ने उसका हाथ थाम लिया, हल्के से दबाया।

आरव – "तुमने आज कमाल कर दिया रिया। डर के बीच जो तुमने बोला, वो पूरे देश सुनेगा।"

रिया (मुस्कुराकर, आँखों में नमी लिए) – "शायद इसलिए कि आज मैंने सिर्फ़ पत्रकार नहीं, एक इंसान की तरह बात की।"

आरव ने आसमान की ओर देखा – दूर कहीं सेना के हेलीकॉप्टर की आवाज़ आ रही थी। चारों ओर सन्नाटा और ठंडी हवा थी। लेकिन उस सन्नाटे में एक गर्माहट थी – इंसानियत की, और उनके बीच उभरते उस रिश्ते की, जो अब सिर्फ़ शब्दों तक सीमित नहीं था।

अगले दिन सुबह – चैनल हेड ऑफिस, दिल्ली

उनकी रिपोर्ट देशभर में वायरल हो चुकी थी। एंकर ने लाइव कहा – *"हमारे संवाददाताओं रिया पांडेय और आरव शर्मा ने जिस बहादुरी से यह रिपोर्टिंग की, उसने भारत के हर नागरिक को भावुक कर दिया है..."*

रिया ने स्क्रीन पर अपनी आवाज़ सुनी, और हल्की मुस्कान के साथ आरव की ओर देखा।
रिया – "कभी-कभी लगता है, हम ख़बर नहीं, इतिहास लिख रहे होते हैं।"

आरव – "और शायद एक-दूसरे के दिल में भी।"

दोनों कुछ देर चुप रहे। खिड़की से बाहर झाँकते हुए सूरज की पहली किरण आई – जैसे रात के अंधेरे के बाद उम्मीद की रोशनी।

उस दिन के बाद, उनके नाम सिर्फ़ एक रिपोर्ट के साथ नहीं, बल्कि एक भाव के साथ जुड़े – **"जब आतंक के बीच इंसानियत मुस्कुराई।"**

दृश्य 6 - व्यक्तिगत मोड़

स्थान: डल झील, श्रीनगर – बोट हाउस

तारीख़: 12 जुलाई 2017

समय: शाम 6:30 बजे, सूर्यास्त का समय

श्रीनगर की डल झील उस शाम किसी सपने की तरह शांत थी। सूरज की आख़िरी किरणें झील के पानी पर सुनहरी परत बिछा रही थीं। झील के बीच खड़ी हाउसबोट के आसपास कमल के पत्ते तैर रहे थे, और दूर कहीं से शिकारे की घंटी की आवाज़ आ रही थी। हवा में केसर और चाय की हल्की सुगंध घुली हुई थी।

आरव और रिया, दोनों चैनल की मुश्किल ड्यूटी से लौटे थे। दो दिन से लगातार रिपोर्टिंग, खून, डर, दर्द और कैमरे की चमक के बीच – आज उन्हें चैनल ने एक दिन का "आराम" दिया था। लेकिन असली आराम तो अब उनके दिलों को मिलने वाला था।

आरव ने बोट हाउस की लकड़ी की रेलिंग पर हाथ रखे हुए झील की तरफ देखा।

धीरे से बोला – **आरव (मुस्कुराकर)** – "यहाँ की शांति अजीब है रिया... जैसे झील कुछ कह रही हो, लेकिन बिना आवाज़ के।"

रिया ने उसकी ओर देखा, मुस्कुराई, और हल्के से बोली **रिया** –“हाँ... और हम लोग? हमेशा आवाज़ के पीछे भागते हैं। शायद इसलिए चुप्पी हमें डराने लगती है।”

आरव ने धीरे से कहा – **आरव** – “या शायद चुप्पी ही वो जगह है जहाँ दिल की आवाज़ सुनाई देती है।”

रिया उसकी बात सुनकर हल्का सा मुस्कुराई, फिर झील के शांत पानी में हाथ डुबोकर बोली – **रिया (धीरे से)** – “आरव, क्या कभी सोचा है कि हम ये भागदौड़, ये डेडलाइन, ये ब्रेकिंग न्यूज़ छोड़कर... किसी झील के किनारे हमेशा साथ रहें?”

आरव कुछ पल उसे देखता रहा। हवा में उसके बाल हल्के-हल्के उड़ रहे थे, और डूबते सूरज की रोशनी उसके चेहरे पर सुनहरा आभा बिखेर रही थी।

वो मुस्कुराया, फिर बोला – **आरव (नरमी से)** –“सोचता हूँ... कई बार। लेकिन फिर याद आता है – तुम्हारे बिना कैमरा भी अधूरा लगेगा। जैसे लेंस तो है, पर फोकस नहीं।”

रिया हँस पड़ी। उसकी हँसी झील की लहरों पर तैर गई, जैसे किसी ने संगीत छेड़ दिया हो।

रिया (हँसते हुए) – "तो इसका मतलब तुम कैमरे से ज़्यादा मुझे मिस करोगे?"

आरव (थोड़ा झिझकते हुए) –"शायद... या शायद दोनों एक ही चीज़ हैं। तुम कैमरे के सामने दुनिया को सच्चाई दिखाती हो, और मैं कैमरे के पीछे तुम्हारी सच्चाई महसूस करता हूँ।"

रिया की हँसी धीरे-धीरे एक गहरी ख़ामोशी में बदल गई। उसने अपनी नज़रें झील पर टिकाईं, और फिर बहुत धीरे से बोली - **रिया –**"आरव... कभी-कभी लगता है, हम दोनों सिर्फ रिपोर्टर नहीं हैं। शायद किसी कहानी के किरदार हैं, जिसे कोई ऊपर वाला लिख रहा है।"

आरव उसकी ओर झुक आया। झील पर हल्की हवा चली, जिससे उनकी नाव थोड़ा डगमगाई, पर दोनों ने एक-दूसरे को थाम लिया। उस पल, दोनों के बीच कोई शब्द नहीं था – बस एक एहसास जो सब कह रहा था।

आरव ने धीरे से कहा – **आरव (गंभीर, पर स्नेह भरे स्वर में)** – “रिया, मुझे लगता है... हमें अब सिर्फ रिपोर्टिंग ही नहीं, ज़िंदगी भी साथ करनी चाहिए।”

रिया ने उसकी ओर देखा – उसकी आँखें कुछ कह रही थीं, पर होंठ चुप थे। उसने पलभर को अपनी नज़रें झील की तरफ मोड़ी, फिर धीरे-धीरे अपना हाथ आगे बढ़ाया। आरव ने उसका हाथ थाम लिया – हल्के से, जैसे कोई वादा हो जिसे शब्दों की ज़रूरत नहीं। दोनों कुछ देर वैसे ही बैठे रहे। दूर पहाड़ों के पीछे सूरज पूरी तरह ढल चुका था। आसमान में हल्का नीला और गुलाबी रंग घुल गया था। झील पर पड़ती झिलमिल रोशनी में उनके चेहरे चमक रहे थे – जैसे दो आत्माएँ पहली बार एक सुकून में साँस ले रही हों।

बोटमैन ने धीरे से नाव को झील के बीच रोक दिया।
बोटमैन (धीरे से, मुस्कुराकर) –“साहब, मैडम... आज झील बहुत शांत है। लगता है झील भी कुछ सुन रही है।”

रिया ने उसकी बात पर मुस्कुराते हुए कहा – **रिया** –"हाँ, शायद झील ने आज एक कहानी सुन ली... जो सिर्फ हम दोनों जानते हैं।"

आरव ने उसकी ओर देखा – उस नज़र में अब कोई झिझक नहीं थी, कोई दूरी नहीं थी। सिर्फ़ अपनापन था। पानी की लहरें धीरे-धीरे किनारे से टकरा रही थीं। आसमान में पहली तारा चमक उठा था।
और डल झील की उस ख़ामोश रात में, दो रिपोर्टर अब सिर्फ़ एक कहानी नहीं बता रहे थे – वे खुद एक कहानी बन चुके थे।

*****

अध्याय 5 : दिल की धड़कनें

स्थान: धर्मशाला, हिमाचल प्रदेश

समय: दिसंबर 2017 की ठंडी शाम, करीब 6 बजे

स्थान विवरण:

धर्मशाला की पहाड़ियों पर सर्द शाम धीरे-धीरे उतर रही थी। धुंध की पतली परतें देवदार के लंबे पेड़ों के बीच ऐसे तैर रही थीं, जैसे आसमान खुद ज़मीन पर उतर आया हो। सड़क किनारे बने लकड़ी के कैफ़े *"Himalayan Brews"* की खिड़कियों से गर्म रोशनी झिलमिला रही थी। कैफ़े के बाहर पीले लैम्पपोस्ट की हल्की रौशनी में कुछ युगल अपने-अपने मग में कॉफ़ी लिए बातें कर रहे थे। हवा में ताज़ी पिसी हुई कॉफ़ी, दालचीनी और ठंडी मिट्टी की मिश्रित ख़ुशबू थी।

अंदर हल्का जैज़ म्यूज़िक बज रहा था – धीमा, सुकून भरा। दीवारों पर पुरानी कैमरा फ़ोटोग्राफ़्स टंगी थीं – कुछ धर्मशाला के टी गार्डन की, कुछ मैक्लोडगंज की गलियों की।

खिड़की के पास वाली टेबल पर, रिया और आरव आमने-सामने बैठे थे। बाहर झरते सूरज की आख़िरी किरणें अब धुंध में गुम हो रही थीं।

दृश्य 1 – खिड़की के पास - "Himalayan Brews" कैफ़े

रिया ने अपने हाथों को कप के चारों ओर लपेटा, जैसे गर्माहट को पकड़ लेना चाहती हो। उसके बाल हल्की हवा से उड़ रहे थे। भाप कप से उठकर उसके चेहरे पर एक धुंध-सी परत छोड़ रही थी – जो उसकी आँखों में छिपी हल्की बेचैनी को ढँक रही थी।

धीरे से उसने कहा, –"पता है आरव... जब आप कैमरे के पीछे होते हैं न... मुझे लगता है जैसे मेरी रिपोर्टिंग में जान आ जाती है। आपकी नज़र उस चीज़ को पकड़ लेती है, जो मेरी आवाज़ महसूस कराती है। जैसे मेरी आवाज़ अकेली नहीं है... आपके लेंस में उसे ताक़त मिलती है।"

आरव ने अपनी कॉफ़ी का कप मेज़ पर रखते हुए उसकी ओर देखा। उसकी आँखों में नर्म मुस्कान थी, लेकिन उस मुस्कान में कुछ गहराई भी थी – जैसे कुछ कहना चाहता हो पर शब्द नहीं मिल रहे हों।

वह धीरे-से बोला, – "और मुझे हमेशा लगता है कि आपकी आवाज़ के बिना मेरी तस्वीरें अधूरी हैं। कैमरे के पीछे मैं जो देखता हूँ... उसे आपकी आवाज़ ही ज़िंदा बनाती है। शायद हम दोनों... एक-दूसरे को पूरा करते हैं।"

रिया के चेहरे पर हल्की लाली छा गई। वह मुस्कुराई, पर नज़रें झुका लीं। उसने खिड़की से बाहर देखा – सामने फैली घाटी में बादलों की सफ़ेद परत तैर रही थी, जैसे आसमान और धरती के बीच कोई सपना ठहर गया हो।

आरव ने खामोशी तोड़ी, –"रिया... क्या कभी तुम्हें लगा है कि जो कहानियाँ हम दूसरों के लिए सुनाते हैं, उनमें कहीं हमारी अपनी कहानी भी छिपी होती है?"

रिया ने उसकी ओर देखा। उसकी आँखों में हल्की नमी थी, लेकिन होंठों पर मुस्कान। फिर रिया धीरे से बोली —

"शायद... लेकिन हमारी कहानी कैमरे के फ्रेम से बाहर रहती है, आरव। लोग हमें देखते हैं... पर हमें नहीं समझते।"

थोड़ी देर दोनों चुप रहे। सिर्फ़ कप से उठती भाप, और बाहर से आती ठंडी हवा की सरसराहट सुनाई दे रही थी।

आरव ने धीरे से कहा, – "फिर भी... कुछ कहानियाँ होती हैं जो कभी ऑन एयर नहीं जातीं... पर दिल में हमेशा चलती रहती हैं – जैसे बैकग्राउंड म्यूज़िक।"

रिया ने उसकी बात पर हल्का सिर झुकाया। – "तो फिर हमारी ये कहानी भी... शायद उसी म्यूज़िक की तरह है।"

बाहर अँधेरा अब पूरी तरह छा चुका था। कैफ़े की खिड़कियों पर धुंध की परत जम गई थी। रिया ने अपनी ऊँगली से शीशे पर एक छोटी-सी स्माइली बना दी – अनजाने में, जैसे अपने मन की बात कह दी हो।

आरव ने मुस्कुराकर देखा और कहा, – "शायद ये वही मुस्कान है, जो हर बार रिपोर्टिंग के बाद भी रहती है... जब कैमरा ऑफ़ हो जाता है।"

रिया ने कहा, – "और शायद ये वही लम्हा है... जिसे मैं हमेशा याद रखना चाहूँगी।"

दोनों ने एक साथ खिड़की के बाहर देखा – घाटी में झिलमिलाती रोशनी, दूर मठ की घंटी की आवाज़ और आसमान में धीरे-धीरे उभरता चाँद।

वो पल जैसे ठहर गया था – न रिपोर्टिंग की हड़बड़ी थी, न कैमरे की लाइट... सिर्फ़ दिल की धड़कनें थीं।

अंतिम पंक्ति (भावनात्मक समापन):

उस शाम धर्मशाला की ठंडी हवा ने एक अनकही कहानी की गवाही दी – एक ऐसी कहानी, जो कभी प्रसारित नहीं हुई, लेकिन दोनों के दिलों में हमेशा "लाइव" रही।

दृश्य 2 - मंदिर का आँगन

स्थान: बगलामुखी मंदिर, बनखंडी - कांगड़ा घाटी, हिमाचल प्रदेश

समय: दिसंबर 2017 की ठंडी संध्या, "मार्कंडेय संक्रांति

उत्सव" के दिन

(यह एक स्थानीय पर्व होता है, जब गाँव और आसपास के इलाकों के लोग माँ बगलामुखी मंदिर में विशेष आरती और दीपदान के लिए जुटते हैं।)

ढलती शाम की सुनहरी धूप अब मंदिर की पीली दीवारों पर हल्की-सी चमक छोड़ चुकी थी। हवा में अगरबत्तियों की खुशबू, घी के दीपकों की लौ और मंदिर की घंटियों की गूंज एक पवित्र समरसता बना रही थी। ठंडी पहाड़ी हवा में भी एक अजीब-सी गर्माहट थी – श्रद्धा की, और शायद किसी अनकहे एहसास की।

भीड़ में रंग-बिरंगे ऊनी कपड़ों में लिपटे लोग थे – कोई हाथ जोड़े खड़ा, कोई दीपक जलाकर सीढ़ियों पर रख रहा था। बच्चों की हँसी और मंदिर पुजारी की आवाज़ एक साथ गूंज रही थी – "जय माँ बगलामुखी!"

कैमरा टीम भीड़ के किनारे अपनी तैयारी में थी। आरव ने कैमरा ट्राइपॉड पर सेट किया, लेंस पोंछा और फोकस मंदिर के मुख्य द्वार पर किया, जहाँ से रिया अपनी लाइव रिपोर्ट शुरू करने वाली थी।

रिया ने माइक हाथ में लिया, उसकी सांसें हल्की-सी काँप रही थीं – शायद ठंड से, या शायद उस माहौल की गहराई से। मंदिर की आरती शुरू होने वाली थी। दीपों की लौ हवा में हिल रही थी, और चारों ओर “ओम ह्लीं बगलामुख्यै नमः” की ध्वनि फैल रही थी।

रिया (कैमरे पर) – “नमस्कार दर्शकों, मैं रिया पांडेय, ‘हिमालय टुडे न्यूज़ नेटवर्क’ चैनल से, इस समय कांगड़ा घाटी के बनखंडी स्थित माँ बगलामुखी मंदिर में मौजूद हूँ। आज यहाँ मनाया जा रहा है *मार्कंडेय संक्रांति उत्सव*, जो शक्ति उपासना और लोक श्रद्धा का प्रतीक है। आप देख सकते हैं– कैसे पूरा मंदिर दीपों की रोशनी से जगमगा उठा है, और भक्तों की भीड़ माँ के जयघोष में लीन है...”

(कैमरा धीरे-धीरे ज़ूम होता है – रिया के चेहरे पर। उसके पीछे आरती की लहराती लौ और भक्तों के चेहरे चमक रहे हैं।)

आरव कैमरे के व्यूफ़ाइंडर से देख रहा था, लेकिन उसका फोकस सिर्फ़ “फ्रेम” नहीं था। वह उस रोशनी को देख रहा

था, जो आरती के दीपों से नहीं – बल्कि रिया की आँखों से झिलमिला रही थी। आरव के उँगलियाँ कैमरे पर थीं, पर उसका मन कुछ और कैद कर रहा था – वो हल्की-सी मुस्कान, रिपोर्टिंग करते वक्त उसका सिर थोड़ा एक ओर झुकाना, और उसकी आवाज़ में वो आत्मविश्वास, जो किसी पहाड़ी धुन-सा मधुर लग रहा था। रिया ने रिपोर्ट खत्म की, और माइक नीचे रखते हुए उसकी ओर मुड़ी। उसके होंठों पर वही सधी हुई मुस्कान थी, पर आँखों में सवाल।

रिया (हँसते हुए) – "क्या देख रहे थे इतनी देर, आरव? कैमरा मेरी तरफ़ था या... मैं आपकी आँखों में थी?"

आरव कुछ पल के लिए चौंका – उसकी आँखों में आरती की लौ झिलमिला उठी। फिर हल्की हँसी के साथ बोला,
आरव – "शायद दोनों ही... कैमरे में आप थीं, और आँखों में भी।"

रिया ने झेंपकर सिर झुका लिया, फिर धीरे से बोली, – "तो फिर अब क्या करें, इस कैमरे से जो भी कैद हुआ है... वो खबर में जाएगा या दिल में?"

आरव ने मुस्कुराते हुए जवाब दिया, – "कुछ बातें ऐसी होती हैं, जो किसी बुलेटिन का हिस्सा नहीं बनतीं, रिया। वो सिर्फ़ यादों में रहती हैं – और कभी मिटती नहीं।"

दोनों कुछ पल चुप रहे। उनके बीच सिर्फ़ मंदिर की घंटियों की मधुर गूंज थी और आरती की लौ, जो हवा में हल्के-हल्के बहती जा रही थी।

बगल में बैठे एक बुज़ुर्ग ने दीपक जलाते हुए कहा, – "दीप जलता रहे, तो अंधेरा कभी ठहरता नहीं।"

रिया ने उस वाक्य को सुना – और जैसे उसके दिल में कोई नया दीप जल उठा। उसने धीरे से आरव की ओर देखा।

"शायद हमारे बीच भी... कोई दीप जल गया है," उसने बहुत धीरे कहा।

आरव ने कुछ नहीं कहा, बस मुस्कुराया। उसकी आँखों में वही चमक थी – जो मंदिर के दीपों से भी ज़्यादा पवित्र लग रही थी।

समापन वर्णन:

रात धीरे-धीरे गहराती गई। मंदिर के बाहर ठंडी हवा में भक्ति गीतों की धुन घुली हुई थी। भीड़ अब छंट रही थी, पर रिया और आरव वहीं खड़े थे – सीढ़ियों के पास, जहाँ पत्थर अभी भी आरती के दीपों से गर्म थे। उनके बीच कोई वादा नहीं था, कोई इज़हार नहीं – पर हवा में कुछ था जो कह रहा था, कि यह रिश्ता अब सिर्फ़ काम तक सीमित नहीं रहा...

यह अब "दिल की धड़कनों" में उतर चुका था।

दृश्य 3 - पहाड़ी रास्ता

स्थान: धर्मकोट से नड्डी गाँव तक का रास्ता, धर्मशाला

(हिमाचल प्रदेश)

समय: जनवरी 2018 की ठंडी दोपहर, करीब 4:30 बजे

(एक दिन पहले बारिश हुई थी, इसलिए रास्ते पर नमी

थी और देवदार की खुशबू हवा में तैर रही थी। दूर धौलाधार की बर्फ़ से ढकी चोटियाँ धूप में चमक रही थीं।) ढलती दोपहर का सूरज देवदार के पेड़ों की शाखाओं के बीच से छनकर सुनहरी रौशनी फैला रहा था। पहाड़ी रास्ते पर दोनों धीरे-धीरे चल रहे थे – एक हाथ में कैमरा बैग, दूसरे में रिपोर्टिंग किट। पहाड़ियों से आती ठंडी हवा उनके बालों को उड़ाती जा रही थी, और रास्ते के किनारे सूखे पत्ते उनके पैरों के नीचे खड़खड़ा रहे थे। सड़क सँकरी थी, पर शांत। बस कभी-कभी किसी बाइक या लोकल जीप की आवाज़ उस सन्नाटे को तोड़ती थी। रिया ने आसमान की ओर देखा – नीला आकाश, बीच-बीच में उड़ते सफ़ेद बादल, और धूप जो धीरे-धीरे धुंध में घुलती जा रही थी। उसने अपने कानों पर पड़े बालों को पीछे किया और हल्की

मुस्कान के साथ बोली – "आरव... कभी सोचा है कि अगर हम ये काम साथ न कर रहे होते, तो भी क्या हम मिले होते?"

उसकी आवाज़ में सच्ची जिज्ञासा थी, लेकिन साथ ही हल्की-सी कंपकंपी – जैसे वो डर रही हो कि जवाब क्या होगा।

आरव कुछ कदम आगे चलकर रुक गया। उसने अपने जूते से एक छोटा-सा कंकड़ हटाया, फिर मुड़कर रिया की ओर देखा। धूप उसके चेहरे के आधे हिस्से पर पड़ रही थी, बाकी हिस्सा छाया में था – जैसे ज़िंदगी और इमोशन के बीच कोई पतली रेखा हो।

वह धीरे से बोला, – "शायद किस्मत ने सोचा होगा कि हमें किसी बहाने से मिलाना ही है। न्यूज़ तो बस एक बहाना है, रिया... असली वजह तो हम दोनों हैं।"

रिया कुछ पल के लिए चुप रही। उसकी नज़रें नीचे झुकीं, पर मुस्कुराहट छिप नहीं सकी। – "मतलब किस्मत को भी शायद एक स्टोरी चाहिए थी?" उसने हल्के मज़ाकिया लहजे में कहा।

आरव हँसा – "हाँ, और वो स्टोरी शायद 'ऑफ एयर' चल रही है, सिर्फ़ हमारे दिलों में।"

रिया की आँखों में अब एक अलग चमक थी। हवा ने उसके बालों की एक लट चेहरे पर ला दी, जिसे उसने धीरे से पीछे किया।

"पता है आरव," वह बोली, "जब पहली बार आपको कैमरे

के पीछे देखा था, तो लगा था कि आप सिर्फ़ काम के इंसान हैं... कम बोलने वाले, गंभीर। लेकिन अब लगता है कि आपकी ख़ामोशी में बहुत कुछ कहा गया है – बस बिना आवाज़ के।"

आरव ने मुस्कुराते हुए जवाब दिया, – "कभी-कभी ख़ामोशी ही वो आवाज़ होती है, जिसे सबसे ज़्यादा महसूस किया जाता है।"

दोनों कुछ देर चलते रहे। रास्ता अब धीरे-धीरे ऊपर की ओर मुड़ रहा था। नीचे घाटी में धूप की लकीरें फैल रही थीं और दूर मठ की घंटी की धीमी ध्वनि सुनाई दे रही थी। हवा में ठंडक बढ़ गई थी।

रिया ने अपने दुपट्टे को कसकर ओढ़ी और बोली, – "जानते हो, मुझे ये रास्ते बहुत अच्छे लगते हैं... शायद

इसलिए क्योंकि इन रास्तों पर हम साथ चलते हैं। ये शांत होते हैं, पर इनमें हमारी बातें गूँजती रहती हैं।"

आरव ने उसकी ओर देखा – उसकी आँखों में धूप की परछाईं थी और उसमें झलक रहा था एक अनकहा अपनापन।

"शायद इसलिए, क्योंकि ये रास्ते भी जानते हैं कि हम दोनों एक-दूसरे की मंज़िल हैं।" आरव ने धीमी स्वर में कहा.

रिया कुछ कहना चाहती थी, पर शब्द अटक गए। हवा में देवदार की गंध और दिल की धड़कनों की लय घुल चुकी थी।

वह धीरे से बोली, – "आरव... कभी डर नहीं लगता? कि अगर ये रिश्ता किसी दिन दूर चला गया तो?"

आरव ने रुककर उसकी ओर देखा। उसकी नज़र में एक गहराई थी, जो किसी आश्वासन से ज़्यादा सच्ची थी।

“नहीं, रिया। जो रिश्ता सच्चे दिल से जुड़ता है, वो दूर नहीं जाता – बस एक नया रास्ता ढूँढ लेता है। हम अगर साथ न भी चलें... तो भी एक-दूसरे के रास्ते में रहेंगे।”

रिया की आँखों में अब हल्की नमी थी, लेकिन मुस्कान बनी रही। उसने धीरे से कहा, – “कभी-कभी सोचती हूँ... ये जो पहाड़ हैं न, ये भी हमारे जैसे हैं – बाहर से ठंडे, पर भीतर से बहुत गर्म।”

आरव ने सिर हिलाया, – “और शायद इसलिए, इन पहाड़ों ने हमारी कहानी सुनी है – हर बार, जब हम इन रास्तों से गुज़रे हैं।” दोनों चलते रहे। धूप अब धीरे-धीरे फीकी पड़ रही थी, और ऊपर बादलों के पीछे से चाँद की हल्की

परछाई झलकने लगी थी। रास्ते के किनारे एक छोटा-सा चाय स्टॉल दिखा।

रिया ने मुस्कुराकर कहा, – "चलो, एक कप चाय हो जाए... वरना दिल की बातें ठंडी पड़ जाएँगी।"

आरव हँस पड़ा, – "तो फिर दो कप – एक तुम्हारे लिए, एक उस किस्मत के नाम जिसने हमें मिलाया।"

दोनों ने एक-दूसरे की ओर देखा – बिना शब्दों के, बस आँखों में वही बात थी जो अब तक अधूरी थी।

भावनात्मक समापन:

उस शाम पहाड़ों की हवा में सिर्फ़ देवदार की खुशबू नहीं थी – उसमें दो दिलों की धड़कनों की गूँज भी थी। रास्ता अब अँधेरे में डूब रहा था, लेकिन उनके बीच एक रोशनी

जल चुकी थी – वो जो किसी कैमरे में नहीं दिखती, पर महसूस होती है... हर कदम के साथ।

दृश्य 4 – धर्मशाला की बारिश में कॉफ़ी डेट (जनवरी 2018)

स्थान – धर्मशाला, हिमाचल प्रदेश
तारीख़ – जनवरी की शुरुआत, 2018 की ठंडी दोपहर
वक़्त – शाम के करीब 5 बजे

धर्मशाला की पहाड़ियों पर घने बादल झुक आए थे। हवा में देवदार की गंध घुली थी, और नीचे बाज़ार की गलियों में रिमझिम बारिश लगातार गिर रही थी। सड़क किनारे बने कैफ़े *"Cloud Valley Brew"* के शीशों पर बारिश की बूंदें फिसल रही थीं, जैसे किसी अधूरी कहानी की स्याही बह रही हो।

अंदर लकड़ी की खुशबू, गर्म कॉफ़ी की भाप और हल्के इंग्लिश गानों की धीमी धुन माहौल को मुलायम बना रही

थी। बाहर सर्दी इतनी थी कि सांस से भाप निकल रही थी, पर अंदर बैठी रिया ने अपनी ग्रे ओवरकोट उतारकर पास रखी थी। उसके बालों के सिरों पर अब भी कुछ बारिश की बूँदें चमक रही थीं।

आरव थोड़ी देर से आया – हमेशा की तरह कैमरा बैग कंधे पर, और चेहरा हल्की मुस्कान से भरा हुआ। उसने अंदर आते ही बाल झटके और कहा, – “धर्मशाला की बारिश तो जैसे हमें मिलाने की ज़िद पर उतर आई है।”

रिया ने मुस्कुरा कर कहा, – “हाँ, और शायद अब हर रिपोर्टिंग से ज़्यादा ये कॉफ़ी रिपोर्ट मेरे दिल में छप रही है।”

वेटर ने दो कप हॉट कैपुचीनो रखे – झाग में दिल का आकार बना था। आरव ने देखा और कहा, – “ये तो कॉफ़ी भी हमारे सीन को समझती है।”

रिया ने धीरे से कप उठाया, उसकी उँगलियाँ गर्माहट से लाल हो गईं। उसने कप को दोनों हथेलियों में लेकर कुछ देर यूँ ही देखा, जैसे उसमें अपनी उलझनें घोल रही हो।

फिर हल्के से बोली –“आरव... सच कहूँ तो... आपके बिना सब अधूरा लगता है। ये रिपोर्टिंग, ये सफ़र, यहाँ तक कि मैं खुद भी।”

आरव कुछ देर चुप रहा। बाहर सड़क पर एक बच्चे ने रंगीन छतरी घुमाई, हवा में घनघोर बादलों की गूंज उठी। फिर उसने अपना कप नीचे रखा और रिया की आँखों में सीधा देखा –“तो फिर मान लीजिए, अब हम अधूरे नहीं रहेंगे। आपकी धड़कनें और मेरी धड़कनें... अब हमेशा साथ रहेंगी।”

रिया ने कुछ नहीं कहा। बस उसकी आँखें गीली हो उठीं। होंठों पर हल्की मुस्कान थी, और कप से उठती भाप उसके चेहरे के साथ घुल रही थी।

कैफ़े की खिड़की से झाँकते हुए धर्मशाला का पूरा बाज़ार धुंध में लिपटा था – दूर-दूर तक पहाड़ों की चोटियाँ बर्फ़ से ढकीं, और हवा में एक अजीब-सी शांति। नीचे सड़क पर मॉल रोड की चाय की दुकानों से उठती भाप और लकड़ी की महक इस पहाड़ी शहर को किसी फ़िल्म के फ्रेम जैसा बना रही थी।

आरव ने धीरे से कहा, – "पता है, रिया, जब से धर्मशाला आया हूँ, ये शहर मुझे हमेशा कुछ कहता है – कि कुछ लोग मिलते हैं सिर्फ़ काम के लिए नहीं, किसी अधूरी किस्मत को पूरा करने के लिए।"

रिया ने हल्के से सिर झुकाया और बोली, –"शायद यही वजह है कि मैं आज बारिश में भीगी नहीं, बस कुछ और गहराई तक भीग गई हूँ।"

उसके शब्द हवा में तैर गए। बाहर बारिश और तेज़ हो गई। शीशों पर पानी की धारें अब मोतियों जैसी चमक रही थीं।

दोनों कुछ देर चुप बैठे रहे – सिर्फ़ कॉफ़ी की खुशबू, बारिश की आवाज़, और दो दिलों की धड़कनों का संगीत।

धर्मशाला की वो शाम, वो बारिश, और वो कॉफ़ी... जैसे किसी पहाड़ी किस्मत ने उनके नाम लिख दी हो

दृश्य 5 – लोहड़ी की संध्या

स्थान – प्रागपुर, कांगड़ा घाटी, हिमाचल प्रदेश।

तारीख़ – 12 जनवरी 2018, लोहड़ी की संध्या।

समय – शाम के 7 बजे के बाद।

धौलाधार की पहाड़ियों के पीछे सूरज ढल चुका था। आसमान में ठंडे नीले और सुनहरे रंगों का मेल किसी पुराने चित्रकार की तूलिका जैसा लग रहा था। प्रागपुर गाँव, जो अपने पत्थर की गलियों और कांगड़ा की पारंपरिक हवेलियों के लिए मशहूर है, उस दिन पूरी तरह रंगों, रौशनी और लोक संगीत से भर उठा था। चारों ओर से ढोलक, नगाड़े और बांसुरी की आवाज़ें गूंज रही थीं। हवा में गुड़, तिल और सरसों के तेल की खुशबू तैर रही थी। गाँव के चौक में बड़ा-सा अलाव जल चुका था, उसके चारों ओर बच्चे, बूढ़े और औरतें लोहड़ी के गीत गा रहे थे– "सुंदर मुंदरिए हो... तेरे जेठे मरदे हो..."

रीया और आरव उस उत्सव को कवर करने के लिए पहुँचे थे, कैमरा और माइक के साथ। पर जैसे-जैसे रात गहराती गई, दोनों धीरे-धीरे उस भीड़ से कटकर एक कोने में खड़े हो गए – जहाँ रोशनी कम थी, मगर एहसास ज़्यादा। रीया ने हल्की ऊनी शॉल ओढ़ी थी, उसके बालों में ठंडी

हवा ने कुछ बिखरे लटों को उड़ा दिया था। अलाव की रोशनी उसके चेहरे पर पड़ रही थी, जिससे उसकी आँखों में चमक और गहराई दोनों एक साथ झलक रही थीं।

आरव ने कैमरा नीचे रखा, और कुछ देर तक उस आग की लपटों में देखते रहे। फिर मुस्कुराकर बोला, – "रिया, देखो... यह लपटें जैसे हर सर्दी को जला देती हैं। पर कुछ सर्दियाँ दिल में रह जाती हैं, जिन्हें सिर्फ़ एक नज़दीकी की गर्माहट ही मिटा सकती है।"

रिया ने उसकी ओर देखा – उसकी मुस्कान हल्की थी पर आँखें बहुत कुछ कह रही थीं। उसने धीरे से कहा, – "आरव... कभी-कभी लगता है कि हम दोनों सिर्फ़ काम के लिए नहीं बने... बल्कि ज़िंदगी के लिए बने हैं।"

उसके शब्द उस ठंडी हवा में किसी गर्म साँस की तरह घुल गए। आरव ने गहरी सांस ली, जैसे उस पल को दिल में उतार रहा हो।

"हाँ," उसने धीमे स्वर में कहा, "अब तो लगता है तुम्हारे बिना ज़िंदगी नामुमकिन है।"

उसकी आवाज़ में कोई दिखावा नहीं था – वो सच्चाई थी, जो शायद कई रिपोर्टिंग्स और सफ़रों के बीच खुद-ब-खुद जन्म ले चुकी थी। पास ही बच्चे लकड़ी के चारों ओर घूमकर गा रहे थे, और बुज़ुर्ग आग में मूँगफली के छिलके डालते हुए बोले जा रहे थे – "लोहड़ी मुबारक हो, बेटा! ये आग सबकी ठंड हर ले।"

रिया ने उन बुज़ुर्गों की ओर देखा और धीरे से बोली, – "कभी सोचा है, आरव? ये गाँव वाले हर साल इस आग के चारों ओर खुशियाँ बाँटते हैं। शायद हम शहर वाले भूल गए हैं कि ज़िंदगी का असली सुख जलती लकड़ी के धुएँ में नहीं, साथ बैठे लोगों की मुस्कुराहट में है।"

आरव ने उसकी बात पर सिर हिलाया। – "और शायद इसलिए हम यहाँ हैं... धर्मशाला, कांगड़ा, इन पहाड़ियों में... ताकि हम सिर्फ़ ख़बरें न पकड़ें, बल्कि ज़िंदगी के सच को छू लें।"

रिया ने मुस्कुराकर कहा, – "और शायद उसी सच का हिस्सा अब हम दोनों भी बन चुके हैं।"

थोड़ी देर दोनों चुप रहे। पीछे लोकगीत गूंज रहा था, "लोहड़ी दी लख-लख वधाइयाँ..." आसमान में छिटके तारे, ठंडी हवा में गुड़ की मिठास और आग की गर्माहट के बीच जैसे वक्त ठहर गया था। आरव ने धीरे से रिया का हाथ थाम लिया – बिना कुछ कहे, बस एक एहसास से भरा हुआ स्पर्श। रिया की पलकों पर हल्की नमी थी, पर उसके चेहरे पर एक शांत मुस्कान थी। अलाव की लपटें ऊँची उठीं। उस रोशनी में उनके चेहरों की परछाइयाँ एक-दूसरे में मिल गईं। कांगड़ा घाटी की उस सर्द रात में, जब पूरा गाँव "लोहड़ी मुबारक" चिल्ला रहा था – दो दिलों के बीच चुपचाप एक और त्योहार मन रहा था... पहली बार, बिना बोले इज़हार का।

दृश्य 6 – दिल की धड़कनें – धर्मशाला की चाँदनी रात (13 जनवरी 2018)

स्थान – धर्मशाला से मैक्लोडगंज जाने वाली पहाड़ी सड़क

समय – रात के करीब 9:30 बजे

मौसम – जनवरी की सर्द, पर सितारों से भरी रात

कांगड़ा घाटी की लोहड़ी की रौनक पीछे छूट चुकी थी। अलाव की गर्मी अब ठंडी हवा में सिर्फ़ एक याद बनकर रह गई थी। सड़क पर शांति थी – बस दूर कहीं से किसी कुत्ते के भौंकने की आवाज़ और देवदार के पेड़ों से गिरती बर्फ़ की हल्की सरसराहट। रिया और आरव अपनी पुरानी स्कूटी पर लौट रहे थे – टीवी चैनल हिमालय टुडे न्यूज़ नेटवर्क की रिपोर्टिंग का एक और दिन ख़त्म हुआ था, पर उनके बीच कुछ नया शुरू हो चुका था। रिया ने अपने हाथ आरव की जैकेट के पीछे के हिस्से पर रखे थे, और ठंडी हवा में उसकी उंगलियाँ हल्की काँप रही थीं। सड़क के दोनों ओर गहरी घाटियाँ, ऊपर चमकते तारे और सामने से आती चाँदनी की दूधिया रौशनी – सब कुछ उस पल को किसी पहाड़ी कविता में बदल रहा था।

आरव ने धीरे से कहा, – "ठंड ज़्यादा लग रही है क्या?"

रिया मुस्कुराई, उसकी आवाज़ स्कूटी के इंजन के बीच से आई – "नहीं, अब ठंड कम लग रही है... शायद आपके साथ होने की वजह से।"

आरव ने कुछ नहीं कहा, बस हल्के से हँस दिया। पहाड़ी मोड़ पर स्कूटी धीरे-धीरे चढ़ रही थी, और दोनों के बीच एक अनकहा सुकून फैल गया था।

कुछ देर की चुप्पी के बाद, रिया ने धीरे से कहा – "जानते हैं आरव... जब भी मैं आपके साथ होती हूँ, मेरे दिल की धड़कनें तेज़ हो जाती हैं। और जब आप पास नहीं होते... तो सब ख़ामोश लगता है।"

उसकी आवाज़ में कोई बनावट नहीं थी – बस सच्चाई थी, जो पहाड़ों की हवा जितनी साफ़ और पारदर्शी थी।

आरव ने स्कूटी थोड़ी धीमी की, और सिर घुमाकर उसकी तरफ देखा। उसकी आँखों में सड़क की रोशनी और चाँदनी का मिला-जुला प्रतिबिंब था।

वो मुस्कुराया और बोला – "तो तय हो गया... अब से आपकी धड़कनें और मेरी धड़कनें हमेशा साथ रहेंगी।"

रिया के होंठों पर हल्की मुस्कान थी, पर उसकी आँखें नम थीं। उसने सिर थोड़ा झुका लिया और ठंडी हवा में गहरी साँस ली। स्कूटी आगे बढ़ती रही – अब धर्मशाला

की ऊँचाई से नीचे घाटी का दृश्य खुल चुका था। दूर नीचे कांगड़ा शहर की लाइटें टिमटिमा रही थीं, जैसे धरती पर छोटे-छोटे तारे बिखरे हों। उनके सिरों के ऊपर पूरा आकाश चाँदी की परत जैसा चमक रहा था। झीलों के पार बर्फ़ से ढके पहाड़ चाँदनी में नीले-से लग रहे थे।

रिया ने धीरे से कहा, – "कभी सोचा है, आरव? ये सड़कें, ये पहाड़, ये रातें... ये सब शायद हमारे लिए ही हैं। हर मोड़ पर जैसे कोई नया एहसास इंतज़ार करता है।"

आरव ने कहा, – "हाँ, और शायद इसी एहसास का नाम प्यार है – जो किसी न्यूज़ हेडलाइन में नहीं आता, पर दिल की हर धड़कन में गूंजता है।"

रिया हँसी – एक धीमी, सच्ची हँसी, जो हवा में घुल गई। सामने से हल्की बर्फ़ गिरने लगी थी। देवदार के पत्तों पर वह मोतियों की तरह चमक रही थी। आरव ने स्कूटी रोकी और दोनों कुछ पल वहीं खामोश खड़े रहे। हवा ठंडी थी, लेकिन उस चुप्पी में इतनी गर्माहट थी कि साँसों से भाप नहीं निकल रही थी। रिया ने आसमान की ओर देखा

और बोली – "लगता है, ऊपर वाले ने हमारे लिए कोई खास रात बनाई है।"

आरव ने उसकी ओर देखा – "हाँ, और शायद ऊपर वाले ने तय कर दिया है कि अब हमारी कहानियाँ अलग नहीं चलेंगी।"

दोनों कुछ देर तक बस आसमान को देखते रहे – जहाँ तारे अब और पास लग रहे थे। स्कूटी फिर धीरे-धीरे आगे बढ़ी, और सड़क पर उनकी हँसी, उनकी साँसें और उनकी धड़कनों की आवाज़ एक साथ घुल गई। पहाड़ों की उस चाँदनी रात में, जब हर चीज़ थमी हुई लग रही थी, दो दिल चल रहे थे – एक ही रफ़्तार से, एक ही दिशा में। धड़कनें अब वाकई एक हो चुकी थीं।

*****

अध्याय 6 : प्यार का इज़हार

दृश्य 1 – चाय बागान में प्रपोज़ल का जादू – कांगड़ा घाटी, हिमाचल प्रदेश (फ़रवरी 2018)

स्थान – पालमपुर के पास, कांगड़ा घाटी के विशाल चाय बागान

समय – सुबह के करीब 9:00 बजे

मौसम – ठंडी पर सुहानी पहाड़ी सुबह, हवा में ओस और चाय की पत्तियों की खुशबू।

सूरज अभी पूरी तरह ऊपर नहीं आया था। पहाड़ियों पर हल्का कोहरा तैर रहा था, और दूर धौलाधार की बर्फ़ीली चोटियाँ सुनहरी रोशनी में चमक रही थीं। चारों ओर फैले चाय के बागान किसी हरे समुंदर की तरह झूम रहे थे। हवा में ताज़गी थी – ऐसी जो सीधे दिल तक उतर जाए। पत्तियों पर ओस की बूँदें मोतियों की तरह चमक रही थीं।

पक्षियों की चहचहाहट और दूर से आती किसी लोकगीत की धीमी धुन वातावरण को और जीवंत बना रही थी।

रिया ने हल्की नीली शॉल ओढ़ रखी थी। उसके बाल सुबह की नमी से थोड़ा बिखरे हुए थे, और चेहरे पर वही मासूमियत थी जो हर रिपोर्टिंग के बीच भी उसके साथ रहती थी। आज वो किसी कैमरे के सामने नहीं थी, लेकिन उसकी आँखों में वही चमक थी जैसे कोई नया एपिसोड शुरू होने वाला हो।

आरव कुछ दूर खड़ा था – कैमरा बैग कंधे पर, पर आज कैमरा नहीं, सिर्फ़ उसका दिल रिकॉर्ड कर रहा था उस पल को। उसने धीरे-धीरे रिया की तरफ़ कदम बढ़ाए। हवा में चाय की महक थी और ज़मीन पर उसकी धड़कनों की आहट।

रिया कुछ कहने ही वाली थी कि आरव एक पल में उसके सामने घुटनों पर बैठ गया। उसने जेब से एक छोटी-सी रिंग निकाली – साधारण, पर सच्ची। उसकी आँखों में झिलमिलाते सूरज की परछाई थी।

आरव (धीरे, मुस्कुराकर) – "रिया... जब से हम मिले हैं, हर रिपोर्टिंग, हर सफ़र, हर बारिश, हर कॉफ़ी में बस तुम थी।

मुझे एहसास हुआ कि मेरी हर सुबह की चाय... तुम्हारे बिना अधूरी है। तो... क्या तुम मेरी ज़िंदगी की सबसे प्यारी कहानी बनोगी? रिया... विल यू मैरी मी?"

रिया कुछ पल के लिए बिल्कुल चुप रही। उसके होंठ काँपे, आँखें नम हो गईं। सुबह की हवा में उसकी साँसें जैसे ठहर गईं। फिर उसने अपने दोनों हाथों से आरव का चेहरा थाम लिया, उसकी आवाज़ धीमी थी पर दिल से निकली –

रिया (आँखों में चमक लिए) – "आरव... मैं तो सोच भी नहीं सकती थी कि इतना प्यारा प्रपोज़ल मिलेगा... इतनी सादगी में इतना गहरा प्यार... हाँ! हाँ, मैं तुम्हारी ही हूँ... हमेशा से, और हमेशा रहूँगी।"

आरव ने रिंग उसकी उंगली में पहनाई, और दोनों के चेहरे पर सूरज की किरणें पड़ने लगीं – जैसे प्रकृति भी उनके इज़हार का साक्षी बन गई हो। दूर खेतों में काम करती

कुछ स्थानीय महिलाएँ मुस्कुराकर उन्हें देख रही थीं। किसी ने धीरे से कहा – “लव स्टोरी बन रही है हमारे बागान में।”

रिया हँस पड़ी, और आरव भी। उसने रिया को अपनी बाँहों में भर लिया। हवा में अब सिर्फ़ चाय की नहीं, दो दिलों की ख़ुशबू थी। पास के पेड़ से पत्ते झड़ रहे थे, जैसे आशीर्वाद की वर्षा हो रही हो। धौलाधार की चोटियाँ उस वक्त और उजली लग रही थीं, मानो हिमालय खुद भी मुस्कुरा उठा हो।

आरव ने उसके कानों के पास झुककर धीरे से कहा – “रिया, ये बागान अब मेरी ज़िंदगी का सबसे हरा पल बन गया है... और तुम, इसकी सबसे प्यारी पत्ती।”

रिया ने हँसते हुए कहा – “और अब हर चाय के कप में तुम्हारा नाम होगा... मेरी ज़िंदगी की हर सुबह तुम्हारे साथ शुरू होगी।”

दोनों ने एक-दूसरे को गले लगाया। हवा चल रही थी, चाय की पत्तियाँ लहरा रही थीं, और सूरज की रोशनी में उनकी परछाइयाँ एक-दूसरे में खो गईं। कांगड़ा की उस

सुबह में, जब प्रकृति भी गीत गा रही थी, दो आत्माओं ने पहली बार एक-दूसरे को अपना कहा। वो दिन सिर्फ़ "प्यार का इज़हार" नहीं था – वो दिन था, जब पहाड़ों में किसी ने सच्चे प्यार को सांस लेते देखा।

दृश्य 2 – घाटियों की सैर (Kangra Valley, Himachal Pradesh)

स्थान: धर्मशाला से नीचे उतरती हुई कांगड़ा घाटी – सुबह के 9:30 बजे का समय

मौसम: हल्की ठंडी हवा, सूरज की पहली किरणें धौलाधार की बर्फ़ीली चोटियों को सुनहरी बना रही थीं। हवा में देवदार और चाय के बागानों की खुशबू घुली थी। दूर कहीं से मंदिर की घंटियाँ और पक्षियों की चहचहाहट गूंज रही थी।

अगली सुबह आरव और रिया अपनी रिपोर्टिंग के काम से थोड़ा वक्त निकालकर घाटियों में निकल पड़े। सड़क किनारे घने देवदार के जंगल थे, जिनके बीच से हल्की

धूप छनकर उनके चेहरों पर पड़ रही थी। नीचे की ओर देखने पर हरी-भरी कांगड़ा घाटी ऐसे फैली थी जैसे किसी चित्रकार ने अपनी तूलिका से धरती पर रंग बिखेर दिए हों। दूर बर्फ़ से ढकी धौलाधार की चोटियाँ सूरज की सुनहरी रोशनी में चमक रही थीं – मानो आकाश ने अपनी बाँहों में सोने की चादर ओढ़ ली हो। हवा में फूलों की हल्की खुशबू थी, और बीच-बीच में चाय के बागानों से आती मिट्टी की सोंधी महक, सब कुछ इतना शांत और दिव्य था कि वक्त जैसे ठहर गया हो।

रिया ने अपने बालों को पीछे हटाते हुए, दोनों हाथ फैलाकर गहरी साँस ली। उसकी आँखों में उस पल की शुद्ध खुशी झलक रही थी।

रिया (हाथ फैलाकर, मुस्कुराते हुए) – "आरव, देखो... कितना खूबसूरत है ना ये सब? ऐसा लग रहा है मानो खुद प्रकृति हमारे लिए तैयार होकर आई हो – ये हवा, ये सूरज की रोशनी, ये घाटियाँ... सब बस हमारे साथ मुस्कुरा रहे हैं।"

आरव (रिया को देखते हुए, कैमरा नीचे करते हुए): "हाँ... सच कहूँ तो, कैमरा इन नज़ारों को कैद कर सकता है, पर जो एहसास अभी हो रहा है, वो किसी फ्रेम में नहीं समा सकता।"

रिया (हँसते हुए) – "वाह, ये क्या था? न्यूज़ रिपोर्टर बोल रहा है या कोई शायर बन गया है तुम?"

आरव (थोड़ी गंभीरता के साथ) – "शायद शायर नहीं... पर जब सामने इतनी खूबसूरत घाटियाँ हों और उनमें तुम खड़ी हो, तो शब्द अपने आप कविताओं में बदल जाते हैं।"

रिया (शर्माकर, नज़रें झुकाते हुए) – "बस करो आरव... सुबह का नज़ारा और तुम्हारी बातें – दोनों दिल की धड़कनें बढ़ा रहे हैं।"

आरव (धीरे से) – "और ये धड़कनें ही तो ज़िंदगी का असली संगीत हैं, रिया।"

ठंडी हवा के झोंके रिया के बालों को उड़ा रहे थे। आरव ने सहजता से एक पल के लिए उसे देखने की कोशिश की,

पर उस नज़ारे में खो गया – मानो सारी दुनिया सिर्फ उसी एक पल में सिमट गई हो। कैमरे के लेंस के पार, उसे अब सिर्फ रिया की मुस्कुराहट दिख रही थी... जो शायद कांगड़ा की सुबह से भी ज्यादा चमकदार थी।

दृश्य 3 – फोटो और रील शूटिंग (Kangra Valley - Tea Garden Trail, 11:15 AM)

स्थान: धर्मशाला से लगभग 8 किलोमीटर दूर, कांगड़ा के हरे-भरे चाय बागानों के बीच।

मौसम: हल्की धूप बादलों से छनकर आ रही थी। हवा में नमी और ताजे पत्तों की महक थी। पास ही कुछ स्थानीय महिलाएँ टोकरियों में चाय की पत्तियाँ तोड़ रही थीं, और उनकी गुनगुनाहट इस शांत वातावरण को और खूबसूरत बना रही थी।

रिया और आरव अब घाटी से थोड़ा नीचे उतरकर चाय बागान के बीच एक कच्चे रास्ते पर आ गए थे। चारों तरफ हरियाली का समंदर फैला था – छोटी-छोटी

पहाड़ियाँ, जिन पर चाय के पौधे झुके हुए सूरज की रोशनी में चमक रहे थे। दूर धौलाधार की सफ़ेद चोटियाँ अब भी साफ दिख रही थीं, जैसे किसी फ्रेम में बंधी हों।

रिया के चेहरे पर धूप की सुनहरी परछाई पड़ रही थी। हवा में उसके बाल हल्के-हल्के उड़ रहे थे। उसने मोबाइल निकाला और हँसते हुए बोली – "चलो, अब कुछ अच्छी फोटो ले लेते हैं, नहीं तो कल चैनल पर लोग सोचेंगे हम सिर्फ रिपोर्टिंग करते हैं, जीते नहीं।"

आरव ने मुस्कुराकर मोबाइल हाथ में लिया और कैमरा मोड ऑन किया।

आरव (मज़ाकिया अंदाज़ में) – "रिया, ये लो... अब कैमरे में ज़रा स्माइल करो, नहीं तो फॉलोअर्स बोलेंगे – 'ये एंकर तो हमेशा न्यूज़ में ही गुस्सा दिखाती है।'"

रिया (हँसते हुए, पोज़ बनाते हुए) – "अरे! और अगर तुम कैमरे में आए तो लोग कहेंगे – 'इतना हैंडसम रिपोर्टर हमारे चैनल में कब से काम कर रहा है?'"

आरव (हँसते हुए, शटर दबाते हुए) – "फिर तो हेड ऑफिस से नोटिस आ जाएगा – 'रिया, कैमरे के सामने ज़्यादा मुस्कुराना मना है... रिपोर्टर का ध्यान रिपोर्टिंग में रहे।'"

रिया (नकली नाराज़गी दिखाते हुए) – "वाह! मतलब हँसना भी अब खबर बन गया?"

आरव (धीरे से, थोड़ा रोमांटिक लहज़े में) – "नहीं... बस तुम्हारी मुस्कान खबर नहीं, हेडलाइन बन सकती है।"

रिया कुछ पल के लिए चुप हो गई। हवा में पत्तों की सरसराहट गूँज उठी। वह मुस्कुराई, पर उसकी आँखों में हल्की झिझक और अपनापन दोनों झलक रहे थे।

रिया (धीरे से, कैमरा घुमाते हुए) – "अब तुम्हारी बारी। चलो आरव, तुम थोड़ा यहाँ खड़े हो जाओ – पीछे ये चाय के पौधे और धौलाधार की चोटियाँ दिख रही हैं। परफेक्ट बैकग्राउंड है।"

आरव (शरारती मुस्कान के साथ) – “बस ध्यान रखना, ज़्यादा एडिट मत कर देना। पिछली बार तो मुझे इतना चमका दिया था कि मैं खुद को पहचान नहीं पाया।”

रिया (हँसते हुए, कैमरा सेट करते हुए) – “तुम वैसे ही चमकते हो, बस कभी-कभी तुम्हारी शर्मीलापन ढक लेता है।”

आरव (थोड़ा झेंपकर) – “अगर तुम ऐसे बोलती रहो तो वो भी निकल जाएगा।”

दोनों हँस पड़े। उनकी हँसी बागान की शांति में ऐसे गूँज रही थी जैसे किसी ने पत्तों के बीच घंटियाँ बजा दी हों।

फिर उन्होंने कुछ रील्स शूट कीं – कभी आरव कैमरे के पीछे, कभी रिया। एक बार तो रिया कैमरे में खुद बोल रही थी – “हाय गाइज, आज हम हैं कांगड़ा की इन खूबसूरत घाटियों में... जहाँ चाय की खुशबू, पहाड़ों की ठंडक, और दोस्ती की गर्माहट सब कुछ एक साथ है!”

आरव ने कैमरे के पीछे से कहा – “कट! बस करो रिया, अब फॉलोअर्स सोचेंगे कि ये ट्रैवल ब्लॉगर बन गई।”

रिया ने कैमरे की ओर देखकर मज़ाक में जवाब दिया – "क्यों नहीं, अगर साथ में ऐसा कैमरामैन हो तो बनना भी चाहिए।"

दोनों फिर ज़ोर से हँस पड़े। उनकी हँसी और कैमरे की क्लिक की आवाज़ें चाय के पत्तों की सरसराहट में घुल गईं।

वह पल सिर्फ तस्वीरों में नहीं, बल्कि यादों में कैद हो गया था। रिया की मुस्कान में एक सुकून था, और आरव की आँखों में एक हल्की चमक – जैसे दोनों अनजाने में एक-दूसरे की ज़िंदगी के "क्लोज़-अप शॉट" बन चुके हों।

दृश्य 4 – रोमांस का मूड (Kangra Valley -

समय : फूलों का मैदान, दोपहर 12:05 बजे।

स्थान: कांगड़ा घाटी का एक शांत इलाका, जहाँ चाय बागानों के बाद धीरे-धीरे ज़मीन समतल होती जाती है। वहाँ एक खुला मैदान है – चारों ओर जंगली फूलों की

परतें, बीच-बीच में तितलियाँ उड़ती हुईं, और दूर कहीं गायों की घंटियों की मीठी आवाज़।

मौसम: हल्की धूप और नरम हवा, जो चेहरे को छूकर जा रही थी। आसमान नीला था, बादलों की पतली परतें जैसे रुई के धागों से बनी हों।

रिया और आरव अब घाटी के बीच एक छोटे से फूलों के मैदान में पहुँच गए थे। चारों ओर नीले, गुलाबी और पीले रंग के छोटे जंगली फूल हवा के साथ लहरा रहे थे। घास मुलायम थी – इतनी कि जैसे धरती ने अपने ऊपर हरियाली का रेशमी कालीन बिछा दिया हो।

आरव ने कैमरा नीचे रखा और आसमान की ओर देखा – सूरज की रोशनी बादलों के बीच से छनकर ऐसे आ रही थी जैसे किसी ने पूरी घाटी को सुनहरी चादर में लपेट दिया हो। रिया उस पल में खोई हुई थी। वह अपने बालों को संभालते हुए धीरे-धीरे चारों ओर घूमने लगी, उसकी दुपट्टा हवा में लहरा रहा था।

हवा में एक अजीब-सी खामोशी थी – वो खामोशी जो किसी अधूरे एहसास को पूरा करने का वादा करती है।

रिया (धीरे से, मुस्कुराकर) – “आरव... क्या तुम सोच सकते थे कि हम यहाँ न्यूज़ कवर करने आएंगे, और खुद अपनी ही लव स्टोरी शूट करने लगेंगे?”

आरव (धीरे-धीरे उसकी ओर बढ़ते हुए, मुस्कुराते हुए) – “शायद कैमरा हमारे हाथ में था... पर कहानी ऊपर किसी ने लिखी थी, रिया।”

रिया ने हल्की मुस्कान के साथ नज़रें झुका लीं। आरव ने उसका हाथ धीरे से थाम लिया – उसका स्पर्श गर्म था, पर उसमें सर्द हवा की सुकून थी।

आरव (धीरे से) – “ज़िंदगी की सबसे बड़ी हेडलाइन तो यही है... रिया ने हाँ कर दी!”

रिया ने चौंककर उसकी ओर देखा, फिर आँखों में शरारत और स्नेह दोनों तैर गए।

रिया (हँसते हुए) – “तो अब तुम्हें लगता है ये ‘ब्रेकिंग न्यूज़’ है?”

आरव (थोड़ी गहराई से) – “नहीं... ये तो वो ख़बर है, जिसे मैं बार-बार सुनना चाहूँगा... हर दिन।”

रिया हल्के से मुस्कुराई और बिना कुछ कहे उसके कंधे पर सिर रख दिया। हवा ने उनके चारों ओर फूलों की खुशबू बिखेर दी। आरव ने उसकी ओर देखा – उसकी आँखें बंद थीं, चेहरा शांति से भरा हुआ। वह पल किसी हेडलाइन से नहीं, बल्कि दिल की धड़कनों से लिखा गया था। दूर से किसी पक्षी की आवाज़ आई, और पास के पेड़ों से पत्ते झरने लगे – मानो पूरी प्रकृति उस पल की गवाह बन गई हो।

आरव ने धीरे से कहा – "रिया... अगर ये पल कभी कैमरे में कैद हो जाए, तो शायद मैं इसे देखकर फिर मुस्कुरा सकूँगा।"

रिया ने सिर उठाया, उसकी आँखों में हल्की नमी थी – पर मुस्कान अब भी वही थी। "कुछ पल कैमरे में नहीं, दिल में रहने के लिए होते हैं आरव।"

आरव ने उसकी बात सुनकर आँखें बंद कर लीं, और दोनों कुछ देर खामोशी में बैठे रहे। सिर्फ हवा, फूलों की खुशबू और दिल की धड़कनों की आवाज़...

दोपहर की हल्की धूप अब और गर्म हो चुकी थी, पर उनके बीच का एहसास उससे कहीं गहरा था। कैमरा अब बैग में था – क्योंकि उस पल को कोई फ्रेम नहीं पकड़ सकता था। वो बस उनके बीच था – जैसे हवा में घुला हुआ एक अनकहा वादा...

दृश्य 5 – मज़ेदार पल (Kangra Valley)

समय : फूलों के मैदान के पास, दोपहर 12:30 बजे।

स्थान: वही फूलों का मैदान, जहाँ कुछ देर पहले रिया और आरव एक शांत, भावनाओं से भरे पल में खोए हुए थे। अब सूरज थोड़ा ऊपर चढ़ आया था, हवा थोड़ी तेज़ हो चुकी थी। आसमान में सफ़ेद बादल धीरे-धीरे तैर रहे थे, और दूर से मंदिर की घंटियों की हल्की आवाज़ आ रही थी।

आरव अब फिर से कैमरा लेकर कुछ बी-रोल शूट कर रहा था – फूलों, आसमान, और रिया के नैचुरल मोमेंट्स के।

रिया मैदान के बीच खड़ी थी, हवा में उसका दुपट्टा लहरा रहा था, जैसे कोई नीली तितली हवा से बातें कर रही हो।

"थोड़ा इधर देखो... हाँ, ऐसे," आरव ने कहा।

रिया मुस्कुराई और हल्का-सा घूम गई। उसी वक्त एक तेज़ हवा का झोंका आया – अचानक, शरारती अंदाज़ में।

रिया का दुपट्टा उड़ा और सीधा आरव के चेहरे पर आ गिरा! एक पल को आरव कुछ समझ ही नहीं पाया। कैमरा उसके हाथ से नीचे लटक गया, और वह आधा हँसते हुए, आधा घबराकर बोला – "अरे! ये क्या हो गया...?"

रिया ने अपने मुँह पर हाथ रख लिया, पर हँसी रोक नहीं पाई। उसकी खिलखिलाहट पूरे मैदान में गूँज उठी।

रिया (हँसते-हँसते, आँखों से आँसू पोंछते हुए) – "देखा... प्रकृति भी हमारी जोड़ी को कवर कर रही है!"

आरव (दुपट्टा हटाते हुए, मुस्कुराकर) – "लगता है कैमरे से पहले ये हवा हमारी रिपोर्टिंग कर देगी।"

रिया (शरारती मुस्कान के साथ) – “मतलब हेडलाइन बनेगी – कांगड़ा की वादियों में रिपोर्टर और रिपोर्टरनी का लाइव रोमांस!”

आरव (मुस्कुराकर, सिर हिलाते हुए) – “और फुटेज में सिर्फ तुम्हारा उड़ता दुपट्टा और मेरा डरा हुआ चेहरा।”

रिया (ज़ोर से हँसते हुए) – “कवर स्टोरी तो वही बनेगी – 'हवा का जादू, दिल का कनेक्शन!'”

दोनों हँसते-हँसते बैठ गए। रिया घास पर बैठी थी, बाल हवा में उड़ रहे थे, और आरव उसके सामने कैमरा ज़मीन पर रखे बस उसे देख रहा था – जैसे उस हँसी की हर आवाज़ को अपनी यादों में सहेज लेना चाहता हो।

हवा अब भी खेल रही थी – कभी फूलों को झुकाती, कभी उनके बालों को उलझाती। रिया का चेहरा सूरज की रोशनी में चमक रहा था, और उसकी हँसी अब भी जारी थी। आरव ने कैमरे की स्क्रीन पर झाँका, और पाया कि हवा के झोंके के ठीक पहले का पल रिकॉर्ड हो गया था – रिया की मुस्कुराहट, उड़ता दुपट्टा, और उसके अपने चेहरे की हैरानी।

आरव (धीरे से, मुस्कुराकर) – "रिया, ये क्लिप तो वायरल हो जाएगी। लोग कहेंगे – नेचर ने भी इन दोनों का इंट्रो खुद शूट किया है।"

रिया (नरमी से, कैमरे की ओर देखकर) – "कभी-कभी हवा सिर्फ उड़ाती नहीं... किसी कहानी को पूरा भी करती है।"

आरव उसकी ओर देखता रहा – अब हँसी की जगह दोनों के चेहरों पर एक सुकून भरी मुस्कान थी। हवा थम चुकी थी, पर उस झोंके ने उनके बीच एक और याद छोड़ दी थी – हल्की, मज़ेदार... पर बेहद सच्ची।

दृश्य 6 – वादा और भरोसा

स्थान: धर्मशाला के पास त्रिउंड की पहाड़ियों पर – सर्दियों की शाम।

समय: करीब 5:15 बजे शाम। सूरज धीरे-धीरे धौलाधार की चोटियों के पीछे छिपने लगा था।

ठंडी हवा चेहरे को हल्के-हल्के छू रही थी। सामने बादलों का झुंड था, जो धीरे-धीरे सूरज को ढक रहा था। आसमान सुनहरे और नारंगी रंग की परतों में बंट चुका था – मानो किसी चित्रकार ने अपने ब्रश से धरती और आसमान को एक ही रंग में मिला दिया हो।

आरव और रिया एक बड़े से पत्थर पर पास-पास बैठे थे। उनके चारों ओर सन्नाटा था – बस दूर किसी चिड़िया की आवाज़ और पेड़ों की सरसराहट सुनाई दे रही थी। नीचे घाटी में छोटे-छोटे घरों की लाइटें जलने लगी थीं, जैसे धरती ने अपने तारे जला दिए हों।

रिया ने धीरे से आरव की ओर देखा। उसकी आँखों में ढलते सूरज की परछाई थी, और होंठों पर हल्की सी मुस्कान। लेकिन उस मुस्कान के पीछे एक डर छिपा था – खो जाने का, बिछड़ जाने का, या शायद इस पल के खत्म हो जाने का।

रिया (धीरे और भावुक स्वर में) – "आरव... कभी-कभी लगता है, ये सब... कहीं सपना तो नहीं? इतने खूबसूरत

पल... इतनी सुकून भरी हवा... और तुम... क्या ये सब सच है?"

आरव ने बिना कुछ कहे उसका हाथ थाम लिया। उसके स्पर्श में एक सुकून था, एक भरोसा – जो किसी शब्द से ज़्यादा गहरा था। उसने रिया की आँखों में देखते हुए कहा – आरव (मुस्कुराकर, दृढ़ स्वर में) – "नहीं रिया, ये कोई सपना नहीं... ये हमारी हकीकत है। और मैं वादा करता हूँ... हर सूर्योदय और हर ढलते सूरज के साथ, मैं हमेशा तुम्हारे साथ रहूँगा – चाहे हालात जैसे भी हों।"

हवा का झोंका आया – रिया के बाल उसके चेहरे पर उड़ गए। आरव ने धीरे से उन्हें कान के पीछे किया। रिया की आँखों में नमी थी, लेकिन वो मुस्कुरा रही थी। उसने आँखें बंद कर लीं, मानो उस पल को अपनी यादों में हमेशा के लिए कैद कर लेना चाहती हो। धीरे-धीरे सूरज पहाड़ों के पीछे पूरी तरह छिप गया। आसमान अब हल्का नीला और गुलाबी हो चुका था। उस पल में न कोई शब्द था, न कोई शोर – बस दो दिलों के बीच का अनकहा वादा, जो सन्नाटे में भी गूंज रहा था।

अध्याय 7 : शादी और नया जीवन

दृश्य 1 – तैयारियाँ और घरों का माहौल

समय : अप्रैल 2018

स्थान : धर्मशाला (रिया का घर) और कांगड़ा (आरव का घर)।

अप्रैल की हल्की गर्माहट में हिमाचल की वादियाँ भी किसी उत्सव की तरह मुस्कुरा रही थीं। चारों ओर बर्फ से ढके पहाड़ों की ठंडक और नीचे फैले गाँवों में बजते ढोलक की थाप – दोनों मिलकर एक मधुर समरसता बना रहे थे। यह मौसम था रिया और आरव की शादी का – एक ऐसा मिलन जिसकी चर्चा अब हर गली और हर छत तक पहुँच चुकी थी।

रिया के घर की तैयारियाँ (धर्मशाला)

धर्मशाला के कोतवाली बाजार के पास रिया का घर रंग-बिरंगी झालरों से सजाया जा रहा था। दीवारों पर ताज़े फूलों की माला टंगी थी, और घर के बाहर "Welcome to Riya's Wedding" का बोर्ड चमक रहा था। हवा में बेसन के लड्डू और मेहंदी के पत्तों की मिली-जुली खुशबू फैली थी।

आंगन में महिलाएँ एक साथ बैठकर पारंपरिक कांगड़ी गीत गा रही थीं – "सजनी आज तेरी बिदाई, माँ की आँखों में पानी..."

रिया की माँ, सावित्री देवी, हर जगह नज़र रख रही थीं – कभी फूलवालों से बात करतीं, तो कभी हलवाई को निर्देश देतीं।

रिया की माँ (धीरे से, मुस्कुराते हुए) – "देखो, सब कुछ चमचमाता रहना चाहिए। बेटी की शादी ज़िंदगी में एक बार होती है।"

रिया की नानी (चश्मा ठीक करते हुए) – "अरे बहू, एक बार नहीं, दो बार तो मेरा भी मन कर रहा है ऐसी शादी देखने का। क्या तैयारी की है तुमने!"

रिया कमरे के अंदर अपनी सहेलियों के साथ बैठी थी। हाथों पर मेहंदी लग चुकी थी और पैरों में पायल की छन-छन गूंज रही थी।

रिया की सहेली शालिनी (हँसत हुए) – "रिया, कल से तो तू मैडम नहीं, मिसेज आरव शर्मा कहलाएगी!"

रिया (शर्मीली मुस्कान के साथ) – "मत छेड़ो ना, अभी तो यकीन ही नहीं हो रहा... बस कुछ घंटे और।"

कमरे की दीवारों पर लाइटें झिलमिला रही थीं और खिड़की से दिखाई देते बर्फीले पहाड़ इस खुशियों के माहौल के गवाह बन रहे थे।

आरव के घर कि तैयारियाँ (काँगड़ा)

कांगड़ा के पुराना बाजार इलाके में आरव का नया घर था – नया अभी हाल में ही बना है, उनका पुराना घर जो कि गरली गाँव में है। उनका नया घर बड़े आंगन और लकड़ी के नक्काशीदार दरवाजों वाला। वहाँ भी शादी की तैयारियाँ जोरों पर थीं। बरामदे में टेंट वाले कपड़ा फैला रहे थे, और ऊपर से नीले आसमान में पतंगें उड़ रही थीं। घर के बाहर "शर्मा निवास में विवाह उत्सव" का बोर्ड लटक रहा था।

आरव की माँ, शांति शर्मा, रसोई में व्यस्त थीं। आलू के बरे, कचौरी, गुलाब जामुन – सबका इंतज़ाम खुद देख रही थीं।

आरव की माँ (हलवाई से) – "देखो भाई, मिठाई में कोई कमी नहीं होनी चाहिए। धर्मशाला बारात जा रही है, लोग बात करेंगे कि शर्मा परिवार ने क्या धूमधाम की।"

आरव के पिताजी (हँसते हुए) – "हां-हां, और हमें मेहमानों के स्वागत में कोई कमी नहीं रखनी है। लड़के के घर की शान अलग होनी चाहिए।"

इसी बीच, आरव के छोटे भाई रचित दोस्तों के साथ आतिशबाज़ी का डिब्बा खोलते हुए बोला – रचित – "भैया की बारात निकलेगी तो आसमान तक गूंज होनी चाहिए!"

आरव बालकनी में खड़ा पहाड़ों की ओर देख रहा था। चेहरे पर हल्की मुस्कान थी और आंखों में वो चमक – जैसे कोई नया अध्याय शुरू होने वाला हो।

आरव (अपने आप से) – "रिया, अब बस कुछ दिन और... फिर तेरे साथ ये सारी सुबहें और ये पहाड़ भी अपने हो जाएंगे।"

दोनों घरों की तैयारी का समानांतर दृश्य

धीरे-धीरे शाम ढलने लगी। धर्मशाला में रिया के घर की छत से लटकती झालरों की रोशनी झिलमिलाने लगी, वहीं कांगड़ा में आरव के घर के बाहर ढोलक और बाँसुरी की आवाज़ गूंज रही थी।

रिया की माँ ने आरती की थाली सजाई, तो आरव के पिताजी ने बारात की कारों की लिस्ट चेक की।

रिया की सहेलियाँ झूमती हुई गीत गा रही थीं – “आज मेरे यार की शादी है...”

और उधर आरव के दोस्त ट्रैक्टरों पर सजावट कर रहे थे। दोनों घरों में एक समान उत्साह, एक समान गहमागहमी, और एक समान धड़कन थी – क्योंकि अब सिर्फ दो लोग नहीं, दो परिवार एक होने जा रहे थे।

उस रात हिमाचल की हवा में सिर्फ ठंडक नहीं, बल्कि उत्सव की सुगंध भी घुली थी। एक ओर रिया का घर बेटियों की विदाई की भावनाओं में डूबा था, तो दूसरी ओर आरव का घर दूल्हे की शान में झूम रहा था। और इन दोनों के बीच... पहाड़ों की चाँदनी, देवदार की खुशबू, और आसमान में झिलमिलाते तारे – जैसे खुद इस मिलन के गवाह बनकर मुस्कुरा रहे हों।

दृश्य 2 – कार्ड बाँटना और निमंत्रण

समय : अप्रैल 2018 की दोपहरें

स्थान : धर्मशाला और कांगड़ा (दोनों घरों के इलाके)

अप्रैल की हल्की धूप में हिमाचल की गलियाँ जैसे खुशियों से खिल उठी थीं। पिछले कुछ दिनों से रिया और आरव के घरों में शादी की तैयारियाँ चल रही थीं, लेकिन आज का दिन कुछ अलग था – आज दोनों परिवार निमंत्रण पत्र बाँटने निकलने वाले थे। कागज़ के सुनहरे अक्षरों में लिखे नाम, लाल और सुनहरी लिफाफों की खुशबू, और हर कार्ड के साथ जुड़ा एक एहसास – "हमारा बच्चा अब नया जीवन शुरू करने जा रहा है।"

रिया का घर - धर्मशाला की गलियाँ

धर्मशाला की ऊँची-नीची सड़कों पर चलते हुए, रिया की फैमिली छोटे लाल बैग में शादी के कार्ड रखे हुए थी। रिया की माँ सावित्री देवी आगे चल रही थीं, उनके हाथ में आरती की थाली थी – "पहला कार्ड माँ के मंदिर में चढ़ाना है।" वे सब नादौन रोड के छोटे शिव मंदिर पहुँचे। मंदिर की सीढ़ियाँ फूलों से सजी थीं और सामने जलती धूपबत्तियाँ। रिया ने कार्ड थाली में रखा, और धीरे से आँखें बंद कीं।

रिया (धीरे से, प्रार्थना करते हुए) – "भगवान... सब कुछ अच्छे से हो जाए। दोनों परिवार खुश रहें।"

माँ ने माथे पर हल्का तिलक लगाया, और बोलीं – "अब बेटी, चलो रिश्तेदारों के घर – हर किसी को खुद कार्ड देना चाहिए। रिश्ते कार्ड से नहीं, अपनेपन से बनते हैं।"

रिया, उसका छोटा भाई तुषार, और पापा साथ निकले। गली के हर मोड़ पर कोई न कोई रोक लेता – पड़ोसी आंटी (मुस्कुराते हुए) – "अरे वाह! रिया की शादी? बेटा, समय कैसे उड़ गया... कल ही तो स्कूल जाती थी!"

रिया के पापा (हँसते हुए) – "हाँ आंटी, अब रिपोर्टिंग के साथ-साथ लाइफ की न्यूज़ भी बन गई है!"

सभी हँस पड़ते हैं।

रिया ने लिफाफा पकड़ाते हुए कहा – "आंटी, आपको आना ही होगा। बिना आपके यह शादी अधूरी रहेगी।"

आंटी ने कार्ड को माथे से लगाया – "ज़रूर बेटा, तुम्हारी विदाई पर हम सब रोएंगे भी और नाचेंगे भी।"

रास्ते में छोटी दुकानों के सामने लोग हाथ हिलाकर बधाइयाँ दे रहे थे। "रिया दी की शादी है!" – ये आवाज़ गली-गली में बच्चों की तरह गूंज रही थी।

आरव का घर - कांगड़ा की पुरानी बस्ती

उधर कांगड़ा में आरव और उसका परिवार अपनी स्कॉर्पियो कार में कार्ड बाँटने निकल चुका था।

गाड़ी के डैशबोर्ड पर ताजे फूल रखे थे, और सीट पर लाल रेशमी थैली – जिसमें कार्ड रखे थे।

पहला कार्ड आरव ने अपने कॉलेज के प्रोफेसर शर्मा सर को दिया।

आरव (नम्रता से) – "सर, आपकी क्लास से ही तो रिपोर्टिंग का जुनून शुरू हुआ था... अब लाइफ की रिपोर्टिंग शुरू करने जा रहा हूँ।"

शर्मा सर (हँसते हुए) – "वाह आरव! अब तेरे हेडलाइन होंगे – Breaking News : शादी सफल रही!"

सभी हँस पड़े। इसके बाद आरव अपने बचपन के दोस्त मयंक के घर गया।

मयंक ने कार्ड देखते ही मज़ाकिया अंदाज़ में कहा –"भाई, आखिरकार 2013 से साथ रिपोर्टिंग करने वाले पार्टनर अब लाइफ पार्टनर भी बन रहे हैं।"

आरव कुछ कहने ही वाला था कि रिया वहाँ आ गई – क्योंकि धर्मशाला और कांगड़ा की दूरी बस कुछ ही किलोमीटर थी, और आज दोनों परिवार साथ में कुछ खास रिश्तेदारों को कार्ड देने का प्लान बना चुके थे।

रिया मुस्कुराकर बोली – "हाँ... अब हेडलाइन बदल जाएगी – लाइफ रिपोर्टिंग विदाउट ब्रेक।"

सभी हँसी से लोटपोट हो गए।

दोनों परिवारों की संयुक्त मुलाक़ात - धर्मशाला का बाज़ार क्षेत्र

शाम होते-होते दोनों परिवार धर्मशाला के मुख्य बाजार में एक पुराने परिवार मित्र वर्मा अंकल के घर पहुँचे। वर्मा अंकल रिया के पापा के बचपन के दोस्त थे और आरव के पिताजी के ऑफिस सहयोगी रह चुके थे।

वर्मा अंकल ने दोनों को देखकर कहा – "अरे वाह! तो ये है हमारी रिपोर्टिंग जोड़ी! अब तो पूरा हिमाचल देखेगा आपकी जोड़ी की ख़बरें।"

रिया के पापा (हँसते हुए) – "बस वर्मा जी, अब कैमरा बंद और नया चैप्टर शुरू।"

वर्मा अंकल की पत्नी ने मिठाई की प्लेट आगे बढ़ाई – "पहले मुँह मीठा करो। शादी का कार्ड तो बहाना है, घर में नई बहू की खुशबू पहले से महसूस हो रही है।"

रिया ने झेंपकर सिर झुका लिया।

आरव ने हल्के से कहा – "अब रिपोर्टिंग नहीं, बस साथ मिलकर जिंदगी लिखनी है।"

भावनाओं की शाम - दोनों परिवार घर लौटते हुए

सूरज ढल रहा था, और दोनों कारें अलग-अलग दिशाओं में लौट रही थीं – एक धर्मशाला की ओर, दूसरी कांगड़ा की ओर। गाड़ियों के शीशों से दिख रहे थे – पहाड़ों की चोटियों पर फैलती सुनहरी रोशनी। कार में हल्की चुप्पी थी, लेकिन दोनों के चेहरों पर मुस्कान थी।

रिया ने खिड़की से बाहर देखा और कहा – “पता है आरव, हर कार्ड के साथ ऐसा लगता था जैसे हम अपनी कहानी सबको सुना रहे हों...”

आरव (धीरे से) – “हाँ रिया, और अब जो कहानी शुरू होगी... वो हमारे नाम की होगी।”

दोनों ने एक-दूसरे की तरफ देखा। कहीं पीछे बच्चों की आवाज़ गूंजी – “रिया दी की शादी है!” हवा में वही पुरानी ठंडक थी, लेकिन अब उसमें एक नई गर्माहट भी शामिल थी – नई शुरुआत की।

दृश्य 3 – शॉपिंग और मेहमानों का आना

समय : अप्रैल 2018 की मध्यम ठंडी शामें

स्थान : धर्मशाला और कांगड़ा के बाज़ार, दोनों परिवारों के घर।

हिमाचल की वादियों में अप्रैल के आखिर की हवा कुछ और ही थी – ठंडी, पर उसमें एक हल्की सी गर्माहट घुली थी, जैसे हर झोंका भी शादी की खुशबू लेकर बह रहा हो। शहर की गलियाँ लाइटों से चमक रही थीं। हर दुकान के बाहर "Wedding Season Sale" के बोर्ड लटक रहे थे, और रिया व आरव – दोनों अपने-अपने परिवारों के साथ खरीदारी में जुटे थे।

धर्मशाला - रिया की शॉपिंग का दिन

धर्मशाला का कोतवाली बाजार आज किसी मेले से कम नहीं लग रहा था। रिया, उसकी माँ सावित्री देवी, और सहेली शालिनी साथ थीं। हर दुकान में शादी के गीत बज

रहे थे – "मेहंदी है रचनेवाली... हाथों में गहरी लगाओ ना..."

रिया ने एक लाल रंग का लहंगा उठाकर आईने के सामने लगाया। उसके चेहरे पर एक चमक थी – आँखों में उत्साह और दिल में हल्की सी झिझक।

रिया की माँ (मुस्कुराते हुए) – "अरे वाह, यही तो चाहिए था! बिल्कुल रानी लग रही है मेरी बेटी।"

शालिनी (हँसते हुए) – "अब देखना, आरव के एक्सप्रेशन कैसे बदलते हैं जब वो तुझे इस लहंगे में देखेगा।"

रिया हल्का-सा शरमाकर बोली – "शालिनी, तू भी ना... अब हर चीज़ खबर बना देती है।"

शालिनी – "अरे, तू खुद न्यूज़ रिपोर्टर है, तो अब तेरी लाइफ की हर बात ब्रेकिंग न्यूज़ ही तो होगी!"

सभी हँस पड़ीं। दुकानदार ने बैग पैक करते हुए कहा – "बिटिया, ये लहंगा तो हाथों-हाथ बिक जाता है, लेकिन आज के लिए लगता है ये सिर्फ आपकी किस्मत में था।"

रिया ने मुस्कुराकर कार्ड स्वाइप किया, और खिड़की के बाहर देखा – पहाड़ों की ऊँचाइयों पर सूरज ढल रहा था, जैसे आसमान भी उसके नए जीवन का स्वागत कर रहा हो।

कांगड़ा - आरव की शॉपिंग और दोस्तों की मस्ती

कांगड़ा के पुराना बाजार में आरव अपने दोस्तों के साथ सूट और शेरवानी की दुकान पर था। सामने टंगे दर्जनों डिज़ाइन – गोल्ड, क्रीम, नेवी ब्लू – पर उसकी नज़र बार-बार फोन में रिया की भेजी तस्वीर पर जा रही थी।

मयंक (मजाक करते हुए) – “भाई, इतना ध्यान से देख क्या रहा है? कपड़ा चुन रहा है या दुल्हन का चेहरा याद कर रहा है?”

आरव (हँसते हुए) – “दोनो ही ज़रूरी हैं यार... मैचिंग करनी है।”

सब ठहाका लगाते हैं। दुकानदार बोला – "साहब, ये क्रीम कलर की शेरवानी रिया जी के लाल लहंगे पर बहुत खूब जमेगी।"

आरव ने आईने में खुद को देखा – हल्की मुस्कान के साथ, आँखों में उम्मीद की चमक।

फिर बोला – "बस, अब हर खबर साथ में ही रिपोर्ट करनी है... ज़िंदगी की भी।"

दोस्त तालियाँ बजाने लगे। बाहर आकर उन्होंने सड़क किनारे चाय पी। ढलती शाम में चाय की भाप और हंसी का शोर गूंज रहा था।

मेहमानों का आगमन - दोनों घरों में रौनक

शॉपिंग खत्म होते ही शाम तक दोनों घरों में मेहमानों का ताँता लगने लगा। धर्मशाला में रिया के घर के बाहर टैक्सियाँ रुक रहीं थीं। दिल्ली, चंडीगढ़, देहरादून – हर शहर से रिश्तेदार और न्यूज़ चैनल के सहकर्मी पहुँचने

लगे। दरवाज़े पर झालरें लटक रही थीं, और भीतर से हँसी की आवाज़ें आ रही थीं।

रिया की नानी (दिल्ली से आईं) – "अरे, मेरी नातिन अब दुल्हन बनने वाली है! टीवी पर देखती थी, अब असल मे देखूंगी।"

रिया (हँसते हुए) – "नानी, अब लाइव रिपोर्टिंग घर से ही होगी।"

उधर, कांगड़ा में आरव के घर के बरामदे में उसकी माँ मेहमानों को चाय और पकौड़े परोस रहीं थीं।

आरव के ऑफिस के पुराने साथी भी पहुँच गए थे –
न्यूज़ कलीग (मुस्कुराते हुए) – "याद है आरव, जब 2013 में पहली बार तुम दोनों एक साथ फील्ड रिपोर्टिंग करने आए थे? आज वही जर्नी शादी तक पहुँच गई।"

आरव ने मुस्कुराकर जवाब दिया – "हाँ, अब तो 'Breaking News' नहीं... 'Happily Ever After' चलेगा।"

कमरे में ठहाके गूंजे।

बाहर बच्चे फूलों की पंखुड़ियाँ हवा में उछाल रहे थे। कांगड़ा की शाम सुनहरी हो चली थी, और घर के ऊपर झिलमिल लाइटें चमक रही थीं।

दोनों घरों की जुड़ती डोर - रात का अंत

रात गहराने लगी थी। रिया बालकनी में बैठी थी, फोन पर आरव से वीडियो कॉल पर बात कर रही थी।

रिया (धीरे से) – "तुम्हारे घर के बाहर जो लाइटें हैं, वो यहाँ से भी दिख रही हैं।"

आरव (हँसते हुए) – "अच्छा? तो मान लो, हमारी खुशियाँ अब पहाड़ों के पार तक पहुँच रही हैं।"

दोनों हँसे। पल भर को दोनों चुप हो गए – बस हवा की सरसराहट और दूर बजती ढोलक की थाप सुनाई दे रही थी।

रिया (धीरे से) – "लगता है अब सब सच में बदलने वाला है..."

आरव (नरम आवाज़ में) – "हाँ रिया... अब सिर्फ जिंदगी की रिपोर्टिंग बाकी है, वो भी साथ मिलकर।"

कॉल कटने के बाद रिया ने आसमान की ओर देखा – चाँद पूरा था, पहाड़ों की चोटी पर चाँदी-सी रोशनी फैली थी, जैसे खुद प्रकृति भी कह रही हो – "अब यह कहानी एक नए मोड़ पर पहुँचने वाली है..."

दृश्य 4 – विवाह स्थल – वज्रेश्वरी देवी मंदिर, कांगड़ा

समय : 29 अप्रैल 2018, सुबह से दोपहर तक

स्थान : वज्रेश्वरी देवी मंदिर, कांगड़ा, हिमाचल प्रदेश

सूरज की पहली किरणें जब कांगड़ा की पहाड़ियों पर पड़ीं, तो हवा में एक पवित्र-सी ठंडक घुली थी। वज्रेश्वरी देवी मंदिर के प्राचीन पत्थरों पर उगते सूरज की सुनहरी रोशनी पड़ रही थी, और हर दीवार जैसे इतिहास और आशीर्वाद से भरी हुई थी। आज वही मंदिर रिया और आरव के जीवन के सबसे शुभ क्षण का साक्षी बनने वाला

था। मंदिर के प्रवेश द्वार पर फूलों की तोरण लगी थी – गेंदे, गुलाब और बेली की खुशबू से पूरा परिसर महक रहा था। ढोल-नगाड़ों की थाप के बीच, पुजारी मंडप की अंतिम सजावट कर रहे थे। दीयों की लौ हल्की हवा में लहराती, जैसे स्वयं देवी माँ मुस्कुराकर कह रही हों – "आज दो आत्माएँ एक होने जा रही हैं।"

सुबह का माहौल - रिया की विदाई से पहले

धर्मशाला से बारात निकलने की तैयारियाँ पूरी हो चुकी थीं। रिया के घर में हल्की खामोशी थी – हँसी भी थी, पर उसमें भावनाओं की नमी भी छिपी थी। रिया ने लाल साड़ी और सुनहरी दुपट्टे में आईने के सामने खुद को देखा। माथे की बिंदी, हाथों में हरी-लाल चूड़ियाँ, और पाँवों में बिछुए... उसके चेहरे पर हल्की-सी मुस्कान थी, लेकिन आँखें नम थीं।

रिया की माँ (गले लगाते हुए, भावुक होकर) – "बिटिया, अब ये घर तेरा मायका रहेगा... पर तू जहाँ भी रहे, खुश रहना।"

रिया (धीरे से, आँखें पोंछते हुए) – "माँ, मैं वहीं जा रही हूँ जहाँ आपने हमेशा मुझे भेजने का सपना देखा था... अपने घर।"

डोली की जगह अब सजाई हुई कार थी, जिसके शीशे पर लिखा था – **"शुभ विवाह – आरव ♥ रिया"**

बारात और मंदिर परिसर की सजावट

दोपहर से पहले कांगड़ा के वज्रेश्वरी देवी मंदिर की ओर बारात बढ़ी। ढोल-नगाड़े बज रहे थे, फूलों की बारिश हो रही थी और दोस्तों ने आरव को घोड़ी पर बैठाकर खूब छेड़ा।

मयंक (हँसते हुए) – "भाई, अब कैमरे नहीं संभालने – अब जिम्मेदारी संभालनी है!"

आरव (मुस्कुराकर) – "रिपोर्टिंग में भी सब मैनेज कर लिया, अब लाइफ की फील्ड कवर करनी है।"

मंदिर का प्राचीन आँगन उस दिन और भी भव्य लग रहा था। फूलों से सजा मंडप मंदिर की घंटियों की ध्वनि के साथ झूम रहा था। पंडित जी ने मंडप के चारों ओर कलश, दीपक और अक्षत रखवाए। बाहर परिवार के लोग, रिश्तेदार, और कुछ पुराने न्यूज़ चैनल के सहकर्मी भी खड़े थे – हर कोई भावुक था, जैसे किसी कहानी का सुखद क्लाइमेक्स सामने घटित हो रहा हो।

विवाह संस्कार - सात फेरे

मंडप के बीच आरव और रिया बैठे थे। चारों ओर मंत्रों का उच्चारण गूंज रहा था – "*ओम स्वाहा... ओम शांति...*"

आसमान में हल्के बादल तैर रहे थे, और हवा में घुली चंदन की सुगंध माहौल को और पवित्र बना रही थी। रिया ने जैसे ही आरव के साथ पहला फेरा लिया, उसकी पायल

की छन-छन और मंत्रों की आवाज़ एक साथ घुल गई – एक अलौकिक संगम सा दृश्य बन गया।

पंडित (गंभीर स्वर में) – "अब आप दोनों सात जन्मों के लिए एक-दूसरे के जीवनसाथी बने। यह पवित्र बंधन अविचल रहेगा।"

फूलों की वर्षा शुरू हो गई – परिवारजन, मित्र, सबके चेहरों पर खुशी की आभा थी। रिया ने सिर झुकाकर पंडित को प्रणाम किया। आरव ने भी नम्रता से सिर झुकाया, फिर हल्के से रिया के कान में फुसफुसाया –
आरव (धीरे से, मुस्कुराकर) – "अब हमारी रिपोर्टिंग हमेशा के लिए जॉइंट कवरेज होगी।"

रिया (शरमाकर) – "और तुम्हारे बिना कोई खबर पूरी नहीं होगी।"

उनकी मुस्कानें एक-दूसरे में घुल गईं – जैसे दो पहाड़ी नदियाँ मिलकर एक ही धारा बन जाती हैं।

परिवारों की भावनाएँ और देवी माँ का आशीर्वाद

शादी के बाद दोनों ने देवी माँ के चरणों में माथा टेका। दीपक की लौ उनके चेहरों पर चमक रही थी – रिया की आँखों में चमकती खुशी और आरव के चेहरे पर संतोष का भाव।

रिया के पापा (भावुक होकर) – "बेटी, तूने हमें गर्व दिया। अब तू सिर्फ हमारी नहीं, दो परिवारों का मान है।"

आरव की माँ (रिया के सिर पर हाथ रखकर) – "अब तू मेरी बेटी है, बहू नहीं। ये घर तेरा है।"

मंदिर के बाहर एक हल्की हवा चली – दीपक की लौ झिलमिलाई, और घंटियाँ बज उठीं। लग रहा था जैसे देवी माँ स्वयं आशीर्वाद दे रही हों – कि ये रिश्ता हमेशा अडिग रहे।

विवाह के बाद की झलकियाँ

आरव और रिया जब मंदिर की सीढ़ियाँ उतर रहे थे, चारों ओर से "*शुभ विवाह!*" की आवाज़ें गूंज रही थीं। पत्तियों

पर ओस की बूँदें चमक रही थीं, और आकाश में कबूतर उड़ रहे थे। आरव ने कार का दरवाज़ा खोला, रिया मुस्कुराते हुए अंदर बैठी। पीछे मंदिर की घंटियाँ लगातार बज रहीं थीं – जैसे हर स्वर यही कह रहा हो – **"अब दो जीवन, एक यात्रा में बदल गए हैं।"**

उस शाम वज्रेश्वरी देवी मंदिर के ऊपर का आसमान सुनहरी रोशनी से नहा गया था। घाटी में फैली हवा में सिर्फ चंदन और फूलों की खुशबू नहीं थी, बल्कि दो आत्माओं की मिलन की पवित्रता भी थी। रिया और आरव – दो पत्रकार, दो सपने, दो कहानियाँ – अब एक ही हेडलाइन बन चुके थे – **"लाइफ रिपोर्टिंग विदाउट ब्रेक।"**

दृश्य 5 – प्रीतिभोज और अतिथियों का स्वागत

स्थान: The Pavilion Hotel, धर्मशाला (HPCA Stadium के पास)

समय: शाम 7:00 बजे से रात 11:30 बजे तक

दिनांक: 30 अप्रैल 2018

शाम की हल्की ठंडक और धर्मशाला की पहाड़ियों पर बिखरी सुनहरी रोशनी पूरे वातावरण को जादुई बना रही थी। The Pavilion Hotel, जो HPCA Stadium के पास हरे-भरे देवदार के पेड़ों के बीच स्थित था, उस रात किसी सपनों के महल जैसा सजा हुआ था। होटल के मुख्य गेट पर फूलों की बनी बड़ी-सी तोरणमाला टंगी थी, जिसके नीचे से हर मेहमान मुस्कुराते हुए अंदर जा रहा थे। प्रवेश द्वार पर "आरव ❤ रिया - वज्रेश्वरी माता के आशीर्वाद से एक नई शुरुआत" का बोर्ड टिमटिमा रही लाइट्स में चमक रहा था। लॉबी में हल्की-हल्की गुलाब और रजनीगंधा की खुशबू फैली थी। अंदर कदम रखते ही एक सुंदर फ्लोरल वॉल के सामने फोटो सेशन चल रहा था—हर कोई उस जोड़ी के साथ तस्वीर खिंचवाना चाहता था, जिसने न्यूज़ की दुनिया से निकलकर अब "लाइफ रिपोर्टिंग" का नया अध्याय शुरू किया था।

बैंक्वेट हॉल के भीतर सुनहरी और लाल सजावट थी—टेबलों पर मोमबत्तियाँ जल रही थीं, और दीवारों पर LED स्क्रीन पर आरव और रिया की "रिपोर्टिंग जर्नी" की

तस्वीरें स्लाइडशो में चल रही थीं– काँगड़ा किला, नेपाल भूकंप, कश्मीर बाढ़, त्रियुंड ट्रेक... हर फ्रेम में उनकी केमिस्ट्री झलक रही थी। प्लेटों की खनक, लाइव बैंड की मधुर धुन और गुफ्तगू की आवाज़ें मिलकर उस रात को यादगार बना रही थीं।

अतिथियों का आगमन और स्वागत

रिया के पिताजी और आरव की माँ दरवाज़े पर खड़े होकर हर मेहमान का स्वागत कर रहे थे।

रिया के पिताजी (मुस्कुराकर) – "आइए-आइए शर्मा जी, आपके बिना तो ये शाम अधूरी रहती!"

शर्मा जी (हंसते हुए) – "बिलकुल, इतनी मेहनत से आपने बेटी की शादी की है, हम तो दिल से दुआएं देने आए हैं।"

रिया की माँ ने मेहमानों को गुलाब के फूल और मिठाई की डिब्बी देते हुए कहा, – "बस, आप सबका प्यार ही हमारी सबसे बड़ी पूँजी है।"

आरव की माँ ने अपनी ननद से कहा, – "देखो बहनजी, बेटा अब बड़ा हो गया, शादी के बाद तो रिपोर्टिंग कम करनी होगी इसे।"

दोनों हंस पड़ीं।

पत्रकार मित्रों का आगमन

न्यूज़ चैनल के सहयोगी कैमरा लेकर पहुँचे। माहौल में पुरानी यादों की गर्माहट घुल गई।

न्यूज़ कलीग (कार्ड और गिफ्ट देते हुए) – "ये तोहफ़ा हमारी ओर से–जैसे तुम दोनों ने चैनल को मज़बूत किया, वैसे ही इस रिश्ते को भी मज़बूत रखना।"

आरव (हंसकर) – "धन्यवाद यार, अब न्यूज़ की जगह घर की हेडलाइनें बनानी हैं।"

रिया (शरमाकर) – "और ब्रेकिंग न्यूज़ अब होगी–'कपल गोल्स ऑफ द ईयर।'"

सभी ज़ोर से हँस पड़े। कैमरे फ्लैश करने लगे, और फोटो खिंचते ही एक साथी बोला– "चलो, ये स्टोरी चैनल के सोशल मीडिया पर डालते हैं–'फ्रॉम न्यूज़रूम टू मंडप!'"

परिवार और रिश्तेदारों का मिलन

आरव की दादी और रिया के नाना पहली बार आमने-सामने मिले। दोनों ने एक-दूसरे को गले लगाया।

दादी (मुस्कुराकर) – "आपकी पोती बहुत भाग्यशाली है, मेरा पोता तो सीधा-सादा पहाड़ी लड़का है।"

नाना (हंसते हुए) – "सीधापन ही सबसे बड़ी दौलत है माता जी, अब दोनों साथ हैं तो सब ठीक रहेगा।"

पास में बैठी रिया की छोटी बहन बच्चों के साथ गुब्बारे फुला रही थी, और कह रही थी– "अब दीदी के घर में न्यूज चैनल नहीं, कुकिंग चैनल चलेगा!"

आरव ने सुन लिया और हँसते हुए बोला–"और मैं उसका कैमरा मैन रहूँगा!"

भोजन और संगीत

हॉल के एक कोने में लाइव बैंड "Yeh Shaam Mastani" बजा रहा था। रिया और आरव मंच पर बैठे मेहमानों का अभिवादन कर रहे थे। खाने में कांगड़ी धाम के साथ-साथ पंजाबी और उत्तर भारतीय व्यंजन परोसे जा रहे थे–मूली का खट्टा, मदरा, मखनी दाल, गुलाब जामुन और गर्म चाय की खुशबू हवा में मिल रही थी।

रिया की सहेली (थाली उठाते हुए) – "अब तो बस तुम्हारे घर की हेडलाइन होगी–हैप्पिली मैरिड।"

आरव (मुस्कुराकर) – "और सबटाइटल होगा–'रिपोर्टिंग विदाउट एडिटिंग।'"

पास बैठी रिया की माँ ने कहा,– "बस, अब भगवान करे इनके जीवन में कोई 'ब्रेकिंग न्यूज़' न हो, बस 'गुड न्यूज' ही आती रहे।"

आशीर्वाद और समापन

रात के आखिर में दोनों परिवार एक साथ मंच पर आए। आरव और रिया ने अपने बड़ों के चरण छुए।

दोनों फैमिली के बड़े (एकसाथ) – “भगवान वज्रेश्वरी माता का आशीर्वाद सदा तुम दोनों पर बना रहे।”

मंदिर की घंटियों की आवाज़ और पृष्ठभूमि में धीमी “ओम जय लक्ष्मी माता” की धुन ने माहौल को और भी पवित्र बना दिया।

फोटोग्राफर ने आखिरी तस्वीर ली–आरव और रिया एक-दूसरे का हाथ थामे मुस्कुरा रहे थे। पहाड़ों की ठंडी हवा उस रात उनकी नई शुरुआत की साक्षी बन गई।

दृश्य 6 – नए जीवन की शुरुआत

स्थान: वज्रेश्वरी देवी मंदिर और धर्मशाला के आसपास का क्षेत्र

समय: शाम के 10 बजे से रात 11 बजे

दिनांक: 30 अप्रैल 2018

शाम की हल्की ठंडी हवा में पहाड़ों की हरियाली और मंदिर की घंटियों की प्रतिध्वनि जैसे दोनों मिलकर उस दिन को और भी पवित्र बना रही थी।

The Pavilion Hotel से लौटे मेहमान अब धीरे-धीरे विदा हो रहे थे, लेकिन मंदिर के सामने का खुला आंगन अभी भी गुलजार था – फूलों की पंखुड़ियाँ बिखरी हुई थीं, दीपकों की हल्की-हल्की रोशनी झिलमिला रही थी। वज्रेश्वरी देवी मंदिर की प्राचीन दीवारें और गोलाकार मंदिर का परिसर, जैसे उस रात खुद अपनी आँखें खुली रखे हुए हों – दो आत्माओं के नए सफर को निहारते।

आशीर्वाद और उपहारों की मिठास

आरव और रिया अब मंदिर के मुख्य द्वार के पास खड़े थे। दोनों के हाथ संयुक्त थे, माथे झुके हुए, और चारों ओर परिवार और मेहमान आशीर्वाद दे रहे थे।

रिया की माँ (हाथ पकड़कर, हल्की आवाज़ में) – "बेटा, अब तू सिर्फ मेरी नहीं, दो घरों की खुशी बन चुकी है। खुश रहना।"

आरव की माँ (गले लगाते हुए) – "अब ये हाथ तुम्हारे जीवन के हर मोड़ पर सफलता और प्रेम के लिए काम आएँ।"

मेहमान धीरे-धीरे अपने उपहार और मिठाईयाँ सौंप रहे थे। बच्चे फूलों की पंखुड़ियाँ उछाल रहे थे, और आस-पास हल्की हँसी की लहरें गूंज रही थीं।

किसी ने हल्की-हल्की मस्ती में कहा– "देखो, ये जोड़ी अब किसी न्यूज़ स्टोरी की तरह नहीं, बल्कि लाइफ की कहानी लिख रही है।"

आरव ने हल्का हँसकर सहमति में सिर हिलाया।

पल, जो हमेशा याद रहेंगे

रिया ने आसमान की ओर देखा, जहाँ सूर्य की अंतिम किरणें देवदार के पेड़ों पर गिर रही थीं।

उसका दिल धड़क रहा था, आँखें नम थीं, और हर सांस में उत्साह घुला था।

रिया (धीरे से, आँखों में चमक और हल्की हँसी के साथ) – "आरव, ये पल सपने जैसा लग रहा है।"

आरव ने उसका हाथ कसकर थामा। उसके चेहरे पर हल्की मुस्कान, लेकिन आँखों में गहरी भावनाएँ थीं – जैसे सालों की मेहनत, संघर्ष और खुशियाँ एक ही क्षण में समा गई हों।

आरव (धीरे से, प्यार भरे स्वर में) – "ये सपना नहीं रिया... ये हमारा नया जीवन है। और अब हर सुबह तुम्हारे साथ ही शुरू होगी।"

रिया ने हँसते हुए सिर झुकाया। मंदिर के सामने खड़े लोग भी यह दृश्य देख भावुक हो गए – किसी की आँखें नम हुईं, किसी ने हल्की मुस्कान में आशीर्वाद दिया।

नए जीवन की प्रतीकात्मक शुरुआत

मंदिर के पथ पर दीपक जले थे, और हल्की हवा से उनकी लौ झिलमिला रही थी। आरव और रिया धीरे-धीरे मंदिर से बाहर निकले। पाँच कदम आगे बढ़ते ही आरव

ने रिया की ओर देखा – उसकी आँखों में सुरक्षा, प्यार और समर्पण झलक रहा था।

आरव (धीरे से, कान में फुसफुसाते हुए) –"अब चाहे कोई भी तूफान आए... हम साथ हैं। ये जीवन का पहला सचमुच का रिपोर्टिंग ड्यूटी है, और हम टीम हैं।"

रिया मुस्कुराई और हाथ थामे, मन ही मन अपने भीतर कह रही थी– "हाँ, अब कोई खबर अधूरी नहीं रहेगी, क्योंकि हम साथ हैं।"

माहौल और पवित्रता

आसमान में हल्के बादल तैर रहे थे। देवदार के पेड़ों की छाँव में रात की ठंडी हवा बह रही थी। चारों ओर हल्की-हल्की घंटियों की आवाज़, दीपक की चमक और फूलों की खुशबू, जैसे उस रात को समय ने रोक दिया हो – ताकि यह पल हमेशा जीवंत रहे। आरव और रिया धीरे-धीरे मंदिर के पास बने छोटे बगीचे में खड़े हुए।

उनके चारों ओर हल्की रोशनी में परिवार, मेहमान और कुछ बच्चे पत्तियाँ उड़ाते हुए।

दोनों ने एक-दूसरे को देखा और मुस्कुराए – एक नए जीवन की शुरुआत का संकेत, जो सिर्फ उनके नाम की थी। शाम ढल चुकी थी, लेकिन रिया और आरव के जीवन की नई सुबह अब शुरू हो चुकी थी। मंदिर के सामने खड़े रहकर उन्होंने न सिर्फ आशीर्वाद लिया, बल्कि यह महसूस किया कि अब उनका जीवन एक टीम, एक कहानी, और एक यात्रा है। हर सांस में प्यार, हर कदम में साथ – और हर सुबह उनके साथ ही शुरू होगी।

******

अध्याय 8 : हनीमून और नई मंज़िल

दृश्य 1 – यात्रा की शुरुआत - धर्मशाला की वादियों की ओर

सुबह का समय था। धर्मशाला बस स्टैंड पर हल्की धुंध फैली हुई थी। सूरज की सुनहरी किरणें पहाड़ों की चोटियों से झाँकने की कोशिश कर रही थीं, और हवा में एक खास सी ठंडक घुली थी – वैसी जो दिल को छू जाती है और यादों को ताज़ा कर देती है। सड़कों के किनारे चाय की दुकानों से उठती भाप और ताज़ी पकोड़ों की ख़ुशबू वातावरण को और भी जीवंत बना रही थी। बस स्टैंड के बाहर, एक सफेद इनोवा टैक्सी तैयार खड़ी थी – शीशे पर फूलों की लड़ी और "हैप्पी जर्नी आरव ❤ रिया" लिखा एक छोटा-सा बैनर लहरा रहा था। दोनों परिवारों ने उन्हें विदा करने के लिए छोटे से समूह में घेरा हुआ था। माँ के हाथ में आरती की थाली थी, और पिता की आँखों में गर्व के साथ थोड़ी-सी नमी।

रिया हल्के गुलाबी शॉल में लिपटी, अपने बैग को सँभालते हुए मुस्कुरा रही थी। उसकी आँखों में नींद कम, लेकिन उत्साह ज़्यादा था। आरव ने अपने कैमरे का कवर बंद करते हुए गहरी साँस ली, जैसे किसी लंबे सफर की शुरुआत से पहले मन ही मन कोई प्रार्थना कर रहा हो।

माँ ने मुस्कुराकर कहा, "अब रिपोर्टिंग नहीं, बेटा–बस यादें बनाना।"

रिया ने हल्के से सिर झुकाया और बोली, "अब ज़िंदगी की नई रिपोर्ट शुरू करने जा रही हूँ, माँ।"

जब टैक्सी चली, तो पीछे से उड़ती धूल और बिदाई के हाथ हवा में मिल गए। रिया ने खिड़की का शीशा नीचे किया, ठंडी हवा के झोंके ने उसके बालों को चेहरे पर बिखेर दिया। वह पहाड़ों की ओर देखती रही–हरे देवदार, धुंध में लिपटे रास्ते और झरनों की हल्की आवाज़... सब कुछ मानो किसी पुराने गीत की तरह बज रहा था।

वह मुस्कुराई, आँखें चमक उठीं।

"देखो आरव," उसने धीरे से कहा, "अब यह सफ़र सिर्फ़ रिपोर्टिंग का नहीं, हमारे जीवन का है... जहाँ हर मोड़ पर हम अपनी कहानी लिखेंगे।"

आरव ने उसकी ओर देखा–वही शांत चेहरा, जो कभी कैमरे के सामने निडर होकर बोलता था, आज जीवन के नए सीन में थोड़ी झिझक, थोड़ी उम्मीद और बहुत सारा प्यार लिए बैठा था। वह हल्के से आगे झुककर उसका हाथ थाम लेता है, उसकी हथेलियाँ ठंडी थीं लेकिन उनमें एक अजीब-सी गर्माहट थी।

"और मैं वादा करता हूँ," आरव ने कहा, उसकी आवाज़ में भरोसे की गहराई थी, "यह सफ़र कभी अधूरा नहीं रहेगा। चाहे रास्ते कठिन हों या मंज़िलें दूर, मैं हमेशा तेरे साथ रहूँगा।"

रिया ने बिना कुछ कहे सिर उसके कंधे पर रख दिया। टैक्सी अब घाटियों की ओर बढ़ रही थी – जहाँ पहाड़ों की गोद में नदियाँ लहरों की तरह मुस्कुरा रही थीं, और आसमान में उड़ते बादल मानो उनके नए जीवन के गवाह बन रहे थे।

आरव ने कैमरा उठाया, लेकिन इस बार किसी स्टोरी के लिए नहीं–रिया की मुस्कान को कैद करने के लिए।

“अब ये तस्वीर किसी न्यूज़ चैनल पर नहीं जाएगी,” उसने मुस्कुराते हुए कहा, – “ये सिर्फ़ हमारे दिल के एल्बम में रहेगी।”

रिया ने हँसते हुए कहा, – “तो फिर पक्का करना कि इसमें फिल्टर मत लगाना... ज़िंदगी असली रंगों में ज़्यादा खूबसूरत लगती है।”

दोनों की हँसी उस टैक्सी में गूँज उठी, जैसे पहाड़ों की चुप्पी को कोई नया संगीत मिल गया हो। धर्मशाला से मैक्लोडगंज की ओर बढ़ती सड़कों पर सूरज अब पूरा निकल चुका था–और उसके साथ दो दिलों की नई मंज़िल की शुरुआत भी हो चुकी थी।

दृश्य 2 – पहाड़ों की गोद में - धर्मशाला से मैक्लोडगंज की ओर

सुबह की ठंडी हवा अब धीरे-धीरे तेज़ होने लगी थी। गाड़ी जैसे-जैसे ऊँचाई की ओर बढ़ रही थी, नीचे फैली हुई कांगड़ा घाटी धीरे-धीरे पीछे छूटती जा रही थी। रास्ते के दोनों ओर ऊँचे देवदार के पेड़ खड़े थे, मानो पुराने पहरेदारों की तरह हर राहगीर को सलाम कर रहे हों। दूर पहाड़ों की चोटियों पर बर्फ की सफेद चादर चमक रही थी–सूरज की किरणें उस पर गिरकर हीरे-सा आभास दे रही थीं। टैक्सी की खिड़की से झाँकते हुए रिया ने गहरी साँस ली। हवा में चीड़ की खुशबू थी, जिसमें मिट्टी और ताज़गी का ऐसा मिश्रण था कि वह मुस्कुराए बिना नहीं रह सकी। पहाड़ों का हर मोड़, हर मोड़ से खुलता नया नज़ारा उसे अपने कैमरे में कैद करने को मजबूर कर रहा था।

"देखो आरव," उसने कैमरा ऑन करते हुए कहा, – "ये देखो... ब्रेकिंग न्यूज़ : कपल ऑन हनीमून।"

वह कैमरे की ओर शरारती अंदाज़ में देखती है, जैसे किसी लाइव रिपोर्टिंग में एंकरिंग कर रही हो। उसके चेहरे पर वही पुराना आत्मविश्वास था, लेकिन अब उसमें एक कोमल चमक जुड़ चुकी थी–प्यार की।

आरव मुस्कुराया, उसका कैमरा नीचे रखते हुए बोला, – "और एंकर कह रही हैं–अब लाइफ का सबसे खूबसूरत शो शुरू हुआ है।"

रिया ज़ोर से हँसी, और दोनों की हँसी टैक्सी के शीशों से टकराकर गूंज उठी। ड्राइवर ने पीछे मुड़कर मुस्कुराते हुए कहा, – "साहब, आप दोनों की हँसी से तो पहाड़ भी खिल उठे हैं।"

रिया ने मुस्कुराते हुए कहा, – "अंकल, ये पहाड़ हमारे पुराने दोस्त हैं। यहीं से हमारी कहानी शुरू हुई थी।"

आरव ने खिड़की से बाहर झाँका – नीचे दूर एक नदी बह रही थी, उसकी कलकल ध्वनि और पहाड़ों की खामोशी का मेल एक अनोखी संगीत-सी अनुभूति दे रहा था। हवा में ठंडक थी, लेकिन उनके बीच अब एक अनकही गर्माहट थी।

रिया ने धीरे से कहा, – "जानते हो, जब पहली बार हम यहाँ रिपोर्टिंग करने आए थे, तब भी ऐसे ही रास्ते पर बैठे थे। बस फर्क इतना है कि तब कैमरे के सामने हम प्रोफेशनल थे... आज बस हम हैं, और ये पहाड़।"

आरव ने उसकी ओर देखा – उसकी आँखों में चमकती हुई खुशी और हल्की-सी नमी दोनों झलक रही थीं। उसने धीरे से कहा, – "हाँ... तब हम कहानी रिपोर्ट कर रहे थे, आज हम अपनी कहानी जी रहे हैं।"

गाड़ी अब धीरे-धीरे मैक्लोडगंज के पास पहुँच रही थी। रास्ते में छोटे-छोटे टी हाउस और लकड़ी के घर दिखने लगे थे। कुछ विदेशी पर्यटक अपने बैग्स के साथ चलते हुए दिखे। सड़क के किनारे एक छोटा-सा झरना बह रहा था, जिसकी बूंदें हवा में घुलकर चेहरे पर पड़ रही थीं – ठंडी, पर सुकून देने वाली।

रिया ने हाथ बाहर निकाला, कुछ बूंदें उसकी हथेली पर आ गिरीं। उसने मुस्कुराकर कहा, – "लगता है, ये पहाड़ हमें आशीर्वाद दे रहे हैं।"

आरव ने उसकी हथेली थाम ली, और धीरे से बोला, – "या कहो, हमें याद दिला रहे हैं कि ज़िंदगी का हर सफर थोड़ा ठंडा, थोड़ा नम और बहुत खूबसूरत होता है... अगर साथ सही हो।"

रिया ने उसकी आँखों में झाँका – वहाँ भरोसा था, अपनापन था, और वो सुकून जो किसी मंज़िल से नहीं, बल्कि साथ होने से मिलता है। गाड़ी अब एक व्यू-पॉइंट पर रुकी। नीचे बादलों का समंदर फैला था। हवा में हल्की नमी थी और दूर से मंदिर की घंटियाँ बज रही थीं। रिया ने कैमरा उठाया, लेकिन फिर रोक लिया।

"नहीं," उसने धीरे से कहा, –"आज ये पल सिर्फ़ दिल में रहने दो। कुछ यादें तस्वीरों से ज़्यादा खूबसूरत होती हैं।"

आरव ने उसकी बात सुनकर मुस्कुराया, और दोनों कुछ देर वहीं चुपचाप बैठे रहे–बादलों के बीच, पहाड़ों की गोद में, और एक नए जीवन की शुरुआत के ठीक बीचोंबीच। धीरे-धीरे बादल नीचे खिसकने लगे, जैसे प्रकृति भी उनके साथ बैठने आई हो। और उस क्षण, न कोई कैमरा, न

कोई न्यूज़–बस दो दिल, एक सफर, और एक अधूरी-सी खामोशी जो कह रही थी – "अब से यह कहानी खबर नहीं, किस्मत है..."

दृश्य 3 – फूलों का बाग़ - धर्मकोट के पास, दोपहर की धूप में महकती वादियाँ

दोपहर की नरम धूप अब पहाड़ियों की ढलानों पर तिरछी पड़ रही थी। हवा में एक हल्की सी गर्माहट थी, लेकिन ऊँचाई की ठंडक अब भी उस हवा को मुलायम बनाए हुए थी। टैक्सी धर्मकोट के एक छोटे से मोड़ पर रुकी, जहाँ सड़क के किनारे एक पुराना लेकिन बेहद खूबसूरत फूलों का बाग़ था। चारों ओर रंग-बिरंगे फूलों का सागर फैला हुआ था–लाल गुलाब, पीले ट्यूलिप, सफेद डेज़ी, और नीले बेलफ्लावर... हर रंग जैसे अपने अस्तित्व पर गर्व कर रहा हो। बाग़ में हल्की-हल्की हवा बह रही थी, जिससे फूलों की पंखुड़ियाँ लहरों की तरह झूम रही थीं। हवा में मिट्टी और फूलों की मिली-जुली ख़ुशबू थी–एक ऐसी खुशबू जो सिर्फ़ सांसों में नहीं, दिल में उतर जाती है।

रिया ने खिड़की से उतरते ही चारों ओर देखा और एक गहरी सांस ली। "वाह..." उसके होंठों से अनायास निकला।

"लगता है जैसे किसी पेंटिंग के अंदर आ गए हों। हर फूल की अपनी मुस्कान है, और हवा... इसकी अपनी भाषा।"

आरव ने मुस्कुराते हुए कहा, – "हाँ, बस फर्क इतना है कि इस पेंटिंग का कोई फ्रेम नहीं–बस आसमान तक फैली ज़िंदगी है।"

वे दोनों धीरे-धीरे बाग़ की पगडंडी पर चलने लगे। रिया हल्के गुलाबी कुर्ते में थी, और उसके बालों में हवा खेल रही थी। आरव उसके पीछे-पीछे चल रहा था, कैमरा उसके कंधे पर लटक रहा था लेकिन उसका ध्यान अब किसी स्टोरी पर नहीं–बस रिया पर था। रिया झुककर कुछ फूलों को छूने लगी। उसने मुस्कुराकर कहा, – "हर फूल का रंग अलग है, पर सब एक साथ खूबसूरत लगते हैं... जैसे हमारी ज़िंदगी के पल–कभी खुशी, कभी डर, कभी प्यार।"

आरव उसके पास आया। उसने चारों ओर नज़र दौड़ाई, फिर झाड़ियों के बीच से एक ताज़ा लाल गुलाब तोड़ लिया। उस पल में उसके चेहरे पर एक हल्की सी झिझक

और सच्चाई थी–जैसे दिल की बात शब्दों से पहले आँखों में उतर आई हो।

उसने गुलाब रिया की ओर बढ़ाते हुए कहा, – “रिया... ये फूल तुम्हारी मुस्कान जितना सुंदर नहीं, पर फिर भी इसे रख लो। शायद ये मेरे एहसास की तरह कभी मुरझाए नहीं।”

रिया ने धीरे से गुलाब लिया। उसकी उंगलियाँ आरव की उंगलियों से छू गईं–एक हल्की-सी कंपकंपी जैसे दोनों के बीच बहते सन्नाटे को भी सजीव कर गई। उसने मुस्कुराते हुए कहा, – “अगर ये फूल मेरा प्रतीक है, तो तुम उसकी खुशबू हो... क्योंकि बिना खुशबू के कोई फूल पूरा नहीं होता।”

आरव कुछ पल उसे निहारता रहा। उसके चेहरे पर कोई आभूषण नहीं, बस मासूमियत थी–और शायद वही मासूमियत उसकी दुनिया को खूबसूरत बना रही थी।

वह धीरे से मुस्कुराया, कैमरा उठाया और बोला, –“रुको... ये पल वक्त के साथ मिटने नहीं दूँगा।”

शटर क्लिक हुआ – एक फोटो, पर उसमें अनंत एहसास कैद हो गए।

रिया ने हँसते हुए कहा, “देखना, ये फोटो तुम्हारी फेवरेट बन जाएगी।”

आरव ने जवाब दिया, – “नहीं... फेवरेट तो तुम पहले से हो।”

रिया शरमा गई, हल्का-सा झुककर बोली, “कहने में तुम वाकई प्रोफेशनल हो।”

आरव ने धीरे से कहा, – “रिपोर्टिंग से ज़्यादा दिल की बातें बोलना सीखा तुमसे।”

दोनों फूलों के बीच बने लकड़ी के बेंच पर बैठ गए। आसपास तितलियाँ उड़ रही थीं, और कहीं दूर से मंदिर की घंटियों की हल्की आवाज़ आ रही थी। कुछ बच्चे पास में खेल रहे थे, हवा में हँसी घुली थी।

रिया ने गुलाब को अपनी डायरी में रखी और बोली, – "हर सफर का एक खास पल होता है... शायद यह वही है।"

आरव ने उसकी ओर देखा, और उस पल बिना कुछ कहे बस इतना महसूस किया कि – कभी-कभी प्यार किसी बड़े इज़हार से नहीं, एक छोटे से गुलाब से शुरू होता है। कैमरे का लेंस नीचे हुआ, लेकिन उनकी ज़िंदगी का सबसे खूबसूरत सीन वहीं दर्ज हो गया – फूलों की ख़ुशबू में, हवा की नरमी में, और दो धड़कनों के बीच की उस खामोशी में जो सिर्फ़ प्यार बोलती है।

दृश्य 4 : झील के किनारे - डल झील, धर्मशाला के पास

शाम ढल रही थी। आसमान में सुनहरे और बैंगनी रंग के बादल तैर रहे थे, और हवा में एक सुकूनभरी ठंडक थी। धर्मशाला से कुछ किलोमीटर आगे, डल झील अपने पूरे सौंदर्य में चुपचाप फैली हुई थी–चारों ओर ऊँचे देवदार के

पेड़ खड़े थे, जैसे झील की हिफ़ाज़त कर रहे हों। पानी इतना शांत था कि उसमें आसमान और पेड़ों का प्रतिबिंब साफ़ दिखाई दे रहा था, मानो प्रकृति ने खुद अपना चेहरा उसमें देख लिया हो। झील के किनारे कुछ बत्तखें धीरे-धीरे तैर रही थीं, और किनारे पर रखी छोटी-छोटी नावें शाम के सन्नाटे में हल्के-हल्के हिल रही थीं। हवा में फूलों की हल्की महक थी, और कहीं दूर से मंदिर की आरती की आवाज़ सुनाई दे रही थी – "ओम जय जगदीश हरे..." वो माहौल इतना पवित्र और शांत था कि शब्द अपने आप धीमे हो गए।

रिया ने चारों ओर देखते हुए कहा, – “क्या ये वही डल झील नहीं है जहाँ हम पहली बार एक असाइनमेंट पर आए थे?”

आरव ने सिर हिलाया, मुस्कुराया, – “हाँ, लेकिन तब हमारे बीच सिर्फ़ कैमरा था... आज हमारे बीच सिर्फ़ दिल है।”

दोनों हँस पड़े। झील के किनारे खड़ी लकड़ी की नाव में नाविक ने सिर झुकाकर पूछा, – “घूमने चलेंगे साहब?”

आरव ने रिया की ओर देखा। उसकी आँखों में बच्चों जैसी चमक थी।

रिया ने कहा, – “हाँ... बस थोड़ी देर पानी के बीच रहना चाहती हूँ।”

दोनों नाव में बैठ गए। नाव धीरे-धीरे झील के बीच की ओर बढ़ने लगी। हर चप्पू के साथ पानी में लहरें उठतीं, फिर शांत हो जातीं। सूरज की आखिरी किरणें पानी पर सुनहरी राह बना रही थीं, मानो उनके सफर को आशीर्वाद दे रही हों।

रिया नाव के किनारे झुककर पानी में अपनी उंगलियाँ डुबो देती है। पानी ठंडा था, पर उस ठंड में एक मिठास थी – वैसी जो किसी पुराने गीत की याद दिलाती है।

उसने धीरे से कहा, – “देखो आरव... ये झील, ये पहाड़, ये शाम – सब कुछ कितना शांत है। लगता है जैसे वक्त भी ठहर गया हो।”

आरव ने उसे देखा – उसकी आँखें पानी के प्रतिबिंब में और भी गहरी लग रही थीं। उसने मुस्कुराते हुए कहा, – "शायद वक्त ठहरा नहीं, बस हमारे साथ चलने लगा है।"

रिया ने हल्की हँसी के साथ कहा, "ये जगह मुझे हमेशा याद रहेगी... जैसे आज का ये पल।"

आरव उसकी ओर थोड़ा झुककर बोला, उसकी आवाज़ में कोमलता और सच्चाई थी, –"रिया... अब हमारी हर जगह यादगार होगी, क्योंकि हम साथ हैं। जहाँ तुम हो, वहाँ हर पल खूबसूरत है।"

रिया ने कुछ नहीं कहा। उसने बस अपना सिर उसके कंधे पर रख दिया। हवा में देवदारों की खुशबू और झील की नमी थी। पानी पर उड़ती बत्तखों की हल्की आवाज़ें किसी धीमे संगीत की तरह लग रही थीं। नाव अब झील के बीच में थी। सूरज धीरे-धीरे पहाड़ों के पीछे छिप रहा था, और उसके साथ आसमान का रंग सुनहरी से नारंगी, फिर नीला होता जा रहा था।

आरव ने धीरे से कहा, – "कभी सोचा है रिया... ये झील कितनी शांत है, लेकिन इसके नीचे न जाने कितनी

गहराई छिपी है। ठीक वैसे ही जैसे हमारे रिश्ते की – बाहर से सुकून, अंदर से अनगिनत एहसास।"

रिया ने उसकी ओर देखा – उसकी आँखों में वही चमक थी जो पहली मुलाकात में थी, पर अब उसमें अपनापन था, ठहराव था।

"और शायद इसी गहराई में ही असली प्यार रहता है," उसने धीरे से कहा।

आरव ने उसका हाथ थाम लिया। हवा अब थोड़ी ठंडी हो गई थी। आसमान में पहला तारा चमकने लगा था। दोनों कुछ देर यूँ ही बैठे रहे – बिना बोले, बिना किसी वजह के, बस उस खामोशी में जो सबसे सच्ची थी। नाव किनारे लौट रही थी। झील के पानी में उनकी परछाइयाँ हिल रही थीं, पर साथ थीं – जैसे दो आत्माएँ जो अब अलग नहीं हो सकतीं।

और जब नाव किनारे लगी, तो रिया ने पीछे मुड़कर झील की ओर देखा।

वह मुस्कुराई और धीरे से बोली, – "कभी लौटेंगे यहाँ... फिर वही हवा, वही पानी, और शायद वही पल... बस वक्त थोड़ा आगे बढ़ा होगा।"

आरव ने मुस्कुराकर कहा, – "और तब भी हम साथ होंगे – जैसे ये झील और इसका आसमान।"

फिर दोनों हाथों में हाथ डाले, डल झील के किनारे शाम की धुंध में खो गए – जहाँ पानी खामोश था, पर दिलों में लहरें चल रही थीं।

दृश्य 5 – पहाड़ों पर रोमांस - रात की चाँदनी में घुलता सुकून

रात धीरे-धीरे उतर आई थी। धर्मशाला की पहाड़ियाँ अब चाँदनी की चादर ओढ़े खामोश खड़ी थीं। होटल की बालकनी से बाहर झाँकने पर सामने पूरा दृश्य किसी स्वर्गिक चित्र जैसा लग रहा था—दूर-दूर तक बर्फ से ढकी चोटियाँ, उन पर गिरती चाँद की दूधिया रोशनी, और नीचे घाटियों में झिलमिलाते छोटे-छोटे घरों की लाइटें, मानो

धरती पर बिखरे तारों का आकाश बन गई हों। हवा में एक ठंडक थी, लेकिन उसमें नमी नहीं, बस नर्म सिहरन थी–जैसे हर झोंका किसी प्रेमगीत की पंक्ति गुनगुना रहा हो।

रिया बालकनी में खड़ी थी, उसके खुले बालों में हवा खेल रही थी। उसने हाथ फैलाकर आँखें बंद कीं, और गहरी साँस ली। उसके चेहरे पर चाँद की रोशनी ऐसी पड़ रही थी कि वह किसी पुरानी कविता की पंक्ति-सी लग रही थी–शांत, सुंदर और अनकही।

उसने धीमी आवाज़ में कहा, – "आरव... ऐसा लग रहा है मानो कामदेव और रति सच में इन वादियों में नृत्य कर रहे हों। हर हवा का झोंका... हर पत्ता... मानो किसी अदृश्य प्रेमकथा को बयां कर रहा है।"

आरव कुछ देर उसे देखता रहा। कमरे की हल्की पीली रोशनी में उसकी आँखें गहराई में उतरती जा रही थीं। वह धीरे से आगे बढ़ा, उसके पीछे खड़ा हुआ, और बिना कुछ कहे उसके कंधों पर हाथ रख दिए। रिया ने आँखें खोलीं,

पर कुछ नहीं कहा। वह बस उस स्पर्श को महसूस करती रही–वो स्पर्श जो शब्दों से ज़्यादा सच्चा था।

आरव ने उसके कानों के पास झुककर धीरे से कहा, – "और मैं सोचता हूँ... इन वादियों का सबसे प्यारा गीत तुम्हारी हँसी है। जब तुम हँसती हो न, तो लगता है जैसे पहाड़ों की गूंज भी मुस्कुरा उठती है।"

रिया मुस्कुराई, और हल्की हँसी में उसके सीने से लग गई। "तुम्हारी बातें भी न," उसने कहा, – "ठंडी हवा जैसी हैं... छूती हैं, पर जला नहीं सकतीं। बस दिल को सुकून देती हैं।"

आरव ने धीरे से उसके बालों को सहलाया।

"क्योंकि मैं तुम्हें जलाना नहीं चाहता, रिया... बस तुम्हारे हर एहसास में घुल जाना चाहता हूँ। जैसे चाँद इस बर्फ में घुल गया है।"

रिया ने उसकी ओर देखा–उसकी आँखों में उस पल पूरा ब्रह्मांड सिमट आया था। दोनों कुछ देर वैसे ही खामोश

खड़े रहे—ना कोई शब्द, ना कोई सवाल। बस हवा, चाँदनी और उनके बीच की धड़कनों की लय।

नीचे घाटी में किसी ढाबे से धीमी-धीमी संगीत की धुन आ रही थी–"तू मिले या ना मिले, ये हवा तो तेरी है..."

वो गीत उस रात का हिस्सा बन गया।

रिया ने सिर उठाकर आसमान की ओर देखा। – "देखो, कितने तारे हैं... शायद हमारे आने वाले पलों के साक्षी।"

आरव ने मुस्कुराकर कहा, – "हाँ, और हर तारा उस वादे का हिस्सा है जो हमने किया है—हमेशा साथ रहने का।"

रिया ने धीरे से कहा, – "कभी सोचा है, आरव... अगर हमारी ज़िंदगी भी इस पहाड़ी रात जैसी होती—ठंडी, पर दिल को गरमाहट देने वाली?"

आरव ने उसे थोड़ा और करीब खींच लिया, – "रिया, हमारी ज़िंदगी भी वैसी ही है... बस हमें उसे महसूस करना आ गया है।"

वह उसके सीने से सट गई। चारों ओर निस्तब्धता थी, बस दूर से झींगुरों की हल्की आवाज़ और पत्तों की सरसराहट सुनाई दे रही थी। चाँद अब सिर के ऊपर आ चुका था। उसकी रोशनी में दोनों की परछाइयाँ एक हो गई थीं–मानो दो आत्माएँ, एक ही लय में सांस ले रही हों।

रिया ने धीरे से आँखें बंद कीं और कहा, – "काश, यह रात कभी खत्म न हो..."

आरव ने फुसफुसाकर कहा, – "रात नहीं, ये पल याद रहेगा... हमेशा।"

बालकनी की रेलिंग पर रखे दो हाथ अब एक-दूसरे में उलझ चुके थे। चाँदनी उन पर गिर रही थी, जैसे आशीर्वाद–शांत, निर्मल और सदा रहने वाला। और उस पल में, धर्मशाला की ठंडी हवा, पहाड़ों की खामोशी और उनके दिलों की गर्माहट – तीनों ने मिलकर प्रेम का सबसे सुंदर दृश्य रच दिया था।

दृश्य 6 – नई मंज़िल की ओर

सुबह की पहली किरणें जब धीरे-धीरे बर्फ़ से ढकी धौलाधार की चोटियों पर पड़ीं, तो मानो पूरी घाटी सोने के रंग में रंग गई। धर्मशाला के उस छोटे-से होटल की बालकनी पर आरव और रिया खामोश खड़े थे—सामने बर्फ़ीली पहाड़ियाँ, नीचे देवदारों की कतारें, और उनके बीच से बहती ठंडी, पारदर्शी हवा जो उनके बालों से खेल रही थी।

रिया ने धीरे से खिड़की का शीशा खोला। अंदर गर्म कॉफ़ी की भाप और बाहर ठंडी सुबह की खुशबू एक साथ मिलकर एक अनकहा एहसास बना रही थी। उसने अपनी शॉल को कसकर ओढ़ा और मुस्कुराते हुए कहा– "आरव, शादी को लोग एक बंधन कहते हैं... लेकिन मुझे लगता है, ये सफ़र... ये पल, हमारी नई मंज़िल की शुरुआत है। जैसे इन पहाड़ों की हर ऊँचाई हमें कुछ नया सिखाती है, वैसे ही शायद अब हमारा जीवन भी सिखाएगा कि साथ चलना क्या होता है।"

आरव ने बिना कुछ कहे उसकी ओर देखा। उस मुस्कान में इतनी शांति थी जैसे सूरज की किरणें खुद उसके चेहरे पर ठहर गई हों। उसने धीरे से रिया का हाथ थामा–

उसकी उँगलियों की ठंडक को अपनी हथेलियों की गर्माहट में समेटते हुए बोला, – "रिया, अब से कोई मंज़िल मेरी नहीं, हमारी होगी। चाहे राह कठिन हो या आसान, हर सुबह तुम्हारे साथ शुरू होगी... और हर रात तुम्हारे सपनों के साथ पूरी होगी।"

रिया ने उसकी ओर देखा, उसकी आँखों में सच्चाई की एक ऐसी चमक थी जो किसी वादे से भी गहरी थी। उसने धीरे से सिर झुकाया और आरव के कंधे पर सिर रख दिया। कुछ पल के लिए दोनों के बीच कोई शब्द नहीं था–सिर्फ़ हवा का संगीत, बर्फ़ के पिघलने की धीमी-सी सरसराहट और पहाड़ों की खामोशी में धड़कते दो दिल।

नीचे घाटी में हल्का कोहरा उठने लगा था। आरव ने कैमरा उठाया और सामने के दृश्य की एक तस्वीर खींची। फिर रिया की ओर मुड़कर बोला, – "ये फोटो याद दिलाएगी कि हर सूर्योदय हमारे जीवन का नया अध्याय है।"

रिया मुस्कुरा दी–उसकी आँखों में नमी थी, पर होंठों पर विश्वास। उसने जवाब दिया, – "और मैं हर दिन इस सुबह की तरह तुम्हारे साथ चमकना चाहती हूँ।"

बालकनी से दिखते आसमान में पक्षियों का झुंड उड़ान भर रहा था–मानो प्रकृति खुद उनके नए जीवन की गवाही दे रही हो। हवा में एक अनकही गर्माहट थी... जैसे पहाड़ों ने भी दो आत्माओं के मिलन को आशीर्वाद दे दिया हो।

*****

अध्याय 9 : रिया की ख़्वाहिशें और आरव से दूरी

दृश्य 1 – हनीमून से वापसी के बाद का बदलता माहौल

स्थान: दिल्ली - एक दो कमरे का फ्लैट, शाम का समय।

समय: लगभग 7:30 बजे शाम।

बाहर हल्की बारिश हो रही है। खिड़की के शीशे पर पानी की बूँदें फिसल रही हैं। कमरे में हल्की सी रौशनी है – दीवार पर नई शादी की तस्वीरें टंगी हैं, मेज़ पर दो कॉफी मग रखे हैं, और बीच में अब तक अनपैक किए गए बैग पड़े हैं। रिया धीरे-धीरे बैग से कपड़े निकाल रही है – हाथों में वही शॉल है जो उसने मनाली में ओढ़ी थी। उसे देखकर मुस्कुरा देती है। फिर मुड़कर देखती है – आरव लैपटॉप खोले, हेडफ़ोन लगाए, तेज़ी से टाइप कर रहा है।

रिया थोड़ी देर तक उसे देखती रहती है – जैसे कुछ कहना चाहती हो, लेकिन झिझक जाती है।

फिर हिम्मत जुटाकर बोलती है – रिया (धीरे, मुस्कुराकर): – "आरव... आज तो हमारी इस नए घर में पहली शाम है... सोचा था साथ में कॉफी पिएँगे, बातें करेंगे... हनीमून की यादें ताज़ा करेंगे।"

(आरव बिना नज़र उठाए, स्क्रीन पर ध्यान रखते हुए) – "रिया, अभी नहीं... ये रिपोर्ट कल सुबह तक भेजनी है। चैनल से कॉल आया था – आज ही ड्राफ्ट फाइनल करना है।"

(रिया हल्के से साँस छोड़ती है, उसकी मुस्कान फीकी पड़ जाती है) – "हमेशा काम, रिपोर्ट, चैनल..."

(धीरे से खुद से बुदबुदाती है) – "और मैं...?"

वह उठकर खिड़की के पास चली जाती है। बाहर का नज़ारा अब और धुंधला हो चुका है। सड़क पर स्ट्रीट लाइट्स की पीली रोशनी गिर रही है। पास के मंदिर से घंटी की आवाज़ आ रही है।

(रिया खिड़की के शीशे पर हाथ रखती है) – "मनाली में तुमने कहा था, काम तो हर दिन होता रहेगा... पर वक्त साथ बिताना सबसे ज़रूरी है। याद है?"

आरव थोड़ा रुकता है, उँगलियाँ कीबोर्ड पर थम जाती हैं, पर सिर नहीं उठाता। – "रिया, मैं जानता हूँ... पर ये प्रोजेक्ट बहुत इम्पोर्टेंट है। रिपोर्टिंग की लाइन में मौका बार-बार नहीं मिलता।"

(रिया का स्वर अब टूटने लगता है) – "मौका किसका, आरव? काम का या साथ होने का?"

कमरे में कुछ पल के लिए सन्नाटा फैल जाता है। बाहर बारिश की आवाज़ और ज़्यादा तेज़ हो जाती है। रिया धीरे-धीरे सोफ़े पर बैठ जाती है। उसकी आँखें नम हैं। आरव चुपचाप लैपटॉप स्क्रीन को देखता रहता है, जैसे वो कुछ कहना चाहता हो, पर शब्द नहीं मिलते।

क्लॉक की टिक-टिक के बीच रिया का आख़िरी डायलॉग गूंजता है– रिया (धीरे से, लगभग फुसफुसाते हुए): – "कभी-कभी लगता है... शायद मैं तुम्हारी ज़िंदगी में बस

एक ब्रेकिंग न्यूज़ बनकर रह गई हूँ, जो कुछ पल के लिए ही मायने रखती है..."

(कैमरा धीरे-धीरे रिया के चेहरे पर ज़ूम करता है – खिड़की से आती रोशनी उसकी आँखों के आँसुओं में झिलमिलाती है।)

दृश्य 2 – रात का इंतज़ार

स्थान: वही फ्लैट, दिल्ली।

समय: रात के 11:00 बजे।

बाहर की सड़क पर अब सन्नाटा है। बीच-बीच में किसी गाड़ी के गुज़रने की आवाज़ या दूर किसी कुत्ते के भौंकने की हल्की ध्वनि आती है। कमरे में सिर्फ़ दीवार पर लगी घड़ी की "टिक-टिक" सुनाई दे रही है। कमरे की रौशनी मद्धम है। साइड लैंप की पीली रोशनी रिया के चेहरे पर पड़ रही है। वह साड़ी में सजी है – बाल खुले हुए, माथे पर हल्की बिंदी, और होंठों पर इंतज़ार की झलक। बिस्तर पर बैठी उसके हाथ में एक किताब है, पर पन्ने खुले ही

रह गए हैं। उँगलियाँ एक ही पेज पर रुकी हैं। उसकी नज़र बार-बार दीवार की घड़ी और फिर कमरे के दरवाज़े पर जाती है। हर बार उम्मीद से आँखें उठती हैं, हर बार दरवाज़ा बंद रहता है।

रिया (मन ही मन, धीमी आवाज़ में) – "कब आएंगे आरव...? शायद आज जल्दी काम ख़त्म कर लेंगे। शायद आज वो भी याद करेंगे कि हमारी शादी को अभी बस कुछ दिन ही हुए हैं..."

(वह धीरे से किताब बंद करती है और साँस छोड़ती है।) बाहर से दरवाज़ा खुलने की हल्की क्लिक की आवाज़ आती है। रिया का चेहरा तुरंत खिल उठता है। वह किताब एक तरफ रखती है, जल्दी से उठती है, और दरवाज़े की ओर देखती है।

आरव अंदर आता है – थका हुआ, चेहरा बुझा-बुझा, आँखों के नीचे हल्की थकान की रेखाएँ। उसके हाथ में ऑफिस बैग है, और कंधे पर अभी भी कैमरा लटक रहा है।

रिया (मुस्कुराते हुए, राहत की साँस के साथ) – "आ गए? चलो, अब बस काम नहीं। आओ, थोड़ा आराम करो... मैं

कॉफी बना देती हूँ या... मेरे पास बैठो ना, बस पाँच मिनट।"

आरव हल्का सा मुस्कुराता है, लेकिन उसके स्वर में थकान साफ़ झलकती है।

आरव (धीमे, थके हुए लहजे में) – "रिया... सच कहूँ तो बहुत थक गया हूँ। पूरा दिन फील्ड में रहा... बस लेटने दो प्लीज़।"

(वह अपने जूते निकालता है, मोबाइल चार्ज पर लगाता है, और सीधे बिस्तर पर लेट जाता है।) कुछ ही सेकंड में उसकी साँसें धीमी और भारी होने लगती हैं।

रिया कुछ पल तक उसे देखती रहती है – उसकी आँखों में प्यार भी है, पर अब उसमें एक अनकही उदासी मिल चुकी है। वह धीरे से कंबल उसके ऊपर डालती है, उसके बालों में उँगलियाँ फिराती है, पर आरव अब सो चुका है।

(रिया फुसफुसाती है, लगभग खुद से) – "थकान तो मुझे भी होती है, आरव... बस फर्क इतना है कि मेरी थकान काम की नहीं, इंतज़ार की है..."

वह करवट बदलती है, चेहरा तकिए में छिपा लेती है। आँसू चुपचाप निकलकर तकिए में समा जाते हैं। बाहर बारिश फिर शुरू हो जाती है – खिड़की के शीशे पर बूँदें टकराती हैं, और कमरे में वही घड़ी "टिक-टिक" करती रहती है, जैसे हर पल उसके इंतज़ार का मज़ाक उड़ा रही हो।

दृश्य 3 – रिया की अधूरी ख़्वाहिशें

स्थान: वही दिल्ली वाला फ्लैट, एक हफ़्ते बाद की रात।

समय: रात के 10:45 बजे।

कमरे में वही पुराना सन्नाटा है – जो अब रोज़ का हिस्सा बन चुका है। टीवी बंद है, बस आरव के लैपटॉप की स्क्रीन की नीली रोशनी पूरे कमरे में फैली हुई है। टेबल पर आधा पीया हुआ कॉफी का कप ठंडा पड़ा है। खिड़की के पास रिया बैठी है – साड़ी में, बाल हल्के से खुले, चेहरे पर हल्की सी उदासी का साया।

कुछ देर तक वह चुपचाप आरव को देखती रहती है – वो उसी तरह टाइप करता जा रहा है, जैसे उस कमरे में सिर्फ़ काम का अस्तित्व हो, कोई इंसान नहीं।

रिया (धीरे, पहले शांत स्वर में) – "आरव... कितने दिन हो गए, हम दोनों ने साथ बैठकर ठीक से बात भी नहीं की। तुम ऑफिस से आते हो, फिर लैपटॉप खोल लेते हो... मैं कुछ कहूँ, तो तुम कहते हो 'अभी काम है।' क्या तुम्हें कभी एहसास होता है कि मैं यहाँ हूँ – तुम्हारे ठीक सामने – पर तुम्हारी ज़िंदगी से कहीं ग़ायब सी?"

आरव की उँगलियाँ कुछ पल के लिए रुकती हैं, वह गहरी साँस लेता है, फिर बिन नज़र उठाए जवाब देता है।

आरव (थोड़ा थके लेकिन नियंत्रित स्वर में) – "रिया... ये सब मैं तुम्हारे लिए ही कर रहा हूँ। ये मेहनत, ये रातें – ताकि तुम्हें कभी किसी चीज़ की कमी न हो। मैं चाहता हूँ तुम्हारा भविष्य सुरक्षित हो, तुम्हारी ज़िंदगी आरामदायक हो।"

रिया उठकर उसके पास आती है। उसके चेहरे पर दर्द और तड़प एक साथ झलकते हैं।

वह धीरे से कहती है– रिया (आँखों में आँसू लिए) – “पर आरव... मेरा ‘भविष्य’ तब क्या काम का, जब मेरा ‘आज’ खाली है? मुझे गहने या आराम नहीं चाहिए... बस तुम्हारा थोड़ा वक्त, थोड़ा स्नेह चाहिए। मुझे वो आरव चाहिए जो मनाली की ठंडी हवा में मेरा हाथ थामे कहता था – ‘मैं तुम्हें कभी अकेला नहीं छोड़ूँगा।’

अब तो हम एक घर में रहकर भी एक-दूसरे से कितने दूर हैं...”

आरव अब नज़र उठाकर उसे देखता है – उसकी आँखों में ग्लानि और थकान दोनों हैं।

वह कुछ कहना चाहता है, पर शब्द गले में अटक जाते हैं। बस इतना ही कह पाता है– आरव (धीरे से) – “रिया... मैं कोशिश करूँगा... बस थोड़ा वक़्त और दे दो।”

रिया की आँखें भर आती हैं। वह कुछ नहीं कहती। धीरे-धीरे जाकर बिस्तर पर लेट जाती है, और करवट बदल लेती है।

आरव कुछ देर उसे देखता रहता है, फिर लैपटॉप बंद कर देता है। कमरे में अब सिर्फ़ रिया की हल्की सिसकियाँ और घड़ी की "टिक-टिक" की आवाज़ रह जाती है। बाहर रात गहराती जा रही है। बंद खिड़की के शीशे पर चाँद की रोशनी पड़ती है – जो दोनों के बीच पसरे सन्नाटे को और उजागर कर देती है।

दृश्य 4 – संदेह और दूरी

स्थान: दिल्ली का वही फ्लैट – चौथी मंज़िल, रात का सन्नाटा।

समय: रात 12:15 बजे।

बाहर की सड़कें खाली हैं। दूर कहीं किसी पेड़ से पत्तों के गिरने की आवाज़ आती है। हवा हल्की ठंडी है, और आसमान में चाँद बादलों के पीछे छिपा हुआ है। रिया बालकनी में खड़ी है – सफ़ेद सूती नाइटी में, बाल खुले हुए, चेहरा थका हुआ लेकिन आँखों में एक बेचैन सवाल। उसके हाथ में एक मग है जिसमें अब ठंडी हो चुकी चाय है। वह धीरे से आसमान की ओर देखती है – जैसे कोई जवाब ढूंढ रही हो जो ज़मीन पर नहीं मिल रहा।

रिया (धीमे, खुद से, टूटी आवाज़ में) – "क्या सच में आरव मुझसे प्यार करता है...? या ये बस एक रिश्ता है... जिसमें मैं ही जी रही हूँ, और वो बस निभा रहा है?"

(पृष्ठभूमि में हवा का एक तेज़ झोंका आता है – बाल चेहरे पर आते हैं, वह उन्हें हटाती है। उसकी आँखों से आँसू बिन आवाज़ के बह निकलते हैं।)

वह बालकनी की रेलिंग पर टिककर खड़ी रहती है – कहीं दूर से किसी मंदिर की घंटी की हल्की आवाज़ आती है, जैसे रात भी उसके दर्द को सुन रही हो।

रिया का इंतज़ार

रिया हर रात की तरह आज भी सजी-संवरी है – हल्के गुलाबी रंग की साड़ी, कानों में झुमके, होंठों पर हल्की लिपस्टिक। कमरे में मोगरे की खुशबू फैली है। टेबल पर दो प्लेटों में डिनर सजा हुआ है – पर ठंडा हो चुका है।

वह घड़ी देखती है – 11:45 PM. आरव अभी तक नहीं आया। वह खुद से मुस्कुराने की कोशिश करती है –

रिया (धीरे से) – “शायद आज देर इसलिए हो गई होगी... कल कह रहे थे कोई इमरजेंसी रिपोर्ट है।”

दरवाज़ा खुलता है।

आरव अंदर आता है – हाथ में मोबाइल, कानों में इयरफोन।

रिया तुरंत उठती है, मुस्कुराकर कहती है– रिया: “आरव! खाना लगा है... चलो साथ में खाते हैं।”

आरव (तेज़ी से) – “रिया, बहुत थक गया हूँ, कुछ खाया है बाहर... तुम सो जाओ।”

वह अपने शब्दों से अनजान, सीधे कमरे में चला जाता है। रिया वहीं खड़ी रह जाती है – उसकी मुस्कान धीरे-धीरे फीकी पड़ जाती है।

पुरानी यादों में खोई रिया

रिया सोफ़े पर बैठी है। उसके हाथ में मोबाइल है – स्क्रीन पर हनीमून की तस्वीरें खुली हैं। वह एक फोटो देखती है – मनाली की बर्फ़ में आरव उसके गले में

स्कार्फ़ डाल रहा है, दोनों हँस रहे हैं। रिया हल्के से मुस्कुराती है, फिर चेहरा नीचे कर लेती है।

रिया (फोटो को देखते हुए, फुसफुसाकर) – "वो दिन कितने अलग थे... वो नज़रे, वो बातें, वो वक़्त – अब सब कहीं गुम हो गया है।"

वह फोटो को धीरे से स्वाइप करती है – हर तस्वीर के साथ उसकी आँखों में आँसू भरते जाते हैं। फिर अचानक मोबाइल स्क्रीन ब्लैंक हो जाती है, जैसे यादें भी थककर सो गई हों।

आरव की तन्हाई

दूसरी तरफ़, लिविंग रूम में आरव लैपटॉप बंद करके पीछे की ओर झुकता है। वह गहरी साँस लेता है – उसकी आँखों में भी बेचैनी है।

वह खुद से बुदबुदाता है– आरव (धीरे से) – "ये सब मैं रिया के लिए कर रहा हूँ... ताकि उसे कभी कुछ न कमी लगे...

वो समझती क्यों नहीं कि यही मेरी मोहब्बत है।"

वह कुछ पल रुकता है, फिर सिर पकड़कर सोचने लगता है। कैमरा उसके चेहरे पर फोकस करता है – एक तरफ़ भावनाओं की गहराई, दूसरी तरफ़ जिम्मेदारियों का बोझ।

"कभी-कभी इंसान इतना 'भविष्य' बनाने में खो जाता है कि 'वर्तमान' खो देता है।"

रिया का संदेह

रिया धीरे-धीरे बालकनी से लौटती है, कमरे में आती है। आरव अब सो चुका है – मोबाइल उसके पास रखा है, स्क्रीन पर किसी न्यूज़ ग्रुप के मैसेजेस चमक रहे हैं।

रिया बिस्तर के किनारे बैठती है, धीरे से कहती है– रिया (आँखों में दर्द लिए) – "क्या ये रिश्ता सिर्फ़ जिम्मेदारी है, आरव...? प्यार कहाँ गया? वो जो मेरी आँखों में झाँककर कहता था कि 'हमेशा साथ रहूँगा'... अब वो आँखें सिर्फ़ स्क्रीन पर टिकती हैं।"

उसके होंठ काँपते हैं, आँसू गालों से फिसलकर तकिए पर गिरते हैं। वह धीरे-धीरे करवट बदलकर लेट जाती है –

उसके पीछे आरव सोया हुआ है, और उनके बीच बस एक खामोश दूरी है, जो अब रिश्ते से ज़्यादा गहरी हो चुकी है।

*****

अध्याय 10 : टकराव और टूटन

(सपनों का घर और आध्यात्मिक टकराव)

दृश्य 1 - नई शुरुआत

स्थान: दिल्ली, द्वारका - नया फ्लैट

समय: शाम, सूरज धीरे-धीरे ढल रहा है।

फ्लैट छोटा है, लेकिन हर कोने में नया उत्साह झलकता है। दीवारों पर पिछले कई सालों की रिपोर्टिंग की तस्वीरें टंगी हैं - बाढ़, भूकंप और प्राकृतिक आपदाओं की, जो रिया और आरव की मेहनत और संघर्ष की याद दिलाती

हैं। खिड़की से शाम की सुनहरी रोशनी कमरे में घुस रही है। हवा हल्की ठंडी है, और बाहर पेड़-पौधों की सरसराहट सुनाई दे रही है।

रिया खिड़की के पास खड़ी है, हाथों में चाय का कप, बाहर के नज़ारों को देख रही है। उसके चेहरे पर मुस्कान है, लेकिन आँखों में हल्की बेचैनी भी झलक रही है।

रिया (धीरे-धीरे, खुद से) – "सच में... यह हमारा अपना घर है। इतने संघर्ष के बाद, यह पल... कितना खास है।"

वह खिड़की से बाहर झाँकती है, दूर सड़क पर बच्चों की हँसी, बगीचे की खुशबू और हल्की शाम की हलचल उसे अपने नए जीवन की शुरुआत की याद दिला रही है।

आरव कमरे में सामान जमाने में व्यस्त है। वह हर चीज़ को व्यवस्थित कर रहा है, जैसे कि यह घर केवल चार दीवारें नहीं, बल्कि उसकी सोच और आदर्शों का प्रतिबिंब हो।

रिया (उत्साहित होकर, आवाज़ में चमक) – "आरव, देखो न, यह घर कितना प्यारा है। मुझे लगता है अब हमारी

ज़िंदगी स्थिर हो जाएगी। काम के साथ-साथ हम अपने छोटे-से परिवार का सपना भी पूरा कर सकते हैं।"

आरव कुछ सेकंड के लिए रुकता है, उसके हाथ में रखी किताबों की पंक्तियाँ उसकी आँखों में चमक की तरह प्रतिबिंबित होती हैं। वह रिया की तरफ देखता है, मुस्कुराता है, लेकिन उसकी मुस्कान में कोई गंभीर विचार भी झलक रहा है।

आरव (हौले से मुस्कुराते हुए, धीरे-धीरे बोलते हुए) – "हाँ, रिया... पर मैं इस घर को सिर्फ चार दीवारें नहीं, एक मंदिर बनाना चाहता हूँ। ऐसा मंदिर, जहाँ झूठ, लालच या स्वार्थ का कोई नाम न हो। जहाँ हम अपने काम और सपनों के बीच संतुलन बनाकर, सिर्फ सच्चाई और प्यार को जगह दें।"

रिया उसकी तरफ देखती है। उसके चेहरे पर मुस्कान है, लेकिन उसके मन में हल्की-सी कसक है। वह सोचती है - क्या वह समझ रहा है मेरे परिवार के ख्वाब को, या फिर अपने आध्यात्मिक ख्यालों में खो गया है?

रिया (धीरे से, अंदर से उठ रही भावनाओं को छुपाते हुए) – "आरव, मैं जानती हूँ कि तुम्हारे ख्याल बड़े हैं... पर क्या तुम हमारे छोटे-से परिवार की खुशियों को भी उतना ही प्यार दे पाओगे?"

आरव उसकी आँखों में देखता है। एक पल के लिए, वह अपने विचारों में खो जाता है। उसकी सांस धीमी हो जाती है, और फिर वह रिया के पास आता है। वह उसके हाथों को थामता है, और दोनों खामोशी में एक-दूसरे के चेहरे में अपने भविष्य की झलक देखते हैं।

बाहर की हल्की ठंडी हवा कमरे में आती है, चाय की गर्माहट और शाम की सुनहरी रोशनी दोनों के बीच एक नाज़ुक, नए जीवन की उम्मीद पैदा करती है।

दृश्य 2 - ख्वाहिशें और खामोशी

स्थान: दिल्ली, द्वारका - नया फ्लैट का बेडरूम

समय: रात, लगभग 10 बजे।

कमरा हल्की धुंधली रोशनी में है। खिड़की से बाहर ठंडी रात की हवा आ रही है। कमरे के कोनों में छोटे-छोटे मोमबत्तियाँ जली हुई हैं, जिनकी हल्की-हल्की लौ झूमती हुई रौशनी फैलाती है। कमरे में एक मीठी खुशबू है - शिफॉन के पर्दों के साथ-साथ मोमबत्तियों की हल्की सुगंध। रिया ब्यूटीफुल ड्रेस में सजी हुई है, उसके बाल हल्के कर्ल में हैं। उसने माहौल को रोमांस और नजाकत से भरने की पूरी कोशिश की है - तकिए सजाए हैं, छोटा सा रोशनी का सेटअप रखा है।

आरव अपने लैपटॉप पर बैठा है, स्क्रीन की नीली रोशनी उसकी चेहरे पर पड़ रही है। वह गहरी सोच में खोया हुआ है। स्क्रीन पर कश्मीर की किसी दूरदराज़ गुफा में पाए गए रहस्यमय लेख और पुरानी डायरी की तस्वीरें दिखाई दे रही हैं।

रिया (धीमे, पर स्पष्ट नाराज़गी के साथ, धीरे-धीरे कदम बढ़ाते हुए आरव के पास आती है) – "आरव...!"

आरव बिना किसी प्रतिक्रिया के स्क्रीन को देखते रहता है। रिया थोड़ी देर खड़ी रहती है, उसकी साँसें धीमी और

काँपती हुई हैं। वह नज़रों से उसे पकड़ने की कोशिश करती है, लेकिन उसका हाथ खाली हवा में लटकता है।

रिया (आँखों में हल्की आंसू की झिलमिलाहट, आवाज़ में दर्द) – "शादी को अब तीन महीने हो गए हैं... और हर रात तुम बस काम और अपनी खोज में डूब जाते हो। क्या तुम्हें लगता है कि मैं सिर्फ तुम्हारी न्यूज़ रिपोर्टिंग की पार्टनर हूँ? तुम्हारी बीवी नहीं?"

आरव धीमे स्वर में जवाब देता है, आँखें अभी भी स्क्रीन पर टिकाई हुई हैं। उसका चेहरा गंभीर है, लेकिन आवाज़ में हल्का पछतावा झलकता है।

आरव (धीमे स्वर में, जैसे खुद को समझा रहा हो) – "रिया... मैं तुम्हें दुखी नहीं करना चाहता। लेकिन सच कहूँ तो... मेरा मन सिर्फ़ शरीर और दुनिया तक सीमित नहीं है। मैं आत्मा की तलाश में हूँ। मैं उस रहस्य को समझना चाहता हूँ जो इस संसार के परे है।"

रिया की आँखें भर आती हैं। उसके हाथ काँपते हैं, लेकिन वह उन्हें दबाकर रखती है। वह कमरे में घूमती है, और फिर धीरे-धीरे तकिये पर सिर रख देती है। कमरे में

अचानक गहरा सन्नाटा छा जाता है। बाहर की हल्की ठंडी हवा और मोमबत्तियों की हिलती हुई रोशनी दोनों मिलकर कमरे में अकेलेपन का एहसास बढ़ा देती हैं।

रिया (भीगते हुए आँसुओं के साथ, अपने आप से, लगभग फुसफुसाती हुई) – "तो मेरी आत्मा का क्या, आरव? मेरी ख्वाहिशों का क्या? मेरी भावनाओं का क्या? क्या मुझे तुम्हारी बीवी होने का हक़ नहीं मिलेगा?"

आरव अपनी जगह पर स्थिर बैठा है। वह समझता है कि रिया का दर्द वास्तविक है, लेकिन उसका मन अभी भी आध्यात्मिक खोज में फँसा है। वह रिया की ओर देखता है, लेकिन कह नहीं पाता। कमरे की खामोशी दोनों के बीच बढ़ती दूरी का प्रतीक बन जाती है। रिया तकिये में अपना चेहरा दबा लेती है, आँसुओं की नमक कमरे की हवा में घुलती हुई प्रतीत होती है।

बाहर की ठंडी रात की हवा खिड़की से आती है, मोमबत्तियों की रोशनी हल्की-हल्की झूमती रहती है। यह सन्नाटा और दूरी, दोनों के अंदर की ख्वाहिशों और अधूरे सपनों का प्रतीक बन जाती है।

दृश्य 3 - बढ़ती दूरी

स्थान: दिल्ली, द्वारका - नया फ्लैट का लिविंग रूम

समय: एक सप्ताह बाद, शाम के 8 बजे

लिविंग रूम में हल्की शाम की रोशनी खिड़की से आ रही है। कमरे में हल्की ठंडी हवा बह रही है। फर्श पर कुछ फाइलें और नोटबुक बिखरी हुई हैं। एक तरफ़ टेबल पर चाय के अधूरे कप रखे हैं। कमरे की दीवारों पर रिपोर्टिंग की तस्वीरें लगी हैं - हादसों, बाढ़ और तूफानों के साक्षी, जो दोनों के संघर्ष और मेहनत की याद दिलाती हैं।

रिया थकी-हारी घर लौटती है। उसके बाल बिखरे हुए हैं, चेहरे पर थकान और मानसिक तनाव साफ़ झलक रहा है। वह अपने बैग को फर्श पर फेंक देती है और लिविंग रूम में झुककर कुछ पल बैठती है। उसका चेहरा उदासी और गुस्से का मिश्रण दिखाता है।

आरव उसी समय सोफे पर बैठा है, एक पुरानी किताब खोलकर उसमें खोया हुआ है। उसके हाथ किताब के पन्नों

पर धीरे-धीरे चल रहे हैं। उसकी आँखें गंभीर हैं, ध्यान पूरी तरह से शब्दों और रहस्यों पर टिका हुआ है।

रिया (धीरे-धीरे, साँसें गहरी और गुस्से में बदलती हुई, अचानक चिल्लाते हुए) – "आरव! तुम पुरुष नहीं... नामर्द हो! तुम सिर्फ़ अपनी खोज और किताबों में जीते हो! मेरे सपने, मेरी ख्वाहिशें–सब तुम्हारे लिए बेकार हैं!"

आरव अचानक चौंक जाता है। उसकी आँखें लाल हो जाती हैं, लेकिन उसके आँखों में आँसू नहीं हैं। वह थोड़ी देर के लिए खामोश रह जाता है, उसकी सांसें धीमी और भारी हो जाती हैं। कमरे की रोशनी उसकी आँखों की गंभीरता को और बढ़ा देती है।

आरव (धीमे, ठंडे स्वर में, लेकिन अंदर से दुखी) – "अगर मेरी साधना और मेरा काम तुम्हें बोझ लगता है... तो शायद मुझे कहीं और जाना चाहिए। वहाँ... जहाँ मेरे सवालों के जवाब हों।"

रिया का गुस्सा और दुःख एक साथ फूट पड़ता है। वह बिना कोई जवाब दिए कमरे से बाहर चली जाती है। उसकी कदमों की आवाज़ धीरे-धीरे दूर होती है।

आरव खिड़की के पास जाता है और बाहर अंधेरे आकाश को देखता है। दिल्ली की रात में तारे बिखरे हुए हैं, लेकिन उनकी रोशनी उनके बीच की खाई को भर नहीं सकती। हवा हल्की ठंडी है और खिड़की से आती है, जैसे कमरे में फैल रहे सन्नाटे को और गहरा कर रही हो।

दोनों के बीच खाई अब केवल दूरी नहीं, बल्कि भावनात्मक और मानसिक अलगाव की दीवार बन चुकी है। कमरे की हल्की रोशनी, किताबों की गंध और रात की खामोशी इस दूरी को और गहरा कर रही है। आरव और रिया दोनों अलग-अलग दुनिया में हैं - एक अपने आध्यात्मिक सवालों में, दूसरी अपनी भावनाओं और अपेक्षाओं में फँसी हुई।

दृश्य 4 - दर्द से भागता आरव

स्थान: कटरा, वैष्णो देवी यात्रा मार्ग, जम्मू-कश्मीर

समय: रात के 9 बजे, ठंडी हवाओं से कांपती पहाड़ी रात

कड़ाके की ठंड है। आसमान में बादल हैं, पर चाँद कभी-कभी झाँक जाता है। हवा इतनी तेज़ है कि हर झोंके के साथ बर्फ़ उड़ती हुई चेहरे पर पड़ती है। सड़क पर अब यात्रियों का नामोनिशान नहीं है, बस दूर कहीं मंदिर की घंटियों की हल्की आवाज़ सुनाई दे रही है। आरव अपने कैमरे के साथ अकेला चल रहा है। उसके चेहरे पर थकान, आँखों में लालिमा, और मन में गहरी बेचैनी है। उसके जैकेट की ज़िप खुली है, बाल हवा में उड़ रहे हैं। ठंड से काँपते हुए भी वह रुकता नहीं।

वह कैमरा ऑन करता है, ट्राइपॉड जमाता है, और बर्फ़ से ढकी ढलान की ओर मुँह करके बोलना शुरू करता है। उसके शब्दों में दर्द है, लेकिन आवाज़ में एक अजीब-सी दृढ़ता भी।

आरव (कैमरे की ओर देखते हुए, टूटे लेकिन दृढ़ स्वर में) – "जब इंसान को अपनी ही ज़िंदगी बोझ लगने लगे... जब अपने ही सपने दूसरों के लिए मज़ाक बन जाएँ... तब वो मौत से भी खेलना सीख जाता है।"

वह कुछ पल रुकता है। गहरी साँस लेता है। हवा के झोंके उसके चेहरे पर बर्फ़ीले कणों की तरह लग रहे हैं। उसके हाथ काँप रहे हैं, लेकिन वह कैमरा बंद नहीं करता।

आरव (आँखों में विद्रोह, लेकिन भीतर टूटन के साथ) – "रिया कहती थी कि मैं नामर्द हूँ... शायद वो सही थी। शायद मैं किसी को प्यार करना नहीं जानता। लेकिन सच ये है कि मैं किसी और से नहीं, खुद से लड़ रहा हूँ। इस दुनिया की दौड़ में... मैं खुद को खो चुका हूँ।"

वह कैमरे के सामने कुछ कदम बढ़ाता है। पहाड़ी रास्ता फिसलन भरा है। नीचे गहरी खाई है, जिसमें से धुंध और ठंडी हवा उठ रही है। उसका पैर फिसलता है–वह संभल जाता है, लेकिन उसके चेहरे पर डर नहीं, बल्कि एक अजीब-सी राहत है। जैसे मौत का डर उसके भीतर से मिट चुका हो।

आरव (धीरे से, लगभग फुसफुसाते हुए) – "मैं आज यहाँ आया हूँ... या तो मुझे सत्य मिलेगा, या मेरा अंत। दोनों ही सच्चे हैं। दोनों ही मुक्त करते हैं।"

वह कैमरा घुमाकर अपने चारों ओर के पहाड़ों की ओर दिखाता है। बर्फ़ गिर रही है। हवा में घंटियों की आवाज़ और मंदिर के "जय माता दी" के स्वर मिलते हैं। वह कुछ पल के लिए आकाश की ओर देखता है – आँखों से आँसू बहते हैं, लेकिन तुरंत बर्फ़ की तरह जम जाते हैं।

आरव कैमरा नीचे रखता है और धीरे-धीरे एक चट्टान पर बैठ जाता है। उसकी सांसें तेज़ हैं। होंठ नीले पड़ चुके हैं। वह अपने भीतर की ज्वाला और बाहर की ठंड के बीच झूल रहा है। कैमरे के सामने उसके आखिरी शब्द लगभग टूटते हुए निकलते हैं।

आरव (धीरे से, थरथराती आवाज़ में) – "अगर रिया सुन रही है... तो उसे कहना... कि मैं भागा नहीं हूँ... बस अपने जवाब ढूँढने निकला हूँ..."

वह नीचे गहरी खाई की ओर देखता है। बर्फ़ और धुंध के बीच उसका चेहरा धीरे-धीरे गायब होता जाता है। कैमरे पर अब सिर्फ हवा की आवाज़ और झिलमिलाते बर्फ़ के कण दिख रहे हैं। कटरा की पहाड़ियों पर उस रात न सिर्फ़

हवा, बल्कि एक टूटी हुई आत्मा की पुकार भी गूंज रही थी – जो दुनिया से नहीं, खुद से भाग रही थी।

दृश्य 5 - साधु से मुलाक़ात

स्थान: जम्मू-कश्मीर, कटरा के जंगल में - साधु की झोपड़ी

समय: रात, लगभग 11 बजे

आरव अब पूरी तरह थक चुका है। जंगल की सघन अंधेरी रात में सिर्फ़ उसकी साँसों की आवाज़ और कहीं-न-कहीं जंगली जानवरों की हल्की सरसराहट सुनाई दे रही है। ठंडी हवा उसके चेहरे पर झोंके की तरह मार रही है। वह पैरों पर लगभग लटके हुए, बर्फ़ीली पत्तियों पर चलते हुए धीरे-धीरे आगे बढ़ता है। अचानक, दूर एक झोपड़ी की छोटी सी दीपक की लौ दिखाई देती है। उसकी हल्की पीली रोशनी अंधेरी जंगल में किसी उम्मीद की तरह झिलमिला रही है। आरव जैसे थम जाता है। उसके कदम रुकते हैं, और आँखों में थकान और बेचैनी के साथ

आश्चर्य की झलक आती है। आरव झोपड़ी के पास पहुँचता है। बाहर की तेज़ ठंडी हवा और जंगल की खामोशी के बीच झोपड़ी में हल्की हलचल है। भीतर एक बूढ़ा साधु मिट्टी की चूल्हे जैसी जलती आग के पास बैठा है। उसके चेहरे पर उम्र की रेखाएँ हैं, लेकिन आँखों में गहराई और शांति का अंश है। साधु की झोपड़ी छोटी और साधारण है - लकड़ी और पत्तियों से बनी, लेकिन भीतर की गर्मी और रोशनी सुकून देती है।

साधु (धीमे, शांत स्वर में, आरव की ओर देखते हुए) – "बेटा... तुम मौत खोजने आए हो या मोक्ष?"

आरव एक पल के लिए ठिठक जाता है। उसके हाथ काँपते हैं। वह खुद को संभालता है। उसकी आँखों में थकान और दर्द दोनों झलक रहे हैं, लेकिन अब उसके चेहरे पर जिज्ञासा और उम्मीद भी है।

आरव (धीरे-धीरे, आवाज़ में हल्का काँपना, लेकिन दृढ़ता के साथ) – "मैं... सत्य की खोज में हूँ। उस जगह की तलाश में, जहाँ आत्मा मुक्त हो जाती है।"

साधु उसके शब्दों को ध्यान से सुनता है। वह मुस्कुराता है - एक दया भरी, समझदार मुस्कान, जो अनुभव और ज्ञान की गहराई लिए हुए है।

साधु (धीमे, स्पष्ट और गहराई वाले स्वर में) – "शांग्रिला... वही स्थान है जिसकी गूँज तुम्हारे भीतर है। लेकिन याद रखना–उसे पाना आसान नहीं। तुम्हें न सिर्फ़ पहाड़ों से लड़ना होगा, बल्कि अपने भीतर के डर, मोह, और पुराने बंधनों से भी। केवल जब तुम अपने भीतर की छाया को स्वीकार करोगे, तभी तुम्हें उस शांति का पता लगेगा।"

आरव की आँखों में अचानक चमक आ जाती है। उसकी साँसें गहरी होती हैं। पहली बार उसे लगता है कि उसका दर्द, उसकी थकान और उसकी यात्रा – सब किसी न किसी दिशा में सही कदम उठा रहे हैं। उसकी पूरी आत्मा जैसे हल्की रोशनी में जगमगाने लगती है।

आरव (धीरे से, अपने आप से, हल्की मुस्कान के साथ) – "तो... शायद मेरी यात्रा ने सही दिशा पकड़ ली है। यह रास्ता केवल पहाड़ों का नहीं... बल्कि मेरे भीतर का है।"

साधु सिर हिलाकर सहमति में मुस्कुराता है। बाहर की ठंडी हवा और अंदर की आग की गर्मी दोनों मिलकर आरव के भीतर की जिज्ञासा और उम्मीद को बढ़ा रही हैं। रात का अंधेरा अब उसके लिए डर नहीं, बल्कि चुनौती और नई शुरुआत की प्रतीक बन गया है। आरव झोपड़ी के सामने खड़ा होता है। उसकी आँखों में पहली बार वास्तविक उद्देश्य और आत्मिक शक्ति की झलक है। उसकी यात्रा अब केवल भागने की नहीं, बल्कि खुद को खोजने की हो गई है।

दृश्य 6 - टूटन का असर

स्थान: दिल्ली, द्वारका - रिया का कमरा

समय: रात, लगभग 10 बजे

कमरा आधी रोशनी में है। खिड़की के पर्दे हल्के-हल्के हिल रहे हैं, बाहर ठंडी हवा आ रही है। कमरे में सन्नाटा है, केवल हल्की टिक-टिक वाली घड़ी की आवाज़ और बाहर सड़क की धुंधली हलचल सुनाई दे रही है। रिया कमरे में

अकेली बैठी है, उसके चारों ओर उनका सामान बिखरा हुआ है - किताबें, कपड़े और कुछ स्मृति चिन्ह। रिया अपने हाथों में उनकी शादी की तस्वीर उठाती है। तस्वीर में वह और आरव हँसते हुए खड़े हैं, हाथ में हाथ डाले। उसकी आँखों में आँसू हैं, जो धीरे-धीरे उसके गालों से बहते हैं।

रिया (धीरे-धीरे, टूटे हुए स्वर में, खुद से फुसफुसाते हुए) – "क्या यही था मेरा सपना? एक घर... जिसमें मैं ही अकेली रह जाऊँ?"

वह तस्वीर को अपने चेहरे के पास लेकर बैठती है। कमरे की हल्की रोशनी में उसकी आँखों में पीड़ा और उदासी झलकती है। उसकी साँसें भारी हैं। वह खिड़की की ओर देखती है, बाहर के अंधेरे और ठंडी हवा के बीच अपनी तनहाई महसूस करती है।

रिया (आँखें भीगते हुए, आवाज़ में दर्द और निराशा) – "आरव... तुम मुझे छोड़कर किस राह पर निकल गए? क्या तुम्हें मेरे होने का एहसास तक नहीं है? क्या मेरी

खुशियाँ, मेरी ख्वाहिशें... सब तुम्हारे लिए मायने नहीं रखतीं?"

कमरे में गहरा सन्नाटा छा जाता है। दीवार पर लटकी उनकी शादी की फोटो अब उसके लिए बोझ बन चुकी है। तस्वीर में वह दोनों हँस रहे हैं, लेकिन रिया के भीतर अब सिर्फ़ खालीपन और अधूरी यादें हैं।

रिया धीरे-धीरे सोफ़े पर बैठ जाती है, हाथों में तस्वीर दबाए। उसकी आँखों से आँसू बहते रहते हैं। बाहर की ठंडी हवा पर्दों को हिलाती है, जैसे कमरे की खामोशी और उसके भीतर की टूटन को और गहरा कर रही हो।

रिया (भीगते हुए, अपने आप से) – "क्या मैं गलत थी? क्या मैं बहुत उम्मीदें रखती थी? या... क्या मैं बस उसके पीछे खो गई...?"

रिया की आँखों में दर्द और अकेलेपन का मिश्रण है। वह तस्वीर को धीरे-धीरे अपनी छाती से लगा लेती है। कमरे का अंधेरा अब उसकी तनहाई का साथी बन गया है। दीवार पर लटकी तस्वीर उसे उसकी अधूरी खुशियों की याद दिलाती है। उसका चेहरा उदासी और बेबसपन से

भरा है। कमरे की खामोशी और बाहर की रात की ठंडी हवा, दोनों मिलकर उसकी भावनाओं की गहराई को और उभारती हैं। रिया अब पूरी तरह अकेली है, और उसका दिल टूटने का एहसास हर पल बढ़ रहा है।

अध्याय 11 : खतरे का रास्ता

दृश्य 1 - रिया का दिल टूटा

स्थान: दिल्ली, द्वारका - रिया का फ्लैट, कमरे की खिड़की के पास

समय: शाम लगभग 7:30, सूरज धीरे-धीरे डूब रहा है, कमरे में मंद रोशनी और हल्की उदासी।

रिया खिड़की के पास खड़ी है, उसके हाथ में शादी की तस्वीर है। बाहर हल्की बारिश की बूंदें खिड़की से टकरा रही हैं। कमरे में उसके कदमों की आवाज़ तक गूंजती है। कमरे में हल्की अंधेरी छाया है, लेकिन खिड़की से आती आखिरी धूप उसकी आँखों पर पड़ती है। उसके चेहरे पर दर्द और गुस्से का मिश्रण साफ दिखाई देता है।

रिया (खुद से, धीरे, टूटते स्वर में, आँखों में आँसू और हृदय में भारीपन के साथ) – "तुम... तुम सच में वह नहीं हो, जिसे मैंने अपना साथी बनाया। क्या यही है मेरा पति, आरव... जो मेरी ख्वाहिशों, मेरी चाहतों, मेरे डर को समझने तक की कोशिश नहीं करता?... जो अपने आप को

ढूँढने के लिए, मौत के रास्ते पर निकल जाता है... और मुझे यहाँ अकेला छोड़ जाता है।"

वह तस्वीर को धीरे-धीरे पलटती है, जैसे उसका हर पल अब उसका दर्द ही दर्शा रहा हो। उसकी आँखों से एक-एक आँसू गिरते हैं। रिया हाथ से चेहरा छुपाती है, और कमरे में गूंजती खामोशी उसके टूटते दिल की गवाही देती है। खिड़की के बाहर हल्की बारिश की आवाज़, कमरे में सन्नाटा, रिया की धीमी साँसें। तस्वीर पलटते समय उसका हाथ कांपता है। गुस्सा और दर्द उसकी आवाज़ में मिलकर एक नाजुक लेकिन शक्तिशाली एहसास पैदा करते हैं। कमरे में फैली किताबें और कपड़े उसके ध्यान भटकाने की कोशिश करती हैं, पर ध्यान नहीं जाता। खिड़की के पास रखा फूलदान भी सूखने लगा है, जैसे उसकी जिंदगी का हर रंग फीका पड़ रहा हो।

दृश्य 2 - पहली खतरनाक यात्रा

स्थान: हिमालय का जंगली रास्ता, व्लॉग शूटिंग के लिए।

समय: सुबह लगभग 9:30, धूप हल्की और ठंडी हवा के साथ, आसमान में बादल तैर रहे हैं।

आरव अकेला है। उसके कंधे पर कैमरा टंगा है और वह हर कदम बेहद सावधानी से चल रहा है। रास्ता ऊँचाई पर है, पत्थर और बर्फ के मिश्रण से फिसलन वाला है। चारों ओर घने देवदार के पेड़, नीचे खाई और दूर-दूर तक बर्फ़ीली चोटियाँ। हवा में ठंडक इतनी है कि सांसें भी दिखाई देती हैं। आरव का चेहरा गंभीर है, लेकिन आंखों में उत्सुकता और जिज्ञासा झलक रही है। कैमरा झुकता और हिलता है, उसके कदमों के साथ।

आरव (कैमरे की ओर देखते हुए, आत्मविश्वास और रोमांच के साथ, धीमी और स्थिर आवाज़ में) – "आज मैं यहाँ अकेला हूँ... हर कदम जैसे जिंदगी और मौत के बीच झूल रहा हो। ये रास्ता आसान नहीं... हर पत्थर, हर फिसलन एक चुनौती है। लेकिन यही वजह है कि मैं यहाँ हूँ – अपनी आत्मा और सच्चाई की खोज के लिए।"

आरव एक बड़े पत्थर पर पैर रखकर फिसलता है, पर संतुलन बनाकर खुद को संभालता है। हाथ में कैमरा मजबूती से थामे हुए है।

आरव (धीरे से अपने आप से, हल्की चिंताओं और प्यार की याद में खोया हुआ) – "रिया... तुम शायद कभी नहीं समझ पाओगी। ये सिर्फ खतरों से खेलना नहीं है... ये मेरी यात्रा है, मेरी खोज है। ये वो रास्ता है जो मुझे खुद तक ले जाएगा।"

ठंडी हवा उसके बालों को उड़ा रही है, सांसें तेज और धीरे-धीरे धुंधली दिख रही हैं। उसके कदम फिसलते हैं, शरीर हिलता है, पर हौसला कायम है। कैमरे की झलक और उसके चेहरे की गंभीरता, पाठक को हर पल महसूस करवा रही है। बैकग्राउंड में दूर से पथरीले पत्थरों और बर्फ पर हल्की खड़खड़ाहट। चारों ओर का वातावरण असुरक्षित, जंगली और ठंडा। बर्फ़ीली चोटियाँ और घने देवदार की छाँव, दृश्य को रोमांचक और खतरनाक बनाती हैं। कैमरे पर बर्फ़ की बूंदें पड़ती हैं और हाथ जमी हुई ठंडक से कांपता है।

दृश्य 3 - रिया की चिंता

स्थान: दिल्ली, रिया का फ्लैट - उसका कमरा

समय: रात लगभग 10:30, हल्की धुंधली रोशनी, बाहर से हल्की हवा और दूर से आती सड़क की आवाज़।

रिया अपने कमरे में बैठी है। हाथ में फोन है, बार-बार स्क्रीन पर कॉल रिंग होती है लेकिन कोई जवाब नहीं। खिड़की से बाहर अंधेरा और हल्की ठंडी हवा आ रही है। कमरे का हल्का रोशनी वाला लैंप उसके चेहरे पर हल्की-हल्की छाया डाल रहा है। उसके बाल बिखरे हैं, आँखें लाल और फटी हुई हैं। वह फोन के पास बैठी, बार-बार स्क्रीन को देख रही है, हर बार उम्मीद की एक छोटी किरण टूट जाती है। उसके होंठ काँप रहे हैं, हाथ फोन को कसकर पकड़ कर रखी हैं।

(धीरे, टूटते स्वर में, मन ही मन):

रिया (धीरे, टूटते स्वर में, मन ही मन, फुसफुसाती हुई) – "कहाँ हो तुम, आरव? क्या तुम्हें मेरी फिक्र भी नहीं है? क्या मैं तुम्हारे लिए कुछ भी मायने नहीं रखती?"

वह अपना तकिया गले लगाकर रोने लगती है। आँसू उसके गालों पर बहते हैं, और उसकी साँसें तेज और अनियमित हैं।

रिया (रोते हुए, ज़ोर से, दर्द और निराशा के साथ) – "क्या सच में मैं तुम्हारे लिए कुछ नहीं हूँ, आरव? क्या मैं सिर्फ़ तुम्हारी खोज के रास्ते में एक बोझ हूँ? क्या तुम्हारी दुनिया में मेरे लिए कोई जगह नहीं?"

कमरे में गहरी चुप्पी, सिर्फ़ फोन की रिंग की हल्की आवाज़। रिया अपने तकिये को गले लगाए हुए रो रही है। आँसू उसके हाथ पर गिरते हैं, और वह अपने आप को रोक नहीं पा रही। हर बार फोन की स्क्रीन देखने की उसकी आदत, उसकी बेचैनी और चिंता को दर्शाती है। कमरे में फैली किताबें और कपड़े उसकी उदासी को और बढ़ाते हैं। खिड़की के पास रखा छोटा लैंप हल्की रोशनी फैला रहा है, जिससे उसकी आँखों की नमी और चेहरे की उदासी दिखाई दे रही है। कमरे में हल्की ठंडी हवा उसकी साँसों के साथ हल्की सरसराहट पैदा कर रही है।

दृश्य 4 - जोखिम भरे दृश्य का व्लॉग

स्थान: हिमालय का ऊँचा ग्लेशियर - ऊँचाई लगभग 15,000 फीट।

समय: दोपहर 1:45 बजे, आसमान में बादल और सूरज की चमक आपस में जूझ रही है।

चारों ओर सफेद बर्फ का अनंत विस्तार। हवा इतनी तेज़ कि हर झोंके के साथ शरीर डगमगा जाए। नीचे गहरी खाई, जिसमें झाँकने की हिम्मत भी किसी के दिल की धड़कन बढ़ा दे। बर्फ़ पर सूरज की किरणें चमककर आँखों को चुभ रही हैं। आरव एक पत्थरीले हिस्से पर खड़ा है – उसके बूट आधे बर्फ़ में धँसे हुए हैं। कंधे पर कैमरा बंधा है, और उसके चेहरे पर ठंड से लाल पड़ चुकी त्वचा। सांसें तेज़ हैं, लेकिन आँखों में वही पुराना जुनून – सच्चाई तक पहुँचने का। हवा उसके जैकेट को फड़फड़ा रही है, और उसके कैमरे की आवाज़ उस तूफ़ानी हवा में दबकर भी रिकॉर्ड हो रही है।

आरव (कैमरे की ओर देखते हुए, गहरी और स्थिर आवाज़ में) – "यहाँ से एक कदम भी गलत पड़ा... तो शायद मैं कभी वापस नहीं लौट पाऊँगा। नीचे सिर्फ़ खाई है – और ऊपर, बस आसमान। लेकिन क्या सच्चाई उन रास्तों पर मिलती है जहाँ कोई खतरा न हो?"

वह थोड़ा रुकता है, गहरी सांस लेता है। हवा के झोंके से उसका कैमरा हिलता है, वह हाथ से उसे संभालता है और धीरे-धीरे आगे बढ़ता है।

आरव (धीरे, जैसे खुद से) – "नहीं... सच्चाई कभी सुरक्षित रास्तों पर नहीं मिलती। मैं यहाँ इसलिए हूँ – ताकि अपनी आत्मा की आवाज़ सुन सकूँ। ताकि खुद को पहचान सकूँ।"

हवा का झोंका अचानक तेज़ होता है। कैमरे में बर्फ़ के कण उछलते हैं, आरव लड़खड़ाता है लेकिन पैर जमाकर खुद को संभालता है।

आरव (कंपकंपाती आवाज़ में, आँखों में एक चमक के साथ) – "अगर ये मेरा अंत भी हुआ... तो भी कोई अफ़सोस नहीं होगा। क्योंकि मेरी यात्रा, मेरा सवाल, मेरी खोज – यही मेरा जीवन रहेगी... और यही मेरी पहचान बनेगी।"

कैमरे की लाइट बार-बार हवा से हिल रही है, कभी आरव के चेहरे पर पड़ती है, कभी दूर के पहाड़ों पर। उसकी साँसों से उठती भाप कैमरे के सामने धुंध पैदा करती है।

आरव की आवाज़ में डर नहीं, बल्कि एक गहरी शांति है – जैसे उसने खुद से समझौता कर लिया हो। बर्फ़ के बीच उसकी परछाई लंबी होकर सफेद धरती पर गिरती है – मानो वो खुद अपनी आत्मा का सामना कर रहा हो।

हवा की "श्श्श्श" जैसी लगातार आवाज़। बर्फ़ पर बूट्स की "क्रंच... क्रंच..." आवाज़। दूर कहीं से हिमनद के टूटने की हल्की गर्जना, जो दृश्य को और भयावह बनाती है।

दृश्य 5 - जीवन और मौत का खेल

स्थान: हिमालय की घनी घाटी - बर्फ़ और पत्थरों के बीच का संकरा रास्ता।

समय: शाम के करीब 4:15 बजे, सूरज ढलने लगा है, हवा ठंडी और बर्फ़ के टुकड़े उड़ते हुए।

आरव अकेला चल रहा है। रास्ता बेहद तंग है – एक तरफ ऊँची चट्टानें, दूसरी तरफ गहरी खाई जहाँ नीचे धुंध के सिवा कुछ नहीं दिखता। बर्फ़ के टुकड़े उसके बालों और जैकेट पर जम चुके हैं। हर कदम के साथ उसके बूट बर्फ़

में धँसते हैं और “क्र्र्रंच” की आवाज़ गूंजती है। हवा में सन्नाटा है, बस कभी-कभी दूर किसी पक्षी की आवाज़ या गिरती बर्फ़ की सरसराहट सुनाई देती है। उसका कैमरा चालू है – रिकॉर्डिंग लाइट टिमटिमा रही है। उसका चेहरा थका हुआ है लेकिन आँखों में दृढ़ निश्चय की लौ है।

आरव (धीरे, भावनाओं में डूबकर, जैसे खुद से बात कर रहा हो) – "क्या तुम सच में मेरा साथ नहीं दोगी, रिया? क्या तुम्हें लगता है ये सब सिर्फ़ मेरा पागलपन है? (रुकता है, गहरी साँस लेता है, आँखें बंद करता है) शायद है भी... लेकिन यही पागलपन मुझे ज़िंदा रखे हुए है। यही रास्ता है जो मुझे खुद तक ले जाएगा।"

वह एक खाई के किनारे रुकता है, धीरे-धीरे झुककर कैमरा नीचे करता है। कैमरे में दिखाई देता है – गहरी घाटी, धुंध से ढकी बर्फ़ीली चट्टानें, नीचे गिरते पत्थरों की आवाज़।

आरव (गंभीर और स्थिर स्वर में, कैमरे की ओर देखते हुए) – "यह सिर्फ रोमांच नहीं है। ये कोई खेल नहीं है। ये आत्मा की खोज है – अपनी सीमाओं से आगे बढ़ने की

कोशिश। ये खतरा नहीं... यही मेरा रास्ता है। और मैं इसे चुन चुका हूँ।"

हवा अचानक तेज़ होती है। उसका स्कार्फ़ उड़ जाता है, कैमरा थोड़ी देर काँपता है, और आरव हाथ फैलाकर संतुलन बनाता है। उसकी सांसें तेज़ हो जाती हैं, लेकिन चेहरे पर अब एक अजीब-सी शांति है – जैसे वह किसी सच्चाई को स्वीकार चुका हो। बर्फ़ीले पत्थरों पर उसके बूट की फिसलन, हर कदम पर मौत का साया। आरव के चेहरे पर डर नहीं, बस एक दृढ़ता – जैसे वह जानता है कि यह अंत भी उसकी कहानी का हिस्सा है। कैमरा बीच-बीच में बर्फ़ की वजह से धुंधला दिखता है, और हवा की "श्श्श्श" आवाज़ सब कुछ डुबो देती है। उसके शब्द हवा में गूंजते हैं और फिर धीरे-धीरे खामोशी में विलीन हो जाते हैं। दूर कहीं बर्फ़ का बड़ा टुकड़ा टूटने की आवाज़ "धम्म्म..." के साथ आती है। उसके हाथ ठंड से सुन्न हो चुके हैं, लेकिन कैमरा अब भी रिकॉर्ड कर रहा है। सूरज की आखिरी किरण उसके चेहरे पर पड़ती है – मानो आसमान भी उसके इस संघर्ष का गवाह बन रहा हो।

यह दृश्य पाठक को उस एकाकीपन और जुनून का एहसास कराता है जो आरव को इंसान से कुछ गहरा बना देता है – एक खोजी, जो खुद की सच्चाई तक पहुँचने के लिए हर जोखिम उठाने को तैयार है।

दृश्य 6 - अंदर का डर और अकेलापन

स्थान: हिमालय की ऊँचाई पर एक छोटी लकड़ी की झोपड़ी।

समय: रात 10:20 बजे, बाहर बर्फ़ गिर रही है, तापमान -10°C के करीब।

बाहर हिमालय का सन्नाटा फैला हुआ है – बस हवा की "श्श्श्श..." आवाज़ और बर्फ़ के टुकड़ों की गिरती खनक।

झोपड़ी के अंदर एक छोटी सी आग जल रही है। उसका नारंगी प्रकाश दीवारों पर परछाइयाँ बनाता है। आरव आग के पास बैठा है, हाथ में एक धातु का कप – जिसमें अब ठंडी होती चाय भाप छोड़ रही है। उसकी उँगलियाँ नीली पड़ गई हैं, पर मन अभी भी जाग रहा है। वह चुपचाप बाहर देखता है – पहाड़ अंधेरे में लिपटे हैं, लेकिन उनमें

कहीं एक अजीब-सी शांति है... जैसे वे उसकी हर सोच को सुन रहे हों।

आरव (धीरे, थकी हुई लेकिन गहरी आवाज़ में, खुद से, आग को देखते हुए) – "हर कदम पर मौत है... हर मोड़ पर डर... लेकिन मेरी आत्मा कहती है – मत रुकना। आगे बढ़ो।"

वह आग की लौ में खो जाता है, चाय का कप धीरे से रख देता है।

आरव (धीरे, आँखें बंद करते हुए) – "रिया... मैं तुम्हें यहाँ नहीं ला सका। शायद ये रास्ता तुम्हारे लिए बहुत कठोर होता। लेकिन यकीन मानो, मैं जो कर रहा हूँ... वो सिर्फ अपने लिए नहीं है। अगर मैं सत्य तक पहुँच पाया – तो शायद... हम दोनों को शांति मिले।"

बाहर हवा तेज़ होती है। बर्फ़ के फाहे झोपड़ी की दीवारों से टकराते हैं। आग की लपटें हिलती हैं। वह चुपचाप खिड़की से बाहर देखता है – सामने हिमालय की विशालता और सितारों से भरा आसमान। आरव की साँसें ठंडी हवा में धुएँ की तरह दिख रही हैं। उसके चेहरे पर थकान और

एक गहरी तन्हाई है, पर आँखों में दृढ़ता भी है। आग की लपटें उसके चेहरे पर नाचती हैं, जैसे उसके अंदर के डर और हिम्मत का खेल चल रहा हो।

रिया का अकेले रोना - दिल्ली में

रिया खिड़की के पास बैठी है, हाथ में आरव की तस्वीर। उसकी आवाज़ टूटी हुई फुसफुसाहट में डूबती है – "क्या यही मेरा सपना था? एक ऐसा प्यार... जो बस दूर चला गया?"

बाहर दिल्ली की रात में ट्रैफिक की हल्की आवाज़ें, पर उसके कमरे में सन्नाटा।

आरव का ग्लेशियर पर खड़ा होना

ऊँचाई पर बर्फ़ीले तूफ़ान के बीच आरव खड़ा है, कैमरे के सामने। "खतरा ही रास्ता है... और डर ही सच्चाई का पहला दरवाज़ा।"

उसके कपड़ों पर जमी बर्फ़ और हवा का झोंका – मौत की नज़दीकी का एहसास दिलाता है।

फोन कॉल - रिया की बेचैनी

रिया फोन पर लगातार कॉल कर रही है, आँसू आँखों से बह रहे हैं। "कहाँ हो तुम, आरव? क्या मेरी फिक्र नहीं?"

स्क्रीन पर “No Signal” लिखा आता है। वह टूटकर तकिये में चेहरा छिपा लेती है।

कैमरे पर आरव की आत्मा और खतरे की बातचीत

आरव कैमरे की ओर देखकर बोलता है – "यह सिर्फ़ एक सफ़र नहीं है... यह मेरी आत्मा और खतरे के बीच की बातचीत है। यही मेरा जीवन है... यही मेरी खोज है।"

हवा में उसकी आवाज़ गूंजती है, जैसे पहाड़ खुद जवाब दे रहे हों।

जंगल में अकेलापन

घनी घाटी में, वह अकेला चलता है। हर कदम के साथ बर्फ़ में “क्र्र्र” की आवाज़। "मौत पास है... पर जीवन की सच्चाई उससे भी गहरी है।"

उसके कदमों के निशान धीरे-धीरे बर्फ़ में गायब हो जाते हैं।

झोपड़ी में आग के पास - अंतर्मन की शांति

आरव खिड़की से बाहर देखता है – बर्फ़ गिर रही है, सितारे झिलमिला रहे हैं। उसकी आवाज़ धीमी पर सच्ची है – "अगर मैं सच पा लूँ, तो शायद... हम दोनों को शांति मिले।"

कैमरा धीरे-धीरे उसकी ओर ज़ूम करता है – आँखों में आँसू और होंठों पर हल्की मुस्कान। दूर बर्फ़ के गिरने की आवाज़, लकड़ी के जलने की “टक-टक” आवाज़, हवा का “ऊऊऊ...” जैसा स्वर, जो उसकी तन्हाई का हिस्सा बन

जाता है। पृष्ठभूमि में धीमा पियानो या बाँसुरी संगीत, जो उसकी आत्मिक यात्रा को महसूस कराता है

यह दृश्य आरव और रिया दोनों की आत्माओं के बीच मौन संवाद को दिखाता है – जहाँ दूरी है, पर प्रेम अब भी ज़िंदा है; डर है, पर खोज भी है।

*****

अध्याय 12 : शांगरी-ला का पहला संकेत

दृश्य 1 - बर्फ़ीला तूफान

स्थान: हिमालय की ऊँची पहाड़ियाँ, तिब्बत सीमा के पास

समय: रात - लगभग 9:45 बजे

तापमान: माइनस 18 डिग्री

स्थिति: दिसंबर 2018 की आख़िरी रात, तेज़ हवाएँ और बर्फ़ का तूफ़ान।

हवा पागलों की तरह चीख रही थी। आसमान में काले बादल और बर्फ़ के कण एक-दूसरे से टकरा रहे थे। चारों तरफ़ बस सफ़ेद धुंध और सन्नाटा – ऐसा सन्नाटा, जो भीतर तक डर पैदा कर दे। आरव का कैमरा काँप रहा था। हाथ सुन्न पड़ चुके थे, लेकिन वो फिर भी रिकॉर्डिंग रोकने की हिम्मत नहीं कर पा रहा था। उसकी साँसें ठंडी हवा में भाप बनकर उड़ रही थीं। हर कदम पर बर्फ़ में पैर धँस जाता, और ऐसा लगता जैसे ज़मीन खुद उसे

निगलने की कोशिश कर रही हो। दूर-दूर तक कोई इंसान नहीं। बस हवा की गर्जना, और आरव की थकी हुई चाल।

आरव (कैमरे पर, हांफती आवाज़ में) – "दोस्तों... मैं इस वक्त हिमालय की ऊँचाई पर हूँ, तिब्बत की सीमा के क़रीब। यहाँ रात का तापमान माइनस 18 है... और ये हवा... ये बर्फ़... जैसे ज़िन्दगी को चुनौती दे रही है।"

वह एक पल रुकता है, साँस सँभालने की कोशिश करता है। उसकी जैकेट पर बर्फ़ की मोटी परत जम गई है।

आरव (धीरे से, खुद से बड़बड़ाते हुए) – "मुझे नहीं पता मैं यहाँ तक कैसे आया... बस एक अजीब-सी पुकार थी... जैसे कोई मुझे यहाँ खींच रहा हो।"

अचानक बर्फ़ का तूफ़ान और तेज़ हो जाता है। कैमरा हिलने लगता है। हवा की आवाज़ इतनी तेज़ कि आरव की आवाज़ लगभग गायब हो जाती है। वह आँखें मींचकर मुश्किल से आगे देख पाता है।

आरव (चिल्लाते हुए) – "हे भगवान... अब क्या करूँ? कुछ दिख नहीं रहा... रास्ता कहाँ है?"

वह अपने आसपास देखने की कोशिश करता है। पर हर दिशा में बस सफ़ेद अंधकार। अचानक, एक पल के लिए, बिजली की तरह एक चमक होती है – और उसी रोशनी में आरव की नज़र दूर किसी गहरी गुफा पर पड़ती है। गुफा बर्फ़ से ढकी पहाड़ी के पेट में बनी थी – बाहर से काली, चौड़ी और भयानक। ऐसा लगता था जैसे कोई दैत्य अपनी खुली जबान से आरव को निगलने बुला रहा हो। आरव ठिठक जाता है। उसके भीतर डर और उम्मीद दोनों की हलचल है।

आरव (धीरे से, काँपती आवाज़ में) – "वो क्या है? गुफा...? शायद अंदर कुछ शरण मिल जाए..."

वह कुछ कदम बढ़ता है, लेकिन बर्फ़ इतनी घनी है कि पैर खींचना मुश्किल हो जाता है। वह लड़खड़ाता है, गिरता है, फिर उठता है।

आरव (थरथराते हुए, खुद से) – "अगर रुक गया... तो शायद सुबह देखने के लिए भी नहीं रहूँगा... हिम्मत रखो, आरव... बस कुछ कदम और..."

वह धीरे-धीरे गुफा की ओर बढ़ता है। कैमरा अब आधा जमी हुई बर्फ़ से ढका है। हवा की आवाज़ में एक अजीब-सी गूंज है – जैसे कोई फुसफुसाहट हो।

गुफा के पास पहुँचकर... आरव मुड़कर कैमरे की तरफ़ देखता है। उसके चेहरे पर बर्फ़, थकान और डर तीनों के निशान हैं।

आरव (धीरे से, काँपती मुस्कान के साथ) – "शायद... यही है वो जगह... जहाँ से शांगरी-ला की कहानी शुरू होती है..."

वह गुफा के अंधेरे में कदम रखता है। कैमरा हिलता है, फिर स्क्रीन पर बस सफ़ेद बर्फ़ का तूफ़ान दिखाई देता है – और आवाज़ बंद हो जाती है।

दृश्य 2 - गुफा के अंदर का रहस्य

स्थान: लद्दाख सीमा के पार, हिमालय की गोद में एक अज्ञात गुफा।

समय: रात - 10:05 बजे

तापमान: बाहर माइनस 18°C, लेकिन गुफा के अंदर लगभग 20°C

परिस्थिति: तूफ़ान थम चुका, पर आरव की साँसें अब भी भारी हैं।

आरव धीरे-धीरे गुफा के अंदर प्रवेश करता है। बाहर की बर्फ़ीली हवाओं की चीख अब बस एक हल्की गूँज बनकर रह गई है। गुफा के भीतर कदम रखते ही उसे महसूस होता है – तापमान बदल गया है। जहाँ बाहर हर साँस मौत की ठंड जैसी थी, वहीं अंदर की हवा गर्म, सुखद और रहस्यमयी थी। गुफा की दीवारें चिकनी थीं, जैसे किसी ने उन्हें वर्षों पहले तराशा हो। ऊपर से पानी की पतली धारें टपक रही थीं, पर ज़मीन सूखी थी। हल्का-सा धुआँ हवा में तैर रहा था – किसी जले हुए घी या कपूर की ख़ुशबू के साथ। आरव ने कैमरे को थोड़ा नीचे किया। उसकी आँखों में हैरानी और श्रद्धा का मिश्रण था।

आरव (धीरे से, विस्मय में) – "ये... कैसे मुमकिन है? बाहर मौत जैसी ठंड... और यहाँ... इतनी गर्माहट, इतनी शांति..."

वह आगे बढ़ता है, हर कदम सोच-समझकर रखता है। दीवारों पर हल्की-हल्की आकृतियाँ उकेरी गई हैं – कमल, त्रिशूल, और कुछ अज्ञात लिपियाँ, जिन्हें देखकर लगता है कि वे सैकड़ों साल पुरानी हैं। कुछ दूरी पर उसे टिमटिमाती रोशनी दिखाई देती है – मिट्टी के दीपक की। आरव धीरे-धीरे पास जाता है। दीपक के पास एक वृद्ध साधु बैठे हैं – आँखें बंद, चेहरे पर अद्भुत शांति। उनका शरीर सिर्फ़ एक केसरिया वस्त्र में लिपटा है। आसपास कुछ सूखे फल, जड़ी-बूटियाँ और लकड़ी के बर्तन रखे हैं।

आरव (धीरे से, काँपती आवाज़ में) – "नमस्ते... क्या आप... मुझे सुन सकते हैं?"

साधु की आँखें धीरे से खुलती हैं। उनमें गहराई है – जैसे कोई पुराना सागर बोल उठे। वे बिना कुछ कहे बस आरव को देखते हैं। उस नज़र में डर नहीं, बल्कि पहचान है... जैसे वे पहले से जानते हों कि आरव आएगा।

साधु (मंद स्वर में) – "तू देर से आया... पर सही समय पर आया है। बाहर तूफ़ान था, भीतर तूफ़ान है।"

आरव चौंककर एक कदम पीछे हटता है। कैमरा उसके काँपते हाथों में हिलता है।

आरव (धीरे से) – "आप... मुझे जानते हैं?"

साधु (शांत मुस्कान के साथ) – "जो खोजता है... वो खुद को नहीं छिपा सकता। तू वही है... जिसे शांगरी-ला ने बुलाया है।"

आरव के चेहरे पर विस्मय और अविश्वास दोनों हैं। उसकी आँखें फैल जाती हैं।

आरव (हकबकाकर) – "शांगरी-ला? वो तो बस एक किंवदंती है... एक कहानी!"

साधु (धीरे से, आँखें बंद करते हुए) – "कहानियाँ ही सत्य के द्वार होती हैं... अगर सुनने वाला उन्हें समझे।"

गुफा में फिर से हल्की हवा बहती है। दीपक की लौ काँपती है। साधु के पीछे दीवार पर अचानक एक नीली रोशनी उभरती है – मानो कोई चिन्ह चमक रहा हो।

आरव (धीरे से) – "ये... ये क्या है?"

साधु (मुस्कराकर) – "शांगरी-ला का पहला संकेत... हर सत्य की शुरुआत अंधकार से होती है, पर अंत प्रकाश में।"

आरव का कैमरा उस नीली रोशनी की तरफ़ घूमता है। दीवार पर बने चिन्ह धीरे-धीरे धड़कने लगते हैं, जैसे उनमें जीवन हो। गुफा की हवा में अब एक अजीब-सी कंपन है। आरव एक पल के लिए भूल जाता है कि वो रिपोर्टर है – उसके भीतर सिर्फ़ इंसान बचा है, जो किसी रहस्य के द्वार पर खड़ा है।

कैमरे की रिकॉर्डिंग धीरे-धीरे धुंधली होती है। बैकग्राउंड में साधु की धीमी आवाज़ गूँजती है – "जब मन डर छोड़ देता है, तब ही मार्ग दिखता है।"

दृश्य 3 - रहस्यमयी साधु

स्थान: गुफा का मध्य भाग, लद्दाख सीमा के पार - शांगरी-ला के प्रवेश द्वार के समीप।

समय: रात - 10:22 बजे

तापमान: बाहर -18°C, अंदर अब भी लगभग 20°C

परिस्थिति: आरव आधे होश में, थका हुआ, पर भीतर से किसी अनजानी ऊर्जा से खिंचा हुआ।

गुफा के भीतर अब गहरा सन्नाटा है। बस दीपक की लौ टिमटिमा रही है और कहीं दूर से पानी की हल्की बूंदें टपकने की आवाज़ आ रही है। गुफा का मध्य भाग एक विशाल कक्ष की तरह है – दीवारों पर पुराने शिलालेख, पत्थरों में खुदे चिन्ह, और हवा में धीमा-सा मंत्र गूंज रहा है, जो शब्दों से नहीं बल्कि स्पंदन से महसूस होता है। आरव धीरे-धीरे आगे बढ़ता है। उसका कैमरा अब सीने पर लटका है, हाथ काँप रहे हैं, पर उसकी नज़र साधु पर टिकी हुई है। साधु पद्मासन में बैठे हैं, आँखें बंद, चेहरे पर अपार शांति। उनके चारों ओर हल्की सुनहरी रोशनी तैर रही है – जैसे दीपक की लौ खुद उनसे निकल रही हो। अचानक साधु धीरे-धीरे आँखें खोलते हैं। उनकी आँखों में गहराई है... इतनी गहराई कि आरव को लगता है जैसे कोई उसकी आत्मा को पढ़ रहा हो।

साधु (मुस्कुराकर, शांत स्वर में) – "आ गए... आरव शर्मा... हिमालय की गोद में।"

आरव के कदम वहीं ठिठक जाते हैं। उसका दिल जोर-जोर से धड़कने लगता है। एक पल को उसे लगता है कि ये सपना है, या शायद कोई भ्रम।

आरव (हैरान होकर) – "आप... मेरा नाम जानते हैं? और मेरा काम भी?"

साधु मुस्कुराते हैं। उनकी मुस्कान में कोई रहस्य नहीं, बल्कि करुणा है।

साधु (धीरे, गूंजती आवाज़ में) – "जो खोजी होता है... उसकी पुकार यहाँ तक पहुँचती है। तुम व्लॉग बनाते हो, पर तुम्हारी असली खोज कैमरे से नहीं, आत्मा से है। खतरे उठाते हो, अनजाने रास्तों पर चलते हो... क्योंकि तुम्हें भीतर से किसी ने पुकारा है।"

आरव की आँखों में नमी है। उसके भीतर डर और विस्मय का संगम है। वह कैमरा धीरे से नीचे रख देता है। उसकी साँसें गहरी हैं।

आरव (धीरे से) – "आप... ये सब कैसे जानते हैं? मैंने तो कभी..."

साधु (बात काटते हुए, कोमल स्वर में) – "कुछ बातें शब्दों से नहीं, तरंगों से जानी जाती हैं, पुत्र। जो पर्वत सुनता है, वो बताता है कि कौन आने वाला है।"

साधु पास रखी छोटी लकड़ी की थाली उठाते हैं। उसमें कुछ सूखे फल, कंद और तिब्बती बेर रखे हैं। वे थाली आरव की ओर बढ़ाते हैं।

साधु (मृदु स्वर में) – "लो, खा लो। तुम्हें भूख लगी है। यहाँ जो है, वही पवित्र है। यह भूमि केवल उन्हें अन्न देती है, जो श्रद्धा से आए हैं, लालच से नहीं।"

आरव काँपते हाथों से फल लेता है। उसकी उंगलियाँ ठंड से सुन्न हैं, पर जैसे ही वह फल को छूता है, एक अजीब गर्माहट महसूस होती है – मानो किसी ने उसके भीतर ऊर्जा भर दी हो।

आरव (धीरे से, भावुक होकर) – "मैंने... इतने दिनों से कुछ नहीं खाया... लेकिन ये फल..."

साधु (मुस्कुराते हुए) – "भूख शरीर की नहीं, आत्मा की थी। अब जब पेट और मन दोनों शांत होंगे... तो रास्ता अपने आप दिखेगा।"

आरव धीरे से फल खाता है। स्वाद अजीब है – न मीठा, न फीका, पर ऐसा जैसे हर कौर में कोई कहानी छिपी हो।

गुफा की दीवारें हल्के-हल्के चमकने लगती हैं। दीपक की लौ स्थिर हो जाती है।

साधु (धीरे से) – "यात्रा शुरू हो चुकी है, आरव। अब जो देखोगे, वो तुम्हें बदल देगा। पर याद रखना – सत्य को देखने से पहले, उसे सहने की शक्ति चाहिए।"

आरव उनकी ओर देखता है। उसकी आँखों में डर नहीं, अब केवल जिज्ञासा है। वह धीरे से सिर झुकाकर कहता है –

आरव (धीरे से) – "मैं तैयार हूँ... चाहे जो भी सामने आए।"

साधु अपनी आँखें बंद कर लेते हैं। हवा में हल्की घंटियों की आवाज़ गूंजती है। दीपक की लौ ऊँची होती है – और

गुफा के अंत में एक नीली रोशनी का मार्ग बनता है, जो किसी रहस्य की ओर इशारा करता है।

“उस रात मुझे पहली बार लगा... कि दुनिया में कुछ जगहें ऐसी हैं, जो न नक्शे में हैं, न शब्दों में – बस उन दिलों में, जो सच में खोजने निकलते हैं।”

दृश्य 4 - शांगरी-ला का नाम

स्थान: वही रहस्यमयी गुफा, लद्दाख सीमा के पार - गुफा का मध्य कक्ष

समय: रात - 11:03 बजे

तापमान: बाहर -18°C, अंदर अब स्थिर 22°C

परिस्थिति: बाहर बर्फ़ीला तूफ़ान थम चुका है। गुफा के भीतर आग की लपटें दीवारों पर सुनहरी छाया डाल रही हैं।

गुफा के बीचों-बीच एक छोटी-सी चूल्हे जैसी जगह बनी है। उसमें धीरे-धीरे लकड़ियाँ जल रही हैं। उनकी चटख की

आवाज़, गुफा की गूँज के साथ मिलकर एक रहस्यमयी लय बना रही है। दीवारों पर नीली-लाल रोशनी की परछाइयाँ नाच रही हैं – कभी साधु के चेहरे पर, कभी आरव की आँखों में। आरव आग के पास बैठा है, अपने हाथों को तापते हुए। उसकी साँसें अब धीमी हैं, पर मन में तूफ़ान है। सामने साधु ध्यानमग्न बैठे हैं – उनकी आँखें आधी बंद, चेहरा शांत, पर आवाज़ में ऐसी गहराई कि लगता है गुफा खुद उनके साथ बोल रही है।

साधु (धीरे-धीरे, गूंजती हुई आवाज़ में) – "तुम जिस सत्य को खोज रहे हो... वह है शांगरी-ला। एक ऐसा स्थान, जहाँ न कोई मरता है, न कोई बीमार होता है। जहाँ हर दर्द का इलाज है, हर अश्रु का उत्तर है। जहाँ न लालच है, न अभाव... वहाँ केवल आनंद है... और शोध।"

आरव की आँखें आग की लौ पर टिकी हैं, जो अब मानो उसकी आत्मा में उतर रही हो। उसके चेहरे पर विस्मय और बालसुलभ जिज्ञासा दोनों झलकते हैं।

आरव (धीरे से, साँस रोककर) – "क्या यह सच में है? या बस... एक कहानी है, जिसे लोग पीढ़ियों से सुनाते आ रहे हैं?"

साधु की आँखें अब पूरी खुलती हैं। उनमें ऐसी चमक है कि आरव पलभर को नज़रें झुका लेता है।

साधु (गंभीर, स्थिर स्वर में) – "वह स्थान है, पुत्र... पर जीवित रहते हुए वहाँ कोई नहीं जा सकता, न देख सकता। वह संसार से परे है – और फिर भी संसार में है। वह मनुष्य के भीतर छिपा है, पर सबकी आँखों से ओझल। शांगरी-ला देखने से नहीं, त्यागने से मिलती है।"

आरव हल्का-सा सिहरता है। आग की लपटें जैसे अचानक ऊँची हो जाती हैं। उसके चेहरे पर चमक और डर एक साथ उभरते हैं।

आरव (धीरे से, गहरी आवाज़ में) – "अगर वहाँ कोई नहीं पहुँच सकता... तो मैं कैसे जानूँ कि मैं उसके करीब हूँ?"

साधु आँखें बंद करते हैं। एक लंबी साँस छोड़ते हैं। फिर उनकी आवाज़ धीरे-धीरे गुफा की गूँज में घुल जाती है।

साधु (मंत्रवत स्वर में) – "जब तुम मरने की कगार पर पहुँच जाओ... और तुम्हारा दिल थमने लगे... समझ लेना – मंज़िल दूर नहीं। उस पल, जब सांस और आत्मा के बीच की डोर टूटने लगे... वह स्वयं तुम्हें बुलाने आएगा।"

आरव के शरीर में झुरझुरी दौड़ जाती है। उसके होंठ सूख जाते हैं, आँखों में भय और आकर्षण का संगम है। वह आग की लपटों में देखता है – और कुछ पल के लिए उसे ऐसा लगता है जैसे उनमें किसी जगह की झलक उभर रही हो – एक हरियाली भरा घाटी... झरनों की आवाज़... और शांति का समंदर। वह एक पल को सांस लेना भूल जाता है।

आरव (धीरे से, टूटी आवाज़ में) –"वो... दिखा मुझे... क्या वो वही था?"

साधु (मुस्कुराते हुए, आँखें खोले बिना) –"जो देख लिया, वह अब मिटेगा नहीं। अब वह तुम्हारे भीतर है। पर याद रखना, आरव... शांगरी-ला कोई स्थान नहीं – वह एक अवस्था है। वह तब मिलती है, जब मन डरना छोड़ देता है, और प्रेम अमर हो जाता है।"

गुफा की हवा अचानक शांत हो जाती है। आग की लौ स्थिर है। आरव उस लौ में खोया हुआ है – उसके चेहरे पर डर नहीं, बल्कि एक अजीब-सी शांति है।

आरव की आंतरिक आवाज़ (वॉयसओवर) –"उस पल मुझे लगा, शायद मैं किसी और दुनिया की सीमा पर बैठा हूँ। जहाँ शब्द मौन हो जाते हैं, और सच्चाई आँखों से नहीं – आत्मा से देखी जाती है।"

कैमरा धीरे-धीरे पीछे हटता है – गुफा की दीवारों पर नीली रोशनी फैल जाती है, और दृश्य धीरे-धीरे अंधेरे में विलीन हो जाता है।

दृश्य 5 - रात का अनुभव

स्थान: रहस्यमयी गुफा, लद्दाख सीमा के पार - शांगरी-ला का पहला पड़ाव।

समय: आधी रात - 12:37 बजे

तापमान: बाहर -20°C, अंदर लगभग 22°C

परिस्थिति: बाहर बर्फ़ीला तूफ़ान अब भी गर्जना कर रहा है, पर गुफा के भीतर एक अद्भुत शांति है।

बाहर तूफ़ान अपने चरम पर है। हवा की आवाज़, जैसे कोई अदृश्य दानव पहाड़ों के बीच गरज रहा हो।

पर गुफा के भीतर... एक अजीब-सी गर्माहट है – न सिर्फ़ तापमान की, बल्कि आत्मा की भी। आग अब धीमी हो गई है, पर उसकी लालिमा अब भी दीवारों पर लिपटी हुई है। दीवारों पर उकेरे गए चिन्ह हल्की सुनहरी आभा दे रहे हैं, जैसे उनमें कोई जीवन धड़क रहा हो। गुफा की छत से पानी की बूँदें टपकती हैं, लेकिन ज़मीन सूखी रहती है – मानो प्रकृति खुद इस जगह को भिगोना नहीं चाहती। आरव को महसूस होता है कि वह किसी और आयाम में आ गया है – एक ऐसा स्थान जहाँ समय ठहर गया है। वह एक पत्थर के सहारे बैठा है, उसके कैमरे की लाल लाइट अब भी जल रही है, पर वो उसे देख भी नहीं रहा। उसकी नज़रें साधु पर टिकी हैं – जो अब भी मौन हैं,

आँखें बंद किए, जैसे कोई ध्यान नहीं, बल्कि ब्रह्मांड को महसूस कर रहा हो।

आरव (धीरे से, खुद से) – "कैसा अजीब है ये स्थान... जैसे मैं किसी और दुनिया में हूँ। न ठंड, न डर... सिर्फ़ शांति।"

वह अपने दोनों हाथों को देखता है – जो बाहर की ठंड से जम चुके थे, अब पूरी तरह गर्म हैं। उसकी उँगलियों में हल्की कंपन है, पर दिल में एक अद्भुत स्थिरता।

आरव (धीरे से, आँखें बंद करते हुए) – "क्या यह सच में... शांगरी-ला का संकेत है?"

वह सांस लेता है – गहरी, शांत। उसे महसूस होता है कि हवा में कोई सुगंध है, जैसे पुराने जंगल की मिट्टी और धूप का मिश्रण। उसके भीतर वर्षों का तनाव, भागदौड़, और भय धीरे-धीरे घुलता जा रहा है। वह साधु की ओर देखता है – साधु अब भी ध्यान में हैं, पर उनके होंठों पर हल्की मुस्कान है, मानो वे आरव की सोच सुन रहे हों, और मौन में उसका उत्तर दे रहे हों। गुफा में सिर्फ़ आग की हल्की चटख और आरव की सांसों की आवाज़ है।

बाहर का तूफ़ान अब भी पहाड़ों को हिला रहा है, पर भीतर... पूर्ण निश्चलता है – जैसे समय ने वहाँ सिर झुका दिया हो।

आरव की आंतरिक आवाज़ (वॉयसओवर) – "पहली बार... मुझे डर से ज़्यादा सुकून मिला। ऐसा लगा, मैं किसी रहस्य का हिस्सा बन गया हूँ – जो न समझा जा सकता है, न भुलाया।"

वह धीरे-धीरे लेट जाता है, सिर के नीचे कैमरा रखकर। आग की रोशनी उसके चेहरे पर पड़ती है – थके हुए चेहरे पर अब शांति की चमक है। उसकी आँखें धीरे-धीरे बंद होती हैं। कैमरा अब उसकी ओर झुकता है। आग की लपटों में उसका चेहरा और साधु का सिल्हूट एक फ्रेम में आ जाते हैं – जैसे समय ने दोनों को एक ही क्षण में कैद कर लिया हो। बाहर बर्फ़ अब धीरे-धीरे गिर रही है, और गुफा के भीतर... एक गहरी, अलौकिक शांति बस गई है।

"शांति वही महसूस करता है... जिसने संसार की आवाज़ें छोड़ दी हों।"

दृश्य 6 - सुबह का रहस्य

स्थान: लद्दाख की ऊँचाइयाँ, शांगरी-ला की सीमा के पास।

समय: अगली सुबह - 6:08 बजे

तापमान: बाहर -19°C

परिस्थिति: तूफ़ान थम चुका है, पर बर्फ़ अब भी ज़मीन पर मोटी चादर की तरह जमी है। आसमान धूसर है, और क्षितिज पर हल्की सुनहरी रेखा उभर रही है। पहाड़ों के पीछे से सूरज की पहली किरण फूट रही है। बर्फ़ पर उस सुनहरी रोशनी का हल्का सा प्रतिबिंब – जैसे किसी सफ़ेद कैनवास पर ईश्वर ने पहली बार रंग भरा हो। गुफा का द्वार अब शांत है, पर उसमें एक गहराई है जो भीतर बुलाती भी है और डराती भी। आरव धीरे-धीरे बाहर निकलता है। उसके पैरों के नीचे बर्फ़ चरमराती है। सांसें सफ़ेद धुएँ में बदल रही हैं। वह अपने हाथ रगड़ता है – उँगलियाँ सुन्न हैं, होंठ सूखे हैं। लेकिन एक बात साफ़ है

– अंदर जब वह था, तब यह ठंड महसूस ही नहीं हुई थी। आरव चारों ओर देखता है – कहीं कोई निशान नहीं। न साधु, न आग, न वह गर्माहट... मानो सब कुछ किसी स्वप्न में घटा हो।

आरव (धीरे से, खुद से) – "यह गुफा क्या थी... सपना या हकीकत?"

वह धीरे-धीरे गुफा की ओर बढ़ता है। अंदर झांकता है -- “अभी कल रात यहीं बैठा था... आग जल रही थी, साधु मौन थे...”

वह रुकता है। आवाज़ भारी हो जाती है। “पर अब... कुछ भी नहीं।” गुफा के भीतर अंधेरा है, दीवारें ठंडी हैं। कोई गर्माहट नहीं। आरव हाथ आगे बढ़ाकर अंदर की हवा को महसूस करता है - बर्फ़ीली, कठोर, चुभती हुई।

आरव (धीरे से) – “क्या सच में... शांगरी-ला मुझे बुला रहा है?”

वह गहरी सांस लेता है, ठंडी हवा उसके सीने में उतरती है – पर अब उसे डर नहीं लगता। बल्कि भीतर कुछ जगता

है – एक शांत दृढ़ता। वह पीछे मुड़कर पहाड़ों को देखता है। ऊपर आसमान में पक्षियों का झुंड उड़ रहा है – दिशा पूर्व की ओर। सूरज अब पूरी तरह निकल आया है, और उसकी किरणें आरव के चेहरे पर पड़ती हैं। उसकी आँखों में अब थकान नहीं, बल्कि एक चमक है – जैसे किसी ने उसके भीतर एक दीपक जला दिया हो। गुफा के पास की बर्फ़ पर उसे कुछ अजीब दिखता है – जमीन पर तीन गोलाकार निशान, जो आग के चिन्ह जैसे हैं। उनके बीच हल्की सुनहरी चमक टिमटिमा रही है, जो सूरज की रोशनी में भी साफ़ दिखाई देती है। वह झुककर उन निशानों को छूता है – बर्फ़ ठंडी है, पर उँगलियों में हल्की गर्माहट दौड़ जाती है। आरव पीछे हटता है, सांस रोककर आसमान की ओर देखता है। हवा अब भी ठंडी है, पर भीतर कुछ गरम है – जैसे किसी अदृश्य शक्ति ने उसे छुआ हो।

आरव (धीरे से, विस्मय में) – "अगर यह सपना था... तो क्यों अब भी मेरा दिल उसी शांति से धड़क रहा है?"

वह कैमरा निकालता है, गुफा की एक तस्वीर लेता है। कैमरे की स्क्रीन पर गुफा काली दिखती है – लेकिन...

जब वह ज़ूम करता है, फ्रेम के भीतर धुंध में साधु की परछाई झिलमिलाती है। वह चौंककर पीछे देखता है – वहाँ कुछ नहीं। फिर से कैमरे की स्क्रीन पर नज़र डालता है – छवि अब गायब।

आरव (धीरे से मुस्कुराते हुए) – "तो तुम अब भी हो..."

वह कैमरे को सीने से लगाता है, और बर्फ़ की ओर बढ़ जाता है।

आरव की वॉयसओवर– "कभी-कभी हकीकत वही होती है... जिसे आँखें नहीं, आत्मा देखती है। शायद यही शांगरी-ला की पहली देहरी थी – जहाँ डर खत्म होता है, और खोज शुरू।"

आरव धीरे-धीरे घाटी की ओर उतरता है। पीछे गुफा की परछाईं धुंध में खो जाती है – पर उसकी आत्मा में अब एक नया अध्याय खुल चुका है।

अध्याय 13 : शांगरी-ला की ओर प्रस्थान

दृश्य 1 - आरव और रिया का अंतिम संवाद

स्थान: लद्दाख की ऊँचाई पर बसा छोटा बेस कैंप।

समय: शाम के लगभग 6:30 बजे, तापमान -5°C

चारों ओर सफेद बर्फ़ की चादर बिछी है। हवा में ठंड ऐसी कि सांसों से भाप निकलती दिखती है। आसमान में सूरज की आख़िरी सुनहरी किरणें पहाड़ों की चोटियों को जैसे आग के रंग में रंग रही हैं। दूर कहीं याक की घंटियाँ धीमी आवाज़ में बज रही हैं। तंबू के सामने लकड़ी की आग जल रही है, जिसकी लौ हर झोंके के साथ डगमगाती है।

आरव झुका हुआ अपने बूट के फीते कस रहा है। उसके हाथ थोड़े कांप रहे हैं, पर चेहरे पर एक अजीब-सी शांति और दृढ़ता है – जैसे उसने खुद से कोई बड़ा वादा किया हो। हर सांस के साथ उसकी आंखों में एक अनकहा डर

भी झलकता है, पर वो उसे छिपाने की कोशिश कर रहा है। तभी पीछे से धीमी चाल में रिया आती है। उसके कंधों पर शॉल डली है, और ठंडी हवा में उसके बाल उड़ रहे हैं। उसकी आंखें लाल हैं – शायद ठंड से नहीं, बल्कि रोने से। वो कुछ कदम दूर रुकती है, आरव को देखती है... और फिर धीरे से बोलती है – रिया (कंपित आवाज़ में) – "आरव... अगर मैंने कभी तुम्हें ठेस पहुँचाई हो... कभी तुम्हारे सपने का मज़ाक उड़ाया हो... तो माफ़ कर देना।" (थोड़ी रुककर, गहरी सांस लेते हुए) – "मैं समझती हूँ तुम्हारा सपना बड़ा है, तुम्हारी खोज इंसानियत के लिए है... लेकिन ये रास्ता... ये रास्ता मौत से खेलने जैसा है।" (उसकी आवाज़ टूटने लगती है) – "मैं... मैं सिर्फ़ तुम्हें खोना नहीं चाहती।"

उसके आँसू हवा में जमने लगते हैं, जैसे बर्फ़ में पिघलने से पहले किसी ने उन्हें रोक लिया हो। आरव उसका चेहरा देखता है। उसके होंठ हिलते हैं, लेकिन कुछ पल वो कुछ नहीं कह पाता। फिर धीरे से आगे बढ़कर रिया का हाथ पकड़ लेता है – उसका हाथ ठंड से बिल्कुल बर्फ़ जैसा है।

आरव (धीरे लेकिन दृढ़ स्वर में) – "रिया... मैं सच कहूँ तो नहीं जानता कि लौटकर आ पाऊँगा या नहीं।" (एक लंबा विराम, फिर धीरे से) – "लेकिन अगर यह कदम न उठाऊँ, तो मैं सारी ज़िन्दगी खुद को माफ़ नहीं कर पाऊँगा। यह खोज सिर्फ़ मेरी नहीं है... यह उन सबके लिए है जो मानते हैं कि इस धरती पर अब भी कोई 'स्वर्ग' छिपा है –

शांगरी -ला।"

(वह आसमान की ओर देखता है, फिर धीरे से मुस्कुराता है) – "शायद यह मूर्खता लगे, लेकिन यही मेरा सच है।"

रिया की आँखें और भी नम हो जाती हैं। वह अपने होंठ काटती है ताकि सिसकी बाहर न निकले।

रिया (टूटी हुई आवाज़ में) – "लेकिन मेरी ज़िन्दगी का सच तो तुम हो, आरव। अगर तुम नहीं रहे... तो मेरा सपना किससे पूरा होगा?"

(वह पास आती है, उसकी आँखों में सीधे देखती है) – "तुम्हारे बिना मैं अधूरी हूँ। तुम जाते हो, तो मेरे भीतर कुछ मर जाता है।"

आरव के होंठ कांपते हैं। उसकी आँखों में नमी झिलमिलाने लगती है। वह धीरे से रिया का चेहरा अपने दोनों हाथों में लेता है।

आरव (धीरे से, लगभग फुसफुसाते हुए) – "रिया... अगर मेरी सांसें थम भी जाएँगी, तो भी मेरा वजूद तुम्हारे दिल में धड़कता रहेगा। हर सुबह जब सूरज की पहली किरण तुम्हारे चेहरे पर पड़ेगी... समझ लेना, वो मैं हूँ। जब हवा तुम्हारे बालों से खेलेगी... वो मेरी हथेली का स्पर्श होगा।"

वह हल्के से मुस्कुराता है, लेकिन उसकी आँखों से एक आँसू ढुलककर रिया के गाल पर गिरता है। रिया कुछ नहीं कहती। बस उसकी ओर बढ़कर उसे गले लगा लेती है। उसका चेहरा आरव की छाती पर टिक जाता है। उसके आँसू आरव की जैकेट भिगो देते हैं। दोनों कुछ देर यूँ ही खामोश खड़े रहते हैं – जैसे वक्त थम गया हो, जैसे आसमान, बर्फ़, हवा... सब उनकी खामोशी को सुन रहे हों।

आग की लौ अब मद्धम पड़ने लगी है। दूर से किसी याक की आवाज़ आती है – “धुन-धुन...”

आरव धीरे से रिया के कान में कहता है। (धीमे स्वर में) – "अगर लौटकर आया... तो ये कहानी वहीं से शुरू होगी, जहाँ आज खत्म हो रही है।"

रिया की पकड़ उसके सीने पर और कस जाती है। उसकी सांसें हिचकियों में बदल जाती हैं।

रिया (रोते हुए, टूटे स्वर में) – "बस लौट आना, आरव... मुझे बस तुम्हारी परछाईं भी चलेगी... बस लौट आना।"

आरव धीरे से उसे अलग करता है। एक आखिरी बार उसकी आँखों में देखता है – उस नज़ारे में सब कुछ है – प्यार, दर्द, डर, और अनंत विश्वास।

दृश्य 2 - सन्नाटा और अग्नि

स्थान: लद्दाख का बेस कैंप - वही तंबू जिसके बाहर अब रात उतर चुकी है।

समय: रात लगभग 10:45 बजे। तापमान -9°C।

हवा अब और ठंडी हो चुकी है। आसमान में घने बादल छा गए हैं और बर्फ़ के फाहे बिना रुके गिर रहे हैं। हर फाहा जैसे धरती पर उतरते ही घुल जाता है, मानो खुद भी इस पल की उदासी को महसूस कर रहा हो। तंबू के बाहर जलती आग अब बुझने के कगार पर है। लकड़ियों से उठता धुआँ हवा में तैरकर गायब हो रहा है। चारों ओर गहरा सन्नाटा है – ऐसा सन्नाटा जो सिर्फ़ सुनाई नहीं देता, बल्कि दिल की धड़कनों को भी धीमा कर देता है। आरव और रिया आग के सामने बैठे हैं। दोनों के बीच अब कोई शब्द नहीं, सिर्फ़ ठंडी हवा और बुझती लपटों की आवाज़। आरव की नज़र आग पर टिकी है – उसकी लौ में उसे अपने भीतर की बेचैनी, अपने डर, और अपने संकल्प की झिलमिलाहट दिखाई देती है। रिया उसके पास बैठी है, उसके चेहरे की रोशनी बस आग की आख़िरी चिंगारियों से आ रही है। उसका चेहरा थकान से भरा है, आँखें सूजी हुई, होंठ काँप रहे हैं। हवा के झोंके से आग की लौ और छोटी हो जाती है। रिया धीरे से अपना हाथ आगे बढ़ाती है, जैसे उसे रोक लेना चाहती हो। उसकी

हथेलियाँ आग के पास जाती हैं, पर ठंड इतनी है कि वो झट से वापस खींच लेती है।

वो धीरे से, लगभग फुसफुसाते हुए कहती है – रिया (धीरे से) – "काश... यह रात कभी ख़त्म न हो।"

(उसकी आवाज़ में टूटन है – जैसे हर शब्द उसके दिल से खिंचकर निकला हो।) – "काश यह समय यहीं थम जाए... आग न बुझे, बर्फ़ न गिरे, और तुम कहीं न जाओ, आरव। बस यूँ ही बैठें, जैसे दुनिया में और कुछ नहीं।"

वो आरव की ओर देखती है – उसकी आँखों में दर्द, मोहब्बत और डर तीनों एक साथ झिलमिला रहे हैं। आरव उसकी ओर मुड़कर देखता है। उसकी आँखों में आग की परछाईं नाच रही है, और उन पर ठंडी हवा की परत जमी हुई है। वह हल्की-सी मुस्कान लाता है – वो मुस्कान जिसमें सच्चाई भी है और बिछड़ने की बेबसी भी।

आरव (धीरे से, गहरी साँस लेकर) – "रात कितनी भी लंबी हो, रिया... सुबह ज़रूर आती है।" (वो कुछ पल रुकता है, फिर उसकी ओर देखता है) – "और मुझे उसी सुबह से आगे बढ़ना है।"

(धीरे से अपनी हथेली उसकी हथेली पर रखता है। उसकी उंगलियाँ ठंडी हैं, लेकिन पकड़ मजबूत।) – "अगर मैं यहीं रुक गया, तो ये आग – जो भीतर जल रही है – हमेशा अधूरी रह जाएगी।"

रिया कुछ कह नहीं पाती। उसकी आँखों से एक आँसू गिरता है और सीधे उनके जुड़े हाथों पर टपकता है – उस पल दोनों को एहसास होता है कि यह कोई साधारण विदाई नहीं... यह एक जीवन और मृत्यु के बीच की खामोशी है। हवा का एक तेज़ झोंका आता है। आग की अंतिम चिंगारी हवा में उछलती है, फिर धीरे से बुझ जाती है। अब सिर्फ़ राख बची है – और उनके चेहरों पर पड़ती उसकी हल्की चमक। उनके बीच चुप्पी छा जाती है, लेकिन वह चुप्पी ख़ाली नहीं – उसमें यादें हैं, डर है, उम्मीद है, और एक अधूरी दुआ है। बाहर बर्फ़ और तेज़ हो गई है। हर फाहा ऐसे गिर रहा है जैसे आसमान भी इस बिछोह में रो रहा हो। रिया हल्के से आरव के कंधे पर सिर रखती है। उसका हाथ अब भी उसके हाथ में है – ठंड से सुन्न, पर छोड़ने को तैयार नहीं।

रिया (धीमे स्वर में, लगभग टूटी हुई फुसफुसाहट) – "जब सुबह आएगी... तो मैं तुम्हारी आँखों में उसे नहीं देख पाऊँगी, आरव। शायद इसलिए चाहती हूँ कि यह रात... बस यूँ ही चलती रहे।"

आरव उसकी ओर देखता है, फिर बिना कुछ बोले उसके माथे को चूमता है। उसके होंठों का ताप बर्फ़ीली हवा में खो जाता है।

आरव (धीरे से) – "कभी-कभी सन्नाटा भी शब्दों से ज़्यादा कुछ कह जाता है, रिया।"

रिया उसकी आँखों में देखती है – और पहली बार महसूस करती है कि वहाँ कोई डर नहीं, बस यकीन है। बाहर बर्फ़ अब सब कुछ ढक चुकी है। आग की जगह राख ठंडी हो गई है। और तंबू के भीतर बस उनकी साँसों की धड़कनें हैं – धीमी, लेकिन जिंदा। वो दोनों जानते हैं – यह रात आख़िरी है। पर इस आख़िरी रात में भी एक अनकहा वादा छिपा है – कि सुबह चाहे जितनी ठंडी क्यों न हो, इस आग की गर्मी उनके दिलों में हमेशा जिंदा रहेगी।

दृश्य 3 - प्रस्थान की सुबह

स्थान: लद्दाख का बेस कैंप - ऊँचाई लगभग 11,000 फीट।

तापमान -12°C।

समय: सुबह 5:25 बजे, सूरज निकलने से कुछ पहले।

रात का अंधेरा अब धीरे-धीरे पीछे हट रहा है। आसमान में हल्की नीली रोशनी तैरने लगी है, पर सूरज अभी भी पहाड़ों के पीछे छिपा है। हवा बेहद ठंडी है – इतनी कि हर सांस बाहर निकलते ही धुएँ जैसी दिखाई देती है। बर्फ़ के छोटे-छोटे कण हवा में तैर रहे हैं, जैसे आसमान खुद भी इस विदाई में रो रहा हो। बेस कैंप में सब कुछ चुप है। दूर कहीं किसी धातु के टकराने की आवाज़ आती है, पर फिर सब सन्नाटे में समा जाता है। हर पेड़, हर पत्थर, हर सांस – जैसे थमकर इस पल को देख रहा हो। आरव अपने तंबू के बाहर आता है। उसकी साँसों से भाप निकलती है। उसने मोटा जैकेट पहन रखा है, गर्दन पर

ऊनी मफलर लिपटा है। उसके कंधे पर भारी ट्रेकिंग बैग लटका है। बैग के किनारे से रस्सी और आइस-ऐक्स लटक रही है। वह झुककर अपने जूते कसता है। बर्फ़ पर उसके कदम पड़ते हैं तो "चर्र-चर्र" की हल्की आवाज़ गूंजती है – वही आवाज़ जो किसी यात्रा की शुरुआत का संकेत देती है। वह रुकता है। सामने सफ़ेद घाटी है – दूर तक फैली, बिना किसी अंत के। पर उसी पल, उसे पीछे से हल्की आहट सुनाई देती है। वह मुड़ता नहीं, लेकिन जानता है – रिया है।

रिया दरवाज़े पर खड़ी है। उसके बालों पर बर्फ़ की पतली परत जमी है। उसके हाथ ऊनी शॉल में छिपे हैं, पर उंगलियाँ ठंड से नीली पड़ चुकी हैं। उसकी आँखें लाल हैं – नींद से नहीं, बल्कि रात भर रोने से। हवा उसके बालों से खेलती है, पर उसके चेहरे पर कोई हावभाव नहीं। बस एक गहरी, भारी चुप्पी। वह धीरे से बोलती है – इतनी धीमी कि शब्द हवा में खो जाते हैं, फिर भी दिल में उतर जाते हैं।

रिया (धीरे से, काँपती आवाज़ में) – "बस लौट आना, आरव... चाहे शांगरी-ला मिले या न मिले... बस लौट आना।"

(उसके शब्द जैसे किसी दुआ की तरह आसमान में उड़ जाते हैं।) – "क्योंकि अगर तुम नहीं लौटे... तो मेरे भीतर की ये आग भी बुझ जाएगी।"

उसकी आँखों से आँसू बहते हैं, पर गिरने से पहले ही ठंडी हवा उन्हें सुखा देती है। वह खुद को संभालने की कोशिश करती है, पर होंठ काँप जाते हैं। आरव उसकी आवाज़ सुन लेता है, लेकिन पीछे नहीं मुड़ता। उसकी निगाहें सामने की सफ़ेद घाटी पर टिकी हैं – उस अज्ञात रास्ते पर जहाँ शायद शांगरी-ला उसका इंतज़ार कर रहा है, या शायद उसकी किस्मत। वह एक पल को रुकता है, गहरी सांस लेता है, और धीरे से अपना दायाँ हाथ उठाता है – बिना पीछे देखे, बिना कुछ कहे। बस एक मौन इशारा, जो शब्दों से कहीं ज़्यादा गहरा है।

वो हवा में हाथ हिलाता है – जैसे रिया के दिल तक पहुँचने वाली आख़िरी लहर भेज रहा हो। हवा उसी दिशा

में बहती है, और रिया को लगता है – जैसे वह हाथ अभी भी उसे छू रहा है। रिया वहीं खड़ी रह जाती है। उसकी आँखों से आँसू गिरते हैं, पर बर्फ़ पर पड़ते ही गायब हो जाते हैं – जैसे ज़मीन ने भी उन्हें अपनी ठंड में समा लिया हो।

रिया (धीरे से, टूटी हुई आवाज़ में) – "तुम हमेशा ऐसे ही जाते हो... बिना पीछे देखे।"

वह मुस्कुराने की कोशिश करती है, पर उसके होंठों से सिर्फ़ कंपकंपी निकलती है। आरव आगे बढ़ता जाता है। हर कदम के साथ उसकी परछाई धुंध में घुलने लगती है। पहले उसका कंधा, फिर सिर, फिर उसका पूरा अस्तित्व – जैसे बर्फ़ की सफेदी ने उसे अपने भीतर समा लिया हो। आख़िर में बस धुंध में एक हल्की-सी परछाईं बचती है... और फिर कुछ भी नहीं। रिया वहीं खड़ी रह जाती है – दरवाज़े के पास, ठंडी हवा में, जहाँ अब सिर्फ़ उसकी सांसों की भाप है। वह आसमान की ओर देखती है। सूरज की पहली किरण बर्फ़ पर गिरती है – सुनहरी, चमकदार। पर उस रोशनी में भी रिया की आँखों में अंधेरा बना रहता है।

वह बर्फ़ में झुककर आरव के पैरों के निशान देखती है – और उन निशानों पर उँगलियों से हल्का स्पर्श करती है।

"यह रास्ता तुम्हारा है..." – वह मन ही मन कहती है, "...पर मेरी दुआएँ अब इस रास्ते की हर बर्फ़ की परत में साथ जाएँगी।"

हवा एक बार फिर तेज़ चलती है। दरवाज़े के पास रखा दीपक बुझ जाता है। रिया अपनी शॉल कसकर ओढ़ती है, एक आख़िरी बार उस दिशा में देखती है जहाँ आरव गया था – और धीरे से आँखें बंद कर लेती है। उसकी बंद पलकों के पीछे बस एक दृश्य चमकता है – आरव, मुस्कुराता हुआ, पहाड़ों की ओर बढ़ता हुआ... और उसकी आवाज़, हवा में खोई हुई – "रात कितनी भी लंबी हो, रिया... सुबह ज़रूर आती है।"

दृश्य 4 - रिया का अकेलापन

स्थान: लद्दाख का वही बेस कैंप।

समय: सुबह 6:10 बजे, आरव के जाने के कुछ ही मिनट बाद।

तापमान -11°C।

बाहर की हवा अब और ठंडी हो गई है। सूरज की पहली किरणें पहाड़ों की चोटियों को सुनहरी बना रही हैं, लेकिन उस रोशनी में भी एक गहराई है – ठंडी, उदास और भारी। रिया दरवाज़े के पास खड़ी थी, जब तक कि आरव का सिल्हूट पूरी तरह धुंध में गायब नहीं हो गया। अब उसकी आँखें उस सफ़ेद विस्तार को देख रही हैं जहाँ कुछ देर पहले आरव था... और अब बस बर्फ़ है – अनंत, शांत, निर्मम बर्फ़। धीरे-धीरे उसके कदम लड़खड़ाने लगते हैं। वह पीछे आती है, तंबू के ठीक सामने बैठ जाती है। फिर अचानक जैसे उसकी सारी ताकत खत्म हो जाती है – वह वहीं ज़मीन पर गिर-सी जाती है, दोनों हथेलियों से अपना चेहरा ढक लेती है। हवा उसकी दुपट्टे को हिलाती है, उसके बाल बिखर जाते हैं, पर उसे कोई परवाह नहीं। उसके कंधे कांप रहे हैं। उसकी सांसें टूट-टूटकर बाहर निकल रही हैं। बाहर बर्फ़ की निस्तब्धता है – इतनी गहरी कि उसकी हिचकियाँ उसमें गुम हो जाती हैं। और

अंदर उसके दिल में एक तूफ़ान चल रहा है – ऐसा तूफ़ान जिसे कोई सुन नहीं सकता। वह धीरे-धीरे अपने होंठ खोलती है। उसकी आवाज़ बहुत धीमी है, पर उसमें समर्पण, डर और प्यार तीनों मिलकर एक दुआ बन गए हैं।

रिया (रोते हुए, मन ही मन प्रार्थना में) – "हे भगवान... उसे सुरक्षित रखना। वो मेरी जान है... मेरा विश्वास है... मेरी अधूरी सांस है। मुझे कुछ नहीं चाहिए... न शांगरी-ला की कहानी, न कोई चमत्कार... बस उसका साथ चाहिए, बस वही।" (उसकी आवाज़ टूट जाती है।) – "अगर वो लौट आए... तो मैं किसी और चीज़ की दुआ नहीं माँगूँगी। उसके बिना ये जिंदगी, ये आसमान, ये बर्फ़ – सब बेमानी हैं।"

उसके आँसू उसकी उंगलियों के बीच से नीचे गिरते हैं और ज़मीन पर पड़ते ही बर्फ़ में समा जाते हैं। धीरे-धीरे उसकी हिचकियाँ शांत होती हैं, पर उसका चेहरा अब भी ढका है – मानो वो खुद से भी छिप रही हो। तंबू के भीतर रखे दीये की लौ टिमटिमा रही है, जैसे रिया के अंदर की उम्मीद अब भी बुझने से इनकार कर रही हो। हवा का

एक झोंका आता है – दीया बुझने लगता है, लेकिन फिर किसी अदृश्य ताकत से लौ फिर से उठती है। रिया धीरे से अपने हाथ हटाती है। उसकी आँखें सूजी हुई हैं, पर उनमें अब एक गहरी चमक है – जैसे दर्द से जन्मी हुई श्रद्धा। वह धीरे से बर्फ़ पर हाथ रखती है, वही दिशा जहाँ आरव गया था।

“यह बर्फ़ अब मेरी प्रार्थना है...” वह बुदबुदाती है। “हर फाहा जो उस पर गिरे, वह उसकी ढाल बने।”

दूर कहीं एक याक की घंटी की आवाज़ आती है, फिर हवा में खो जाती है। रिया की नज़र उस दिशा में उठती है जहाँ सूरज अब पूरी तरह उग चुका है। सुनहरी किरणें बर्फ़ पर पड़कर उसे दैवी आभा देती हैं – मानो प्रकृति खुद उसकी प्रार्थना सुन रही हो।

वह धीरे से फुसफुसाती है – रिया (धीरे, काँपती आवाज़ में) – “आरव... तुम चले गए हो, लेकिन मेरा हर धड़कता लम्हा अब तुम्हारे पीछे चलेगा। जहाँ तुम हो, वहीं मेरी आत्मा है।”

वह उठने की कोशिश करती है, पर फिर बैठ जाती है। उसके चारों ओर सिर्फ़ सफेदी है – पर उस सफेदी के बीच उसकी आँखों से बहती नमी एक रंग पैदा करती है: प्यार का, दर्द का, और उम्मीद का। बाहर बर्फ़ गिरती रहती है। अंदर उसके दिल में एक अनकही दुआ जलती रहती है – एक ऐसी दुआ जो शब्दों से नहीं, सिर्फ़ आँसुओं और सांसों से कही जाती है।

दृश्य 5 - बर्फ़ीली घाटियों में आरव

स्थान: लद्दाख की ऊँचाइयाँ - सुबह से दोपहर तक

समय: जनवरी, 2019 की ठंडी सुबह, सूरज बादलों के पीछे छिपा हुआ।

सफ़ेद बर्फ़ से ढकी घाटियाँ अनंत तक फैली हैं। हवा इतनी ठंडी है कि हर सांस के साथ धुंआ निकलता है। चारों ओर गहरा सन्नाटा – केवल हवा की सीटी और आरव के जूतों के नीचे चरमराती बर्फ़ की आवाज़। आरव के कंधे पर पुराना बैग है, कपड़े बर्फ़ से ढके हुए, और

उसके माथे पर पसीना नहीं, बल्कि बर्फ़ की पतली परत जम चुकी है। उसके होंठ सूखे हैं, हाथ सुन्न पड़ रहे हैं। लेकिन उसकी आँखों में एक जिद है – एक अडिग, चमकती हुई आग की तरह। वह रुकता है, थोड़ा झुककर अपने घुटनों पर हाथ रखता है, और गहरी साँस लेता है। बर्फ़ की चुभन उसके फेफड़ों में उतरती है, पर वह मुस्कुराता है। धीरे से बैग से एक छोटी-सी डायरी निकालता है – वही डायरी जो उसने और रिया ने मिलकर खरीदी थी। उस पर अब बर्फ़ की बूँदें जमी हुई हैं। वह अपने काँपते हाथों से लिखना शुरू करता है– "हर कदम मौत के साथ लड़ाई है... पर यह जंग मुझे लड़नी ही होगी।" थोड़ी देर तक वह शब्दों को देखता है, फिर आकाश की ओर नज़र उठाता है। बादलों के पीछे से हल्की सी किरण झाँकती है – जैसे उम्मीद की कोई पतली रेखा।

आरव (धीरे से खुद से) – "रिया... पता नहीं तू कैसी होगी। तेरे बिना हर रास्ता अधूरा लगता है। पर यह रास्ता... यह खोज... शायद हमें फिर से जोड़ने का ज़रिया है। अगर मैं लौट सका, तो तेरे सवालों का जवाब लेकर आऊँगा।"

वह डायरी बंद करता है और अपने हाथों से बर्फ़ झाड़ता है। उसके कदम फिर आगे बढ़ते हैं। हर कदम पर बर्फ़ चरमराती है, जैसे धरती भी उसकी परीक्षा ले रही हो। वह एक पल ठहरता है – दूर पहाड़ों के बीच किसी पुरानी बस्ती का टूटा हुआ झोंपड़ा दिखता है। वहाँ पहुँचते ही वह दीवार के सहारे बैठ जाता है, थकी साँसों के बीच उसकी आँखें आसमान को निहारती हैं।

आरव (धीरे से, जैसे खुद से वादा कर रहा हो) – "इस सफ़र का अंत अगर मौत भी हो... तो भी मैं पीछे नहीं हटूँगा। क्योंकि मेरी तलाश, मेरी रिया से भी बड़ी है – यह खुद मुझसे मुलाकात की तलाश है।"

उसकी उँगलियाँ फिर से बर्फ़ को छूती हैं – इस बार ठंड नहीं लगती। वह उठता है, अपने बैग को कसकर बाँधता है, और घाटी की ओर बढ़ जाता है। पीछे केवल उसके पदचिह्न रह जाते हैं – बर्फ़ पर उभरे कुछ निशान, जो धीरे-धीरे हवा में मिट जाते हैं... पर उसकी जिद, उसकी यात्रा, और उसकी रिया के लिए मौन प्रार्थना वहीं रह जाती है – उस बर्फ़ीली घाटी की साँसों में।

दृश्य 6 - दो दिल, दो संघर्ष

स्थान 1: लद्दाख की ऊँचाइयाँ - दोपहर बाद।

स्थान 2: धर्मशाला -रिया का मायका का घर, रिया की खिड़की।

समय: एक ही वक़्त, लेकिन दो अलग-अलग दुनिया।

तेज़ हवाओं की गूंज बर्फ़ीली घाटियों में गूँज रही है। आसमान धुंधला पड़ चुका है, सूरज जैसे बादलों में खो गया है। आरव के आसपास सिर्फ़ सफ़ेद बर्फ़ का समंदर है – अनंत, निर्दय और ठंडा। हवा इतनी तीखी कि वह हर साँस के साथ जैसे अपने सीने को छीलती महसूस करता है। आरव अपने कंधे पर रस्सी डालकर चट्टान की ओर बढ़ता है। उसके बूट बर्फ़ में धँस जाते हैं, हाथों में छाले पड़ चुके हैं, पर उसके कदम रुकते नहीं। चेहरे पर बर्फ़ की परतें जम गई हैं, लेकिन उसकी आँखों में एक आग जल रही है – वही आग जो उसे रिया की याद दिलाती है। वह चट्टान पर ठहरता है, सिर ऊपर उठाकर आसमान की ओर देखता है। तूफ़ान की गर्जना के बीच उसकी साँसें तेज़ हो रही हैं।

आरव (हवा में चिल्लाते हुए, पर स्वर में श्रद्धा और दर्द दोनों) – "रिया... अगर तू सुन सकती है, तो जान ले – तेरी दुआएँ ही मेरी सबसे बड़ी ताक़त हैं। हर बर्फ़ का टुकड़ा मुझे तुझ तक पहुँचने की कसम दे रहा है।"

हवा उसके शब्दों को उठाकर दूर ले जाती है, मानो वे बादलों के पार रिया तक पहुँच रहे हों।

उधर, धर्मशाला - शाम का वक़्त। रिया खिड़की के पास खड़ी है। बाहर वही बर्फ़ गिर रही है, लेकिन यहाँ सन्नाटा है – ऐसा सन्नाटा जो भीतर के शोर को और बढ़ा देता है। उसके कमरे में मद्धम रोशनी है, सामने जलती मोमबत्ती की लौ काँप रही है। वह आरव की जैकेट को अपने सीने से लगाकर बैठती है। उसकी आँखों में आँसू हैं, पर होंठों पर हल्की-सी मुस्कान – जैसे विश्वास की कोई लौ बुझने नहीं दे रही हो।

रिया (धीरे से, खुद से बात करती हुई) – "आरव... तुम जहाँ भी हो, मेरी हर साँस तुम्हारे साथ है। मैं जानती हूँ, तुम लौटोगे... क्योंकि हमारी कहानी अधूरी नहीं रह सकती।"

वह खिड़की से बाहर देखती है – गिरती बर्फ़ की हर बूँद में उसे आरव का चेहरा दिखता है, उसका स्पर्श महसूस होता है। मोमबत्ती की लौ हवा में झिलमिलाती है, और उसी पल स्क्रीन धीरे-धीरे विभाजित होती है – एक ओर रिया, दूसरी ओर आरव। आरव बर्फ़ीली चट्टान पर चढ़ता है, हथेलियाँ फटी हुई हैं, पर वह रुकता नहीं। रिया खिड़की के पास हाथ जोड़कर प्रार्थना करती है। दोनों के चेहरे पर एक-सी तड़प, एक-सी ताक़त। पृष्ठभूमि में संगीत धीमे स्वर में गूँजता है –

"दो दिल दूर सही, धड़कन तो एक है..."

आरव (धीरे से खुद से) – "रिया... मैं लौटूँगा। तेरे यकीन से बड़ी कोई राह नहीं।"

रिया (बुदबुदाते हुए, आसमान की ओर देखते हुए) – "आरव... मेरी दुआएँ तुम्हारे हर कदम के साथ हैं।"

कैमरा धीरे-धीरे दोनों के चेहरों से ऊपर उठता है – एक ओर बर्फ़ीली घाटी की कठोरता, दूसरी ओर कमरे की गर्माहट। पर दोनों के बीच एक अदृश्य धागा है – प्रेम और प्रार्थना का, जो दूरी को भी हरा देता है। उनकी

आत्माएँ, भले ही मीलों दूर हों, फिर भी एक-दूसरे की धड़कनों में एक साथ धड़कती रहती हैं...

अध्याय 14 : रिया कि तन्हाई और रहस्यमयी संकेत

दृश्य 1 - ठंडी रात का सन्नाटा

स्थान : जनवरी, 2019, दिल्ली - द्वारका।

समय : रात के लगभग 11:45 बजे।

दिल्ली की सर्दी अपने चरम पर है। बाहर सड़क पर हल्की धुंध तैर रही है। पीली स्ट्रीट लाइट्स उस धुंध के आर-पार ऐसे झिलमिला रही हैं जैसे कोई पुरानी यादें पलकों पर काँप रही हों। खिड़की के शीशे पर बर्फ़ जैसे जम चुकी है। कमरे में हीटर चल रहा है, पर फिर भी हवा में ठंड की चुभन है – शायद इसलिए कि यह ठंड अब सिर्फ़ बाहर नहीं, रिया के भीतर भी उतर आई है। कमरे

में एक मेज़ पर आरव की मुस्कुराती हुई तस्वीर रखी है – वही तस्वीर जो उनकी लद्दाख ट्रिप के दौरान ली गई थी। आरव की आँखों में वही आत्मविश्वास, वही गर्माहट। रिया धीरे-धीरे उसके पास जाकर बैठती है। कमरे में सिर्फ़ घड़ी की टिक-टिक और हीटर की हल्की गड़गड़ाहट सुनाई दे रही है।

रिया (धीरे से, काँपती आवाज़ में, तस्वीर उठाते हुए) – "आरव... आज जनवर, 2019 है। ये वही महीना है जब तुमने कहा था – 'बस कुछ महीनों की बात है रिया, फिर हम हमेशा साथ होंगे।' देखो... आज पूरे सात महीने हो गए हैं, और मैं अब भी तुम्हारे बिना इसी कमरे में बैठी हूँ... तुम्हारे इंतज़ार में।"

वह तस्वीर को अपने सीने से लगाती है। उसकी आँखें नम हैं, होंठों पर एक फीकी मुस्कान है।

रिया (धीरे से फुसफुसाती है) –"तुम्हें याद है, आरव... जनवरी की यही सर्दियाँ तुम्हें कितनी पसंद थीं। तुम कहते थे, 'ठंडी हवा में कॉफ़ी का स्वाद और बढ़ जाता है।'

अब मैं रोज़ रात कॉफ़ी बनाती हूँ... पर अब उस कॉफ़ी में सिर्फ़ कड़वाहट है। क्योंकि उसमें तुम्हारा साथ नहीं है।"

वह खिड़की के पास जाकर बाहर देखती है। धुंध में एक हल्की सी छाया स्ट्रीट लाइट के नीचे हिलती है। वह पलभर को ठिठक जाती है, जैसे किसी आहट ने उसे छू लिया हो।

रिया (धीरे से, खुद से) –"कभी-कभी लगता है तुम यहीं कहीं हो... बस दिखाई नहीं देते। शायद वो ठंडी हवा जो मेरे बालों को छू जाती है... वही तुम्हारा स्पर्श है। शायद वो परछाई जो लाइट के नीचे झूमती है... वही तुम्हारा इंतज़ार कर रही है।"

वह फिर तस्वीर की ओर देखती है। उसकी उंगलियाँ हल्के से तस्वीर के शीशे पर घूमती हैं, जैसे आरव के चेहरे को महसूस करना चाहती हों।

रिया (गहरी साँस लेकर) –"आरव, तुम जहाँ भी हो... खुश रहना। पर अगर तुम्हें मेरी दुआ महसूस होती है, तो एक बार... बस एक बार, कोई संकेत भेजो न। कोई ऐसी हवा,

कोई आवाज़, कोई सपना... जिसमें तुम आकर कहो कि तुम ठीक हो।"

खामोशी छा जाती है। दूर कहीं कुत्तों के भौंकने की आवाज़ आती है, फिर एकदम सन्नाटा। अचानक खिड़की से आती हवा के झोंके से कमरे का परदा हिलता है। मेज़ पर रखी आरव की तस्वीर ज़रा सी झुक जाती है। रिया चौंककर देखती है – फिर उसके होंठों पर हल्की मुस्कान आ जाती है, और आँसू फिर बहने लगते हैं।

रिया (धीरे से मुस्कुराते हुए, रोते-रोते) –"यही तुम्हारा जवाब था, ना आरव... कि तुम अब भी मेरे आस-पास हो?"

वह तस्वीर को फिर से सीने से लगाती है। कैमरा धीरे-धीरे पीछे हटता है। खिड़की से आती पीली रोशनी में रिया की परछाई दीवार पर पड़ती है – अकेली, पर उम्मीद से भरी। पृष्ठभूमि में एक धीमा संगीत बजता है – "तेरे बिना ज़िंदगी से कोई शिकवा तो नहीं..."

दृश्य 2 - दिल की पुकार

स्थान: जनवरी 2019, दिल्ली - द्वारका, आधी रात।

घड़ी की सुइयाँ रात के 12:27 पर अटक गई हैं। बाहर की ठंडी हवा खिड़की के शीशों को हिलाती है, और उनके बीच से आती "हूँ-स्स्स्सहहह " की आवाज़ कमरे के सन्नाटे को और गहरा बना देती है। दीवार पर आरव की तस्वीर से झरती पीली रोशनी कमरे को आधा उजाला, आधा अंधेरा बना रही है। हीटर अब बंद हो चुका है – कमरे में ठंड और रिया के भीतर का डर, दोनों बराबर हैं। रिया बिस्तर पर बैठी है। उसके बाल बिखरे हैं, आँखें लाल हैं। उसने शॉल कसकर लपेट रखी है, लेकिन उसके काँपते हाथ बता रहे हैं कि ठंड सिर्फ़ बाहर नहीं, उसके भीतर तक उतर चुकी है।

रिया (धीरे से, टूटी और काँपती आवाज़ में) –"क्यों, आरव...? क्यों चुना तुमने वो जानलेवा रास्ता...? तुम कहते थे कि ऊँचाइयों पर जाकर ही खुद को पाया जा सकता है... लेकिन क्या तुम भूल गए कि किसी की ज़िंदगी तुम्हारे लौट आने पर टिकी है?"

वह रुकती है, साँसें तेज़ हो जाती हैं। आँसू उसके गालों पर बहकर ठंडी हवा में सूखने लगते हैं।

रिया (सुबकते हुए, चेहरा ऊपर उठाकर) –"हर रात यही सोचती हूँ कि शायद अगली सुबह तुम्हारा कोई संदेश आएगा... शायद कोई खबर मिले कि तुम ठीक हो... पर नहीं। बस खामोशी। जैसे पहाड़ों की बर्फ़ में तुम्हारी आवाज़ कहीं गुम हो गई हो... और यहाँ मेरे कमरे में, सिर्फ़ घड़ी की टिक-टिक बची है – जो मुझे हर सेकंड तुम्हारी याद दिलाती रहती है।"

वह धीरे-धीरे बिस्तर पर लेट जाती है। तकिए में चेहरा छिपा लेती है। उसकी साँसें भारी हैं, टूटती-सी।

रिया (तकिए में मुँह दबाकर, रोते हुए) –"तुम्हारा सपना महान है, आरव... मुझे पता है। तुम हमेशा कहते थे – 'कभी किसी डर को अपने रास्ते में मत आने देना।' पर क्या तुम्हें एहसास है, तुम्हारे उस डर-रहित सफ़र ने मेरे भीतर कितनी बेचैनी भर दी है? अगर तुम्हें कुछ हो गया तो... मैं? मैं इस ठंडी दिल्ली में, इस खाली कमरे में, तुम्हारे बिना कैसे जिऊँगी?"

वह ज़ोर से रो पड़ती है। तकिए में दबे आँसुओं की आवाज़ कमरे के सन्नाटे में घुल जाती है। बाहर से हवा की सीटी जैसी आवाज़ आती है, मानो कोई पुकार रहा हो। रिया हिलती नहीं – बस धीरे-धीरे उसकी साँसें काँपने लगती हैं। अचानक खिड़की की दरार से हल्का झोंका आता है, मेज़ पर रखी आरव की नोटबुक के पन्ने अपने आप पलट जाते हैं। एक पन्ना खुलता है – जिसमें लिखा है: "अगर कभी मैं दूर चला जाऊँ, तो आसमान की ओर देखना... वहाँ मैं तुम्हें मुस्कुराता मिलूँगा।"

रिया धीरे-धीरे सिर उठाती है, आँसू भरी आँखों से नोटबुक को देखती है। उसकी साँसें थम-सी जाती हैं। वह काँपते हाथों से नोटबुक उठाती है, उस लाइन पर उंगलियाँ रखती है – और जैसे एक हल्की मुस्कान उसके होंठों पर आ जाती है।

रिया (धीरे से फुसफुसाती है) –"क्या ये तुम्हारा जवाब था, आरव? क्या ये तुम्हारी आवाज़ थी जो हवा में आई...? क्या तुम सच में... वहीं कहीं आसमान के उस पार हो?"

कैमरा धीरे-धीरे पीछे हटता है। कमरे की घड़ी अब 12:43 बजा रही है। बाहर की हवा और तेज़ हो गई है। पर्दे उड़ रहे हैं। और रिया की आँखें – अब भी नम हैं, लेकिन उनमें उम्मीद की हल्की सी रोशनी झिलमिला रही है।

दृश्य 3 - रहस्यमयी आहट

स्थान : जनवरी 2019, दिल्ली - द्वारका।

समय : रात 1:12 बजे।

कमरा अब और गहरे सन्नाटे में डूबा है। बाहर की ठंडी हवा का रुख थोड़ा बदल चुका है। दूर कहीं से किसी ट्रेन की धुंधली सी सीटी सुनाई देती है, फिर सब कुछ शांत। दीवार की घड़ी की टिक-टिक अब बेहद साफ़ सुनाई दे रही है – जैसे हर सेकंड किसी अंजान डर की गिनती कर रहा हो। अचानक कमरे की लाइट झिलमिलाने लगती है। पहले हल्की, फिर तेज़। छत से लटकता बल्ब कुछ पल के लिए टिमटिमाता है, फिर अपनी जगह थरथराने लगता है। कमरे की दीवारें जैसे किसी अनकही ऊर्जा से भर उठी हों।

रिया (घबराकर, धीरे से) –"क्या... क्या हो रहा है ये?"

टेबल पर रखी आरव की मुस्कुराती तस्वीर हल्के से हिलने लगती है। फ्रेम टेढ़ा होकर फिर सीधा हो जाता है – जबकि खिड़की पूरी तरह बंद है। पर्दे हल्के से हिलते हैं, जैसे किसी ने उन्हें छुआ हो। रिया सिहर जाती है। उसकी उंगलियाँ काँप रही हैं, आँखें चौड़ी हो चुकी हैं।

रिया (थरथराती आवाज़ में, खुद से) –"आरव...? क्या तुम... तुम यहाँ हो?"

वह सावधानी से बिस्तर से उठती है। नंगे पाँव ठंडी फ़र्श पर रखते ही एक झटका-सा महसूस होता है – जैसे धरती ने उसके पैरों के नीचे कुछ कहा हो। उसके कदम धीमे, पर भारी हैं। वह खिड़की के पास जाती है। बाहर घनी धुंध है। हवा का झोंका नहीं, लेकिन एक अजीब-सी कंपन है – जो खिड़की के शीशों को हल्का-हल्का हिला रही है।

फिर, अचानक, एक धीमी-सी धुन सुनाई देती है – न बाँसुरी की पूरी आवाज़, न शंख की पूरी गूँज... कुछ बीच की। मानो कोई आत्मा हवा में सुरों को बिखेर रही हो।

वह धुन कमरे की हर चीज़ को छूती हुई गुजरती है – मेज़, परदे, दीवारें, और आखिर में रिया के दिल को।

रिया (हकबकाकर, काँपती आवाज़ में) –"ये कैसी आवाज़ है... इतनी रात को? किसी ने... किसी ने ये सुर बजाए हैं?"

वह खिड़की के पास जाकर बाहर झाँकती है। बाहर की गली धुंध से ढकी है। पीली स्ट्रीट लाइट के नीचे बस एक हल्की परछाई दिखती है – पहले अस्पष्ट, फिर धीरे-धीरे साफ़ होती हुई। एक साधु जैसी आकृति वहाँ खड़ी है। लंबा काला चोगा, सफेद बालों की लटें, माथे पर भस्म की तीन लकीरें, और हाथ में त्रिशूल – जिसकी नोक पर बर्फ़ की हल्की परत जमी है।

रिया की साँसें तेज़ होने लगती हैं। वह खिड़की का शीशा और पास लाकर देखती है। साधु की आँखें नीचे झुकी हैं, पर उसके चेहरे पर एक अजीब-सी शांति है। हवा में वही धुन अब और गहरी हो गई है – जैसे किसी पुराने जीवन की पुकार हो।

रिया (धीरे से फुसफुसाती है) –"कौन है ये...? इस वक़्त यहाँ कोई कैसे हो सकता है...?"

साधु धीरे-धीरे सिर उठाता है – उसकी नज़रें सीधी रिया की आँखों से मिलती हैं। उस पल रिया को ऐसा लगता है जैसे पूरा समय थम गया हो। उसके कानों में सिर्फ़ अपनी ही धड़कनों की आवाज़ है।

रिया (घबराई, लगभग चीखने को) –"आप... कौन हैं?"

साधु कुछ नहीं कहता। बस हल्की मुस्कान देता है। उसके होंठ ज़रा-से हिलते हैं, पर आवाज़ नहीं आती। अगले ही क्षण, हवा का झोंका आता है – और वो आकृति धुंध में घुलने लगती है। जैसे वो कभी थी ही नहीं।

रिया खिड़की खोलने की कोशिश करती है – लेकिन ठंडी हवा के झोंके से उसके हाथ सुन्न हो जाते हैं। नीचे झाँकती है – वहाँ अब कुछ नहीं। सिर्फ़ सड़क, धुंध और लाइट की पीली परछाई।

वह धीरे-धीरे पीछे हटती है, उसके होंठ काँप रहे हैं।

रिया (अपने आप से, काँपती आवाज़ में) –"क्या ये... कोई सपना था? या कोई संकेत... आरव का? क्या तुम मुझे कुछ बताना चाहते हो?"

कमरे में वही धुन एक बार फिर गूँजती है – इस बार बहुत हल्की, जैसे किसी दूर पहाड़ से आती हो। रिया की आँखों में डर नहीं, अब एक रहस्यमयी जिज्ञासा है। वह खिड़की से बाहर देखती रहती है – धुंध में खोई उस दिशा की ओर, जहाँ अभी-अभी वह आकृति गायब हुई थी। कैमरा धीरे-धीरे ऊपर उठता है। आसमान में हल्के बादल तैर रहे हैं। चाँद आधा छिपा हुआ है। और हवा में अब भी वह अनजानी बाँसुरी की धुन गूँज रही है – मानो आरव की आत्मा उस संगीत में कहीं मौजूद हो

दृश्य 4 - साधु का संदेश

स्थान : जनवरी 2019, दिल्ली - द्वारका।

समय : रात 1:30 बजे।

कमरा पूरी तरह सन्नाटे में डूबा है। खिड़की के बाहर घनी धुंध फैली हुई है। पीली स्ट्रीट लाइट की रोशनी उस धुंध में जैसे अस्थायी शिला के टुकड़े की तरह बिखरी हुई है। कमरे में रिया खड़ी है, हाथों में शॉल कसकर लिपटी हुई, साँसें तेज़ और काँपती हुई। हल्की हवा खिड़की के दरवाजे के आसपास झिलमिला रही है। धीरे-धीरे, धुंध के बीच एक साधु की आकृति फिर प्रकट होती है। लंबा काला चोगा, हाथ में त्रिशूल, माथे पर भस्म की तीन लकीरें। रिया की आँखों में डर और जिज्ञासा एक साथ झलकती है। साधु खड़ा है, लेकिन उसके होंठ हिलते नहीं। कमरे में अचानक जैसे समय थम गया हो। तभी, बिना किसी देखी जाने वाली गतिविधि के, उसकी आवाज़ रिया के कानों में गूंजती है – धीमी, गहरी और रहस्यमयी।

साधु की आवाज़ (धीरे, स्पष्ट और गूँजती हुई) – "मत डर बेटी... यह भय केवल भ्रम है। तेरे आरव का मार्ग कठिन है, जैसे ऊँचाइयों से भरे पहाड़... पर याद रख, समय का पहिया कभी रुकता नहीं। जो यात्रा वह कर रहा है, वह सिर्फ़ शांगरी-ला की खोज नहीं... यह आने वाले

युग की प्रस्तावना है। ये अनुभव, ये संघर्ष, केवल उसे ही नहीं, बल्कि तुम्हें भी एक नई राह दिखाएगा।"

रिया की आँखों में आशंका और बेचैनी साफ़ झलकती है। उसका हाथ तस्वीर की ओर बढ़ता है। उसकी साँसें अब भी तेज़ हैं, और ठंडी हवा उसके गालों को छू रही है।

रिया (काँपते स्वर में, लगभग फुसफुसाते हुए) –"क्या वह... जीवित लौटेगा? क्या मैं उसे फिर देख पाऊँगी...? क्या हम दोबारा एक-दूसरे को छू पाएँगे?"

साधु मुस्कुराता है – हल्की, शांत मुस्कान, जो जैसे हर डर को दूर कर रही हो। उसकी मुस्कान में एक अजीब-सी गर्माहट है, जो रिया के भीतर हिम्मत और विश्वास का बीज बो रही है।

साधु (धीरे से, सिर्फ़ गूँज में) –"विश्वास रख, बेटी... हर कठिनाई के पीछे, एक प्रकाश है। और उस प्रकाश की ओर तुम और तुम्हारा आरव, एक दिन पहुँच ही जाओगे।"

धीरे-धीरे साधु धुंध में विलीन हो जाता है। अब केवल हवा में वही बाँसुरी जैसी हल्की, रहस्यमयी धुन गूँजती रहती

है। यह धुन कमरे के हर कोने में फैल जाती है, जैसे किसी अदृश्य मार्ग का संकेत दे रही हो। रिया खड़ी रह जाती है, काँपती साँसें थम-सी जाती हैं। उसकी आँखों में अब डर नहीं, बल्कि एक अजीब-सी उम्मीद और विश्वास की चमक है। वह तस्वीर को अपनी छाती से कसकर लगाती है।

रिया (धीरे से, अपने आप से, भावुक होकर) –"शायद... शायद यह वही संकेत था, आरव। शायद यह मेरी दुआ और तुम्हारी मेहनत का परिणाम है... और मैं... मैं अब डर नहीं सकती। तुम जहाँ भी हो, मैं इंतज़ार करूँगी... और जब तुम लौटोगे, हम फिर साथ होंगे।"

कैमरा धीरे-धीरे पीछे हटता है। खिड़की के बाहर धुंध में हल्की रोशनी फैल रही है। बाँसुरी जैसी धुन अब दूर से आती-जाती है। कमरे में केवल रिया की उम्मीद और ठंडी हवा की हल्की सरसराहट बची है।

दृश्य 5 - भीतर का संकल्प

स्थान : जनवरी 2019, दिल्ली - द्‌वारका।

समय : रात 1:50 बजे।

रात का सन्नाटा अब और गहरा है। खिड़की के बाहर धुंध का क़ब्ज़ा अभी भी बरकरार है। पीली स्ट्रीट लाइट के झिलमिलाते किरणें कमरे के कोनों में धुंधली परछाइयाँ बना रही हैं। कमरे में ठंडी हवा हल्की-सी सरसराहट करती है। रिया खिड़की के पास खड़ी है। उसके आँसू अब भी बह रहे हैं, लेकिन अब डर नहीं, बल्कि एक अडिग विश्वास और अंतहीन उम्मीद उनकी जगह ले रही है। वह धीरे-धीरे खिड़की बंद करती है। हाथों में काँपन है, पर हर कदम में दृढ़ता है। कमरे में कदम रखते ही रिया अपने हाथ से दीपक जलाती है। दीपक की हल्की लाली कमरे की ठंडी हवा में एक छोटी-सी गर्माहट फैला देती है। दीपक की रोशनी में आरव की तस्वीर मेज़ पर चमकती है। उसकी मुस्कान अभी भी वैसी ही है – शांत, आत्मविश्वासी और स्नेहपूर्ण। रिया तस्वीर के सामने बैठ जाती है, उसकी उंगलियाँ हल्की-हल्की तस्वीर के फ्रेम को छू रही हैं। उसकी साँसें अब धीमी हैं, लेकिन दिल की धड़कन में एक अजीब-सा संकल्प है।

रिया (धीरे-धीरे, लेकिन अब दृढ़ और भावपूर्ण स्वर में, तस्वीर से) –"आरव... सुनो मुझे। मैं जानती हूँ कि तुम वहाँ... बर्फ़ और तूफ़ानों के बीच हो। मैं जानती हूँ कि तुम्हारा रास्ता कितना कठिन और खतरनाक है। लेकिन मेरी आत्मा तुम्हारे साथ है। मेरी दुआ और मेरा विश्वास हर पल तुम्हें सुरक्षा देगा... चाहे तुम कितनी भी दूर क्यों न हो।"

वह तस्वीर को अपनी छाती से लगा लेती है। आँसू अब भी बह रहे हैं, पर होंठों पर मुस्कान है।

रिया (धीरे-धीरे, आँसू भरी आँखों से, दृढ़ता से) –"दुनिया चाहे कुछ भी कहे, चाहे सब मान लें कि तुम अब वापस नहीं लौटोगे... मैं नहीं मानूँगी। मैं जानती हूँ... मैं महसूस करती हूँ... तुम जीवित हो। और मैं तुम्हारे लौटने का इंतज़ार करूँगी। अगर सारी दुनिया हार मान ले... तब भी मेरा दिल और मेरी आत्मा यह मानती है कि तुम ठीक हो। क्योंकि मेरा विश्वास... मेरा अटूट विश्वास ही तुम्हें मौत से वापस ले आएगा।"

रिया तस्वीर के सामने धीरे-धीरे बैठी रहती है। दीपक की हल्की लाली उसकी आँखों में चमक और दृढ़ता ला रही है। बाहर की ठंडी हवा अब उसके भीतर की गर्मी को ठिठुरने नहीं दे रही। कमरे में सन्नाटा है, पर अब वह भय का नहीं, बल्कि संकल्प और विश्वास का सन्नाटा है।

रिया (अपने आप से, फुसफुसाते हुए, दृढ़) –"आरव... मैं यहाँ हूँ। मैं प्रतीक्षा करूँगी। मैं हार नहीं मानूँगी। और एक दिन... जब तुम लौटोगे... मैं तुम्हें अपनी आँखों से देखूँगी। और तब हम... कभी अलग नहीं होंगे।"

कैमरा धीरे-धीरे ऊपर उठता है। दीपक की हल्की लाली कमरे के कोनों में फैल रही है। खिड़की के बाहर धुंध में स्ट्रीट लाइट की पीली चमक जैसे यह संदेश दे रही हो कि रात चाहे कितनी भी लंबी हो, सुबह जरूर आती है। रिया तस्वीर के सामने बैठी रहती है – अकेली नहीं, बल्कि अपनी उम्मीद और विश्वास के साथ पूरी तरह मजबूत।

दृश्य 6 - भविष्य की आहट

रिया का चेहरा अब आँसुओं से नहीं, बल्कि संकल्प की चमक से भरा है। बाहर दूर कहीं पटाखे जैसी आवाज़ आती है, जैसे कोई अदृश्य शक्ति समय का नया पन्ना पलट रही हो।

वह धीरे से तस्वीर को छूकर कहती है–रिया –"यह जनवरी है... आने वाले साल दुनिया बदल देंगे। पर मैं जानती हूँ, तुम्हारी यात्रा केवल हिमालय की नहीं, बल्कि पूरे मानव भविष्य की कड़ी है।"

कमरे का सन्नाटा गहराता है। पर रिया के भीतर अब भय नहीं, बल्कि अडिग आस्था जन्म ले चुकी है।

*****

अध्याय 15 : आरव का पहला बर्फ़ीला तूफ़ान और गुफ़ा में शरण

दृश्य 1 - हिमालय की खामोशी

स्थान : उत्तराखंड, हिमालय की एक दूरस्थ घाटी।

समय : जनवरी, 2019 की शाम 5:30 बजे।

सूरज की आखिरी किरणें बर्फ़ से ढकी चोटियों पर पड़कर उन्हें सुनहरा बना रही हैं। हवा में हल्की नमी और ठंड की सुई-सी चुभन है। दूर से बस बर्फ़ के फिसलने और हवा की हू-हू की आवाज़ आती है। धीरे-धीरे आरव एक ऊबड़-खाबड़ रास्ते पर बढ़ रहा है। उसकी साँसें ठंडी हवा में भाप बनकर उड़ती हैं। हर कदम के साथ बर्फ़ चर्र-चर्र की

आवाज़ करती है। कंधे पर भारी बैग, चेहरे पर थकान, और आँखों में अब भी एक जिद - मंज़िल तक पहुँचने की जिद। आरव अपने दस्ताने उतारता है, हाथ नीले पड़ चुके हैं। वह उन्हें रगड़ता है, फिर जैकेट की जेब से अपनी पुरानी डायरी निकालता है। बर्फ़ के फाहे पन्नों पर गिरते हैं, पर वह लिखना नहीं रोकता।

धीरे, जैसे किसी से बात कर रहा हो। आरव (डायरी में लिखते हुए) –"आज 18 जनवरी है... हिमालय की यह घाटी उतनी ही खामोश है जितना कोई मंदिर का गर्भगृह। चारों ओर सिर्फ़ बर्फ़ है – सफ़ेद, ठंडी, और बेदर्द। यहाँ हर सांस एक जंग है... और हर कदम एक दुआ। मुझे ऐसा लगता है जैसे यह जगह मुझे परख रही है – कि मैं यहाँ सिर्फ़ नज़ारा देखने आया हूँ या अपने अंदर के डर से लड़ने।"

हवा अचानक तेज़ चलने लगती है। दूर से बर्फ़ीले बादल सरकते हुए आते हैं। आरव ऊपर देखता है – आसमान अब नीला नहीं, धूसर हो चुका है। सूरज धीरे-धीरे बादलों में समा जाता है।

आरव (अपने आप से, काँपती आवाज़ में) –“लगता है तूफ़ान आने वाला है... मुझे कहीं शरण लेनी होगी।”

वह अपने बैग की स्ट्रैप कसकर पकड़ता है और चारों ओर नज़र दौड़ाता है। सामने सिर्फ़ सफ़ेद अनंत मैदान। न कोई पेड़, न कोई रास्ता। बस हवा की चीखें और बर्फ़ की चुभन। हवा अब और तेज़ हो गई है। बर्फ़ उसके चेहरे पर कोड़े की तरह लगती है। उसकी आँखों के कोने जमने लगते हैं।

आरव (धीरे से, खुद से) –“रीया... अगर तुम यहाँ होती, तो कहती – ‘डरना मत आरव, हर तूफ़ान के बाद एक सवेरा होता है।’ शायद मैं तुम्हारे शब्दों से ही अब गर्म रह पा रहा हूँ...”

आरव का पैर फिसलता है, वह बर्फ़ में गिर जाता है। कुछ पल वहीं लेटा रहता है। आसमान की तरफ़ देखता है – चारों ओर बस सफ़ेद तूफ़ान। वह मुश्किल से उठता है और अपने माथे से बर्फ़ झाड़ता है।

आरव (थकी हुई आवाज़ में) –"ये हिमालय है... यहाँ कोई तुम्हारे गिरने पर ताली नहीं बजाता... बस तुम्हें चुपचाप आगे बढ़ना होता है।"

वह फिर से चल पड़ता है। हर कदम जैसे किसी परीक्षा का हिस्सा हो। दूर कहीं एक अंधेरा सा दिखता है – शायद कोई गुफ़ा। आरव की आँखों में उम्मीद की चमक लौटती है।

आरव (धीरे से मुस्कुराकर) –"शायद भगवान अब भी मेरी निगरानी कर रहा है..."

कैमरा उसके कदमों का पीछा करता है। बर्फ़ीली हवाओं के बीच उसकी परछाई धीरे-धीरे उस गुफ़ा की ओर बढ़ती जाती है – जैसे इंसान और प्रकृति के बीच कोई मौन संवाद हो रहा हो।

दृश्य 2 - तूफ़ान की आहट

स्थान: हिमालय की ऊँची घाटी - उत्तराखंड, बर्फ़ की ऊँचाई लगभग छह फीट।

समय: शाम 6:10 बजे। तापमान -14°C।

आसमान में गहरे धूसर बादल छा चुके हैं। दूर से पहाड़ों की गूंजती आवाज़ - जैसे कोई दानव जाग उठा हो। हवा का झोंका अचानक तेज़ होता है और आरव का संतुलन बिगड़ने लगता है। आरव बर्फ़ीले रास्ते पर धीरे-धीरे चल रहा था, लेकिन अब हवा इतनी तेज़ हो चुकी थी कि हर कदम किसी जंग जैसा महसूस हो रहा था। बर्फ़ के महीन कण अब कोमल नहीं रहे – वे अब नुकीले, चुभने वाले, और निर्दयी हो चुके थे। हर झोंका उसके चेहरे पर किसी अदृश्य चाकू की तरह कटाव छोड़ जाता था। कैमरा उसके चेहरे पर ज़ूम करता है – उसकी आँखें सिकुड़ती हैं, होंठ सूख चुके हैं, और सांसें अब भाप नहीं, धुआँ जैसी दिख रही हैं।

आरव (अपने आप से, काँपते होंठों से) –"हे भगवान... यह... यह बर्फ़ीला तूफ़ान है। अगर मैंने तुरंत कहीं शरण न ली... तो शायद सुबह तक मेरी कहानी यहीं खत्म हो जाएगी।"

वह बैग की स्ट्रैप कसकर पकड़ता है। हवा इतनी तेज़ है कि उसके कदम डगमगाने लगते हैं। बर्फ़ पैरों से खिसकती है और वह लगभग घुटनों तक धँस जाता है। तेज़ हवा में उसका स्कार्फ़ उड़कर दूर चला जाता है। आरव पीछे देखता है, पर कुछ दिखाई नहीं देता – बस सफ़ेद धुंध और अंधकार का एक समुद्र।

आरव (धीरे से, टूटती आवाज़ में) –"रीया... काश तुम यहाँ होतीं... तुम्हारी आवाज़ इस तूफ़ान से भी ऊँची होती। शायद तब मैं डरता नहीं..."

उसकी आँखों के कोने में बर्फ़ जमने लगती है। वह अपने दस्ताने वाले हाथ से चेहरा ढकता है, लेकिन हवा का हर झोंका जैसे उसके हौसले को भी तोड़ने की कोशिश कर रहा हो। दूर पहाड़ों के बीच से "हूऊऊ..." की गूंज आती है – इतनी गहरी कि लगता है खुद हिमालय बोल उठा हो। आरव के पैरों के नीचे बर्फ़ खिसकती है, वह झट से एक चट्टान पकड़कर रुक जाता है।

आरव (साँसों के बीच, हाँफते हुए) –"यह हवा नहीं... मौत की सरगोशियाँ हैं... और मैं इनके बीच ज़िंदा रहने की कोशिश कर रहा हूँ।"

वह चारों ओर देखता है – बर्फ़ अब झरने की तरह गिर रही है। उसकी आँखें गुफ़ानुमा एक अंधेरी जगह पर टिकती हैं, जो कुछ ही मीटर दूर है। वह हिम्मत जुटाकर उसकी ओर बढ़ता है, कदम डगमगाते हुए। हर कदम पर हवा उसे पीछे धकेलती है, लेकिन उसकी आँखों में अब एक ही चीज़ है – जीवित रहने की आग।

आरव (धीरे से, खुद से बुदबुदाते हुए) –"बस थोड़ा और... थोड़ा और... वहाँ पहुँच जाऊँ तो शायद जान बच जाए..."

कैमरा पीछे हटता है – चारों ओर बर्फ़ का तूफ़ान, गर्जन करती हवा, और उस सबके बीच एक अकेला इंसान जो प्रकृति की निर्दयी परीक्षा में आगे बढ़ रहा है।

धीरे-धीरे दृश्य धुंधला होता है – आरव की परछाई गुफ़ा की ओर बढ़ती है, और तूफ़ान की आवाज़ और तेज़ हो जाती है...

दृश्य 3 - संघर्ष

स्थान : उत्तराखंड, हर्षिल घाटी से ऊपर, समुद्र तल से लगभग 11,000 फीट की ऊँचाई।

समय : शाम 6:45 बजे। तापमान -17°C।

दृश्य में गहरा अंधकार छाने लगा है। आकाश में गूंजती हवाएँ और गिरती बर्फ़ मानो पूरी घाटी को निगल लेना चाहती हों। बर्फ़ अब सिर्फ़ गिर नहीं रही, बल्कि टूटते हुए तूफ़ान की तरह बरस रही है। हवा की रफ्तार इतनी तेज़ कि लगता है जैसे पहाड़ खुद सांस ले रहा हो। आरव के चारों ओर सफ़ेद धुंध का घेरा – कुछ भी साफ़ दिखाई नहीं दे रहा। हर दिशा बस एक जैसी – ठंडी, चुभने वाली, और निर्दयी। वह अपने बैग की पट्टियाँ कसता है। बैग अब किसी बोझ नहीं, बल्कि पत्थर जैसा लग रहा है। बर्फ़ उसके बालों में जम चुकी है, दाढ़ी पर बर्फ़ के कण अब बूँदें नहीं, छोटे-छोटे बर्फ़ के काँटे बन चुके हैं। कैमरा नीचे से ऊपर जाता है – उसके कदम डगमगाते हैं, शरीर थरथरा रहा है। बर्फ़ उसके बूटों में घुस चुकी है। उसकी

सांसें टूट-टूटकर बाहर निकलती हैं, और हवा में तुरंत जम जाती हैं।

आरव (अपने आप से, काँपती आवाज़ में) –"हवा... इतनी निर्दयी कैसे हो सकती है? यह जगह... यह पहाड़... जैसे मेरी हर सांस से नाराज़ हैं..."

वह आगे बढ़ने की कोशिश करता है, लेकिन पैर फिसल जाता है। वह बर्फ़ में गिरता है – चेहरा आधा बर्फ़ में धँस जाता है। कुछ पल के लिए सब कुछ धुँधला पड़ जाता है। उसकी उंगलियाँ सुन्न हो चुकी हैं। वह हाथ से बर्फ़ हटाता है, आँखें खोलता है – पर आसपास बस सफ़ेद धुंध।

(धीरे से, जैसे खुद को जगाने की कोशिश कर रहा हो) आरव –"उठ... आरव... उठ! यह तेरा अंत नहीं... तू यहाँ तक मौत से नहीं, अपनी मंज़िल से लड़ने आया है।"

वह खुद को घसीटते हुए उठता है। हवा उसके कपड़ों को फाड़ने पर तुली है। बर्फ़ उसके कॉलर से अंदर घुस रही है। उसके होंठ नीले पड़ चुके हैं। वह अपना सिर आसमान की ओर उठाकर ज़ोर से चिल्लाता है।

आरव (गर्जन भरी आवाज़ में, टूटते मगर दृढ़ स्वर में) – "नहीं!! मैं यहाँ हार नहीं सकता! रीया... सुन रही हो न तुम?! मैं तुम्हें वचन देकर आया हूँ... कि मैं लौटूँगा... चाहे यह हिमालय खुद मुझे रोक ले... फिर भी मैं जीना चाहता हूँ! मुझे जीना होगा!!"

उसकी आवाज़ हवा में घुल जाती है। तूफ़ान उसे पूरी तरह निगल लेता है। बर्फ़ अब उसके कंधों तक चढ़ चुकी है, लेकिन उसकी आँखों में एक अजीब सी आग जल उठती है – ठंड से नहीं, संकल्प से। वह फिर से आगे बढ़ता है – हर कदम किसी आखिरी उम्मीद की तरह। बर्फ़ उसके चारों ओर घूमती है, लेकिन वह अब रुकता नहीं। कैमरा धीरे-धीरे पीछे हटता है – सफ़ेद तूफ़ान के बीच एक अकेली आकृति, जो हवा के विरुद्ध चल रही है।

वॉयसओवर (आरव की डायरी की आवाज़ में, धीमे स्वर में) –"तूफ़ान चाहे कितना भी प्रचंड क्यों न हो, इंसान तब तक नहीं हारता... जब तक उसके भीतर उम्मीद की लौ जलती है। और आज, मैं उसी लौ से जल रहा हूँ।"

दृश्य समाप्त होता है – बर्फ़ीली हवा में उसकी छवि धुंधली पड़ती जाती है, लेकिन उसकी जिद, उसकी साँसें अब भी इस पहाड़ की खामोशी में गूंज रही हैं।

दृश्य 4 - गुफ़ा का दरवाज़ा

स्थान - उत्तराखंड, हर्षिल घाटी से आगे का दुर्गम इलाका।

समय - रात 7:25 बजे।

बर्फ़ीला तूफ़ान अपने चरम पर है। तापमान -19°C तक गिर चुका है। हवा की रफ्तार इतनी तेज़ कि खड़े रहना भी मुश्किल हो गया है। आकाश में बिजली की हल्की चमक और पहाड़ों से आती गूंजती आवाज़ें वातावरण को भयावह बना रही हैं। आरव लगभग गिरते-संभलते आगे बढ़ रहा है। उसकी साँसें अब हाँफने में बदल चुकी हैं। बर्फ़ के गुच्छे उसके बालों और पलकों पर जम चुके हैं। उसकी आँखें मुश्किल से खुल रही हैं। वह अब हर कदम के साथ अपनी ताक़त खो रहा है – शरीर भारी, बैग पत्थर जैसा लग रहा है। कैमरा उसके पीछे-पीछे चलता है – हवा के झोंके में उसकी परछाई काँपती है। बर्फ़ उसके चारों ओर घूमती है, मानो कोई भूतिया धुंध उसे निगल लेना चाहती

हो। अचानक, उसकी नज़र दूर एक चट्टान की ओट में कुछ अंधेरा-सा दिखता है – एक गहरा सुराख, जो बाकी बर्फ़ से अलग है। वह ठिठकता है, आँखें मिचमिचाता है।

आरव (धीरे से, थकी हुई मगर राहत भरी आवाज़ में) – "वो क्या है?... कोई छाया... या शायद... गुफ़ा?"

उसकी आँखों में उम्मीद की एक हल्की चमक जागती है। वह काँपते हुए कदम बढ़ाता है। हवा अब और भी तेज़ हो जाती है, मानो उसे रोकने पर तुली हो। हर झोंके में उसका शरीर पीछे धकेल जाता है। पर आरव का चेहरा अब डर से नहीं, जिद से भरा है। वह दाँत भींचकर आगे बढ़ता है, हाथों से खुद को बर्फ़ में टिकाते हुए। वह गिरता है, फिर उठता है। उसके घुटनों पर बर्फ़ जम चुकी है। चेहरा नीला पड़ गया है। लेकिन आँखों में बस वही एक मंज़िल – वह अंधेरा सुराख।

आरव (हवा में चिल्लाते हुए) –"तू चाहे जितना भी चिल्ला ले... मैं रुकने वाला नहीं हूँ!"

उसकी आवाज़ तूफ़ान में दब जाती है, पर उसके कदम अब और तेज़ हो जाते हैं। वह आख़िरी ताक़त लगाकर

उस चट्टान तक पहुँचता है। हाथ से बर्फ़ हटाता है, और उसके पीछे वाक़ई एक संकरी गुफ़ा दिखाई देती है।

आरव (थकी साँसों के बीच) –"गुफ़ा... हाँ, यही है... यही मेरी आख़िरी उम्मीद है।"

वह खुद को अंदर धकेल देता है। जैसे ही वह प्रवेश करता है, बाहर की हवा अचानक रुक जाती है। गुफ़ा के भीतर अंधेरा और सन्नाटा – ऐसा सन्नाटा जो कानों में गूंजता है। बाहर की गर्जन, बर्फ़ की आवाज़, सब कुछ मानो किसी अदृश्य दीवार के पीछे छूट जाता है। कैमरा धीरे-धीरे आरव के चेहरे पर फोकस करता है – उसकी साँसें भारी हैं, लेकिन अब उनमें एक शांति है। वह दीवार से टिककर बैठ जाता है, आँखें बंद करता है।

आरव (धीरे से, टूटती आवाज़ में) –"जैसे... किसी और ही लोक में आ गया हूँ... ये सन्नाटा... ये ठंड भी अब अजीब तरह से गर्म लग रही है..."

गुफ़ा की दीवारों पर बर्फ़ की परतें हल्की चमक रही हैं। कहीं दूर से कोई हल्की सी गूंज – जैसे किसी अज्ञात गहराई से आती फुसफुसाहट। आरव धीरे से आँखें खोलता

है, उसकी साँसें अब सामान्य हो रही हैं। वह चारों ओर देखता है, और उसके चेहरे पर एक हल्की मुस्कान उभरती है।

आरव (धीरे से, खुद से) –"शायद... यही जगह मेरी परीक्षा का अंत है... या शायद किसी नए सफ़र की शुरुआत।"

कैमरा धीरे-धीरे पीछे हटता है – गुफ़ा का द्वार अब सफ़ेद बर्फ़ से ढकता जा रहा है। बाहर तूफ़ान अब भी रेजिंग है, पर अंदर एक गहरी, रहस्यमयी शांति फैली है – जैसे प्रकृति ने इस इंसान को अपने भीतर छिपा लिया हो।

दृश्य 5 - गुफ़ा का रहस्य

स्थान - हिमालय की बर्फ़ीली घाटी के भीतर, अज्ञात गुफ़ा।

समय - रात 8:10 बजे। तापमान -16°C।

बाहर बर्फ़ीला तूफ़ान अब भी जारी है, लेकिन गुफ़ा के भीतर एक रहस्यमयी शांति फैली हुई है। हवा में हल्की नमी, दीवारों से टपकते जलकणों की धीमी टप-टप आवाज़ और कहीं गहराई में गूँजती एक अनजानी धुन। आरव धीरे-धीरे भीतर बढ़ता है। गुफ़ा अंदर से अपेक्षा से कहीं बड़ी है – मानो यह धरती की गोद हो, जहाँ समय और शोर दोनों रुक जाते हैं। दीवारों पर बर्फ़ नहीं, बल्कि पारदर्शी क्रिस्टल जैसे चमकते पत्थर हैं जो हल्की नीली और सुनहरी रोशनी फैला रहे हैं। हर सतह पर कोई पैटर्न, कोई प्रतीक उकेरा हुआ है – जैसे किसी प्राचीन भाषा के चिन्ह, जो मानो हज़ारों सालों से किसी रहस्य को छिपाए बैठे हों। कैमरा आरव के पीछे-पीछे चलता है – उसके कदमों की आवाज़ गुफ़ा की खामोशी में गूंजती है। उसकी साँसें अब धीमी हो चुकी हैं, पर चेहरे पर हैरानी और शांति दोनों का संगम है। वह काँपते हाथों से अपने बैग से एक छोटी मोमबत्ती निकालता है। उसकी उंगलियाँ इतनी ठंडी हैं कि माचिस की तिल्ली पकड़ना मुश्किल हो रहा है। कई कोशिशों के बाद तिल्ली जलती है – और उसी पल पूरी गुफ़ा की दीवारों पर हल्की सुनहरी

झिलमिलाहट दौड़ जाती है। मोमबत्ती की लौ में दीवारों पर उभरे प्रतीक चमक उठते हैं। कुछ तो ऐसे लगते हैं जैसे सांस ले रहे हों, हल्की कंपन में जीवित। हवा में एक सुगंध – पुरानी मिट्टी और किसी अज्ञात फूल जैसी।

आरव (धीरे, विस्मय और श्रद्धा के मिलेजुले स्वर में) – "ये जगह... बाहर से तो इतनी डरावनी थी... लेकिन अंदर... इसमें कुछ है... कुछ ऐसा जो शब्दों में नहीं कह सकता। ये ठंड भी यहाँ अलग है... जैसे बर्फ़ नहीं, कोई शांति मुझे ढक रही हो।"

वह धीरे से बैठ जाता है, अपना बैग खोलता है। अंदर से रोटी का एक सूखा टुकड़ा निकालता है। हाथ काँपते हैं, पर भूख अब थकान से बड़ी लगती है। वह रोटी का एक कौर खाता है और कुछ पल तक सिर्फ़ चुपचाप बैठा रहता है – मोमबत्ती की लौ में खोया हुआ। कैमरा धीरे-धीरे उसके चेहरे पर फोकस करता है – आधा चेहरा रोशनी में, आधा अंधेरे में। उसके हावभाव में थकान तो है, पर अब उसमें डर नहीं, बल्कि एक अजीब सुकून है।

आरव (धीरे से, खुद से) –"शायद भगवान ने मुझे यहाँ तक यूँ ही नहीं पहुँचाया... इस गुफ़ा में कुछ है... कोई उपस्थिति... कोई ऊर्जा जो मुझसे बात कर रही है।"

बाहर तूफ़ान की गर्जना अब बहुत दूर से आती सुनाई देती है, मानो वह दुनिया अब बहुत पीछे छूट गई हो। गुफ़ा की दीवारों पर चमकते प्रतीक अब हल्के-हल्के रोशनी छोड़ रहे हैं – जैसे किसी मौन संगीत की लय में झूम रहे हों। आरव अपनी पीठ एक चट्टान से टिकाता है। मोमबत्ती की लौ काँपती है, फिर स्थिर हो जाती है। उसकी आँखें धीरे-धीरे बंद होती हैं – चेहरे पर शांति उतर आती है।

(वॉयसओवर - आरव की डायरी से) आरव की आवाज़ – "कभी-कभी प्रकृति हमें वहीं पहुँचा देती है जहाँ हमारी आत्मा को जाना होता है। शायद यह गुफ़ा सिर्फ़ मेरी शरण नहीं, मेरी यात्रा का असली आरंभ है..."

कैमरा धीरे-धीरे पीछे हटता है – गुफ़ा के प्रवेशद्वार से आती हल्की नीली रोशनी में आरव सोया हुआ है, और

दीवारों पर प्रतीक अब भी हल्के-हल्के चमक रहे हैं – जैसे कोई प्राचीन रहस्य उसे पहरे में रखे हो।

दृश्य 6 - आध्यात्मिक आभास

स्थान - वही रहस्यमयी गुफ़ा, हर्षिल घाटी के भीतर, हिमालय की गोद में।

समय - रात 9:00 बजे।

बाहर तूफ़ान अब भी जारी है, पर भीतर का वातावरण किसी प्राचीन मंदिर जैसा शांत और दिव्य है। हवा में हल्की ठंडक है, लेकिन अब वह चुभती नहीं – जैसे किसी अदृश्य शक्ति ने उसे सौम्यता दे दी हो। आरव एक चट्टान से टिके हुए बैठा है। मोमबत्ती की लौ अब आधी जल चुकी है, उसकी झिलमिलाहट दीवारों पर नाचती हुई छायाएँ बना रही है। थकान उसकी पलकों को भारी कर रही है, शरीर दर्द से बोझिल है, पर मन – अजीब तरह से हल्का। कैमरा धीरे-धीरे ज़ूम करता है - मोमबत्ती की टिमटिमाती रोशनी दीवारों को छूती है, और तभी कुछ

आकृतियाँ उभरने लगती हैं – पहले धुंधली, फिर धीरे-धीरे स्पष्ट। दीवारों पर उकेरे गए चित्र अब जीवंत लगने लगते हैं – कुछ में ध्यानमग्न ऋषि बैठे हैं, उनके चारों ओर आभा का तेज़ है; कहीं एक नगर दिखाई देता है – सुनहरी मीनारें, झरनों से घिरा एक शांत लोक। क्रिस्टल जैसी चट्टानों की परछाइयों में वह नगर मानो जीवित हो उठता है, और हवा में एक हल्की बाँसुरी की धुन गूंजने लगती है – इतनी कोमल कि वह सुनाई भी देती है और महसूस भी होती है। आरव की साँसें धीमी पड़ जाती हैं। उसकी आँखें उस दिव्य चित्रों पर टिकी हैं – उनमें कोई भय नहीं, बस विस्मय और श्रद्धा का भाव है।

आरव (धीरे से, लगभग फुसफुसाहट में) –"ये कौन सी जगह है? क्या... सच में कोई रहस्य छिपा है इन पहाड़ों में? क्या यही... वही संसार है जिसे लोग शांगरी-ला कहते हैं?"

बाँसुरी की धुन थोड़ी तेज़ होती है। हवा में हल्की चमक-सी फैलती है। आरव अपनी आँखें बंद करता है, जैसे उस संगीत को भीतर महसूस करना चाहता हो।

आरव (धीरे, नींद और ध्यान के बीच की अवस्था में) –
"क्या यह... शांगरी-ला का पहला संकेत है...?"

कैमरा उसके चेहरे पर आता है – उसकी पलकों पर नींद उतरने लगी है। मोमबत्ती की लौ धीरे-धीरे मंद पड़ती है। बाहर तूफ़ान की गर्जना फिर तेज़ हो उठती है, लेकिन गुफ़ा के भीतर वह अब किसी दूर के ड्रम की तरह बस गूंजती रह जाती है। आरव की साँसें अब गहरी हैं, उसके चेहरे पर एक हल्की मुस्कान है – जैसे उसने किसी अदृश्य उपस्थिति को छू लिया हो। गुफ़ा की दीवारों पर उकेरे चित्र अब हल्की सुनहरी आभा से दमक रहे हैं, और बाँसुरी की धुन धीरे-धीरे मौन में विलीन हो जाती है।

(वॉयसओवर - आरव की डायरी से) आरव की आवाज़ –
"मैंने सुना था कि हिमालय में ऐसी जगहें हैं जहाँ इंसान खुद से मिलता है... आज, शायद पहली बार, मैंने अपनी आत्मा की आवाज़ सुनी है..."

कैमरा पीछे हटता है – गुफ़ा के द्वार पर बर्फ़ीला तूफ़ान अब भी रेजिंग है, पर भीतर एक इंसान पहली बार ब्रह्मांड की मौन भाषा को सुन रहा है।

अध्याय 16 : गुप्त रास्ते

दृश्य 1 - रोहतांग का अदृश्य खतरा

सुबह के पाँच बज रहे हैं। पहाड़ों की ऊँचाई पर फैला हुआ रोहतांग पास आज कुछ अलग ही रूप में दिखाई दे रहा है। आसमान धुंध से ढका है, और सूरज की पहली किरणें भी जैसे डरते-डरते बर्फ़ की मोटी परतों को छूने की कोशिश कर रही हैं। चारों ओर सफ़ेदी का साम्राज्य है – न ऊपर आसमान साफ़ दिखता है, न नीचे धरती का सिरा। बस हवा में बर्फ़ के महीन कण उड़ते हुए किसी अदृश्य रहस्य की कहानी सुना रहे हैं। आरव की साँसें ठंडी

हवा में धुएँ की तरह जम रही हैं। उसके पैर बर्फ़ पर धँसते जाते हैं, हर कदम किसी जंग जैसा महसूस होता है। कंधे पर भारी बैग, हाथ में लोहे की छड़ी और चेहरे पर बर्फ़ की हल्की परत – वह खुद को आगे बढ़ाने की कोशिश करता है।

(आरव धीरे-धीरे खुद से बड़बड़ाता है) – "हर कदम मौत के करीब ले जाता है... यह पहाड़, यह रास्ता... किसी भी क्षण सब निगल सकता है।" (वह एक पल रुककर गहरी साँस लेता है) – "लेकिन अब लौटना भी तो नामुमकिन है। रिया का चेहरा हर बर्फ़ के कण में दिखता है... जैसे वो कह रही हो – 'हार मत मानो आरव।'"

हवा अचानक तेज़ हो जाती है। बर्फ़ के कण उसके चेहरे पर चाबुक की तरह लगते हैं। वह आँखें सिकोड़कर सामने देखता है – रास्ता अब और भी सँकरा हो गया है। एक तरफ़ गहरी खाई है, इतनी गहरी कि नीचे झाँकने की हिम्मत भी काँप जाए। दूसरी तरफ़ बर्फ़ की दीवारें हैं जो कभी भी ढह सकती हैं। वह धीरे-धीरे छड़ी गाड़ते हुए आगे बढ़ता है। हर कदम पर उसके जूते बर्फ़ में चरमराते हैं। अचानक कहीं नीचे से एक "कड़क" जैसी आवाज़ आती है।

बर्फ़ के नीचे हल्की दरार फटने की आवाज़ – जैसे धरती खुद उसे चेतावनी दे रही हो। आरव तुरंत रुक जाता है। उसकी साँसें तेज़ हो जाती हैं। वह झुककर बर्फ़ पर ध्यान से नज़र डालता है – हल्की सी रेखा आगे तक जाती दिखती है। उसकी छड़ी बर्फ़ में गहराई तक धँस जाती है।

आरव (धीरे से फुसफुसाते हुए) – "अगर एक कदम और बढ़ा... तो शायद लौटने का मौका नहीं बचेगा।"

वह छड़ी को कसकर गाड़ता है और अपने शरीर का भार पीछे की ओर खींचता है। तभी अचानक – खाई के किनारे से बर्फ़ का बड़ा टुकड़ा टूटकर नीचे गिरता है। पहले तो कुछ पल सन्नाटा रहता है। फिर नीचे से आती गूँजती हुई आवाज़, जो धीरे-धीरे गहराई में खो जाती है। वह आवाज़ इतनी लम्बी और गूढ़ थी जैसे पहाड़ खुद उस बर्फ़ के टुकड़े का विलाप कर रहे हों। आरव वहीं खड़ा रह जाता है। उसकी आँखों में डर नहीं, अब एक गहरी समझ है। वह आसमान की ओर देखता है – धुंध में सूरज की हल्की परछाई दिखाई देती है।

आरव (धीरे से, थकी लेकिन दृढ़ आवाज़ में) – "यह रास्ता मौत का नहीं, परीक्षा का है... अगर मैं इस पार पहुँच गया, तो शायद अपने जवाब भी पा लूँगा।"

हवा में एक और ठंडी लहर दौड़ जाती है। बर्फ़ के कण उसके बालों और कपड़ों पर जमने लगते हैं। वह अपना जैकेट कसकर बंद करता है, छड़ी को मज़बूती से पकड़ता है और धीरे-धीरे आगे बढ़ जाता है। हर कदम अब सावधानी से रखा गया है। हर साँस में डर नहीं, बल्कि एक लक्ष्य की जिद है। और रोहतांग की गूंजती चुप्पी में, आरव की परछाई धीरे-धीरे सफ़ेद धुंध में समा जाती है – जैसे कोई मनुष्य नहीं, कोई खोजी आत्मा इस पहाड़ के गुप्त रास्तों में विलीन हो रही हो।

दृश्य 2 - बारालाचा ला का प्रकोप

दोपहर का समय। घड़ी ने बारह बजाए हैं, लेकिन सूरज जैसे यहाँ अपना अस्तित्व भूल गया हो। बारालाचा ला – 16,000 फीट की ऊँचाई पर फैला एक बर्फ़ीला नरक। चारों तरफ़ सफ़ेद तूफ़ान, बर्फ़ के घुमावदार भँवर, और

ऐसी हवाएँ जो पहाड़ों को भी झुका दें। आरव अब इस अनंत सफ़ेदी के बीच एक छोटी-सी परछाई भर है। उसका चेहरा आधा बर्फ़ में ढँका है, होंठ नीले पड़ गए हैं, और साँसें इतनी भारी कि हर साँस खींचने में जैसे एक युद्ध लड़ा जा रहा हो। हवा का शोर इतना जबरदस्त है कि उसके खुद के कदमों की आवाज़ तक नहीं सुनाई देती। जैसे पहाड़ों ने अपनी ज़ुबान बंद कर दी हो और सिर्फ़ हवा चीख रही हो– एक क्रोध, एक चेतावनी, एक प्रकोप की तरह। आरव मुश्किल से आगे बढ़ता है। उसका बैग बार-बार हवा के झोंकों से उसे पीछे धकेलता है। उसके पैर बर्फ़ में धँसते जाते हैं और फिर फिसलते हैं। वह अपनी छड़ी से खुद को संभालने की कोशिश करता है, लेकिन हवा इतनी तेज़ है कि वह खुद को टिकाए रखना ही बड़ी बात है। उसकी जैकेट झंडे की तरह फड़फड़ा रही है। उसकी उँगलियाँ सुन्न हो चुकी हैं।

आरव (तेज़ हवा से जूझते हुए, दाँत भींचकर) – "अगर मैं यहाँ गिरा... तो कोई भी मेरा नाम तक याद नहीं रख पाएगा!"

हवा उसके शब्दों को तुरंत निगल जाती है। जवाब में सिर्फ़ एक चीखती हुई गूँज – जैसे पहाड़ हँस रहे हों, या चेतावनी दे रहे हों कि यहाँ किसी का नाम नहीं, बस हवा की याद रहती है। आरव ठिठक जाता है। उसके चारों ओर सिर्फ़ सफ़ेद भँवर है – न कोई रास्ता, न दिशा। वह अपने जीपीएस की ओर देखता है, लेकिन स्क्रीन पर बस धुंधली लकीरें हैं। "सिग्नल गया..." वह बुदबुदाता है। वह एक बर्फ़ीली चट्टान से खुद को चिपका देता है। हवा में उड़ते बर्फ़ के कण उसके चेहरे पर ऐसे लगते हैं जैसे कोई नुकीली सुई चुभो रहा हो। उसकी आँखें जलने लगती हैं, लेकिन वह उन्हें बंद नहीं करता। वह उस सफ़ेद तूफ़ान के पार झाँकने की कोशिश करता है – शायद कहीं रास्ता दिख जाए, शायद कोई निशान... कोई उम्मीद।

आरव (थकी हुई लेकिन दृढ़ आवाज़ में) – "रिया... अगर तू यह देख रही होती... तो कहती, 'डर मत आरव, तू कर सकता है।' मैं हार नहीं मान सकता... अभी नहीं... यहाँ नहीं!"

उसके गाल पर बर्फ़ जम चुकी है। वह अपनी दाढ़ी से जमी हुई परत को झटकने की कोशिश करता है। वह

अपनी छड़ी को जमीन में गाड़ता है, एक गहरी साँस लेता है, और कदम आगे बढ़ाता है – हवा के खिलाफ़, जैसे किसी अदृश्य ताकत को चुनौती दे रहा हो। अचानक – एक जोरदार झोंका! आरव का पैर फिसलता है। उसका शरीर पीछे की ओर झुकता है। वह झट से चट्टान पकड़ लेता है, बर्फ़ के टुकड़े उसके हाथों को काट देते हैं। उसकी हथेली से हल्का खून रिसने लगता है, लेकिन ठंडे तापमान में वह भी तुरंत जम जाता है।

आरव (हाथ कसकर पकड़ते हुए, हाँफते हुए) – "नहीं... मुझे गिरना नहीं है... मैं गिरा तो बस... खत्म!"

वह खुद को दोबारा संभालता है, शरीर को चट्टान से सटाकर टिकाता है। कुछ क्षण के लिए वह बस साँसों की आवाज़ सुनता है – भारी, थकी हुई, लेकिन ज़िंदा। धीरे-धीरे वह फिर आगे बढ़ने लगता है। हर कदम अब मौत से मुकाबला है। हर झोंका जैसे उसके संकल्प की परीक्षा ले रहा है। पीछे आसमान में एक गहरी गूँज उठती है – जैसे कोई बर्फ़ का तुफ़ान अपनी पूरी ताकत से उतर आया हो। लेकिन अब आरव रुकता नहीं। उसकी आँखों में अब डर नहीं, बस एक लकीर-सी चमक है – वो चमक, जो हर

खोजी में होती है... जब वो जानता है कि अब रास्ता चाहे कितना भी कठिन हो, मंज़िल बस एक कदम आगे है। बारालाचा ला का प्रकोप अपने चरम पर था, लेकिन आरव... अब इस प्रकोप का हिस्सा बन चुका था। वह हवा के खिलाफ़ चलता हुआ आगे बढ़ गया – एक मनुष्य नहीं, एक इच्छा बनकर।

दृश्य 3 - ज़ोजिला का मौत का मोड़

शाम का समय। सूरज धीरे-धीरे पहाड़ों के पीछे डूब रहा है। आकाश पर नारंगी और नीले रंग की परतें एक-दूसरे में घुल रही हैं। लेकिन इस खूबसूरत दृश्य के बीच, ज़ोजिला पास का वातावरण किसी खौफ़नाक सन्नाटे में डूबा हुआ है। यहाँ हवा उतनी ठंडी नहीं जितनी ख़ामोश है। बस कभी-कभी किसी दूर गिरते पत्थर की आवाज़ आती है, जो नीचे गहरी खाई में जाकर गायब हो जाती है। ज़ोजिला – कश्मीर और लद्दाख को जोड़ने वाला रास्ता – अब आरव के लिए सिर्फ़ एक नाम नहीं, बल्कि मौत की चुनौती बन चुका है। रास्ता इतना सँकरा है कि

सिर्फ़ एक इंसान ही मुश्किल से गुज़र सके। एक तरफ़ पहाड़ की खुरदरी दीवारें, जिनसे बर्फ़ और पानी रिस रहा है। दूसरी तरफ़ सैकड़ों मीटर गहरी खाई, जिसमें झाँकने भर से दिल की धड़कनें रुक जाएँ। आरव धीरे-धीरे आगे बढ़ता है। उसके कदमों के नीचे बर्फ़ और कंकड़ चरमराते हैं। उसके माथे पर पसीना और बर्फ़ साथ-साथ हैं – गर्माहट और ठंड का अजीब मिश्रण। उसकी साँसें तेज़ चल रही हैं, मानो हर साँस एक आख़िरी कोशिश हो। वह एक मोड़ पर पहुँचता है... और अचानक उसके सामने रास्ता खत्म हो जाता है। जहाँ पहले ज़मीन थी, अब वहाँ सिर्फ़ टूटी चट्टानें और नीचे खुला आसमान है। सामने का हिस्सा आधा टूटकर खाई में जा चुका है। बस कुछ पत्थर और बर्फ़ के टुकड़े बचे हैं, जिन पर से होकर आगे कूदना होगा। आरव ठिठक जाता है। उसका गला सूख जाता है। वह नीचे झाँकता है – इतनी गहराई कि आँखें लौटना चाहें। हवा नीचे से ऊपर की ओर उठ रही है, जैसे मौत खुद उसे बुला रही हो। वह अपनी छड़ी ज़मीन में गाड़कर रुकता है, और गहरी साँस लेता है।

आरव (धीमे स्वर में, खुद से) – "अगर मैं रुका, तो मौत यहीं है... अगर बढ़ा, तो शायद ज़िन्दगी है।"

उसके शब्द बर्फ़ पर ठहर जाते हैं। हवा के झोंके उन्हें भी बहा नहीं पाते। आरव धीरे-धीरे अपने दस्ताने कसकर पहनता है, छड़ी को पीछे रखता है, और चट्टानों की ओर झुककर स्थिति देखता है। वह देखता है – सामने एक छोटा-सा उभरा हुआ पत्थर है, जहाँ से छलांग लगाकर वह पार जा सकता है... अगर उसका पैर ठीक जगह पड़े तो। वह अपने दोनों हाथों को फैलाता है, गहरी साँस लेता है, और आँखें बंद करता है। रिया का चेहरा उसकी आँखों में उभरता है – मुस्कुराती हुई, विश्वास से भरी।

रिया की कल्पित आवाज़ (उसके मन में गूँजती हुई) – "आरव... डर को देखो नहीं, पार करो। तुम्हारा हर कदम, तुम्हारी पहचान बनेगा।"

आरव अपनी आँखें खोलता है। उसके चेहरे पर अब डर नहीं, बस एक लकीर-सी दृढ़ता है। वह चट्टान पर पैर जमाता है, गहरी साँस लेता है और छलांग लगाता है। क्षण भर के लिए सब कुछ थम जाता है। हवा की आवाज़

भी रुक जाती है। बस आरव का शरीर हवा में तैरता हुआ दिखाई देता है – जैसे समय खुद उसकी परीक्षा ले रहा हो। अगले ही पल – उसका पैर फिसल जाता है। वह चीखता नहीं, बस एक झटका महसूस करता है और नीचे की ओर झुक जाता है। लेकिन उसी पल उसका हाथ सामने निकली हुई चट्टान को पकड़ लेता है। चट्टान नुकीली है। उसके दस्ताने फट जाते हैं। हथेलियों से खून रिसने लगता है, पर ठंड इतनी है कि खून तुरंत जमकर परत बन जाता है। वह दाँत भींचकर धीरे-धीरे खुद को ऊपर खींचता है। हर इंच जैसे जान निकाल रहा हो।

आरव (हाँफते हुए, खुद से) – "नहीं... मैं यहाँ तक सिर्फ़ गिरने के लिए नहीं आया... मैं इस पार जाऊँगा!"

उसकी उँगलियाँ फिसलती हैं, पर वह घुटनों से चट्टान पर जोर लगाता है। धीरे-धीरे उसका शरीर ऊपर चढ़ता है। आख़िरकार, वह ऊपर की ज़मीन पर गिर पड़ता है – थका हुआ, लेकिन ज़िंदा। कुछ देर तक वह बस वहीं लेटा रहता है। उसकी आँखों से आँसू बहते हैं – दर्द के नहीं, राहत के। वह आसमान की ओर देखता है, जहाँ सूरज की आख़िरी सुनहरी किरणें बर्फ़ पर पड़कर उसे चमका रही हैं।

आरव (धीरे से, मुस्कराते हुए) – "ज़िन्दगी... तू जितनी मुश्किल है, उतनी ही खूबसूरत भी।"

दूर से हवा फिर चलने लगती है – अब उतनी तेज़ नहीं, बल्कि जैसे खुद पहाड़ भी उसकी हिम्मत को सलाम कर रहे हों। आरव उठता है, बैग उठाता है, और डूबते सूरज की ओर बढ़ जाता है। उसके हर कदम के पीछे अब बर्फ़ पर गहरी लकीरें हैं – जो बताती हैं कि एक इंसान ने मौत को ललकारकर ज़िन्दगी को चुन लिया।

दृश्य 4 - पिन पार्वती पास की खामोशी

रात पूरी तरह उतर चुकी है। आसमान गहरे नीले मख़मली चादर की तरह फैला है, जिसमें असंख्य तारे चुपचाप टिमटिमा रहे हैं। लेकिन नीचे, जहाँ आरव है – वहाँ शांति नहीं, एक डरावनी खामोशी पसरी हुई है। यह है पिन पार्वती पास – हिमालय की उन ऊँचाइयों में से एक जहाँ ज़िंदगी और मौत के बीच की रेखा सबसे पतली है। यहाँ की हवा इतनी पतली है कि हर साँस जैसे किसी अदृश्य तलवार से होकर निकलती है। आरव थका हुआ है।

उसके कपड़ों पर जमी बर्फ़ अब बर्फ़ नहीं, एक परत बन चुकी है। उसकी जैकेट, जूते, दस्ताने – सब ठंड से सख़्त हो चुके हैं। उसकी आँखों के नीचे काले घेरे हैं, होंठ सूख चुके हैं, और हर साँस के साथ भाप-सा धुआँ उसके मुँह से निकलता है। वह अपनी छड़ी के सहारे धीरे-धीरे आगे बढ़ रहा है। चारों ओर सफ़ेद मैदान फैला है – इतना विशाल कि जहाँ तक नज़र जाए, बस बर्फ़ ही बर्फ़। कहीं कोई हरकत नहीं, न कोई आवाज़, न कोई जानवर, न कोई हवा की सरसराहट... बस एक गहरी, दबाने वाली ख़ामोशी, जो किसी भी इंसान की हिम्मत तोड़ सकती है। आरव कुछ कदम और बढ़ाता है, तभी अचानक – "कड़क... कड़क..." बर्फ़ के नीचे से आवाज़ आती है, जैसे कोई परत टूट रही हो। आरव ठिठक जाता है। उसके शरीर की हर मांसपेशी सख़्त हो जाती है। वह अपने चारों ओर देखता है – सब कुछ शांत, पर ज़मीन के नीचे कुछ हलचल है। धीरे-धीरे उसके पैरों के नीचे की बर्फ़ धँसने लगती है।

आरव (घबराकर, धीमे स्वर में) – "अगर अभी कदम बढ़ाया तो... सीधे बर्फ़ की कब्र में समा जाऊँगा।"

उसकी आवाज़ बहुत धीमी है, लेकिन इस गहरी रात में वो भी गूँज जाती है। उसे महसूस होता है – उसके नीचे कोई खोखलापन है। शायद कोई क्रेवास (गहरी दरार) – जो ऊपर से बर्फ़ की परत में ढकी है, पर अंदर अंधेरी गहराई में जाने का रास्ता खुला है। वह धीरे से झुकता है। अपना बैग उतारता है और जमीन पर रखता है। हाथ काँप रहे हैं, लेकिन वह संयम नहीं खोता। वह अपने बैग से रस्सी निकालता है – वही रस्सी जिसने अब तक उसे कई बार मौत से बचाया है। वह रस्सी को अपनी कमर से बाँधता है और दूर के पत्थर पर फेंकता है। रस्सी फँस जाती है। हवा में अब भी सन्नाटा है, पर आरव के कानों में उसकी अपनी दिल की धड़कनें गूँज रही हैं – धीमी, भारी, और डर के साथ तेज़ होती हुईं। वह धीरे-धीरे अपने कदम पीछे की ओर खिसकाता है। हर इंच के साथ बर्फ़ में हल्की दरार की आवाज़ आती है। "कड़क... चर्र..." वह रुक जाता है। साँस रोक लेता है। फिर थोड़ा और पीछे – एक-एक सेंटीमीटर, जैसे ज़िंदगी भी अब धागे पर टिकी हो। अचानक उसके नीचे की बर्फ़ का एक टुकड़ा टूटकर नीचे गिर जाता है। एक पल के लिए हवा में गहरी गूँज उठती

है, और फिर कुछ नहीं – बस सन्नाटा। वह जानता है, अगर उसने एक सेकंड भी देर की, तो वही अंधेरा उसे निगल जाएगा।

आरव (थरथराते स्वर में, खुद से) – "नहीं... नहीं आरव... तू इतनी दूर मौत से बचकर आया है... अब नहीं डगमगाना।"

वह रस्सी को दोनों हाथों से कसकर पकड़ता है और शरीर को धीरे-धीरे पीछे की ओर खींचता है। उसके पैर फिसलते हैं, लेकिन वह खुद को झटका देकर संभाल लेता है। उसकी साँसें भारी हैं, माथे पर पसीना और बर्फ़ साथ-साथ हैं। कुछ ही सेकंड में वह किनारे के पास पहुँच जाता है। वह एक आख़िरी झटका देता है और खुद को बर्फ़ से बाहर खींच लेता है।

वह ज़मीन पर गिर जाता है, हाँफते हुए – उसके चेहरे पर बर्फ़ और आँसू एक साथ हैं। कुछ पल तक वह बस लेटा रहता है – ऊपर आसमान की ओर देखता हुआ। तारे अब और चमकीले लग रहे हैं, जैसे खुद ब्रह्मांड ने उसकी हिम्मत की गवाही दी हो।

आरव (धीरे से, काँपती लेकिन सच्ची आवाज़ में) – "ये खामोशी... अब डर नहीं लगती। इसमें कहीं न कहीं ज़िन्दगी की साँस छुपी है।"

वह मुस्कुराता है – थका हुआ, टूटा हुआ, लेकिन जिंदा। उसकी हथेली पर बर्फ़ की परत जम रही है, पर उसके अंदर एक आग है – आगे बढ़ने की। वह उठता है, अपने बैग को कंधे पर डालता है, रस्सी समेटता है, और तारों से भरे आसमान की ओर देखता है। पिन पार्वती की वह गहरी खामोशी अब उसे डरा नहीं सकती – क्योंकि उसने उस खामोशी के बीच ज़िन्दगी की सबसे तेज़ धड़कन सुन ली है।

दृश्य 5 - नंदा देवी बेसिन की परछाइयाँ

अगली सुबह। सूरज अभी हल्की सुनहरी रोशनी के साथ नंदा देवी बेसिन के चारों ओर फैली चोटियों को छू रहा है। चारों तरफ़ ऊँची-ऊँची बर्फ़ीली चोटियाँ हैं, जिनकी चोटियों पर बर्फ़ की मोटी परतें धूप में चमक रही हैं। नीचे गहरी खाईयाँ हैं, और बीच-बीच में घना कोहरा घुला हुआ है, जो दूर-दूर तक का दृश्य धुंधला कर देता है। इस जगह का

वातावरण रहस्यों से भरा हुआ है। यहाँ के लोगों की कहानियों में हमेशा दंतकथाएँ जुड़ी रहती हैं – कि नंदा देवी बेसिन में कभी-कभी परछाइयाँ दिखाई देती हैं, जिन्हें देख लेना किसी के लिए भी चेतावनी होती है। आरव अपने पैरों के नीचे बर्फ़ में गड़ते जूते महसूस करता है। उसका बैग कंधे पर भारी है। कोहरे में उसकी साँसें धुआँ की तरह बाहर निकल रही हैं। हर कदम पर उसकी आँखों में एक गहरी चौकसी है। हर धुंध के हल्के हिलने पर उसके शरीर की नसें झनझनाहट से भर जाती हैं। वह धीरे-धीरे आगे बढ़ता है। घना कोहरा उसके चारों ओर फैल रहा है, और चारों ओर की चोटियाँ किसी भूतिया महल की तरह दिखाई दे रही हैं। हर झोंका हवा का उसकी कानों में एक सीटी जैसी आवाज़ छोड़ता है। और तभी – उसके सामने धुंध में अचानक एक परछाई उभरती है। यह परछाई इतनी अस्पष्ट है कि पहले मन ही मन लगता है कि उसकी आँखें धोखा दे रही हैं। लेकिन धीरे-धीरे वह महसूस करता है कि कोई मानव आकार सच में चोटियों के बीच से गुजर रहा है। उसकी चाल धीमी, पर निश्चयपूर्ण है। आरव का दिल तेज़ी से धड़कने लगता है।

हर नस में एड्रेनालिन दौड़ता है। वह एक कदम पीछे खिसकता है, फिर अपनी आवाज़ बुलंद करता है।

आरव (जोर से, गहरी आवाज़ में) – "कौन है वहाँ? इंसान हो या...?"

कोहरा उत्तर में बस घुल जाता है। सिर्फ़ हवा की गूँज, जो सीटी जैसी आवाज़ निकालती है, उसके कानों में टकराती है। मानो पहाड़ खुद हँस रहे हों या चेतावनी दे रहे हों कि यहाँ हर कदम पर रहस्य है। आरव अचानक रुक जाता है। उसके हाथ काँपते हैं। उसकी साँसें इतनी तेज़ हैं कि धुंध के साथ मिलकर धुएँ की परत बना रही हैं। उसका दिल डर और उत्सुकता दोनों से भर जाता है। वह धीरे-धीरे आगे बढ़ता है, पर अब उसकी आँखें हर धुंध के हिलने पर झपटने को तैयार रहती हैं। हर बर्फ़ के टुकड़े की खड़खड़ाहट उसकी चेतना को और तेज़ कर देती है।

आरव (धीरे से, अपने आप से) – "यहाँ कुछ तो है... पर क्या ये मेरी आँखें दिखा रही हैं या कोई चेतावनी दे रहा है?"

वह हाथ से अपने बैग को कसता है। कोहरे में उसकी परछाई भी फैल रही है, और अब वह महसूस करता है कि वह अकेला नहीं है। परछाई धीरे-धीरे धुंध में विलीन हो जाती है। और वही गूँजती सीटी की आवाज़ उसकी चेतना में गूँजती रहती है। आरव एक पल के लिए बस खड़ा रह जाता है। उसके भीतर डर है, पर उत्सुकता और साहस भी उतना ही गहरा है। वह जानता है कि इस बेसिन में आगे जो कुछ भी है – वह उसकी हिम्मत की परीक्षा ले रहा है।

आरव (धीरे से, खुद से, थोड़ी मुस्कान के साथ) – "तो यह नंदा देवी की परछाइयाँ हैं... और मुझे उन्हें पार करना होगा।"

वह फिर कदम बढ़ाता है। धुंध और चोटियों के बीच उसकी परछाई भी फैलती है। बर्फ़ पर उसके जूते की खड़खड़ाहट, हवा की सीटी, और उसकी साँसें – सब मिलकर एक अजीब ताल बनाती हैं। जैसे नंदा देवी बेसिन उसे धीरे-धीरे अपने रहस्यों में समेट रही हो।

दृश्य 6 - गुप्त मार्ग का संकेत

दिन ढलने लगा है। सूरज धीरे-धीरे पहाड़ों के पीछे छिप रहा है और आसमान में नारंगी और बैंगनी रंग की एक अनोखी छटा फैल रही है। आरव थका-हारा, बर्फ़ और चोटियों के अनगिनत संघर्षों के बाद, एक बड़ी चट्टान पर बैठ जाता है। उसकी साँसें भारी हैं, शरीर में थकान और जकड़न है। उसके जूते, दस्ताने और जैकेट पर बर्फ़ की परतें जम गई हैं, लेकिन भीतर उसका मन अभी भी जिज्ञासा और उम्मीद से भरा है। चारों ओर बर्फ़ की चादर फैली है, चोटियाँ नीली-धूसर परछाइयों में ढल रही हैं। हवा अब भी तेज़ है – कभी-कभी झोंका उसकी ओर आता है और उसके बालों को उड़ा लेता है। लेकिन इस थकावट के बीच, उसकी आँखें चारों ओर हर छोटी-छोटी चीज़ को खोज रही हैं। तभी उसकी नज़र उस चट्टान पर पड़ती है, जिस पर वह बैठा है। पहले वह उसे सामान्य पत्थर ही लगते हैं, लेकिन जैसे-जैसे वह करीब जाकर देखता है, पत्थरों पर कुछ पुराने खुदे हुए प्रतीक दिखाई देते हैं। एक त्रिशूल – उसकी धाराएँ अब भी साफ़ हैं, मानो किसी शक्ति का प्रतीक। एक कमल का फूल – प्रतीक रूप में

पवित्रता और शांति को दर्शाता। और एक अर्धचंद्र – आधा चंद्रमा, जो रहस्यमय मार्ग की ओर संकेत करता है। आरव का दिल धड़कने लगता है। उसकी आँखों में चमक आ जाती है। यह संकेत किसी छिपे मार्ग की ओर इशारा कर रहे हैं – शायद वही गुप्त मार्ग, जिसे लोग केवल दंतकथाओं और पुरानी कहानियों में जानते थे।

आरव (धीरे से, उत्साहित होकर, अपनी साँसों को काबू में रखते हुए) – "क्या यह... शांगरी-ला के गुप्त द्वार का संकेत है?"

वह झुककर अपने बैग से डायरी निकालता है। हाथ हल्के काँप रहे हैं, लेकिन उत्साह और आशा ने थकान को पीछे धकेल दिया है। वह तेजी से पुराने प्रतीकों को डायरी में उतारने लगता है। पन्ने पर त्रिशूल, कमल और अर्धचंद्र की रेखाएँ बनती हैं। हर रेखा के साथ उसकी उम्मीद बढ़ती है, हर संकेत उसके भीतर एक नई ऊर्जा भर देता है। बाहर हवाएँ अब भी गरज रही हैं, झोंके ऐसे लगते हैं जैसे पहाड़ उसे बता रहे हों कि यह मार्ग खतरों से भरा है। लेकिन आरव का मन अब डर से नहीं, बल्कि अन्वेषण और जिज्ञासा से भरा है। वह एक पल के लिए

पीछे झुकता है, आसमान की ओर देखता है। धुंध और बर्फ़ की परतें हल्की नीली धूप में चमक रही हैं। उसकी आँखों में विश्वास और उम्मीद की चमक है।

आरव (धीरे से, खुद से, मुस्कान के साथ) – "शायद यही वह रास्ता है, जो कईयों ने खोजा और खो दिया... लेकिन अब... अब मैं इसे पा सकता हूँ।"

वह डायरी बंद करता है, अपने बैग को कंधे पर संभालता है, और प्रतीकों की ओर एक बार और नज़र डालता है। यह संकेत केवल पत्थरों पर नहीं, बल्कि उसके भीतर एक नई आशा और साहस जगा रहे हैं। धूप और बर्फ़ की हल्की चमक में, वह उठकर आगे बढ़ता है। हर कदम अब केवल यात्रा का नहीं, शांगरी-ला की खोज का पहला संकेत बन गया है। और पीछे छोड़ता है – थकान, डर, और रात की खामोशी।

अध्याय 17 : हिमालय की गुफाएँ और कोल्ड डेज़र्ट का रहस्य

दृश्य 1 - लद्दाख की ओर प्रस्थान

सुबह का समय था, सूरज की हल्की किरणें बर्फ से ढकी चोटियों पर पड़ रही थीं, जिससे वह सुनहरी चमक लिए हुए दिखाई दे रही थीं। आरव अपनी पुरानी सफ़ेद स्कूटी पर बैग कसकर बैठा, जिसमें उसका कैमरा और कुछ जरूरी सामान थे। लेह-मनाली हाईवे के मोड़ मोड़ पर गहरी खाईयाँ और पत्थरों की दीवारें थीं, और हवा इतनी ठंडी थी कि उसके गाल लाल हो रहे थे। आरव ने अपनी जैकेट की ज़िप को और कस लिया। उसके हाथ ठंड से सुन्न हो चुके थे, और हर साँस के साथ ठंडी हवा फेफड़ों तक चुभ रही थी। उसके सामने फैली पहाड़ियों की श्रृंखला, काराकोरम रेंज के बर्फ़ीले सिलसिले, जैसे किसी पुरानी गाथा की तरह शांत खड़ी थीं। दूर-दूर तक बर्फ़ से ढकी चोटियाँ, घाटियाँ और नंगे पत्थर मानो उसे कहते थे - "अगर तुम यहाँ पहुँच सकते हो, तो कुछ अलग ही अनुभव करोगे।"

आरव ने अपने कैमरे की रिमोट चेक की और धीरे से मुस्कुराते हुए खुद से कहा: आरव (धीरे से, अपने आप से) – "ये रास्ते... मानो इंसान की हिम्मत की परीक्षा लेते हों। हर मोड़ पर खतरा, हर चढ़ाई पर चुनौती। पर यही तो असली रोमांच है। शायद यहीं कहीं शांगरी-ला का रहस्य छिपा है... कहीं इन बर्फ़ीली चोटियों और सुनसान घाटियों में।"

स्कूटी के इंजन की आवाज़, पीछे से आ रही हवाओं की सरसराहट और पत्थरों से टकराती हल्की आवाज़ें–सभी मिलकर एक रहस्यमयी संगीत की तरह वातावरण को गहराई दे रही थीं। हर मोड़ के बाद दृश्य बदल रहा था– एक तरफ सुनहरी धूप में चमकती बर्फ़ की चादर, और दूसरी तरफ गहरी खाई, जिसमें नीचे उतरना किसी साहसिक खेल से कम नहीं था। आरव ने स्कूटी धीमी कर दी और अपने कैमरे से पास के दृश्य को क्लिक किया। उसकी आँखों में उत्साह और थोड़ी चिंता दोनों झलक रही थीं।

आरव (धीरे से, अपने आप से) – "शायद यही वह जगह है, जहाँ से मेरे सफ़र की असली कहानी शुरू होगी। यहाँ

की ठंडी हवा, ये सुनसान रास्ते... सब मुझे किसी अनकहे रहस्य की ओर खींच रहे हैं। रिया... काश तुम भी यहाँ होती।"

सड़क के किनारे बर्फ़ में बने छोटे-छोटे निशान और कभी-कभी दूर से गूंजती भेड़ियों की आवाज़ें आरव के दिल में एक अजीब मिश्रित भावना पैदा कर रही थीं–डर भी, पर उत्सुकता और रोमांच भी। उसने गहरी साँस ली और स्कूटी का हैंडल कसकर पकड़ा। जैसे ही वह एक बड़े मोड़ से ऊपर चढ़ा, उसके सामने एक विशाल घाटी खुली, जिसमें बर्फ़ के नीचे छोटी-छोटी झरनों की आवाज़ बह रही थी।

आरव ने कैमरे को कंधे पर टाँगते हुए कहा: आरव (उत्साहित होकर) – "हर कदम पर ये प्रकृति मुझे चुनौती देती है... हर मोड़ पर ये चोटियाँ मुझे बुलाती हैं। और शायद... मुझे वही मिलेगा जो मैं ढूंढ रहा हूँ–शांगरी-ला का वह रहस्य, जो सिर्फ साहसिक आत्माओं के लिए है।"

आरव की स्कूटी धीरे-धीरे उस सुनसान रास्ते पर आगे बढ़ी, जहाँ बर्फ़ के साथ पत्थर और धूप की हल्की सुनहरी

छाया खेल रही थी। वह जानता था कि आगे का सफ़र आसान नहीं होगा, पर उसके दिल में उत्साह की एक हल्की धड़कन थी–एक धड़कन जो कह रही थी कि यह सफ़र सिर्फ भूगोल की नहीं, बल्कि उसकी आत्मा की भी परीक्षा लेने वाला है।

दृश्य 2 - मूनलैंड लमायुरु (लामायूरु मोनास्टरी

सूरज की किरणें धीरे-धीरे ऊँची चोटियों के पीछे से चमक रही थीं। आरव की स्कूटी बर्फ़ से ढके रास्तों पर धीरे-धीरे बढ़ रही थी। चारों ओर का दृश्य बदल रहा था–पहली बार घाटियाँ इतनी सुनसान और विशाल लग रही थीं कि हर मोड़ पर लगता कि जैसे प्रकृति खुद उसे अपनी गहराई में खींच रही हो। कुछ ही घंटे बाद वह लमायुरु मठ पहुँचा, जिसे स्थानीय लोग "मूनलैंड" कहते हैं। यहाँ की चट्टानों का आकार इतना अजीब और अनोखा था कि आरव के मन में तुरंत यह ख्याल आया कि वह किसी और ग्रह पर पहुँच गया हो। गोल-गोल और नुकीली चट्टानें, बीच-बीच में बर्फ़ की सफेद चादर और धूप की हल्की सुनहरी चमक–ये सब मिलकर मानो एक रहस्यमयी फिल्म का

दृश्य बना रहे हों। आरव ने अपनी स्कूटी रोक दी और अपने कैमरे को कंधे पर टाँगा। उसने गहरी साँस ली और वातावरण की शांति को महसूस किया। अचानक मठ के एक पुराने, लम्बे साधु ने उसका ध्यान खींचा। साधु की आँखों में अनुभव की गहराई और समय की छाया साफ़ झलक रही थी।

साधु धीरे-धीरे उसकी ओर बढ़े और गंभीर स्वर में बोले: साधु – “बेटा... आगे की घाटियाँ सामान्य यात्रियों के लिए नहीं हैं। वहाँ गुफाएँ हैं... हवाएँ रहस्यों की बातें फुसफुसाती हैं, और यहाँ की रेगिस्तानी बर्फ, जो पहले तुम्हें सुंदर लगेगी, वही कभी मौत का रास्ता भी बन सकती है। समझ गया?”

आरव ने साधु की आँखों में झाँकते हुए, उसके अनुभव और चेतावनी को महसूस किया। उसका दिल थोड़ी धड़कन तेज़ हुई, लेकिन आँखों में उत्साह की चमक और साहस भी था। उसने कैमरा चालू किया और धीरे-धीरे मुस्कुराते हुए कहा: आरव – “सच वही है जिसे खोजने का साहस हो। मैं जानता हूँ, रास्ता कठिन है... पर मेरे लिए यही तो असली खोज है। मैं आगे जाऊँगा।”

साधु ने उसकी ओर सिर हिलाया, जैसे उसकी हिम्मत को परखते हुए स्वीकार कर रहे हों। आरव ने कैमरे से आसपास के अजीबोगरीब दृश्य रिकॉर्ड करना शुरू किया– बर्फ़ और पत्थरों की अनोखी बनावट, गहरी घाटियों की रहस्यमयी छाया, और मूनलैंड की चट्टानों पर पड़ती धूप की हल्की चमक। आरव ने अपनी स्कूटी पर बैठकर आगे की ओर देखा। हवा अब और ठंडी हो रही थी, और घाटियों में कहीं-कहीं बर्फ़ से ढकी पतली पगडंडियाँ सिर्फ साहसी यात्रियों के लिए ही सुरक्षित प्रतीत हो रही थीं। उसने अपने आप से फुसफुसाया: आरव (धीरे से, अपने आप से) – "यह सफ़र सिर्फ शरीर की परीक्षा नहीं है... यह साहस, धैर्य और आत्मा की भी परीक्षा है। हर कदम पर खतरा, हर मोड़ पर रहस्य... पर यही तो इसे असली बनाता है। रिया... काश तुम भी देख पाती।"

आरव की आँखों में रोमांच और हल्की चिंता दोनों झलक रही थीं। उसने स्कूटी धीरे-धीरे आगे बढ़ाई, और जैसे ही वह घाटियों की ओर बढ़ा, मूनलैंड की चट्टानों की रहस्यमयी परछाइयाँ उसके आसपास फैलने लगीं। हर मोड़ पर, हर धूप और छाया के खेल में, उसे एक अजीब

अहसास हो रहा था—कि ये घाटियाँ और ये गुफाएँ सिर्फ भौगोलिक रूप से ही नहीं, बल्कि किसी छिपे हुए रहस्य की तरह उसकी आत्मा को भी चुनौती देने वाली हैं।

दृश्य 3 - नुब्रा घाटी और सियाचिन के करीब

सुबह की हल्की सुनहरी धूप धीरे-धीरे नुब्रा घाटी की विशाल रेत-टीलों पर पड़ रही थी। आरव अपनी स्कूटी धीरे-धीरे खाई और पठार के किनारे पर मोड़ रहा था। चारों तरफ़ फैली रेत की हल्की-हल्की चादर, ऊँटों के कदमों की आवाज़ और दूर-दूर से गुज़रते करघे और पगडंडियों पर धूल की हल्की लहरें, हर दृश्य में अनोखी शांति और रहस्य का मिश्रण प्रस्तुत कर रही थीं। आरव की आँखें दूर क्षितिज की ओर थीं, जहाँ सियाचिन ग्लेशियर की विशाल सफ़ेद दीवारें खड़ी थीं। उनकी चमक इतनी तेज़ थी कि सूरज की किरणें उस पर पड़ते ही जैसे हीरे की तरह झिलमिला उठती थीं। लेकिन ग्लेशियर की ठंडक, और उस ऊँचाई पर हवा की पतली होने की वजह

से हर साँस कठिन हो रही थी। आरव ने गहरी साँस ली और अपने चेहरे पर बर्फ़ीली हवा के कण महसूस किए।

आरव (हांफते हुए, अपने आप से) – "अगर यहाँ इंसान रह सकता है... अगर यहाँ जीवन किसी तरह टिक सकता है... तो शायद स्वर्ग भी यहीं कहीं छिपा होगा। सच में... यह जगह... अनोखी और निर्दयी दोनों है।"

आरव ने कैमरा अपने कंधे पर टाँगा और आसपास के दृश्य रिकॉर्ड करना शुरू किया। ऊँट धीरे-धीरे रेत के टीलों पर चलते थे, उनकी चाल में एक अजीब स्थिरता और धीरज था, जैसे वे इस कठोर वातावरण के हिस्से हों। उनकी खुरों की आवाज़, और रेत पर हल्की-हल्की धूल उठती हुई, आरव के कानों में जैसे प्रकृति की संगीत बना रही थी। अचानक, घाटियों में एक तेज़ बर्फ़ीला तूफ़ान उठ गया। हवा इतनी तेज़ थी कि रेत और बर्फ़ के छोटे-छोटे कण आरव के चेहरे पर चोट कर रहे थे। उसने तुरंत अपनी स्कूटी को रोककर पास की एक बड़ी चट्टान की आड़ ले ली। उसकी साँसें तेज़ हो गई थीं, और हाथ ठंड से कांप रहे थे।

आरव (धीरे से, अपने आप से, थोड़ा डरते हुए और उत्साहित होते हुए) – "ये हवा... ये ठंड... ये रहस्य... सब मिलकर बता रहे हैं कि आगे कुछ बड़ा छिपा है। हर तूफ़ान, हर कठिनाई मुझे और करीब ले जा रही है। और शायद यही तो असली खोज का स्वाद है–सिर्फ़ सरल रास्ता तो कोई रोमांच नहीं दे सकता।"

तूफ़ान के बीच, आरव ने अपने कैमरे की लेंस से आगे की घाटियों को देखा। बर्फ़ और रेत की मिलीजुली परतें, तेज़ हवा में झुलसती हुई धूल और सूर्य की हल्की सुनहरी छाया–यह दृश्य उसकी आत्मा में एक अजीब मिश्रित भावना पैदा कर रहा था – डर भी, रोमांच भी, और प्रकृति के साथ एक गहरा जुड़ाव भी।

आरव ने एक गहरी साँस ली, अपने चेहरे पर बर्फ़ीली हवा की चोट महसूस की, और फिर दृढ़ निश्चय के साथ बोला:
आरव – "हाँ... रास्ता कठिन है, पर यही तो असली साहस की परीक्षा है। मैं आगे जाऊँगा। चाहे कितनी भी बर्फ़, तूफ़ान या कठिनाई आए... यह सफ़र मेरे लिए सिर्फ़ भूगोल की नहीं, आत्मा की भी चुनौती है।"

तूफ़ान के शोर और घाटियों की सन्नाटे में, आरव की आवाज़ मानो अकेलेपन और हिम्मत दोनों का मिश्रण बन गई। उसने धीरे-धीरे अपनी स्कूटी फिर से चालू की और चट्टानों और बर्फ़ के बीच से आगे बढ़ा। हर कदम पर वह महसूस कर रहा था कि नुब्रा घाटी सिर्फ प्राकृतिक सौंदर्य नहीं, बल्कि साहस, धैर्य और खोज की परीक्षा लेने वाली जगह है।

दृश्य 4 - तिब्बती सीमा के पास रहस्यमयी गुफा

तिब्बती सीमा की ऊँचाई पर, नुब्रा घाटी की विशालता और सियाचिन ग्लेशियर की ठंडी हवा के बाद, आरव ने अपनी स्कूटी धीमी कर दी। तेज़ बर्फ़ीले तूफ़ान की हल्की-हल्की आवाज़ अभी भी कानों में गूँज रही थी, और चारों ओर फैली धूल और बर्फ़ की मिली-जुली परतें जैसे अभी भी ठंडक बरकरार रख रही थीं। तूफ़ान धीरे-धीरे थम गया। आरव ने पास की एक ऊँची चट्टान के पीछे से अपना रास्ता देखा और तभी उसकी नजर पड़ी–एक काली गुफा का द्वार, जो सीधे चट्टानों में उभरा हुआ था। गुफा

का मुखड़ा अंधकार से ढंका हुआ था, जैसे किसी ने उस प्रवेश को रहस्यमयी ढंग से सुरक्षित रखा हो। आरव ने गहरी साँस ली। ठंडी बाहरी हवा के विपरीत, गुफा के भीतर की हवा गर्म और हल्की नम थी। जैसे यह गुफा अपने अंदर किसी अदृश्य ऊर्जा को संचित किए हुए हो। कदम बढ़ाते हुए, आरव ने महसूस किया कि हर कदम पर उसका दिल तेज़ी से धड़क रहा है–डर भी, पर उत्सुकता और रोमांच भी। अंदर प्रवेश करते ही उसकी आँखों के सामने दीवारों पर उकेरी प्राचीन बौद्ध चित्रकारी चमक उठी। लाल, सुनहरी और हल्की नीली रंगों से उकेरे चित्र मानो जीवंत हो उठे हों। हर चित्र में ध्यानमग्न साधु, हिमालय की चोटियाँ, और शांत झीलें दिखाई दे रही थीं। लेकिन सबसे आकर्षक था बीच में शम्भाला का प्रतीक चक्र, जिसकी जटिल रेखाएँ और केंद्र की चमक मानो गुफा के रहस्य और शक्ति को व्यक्त कर रही थीं। आरव ने अपने कैमरे को कंधे से उतारा, और धीरे-धीरे गुफा के भीतर की हवा में कैमरा की लेंस से दृश्य रिकॉर्ड करना शुरू किया। उसके हाथ हल्के काँप रहे थे–डर से नहीं, बल्कि उस रहस्यमयी अहसास से कि वह वास्तव में

किसी ऐसी जगह पर खड़ा है, जिसका अस्तित्व उसने किताबों और कहानियों में ही सुना था।

आरव (आश्चर्य और हल्की उत्तेजना के साथ) – "तो... शांगरी-ला सिर्फ़ कल्पना नहीं... यहाँ इसके निशान हैं! यह जगह... यह ऊर्जा... यह सब सच है! हर चित्र, हर प्रतीक... मानो समय और रहस्य दोनों ने इसे यहाँ बसाया हो। और मैं... मैं वास्तव में इसे देख रहा हूँ।"

आरव धीरे-धीरे गुफा के भीतर और बढ़ा। दीवारों से निकलती हल्की गर्माहट, चित्रों की प्राचीन सुगंध, और गुफा की गहरी शांत वातावरण में एक अजीब मिश्रित अहसास पैदा कर रही थी–भय भी, रोमांच भी, और आध्यात्मिक जुड़ाव भी। हर कदम के साथ उसे लगता कि यह गुफा सिर्फ़ भौगोलिक स्थान नहीं है, बल्कि किसी अदृश्य रहस्य और शक्ति का केंद्र है। आरव ने कैमरे की रिकॉर्डिंग रोककर अपनी साँस पर ध्यान दिया। उसकी आँखों में चमक और चेहरे पर हल्की मुस्कान थी–एक ऐसी मुस्कान, जो कह रही थी कि वह अब उस खोज के और करीब है, जिसे वह ज़िन्दगी भर खोज रहा था।

आरव (धीरे से, अपने आप से, फुसफुसाते हुए) – "यह सफ़र... यह जगह... यह गुफा... सिर्फ़ मेरी खोज नहीं, बल्कि मेरी आत्मा की परीक्षा भी है। और यहाँ... शायद मुझे वही मिलेगा, जो मैंने हमेशा से ढूँढा है–सच्चा रहस्य, शांति और शांगरी-ला की वास्तविकता।"

गुफा की दीवारों पर हल्की धुंधली रोशनी में शम्भाला का प्रतीक चक्र चमक रहा था। आरव ने महसूस किया कि यह केवल एक प्रतीक नहीं, बल्कि उसकी यात्रा का मार्गदर्शन भी था–एक संकेत कि आगे जो भी आएगा, वह साहस, धैर्य और आत्म-विश्वास की परीक्षा लेकर आएगा।

दृश्य 5 - काराकोरम की खतरनाक चढ़ाई

गुफा की रहस्यमयी गर्माहट और प्राचीन चित्रों के अनुभव के बाद, आरव बाहर निकला। बाहर की ठंडी हवा जैसे उसके पूरे शरीर को झकझोर रही थी। सूरज की हल्की रोशनी बर्फ़ पर पड़कर चमक रही थी, लेकिन गर्माहट नहीं दे रही थी। उसका अगला रास्ता सामने था–काराकोरम की ऊँची चोटियों के बीच फैला एक खतरनाक बर्फ़ीला दर्रा।

दर्रा संकरा और ऊँचाई में इतना खतरनाक था कि एक ज़रा-सी चूक मौत का कारण बन सकती थी। नीचे गहरी खाई, जिसमें बर्फ़ की सफ़ेद चादरें और कभी-कभी दिखती पतली पगडंडियाँ, जैसे किसी ने खतरे का पैमाना बनाया हो। हवा तेज़ थी, बर्फ़ के कण चेहरे पर टकरा रहे थे, और हर सांस कठिनाई के साथ अंदर जा रही थी। आरव ने अपनी कुल्हाड़ी को कसकर पकड़ा। उसका कैमरा बैग कंधे पर टँगा था, पर शरीर की थकान और ठंड ने उसकी हड्डियों तक पहुँच बनाई थी। उसने बर्फ़ की सतह पर अपनी कुल्हाड़ी गाड़ी, धीरे-धीरे एक पैर आगे बढ़ाया, और फिर दूसरा। हर कदम पर उसके दिल की धड़कन तेज़ हो रही थी।

आरव (दाँत भींचकर, खुद से) – "डर को पार किए बिना कोई नई दुनिया नहीं मिलती... यही तो असली खोज है। यही वो क्षण है, जो केवल साहसी ही महसूस कर सकते हैं।"

हवा की तेज़ सरसराहट और बर्फ़ के गिरते छोटे-छोटे कणों की आवाज़, आरव के कानों में गूँज रही थी। वह नीचे खाई को देखता और अपनी हिम्मत को जोड़कर

आगे बढ़ता। हर कदम सावधानी और ध्यान से लिया गया था। उसकी साँसें तेज़ थीं, और धड़कनें मानो उसके पूरे शरीर में रोमांच और डर का मिश्रण भर रही थीं। आरव ने अपने पैरों की स्थिरता पर ध्यान देते हुए धीरे-धीरे दर्रे को पार किया। बर्फ़ की कुल्हाड़ी को मजबूती से गाड़ते हुए, उसने महसूस किया कि हर हल्की फिसलन भी उसके जीवन और मौत के बीच की सीमा पर खड़ी है। लेकिन डर के बावजूद, उसके चेहरे पर दृढ़ता और साहस की झलक थी।

आरव (धीरे से, अपने आप से, हल्की मुस्कान के साथ) – "हर मुश्किल रास्ता, हर खतरनाक मोड़... मुझे आगे बढ़ा रहा है। यह सफ़र सिर्फ शरीर की परीक्षा नहीं, बल्कि आत्मा की भी परीक्षा है। और मैं पीछे नहीं हटूंगा। शांगरी-ला... मैं तुम्हारे करीब हूँ।"

जैसे ही उसने दर्रे को पार किया, आरव ने पीछे मुड़कर देखा। वह खाई, बर्फ़ और ऊँचाई का नज़ारा अब भी भयानक लग रहा था, लेकिन उसने अपने आप पर गर्व महसूस किया। उसकी आँखों में हल्की चमक थी–डर पर काबू पाना, साहस दिखाना और एक असंभव सफ़र को

पार करना, यही उसके सफ़र का असली सार था। आरव ने कैमरा उठाया और आसपास के नज़ारों को रिकॉर्ड किया–सफेद बर्फ़ीली चोटियाँ, तेज़ हवाओं में झूलती बर्फ़, और घाटियों की गहरी छाया। हर दृश्य उसके मन में यही याद दिला रहा था कि असली खोज सिर्फ मंज़िल में नहीं, बल्कि रास्ते में छिपी हर चुनौती में है।

दृश्य 6 – कुनलून पर्वत कि झलक

कई दिनों की कठिन यात्रा के बाद, आरव थका हुआ, पर उत्साहित था। ठंडी हवाएँ, बर्फ़ीले तूफ़ान, ऊँचाई की साँसें रोक देने वाली हवा–सब कुछ पीछे रह गया था। उसके सामने अब खुली हुई थी कुनलुन रेंज की विशालता, जिसकी ऊँचाइयाँ और चोटियाँ सूरज की पहली किरणों में सुनहरी चमक रही थीं। यह वही इलाका था जिसे चीनी यात्री और तिब्बती कथाएँ “देवताओं का द्वार” कहती हैं। घाटियाँ इतनी गहरी थीं कि नीचे की रेत और बर्फ़ का संगम, दूर से देखने पर किसी स्वप्निल दुनिया जैसा लग रहा था। हवा ठंडी थी, पर सूर्य की किरणें बर्फ़ पर पड़कर

मानो उसे अपनी गर्माहट दे रही थीं। आरव ने अपनी स्कूटी को किनारे खड़ा किया और सीधे उस दृश्य की ओर देखा। बर्फ़ की सफ़ेद चादरें, चोटियों की नुकीली परछाइयाँ, और आसपास फैली सुनहरी रोशनी—सब कुछ जैसे एक ही पल में स्थिर हो गया हो। वह क्षण इतनी शांति और विशालता से भरा था कि आरव की आँखें बस उस नज़ारे को अपने भीतर समेट लेना चाह रही थीं। आरव ने कैमरा उठाया और धीरे-धीरे उसकी लेंस से दृश्य कैद करना शुरू किया। उसकी उंगलियाँ हल्की ठंड से काँप रही थीं, पर दिल में रोमांच और खुशी की एक अजीब सी गर्माहट थी। कैमरे में हर झिलमिलाती किरण, हर बर्फ़ की परत और दूर चोटियों पर पड़ती हल्की धूप की चमक को उसने सावधानी से कैद किया।

आरव (धीरे से, अपने आप से, आँखों में विस्मय और श्रद्धा के साथ) – "अगर स्वर्ग धरती पर है... तो वह यहीं है। यह नज़ारा, यह शांति, यह विशालता... शायद यही शांगरी-ला है, जिसकी खोज मैं कर रहा था। और यह सब... मेरे प्रयास, मेरी यात्रा, मेरी हिम्मत... इन सब का फल है।"

आरव ने अपने कैमरे की लेंस से एक लंबी शॉट लिया, जिसमें पूरे कुनलुन रेंज की ऊँचाइयाँ और घाटियाँ दिखाई दे रही थीं। उसने गहरी साँस ली और महसूस किया कि हर कठिन मोड़, हर तूफ़ान, हर बर्फ़ीली चढ़ाई ने उसे इस क्षण के लिए तैयार किया था। हवा में हल्की सरसराहट थी, और दूर से किसी बर्फ़ीले झरने की आवाज़ सुनाई दे रही थी। आरव ने अपने पैरों को बर्फ़ पर टिकाकर ठहराव महसूस किया। वह जानता था कि यह सिर्फ भौगोलिक सुंदरता नहीं है, बल्कि एक आध्यात्मिक अनुभव भी है– एक ऐसा अनुभव जो साहस, धैर्य और आत्मा की खोज का प्रतीक है।

आरव (धीरे से, अपने आप से, हल्की मुस्कान के साथ) – "हर कदम, हर कठिनाई, हर डर... सब इसे पाने के लिए थे। और अब... मैं यहाँ खड़ा हूँ। शांगरी-ला... शायद यही वह जगह है जहाँ सपनों और वास्तविकता का संगम होता है।"

सूरज की सुनहरी रोशनी अब पूरी घाटी और पर्वत श्रृंखला पर फैल गई थी। आरव ने कैमरा रखकर आँखें बंद कीं और हवा की ठंडक और सूर्य की गर्माहट दोनों को महसूस

किया। हर कोशिका, हर साँस, हर धड़कन उसे बता रही थी कि यह क्षण उसकी पूरी यात्रा का सार है–खतरे, साहस, खोज और अंततः अविश्वसनीय सुंदरता का संगम।

अध्याय 18 : खतरे और परीक्षाएँ

दृश्य 1 - नुब्रा घाटी की ओर (मई 2019)

सूरज की पहली किरणें लेह की ऊँचाईयों पर पड़ रही थीं, और बर्फ़ की चट्टानों पर सुनहरी चमक बिखेर रही थीं। मई का मौसम था, लेकिन यहाँ का मौसम अपने आप में एक रहस्य था–कभी तेज़ धूप की गर्मी चेहरे को झुलसा देती, तो कभी अचानक हवाओं में बर्फ़ के छोटे-छोटे कण उड़ते और ठंड की एक लहर सी बहा देते। आरव की जीप खारदुंग-ला के पत्थरीले और ऊँचे पास से निकल रही थी। रास्ते दोनों तरफ़ खतरनाक थे–एक तरफ़ बर्फ़ की मोटी दीवारें, दूसरी तरफ़ गहरी खाई, जिसकी गहराई का अंदाज़ा लगाना भी मुश्किल था। आरव ने कैमरे को उठाया और हर दृश्य को ध्यान से कैद करना शुरू किया।

आरव (कैमरे की ओर देखते हुए, अपनी आवाज़ में हल्का रोमांच और डर दोनों) – "यहाँ के रास्ते... दुनिया के सबसे ऊँचे और खतरनाक हैं। ये खाईयाँ, ये बर्फ़ के दीवारें... हर कदम पर आपको लगता है कि प्रकृति खुद आपकी परीक्षा ले रही है। और यही है कोल्ड डेज़र्ट की असली दहलीज़।"

जीप का ड्राइवर, ताशी, जो कई सालों से इन ऊँचाइयों में सफ़र कर रहा था, धीमे और गंभीर स्वर में बोला– ताशी: – "साहब... मई के महीने में भी यहाँ मौत का खतरा कम नहीं होता। कई बार, तेज़ बर्फ़ीला तूफ़ान अचानक रास्ता बंद कर देता है। मैं कई बार यात्रियों को यहाँ अकेले नहीं छोड़ सकता... क्योंकि एक कदम की चूक भी यहाँ घातक साबित हो सकती है।"

आरव ने थोड़ी देर खामोशी के बाद कैमरे की तरफ़ मुस्कुराते हुए देखा। उसकी आँखों में डर नहीं था, बल्कि एक तरह का उत्साह और चुनौती स्वीकार करने का साहस झलक रहा था।

आरव (धीरे से, खुद से और कैमरे को दिखाते हुए) – "यही तो असली परीक्षा है। अगर यह सफ़र आसान होता, तो हर कोई यहाँ आकर शांग्री-ला खोज लेता। लेकिन मुश्किलें, खतरे, और अनिश्चितता... यही तो इसे खास बनाती हैं। यही वह अनुभव है, जो हर दिल में याद रह जाएगा।"

जीप के टायर पत्थरों और बर्फ़ के मिश्रण पर धीरे-धीरे सरक रहे थे। हवा इतनी तेज़ थी कि आरव की शर्ट और बाल उसके चेहरे पर उड़ रहे थे, और ठंड की एक हल्की झिनझिनाहट उसकी त्वचा पर पड़ रही थी।

आरव ने फिर से कैमरे की ओर देखा और धीमे स्वर में कहा—"हर दृश्य... हर मोड़ पर डर और सुंदरता का मिश्रण है। यह घाटी केवल नज़ारे के लिए नहीं, बल्कि आत्मा की परीक्षा के लिए भी बनी है। जो इसे समझेगा, वही शांति और रोमांच दोनों पाएगा।"

ताशी ने जीप की गति कम की और बाहर की ओर इशारा किया। बर्फ़ से ढकी घाटी के बीच एक छोटे से पहाड़ी किनारे से सूरज की रोशनी ऐसे गिर रही थी कि लग रहा था जैसे प्रकृति खुद किसी पेंटिंग की तरह इस दृश्य को सजाए हुए हो। आरव ने गहरी साँस ली और कैमरे को बंद कर अपनी आँखों से उस दृश्य को महसूस किया। ठंडी हवा में उसकी सांसें धुँआ बनकर निकल रही थीं, और उसके अंदर एक अजीब मिश्रित भावना थी—खुशी, डर, रोमांच और शांति, सभी एक साथ।

आरव (धीरे से खुद से, जैसे अपना अनुभव शब्दों में पिरो रहा हो) – “यह सफ़र सिर्फ़ नुब्रा की घाटियों का नहीं है... यह मेरे डर, मेरी हिम्मत और मेरी आत्मा की असली परीक्षा है।”

और इस तरह, जीप ने धीरे-धीरे घाटी में प्रवेश किया, बर्फ़, पत्थर, और अनिश्चितता के बीच... लेकिन आरव के हौसले ने हर खतरे को चुनौती देने की ठानी थी।

दृश्य 2 - सियाचिन के करीब का सामना

सूरज की धूप बर्फ़ पर पड़कर आँखों को चुभ रही थी, लेकिन उस ठंड की तीव्रता इतनी थी कि हर साँस लेते ही ठंडी हवा फेफड़ों तक जैसे चुभ रही हो। आरव की जीप धीरे-धीरे सियाचिन ग्लेशियर की तरफ़ बढ़ रही थी। चारों तरफ़ बर्फ़ की सफ़ेद चादर फैली थी, और ऊँचे-ऊँचे बर्फ़ीले पहाड़ों की चोटियाँ धुंध और सूर्य के उजाले के बीच धुंधली परछाइयाँ बना रही थीं। आरव का दिल तेजी से धड़क रहा था। हर कदम पर खतरे का एहसास था, और ठंडी हवा में उसके गाल लाल हो रहे थे। जीप के टायर बर्फ़ और बर्फ़

से गीली पत्थर की सतह पर फिसल रहे थे। तभी अचानक, जैसे ही उन्होंने एक मोड़ पार किया, सामने की सड़क पर बर्फ़ का विशाल धंसाव (अवलांचे) हो गया। आवाज इतनी भयानक थी कि आरव की नब्ज़ बढ़ गई। बर्फ़ का विशाल ढेर, ट्रकों और झाड़ियों के ऊपर गिरा हुआ था, और धुआँ सा उभरता, हवा में बर्फ़ के कण उड़ रहे थे। आरव और ताशी ने तुरंत जीप रोकी। दोनों के हाथ कांप रहे थे–एक ओर डर, दूसरी ओर कुतूहल। बर्फ़ के नीचे कहीं एक ट्रक फँसा हुआ था। सैनिक रस्सियों के सहारे लोगों को निकालने की कोशिश कर रहे थे। उनके चेहरे पर घबराहट थी, लेकिन हर हाथ निश्चित और तेज़ था। एक जवान सैनिक ने आरव की तरफ़ देखा। उसके चेहरे पर थकान, चिंता और गंभीरता साफ़ झलक रही थी।

सैनिक (धीरे और गंभीर स्वर में) – "यह जगह... आम इंसानों के लिए नहीं है। अगर आप समझते हैं, तुरंत पीछे लौट जाइए। यहाँ एक गलत कदम... और परिणाम घातक हो सकता है।"

आरव ने अपने कैमरे को पीछे रखकर सैनिक की आँखों में आँखें डाली। ठंडी हवा उसके बालों को उड़ाकर चेहरे पर

मार रही थी, और उसकी साँसें धुंधली धुंध बनाकर सामने फैल रही थीं। उसकी आवाज़ में डर नहीं था, बल्कि एक दृढ़ निश्चय और अडिग साहस झलक रहा था।

आरव (धीरे लेकिन दृढ़ स्वर में) – "साहब... मैं लौट नहीं सकता। मुझे उस रेगिस्तान की ओर जाना ही है। यह सिर्फ़ सफ़र नहीं, मेरी ज़िंदगी का मिशन है। मैं यहाँ किसी चुनौती से डरने नहीं आया... मैं इसे पूरा करने आया हूँ।"

सैनिक कुछ पल के लिए चुप रह गया। उसने आरव की आँखों में गहराई और दृढ़ता देखी—यह आदमी सामान्य यात्री नहीं था। उसकी आँखों में सिर्फ़ रोमांच या उत्सुकता नहीं, बल्कि एक आत्मा की खोज और हिम्मत थी।

बर्फ़ीली हवा में सैनिक ने धीमे स्वर में कहा, सैनिक – "ठीक है... लेकिन सतर्क रहो। यहाँ हर पल मौत का खतरा है। एक गलत कदम... और परिणाम अनंत है।"

आरव ने सिर हिलाया, और बर्फ़ से ढकी सड़क की ओर झुककर देखा। ट्रक फँसा था, लोग निकाल रहे थे, और चारों तरफ़ बर्फ़ की चादर जैसे हर चीज़ को निगलने के लिए तैयार थी। उसने गहरी साँस ली, ठंडी हवा को अपने फेफड़ों में महसूस किया और दिल में एक अजीब जीवन और मृत्यु की सीमा को महसूस किया।

आरव (धीरे से, खुद से फुसफुसाते हुए) – "यह जगह... सिर्फ़ भौगोलिक रूप से खतरनाक नहीं है... यह मेरी आत्मा की परीक्षा भी है। और मैं इसे पार करने के लिए तैयार हूँ।"

जीप की इंजन की धीमी गड़गड़ाहट बर्फ़ की चुप्पी में गूंज रही थी। आरव ने कैमरा उठाया और बर्फ़, डर, और साहस के इस मिश्रण को कैद करने लगा। हर दृश्य में खतरे की झलक थी, लेकिन वहीं जीवन की गहराई और अद्‌भुतता भी।

दृश्य 3 - कोल्ड डेज़र्ट में पहली परीक्षा (हंडर के पास)

दो दिन की थकाऊ यात्रा और खतरों से भरी ऊँचाईयों को पार करके, आरव आखिरकार हंडर के रेतीले टीलों के बीच पहुँच गया। सामने का दृश्य उसकी आँखों के लिए एक जादू जैसा था–सुनहरी रेत के विशाल टीले सूरज की रोशनी में चमक रहे थे, और उनके पीछे बर्फ़ीली चोटियाँ अपने ठंडे, निःसंग स्वर में खड़ी थीं, जैसे दो अलग दुनिया एक-दूसरे की आँखों में देख रही हों। दोपहर का सूरज तेज़ी से रेत को भून रहा था। रेत के कण जैसे छोटे-छोटे लाल ग्लोब की तरह चमक रहे थे और हर कदम पर आरव की जीप का पहिया धीरे-धीरे रेत में धँस रहा था। हवा कम थी, लेकिन सूरज की गर्मी इतनी थी कि चेहरे पर पसीने की बूंदें उभर रही थीं।

आरव ने कैमरा उठाया और उत्साह और डर का मिश्रण अपने शब्दों में ढालते हुए बोला– आरव (कैमरे की ओर मुस्कुराते हुए, लेकिन आँखों में थकान और सतर्कता) – "यहाँ इंसान की सबसे बड़ी परीक्षा है–मौसम। दोपहर में

यह जलता हुआ रेगिस्तान है, और रात को यह जानलेवा ठंड में बदल जाता है। यही असली कोल्ड डेज़र्ट है... और यही वह चुनौती है, जिसे पार करना केवल हौसले और समझदारी से संभव है।"

सूरज ढलते-ढलते धीरे-धीरे पहाड़ों के पीछे छिप गया, और जैसे ही अंधेरा पसरने लगा, तापमान तेजी से गिरने लगा। रात होते ही ठंडी हवा बर्फ़ और रेत के कणों को साथ लेकर चलने लगी। तेज़ झोंके आरव के तंबू को हिला रहे थे। छोटे-छोटे रेत के कण उसकी आँखों और बालों में चुभ रहे थे, और ठंडी बर्फ़ की झिनझिनाहट उसके चेहरे को छू रही थी। आरव ने तुरंत अपने आप को पास की एक छोटी चट्टान के पीछे छुपाया। हवा इतनी तेज़ थी कि उसके साँस लेने में मुश्किल हो रही थी, और हर धड़कन में एक तरह का डर और जीवित होने का अहसास दोनों मिश्रित हो गया था।

आरव (धीरे से, खुद से, अपने मन में) – "रिया... तुम्हारे भरोसे से ही मैं यह रात पार कर पाऊँगा। तुम्हारी याद मुझे हिम्मत देती है, तुम्हारा विश्वास मुझे यह लड़ाई जीतने की ताकत देता है।"

रात की ठंडी हवाओं में रेत और बर्फ़ का यह अद्भुत और खतरनाक मिश्रण, उसे हर कदम पर सतर्क कर रहा था। उसने अपने तंबू के अंदर छिपते हुए महसूस किया कि यहाँ केवल शरीर की ताकत नहीं, बल्कि मन की शक्ति और आत्मा का विश्वास ही उसे बचा सकता है। आरव ने धीरे से अपना कैमरा बंद किया, और आँखें बंद कर इस तूफ़ान और कोल्ड डेज़र्ट के बीच अपनी साँसों पर ध्यान दिया। ठंडी हवा और तेज़ रेत के कण उसके चेहरे पर वार कर रहे थे, लेकिन उसकी हिम्मत और रिया की याद ने उसे एक अदृश्य सुरक्षा की तरह घेरा हुआ महसूस कराया। और इस तरह, हंडर के रेतीले टीलों और बर्फ़ीली चोटियों के बीच, आरव की पहली परीक्षा शुरू हुई–जहाँ प्राकृतिक खतरों के बीच इंसानी साहस और भरोसे की असली परीक्षा चल रही थी।

दृश्य 4 - पांगोंग झील का रहस्य

मई 2019 की ठंडी सुबह थी। सूरज की पहली किरणें पांगोंग त्सो की झील पर पड़ रही थीं, और झील का दृश्य जैसे किसी जादुई पेंटिंग से निकला हो। झील का आधा

भाग जमी हुई बर्फ़ की चादर में ढका था, चमकते हुए क्रिस्टल की तरह, और आधा भाग गहरा नीला पानी अपने भीतर आसमान का प्रतिबिंब लिए हुए थ। आरव जीप से उतरते ही ठंडी हवा में गहरी साँस ली। ठंडी हवा के साथ हल्की नमक की खुशबू और झील के पानी की ठंडक उसके चेहरे पर चोट कर रही थी। हर कदम पर बर्फ़ीले किनारे से पानी की हल्की फुहार उठती और रेत पर छोटे-छोटे झिलमिलाते कण बनाते। जैसे ही आरव कैमरा उठाकर झील का दृश्य कैद करने लगा, हवा में अचानक वही रहस्यमयी धुन गूँजी–हल्की बाँसुरी जैसी, जो दूर से कानों तक धीरे-धीरे पहुँच रही थी। धुन में एक अद्‌भुत सुकून और रहस्य दोनों थे। आरव ने कैमरे की रिकॉर्डिंग चालू की। उसकी आँखों में चमक थी, और चेहरे पर हल्की मुस्कान, जैसे उसे पता हो कि यह वही संकेत है, जिसका वह वर्षों से इंतजार कर रहा था।

आरव (धीरे, उत्सुकता और श्रद्‌धा के मिश्रित स्वर में) – "यह वही धुन है... वही संकेत जो गुफ़ा में सुनाई दिया था। लगता है... यह आवाज़ मुझे आगे बुला रही है।"

तभी झील के किनारे से एक स्थानीय चरवाहा गुज़रा। उसके चेहरे पर जीवन की सादगी और वर्षों का अनुभव झलक रहा था। चरवाहा अपने ऊँट के साथ धीरे-धीरे चल रहा था और ठंडी हवा में उसकी आवाज़ गूँजी।

चरवाहा (धीरे, गंभीर लेकिन सौम्य स्वर में) – “साहब... ये आवाज़ कभी-कभी यहाँ सुनाई देती है। हमारे बुज़ुर्ग कहते हैं कि यह... शम्भाला का आह्वान है। जिसे सुनाई दे, वह अपने मार्ग पर आगे बढ़ता है। पर डरना नहीं चाहिए, यह केवल बुलावा है।”

आरव ने उसकी ओर गहरी नज़र डाली। उसके भीतर एक अजीब शांति और रोमांच का मिश्रण दौड़ गया। उसने कुछ पल चुपचाप चरवाहे को देखा, फिर हल्की मुस्कान दी। उसकी आँखों में न केवल विश्वास, बल्कि आत्मिक जुड़ाव और एक खोजी का साहस भी झलक रहा था।

आरव (धीरे से, खुद से, हवा में फैलते धुन को सुनते हुए) – “यह सच में कोई सामान्य जगह नहीं... यहाँ हर धुन, हर संकेत, हर दृश्य... कुछ कह रहा है। शायद यही वो मार्ग है जो मुझे शांगरी-ला तक ले जाएगा।”

झील की ठंडी हवा में बर्फ़ और पानी की खुशबू, धुन की रहस्यमयी आवाज़ और दूर-दूर तक फैली नीली चोटियाँ– सब मिलकर एक ऐसा माहौल बना रहे थे, जिसमें आरव केवल एक पर्यटक नहीं था, बल्कि एक खोजी, साहसी और अनुभवों के बीच झूलता हुआ इंसान था। आरव ने कैमरा बंद किया, और झील के किनारे खड़े होकर, ठंडी हवा में अपनी साँसों को महसूस किया। वह जानता था– यह केवल दृश्य नहीं था, यह एक संकेत, एक अगली चुनौती की शुरुआत थी।

दृश्य 5 - काराकोरम दर्रे की घातक परीक्षा

काराकोरम की चोटियों के बीच आरव अपनी जीप से आगे बढ़ रहा था। रास्ता सँकरा और पत्थरों और बर्फ़ की चोटियों से भरा हुआ था। यहाँ की ऊँचाई लगभग 18,000 फीट थी, और हर साँस जैसे शरीर से ज़िंदगी खींच रही हो। पत्थरों पर बर्फ़ का महीन परत और हवा की ठंडक, दोनों मिलकर एक ऐसा माहौल बना रहे थे जिसमें हर कदम पर सतर्क रहना अनिवार्य था। आरव का हर कदम धीरे-धीरे पड़ रहा था। ऑक्सीजन इतनी कम थी कि उसे

हर साँस लेने के लिए संघर्ष करना पड़ रहा था। उसका सीना धौंकनी की तरह उठ-गिर रहा था, और उसे लग रहा था जैसे उसके फेफड़े हर साँस के साथ और भारी हो रहे हैं। आँखों के सामने धुंधलका और अँधेरा छा गया, और थोड़ी देर के लिए उसे लगने लगा कि वह इस ऊँचाई की चुनौती के सामने असफल हो सकता है। वहीं, इसी घड़ी में रिया की मुस्कुराती हुई छवि उसकी यादों में तैर गई। उसकी आँखों में प्यार, विश्वास और हौसले की चमक थी। यह चित्र उसके मन में जैसे किसी दीपक की तरह जल गया, और उसे हिम्मत दे गया।

आरव (धीरे-धीरे, खुद से, काँपती आवाज़ में) – “रिया... मैं हार नहीं सकता। शांगरी-ला का द्वार यहीं कहीं है। मुझे इसे खोजना ही होगा। तुम्हारे भरोसे और उम्मीद से ही मैं आगे बढ़ रहा हूँ।”

उसने धीरे-धीरे खुद को संभाला और अपने पैरों को स्थिर किया। पत्थर और बर्फ़ पर संतुलन बनाए रखना मुश्किल था। हर कदम में डगमगाहट थी, हर साँस में दर्द, लेकिन उसके मन की आग और आत्मा की दृढ़ता ने उसे गिरने से रोक दिया। आरव ने हाथ से अपने चेहरे की बर्फ़ीली

बूंदें हटाईं और फिर कदम बढ़ाया। ठंडी हवा उसकी त्वचा को चुभ रही थी, पर उसके अंदर एक अडिग साहस और आत्मविश्वास चल रहा था। उसने महसूस किया कि यह केवल एक शारीरिक चुनौती नहीं थी, बल्कि मानसिक और भावनात्मक परीक्षा भी थी। हर कदम के साथ, उसका दिल तेज़ धड़क रहा था। पैर लड़खड़ा रहे थे, सांसें फट रही थीं, लेकिन मन और आत्मा ने उसे प्रेरित किया–जैसे कोई अदृश्य शक्ति उसे आगे बढ़ने के लिए कह रही हो।

आरव (धीरे से, खुद से, ठंडी हवा में शब्द फुसफुसाते हुए) – “हर दर्द, हर चुनौती... यही तो शांगरी-ला तक पहुँचने का मार्ग है। मैं इसे खोजूँगा... और मैं इसे पा ही लूंगा।”

और इस तरह, काराकोरम की ऊँचाइयों में, बर्फ़, पत्थर और ऑक्सीजन की कमी के बीच, आरव की पहली असली घातक परीक्षा शुरू हुई। शरीर थक रहा था, पर आत्मा अडिग थी, और उसका साहस हर कदम के साथ और गहरा हो रहा था।

दृश्य 6 - रहस्यमयी संकेत

काराकोरम दर्रे की ऊँचाइयों में, जहाँ हवा इतनी पतली थी कि हर साँस जैसे शरीर से ज़िंदगी खींच रही हो, आरव ने धीरे-धीरे कदम बढ़ाए। चारों तरफ़ बर्फ़ और पत्थरों की चट्टानें थीं, और सूरज की रोशनी बर्फ़ीली चोटियों से टकराकर चमक रही थी। हवा इतनी तेज़ थी कि उसके बाल और कपड़े उड़ रहे थे, और ठंडी हवा के झोंके चेहरे पर चुभ रहे थे। तभी उसकी नजरें एक पुरानी पत्थर की दीवार पर पड़ीं–मणि वाल , जिसे तिब्बती यात्री और स्थानीय लोग लंबे समय से श्रद्धा के प्रतीक के रूप में जानते थे। पत्थर की सतह पर महीन कटाव और समय के निशान साफ़ दिखाई दे रहे थे, और हर पत्थर पर "ॐ मणि पद्मे हूँ" मंत्र बड़े ध्यान और प्रेम से खुदे हुए थे। जैसे ही हवा उस दीवार से टकराई, वही रहस्यमयी बाँसुरी जैसी धुन फिर से तेज़ हो गई। धुन इतनी सजीव और जीवंत थी कि आरव के कानों में जैसे पुरानी कहानियों और रहस्यों की आवाज़ गूँज रही हो। उसकी आँखें दीवार पर से हट नहीं रही थीं, और हर मंत्र की धारा उसकी आत्मा तक पहुँच रही थी। आरव ने कैमरा उठाया और रिकॉर्डिंग चालू की। उसकी आँखों में आश्चर्य, श्रद्धा और

अद्भुत उत्साह का मिश्रण झलक रहा था। उसने अपने हाथ जोड़कर दीवार के सामने धीरे-धीरे प्रणाम किया। ठंडी हवा उसके शरीर को चुभ रही थी, पर मन और आत्मा एक अजीब शांति और विश्वास से भर गया था।

आरव (धीरे से, अपनी साँसों को संभालते हुए, भावनाओं से भरा स्वर) – "अब मुझे यकीन है... मैं सही रास्ते पर हूँ। शांगरी-ला यहीं कहीं है। हर चुनौती, हर कठिनाई, हर कदम... सब मुझे यहाँ तक ले आया। और यह संकेत... यह धुन... यह पुष्टि है कि मेरा सफ़र सही दिशा में है।"

वह कुछ पल चुप रहा, सिर्फ़ अपने चारों तरफ़ फैले दृश्य और हवा में गूंजती धुन को महसूस करता रहा। पत्थर की ठंडी सतह, बर्फ़ीली चोटियाँ, और बाँसुरी जैसी धुन–सबने मिलकर उसे ऐसा अनुभव दिया कि वह केवल एक खोजी नहीं था, बल्कि एक आत्मा जो अपने लक्ष्य की ओर पूरी तरह जुड़ी हुई थी। आरव ने कैमरा बंद किया और ठंडी हवा में गहरी साँस ली। उसके चेहरे पर हल्की मुस्कान थी, और आँखों में दृढ़ निश्चय। उसने महसूस किया कि यह केवल भौगोलिक मार्गदर्शन नहीं था, बल्कि एक आध्यात्मिक संकेत भी था–जो उसके साहस, विश्वास और

धैर्य की पुष्टि कर रहा था। हवा के झोंके लगातार उसके चारों ओर बर्फ़ीली रेत और पत्थरों को घुमा रहे थे, और आरव खड़ा था–तैयार, आगे बढ़ने और रहस्यमय शांगरी-ला के दरवाजे को खोजने के लिए।

अध्याय का अंत - आत्मा की तैयारी

कोल्ड डेज़र्ट की तपती रेत, काराकोरम की बर्फ़ीली चोटियाँ, सियाचिन की घातक ठंड और पांगोंग झील की रहस्यमयी धुन–आरव ने इन सभी कठोरतम परीक्षाओं को पार कर लिया था। हर कदम, हर साँस, हर धड़कन ने उसे शारीरिक और मानसिक रूप से पिघलाया और तराशा। उसका शरीर थका हुआ था, हाथ-पाँव अकड़ चुके थे, और ऑक्सीजन की कमी से हर साँस जैसे उसके भीतर संघर्ष और जीवन दोनों ला रही थी। लेकिन अब, जब वह एक पल के लिए रुककर चारों तरफ़ फैली हिमालय की चोटियों और बर्फ़ीली घाटियों को देख रहा था, उसे अहसास हुआ कि यह केवल बाहरी संघर्ष था। असली चुनौती अभी बाकी थी–एक ऐसी परीक्षा जहाँ शारीरिक हिम्मत पर्याप्त नहीं थी। आरव ने गहरी साँस ली। ठंडी हवा उसके चेहरे को चुभ रही थी, और उसके

अंदर की बेचैनी, डर और अकेलेपन की भावना अचानक इतनी तीव्र हो गई कि उसे लगा जैसे वह स्वयं के भीतर गिर रहा हो। उसने अपने कदमों को मोड़ते हुए पहाड़ों और घाटियों की ओर देखा, और मन ही मन अपने आप से कहा– आरव (धीरे, खुद से, गहरी सोच में) – "यहाँ आगे... केवल रास्ता नहीं, बल्कि मेरे भीतर का सफ़र है। मुझे अपने डर का सामना करना होगा... अपने अकेलेपन का सामना करना होगा... और शायद... मृत्यु के करीब भी जाना होगा। लेकिन यही मार्ग है, वही परीक्षा है, जो मेरी आत्मा को परखती है।"

उसने अपने हाथों को ठंडी हवा में फैलाया और चारों ओर फैली विशालता को महसूस किया। बर्फ़ और पत्थरों की चुप्पी, ऊँची चोटियों की गर्जन जैसी मौजूदगी, और धुंधली दूरियाँ–सबने उसे एहसास दिलाया कि अब यह केवल शारीरिक रोमांच या खोज नहीं है। यह आत्मिक संघर्ष, आत्मा की गहराई और जीवन के मूल सवालों का सामना था। आरव के मन में एक अजीब मिश्रित भावना उठी–डर, आशंका, थकान, परन्तु उसी के साथ साहस, उम्मीद और एक अडिग विश्वास भी। उसकी आँखों में चमक थी, जो

केवल साहस से नहीं, बल्कि आत्मा की तैयारी और समझदारी से भरी हुई थी। आरव ने धीरे-धीरे कैमरा बंद किया और ठंडी हवा में अपनी साँसों को महसूस किया। उसने महसूस किया कि आगे का सफ़र कठिनतम, अकेला और रहस्यमय होगा। यहाँ न केवल शारीरिक थकान, बल्कि मानसिक और भावनात्मक गहराई की भी परीक्षा है।

आरव (धीरे से, मन में अपने आप से) – "मैंने जो भी सीखा है, वह अब मेरी मदद करेगा। डर, अकेलेपन और मृत्यु... यह सब केवल परीक्षण हैं। मैं तैयार हूँ। और जब यह परीक्षा पूरी होगी, तब मैं शांगरी-ला के रहस्य के और पास पहुँच जाऊँगा। मेरी आत्मा अब सचमुच के सफ़र के लिए तैयार है।"

हिमालय की चोटियों के बीच ठंडी हवा में, आरव खड़ा था–शारीरिक थकान के बावजूद, आत्मा की तैयारी और विश्वास से पूरी तरह मजबूत। उसने अपने मन को शांत किया, अपने डर को गले लगाया, और अगले चरण के रहस्य और चुनौती का स्वागत करने के लिए खुद को तैयार किया।

******

अध्याय 19 : मनोवैज्ञानिक परीक्षा

दृश्य 1 - रहस्यमयी मठ में प्रवेश

दिन का वह हिस्सा था जब सूरज की किरणें मुश्किल से बर्फ़ से ढकी घाटियों तक पहुँच पाती थीं। हवा में एक अजीब सी नमी और ठंड घुली थी – ऐसी जो त्वचा नहीं, आत्मा तक को छू ले। आरव के जूते बर्फ़ में धँसते हुए चरमराहट की आवाज़ कर रहे थे। उसके कदम धीमे थे, लेकिन आँखों में एक अद्भुत दृढ़ता थी। कई दिनों की यात्रा, नींद की कमी, और हड्डियाँ तोड़ देने वाली ठंड के बावजूद उसका मन अब भी जाग रहा था – जैसे किसी अनजाने उद्देश्य ने उसे यहाँ तक पहुँचाया हो।

आखिरकार, सामने एक पुराना मठ उभर आया – पहाड़ की ढलान पर टिका हुआ, मानो सदियों से हिमालय की गोद में सोया हो। लकड़ी और पत्थरों से बना वह मठ बर्फ़ की परतों में ढँका हुआ था। ऊपर हवा में तिब्बती झंडियाँ

फड़फड़ा रही थीं, जिन पर लिखे मंत्र हवा के साथ घुलकर दूर तक गूँज रहे थे। आरव धीरे-धीरे सीढ़ियाँ चढ़ने लगा। हर कदम के साथ उसका दिल तेज़ी से धड़क रहा था। जैसे-जैसे वह ऊपर बढ़ता गया, नीचे घाटी में बर्फ़ीली हवाएँ और शोर पीछे छूटते गए। अब सिर्फ़ सन्नाटा था – गहरा, स्थिर, और रहस्यमयी। मठ के विशाल लकड़ी के द्‌वार पर एक बुज़ुर्ग साधु खड़ा था। उसके वस्त्र मोटे ऊनी कपड़े के थे, रंग मिट्‌टी जैसा। उसके बाल और दाढ़ी सफ़ेद, आँखें आधी बंद – लेकिन चेहरे पर एक ऐसा तेज़, जो सीधे आरव की आत्मा में उतर गया। कुछ पल तक दोनों के बीच कोई शब्द नहीं बोले गए। बस हवा का स्वर, झंडियों की खनक, और दूर कहीं घंटियों की हल्की गूँज। फिर साधु ने धीरे से आँखें खोलीं। उनकी दृष्टि आरव पर पड़ी – ऐसी दृष्टि जिसमें न कोई प्रश्न था, न कोई निर्णय... बस गहराई थी।

साधु (गंभीर स्वर में) – "पथिक... तुम बहुत दूर से आए हो। हिमालय के तूफ़ानों को झेला, बर्फ़ीले रेगिस्तान में चले, और मृत्यु की घाटियों को पार किया। पर जो यात्रा तुम्हें अब करनी है, वह किसी नक़्शे पर नहीं मिलेगी।"

आरव ने कुछ नहीं कहा। उसके भीतर जैसे सब शब्द थम गए थे। उसने सिर झुकाया, एक गहरी साँस ली, और अपने काँपते हाथों को सीने पर रखा।

आरव (धीरे, लेकिन दृढ़ स्वर में) – "मैं तैयार हूँ, गुरुजी। चाहे जो भी परीक्षा हो... मैं उसका सामना करूँगा।"

साधु की आँखों में एक हल्की मुस्कान उभरी – न दया की, न गर्व की – बल्कि किसी गहरी समझ की।

वह धीरे से बोले, साधु – "यहाँ जो परीक्षा है, वह शरीर की नहीं, मन की है। तुम अब अपने भीतर उतरोगे। तुम्हें अपने ही डर, अपने ही भ्रम, और अपनी ही परछाइयों से मिलना होगा। वहाँ कोई तुम्हारी मदद नहीं करेगा... यहाँ तक कि तुम खुद भी नहीं।"

आरव ने एक क्षण के लिए मठ की ओर देखा – लकड़ी के विशाल दरवाज़े, जिन पर उकेरे गए थे प्राचीन प्रतीक – कमल, चक्र, त्रिशूल, और एक अर्धचंद्र। मानो वे सब उसे बुला रहे हों। हवा और ठंडी हो गई। उसकी साँसें भाप बनकर उड़ रहीं थीं।

उसने धीरे से कहा – आरव – "अगर यही मार्ग मुझे अपने सत्य तक ले जाएगा, तो मैं पीछे नहीं हटूँगा।"

साधु ने अपने हाथ उठाए, और मठ का द्वार चरमराहट के साथ खुल गया। अंदर से धुएँ और अगरबत्ती की मिली-जुली खुशबू आई, और दूर किसी मंत्र की ध्वनि सुनाई दी – धीमी, पर गहरी।

साधु – "भीतर जाओ, आरव। वहाँ न समय होगा, न दिशा। वहाँ केवल तुम होगे – और तुम्हारा मन।"

आरव ने एक पल के लिए पीछे मुड़कर देखा – बर्फ़, आसमान, और अंतहीन सफ़ेद शांति। फिर उसने आगे कदम बढ़ाया। मठ का अंधकार उसे धीरे-धीरे निगलने लगा। और जैसे ही वह अंदर प्रवेश किया – बाहर की हवा थम गई। बस एक हल्की-सी आवाज़ गूँजी – "अब यात्रा भीतर की है..."

दृश्य 2 - परीक्षा की शुरुआत

मठ का भारी लकड़ी का दरवाज़ा जब धीरे-धीरे बंद हुआ, तो एक गूंजती हुई खामोशी पूरे कक्ष में फैल गई। बाहर की ठंडी हवा अब बंद हो चुकी थी, और भीतर एक अलग ही तापमान था – न गर्म, न ठंडा... बस एक शांत, घना वातावरण, जैसे समय यहाँ रुक गया हो। दीवारों पर मिट्टी और घी के दीपक जल रहे थे। उनका पीला प्रकाश दीवारों पर झिलमिला रहा था, और उन दीवारों पर प्राचीन संस्कृत मंत्र खुदे थे – "ॐ मणि पद्मे हूँ", "अहं ब्रह्मास्मि", "शिवोऽहम्।" वो शब्द जीवित लग रहे थे, जैसे कोई अदृश्य ऊर्जा उन अक्षरों से निकलकर हवा में घुल रही हो। आरव के कदमों की आहट पत्थर के फ़र्श पर गूँज रही थी। हर कदम उसे किसी और ही दुनिया में ले जा रहा था। उसके भीतर हल्की घबराहट थी – एक अजीब सी बेचैनी, जो किसी परीक्षा से पहले आने वाली होती है। साधु ने बिना कुछ कहे इशारे से उसे अपने साथ आने को कहा। वह उसे एक गोलाकार कक्ष में ले गए – बीच में एक पत्थर का आसन था, जिसके चारों ओर छोटे दीपक रखे थे। साधु वहाँ बैठ गए, और अपनी गहरी साँसों

के साथ वातावरण और भी भारी हो गया। कुछ क्षणों तक सन्नाटा रहा।

फिर साधु ने आँखें खोलीं और शांत स्वर में बोले – साधु (धीरे, लेकिन दृढ़ आवाज़ में) –"आरव... यह वह स्थान है जहाँ हर साधक को अपने भीतर उतरना पड़ता है। यहाँ न तुम्हारे शब्द काम आएँगे, न शरीर की ताक़त। यहाँ जो दुश्मन है, वह बाहर नहीं – वह तुम्हारे भीतर है। तुम्हारा भय, तुम्हारी असफलताएँ, तुम्हारे पछतावे... सब यहाँ तुम्हारे सामने आएँगे।"

आरव ने सिर झुकाया। उसके चेहरे पर पसीने की हल्की बूँदें थीं, जबकि मठ के भीतर ठंड अब भी थी। उसकी साँसें तेज़ हो गईं। उसने कुछ कहने की कोशिश की, पर शब्द गले में अटक गए।

आरव (धीरे से) –"अगर यही सच्चाई की राह है... तो मैं तैयार हूँ।"

साधु ने धीरे से अपनी माला उठाई और बोले –साधु –"तो अब अपनी आँखें बंद करो, और जो दिखे, उससे भागना मत। जो सुनो, उस पर शक मत करना। याद रखना –

यह सब तुम्हारा ही मन है। तुम्हारा अपना निर्माण... तुम्हारा अपना जाल।"

आरव ने धीरे से अपनी आँखें बंद कर लीं। पहले कुछ पल सिर्फ़ सन्नाटा था – बस दीपक की लौ के जलने की आवाज़ और उसकी अपनी साँसों की। फिर अचानक – उसे लगा जैसे ज़मीन धीरे-धीरे खिसक रही हो। चारों ओर अंधकार फैल गया। सारा मठ, दीपक, साधु – सब गायब हो गए। वह अब अकेला था – एक गहरे, अनंत अँधेरे में। उसके पैरों के नीचे कोई ज़मीन नहीं, बस शून्य। वह चिल्लाना चाहता था, पर आवाज़ निकल ही नहीं रही थी। उसके दिल की धड़कनें तेज़ हो गईं – धक्... धक्... धक्... जैसे कोई उसे भीतर से खींच रहा हो।

आरव (मन ही मन) –"यह क्या हो रहा है? मैं कहाँ हूँ? क्या यह सपना है... या सच?"

अचानक, कहीं दूर से एक हल्की सी फुसफुसाहट सुनाई दी – उसकी अपनी आवाज़। आवाज़ (धीरे, लगभग उसके कानों में) –"भाग क्यों रहे हो, आरव? क्या डर लग रहा है अपने आप से?"

वह चौंक उठा। उसने चारों ओर देखा, पर वहाँ कोई नहीं था। अंधकार अब आकार लेने लगा – दीवारें उभरने लगीं, जैसे वह किसी पुराने, बंद कमरे में खड़ा हो। कमरा जिसमें टूटी तस्वीरें थीं, बिखरी किताबें, और एक आईना... आरव ने उस आईने की ओर देखा। आईने में उसका चेहरा था – पर आँखें उसकी नहीं थीं। वे ठंडी, गहरी और अजनबी थीं।

आरव (काँपती आवाज़ में) –"तुम... कौन हो?"

आईना मुस्कुराया।

आईने में चेहरा (धीरे से) – "मैं तुम ही हूँ... तुम्हारा वो हिस्सा, जिससे तुम भागते रहे। तुम्हारा डर... तुम्हारी नफरत... तुम्हारी कमजोरी..."

आरव ने कदम पीछे खींचे, लेकिन कमरा जैसे सिमटने लगा। हवा भारी हो गई, साँस लेना मुश्किल। उसका शरीर काँपने लगा।

फिर अचानक कहीं दूर से वही साधु की आवाज़ आई – साधु (धीमे, गूँजते स्वर में) – "डरो मत, आरव... यह तुम्हारा मन है। इसे पहचानो, इसे देखो... तभी तुम इसे जीत पाओगे।"

आरव ने अपनी मुट्ठियाँ कस लीं। उसकी आँखों में डर की जगह अब दृढ़ता थी। वह उस आईने के पास गया, और अपने प्रतिबिंब की आँखों में झाँककर बोला – आरव – "अगर तुम मेरा ही हिस्सा हो, तो अब मैं तुमसे नहीं भागूँगा। मैं तुम्हें पहचानूँगा... और तुम्हें पार कर जाऊँगा।"

आईने में चेहरा धीरे-धीरे धुँधला होने लगा। अंधकार टूटने लगा। दीपकों की लौ फिर से झिलमिलाने लगी। जब आरव ने आँखें खोलीं – वह फिर से मठ के उसी कक्ष में था। साधु अब भी वहीं बैठे थे, शांत, स्थिर।

साधु ने मुस्कुराते हुए कहा – साधु – "यह तो बस आरंभ था, आरव। अभी तुम्हारे भीतर कई कमरे और हैं... और हर कमरे में तुम्हारा एक और रूप छिपा है।"

आरव ने गहरी साँस ली। उसकी आँखों में अब भय नहीं था – सिर्फ़ संकल्प था।

आरव – "मैं हर कमरे तक जाऊँगा, गुरुजी... चाहे वहाँ मुझे अपने सबसे डरावने रूप से ही क्यों न मिलना पड़े।"

साधु ने आँखें बंद कर लीं – और मठ में फिर से वही गूँज उठी – "अहं ब्रह्मास्मि..."

दृश्य 3 - भय का सामना

अंधकार में समय का कोई अर्थ नहीं रह गया था। आरव को महसूस हुआ कि उसका शरीर वहीं बैठा है, पर मन कहीं और–किसी और दुनिया में भटक रहा है। चारों ओर काली धुंध फैल चुकी थी, और उस धुंध में कुछ हल्की आवाज़ें तैर रही थीं–पहले धीमी, फिर धीरे-धीरे स्पष्ट होती हुईं। वो आवाज़ें... उसकी अपनी थीं। कभी थकी हुई, कभी डरी हुई, कभी टूटी हुई। फिर अचानक उसके सामने दृश्य उभरने लगे–जैसे किसी टूटी हुई फ़िल्म की रील चल पड़ी हो। पहाड़ों की ऊँचाइयाँ, तेज़ हवा, और बर्फ़ीला तूफ़ान। वह खुद–एक तंग रास्ते पर फिसलता हुआ, और फिर नीचे गहराई में गिरता हुआ। हवा में उसकी चीख गूँजती है–"रिया...!" और अगले ही पल–सन्नाटा। नीचे बर्फ़

में उसका शरीर पड़ा है, आधा ढका हुआ, निश्चल। आसमान से बर्फ़ लगातार गिर रही है, और उसकी सांसें ठहर चुकी हैं। वो दृश्य इतना वास्तविक था कि आरव का सीना कस गया, जैसे साँस ही बंद हो गई हो। उसने अपने कानों पर हाथ रखे, पर आवाज़ें और तेज़ हो गईं। अब उसने देखा–रिया... वो किसी बर्फ़ीली घाटी में खड़ी थी, बाल हवा में उड़ रहे थे, आँखें आँसुओं से भरीं। उसके हाथ में आरव की तस्वीर थी, और वो चिल्ला रही थी– रिया (टूटे स्वर में) – "आरव! तुम मुझे क्यों छोड़ गए? तुमने वादा किया था... तुम लौटोगे..." उसकी आवाज़ दर्द से काँप रही थी। आरव का दिल फट गया। वो उस ओर दौड़ना चाहता था, पर उसके कदमों के नीचे ज़मीन नहीं थी–बस अंधकार। हर कदम उसे और नीचे खींचने लगा। वह चीख पड़ा– आरव – "नहीं! ये सच नहीं है! मैं मर नहीं सकता! मैं रिया को अकेला छोड़कर नहीं जा सकता!"

उसके चारों ओर तूफ़ान और तेज़ हो गया। बर्फ़ के टुकड़े उसके चेहरे पर लग रहे थे, जैसे कोई सज़ा दे रहा हो। हर दिशा से उसकी ही आवाज़ें लौट रही थीं–"तुम असफल हो गए... तुम हार गए... तुमने सबको छोड़ दिया..." आरव

ज़मीन पर गिर पड़ा, हाथों से सिर पकड़ लिया। आँखों में आँसू थे–गर्म और सच्चे। दिल की धड़कन इतनी तेज़ थी कि उसे अपने शरीर का एहसास तक नहीं रहा।

तभी अचानक, उस गहराई में एक आवाज़ गूँजी–धीमी, पर गूँजती हुई– साधु की आवाज़ – "याद रखो, पथिक... यह केवल तुम्हारा भय है। यदि तुम इससे भागोगे, तो तुम स्वयं से भागोगे। और जो स्वयं से भागता है, वह कभी मुक्त नहीं होता।"

आरव ने आँसू पोंछे। उसका शरीर काँप रहा था, पर आँखों में दृढ़ता लौट आई थी। उसने गहरी साँस ली–धीरे, शांत, नियंत्रित।

आरव (धीरे, खुद से) – "नहीं... अब मैं नहीं भागूँगा।"

उसने अपनी आँखें बंद कीं। हर साँस के साथ उसने डर को अपने भीतर महसूस किया–उसका दर्द, उसका अपराधबोध, उसकी असफलता। पर इस बार उसने उन्हें दबाने की कोशिश नहीं की। वो बस देखने लगा–स्वीकारने लगा। धीरे-धीरे तूफ़ान थमने लगा। रिया का चेहरा धुंधला होने लगा, बर्फ़ के दृश्य पिघलने लगे। चीखों की जगह

अब शांति उतर आई। अंधकार में अब एक हल्की रोशनी उभर रही थी–गर्म, सुनहरी, जैसे सूर्योदय की पहली किरण। आरव ने आँखें खोलीं। वो फिर से मठ के उसी कक्ष में था। दीपकों की लौ पहले से ज्यादा स्थिर थी। साधु वहीं बैठे थे, और उनके चेहरे पर अब एक कोमल मुस्कान थी।

साधु (शांत स्वर में) – "तुमने अपने भय को देखा, उसे स्वीकारा, और उसे जाने दिया। यही पहला कदम है–स्वयं की मुक्ति का।"

आरव ने गहरी साँस ली, और आँखें बंद करके सिर झुकाया। उसके भीतर अब शांति थी। न कोई दौड़, न कोई डर–बस एक स्थिरता।

आरव (धीरे से, खुद से) – "शायद डर कभी मिटता नहीं... पर उसे पहचानना ही जीत है।"

साधु ने धीरे से अपनी माला के मनकों को छुआ। मठ के बाहर घंटियाँ बजने लगीं, हवा में मंत्र गूँजने लगे– "ॐ शान्तिः शान्तिः शान्तिः..."

बर्फ़ की वादियों के ऊपर कहीं, एक नई सुबह जन्म ले रही थी।

दृश्य 4 - मोह और प्रलोभन

धीरे-धीरे सब कुछ स्थिर हो गया था। अंधकार जैसे पीछे हट रहा था, और उसकी जगह अब एक चमकीली, सुनहरी रोशनी फैल रही थी। आरव ने आँखें खोलीं–और हैरान रह गया। वह अब किसी ठंडी गुफा में नहीं था। सामने भव्य रोशनी वाला एक आलीशान न्यूज़ स्टूडियो था। दीवारों पर बड़ी-बड़ी स्क्रीन लगी थीं, जहाँ उसकी तस्वीर चल रही थी–आरव शर्मा, "सत्य की आवाज़"। कैमरे चमक रहे थे, माइक उसकी ओर बढ़े थे, और चारों ओर लोगों की भीड़ थी। तालियाँ गूंज रही थीं। उसके सामने एक मंच था–लाल कालीन, सोने की चमक, और बीच में एक विशाल पुरस्कार। उस पुरस्कार पर लिखा था – "ग्लोबल जर्नलिस्ट ऑफ़ द ईयर - आरव शर्मा" भीड़ में नारे लग रहे थे– "आरव आरव!" "सच्चाई का सिपाही!" "भारत का गर्व!" उसके सीने में गर्व की एक गर्म लहर उठी। वह

मुस्कुराया, उसकी आँखों में चमक थी। कैमरों की फ्लैश उस पर ऐसे पड़ रही थीं जैसे रोशनी खुद उसकी पूजा कर रही हो।

चैनल हेड–एक प्रसिद्ध व्यक्ति, सजे-धजे सूट में–उसके पास आया और माइक्रोफोन हाथ में लेकर बोला, चैनल हेड (जोशीले स्वर में) – "महिलाओं और सज्जनों, आज हम इतिहास के साक्षी हैं! आरव शर्मा–वो नाम जिसने सच्चाई को आवाज़ दी, जिसने मौत की घाटियों से रिपोर्टिंग की, जिसने असंभव को संभव बनाया! आरव, तुम दुनिया के सबसे बड़े जर्नलिस्ट बन गए हो!"

हॉल तालियों से गूंज उठा। लोग खड़े होकर उसकी प्रशंसा करने लगे। कुछ तो उसके नाम के नारे लगा रहे थे। आरव का दिल तेजी से धड़कने लगा–एक अजीब-सी ऊर्जा उसके भीतर दौड़ गई। वह मंच पर पहुँचा। पुरस्कार उसके हाथ में था। वो पल जैसे उसके सारे संघर्षों का फल बनकर सामने आया हो। लेकिन तभी... एक परिचित, गूंजती हुई आवाज़ उसके भीतर से आई–धीमी, पर सटीक।

साधु (शांत, पर चेतावनी भरे स्वर में) – "आरव... सावधान रहो। यह मोह है। सफलता का नशा... अहंकार का मृगतृष्णा। अगर तुमने इसे अपना लिया, तो शांगरी-ला का द्वार कभी नहीं खुलेगा।"

आरव अचानक रुक गया। उसके चारों ओर तालियाँ अब धीरे-धीरे धीमी पड़ने लगीं। चेहरों पर मुस्कानें अब कृत्रिम लगने लगीं। कैमरों की रोशनी उसे चुभने लगी। उसे महसूस हुआ–यह सब कुछ कितना अस्थायी है। वह अपने ही प्रतिबिंब को मंच के पीछे लगी स्क्रीन पर देख रहा था। सूट में सजा-धजा, मुस्कुराता हुआ आदमी–क्या वह सचमुच वही है? या किसी झूठे चमकदार संसार का मुखौटा? आरव ने गहरी साँस ली। हाथ में पकड़ा पुरस्कार अब भारी लगने लगा–जैसे किसी बोझ की तरह। तालियाँ अब शोर बन चुकी थीं। और उस शोर में उसने खुद की आवाज़ को फिर से सुना–धीमी, पर दृढ़।

आरव (शांत, आत्मिक स्वर में) – "नहीं... मुझे नाम, शोहरत या पुरस्कार की ज़रूरत नहीं। मैं यहाँ अपने सत्य की खोज में आया हूँ... न कि दुनिया की सराहना के लिए।"

जैसे ही उसने यह कहा, चारों ओर की रोशनी एक झटके में बुझ गई। तालियाँ थम गईं। लोगों के चेहरे धुंध में घुलने लगे। स्टूडियो पिघलकर फिर से अंधकार में बदल गया। कुछ ही पल में वह फिर उसी मठ के कक्ष में था। दीपकों की लौ झिलमिला रही थी, और साधु शांत भाव से उसकी ओर देख रहे थे। साधु के चेहरे पर अब गहरी संतुष्टि थी।

उन्होंने धीरे से कहा – साधु – "तुमने मोह को त्याग दिया। बहुतों को यहाँ तक पहुँचने में जन्मों का समय लगता है, और तुमने एक पल में समझ लिया– सच्ची सफलता बाहर नहीं, भीतर होती है।"

आरव ने सिर झुकाया। उसके चेहरे पर अब शांति थी–वह शांति जो पहचान से आती है, और त्याग से स्थिर होती है।

आरव (धीरे से) – "अगर सत्य की राह चमक से दूर है, तो मैं अंधेरे में भी चलना स्वीकार करता हूँ।"

साधु मुस्कुराए, और गहरी आवाज़ में बोले– "तो अब अगला द्वार खुलेगा... वहाँ तुम्हें मिलेगा तुम्हारा प्रतिबिंब– तुम्हारा अहं।"

मठ के भीतर एक हल्की घंटी बजी। दीपकों की लौ तेज़ हुई। और आरव ने देखा–फर्श पर रोशनी की एक नई लकीर बन रही थी, जैसे कोई और संसार उसे बुला रहा हो।

दृश्य 5 - आत्मा की परीक्षा

चारों ओर अब फिर से वही घना अंधकार था, लेकिन इस बार वह शांत नहीं था। वह जीवित था–मानो भीतर कुछ चल रहा हो, कुछ बनने को हो। धीरे-धीरे उस अंधेरे में एक हल्की नीली रोशनी उभरने लगी, और फिर एक दृश्य आकार लेने लगा। आरव ने देखा–वह एक ऊँची खाई के किनारे खड़ा था। सामने बर्फ़ीली घाटी फैली थी, जहाँ नीचे मौत की सफ़ेद नीरवता थी। तेज़ हवाएँ उसके बालों और कपड़ों को झकझोर रही थीं। हवा में ठंड ही नहीं, एक बेचैन पुकार भी थी। और फिर–उसने उसे देखा। रिया। वह

कुछ ही दूर, उसी खाई के किनारे खड़ी थी। उसके बाल खुले थे, आँखों में आँसू और डर दोनों थे। हवा उसकी स्कार्फ़ को उड़ा रही थी, और वह उसे पकड़ने की कोशिश कर रही थी। हर पल ऐसा लगता था जैसे ज़मीन उसके नीचे से खिसक जाएगी। आरव का दिल तेज़ी से धड़कने लगा। वह उसकी ओर बढ़ा, लेकिन उसके कदमों के नीचे की बर्फ़ टूटने लगी। हर कदम मौत का खतरा था, पर वह रुक नहीं पा रहा था।

रिया (काँपती, चीखती हुई आवाज़ में) –"आरव! अगर तुम मुझसे सच में प्यार करते हो... तो अभी लौट आओ! क्यों मुझे छोड़कर गए? क्यों इस राह को चुना?"

उसकी आवाज़ हवा में गूँजती रही–बेबस, दर्द भरी, टूटी हुई। आरव का दिल कस गया। आँखों से आँसू बह निकले।

आरव (काँपते हुए, लगभग रोते हुए) – "रिया... मैं तुमसे दूर नहीं जाना चाहता था। हर कदम पर तुम्हारी याद थी। मैं लौटना चाहता हूँ... मैं–"

उसका स्वर टूट गया। वह ज़मीन पर घुटनों के बल बैठ गया, हाथों में सिर थामे। वह रिया को बचाना चाहता था, उसे गले लगाना चाहता था, पर वह जानता था कि यह सिर्फ़ दृश्य है–उसके मन की परीक्षा। फिर भी दिल... दिल यह बात मान नहीं रहा था।

उसी क्षण, हवा में एक गहरी, गूँजती आवाज़ आई– साधु की आवाज़, विशाल और स्थिर – "आरव... यह अंतिम परीक्षा है। सच्चा प्रेम कभी रोकता नहीं, वह आगे बढ़ने की शक्ति देता है। यदि तुम रिया के लिए लौटोगे, तो यह यात्रा अधूरी रह जाएगी। लेकिन अगर तुम उसके प्रेम को अपनी शक्ति बनाओगे... तो शांगरी-ला का द्वार स्वयं खुल जाएगा।"

आरव की साँसें भारी हो गईं। उसके भीतर तूफ़ान चल रहा था–दिल एक दिशा में, आत्मा दूसरी में। वह रिया की ओर देखता रहा। उसकी आँखें अब भी उम्मीद से भरी थीं–जैसे कह रही हों, "मुझे मत छोड़ो..." आरव के आँसू रुक नहीं रहे थे। हवा अब उसके चारों ओर घूम रही थी, जैसे समय खुद रुक गया हो। धीरे-धीरे उसने आँखें बंद कीं। हाथ जोड़कर रिया की ओर झुका, उसके चेहरे की

ओर देखा, जैसे अंतिम बार देख रहा हो, और बहुत शांत स्वर में कहा– आरव (धीरे, गहराई से) – "रिया... तुम्हारा प्रेम मुझे बाँधता नहीं, मुझे मुक्त करता है। तुम मेरी राह नहीं रोकती... तुम मेरी राह को रोशन करती हो। तुम ही मेरी शक्ति हो।"

उसके शब्दों के साथ ही हवा शांत होने लगी। रिया की आँखों से आँसू थम गए। वह मुस्कुराई–एक ऐसी मुस्कान, जो करुणा और प्रेम से भरी थी। उसका चेहरा धीरे-धीरे प्रकाश में घुलने लगा, और कुछ ही क्षणों में वह उजाले की किरण बनकर आकाश में विलीन हो गई। आरव की आँखों से आँसू बहते रहे, पर उसके चेहरे पर अब दर्द नहीं था–सिर्फ़ शांति थी। वह वहीं खड़ा रहा, खाई के किनारे, जहाँ अब हवा नहीं थी, बस गहरी निस्तब्धता थी। फिर धीरे-धीरे आसमान से सुनहरी रोशनी उतरी, जैसे सुबह की पहली किरण पर्वतों को छू रही हो। मठ की घंटियाँ बजने लगीं। और साधु की आवाज़ फिर से सुनाई दी– साधु – "तुमने प्रेम को त्यागा नहीं, तुमने उसे शुद्ध किया। अब तुम तैयार हो, आरव। अब द्वार खुलेगा... तुम्हारे भीतर का शांगरी-ला।"

आरव ने हाथ जोड़कर आँखें बंद कीं। आसमान की ओर से प्रकाश की लहरें उसकी ओर बढ़ीं– धीरे-धीरे वह रोशनी उसके चारों ओर फैल गई, और उसने महसूस किया– पहली बार, भीतर और बाहर... दोनों एक हो गए हैं।

आरव (धीरे से, खुद से) –"प्रेम... न मिलन है, न विरह... वह तो आत्मा की गति है।"

और अगले ही क्षण– पूरा दृश्य प्रकाश में विलीन हो गया। बस शांति रह गई... और उसके भीतर एक नई जागृति।

दृश्य 6 - साधु का आशीर्वाद

धीरे-धीरे उस नीली रोशनी की चकाचौंध मिटने लगी। आरव ने महसूस किया कि उसकी साँसें अब सामान्य हो रही थीं। हवा में अब डर नहीं था–बस शांति थी, जैसे किसी लंबे तूफ़ान के बाद अचानक सन्नाटा छा गया हो। उसने धीरे-धीरे आँखें खोलीं। उसके सामने वही प्राचीन मठ था–पत्थर की दीवारें, बीच में जलती हुई दीया की लौ, और अगरबत्ती की सुगंध से भरा वातावरण। बाहर कहीं दूर

बर्फ़ गिरने की धीमी आवाज़ आ रही थी। मठ के भीतर हल्की सुनहरी रोशनी फैली थी, जो दीवारों पर बने पुराने चित्रों को जीवन दे रही थी–ऋषियों, देवताओं और ध्यानमग्न साधकों के चित्र। आरव हिला, जैसे किसी गहरी नींद से जागा हो। उसका शरीर थका हुआ था, पर भीतर एक अजीब सी ऊर्जा थी। उसने उठने की कोशिश की, पर तभी सामने से एक परिचित स्वर गूँजा– साधु (शांत, गहरी आवाज़ में) – "जागो, आरव... तुम्हारी परीक्षा पूर्ण हुई।"

आरव ने सिर उठाया। वह वही वृद्ध साधु थे–श्वेत वस्त्रों में, माथे पर हल्का तिलक, आँखों में करुणा और तेज़ का अद्भुत मेल। वह मुस्कुरा रहे थे, जैसे उन्हें पहले से पता था कि आरव लौट आएगा।

आरव ने काँपते हाथों से नमस्कार किया, फिर धीरे से कहा– आरव (भावुक स्वर में): "गुरुदेव... मैं कहाँ था? वो सब... जो मैंने देखा... क्या वह सपना था या सत्य?"

साधु मुस्कुराए। उन्होंने आगे बढ़कर उसके सिर पर हाथ रखा।

साधु – "सत्य और स्वप्न में फर्क नहीं, आरव। जिसे तुमने भीतर देखा... वही तुम्हारा सत्य था। तुमने भय को हराया, मोह को त्यागा, और प्रेम को शक्ति में बदल दिया। अब तुम शांगरी-ला की राह पर बढ़ने योग्य हो।"

आरव की आँखों में आँसू आ गए। उसने अपनी हथेलियों से माथे को छुआ, फिर सिर झुकाकर चरणों में प्रणाम किया।

आरव (कृतज्ञ स्वर में) – "मैंने अपने जीवन में बहुत कुछ खोया, पर आज लगता है... पहली बार मैंने खुद को पाया है।"

साधु की आँखों में चमक आई।

उन्होंने धीरे से कहा– साधु – "जो स्वयं को पा लेता है, वह संसार को जीत लेता है। शांगरी-ला कोई स्थान नहीं, वह तुम्हारे भीतर का बोध है। वह द्वार तभी खुलता है, जब मन मौन और आत्मा जागृत हो।"

आरव ने साधु की आँखों में देखा। वहाँ कोई शब्द नहीं थे, पर एक ऐसी गहराई थी जो उसे भीतर तक छू गई।

उसने महसूस किया– वह अब वही व्यक्ति नहीं रहा जो इस यात्रा पर निकला था। अब वह पूर्ण था... शांत, स्थिर, और जीवित। बाहर से एक मंद घंटी की आवाज़ आई।

सूरज की पहली किरण मठ के दरवाज़े से भीतर आई और आरव के चेहरे पर पड़ी। वह मुस्कुराया– एक ऐसी मुस्कान, जिसमें भय नहीं था, न संदेह... सिर्फ़ आभार और आत्मविश्वास।

आरव (धीरे से, खुद से) – "शायद यही है शागरी-ला की राह– जहाँ मंज़िल बाहर नहीं, भीतर खुलती है..."

साधु ने हाथ उठाकर आशीर्वाद दिया।

साधु (शांत स्वर में) – "जा, आरव... अब आगे की राह तुझे खुद तय करनी है। तू जहाँ भी जाएगा, वहाँ शांगरी-ला तेरे साथ होगा।"

आरव ने फिर एक बार सिर झुकाया। धीरे-धीरे वह मठ से बाहर निकला। बाहर अब बर्फ़ थम चुकी थी, और आसमान गुलाबी रोशनी से भरा था। दूर क्षितिज पर सूर्य की पहली किरणें हिमालय की चोटियों को सुनहरा बना

रही थीं। वह एक गहरी साँस लेता है– और बर्फ़ में पहला कदम रखता है, जैसे जीवन के एक नए अध्याय में प्रवेश कर रहा हो।

अध्याय का अंत - आत्मा का शुद्धिकरण

मठ की हवा अब अलग थी – उसमें एक ऐसी शांति घुल चुकी थी, जो शब्दों से परे थी। दीपक की लौ स्थिर थी, जैसे वह भी अब आरव की तरह थमकर ध्यान में डूबी हो। अगरबत्ती की महक पूरे प्रांगण में फैल चुकी थी, और दीवारों पर लिखे मंत्रों से हल्की सुनहरी आभा निकल रही थी। साधु चुप थे, आरव भी। दोनों के बीच सिर्फ़ मौन का संवाद चल रहा था – वह संवाद, जो शब्दों से नहीं, आत्मा से होता है। आरव की आँखें बंद थीं, पर उसके भीतर अब कोई अँधेरा नहीं था। न कोई डर, न कोई मोह, न कोई पश्चाताप। उसके भीतर केवल एक गहरी स्थिरता थी – जैसे शांत झील की सतह पर प्रतिबिंबित आकाश। उसने महसूस किया, उसका मन अब हल्का है, मुक्त है। वह वही आरव नहीं रहा जो मठ में घबराया, टूटा और

उलझा हुआ दाखिल हुआ था। अब वह एक जाग्रत आत्मा बन चुका था। साधु ने उसकी ओर देखा। उनकी आँखों में करुणा थी, पर साथ ही गर्व भी।

उन्होंने धीरे से कहा – साधु – “तुमने अपने भीतर के सारे तूफ़ान शांत कर दिए हैं, आरव। अब तुम्हारा मन स्वच्छ दर्पण बन चुका है। और जब मन शुद्ध होता है... तभी सत्य का द्वार खुलता है।”

आरव ने गहरी साँस ली। बाहर बर्फ़ गिरना बंद हो चुका था। आसमान अब नीला और पारदर्शी था। हवा में एक अदृश्य संगीत था – जैसे स्वयं प्रकृति अब उसके स्वागत में झूम रही हो। वह मठ के द्वार तक पहुँचा। सामने की घाटी अब बादलों से नहीं ढकी थी; बल्कि उस पार दूर कहीं, पहाड़ों के बीच एक हल्की स्वर्णिम आभा झिलमिला रही थी – मानो कोई छिपा हुआ संसार अपनी झलक दे रहा हो। आरव ने उस दिशा में देखा। उसके दिल में अब कोई अधीरता नहीं थी, बस एक निर्मल जिज्ञासा और श्रद्धा थी। उसे पता था – यही है शांगरी-ला का द्वार। वह स्थान जहाँ समय थम जाता है, और आत्मा अपनी सच्ची पहचान पा लेती है। धीरे-धीरे उसने कदम बढ़ाया।

हर कदम के साथ हवा और साफ़ होती गई, और उसकी आँखों में चमक बढ़ती गई। वह महसूस कर रहा था कि अब वह किसी और लोक में प्रवेश करने वाला है – जहाँ मनुष्य नहीं, आत्मा चलती है... जहाँ मंज़िल नहीं, केवल बोध है। साधु मठ के द्वार से उसे जाते हुए देख रहे थे। उनके होंठों पर एक हल्की मुस्कान थी।

उन्होंने आँखें बंद कीं और बुदबुदाए, साधु (धीरे से) – "अब यह यात्रा उसकी नहीं, उसके भीतर के प्रकाश की है।"

बर्फ़ पर आरव के कदमों के निशान धीरे-धीरे गायब होने लगे, पर हवा में उसकी दृढ़ता की गूंज रह गई। और उसी क्षण – दूर पहाड़ों के बीच एक दिव्य प्रकाश फूटा। मानो स्वयं शांगरी-ला का द्वार अपने योग्य यात्री का स्वागत करने को खुल गया हो।

******

अध्याय 20 : रिया का आरव को खोजने जाना

दृश्य 1 - घर की खामोशी (काँगड़ा, हिमाचल प्रदेश)

रात के करीब 10:45 बजे का समय था। काँगड़ा की ठंडी हवा खिड़की के पर्दों को हिलाती जा रही थी। कमरे में बस एक पीली सी टेबल लैंप की रौशनी थी – जो दीवार पर लटकी आरव की मुस्कुराती हुई तस्वीर पर पड़ रही थी। रिया लकड़ी की कुर्सी पर बैठी थी। उसके सामने चाय का कप रखा था, पर चाय अब ठंडी हो चुकी थी – जैसे उसकी उम्मीदें। उसकी आँखें सूजी हुई थीं, चेहरा थका हुआ। लेकिन उस थकान के पीछे एक बेचैन दिल धड़क रहा था।

(धीरे से तस्वीर उठाती है, काँपती आवाज़ में बोलती है)
रिया (धीरे से) – "आरव... तुम जहाँ भी हो, खुश तो हो ना? शायद मैंने ही गलती की थी... वो शब्द, वो गुस्सा... काश मैं रुक जाती उस दिन।"

(आँखों से आँसू टपकते हैं, वह मेज़ पर रखी डायरी खोलती है) पन्नों के बीच से उसे एक पुराना बस टिकट मिलता है – मनाली का। वह मुस्कुराती है, पर वह मुस्कान दर्द से भरी है।

रिया (धीरे से, जैसे खुद से वादा कर रही हो) – "अब और नहीं... इस सन्नाटे में मैं और नहीं रह सकती। आरव को ढूँढे बिना मैं चैन से नहीं बैठूँगी।"

वह उठती है, अलमारी खोलती है। अंदर से आरव की जैकेट निकालती है – वही जो उसने आख़िरी बार पहनी थी जब दोनों मंदिर गए थे। उस जैकेट को वह अपनी बाँहों में भींच लेती है। कमरे के बाहर से हवा का एक तेज़ झोंका आता है, पर्दे उड़ जाते हैं। रिया खिड़की बंद करती है और बाहर बर्फ़ से ढकी पहाड़ियों की ओर देखती है। दूर गाँव के मंदिर से शाम की आरती की घंटियाँ सुनाई दे रही हैं। वह धीरे से अपना ट्रैवल बैग उठाती है। उसमें रखती है – आरव की तस्वीर, एक डायरी, कुछ पैसे, और एक नक्शा जो आरव ने कभी हिमालय यात्रा के लिए बनाया था।

रिया (अपने आप से, ठोस स्वर में) – "अब डरने का वक्त नहीं... अगर आरव पहाड़ों में है, तो मैं भी वहीं जाऊँगी। वो मेरा जीवन है – और मैं उसे ढूँढकर रहूँगी।"

कंधे पर बैग डालती है। दरवाज़े पर रुकती है, आखिरी बार घर की ओर देखती है। दीवार पर लगी आरव की तस्वीर से जैसे एक धीमी आवाज़ आती है – "आओ, रिया..." रिया की आँखों में दृढ़ता चमकती है। वह धीरे से दरवाज़ा बंद करती है और अंधेरी, ठंडी रात में निकल पड़ती है। बाहर सड़क पर बस हल्की धुंध थी और दूर किसी बस के हॉर्न की आवाज़ आ रही थी – शायद वही बस जो उसे आरव तक ले जाएगी। कैमरा धीरे-धीरे ज़ूम आउट करता है – रिया की परछाई, पहाड़ों की चुप्पी में खोती चली जाती है। एक नई यात्रा शुरू हो चुकी थी – प्यार, पछतावे और तलाश की यात्रा।

दृश्य 2 - तराई का सफ़र

स्थान : हिमाचल की वादियाँ, किन्नौर होते हुए स्पीति की ओर।

सुबह के 6:30 बजे, काँगड़ा बस स्टैंड से निकलती पुरानी HRTC बस धीरे-धीरे चल पड़ी। रिया खिड़की के पास बैठी थी। उसके हाथ में वही पुरानी तस्वीर – आरव की मुस्कुराती हुई। बाहर, पहाड़ियों पर सुबह की धूप सुनहरी हो चुकी थी। पेड़ों से ओस की बूँदें गिर रही थीं, और हवा में मिट्टी व चीड़ की खुशबू घुली थी। बस में सब अपने-अपने सफ़र में खोए थे – कोई मजदूर, कोई छात्र, कोई तीर्थयात्री। रिया के चेहरे पर चिंता की रेखाएँ गहरी थीं, लेकिन आँखों में उम्मीद अब भी बाकी थी।

(वॉयसओवर – रिया की सोच) – "कितनी जगहें खोजीं... हर चेहरे में उसका अक्स ढूँढा... पर आरव, तुम कहाँ खो गए? क्या इन पहाड़ों ने तुम्हें अपने सन्नाटे में छिपा लिया है?"

बस जैसे-जैसे किन्नौर घाटी की ओर बढ़ती है, रास्ता सँकरा और खतरनाक होता जाता है। नीचे गहरी खाई, ऊपर लटकते पत्थर – पर रिया की आँखें बस उन पहाड़ों पर टिकी हैं। कभी उसे लगता है, जैसे किसी मोड़ पर आरव खड़ा होगा – कैमरा हाथ में लिए, मुस्कुराते हुए कहेगा, – "रिया, देखो... यह जगह कितनी खूबसूरत है।"

पर हकीकत में बस ठंडी हवा है और दूर बहती सतलुज की गर्जना। दोपहर - रिकांगपिओ बाजार, किन्नौर रिया एक छोटी-सी दुकान पर रुकती है। वह थकी हुई है, उसके बाल धूल से भर गए हैं, और होंठ सूख चुके हैं।

दुकानदार से धीरे से बोलती है – रिया (तस्वीर दिखाते हुए) – "भाईसाहब... क्या आपने इस आदमी को देखा है? यह कई हफ़्तों से घर नहीं लौटा... शायद यहाँ से गुज़रा हो?"

दुकानदार तस्वीर को ध्यान से देखता है, सिर हिलाता है। दुकानदार – "नहीं बहनजी... ऐसे लोग तो यहाँ रोज़ आते हैं – पर्यटक, यात्री, फोटोग्राफ़र... पर इस चेहरे को नहीं पहचानता मैं।"

रिया धीरे से धन्यवाद कहती है और आगे बढ़ जाती है। (शाम का समय - कल्पा के रास्ते पर) सूरज पहाड़ों के पीछे ढल रहा है। आसमान में सुनहरी लाली घुली है। रिया अब पैदल चल रही है – उसके जूते मिट्टी से भर चुके हैं, साँसें तेज़ हैं। वह रास्ते में एक स्थानीय महिला को देखती है, जो लकड़ी के गट्ठर के साथ जा रही है।

रिया (थकी हुई आवाज़ में, विनम्रता से) – "बहनजी, ज़रा देखिए... क्या आपने इस आदमी को कहीं देखा है? यह मेरा पति है... कई दिनों से लापता है।"

महिला तस्वीर देखती है, फिर सिर हिलाती है। महिला (सहानुभूति से) – "नहीं बेटी, यहाँ तो ऐसे बहुत यात्री आते-जाते रहते हैं... किसे याद रह पाता है। पर तू हार मत मानना... पहाड़ चुप रहते हैं, पर वो जवाब ज़रूर देते हैं।"

रिया की आँखों में आँसू आ जाते हैं। वह तस्वीर को छाती से लगा लेती है।

रिया (धीरे से, टूटी आवाज़ में) – "बस एक बार मिल जाए... बस एक बार..."

हवा ठंडी हो चली है। रिया सड़क किनारे पत्थर पर बैठ जाती है। ऊपर आसमान में चाँद निकल आया है, और नीचे घाटियों में दूर कहीं एक मठ की घंटी बज रही है। वह गहरी साँस लेती है, बैग उठाती है और फिर चल पड़ती है – हर कदम जैसे पत्थर बन चुका हो,पर उसके भीतर एक आग जल रही है – आरव को खोजने की

आग। कैमरा ऊपर उठता है – एक अकेली औरत, पहाड़ों की धुंध में लिपटी सड़कों पर चलती हुई, जैसे खुद तक पहुँचने की यात्रा पर निकल चुकी हो।

दृश्य 3 - ग्लेशियर का तूफ़ान

(स्पीति से लद्दाख की ओर, चंद्रताल झील के पास का इलाका)

स्थान: चंद्रताल झील के पास, ऊँचाई लगभग 14,000 फीट।

समय: शाम के करीब 5:40 बजे।

आसमान अचानक बदल गया था। कुछ देर पहले तक सूरज की हल्की किरणें झील के नीले पानी पर नाच रही थीं, और अब सबकुछ सफ़ेद धुंध में गुम हो चुका था। बर्फ़ के फाहे पहले धीरे-धीरे गिरे, फिर देखते ही देखते तूफ़ान में बदल गए। रिया ने अपने ऊनी स्कार्फ़ को कसकर चेहरे पर लपेटा। हवा इतनी तेज़ थी कि कदम रखना भी मुश्किल हो रहा था। बर्फ़ की सुइयाँ उसके गालों

पर चुभ रही थीं, जैसे हज़ारों छोटे तीर एक साथ बरस रहे हों।

रिया (हवा से लड़ते हुए, खुद से बुदबुदाती है) – "हे भगवान... यह कैसी परीक्षा है? मैं कैसे खोजूँगी आरव को इन पहाड़ों में? क्या सच में वह यहीं कहीं है... या मैं बस एक उम्मीद के पीछे भाग रही हूँ?"

उसकी साँसें तेज़ हो रही थीं, होंठ नीले पड़ चुके थे। हर कदम के साथ उसके पैरों की ताक़त कम होती जा रही थी। हवा की आवाज़ इतनी तीव्र थी कि किसी आत्मा की चीख़ जैसी लग रही थी। उसने ऊपर देखा – आसमान पूरी तरह सफ़ेद, दिशा का कोई अंदाज़ नहीं। अचानक एक बड़ा झोंका आया। रिया का पैर फिसला, वह बर्फ़ में गिर पड़ी। कुछ क्षण तक उसने आँखें बंद कीं – बस ठंड, दर्द और डर महसूस हुआ।

(धीरे से आँखें खोलते हुए) – "नहीं... नहीं, मैं अब हार नहीं मानूँगी... आरव... अगर तुम ज़िंदा हो, तो मैं तुम्हें ढूँढ लूँगी... किसी भी हाल में!"

वह रेंगते हुए उठती है। सामने एक चट्टान के पीछे कुछ दिखाई देता है – जैसे कोई दरार या छेद। वह बर्फ़ से जूझते हुए वहाँ पहुँचती है। वो एक गुफ़ा है – छोटी, पर अंधेरी और सुरक्षित। रिया अपने बैग से टॉर्च निकालती है, उसे जलाती है। अंदर हल्का धुआँ-सा वातावरण है, दीवारों पर बर्फ़ जमी है। वह दीवार से टिक जाती है, थकी, टूटी, पर अब जिंदा।

रिया (काँपती आवाज़ में, आसमान की ओर देखते हुए) – "शायद यही मेरी किस्मत की रात है... अगर तूफ़ान थम गया तो मैं कल फिर चलूँगी... आरव, अगर तुम्हें मेरा अहसास हो रहा है... तो बस एक निशान दे दो..."

बाहर हवा अब भी गूँज रही है – कभी तेज़, कभी धीमी – जैसे कोई उसे पुकार रहा हो। वह धीरे से अपनी जेब से आरव की तस्वीर निकालती है। उस पर बर्फ़ की कुछ बूँदें गिरती हैं। रिया उन्हें पोंछती है और तस्वीर को अपने दिल से लगा लेती है।

रिया (धीरे से, आँखें बंद करके) – "तुम जहाँ भी हो, बस सलामत रहना... मैं आ रही हूँ तुम्हारे पास..."

गुफा के भीतर अंधेरा बढ़ता जाता है। टॉर्च की लौ काँपती है – जैसे खुद भी डर रही हो। बाहर तूफ़ान अब चरम पर है, और अंदर – एक औरत, प्यार और विश्वास की आखिरी लौ जलाए, रात से जंग लड़ रही है। कैमरा धीरे-धीरे ऊपर उठता है – बाहर गर्जता तूफ़ान, और दूर कहीं चंद्रताल झील की बर्फ़ पर हल्की रोशनी की झिलमिलाहट – मानो आरव की आत्मा उसका रास्ता दिखा रही हो...

दृश्य 4 - गुफा का रहस्य

स्थान: लद्दाख-काराकोरम सीमा, एक ऊँची और कठिन पहुँच वाली गुफा।

समय: रात लगभग 9:30 बजे।

रिया गुफा के भीतर कदम रखती है। बाहर की बर्फ़ीली आंधी के बाद, यहाँ अंधेरा और स्थिरता छाई है। धीमी, पर स्थायी आग गुफा के कोने में जल रही है – जैसे किसी ने उसे बचाने के लिए रखी हो। गुफा की दीवारें कड़कती ठंड से सिकुड़ी हुई हैं, और बर्फ़ की थोड़ी-सी परत अब भी किनारों पर चमक रही है। रिया अपने थके हाथों को आग की ओर फैला देती है, साँसें अभी भी तेज़ हैं।

अचानक, आग की हल्की रोशनी में, उसके सामने एक आदमी उभरता है – सफ़ेद दाढ़ी, शांत चेहरे वाला, गेरुए वस्त्र पहने साधु। उसकी आँखें आधी बंद हैं, मानो उसने रिया की आत्मा की गहराई तक देख लिया हो।

साधु (धीरे, गंभीर स्वर में, आँखें मूँदकर) – "आओ बेटी... रिया।"

रिया एक कदम पीछे हट जाती है, चौंक कर। रिया (हैरानी से, कांपती आवाज़ में) – "आप... आप मेरा नाम कैसे जानते हैं?"

साधु मुस्कुराता है – वह मुस्कान डरावनी नहीं, बल्कि सुकून देने वाली है। वह रिया को इशारा करता है कि पास आकर बैठ जाए।

साधु (धीरे, शांत स्वर में) – "मैं जानता हूँ न केवल तुम्हारा नाम, बल्कि तुम्हारा दुःख भी। तुमने अपनी आत्मा की गहराई में जो खोज शुरू की है... मैं देख सकता हूँ।"

रिया धीरे-धीरे उसके पास बैठती है। साधु उसके सामने एक छोटी प्लेट में सूखा भोजन और गर्म पानी रखता है। रिया काँपते हाथों से चम्मच पकड़ती है, धीरे-धीरे खाने लगती है। हर निवाला जैसे उसके भीतर नई उम्मीद का बीज बो रहा हो।

रिया (धीरे से, हल्की सी मुस्कान के साथ) – "मैं... बहुत थक गई थी। धन्यवाद... कि आपने मुझे यहाँ आश्रय दिया।"

साधु अपनी आँखें मूँदकर कुछ क्षण मौन में रहता है। फिर धीमे स्वर में कहता है – साधु – "आरव को ढूँढना आसान नहीं होगा, रिया। पर अगर तुम्हारे हृदय में विश्वास है, तो कोई शक्ति तुम्हें रोक नहीं सकती। पहाड़ कठिन हैं, पर वे सिर्फ बाहरी बाधाएँ हैं। सच्ची परीक्षा तुम्हारे भीतर है।"

रिया उसकी बात सुनते हुए धीमे-धीमे गर्म पानी पीती है। वह पहली बार महसूस करती है कि इस यात्रा का मकसद सिर्फ आरव तक पहुँचना नहीं है – बल्कि खुद को, अपने डर और आशाओं को समझना भी है। कैमरा बाहर से

देखता है – बर्फ़ीला तूफ़ान अब थम चुका है, लेकिन गुफा की रौशनी और साधु की शांति, रिया के भीतर नए साहस और आत्मविश्वास की लहरें जगा रही है।

दृश्य 5 - साधु की भविष्यवाणी

स्थान: गुफा के भीतर, लद्दाख-काराकोरम सीमा।

समय: देर रात, लगभग 11:00 बजे।

गुफा के भीतर आग की हल्की चमक ने दीवारों पर गोल-गोल धुंधली छायाएँ बनाईं। रिया अपने घुटनों पर बैठी है, हाथों में आरव की तस्वीर थामी हुई। उसकी आँखों में आँसू हैं, गालों पर बर्फ़ीली हवा और थकान की लालियाँ।

रिया (रोते हुए, काँपती आवाज़ में) – "कृपया बताइए... मेरे आरव कहाँ हैं? मैं उसे ढूँढ-ढूँढकर थक चुकी हूँ।"

साधु धीरे से अपनी आँखें खोलते हैं। उनका चेहरा स्थिर और गंभीर है, आवाज़ गहरी और स्थिर।

साधु – "बेटी... जिसको तुम खोज रही हो, वह बहुत दूर चला गया है। अभी तुम्हारे लिए उस तक पहुँचना संभव नहीं। उसका मार्ग कठिन है, पर उसका उद्देश्य बड़ा है।"

रिया शब्दों को समझने की कोशिश करती है, पर उसकी आँखें और भी भीगी हो जाती हैं। हर साँस उसके भीतर घुली बेचैनी को और बढ़ा देती है।

साधु (और गंभीर स्वर में, धीमी साँस लेकर) – "तुम व्यर्थ ही हिमालय की बर्फ़ में भटक रही हो। वह लौटेगा... जब उसका काम पूरा होगा। उसका कार्य केवल तुम्हारा नहीं, बल्कि पूरे संसार का भला करेगा।"

रिया काँपती है, हाथ तस्वीर के ऊपर कसकर रखती है। रिया (कमज़ोर, डर और असहायपन के मिश्रित स्वर में) – "तो मैं क्या करूँ? यहाँ क्यों आई?"

साधु गहरी साँस लेते हैं, आँखें बंद कर कुछ क्षण मौन रहते हैं। फिर, धीरे और गंभीर स्वर में कहते हैं – साधु – "अब तुम लौट जाओ... जल्दी। क्योंकि आने वाले समय में एक भयानक महामारी इस धरती पर फैलने वाली है।

लोग इसकी चपेट में आएँगे। अगर तुम रुकी रही तो संकट तुम्हें भी घेर लेगा।"

रिया की आँखें फैल जाती हैं। उसके चेहरे पर डर और अविश्वास दोनों की छाया छा जाती है। वह अचानक अपनी साँसों को गिनती है, जैसे हर सांस उसे डर और चिंता में बाँध रही हो।

रिया (धीरे से, हिचकिचाती आवाज़ में) – "महामारी...? लेकिन... मैं... मैं कैसे..."

साधु उसे देखता है, हल्की मुस्कान लेकिन गंभीरता के साथ, साधु – "विश्वास रखो, बेटी। तुम्हारा साहस और समझदारी इस यात्रा में तुम्हें बचाएगी। आरव तुम्हारे पास आएगा... लेकिन समय और नियति का इंतजार करना होगा।"

रिया धीरे-धीरे तस्वीर को अपने सीने से लगाती है। बाहर गुफा के छोटे उद्घाटन से ठंडी हवा झलकती है, और दूर पहाड़ों की खामोशी में सिर्फ बर्फ़ की हल्की सरसराहट सुनाई देती है। कैमरा ज़ूम आउट करता है – रिया अकेली, भयभीत और थकी हुई, लेकिन साधु की

भविष्यवाणी और आग की हल्की रौशनी में आत्मविश्वास की एक हल्की लौ फिर भी जल रही है।

दृश्य 6 – वापसी

स्थान: लद्दाख-काराकोरम सीमा, गुफा का प्रवेश।

समय: सुबह लगभग 7:00 बजे।

गुफा के बाहर सूरज की पहली किरणें बर्फ़ से ढकी घाटियों पर पड़ रही थीं। सफेद-नीली बर्फ़ अब शांति से चमक रही थी, और पहले की तरह तेज़ बर्फ़ीला तूफ़ान कहीं दिखाई नहीं दे रहा था। हवा अब हल्की और गुनगुनी थी। साधु गुफा में नहीं थे – ऐसा लग रहा था जैसे वो हवा में विलीन हो गए हों। रिया धीरे-धीरे गुफा से बाहर कदम रखती है। उसके चेहरे पर थकान, डर और दर्द के निशान अभी भी हैं। लेकिन आँखों में अब हल्की सी शांति भी झलक रही है – जैसे उसने कुछ सीख लिया हो। वह बर्फ़ के रास्ते पर अपने कदम बढ़ाती है, और ठंडी हवा उसके चेहरे को छूती है। हाथ में आरव की तस्वीर कसकर थामी हुई है। सूरज की सुनहरी रौशनी उसके बालों में

झिलमिला रही है, और बर्फ़ की सतह पर छोटे-छोटे प्रकाश बिंदु चमक रहे हैं।

रिया (धीरे से, खुद से, काँपती और भावुक आवाज़ में) – "आरव... मैं तुम्हारा इंतज़ार करूँगी। तुम लौटोगे... पूरे संसार के लिए। और जब लौटोगे, मैं यहाँ तुम्हारे लिए तैयार रहूँगी।"

वह एक पल रुकती है, चारों ओर खामोशी में खो जाती है। फिर, ठोड़ी उठाकर दूर पहाड़ों को देखती है – वह रास्ता जो उसे यहाँ तक लाया, अब वापसी के लिए उसके साहस की गवाही दे रहा है। कैमरा धीरे-धीरे ऊपर उठता है – बर्फ़ से ढकी वादियाँ, नीला आसमान, और बीच में अकेली रिया, जो अपने कदमों से धीरे-धीरे काँगड़ा की ओर लौट रही है।

दूर से, मानो हवा के माध्यम से साधु की आवाज़ गूँजती है – साधु (गूँजती हुई आवाज़ में) – "हर संकट के बाद एक नया सवेरा होता है... तुम्हारा साहस तुम्हें फिर से रोशनी तक ले जाएगा।"

रिया की आँखों में आँसू हैं, पर अब उनके साथ विश्वास और उम्मीद भी है। उसने समझ लिया कि प्रेम सिर्फ पाने या खोजने का नाम नहीं, बल्कि धैर्य, विश्वास और आत्मा की यात्रा भी है। बर्फ़ की हल्की सरसराहट, दूर पहाड़ों की शांति, और वापसी की यात्रा की शुरुआत। रिया कदम बढ़ाती है – एक नई उम्मीद, एक नई मंज़िल की ओर।

****

अध्याय 21 : अदृश्य महामारी की आहट

दृश्य 1 - धर्मशाला वापसी

समय: सुबह, लगभग 7:30 बजे।

स्थान: धर्मशाला की घाटियाँ, हिमाचल प्रदेश।

सुबह की पहली धुंध घाटियों को ढक रही है। पेड़ों पर ओस की बूंदें झिलमिला रही हैं। ठंडी हवा रिया के चेहरे को छूती है। वह धीरे-धीरे अपने घर की ओर बढ़ रही है। हर कदम के साथ पहाड़ों की सर्द हवा उसके बालों को उड़ा रही है। उसका मन अभी भी उस साधु की बातों से भरा हुआ है।

रिया (धीरे से, खुद से, साँस लेने की हल्की रुकावट के साथ) – "वह बोले थे... एक महामारी आने वाली है। सब कुछ बदल जाएगा... क्या सच में यह सच होगा, या... बस कोई रहस्य था?"

रिया की आँखें थोड़ी नम हैं। उसके हाथ बैग की पट्टी को कसकर पकड़ रहे हैं। घाटी की हरियाली और कोहरे के बीच उसे एक अजीब सी बेचैनी महसूस हो रही है। घर

पहुँचते ही उसके परिवार के सदस्य–माँ, पिताजी और छोटी बहन–उसकी ओर भागते हैं। कमरे में हलचल, चाय की खुशबू और हल्की सी चिंता की गूँज है। रिया की माँ उसके माथे को छूती है, आँखों में भय और प्यार दोनों हैं।

माँ (थोड़ी फड़फड़ाते स्वर में) – "रिया! तुम ठीक तो हो ना? इतनी देर तक बाहर, और इतने ठंडे मौसम में..."

पिता (गंभीर होते हुए, हाथ उसकी पीठ पर रखते हुए) – "कहाँ थीं तुम? ये सब क्यों चुपचाप घूम रही थी? हमें डर लग रहा था।"

रिया (धीरे से, लेकिन अंदर से टूटती हुई) – "मैं... मैं ठीक हूँ... बस... कुछ बातें... याद आ रही थीं।"

उसके सहकर्मी भी कमरे में आते हैं। उनकी आँखों में भी चिंता है। वे रिया के हाथ पकड़कर उसके हाल पूछते हैं। रिया मुस्कान दिखाने की कोशिश करती है, लेकिन उसकी आँखों में थकान और डर साफ झलकता है।

सहकर्मी (हल्का हँसते हुए, लेकिन आवाज में चिंता) – "तुम बहुत देर कर दी! क्या रास्ता मुश्किल था? या... कुछ हुआ?"

रिया (धीरे से, एक सांस लेकर, भीतर की बेचैनी को छुपाते हुए) – "कुछ नहीं... बस... वह जगह, वह साधु... उसकी बातें... मुझे कुछ सोचने पर मजबूर कर गईं।"

रिया खिड़की के पास खड़ी होती है। बाहर की घाटियों पर धुंध धीरे-धीरे छंट रही है। हल्की धूप के साथ हवा में ताज़गी है, पर रिया के दिल में अभी भी एक अजीब सा डर और भविष्य के प्रति अनिश्चितता बनी हुई है। उसकी आँखें दूर पहाड़ों की ओर झुकी रहती हैं, मानो वह आने वाले अज्ञात खतरे की तरफ देख रही हो।

रिया (धीरे से, खुद से, लगभग फुसफुसाते हुए) – "क्या वाकई कुछ आने वाला है... जो हम सबकी ज़िंदगी बदल देगा?"

कहते-कहते रिया की आँखों में आँसू भर आते हैं। लेकिन वह उन्हें रोक लेती है, अपने परिवार की चिंता में खुद को खो देती है। कमरे में हल्की सी चुप्पी छा जाती है, केवल

बाहर की हवा का ससकना और ऊँची घाटियों से आती चिड़ियों की आवाज़ सुनाई देती है।

दृश्य 2 - न्यूज़रूम की हलचल (धर्मशाला)

समय: सुबह 10:00 बजे।

स्थान: धर्मशाला, हिमालय टुडे न्यूज़ नेटवर्क का टीवी चैनल का न्यूज़रूम।

रिया तेज़ रोशनी वाले न्यूज़रूम में कदम रखती है। चारों ओर मॉनिटर और स्क्रीन चमक रही हैं। हॉल में पत्रकार टेलीफोन पर बात कर रहे हैं, कंप्यूटर की कीबोर्ड की खटखट और तेज़ प्रेस ब्रिफ़िंग की आवाज़ मिल रही है। हवा में हल्की सी चाय की खुशबू और कागजों की सरसराहट है। स्क्रीन पर लगातार अपडेट दिख रहे हैं। बड़े अक्षरों में "COVID-19 - चीन से फैलती नई बीमारी", "लद्दाख में पहला केस", "दिल्ली में सतर्कता बढ़ी"। स्क्रीन की लाल झिलमिलाहट रिया की आँखों में डर और बेचैनी पैदा करती है।

एडिटर (तेज़ आवाज़ में, रिया की ओर इशारा करते हुए) –"रिया! ये बीमारी अब भारत में भी दस्तक दे रही है। हमें फील्ड रिपोर्ट चाहिए। तुम ही जाओगी। समय कम है।"

रिया अपने मोबाइल को पकड़ती है। उसके हाथ हल्के से कांप रहे हैं। मन में साधु की बातें गूंज रही हैं–"एक महामारी आने वाली है।"

रिया (धीरे से, खुद से, फुसफुसाते हुए) – "तो... यह सच था... वही जो साधु ने कहा था।"

रिया की आँखों में डर और जिम्मेदारी दोनों झलक रहे हैं। उसके सांसों की रफ्तार बढ़ती है। वह एक पल के लिए खड़ी रहती है, चारों ओर दौड़ती पत्रकारों की हलचल को देखती है। स्क्रीन पर “COVID-19” शब्द बार-बार चमक रहा है, जैसे चेतावनी दे रहा हो।

सहकर्मी (रीया की ओर झुकते हुए, धीरे से) – "तुम सच में जा रही हो? ये खतरा बहुत बड़ा है... सोच समझकर जाओ।"

रिया (एक दृढ़ निर्णय के साथ, हल्की मुस्कान और डर के मिश्रण में) – "हां... मुझे जाना होगा। लोग जानना चाहते हैं कि सच क्या है। मुझे यह दिखाना होगा कि बाहर क्या हो रहा है।"

रिया अपने बैग को कंधे पर डालती है। न्यूज़रूम की हलचल उसके चारों ओर बढ़ती है, कैमरों की लाल लाइट झिलमिलाती है, और वह बाहर जाने के लिए दरवाजे की ओर बढ़ती है। उसकी आँखों में चिंता और हौसले का अजीब सा मिश्रण है। धीरे-धीरे न्यूज़रूम की हलचल पीछे छूटती है। बाहर धर्मशाला की ताजी हवा और पहाड़ों की ठंडक उसे चौंका देती है। हर कदम पर उसे उस अदृश्य खतरे की आहट महसूस होती है।

दृश्य 3 - फील्ड रिपोर्टिंग

समय: दोपहर 1:00 बजे।

स्थान: काँगड़ा जिला अस्पताल, धर्मशाला बाज़ार, लाहौल-स्पीति की सड़कें।

रिया मास्क पहनकर अस्पताल की ओर बढ़ती है। हाथ में कैमरा और नोटबुक हैं। अस्पताल का माहौल भारी है– अंदर मरीज और उनके परिजन बैठे हैं। कुछ लोग सिर झुकाए हैं, कुछ बार-बार हाथ धो रहे हैं। स्टाफ़ तेज़ी से दौड़ रहा है।

रिया (कैमरे के सामने, हल्की चिंता और गंभीरता के साथ) – "हम यहाँ काँगड़ा अस्पताल में हैं। हिमाचल के इन शांत इलाकों में भी अब डर का माहौल है। लोग कह रहे हैं कि यह बीमारी बहुत तेजी से फैल रही है।"

रिया आगे बढ़ती है। अस्पताल के बाहर धूप में लोग लाइन में खड़े हैं। मास्क पहनने वाले बच्चे, बुज़ुर्ग और जवान–सबकी आँखों में डर साफ झलक रहा है। बाज़ार की ओर जाती है। दुकानें कुछ हद तक खुली हैं, पर लोग जल्दी-जल्दी सामान ले रहे हैं। कुछ लोग अफवाहें फैला रहे हैं–"यह बीमारी बहुत खतरनाक है।", "शहर में भी केस बढ़ रहे हैं।"

रिया (एक ग्रामीण महिला से धीरे से पूछती है) – "आपको क्या लगता है, यह महामारी कहाँ तक जाएगी?"

ग्रामीण महिला (हाथ जोड़ते हुए, डर और निराशा के मिश्रण में) – "बिटिया... यह कोई साधारण बीमारी नहीं है। लगता है प्रकृति ही नाराज़ हो गई है। हम सब परेशान हैं। गाँव में लोग डर के मारे बाहर निकलना भी कम कर रहे हैं।"

रिया उसके हाथ को हल्का छूती है, हौसला देने की तरह। उसकी आँखों में गंभीरता और करुणा झलकती है। रिया अब लाहौल-स्पीति की सड़क पर चल रही है। सड़क सुनसान है, बर्फ़ के किनारे थोड़े बहुत लोग चलते हैं। वाहन कम हैं। हर मोड़ पर रिया देखती है–लोग मास्क में, कुछ अपने घरों में बंद, कुछ दूरी बनाए हुए। हवा में ठंडक के साथ डर का माहौल है।

रिया (कैमरे के सामने, आवाज़ में हल्का काँपना) – "यहाँ दूर-दूर तक फैली ये सड़कें और गाँव अब भी प्रकृति की खूबसूरती लिए हैं, लेकिन उनके बीच अब डर और अनिश्चितता की आहट है। लोगों की आँखों में सवाल हैं– क्या यह बीमारी जल्द खत्म होगी, या हम सभी को इससे जूझना होगा?"

रिया पीछे मुड़कर सड़क के उस हिस्से को देखती है जहाँ बच्चे खेल रहे थे। अब वहाँ खालीपन है। वह कैमरे को धीरे से नीचे रखती है और अपने आप से सोचती है–साधु की भविष्यवाणी सच हो रही है। उसका दिल भारी है, पर उसकी आँखों में अब हिम्मत और ज़िम्मेदारी भी है।

दृश्य 4 - खतरे की आहट

समय: रात, लगभग 11:00 बजे।

स्थान: धर्मशाला का होटल रूम।

रिया अपने होटल के कमरे में बैठी है। कमरे की रोशनी हल्की और पीली है, एक टेबल लैंप उसकी रिपोर्टिंग की कागज़ों और लैपटॉप को रोशन कर रहा है। बाहर से ठंडी हवाएँ खिड़की के काँच से टकरा रही हैं। कमरे में केवल लैपटॉप की हल्की बीप और टाइपिंग की आवाज़ गूंज रही है। रिया का सिर दर्द से भारी है। उसकी आँखें थकान और तनाव से लाल हैं। उसके बदन में पूरे दिन की थकान का असर साफ़ दिखाई दे रहा है। वह अपने बैग से पानी की बोतल उठाती है और हल्की सी घूँट पीती है।

रिया (धीरे से, खुद से, लगभग फुसफुसाते हुए) – "व्यर्थ मत जाओ... महामारी फैलने वाली है..."

रिया के कानों में अचानक साधु की आवाज़ गूंजती है, जैसे कमरे में ही कोई उसके पास खड़ा हो। उसकी साँसें तेज़ हो जाती हैं।

रिया (अपने आप से, हौसला जुटाते हुए) – "नहीं... यह सिर्फ थकान है। मुझे और काम करना है। आरव की तरह मुझे भी हिम्मत रखनी होगी।"

लेकिन उसके हाथ काँप रहे हैं। वह लैपटॉप के कीबोर्ड को संभालते हुए एक पल रुकती है। उसकी आँखों में डर और चिंता दोनों हैं। वह लैपटॉप की स्क्रीन से दूर हटकर खिड़की की ओर देखती है। बाहर की गलियों में अजीब सन्नाटा फैला है। हल्की रोशनी में पहाड़ों की छाया दिखती है, मानो कोई अदृश्य खतरा बाहर इंतजार कर रहा हो। कैमरा धीरे-धीरे उसके उदास चेहरे पर ज़ूम करता है। उसकी आँखों में थकान, अकेलापन और जिम्मेदारी का मिश्रण है। रिया अपने बालों को पीछे करती है, गहरी साँस लेती है और फिर से स्क्रीन के सामने बैठ जाती है।

उसके हाथों की कांपने वाली हल्की गति उसके मानसिक तनाव को दिखा रही है।

रिया (धीरे से, खुद से, फुसफुसाते हुए) – "मुझे डर नहीं मानना... मुझे सच दिखाना है। लोगों तक सच्चाई पहुँचानी है।"

रिया फिर से टाइपिंग शुरू करती है। हर की प्रेस के साथ उसकी आँखों में थकान और दृढ़ता की झलक है। कमरे की खामोशी में केवल उसकी टाइपिंग की आवाज़ और बाहर की ठंडी हवा की सरसराहट सुनाई दे रही है।

दृश्य 5 - रिपोर्टिंग के बीच गिरना

समय: दोपहर, लगभग 2:30 बजे।

स्थान: धर्मशाला मुख्य बाज़ार।

रिया भीड़-भाड़ वाले बाज़ार में खड़ी है। चारों ओर दुकानों की हलचल, लोगों की चिल्लाहट और किराने की वस्तुएँ खरीदते हाथ हैं। बाज़ार में धूप तेज़ है, लेकिन भीड़ के तनाव और अफवाहों से वातावरण भारी लग रहा है।

कैमरा रिया के चेहरे पर ज़ूम है–उसकी आँखों में थकान, चिंता और डर का मिश्रण है।

रिया (कैमरे के सामने, आवाज़ में गंभीरता और थोड़ी थकान के साथ) – "यहाँ बाज़ार में लोग मास्क और दवाइयाँ खरीदने के लिए उमड़ पड़े हैं... लेकिन सबसे बड़ा सवाल है... क्या हम तैयार हैं?"

भीड़ के बीच अचानक लोगों के धक्का-मुक्की से रिया अपना संतुलन खो देती है। उसकी साँसें तेज़ हो जाती हैं। उसके हाथ थोड़ी देर के लिए कैमरा संभालने में असमर्थ होते हैं।

रिया (धीरे-धीरे, खुद से, फुसफुसाते हुए) – "नहीं... अब संभलना होगा... लोगों को डर नहीं, सूचना चाहिए..."

लेकिन थकान और भीड़ की हलचल ने उसे हरा दिया। वह कैमरे के सामने ही गिर पड़ती है। उसके चेहरे पर दर्द और आशंका साफ़ दिखती है। आसपास लोग दौड़कर उसके पास आते हैं। कुछ मदद के लिए हाथ बढ़ाते हैं, कुछ छाती पर हाथ रखकर डर जताते हैं।

भीड़ में एक युवक (गहरी चिंता के साथ) – "मैडम! संभलें! उठिए, ठीक हैं आप?"

रिया (हल्का सा दर्द भरा हँसते हुए, लेकिन आँखों में डर और हिम्मत) – "हाँ... हाँ, बस... थोड़ी थकान..."

लोग उसे धीरे-धीरे खड़ा कराते हैं। कैमरा ज़मीन पर गिर जाता है। जमीन से उठते हुए, कैमरा बाहर की हलचल और रिया के चारों ओर दौड़ते लोगों को कैद करता है। रिया खुद को संभालते हुए मास्क ठीक करती है, सांस गहरी खींचती है।

रिया (अपने आप से, धीरे से, दिल में हिम्मत जुटाते हुए) – "मुझे डर नहीं मानना... यह सिर्फ शुरुआत है। लोगों तक सच पहुँचाना ही मेरी जिम्मेदारी है..."

रिया फिर कैमरे के सामने खड़ी होती है। भीड़ उसके चारों ओर हल्की फुसफुसाहट और चिंता के साथ रहती है। उसके चेहरे पर थकान अभी भी दिखती है, लेकिन उसकी आँखों में अब साहस और ज़िम्मेदारी झलक रही है।

दृश्य 6 - अस्पताल

समय: रात, लगभग 10:00 बजे।

स्थान: धर्मशाला ज़िला अस्पताल - इमरजेंसी वार्ड।

रिया अस्पताल के बेड पर पड़ी है। ठंडी फ्लोरोसेंट लाइट उसके चेहरे पर चमक रही है। ऑक्सीजन मास्क उसके होंठों पर है, हल्की हरी ऑक्सीजन की नली उसके नाक में लगी है। बिस्तर के पास नर्स और डॉक्टर खड़े हैं। नर्स लगातार मशीनों और मॉनिटर की स्क्रीन पर नजर रख रही है। कमरे में हर तरफ़ बीप की आवाज़ें और मशीनों का हल्का हुम्मर है। टीवी स्क्रीन पर लगातार रिया की रिपोर्टिंग की क्लिप्स चल रही हैं–भीड़ में उसकी आवाज़, बाज़ार की हलचल, और अस्पताल की सन्नाटेदार तस्वीरे। रिया धीरे-धीरे आँखें खोलती है। उसकी आँखें नम हैं, चेहरे पर थकान और दर्द झलक रहा है।

डॉक्टर (धीरे से, नर्स से, गंभीर स्वर में) – "यह केस गंभीर है। इन्हें तुरंत शिमला या चंडीगढ़ रेफर करना होगा। ऑक्सीजन का स्तर लगातार मॉनिटर करें।"

रिया के होंठ हल्के से हिलते हैं। उसका हाथ बेडशीट को पकड़े हुए थरथरा रहा है। वह धीरे-धीरे सांस लेती है और अपने अंदर की बेचैनी और डर को महसूस करती है।

रिया (धीमे स्वर में, खुद से, आँखों में आँसू भरे हुए) – "आरव... तुम जहाँ भी हो... मुझे माफ़ कर देना..."

कुछ पल के लिए रिया चुप रहती है। नर्स उसके कंधे पर हल्का हाथ रखती है, जैसे कह रही हो–"तुम अकेली नहीं हो।" डॉक्टर और नर्स आपस में धीरे बात करते हैं, लेकिन रिया की सुनवाई में केवल उसकी खुद की साँस और दिल की धड़कन आती है। रिया धीरे-धीरे ऑक्सीजन मास्क में सांस लेती है। उसके चेहरे पर दर्द, पछतावा और थकान के बीच एक अजीब सा शांत भाव भी दिखता है–जैसे उसने सब कुछ स्वीकार कर लिया हो और अब केवल हिम्मत जुटा रही हो। कैमरा धीरे-धीरे उसकी आँखों पर ज़ूम करता है–जहाँ डर, अकेलापन, प्यार और अपनापन सब झलक रहे हैं। बाहर के हल्की रोशनी में अस्पताल की खिड़कियों से पहाड़ों की परछाई आती है। रिया की आँखें उन्हें देखती हैं, और अंदर से वह खुद को शांत करने की कोशिश करती है–यह भीड़, यह बीमारी, यह डर... सब

कुछ उसके जीवन का हिस्सा बन गया है, पर अब वह खुद से वादा करती है कि हिम्मत नहीं हारेगी।

दृश्य 7 – समापन शॉट

समय: सुबह, लगभग 8:00 बजे।

स्थान: हिमाचल प्रदेश के विभिन्न शहर और गाँव, मुख्य रूप से धर्मशाला।

बाहर की तस्वीरें सुनसान सड़कें दिखाती हैं। बाज़ार बंद हैं। सिर्फ़ कभी-कभी मास्क पहने लोग अपनी ज़रूरत का सामान लेने बाहर आते हैं। हवा में हल्की ठंडक और ताजगी है, लेकिन माहौल में एक अजीब सा भय और अनिश्चितता घुली हुई है। कैमरा धीरे-धीरे रिया के चेहरे पर ज़ूम करता है। उसके चेहरे पर थकान, चिंता और असमंजस साफ़ झलक रही है। अब वह कैमरे के सामने रिपोर्टिंग नहीं कर रही, बल्कि एक समाचार स्क्रीन पर दिखाई दे रही है–सिर पर लाल हेडलाइन चमक रही है: "जानी-मानी पत्रकार रिया पांडे कोरोना संक्रमित।"

रिया की आँखें थोड़ी नम हैं। उसके होंठ हल्के से हिल रहे हैं। कमरे में केवल लैपटॉप और टीवी की हल्की बीप की आवाज़ है। वह खिड़की के बाहर हिमाचल की पहाड़ियों की ओर देखती है, जहाँ धुंध धीरे-धीरे फैल रही है।

रिया (धीरे से, खुद से, फुसफुसाते हुए) – "मैं... बस एक पत्रकार हूँ... लेकिन अब यह लड़ाई सबकी है..."

पृष्ठभूमि में वही साधु की आवाज़ गूंजती है, जैसे कोई दूर से चेतावनी और मार्गदर्शन दोनों दे रहा हो।

साधु (गूंजते स्वर में) – "यह समय मानवता की परीक्षा का है... धैर्य रखो... हर अंधेरे के बाद उजाला आता है।"

रिया गहरी साँस लेती है। उसके चेहरे पर डर और दर्द के बीच अब हल्की उम्मीद झलकती है। वह कैमरे से दूर खिड़की की ओर देखती है, बाहर की सुनसान सड़कें, मास्क पहने लोग, और बंद दुकानें—सब उसकी आँखों में एक नई समझ और संवेदनशीलता पैदा कर रहे हैं। कैमरा धीरे-धीरे ऊपर उठता है और हिमाचल की पूरी घाटी को दिखाता है। सुनसान सड़कें, धुंध, और पहाड़ों की छाया में लोग अपने-अपने घरों में बंद हैं। लेकिन सूरज की किरणें

धीरे-धीरे पहाड़ों पर पड़ रही हैं, मानो साधु की बातें सच साबित कर रही हों–अंधेरे के बाद उजाला आएगा। रीया का चेहरा स्क्रीन पर अंतिम बार झलकता है। उसके आँखों में भय, थकान, लेकिन अब साहस और उम्मीद की चमक भी है। वह कैमरे की ओर हल्का मुस्कुराती है, जैसे खुद से और दर्शकों से कह रही हो–"हम सब इस कठिन समय में हिम्मत नहीं हारेंगे।"

******

अध्याय 22 : आत्मा की परीक्षा – मृत्यु और अमरत्व के द्वार

दृश्य 1 - आरव का गिरना

स्थान : नुब्रा वैली, लद्दाख।

समय : जून 2019, दोपहर 3 बजे।

सूरज ऊँचे नीले आसमान में चमक रहा था, लेकिन उसकी तेज़ रोशनी आरव के चेहरे पर और भी ज्यादा जलन पैदा कर रही थी। नुब्रा वैली की वादियाँ चारों ओर फैली हुई थीं–कहीं रेत के टीले, कहीं बर्फ़ के जमे हुए हिस्से। हवा इतनी तेज़ थी कि ठंडी रेत उसके गालों पर थपथपा रही थी, और बर्फ़ की हल्की चुभन उसके हाथों और ठोड़ी पर काट रही थी। आरव धीरे-धीरे ऊँचे रेतीले टीले की ओर बढ़ रहा था। हर कदम के साथ उसका शरीर थकान और भूख से चिल्ला रहा था। उसके जूते रेत में फंस रहे थे, और हर सांस के साथ उसकी छाती में आग सी लगी। हाथ कांप रहे थे, होंठ सूखे और फटे हुए।

आरव (धीरे से, खुद से फुसफुसाते हुए) – "बस... थोड़ा और... रिया... मैं लौटकर तुझे दिखाऊँगा..."

लेकिन जैसे ही वह एक ऊँचे टीले पर चढ़ा, उसके पैर फिसल गए। रेत और बर्फ़ के मिश्रण पर वह संतुलन खो बैठा। अचानक उसका शरीर नीचे गिरा, हवा में कुछ पल तैरता रहा, फिर ठंडी रेत पर गिरकर रुका।

आरव (हवा की कमी और दर्द के बीच, धीरे से) – "रिया... अगर मैं अब न लौटूँ... अगर मैं... तुम्हें छोड़कर चला जाऊँ..."

उसके होंठ कांप रहे थे, हाथों और पैरों की नसें सुन्न हो गई थीं। आँखों पर अंधेरा छाने लगा, जैसे हर चीज़ धीरे-धीरे गायब हो रही हो। वह अपने आप को याद दिलाने की कोशिश कर रहा था कि उसे रिया का चेहरा देखना है, उसका हँसता हुआ चेहरा, उसकी नर्म आवाज़।

आरव (आँसुओं और साँसों के बीच) – "री... या... मैं... मैं तुमसे वादा करता हूँ... वापसी का..."

लेकिन ठंडी रेत और तेज़ हवाओं ने उसे पूरी तरह निश्चल कर दिया। उसके हाथ धीरे-धीरे रेत में गहरे धँस गए, उसकी साँसें अब मुश्किल से उठ रही थीं। आरव के भीतर एक अजीब सा शांति और डर का मिश्रण फैल गया–मृत्यु की निकटता, और वही पल जिसमें आत्मा अमरत्व के द्वार पर खड़ी हो जाती है।

दृश्य 2 - अतीत की झलक

स्थान : नुब्रा वैली, लद्दाख।

समय : जून 2019, शाम 5 बजे।

आरव की आँखें धीरे-धीरे बंद हो गईं। उसके चारों ओर ठंडी रेत और तेज़ हवाएँ थी। शरीर भले ही निश्चल और भारी पड़ा था, लेकिन भीतर उसकी आत्मा अभी भी जाग रही थी। अचानक, अतीत की झलकें उसकी आँखों के पर्दे पर चलचित्र की तरह दौड़ने लगीं। सबसे पहले, उसने काँगड़ा की संकरी गलियाँ देखीं। सुबह की हल्की धूप में धूल भरी हवा, दुकानों से आती मिठाइयों की खुशबू, और बच्चों की हँसी–सब कुछ उसकी स्मृतियों में जीवंत हो

उठा। उसने महसूस किया कि उसकी छोटी-छोटी उंगलियाँ कितनी बार माँ के हाथों की गर्मी को पकड़े रहती थीं।

आरव (धीरे से, खुद से फुसफुसाते हुए) – "माँ... तुम्हारा हाथ... ऐसा लगता है जैसे अभी छू रहा हूँ..."

फिर स्कूल की याद आई–गर्मी की सुबह, कक्षा की पुरानी लकड़ी की बेंच, और दोस्तों की हँसी। उसकी छाती में अचानक गर्मी दौड़ गई। वह उन दिनों को महसूस कर रहा था, जैसे अभी वही स्कूल का मैदान उसके चारों ओर जीवित हो। और फिर रिया की मुस्कान–वह वही आँखें, जिनमें प्यार और उम्मीद की रोशनी थी। आरव की आँखों के कोनों से आँसू बह निकले, वे आँसू ठंडी हवाओं से भीगी रेत की तरह धीरे-धीरे उसकी त्वचा पर गिर रहे थे।

आरव (फिसफिसाते हुए, दर्द और प्यार के मिश्रण में):

"री...या... तुम्हारी वो मुस्कान... मेरी हर साँस में... बस तुम ही हो..."

उसका शरीर अब भी भारी और निर्जीव-सा पड़ा था, लेकिन भीतर उसकी आत्मा उन यादों की गर्मी में झूल

रही थी। हर स्मृति ने उसे जीवित रखा–माँ का स्पर्श, बचपन की खुशियाँ, रिया का प्रेम। और इसी एहसास ने उसे बता दिया कि चाहे शरीर थक जाए, आत्मा कभी मरती नहीं।

दृश्य 3 - स्वप्न में साधु का प्रकट होना

स्थान : नुब्रा वैली, लद्दाख।

समय : जून 2019, रात 9:15 बजे।

रेगिस्तान की रात पूरी तरह शांत थी। आकाश में असंख्य तारे चमक रहे थे। ठंडी हवाएँ रेत पर सरसराहट पैदा कर रही थीं, जैसे कोई अदृश्य शक्ति धीरे-धीरे धरती को छू रही हो। आरव का शरीर अब भी ठंडी रेत पर पड़ा था– निर्जीव, लेकिन उसकी आत्मा एक अनदेखी दिशा में बह रही थी। अचानक, उसके चारों ओर एक अजीब उजाला फैल गया। पहले एक धुंधली रोशनी दिखी, फिर वह इतनी तेज़ हो गई कि चारों ओर का अंधकार जैसे निगल लिया गया हो। वह रोशनी किसी सूर्य की नहीं थी–वह थी शांति,

ऊर्जा और प्रेम की। उस प्रकाश के केंद्र से एक आकृति धीरे-धीरे प्रकट होने लगी–एक दिव्य साधु। लंबी जटाएँ बर्फ़ीली हवा में झूल रही थीं, सफेद वस्त्र उनके शरीर पर ऐसे लहरा रहे थे मानो स्वयं हिमालय की बर्फ उनसे लिपटी हो। हाथ में कमंडल, और चेहरे पर ऐसा तेज़, जैसे सहस्र सूर्यों की रोशनी एक ही बिंदु पर आकर ठहर गई हो।

आरव की आत्मा उस प्रकाश के सामने नतमस्तक हो गई। उसके होंठ काँप रहे थे, पर कोई शब्द नहीं निकल रहा था। साधु धीरे से झुके और अपने स्पर्श से आरव के माथे को छुआ। जैसे ही उनके हाथ का स्पर्श हुआ, आरव के भीतर एक गर्म लहर दौड़ गई। सारा भय, ठंड, और दर्द धीरे-धीरे पिघलने लगा।

साधु (गंभीर पर मृदु स्वर में) – "पुत्र... तुम्हारी आत्मा निर्मल है। तुमने मृत्यु को छू लिया है, इसलिए अब जीवन का अर्थ जानने का समय है। तुम्हें एक अदृश्य धाम का दर्शन मिलेगा–जहाँ केवल आत्मा पहुँच सकती है, शरीर नहीं। तुम्हारा शरीर अब पृथ्वी पर अचेत है... और आत्मा उस मार्ग पर अग्रसर है।"

आरव की आँखें उस रोशनी में खो गईं। वह कुछ कहना चाहता था, पर शब्द जैसे उसके भीतर जम गए हों। साधु ने अपने कमंडल को उठाया, और उससे एक स्वर्णिम कटोरा प्रकट हुआ। उस कटोरे में सुनहरे रंग का द्रव्य चमक रहा था–मानो उसमें खुद सूर्य का सार घुला हो। वह अमृत धीरे-धीरे लहराता, अपनी ही रोशनी से आसपास की हवा को प्रकाशित कर रहा था।

साधु – "यह दिव्य अमृत है। इसे पी लो। कई महीनों तक तुम्हें भूख-प्यास नहीं लगेगी। यह तुम्हारे भीतर उस ऊर्जा को जगाएगा जो महामारी, भय और रोगों से लड़ने की शक्ति देती है। और यह आत्मा को अमरत्व की झलक देखने का अवसर देगा।"

आरव के हाथ काँप रहे थे। उसने श्रद्धा और भय के मिश्रण में उस कटोरे को थामा। जैसे ही उसने अमृत का एक घूँट लिया–क्षणभर में उसकी देह में बिजली सी दौड़ गई। हृदय की धड़कन तेज़ हुई, साँसें गहरी होने लगीं, और उसकी आँखों में एक नया तेज़ भर गया।

आरव (हैरान होकर, काँपते स्वर में) – "मेरे भीतर... यह कैसी ऊर्जा है? यह तो जैसे... कोई अलौकिक शक्ति बह रही हो!"

साधु मुस्कुराए। उनकी मुस्कान में सृष्टि की शांति थी, और उनकी आँखों में वह ज्ञान जो जन्म-मृत्यु के पार था।

साधु – "सुनो पुत्र... अगर अमरत्व चाहते हो, तो उस मार्ग को देखो–जहाँ न भय है, न समय। वहीं तुम्हारी आत्मा अपने सत्य से मिलेगी।"

आरव ने ऊपर देखा–प्रकाश के बीच एक पथ उभर आया था। वह सुनहरी रेत पर बना, लेकिन उसमें आकाश की चमक थी। वह पथ कहीं दूर शून्य में जाकर विलीन हो रहा था। आरव की आत्मा धीरे-धीरे उस मार्ग की ओर बढ़ने लगी। उसकी हर कदम में भय घटता गया, और विश्वास बढ़ता गया।

उसके पीछे साधु की आवाज़ गूंज रही थी– "जाओ पुत्र... अमरत्व केवल शरीर से नहीं, सत्य से पाया जाता है।"

दृश्य 4 - भयानक तूफ़ान का दर्शन

स्थान : लद्दाख - काराकोरम की सीमा।

समय : जून 2019, रात 11:47 बजे।

आकाश काला पड़ चुका था। चारों ओर बस गहराई और निस्तब्धता–पर वह शांति तूफ़ान से पहले की थी। आरव एक ऊँचे शिलाखंड पर खड़ा था। उसके नीचे काराकोरम रेंज की छाया फैली थी, जहाँ धरती और आकाश का मिलन भय और रहस्य से भरा था। उसके पैरों के नीचे रेत और बर्फ़ का संगम, और हवा इतनी तीव्र कि उसकी साँस रुक-रुककर चल रही थी। अचानक, दूर क्षितिज से एक गर्जना उठी– पहाड़ गड़गड़ाने लगे, जैसे धरती की आत्मा जाग उठी हो। आकाश में बिजली चमकी, और देखते ही देखते चारों दिशाओं में भयंकर तूफ़ान उमड़ पड़ा। वह तूफ़ान किसी साधारण आंधी जैसा नहीं था– वह पाँच तत्वों का संगम था: बर्फ़, रेत, आग, जल और वायु। आकाश से बर्फ़ के टुकड़े गिर रहे थे, नीचे से गर्म रेत उठ रही थी, बीच में आग की लपटें हवा में लहरातीं, और हर दिशा में पानी के भँवर घूम रहे थे। यह दृश्य इतना

विकराल था कि आँखें खुली रखना कठिन था। आरव ने अपने चेहरे पर बाँह रखी। उसकी त्वचा पर बर्फ़ की सुइयाँ चुभ रही थीं, और रेत जलन पैदा कर रही थी। उसकी साँसें भारी हो चुकी थीं, पर उसकी आत्मा उस दृश्य से भयभीत नहीं–बल्कि आकर्षित थी।

उसी क्षण, वह दिव्य साधु फिर उसके सामने प्रकट हुए–अब उनके वस्त्र हवा में लहरा रहे थे, और आँखों में आकाश की चमक थी।

साधु (गंभीर, गूँजती आवाज़ में) – "यही है मार्ग, पुत्र। यह तूफ़ान पाँच तत्वों का संगम है–सृष्टि और विनाश दोनों का प्रतीक। अगर तुम भौतिक जीवन चाहते हो, तो पीछे लौट जाओ। पर यदि आत्मा की मुक्ति और दिव्यता का अनुभव चाहते हो– तो इस तूफ़ान में प्रवेश करो।"

आरव ने साधु की ओर देखा। उसकी आँखों में भय था, पर साथ ही एक अजीब शांति भी। उसके भीतर दो आवाज़ें लड़ रही थीं–एक कहती थी "जीवित रहो", दूसरी कहती थी "सत्य को छुओ"।

आरव (काँपती आवाज़ में) – "अगर मैं गया... तो क्या लौट पाऊँगा?"

साधु (नरम लेकिन दृढ़ स्वर में) – "वापसी शरीर की नहीं, आत्मा की होगी। यहाँ से या तो मृत्यु मिलेगी... या अमरत्व। यही आत्मा की अंतिम परीक्षा है।"

साधु ने अपना कमंडल उठाया। हवा शांत हो गई, केवल एक क्षण के लिए। उन्होंने आरव के सिर पर हाथ रखा–वह स्पर्श ठंडा नहीं, बल्कि अग्नि जैसा गर्म था।

साधु – "जब भी आवश्यकता हो, मुझे स्मरण करना... मैं आ जाऊँगा।"

और अगले ही पल, साधु का शरीर प्रकाश में घुलने लगा। उनकी आकृति धुंध में बदल गई, और फिर पूरी तरह विलीन हो गई–मानो हवा ने उन्हें अपने भीतर समा लिया हो। अब आरव अकेला था। उसके सामने तूफ़ान अपनी पूरी प्रचंडता में था–धरती काँप रही थी, बिजली गूँज रही थी, और आसमान फटने को तैयार था। उसने गहरी साँस ली, अपने दोनों हाथ फैलाए, और आगे बढ़ गया। हवा के हर झोंके ने उसे पीछे धकेलने की कोशिश की, पर उसका

कदम नहीं रुका। उसकी आँखों में अब भय नहीं था—बस एक अटूट दृढ़ता थी। वह जानता था—यह सिर्फ़ तूफ़ान नहीं, यह उसकी आत्मा की परीक्षा थी।

दृश्य 5 - वास्तविकता में जागृति

स्थान : नुब्रा वैली, लद्दाख - जून 2019.

समय : तड़के 4:30 बजे, सूर्योदय से ठीक पहले।

चारों ओर सन्नाटा था—बस हवा की दूर से आती गूँज। रेत और बर्फ़ की उस सीमाहीन धरती पर आरव का शरीर स्थिर पड़ा था। उसके चेहरे पर हल्की बर्फ़ की परत जम चुकी थी। धीरे-धीरे उसकी उंगलियाँ हिलीं। फिर पलकें कांपीं... और अचानक उसने आँखें खोलीं। पहली रोशनी आसमान के किनारे फैल रही थी—फीकी नीली और सुनहरी। आरव की साँसें भारी थीं, लेकिन ज़िंदा थीं। वह कुछ क्षण तक स्थिर लेटा रहा, यह सोचते हुए कि जो कुछ उसने देखा—वह सपना था या कोई और लोक। फिर उसकी नज़र बगल में पड़ी। रेत पर एक कटोरा रखा था—

बिलकुल वही स्वर्णिम कटोरा, जिसमें उसने अमृत पिया था। उसका दिल ज़ोर से धड़कने लगा। उसने हाथ बढ़ाया, और काँपते हुए उसे उठाया। कटोरा ठंडा नहीं था–उससे हल्की गर्मी निकल रही थी, जैसे किसी जीवित वस्तु की। आरव की आँखों में विस्मय था। उसने चारों ओर नज़र दौड़ाई–और देखा, रेत में गहरे पदचिन्ह थे। लंबे, सीधे, और इतने गहरे कि साधारण इंसान के नहीं लगते थे। वह साँस रोककर खड़ा हो गया। हवा की दिशा बदली–और अचानक वही गर्जना सुनाई दी, जो उसने स्वप्न में सुनी थी। दूर क्षितिज पर–तूफ़ान उठ रहा था। पर यह कोई साधारण आँधी नहीं थी। वह बर्फ़ और रेत का विशाल सर्पिल भंवर था, जो आकाश तक उठ रहा था। उसके भीतर बिजली चमक रही थी, और हर चमक के साथ धरती हिल रही थी। यह दृश्य इतना प्रचंड था कि आरव को लगा–मानो स्वयं प्रकृति ने अपने द्वार खोल दिए हों। उसने एक गहरी साँस ली। ठंडी हवा ने उसकी त्वचा को काटा, लेकिन भीतर उसका हृदय दृढ़ हो चुका था। वह जानता था–अब वापसी का कोई रास्ता नहीं। आरव ने

अपनी आँखें बंद कीं, और हाथ जोड़ लिए। उसके चेहरे पर आँसू और बर्फ़ दोनों साथ बह रहे थे।

आरव (धीरे से, लेकिन दृढ़ स्वर में) – "हे प्रभु... मुझे शक्ति देना। यदि यह मृत्यु है–तो मैं इसे स्वीकार करता हूँ। यदि यह अमरत्व है–तो मैं उसे पाने के लिए अपना जीवन समर्पित कर दूँगा।"

हवा और तेज़ हो गई। रेत और बर्फ़ उसके चारों ओर घूमने लगे। कटोरा उसकी मुट्ठी से छूटकर हवा में उड़ गया, और उसी प्रकाश में विलीन हो गया, जहाँ साधु गया था। आरव ने अपनी आँखें खोलीं–अब उनमें कोई भय नहीं था। वह आगे बढ़ा। हर कदम के साथ हवा उसे पीछे धकेलती, पर वह रुकता नहीं। उसने अपने बाजू फैलाए, और पूरे बल से उस सर्पिल तूफ़ान की ओर दौड़ा।

आरव (गर्जन के बीच चिल्लाते हुए) – "मैं तैयार हूँ!"

अगले ही पल– भंवर ने उसे अपनी बाँहों में समेट लिया। रेत, बर्फ़, आग और प्रकाश–सब एक साथ उसके चारों ओर घूमने लगे। उसका शरीर हवा में तैर उठा, फिर धीरे-धीरे प्रकाश में विलीन होने लगा। आकाश से एक आख़िरी

बिजली कड़की–और धरती फिर से शांत हो गई। रेगिस्तान में बस हवा की आवाज़ बची थी... और रेत पर हल्की सी चमक, जहाँ कुछ देर पहले आरव खड़ा था।

अध्याय का अंत

आसमान अचानक गड़गड़ाने लगा। गर्जना इतनी तीव्र थी कि काराकोरम की बर्फ़ीली चोटियाँ तक काँप उठीं। दूर कहीं, आकाश में बिजली ने धरती को छुआ – और उस क्षण ऐसा लगा मानो पाँचों तत्व एक बार फिर से जीवित हो उठे हों। हवा ने अपनी दिशा बदल दी। बर्फ़, रेत और धूल का तूफ़ान एक साथ घूमने लगा। उस सर्पिल भँवर के केंद्र में कहीं आरव था – एक नन्हा मानव, पर भीतर किसी अमर आत्मा की ज्वाला लेकर खड़ा। उसके आसपास की हर चीज़ मिट रही थी – धरती, आकाश, समय, आवाज़ें – सब एक अदृश्य शून्य में विलीन हो रहे थे। बस एक चमकती रोशनी बची थी, और उस रोशनी में आरव की धुंधली आकृति। फिर एक पल ऐसा आया, जब सबकुछ ठहर गया। न हवा चली, न रेत उड़ी, न कोई

आवाज़ गूँजी। बस पूर्ण सन्नाटा – इतना गहरा कि उसमें स्वयं ब्रह्मांड की धड़कन सुनाई दे रही थी। काराकोरम की चोटियाँ उस क्षण चुप थीं, मानो साक्षी बनकर देख रही हों कि एक मानव मृत्यु की सीमा लाँघकर किसी और लोक में प्रवेश कर रहा है। धीरे-धीरे भंवर मिट गया। आकाश में एक सुनहरी किरण फूटी, जो दूर तक रेत पर फैल गई – जैसे कोई आशीर्वाद हो। पर उस रोशनी में अब आरव कहीं नहीं था। केवल उसकी डायरी का एक पन्ना हवा में उड़ता हुआ रेत पर आ गिरा। उस पन्ने पर लिखा था– "अगर आत्मा सच्चे मार्ग पर है, तो मृत्यु भी एक द्वार है... अंत नहीं।"

धीरे-धीरे रेत उस पन्ने को ढकने लगी। आसमान अब शांत था। पहाड़ों पर फिर से बर्फ़ गिरने लगी। और धरती ने अपने भीतर उस रहस्य को समा लिया– कि क्या आरव ने सच में मृत्यु पार कर अमरत्व और शांगरी-ला का दर्शन पाया, या यह उसकी अंतिम यात्रा थी... कोई नहीं जानता। बस इतना तय था– उसका मार्ग अब मानव नहीं, आत्मा का था।

अध्याय 23 : आत्मा का शांगरी-ला दर्शन

स्थान : लद्दाख का कोल्ड डेज़र्ट, काराकोरम रेंज के पास – सियाचिन से आगे का निर्जन ग्लेशियर।

समय : जून 2019.

दृश्य 1 - बर्फ़ीली मृत्यु का क्षण

रात का समय। आसमान पूरी तरह काला है। सितारे भी मानो बर्फ़ की सफ़ेदी में गुम हो गए हों। तापमान -30°C। हवा इतनी तेज़ कि लगता है मानो पहाड़ खुद गरज रहे हों। दूर-दूर तक कोई इंसानी निशान नहीं – सिर्फ़ सफ़ेद, अंधा कर देने वाला सन्नाटा। आरव बर्फ़ पर गिरा हुआ है। उसकी साँस अब केवल फुसफुसाहट भर है – इतनी धीमी कि हवा में खो जाए। उसके आसपास फैला ग्लेशियर एक भयावह सुंदरता लिए हुए है – जैसे मृत्यु खुद सफ़ेद चादर ओढ़े खड़ी हो। उसके होंठ नीले पड़ चुके हैं, उंगलियाँ सख़्त होकर अकड़ गई हैं। पलकों पर जमी बर्फ़ धीरे-धीरे उसकी दृष्टि को ढक रही है। उसके बैग से कैमरा आधा बाहर झाँक रहा है – उसी कैमरे में दर्ज हैं उसके सारे सपने, उसकी खोज, और रिया की मुस्कुराती

तस्वीर। हवा की चीख़ के बीच भी एक अजीब-सी खामोशी है – वह खामोशी जो सिर्फ़ मौत के करीब महसूस होती है। उसकी आँखें आधी खुली हैं। होंठ हिलते हैं, पर आवाज़ गले में जम जाती है।

वह बुदबुदाता है – आरव (कंपकंपाती साँसों के साथ, बहुत धीरे) – “रिया... अगर मैं... लौट न सका... तो याद रखना... मैंने आख़िरी पल तक... तुम्हें ही याद किया...”

उसकी साँस रुकने लगती है। आँखों में धुंधलापन छा जाता है। दृश्य धीरे-धीरे धुंध में डूबने लगता है। धीरे-धीरे दृश्य बदलता है – अब आरव की चेतना डगमगाने लगती है। वह महसूस करता है कि उसका शरीर बर्फ़ में डूबता जा रहा है, पर आत्मा हल्की होती जा रही है। जैसे वह अब भारहीन हो गया हो। दूर से आती हवा की गूंज में अब एक हल्की-सी बाँसुरी की धुन घुलने लगती है – रहस्यमयी, पर सुकून देने वाली।

(वॉइसओवर – आरव की चेतना की आवाज़) – “क्या यही अंत है...? या शायद... यहीं से शुरुआत होती है? इतनी ठंड में भी... कोई गर्माहट महसूस क्यों हो रही है...?”

बर्फ़ पर पड़ा आरव का शरीर अब स्थिर है, पर उसके ऊपर हल्की सुनहरी आभा तैरने लगती है। हवा धीरे-धीरे थमने लगती है। आरव की आत्मा अब अपने शरीर के ऊपर खड़ी है – आश्चर्यचकित, शांत और हल्की। वह नीचे देखता है – उसका निश्चल शरीर बर्फ़ में आधा दब चुका है, चेहरा ठंड से जमे हुए मोम की तरह।

आरव (धीरे से, खुद से) – "तो... यही मैं हूँ...? कितना छोटा... कितना असहाय... और यह आत्मा... यह सब देख पा रहा है... पर कुछ कर नहीं सकता।"

वह चारों ओर देखता है। हवा अब भी बह रही है, पर अब उसमें कोई डर नहीं। वह महसूस करता है कि हवा उसे पुकार रही है – किसी अदृश्य शक्ति की तरह। दूर क्षितिज पर एक हल्की सुनहरी चमक दिखाई देती है। मानो बर्फ़ीले तूफ़ान के बीच से कोई द्वार खुल रहा हो – धुंधला, लेकिन दिव्य।

आरव (आश्चर्य से, विस्मय में) – "वो क्या है...? रोशनी... इतनी शुद्ध... इतनी शांत... क्या यही... शांगरी-ला है...?"

साउंड बैकग्राउंड में गहराती जाती है – बाँसुरी की धुन अब मृदु मंत्रों में बदलने लगती है। आरव की आत्मा उस दिशा में चलने लगती है – हर कदम के साथ उसका भार और भी हल्का होता जाता है। वह पीछे मुड़कर अपने शरीर को आख़िरी बार देखता है – बर्फ़ में अकेला, पर अब भय से मुक्त।

आरव (धीरे से, आँखों में शांति के साथ) – "रिया... शायद अब मैं लौटकर नहीं आऊँगा... पर जहाँ जा रहा हूँ... वहाँ दर्द नहीं है, बस शांति है... और शायद... तुम्हारा प्यार ही मुझे वहाँ तक ले जा रहा है।"

बर्फ़ीले ग्लेशियर के ऊपर एक सफ़ेद रोशनी का गोला तैरता दिखाई देता है। धीरे-धीरे वह आकाश में विलीन हो जाता है। हवा फिर से चलने लगती है, पर अब उसकी धुन में कोई डर नहीं – बस एक मधुर, आत्मिक स्पर्श। पृष्ठभूमि में वही बाँसुरी की धुन गूंजती रहती है।

स्क्रीन पर शब्द उभरते हैं –"हर मृत्यु, बस एक नए जन्म का द्वार होती है..."

दृश्य 2 - शांगरी-ला का दिव्य द्वार

स्थान : लद्दाख का कोल्ड डेज़र्ट – सियाचिन से आगे, काराकोरम के निर्जन ग्लेशियरों के मध्य।

समय : उसी रात, जून 2019.

तूफ़ान जो कुछ क्षण पहले तक पहाड़ों को हिला देने की ताक़त रखता था – अचानक थम जाता है। गरजती हवाएँ शांत हो जाती हैं। बर्फ़ के कण अब हवा में तैरते हुए चमकने लगते हैं, मानो किसी ने समय को रोक दिया हो। चारों ओर एक अद्भुत, दिव्य-सी शांति छा जाती है। आरव की आत्मा वहीं खड़ी है, जहाँ अभी कुछ देर पहले उसका निर्जीव शरीर पड़ा था। वह चारों ओर देखता है – और उसे महसूस होता है कि अब दुनिया की हर चीज़ बदल चुकी है। हवा में अब डर नहीं है, बल्कि एक गहरी करुणा और गर्माहट घुली है। धीरे-धीरे उसके सामने बर्फ़ की दीवारों के बीच से एक सुनहरी आभा निकलने लगती है। वो आभा पहले हल्की है, फिर फैलती चली जाती है, और देखते ही देखते बर्फ़ के बीच से एक विशाल, चमकदार द्वार प्रकट होता है। द्वार के ऊपर सुनहरे

तिब्बती अक्षरों में लिखा है – "ཞང་རི་ལ་ (शांगरी-ला)" उस द्वार के आस-पास बर्फ़ पिघलने लगती है, लेकिन पानी की जगह वहाँ से फूल झरने लगते हैं – नीले, सफ़ेद और गुलाबी रंग के हिमालयी फूल, जिनसे पूरी घाटी महक उठती है। हवा में चंदन, केसर और हिमालयी जड़ी-बूटियों की सुगंध तैर रही है। पृष्ठभूमि में अब हल्की बाँसुरी की जगह एक रहस्यमयी संगीत सुनाई देने लगता है – जैसे सैकड़ों साधु एक साथ मंत्र जप रहे हों। हर ध्वनि में शांति, हर तरंग में किसी और संसार की पुकार।

आरव (धीरे से, विस्मित होकर) – "ये... क्या है? क्या यह कोई सपना है...? या मैं... सच में मृत्यु की सीमा लाँघ चुका हूँ?"

वह अपने हाथों को देखता है – अब वे पारदर्शी हो चुके हैं, जैसे रोशनी से बने हों। बर्फ़ का कोई असर नहीं – न ठंड, न दर्द, न भय। वह अपने कदम आगे बढ़ाता है। जैसे-जैसे वह उस सुनहरी आभा की ओर बढ़ता है, उसे अपने हर कदम के साथ एक नया अनुभव होता है – हर कदम उसे किसी बोझ से मुक्त करता जाता है। उसके

चेहरे पर अब डर नहीं है, बल्कि एक अजीब-सी मुस्कान है – जैसे किसी बच्चे ने पहली बार आसमान देखा हो।

आरव (आँखों में आँसू लिए, धीरे से) – "कितना सुंदर है ये संसार... ना कोई शोर... ना कोई दौड़... बस शांति... और ये रोशनी... जो मुझे भीतर तक छू रही है..."

अब पूरा आकाश सुनहरे रंग में नहा गया है। ग्लेशियर की सफ़ेद चट्टानें अब पारदर्शी लगने लगी हैं, मानो उनमें जीवन बह रहा हो। उस द्वार के चारों ओर छोटे-छोटे दीपक जलने लगते हैं – जिनकी लौ हवा में नहीं बुझती। उनके साथ फूलों की वर्षा तेज़ हो जाती है। आरव द्वार के और करीब पहुँचता है। वह अपने सामने फैले उस विशाल द्वार को छूने की कोशिश करता है, लेकिन उसका हाथ उसके आर-पार निकल जाता है – जैसे द्वार ठोस नहीं, बल्कि प्रकाश का बना हो।

आरव (हैरानी से, फुसफुसाते हुए) – "यह द्वार... मेरे लिए खुल रहा है...? किसने बनाया होगा इसे? क्या ये वही शांगरी-ला है... जिसकी तलाश में मैं इतने सालों से था...?"

धीरे-धीरे द्वार खुलने लगता है। सुनहरी किरणें बाहर की ओर फैलती हैं – जैसे सूरज धरती पर उतर आया हो। उसके भीतर से एक मधुर संगीत गूँजता है, और उसके साथ आती है एक अवर्णनीय शांति। उस रोशनी के भीतर से किसी के चलने की आहट आती है – एक आकृति, सफ़ेद वस्त्रों में लिपटी, धीरे-धीरे सामने आती है। उसके चेहरे पर शांति है, आँखों में ज्ञान की ज्योति। आरव उस दिशा में देखता रह जाता है, नि:शब्द। वह आकृति अब पूरी तरह उसके सामने है – एक प्राचीन साधु, जिसकी उपस्थिति में समय रुक गया-सा लगता है।

साधु (मुस्कुराते हुए, कोमल स्वर में) – "स्वागत है, यात्री। तू बर्फ़ की मौत पार कर, सत्य के द्वार तक पहुँच चुका है। यह वही स्थान है... जिसे लोग शांगरी-ला कहते हैं – पर असल में यह कोई जगह नहीं... एक अवस्था है... आत्मा की।"

आरव के चेहरे पर विस्मय, श्रद्धा और अश्रु एक साथ छलक उठते हैं।

आरव (कंपकंपाते स्वर में) – “तो... मैं मर नहीं गया...? या फिर... मृत्यु भी जीवन का ही दूसरा नाम है...?”

साधु की मुस्कान और गहरी हो जाती है।

साधु (धीरे से) – “मृत्यु अंत नहीं, आरव... यह बस एक द्वार है – जहाँ से आत्मा अपने सच्चे घर लौटती है। और तू... अपनी यात्रा का सबसे पवित्र पड़ाव पा चुका है।”

कैमरा धीरे-धीरे ऊपर उठता है। द्वार से फैलती सुनहरी रोशनी अब पूरे ग्लेशियर को आलोकित कर देती है। बर्फ़ पर अब न सफ़ेदी है, न ठंड – बस एक दिव्य उजास। आरव धीरे-धीरे उस द्वार की ओर बढ़ता है, और जैसे ही वह उसमें प्रवेश करता है – उसका अस्तित्व रोशनी में विलीन हो जाता है। पृष्ठभूमि में वही मंत्र-ध्वनि और बाँसुरी की धुन गूँजती है।

स्क्रीन पर शब्द उभरते हैं – “शांगरी-ला – कोई स्थान नहीं, एक चेतना है। जहाँ आत्मा अपनी असली रोशनी को पहचानती है।”

दृश्य 3 - दिव्य लोक का दर्शन

स्थान : शांगरी-ला – आत्मा का दिव्य लोक, जहाँ समय थम जाता है और सत्य जीवित रहता है।

समय : चेतना की सीमा से परे (आरव की आत्मा-यात्रा के कुछ ही क्षण बाद)।

जैसे ही आरव उस सुनहरी रोशनी के द्वार से भीतर प्रवेश करता है, उसका पूरा अस्तित्व हल्का हो जाता है। उसे महसूस होता है कि अब उसके पास कोई शरीर नहीं – सिर्फ़ एक चेतना है, एक ऊर्जा जो सोच सकती है, महसूस कर सकती है, और हर दिशा में फैल सकती है। धीरे-धीरे उसके सामने एक नया संसार आकार लेने लगता है – ऐसा संसार जो मानव की कल्पना से परे है।

(धीमी, भावनात्मक वॉइसओवर में) – "यह कोई स्वर्ग नहीं... कोई मृगतृष्णा नहीं... यह एक चेतना का लोक है – जहाँ आत्मा अपने शुद्धतम रूप में अस्तित्व पाती है।"

नीचे की धरती पारदर्शी है – मानो किसी विशाल क्रिस्टल से बनी हो। हर कण से दूधिया उजास निकलता है – पर

यह रोशनी न सूर्य की है, न चाँद की। यह किसी जीवित चेतना की आभा है, जो पूरे लोक को आलोकित कर रही है। हवा में गंध नहीं, पर एक स्पर्श है – जैसे कोई अदृश्य हाथ आत्मा को सहला रहा हो। यहाँ न दुःख है, न इच्छा... बस एक अंतहीन आनंद है, जो भीतर से प्रस्फुटित होता है। (आरव के दृष्टिकोण से) आरव इधर-उधर देखता है – हर दिशा में ऊँचे, पारदर्शी भवन हैं, जो किसी ज्ञात पदार्थ से नहीं बने लगते। वे हवा में तैर रहे हैं, और उनके चारों ओर ऊर्जा की धाराएँ घूम रही हैं। नीले आकाश में रथ उड़ रहे हैं, जो किसी धातु से नहीं बल्कि प्रकाश से बने हैं। उनमें बैठे प्राणी मानव जैसे दिखते हैं, पर उनके शरीर से स्वयं रोशनी निकल रही है। वे बोलते नहीं, पर उनके विचार सीधे एक-दूसरे के मन में पहुँच जाते हैं।

आरव (धीरे से, विस्मित होकर) – "यह... कौन-सी दुनिया है...? क्या मैं... किसी सपने में हूँ...? या यह वही स्थान है, जहाँ आत्माएँ ज्ञान प्राप्त करने आती हैं...?"

दूर पर्वतों की चोटियों पर हिम-दीपक जल रहे हैं – ऐसे दीपक जो बर्फ़ में जलकर भी नहीं पिघलते। उनसे

निकलने वाली लौ में मंत्रों की ध्वनि है – "ॐ शान्तिः शान्तिः शान्तिः।" उन पर्वतों के नीचे एक विशाल क्रिस्टल-झील फैली है। उसकी सतह पर निरंतर तरंगें बनती-बिगड़ती रहती हैं, और हर तरंग में कोई दृश्य झलकता है – कहीं भविष्य के युद्ध, कहीं किसी नवजात शिशु की हँसी, कहीं पृथ्वी पर गिरता कोई आँसू। आरव झील के किनारे झुकता है। झील में उसे अपने जीवन के दृश्य दिखाई देते हैं – रिया की मुस्कान, उसका बचपन, वह पल जब उसने पहली बार हिमालय देखा था। उसकी आँखें नम हो जाती हैं।

आरव (धीरे से, टूटी आवाज़ में) – "तो... यह सब झूठ नहीं था... हर भावना, हर प्रेम... आत्मा तक पहुँचता है... यह झील... समय को देख सकती है..."

आरव देखता है – चारों ओर ऋषि-मुनि ध्यानमग्न बैठे हैं। उनके चारों ओर प्रकाश-चक्र घूम रहे हैं, जिनमें रंग बदलते रहते हैं – नीला, सुनहरा, लाल, बैंगनी – जैसे चेतना की लहरें हों। उनके आस-पास कोई मशीन नहीं, फिर भी वहाँ वैज्ञानिक शोध चल रहा है। ऊर्जा के गोले तैर रहे हैं, विचारों से नए यंत्र आकार ले रहे हैं। यहाँ की

प्रौद्योगिकी शब्द-शक्ति से संचालित है – कोई बटन नहीं, कोई तार नहीं – बस संवेदना ही आदेश है। आरव विस्मित होकर चारों ओर देखता है। वह देखता है कि कुछ प्राणी – जो मनुष्यों से दो या तीन गुना ऊँचे हैं – शांत गति से चल रहे हैं, उनके चेहरों पर स्थायी मुस्कान है। उनकी आँखों में सहस्राब्दियों का ज्ञान है। वे एक-दूसरे से बिना बोले संवाद करते हैं।

आरव (धीरे से, आत्मा की गहराई से) – "ये सब... इंसान हैं? या देवता...? इनके भीतर कितनी शांति है... कितनी स्थिरता... मानो समय ने यहाँ ठहरने का निर्णय ले लिया हो..."

पृष्ठभूमि में गूंजती आवाज़। अचानक उसे एक ज्ञात स्वर सुनाई देता है – वही साधु, जो द्वार पर उसका स्वागत कर रहा था। अब वह उसके पीछे खड़ा है, पर उसकी उपस्थिति से कोई छाया नहीं पड़ती।

साधु (मृदुल स्वर में) – "यह है शांगरी-ला, आरव। यहाँ समय का अस्तित्व नहीं। यहाँ आत्मा ही विज्ञान है, विचार ही साधन है, और शांति ही शक्ति। यहाँ के लोग

मृत्यु से परे हैं – क्योंकि उन्होंने जीवन को जान लिया है।”

आरव (धीरे से, विस्मित भाव में) – “क्या यह... कोई सिद्धाश्रम है? या कोई उच्च लोक, जहाँ केवल योगी पहुँचते हैं?”

साधु (मुस्कुराते हुए) – “यह सब कुछ है – सिद्धाश्रम, योगाश्रम, ज्ञानाश्रम और शांति का लोक। यहाँ कोई भेद नहीं, कोई सीमा नहीं। यहाँ हर आत्मा वही देखती है, जो वह समझने के लिए तैयार है। तू खोजने आया था 'शांगरी-ला '– पर देख, यह तेरे भीतर ही था... बस तू अब उसे देख पा रहा है।”

दूर पर्वतों पर ऊर्जा के वृत्त घूम रहे हैं, जैसे ब्रह्मांड की धड़कन वहीं हो। साधु और आरव झील के पास खड़े हैं – दोनों मौन। सिर्फ़ रोशनी है, संगीत है, और वह अनंत शांति जो किसी भाषा में नहीं बयां हो सकती।

आरव (धीरे से, श्रद्धा और आँसुओं के बीच) – “अगर यही सत्य है... तो धरती पर जो हम दुःख समझते हैं, वो भी यात्रा का हिस्सा है?”

साधु (आँखें बंद करते हुए) – "हाँ, आरव। दुःख वह अग्नि है, जिसमें आत्मा तपकर उज्जवल बनती है। और जब वह अग्नि शांत होती है... तभी शांगरी-ला का द्वार खुलता है।"

पूरा लोक अब और भी उज्जवल हो जाता है। क्रिस्टल-झील के ऊपर सुनहरी तरंगें उठती हैं, और उनमें आरव का चेहरा धीरे-धीरे विलीन होता है। पृष्ठभूमि में वही मंत्र गूंजता है – "ॐ तत् सत्। हर आत्मा शुद्ध है, हर यात्रा पवित्र।"

दृश्य 4 - साधु का आगमन और संवाद

स्थान : क्रिस्टल झील के किनारे, जहाँ समय स्थिर है और सत्य का प्रकाश प्रवाहित हो रहा है।

समय : चेतना के पार का क्षण – जून 2019, शांगरी-ला के दिव्य लोक में।

आरव अब भी झील के किनारे खड़ा है। उसकी आँखों में आश्चर्य और विस्मय का संगम है। उसके भीतर ऐसा

सन्नाटा है जिसमें हर धड़कन एक प्रश्न बनकर गूंज रही है। चारों ओर अब भी दूधिया प्रकाश फैला हुआ है – स्थिर, शांत और पवित्र। झील की सतह से हल्की धुंध उठ रही है, जिसमें आकाश की झिलमिलाहट समाई हुई है। अचानक, उस प्रकाश की धुंध के बीच एक आकृति धीरे-धीरे आकार लेने लगती है। पहले बस एक आभा दिखती है – सुनहरी और नीली दोनों का संगम। फिर एक शांत चेहरा, सफ़ेद दाढ़ी, और आँखों में ब्रह्मांड जैसी गहराई। वह वही साधु है – वही जिसे आरव ने कभी हिमालय की गुफ़ा में देखा था। लेकिन इस बार उसके हाथ में त्रिशूल नहीं, बल्कि एक क्रिस्टल-डंडा है – जो अंदर से चमक रहा है, जैसे उसके भीतर स्वयं जीवन का प्रकाश बह रहा हो। उसके चारों ओर ऊर्जा-तरंगें मंडरा रही हैं, और जहाँ-जहाँ वे पहुँचती हैं, वहाँ फूल खिल उठते हैं।

पृष्ठभूमि में धीमी-सी ओम ध्वनि गूंजती है। हर तरंग आरव के भीतर उतरती है, उसकी चेतना को और गहरा बनाती हुई।

साधु (मृदु, पर प्रभावशाली स्वर में) – "पुत्र आरव... स्वागत है। यह है शांगरी-ला – आत्माओं का लोक। यहाँ

कोई मनुष्य शरीर लेकर नहीं आ सकता। केवल वही आत्मा प्रवेश करती है जो शुद्ध, करुणामय और सत्य की खोज में जन्मों से भटक रही हो। तुम्हें यह अवसर मिला है क्योंकि तुम्हारा हृदय निर्मल है... और तुम्हारी यात्रा अधूरी नहीं थी – बस अधूरी समझी गई थी।"

उसकी आँखें काँपती हैं, होंठों पर कंपकंपी है। वह श्रद्धा और भय के बीच झूलता हुआ धीरे से बोलता है – आरव (काँपती आवाज़ में) – "ये स्थान... ये प्रकाश... ये ऋषि-मुनि... ये ऊर्जा... क्या ये सब... वास्तविक हैं? क्या मैं सच में इन्हें देख रहा हूँ... या यह मृत्यु का कोई भ्रम है?"

साधु की मुस्कान हल्की गहरी होती है। वह धीरे-धीरे झील की ओर बढ़ता है। उसके कदम धरती को नहीं छूते – वह मानो हवा में तैर रहा हो।

साधु (धीमे स्वर में, ज्ञान की गहराई से) – "हाँ, आरव। यह सब सत्य है। यहाँ वही ऋषि निवास करते हैं जो युगों से मानवता की रक्षा के लिए तप में लीन हैं। यहाँ विज्ञान और अध्यात्म एक हैं, विचार और ऊर्जा एक ही धारा में

बहते हैं। देखो उस झील में – यह केवल जल नहीं है, यह काल का दर्पण है। इसमें हर वह दृश्य झलकता है जो आने वाला है।"

आरव झील में झाँकता है। झील की सतह पर तरंगें उठती हैं – पहले हल्की, फिर तीव्र। उन तरंगों में पृथ्वी के दृश्य उभरने लगते हैं। भीड़भाड़ वाले शहर, हॉस्पिटल के बाहर इंतज़ार करती लंबी कतारें, लोग मास्क पहने हुए हैं, डॉक्टर थके हुए चेहरे के साथ दौड़ रहे हैं। कहीं एम्बुलेंस की सायरन, कहीं लोगों की चीखें। एक दृश्य में – चिताओं की लपटें आसमान तक जा रही हैं। दूसरे में – कोई बच्चा अपनी माँ को ढूँढता हुआ रो रहा है। आरव का चेहरा पीला पड़ जाता है। उसकी आँखों से आँसू फूट पड़ते हैं।

आरव (दर्द भरी आवाज़ में, काँपते स्वर में) – "ये... ये कौन-सी आपदा है...? लोग ऐसे क्यों कराह रहे हैं...? धरती पर यह कैसी पीड़ा आने वाली है?"

दूसरी दिशा से गूंजता हुआ स्वर। अब झील के पार एक और आकृति दिखाई देती है – एक दूसरा साधु, लंबा,

गंभीर और शांत। उसकी आँखों में आकाश जितनी गहराई है, और उसके चारों ओर सुनहरे मंडल घूम रहे हैं।

दूसरा साधु (गंभीर, भविष्यवाणी जैसे स्वर में) – "यह वह समय है जब मानवता अपनी सबसे कठिन परीक्षा से गुज़रेगी। धरती पर एक महामारी उतरने वाली है। लोग भय और मृत्यु से घिरेंगे, संबंध टूटेंगे, और मनुष्य अपने ही बनाए भ्रम में फँस जाएगा। यह कलियुग की सबसे अंधेरी रात होगी..."

आरव (आश्चर्य और दुःख से) – "पर क्यों...? मनुष्य को इतना दुःख क्यों भोगना होगा...? क्या यह सज़ा है... या कोई चेतावनी?"

पहला साधु (शांत, पर गूंजती आवाज़ में) – "न तो सज़ा... न दंड। यह परिवर्तन का आरंभ है। जब मनुष्य अपनी सीमाएँ भूल जाता है, प्रकृति उसे उसकी मर्यादा याद दिलाती है। यह महामारी... बाहरी नहीं, भीतर की बीमारी का प्रतीक है – अहंकार, लालच और अज्ञान का। धरती अब उपचार चाहती है, और यह पीड़ा वही उपचार है।"

साधु अपने क्रिस्टल-डंडे को झील की सतह पर स्पर्श करता है। साथ ही झील में नया दृश्य उभरता है – लोगों के बीच एक नई भावना जन्म ले रही है – करुणा। डॉक्टर जीवन जोखिम में डालकर लोगों को बचा रहे हैं, कहीं कोई गरीब को खाना बाँट रहा है, कहीं कोई अपने प्राण त्यागकर दूसरों की रक्षा कर रहा है।

साधु (कोमल मुस्कान के साथ) – "हर अंधकार में प्रकाश का बीज होता है, आरव। जब मानवता रोएगी, उसी क्षण वह अपने भीतर झाँकना शुरू करेगी। और वहीं से नया युग जन्म लेगा।"

आरव के चेहरे पर एक मिश्रित भाव – करुणा और श्रद्धा का। वह झील से उठकर साधु के सामने आता है। उसकी आँखों में अब भय नहीं, बल्कि समझ की चमक है।

आरव (धीरे से) – "तो क्या मुझे... लौटना होगा वहाँ...? धरती पर... जहाँ यह सब घटने वाला है?"

साधु (धीरे से सिर हिलाते हुए) – "हाँ, पुत्र। तू एक द्रष्टा है – वह जो देखता है, जानता है, और फिर दूसरों को बताता है। तेरी यात्रा यहीं समाप्त नहीं होती। शांगरी-ला

का सत्य अब तेरे भीतर है। जा... उसे शब्दों, करुणा और कर्म के माध्यम से दुनिया तक पहुँचा।"

पृष्ठभूमि में गूंजता है – "ॐ सर्वे भवन्तु सुखिनः..." कैमरा धीरे-धीरे झील से ऊपर उठता है। आरव साधु के चरणों में झुकता है। उसकी आत्मा से एक प्रकाश-रेखा उठती है और दूर, धरती की दिशा में बढ़ने लगती है। स्क्रीन पर उभरते हैं शब्द – "कभी-कभी मृत्यु हमें जीवन का सच्चा उद्देश्य दिखाने आती है।" "शांगरी-ला केवल आत्माओं का लोक नहीं – वह जाग्रत चेतना की मंज़िल है।"

दृश्य 5 - आरव का संकल्प

स्थान : क्रिस्टल झील के किनारे, जहाँ समय स्थिर है और प्रत्येक ध्वनि और प्रकाश आत्मा तक पहुँचता है।

समय : शांगरी-ला के दिव्य लोक में, चेतना की सीमा से परे।

आरव झील के किनारे खड़ा है। उसकी आत्मा अभी भी हल्की है, पर भीतर एक ज्वलंत मानव भाव जाग रहा है।

उसकी आँखों में आँसू हैं। वह अपने जीवन, परिवार और रिया की यादों में खो जाता है। चारों ओर वह दूधिया प्रकाश फैला हुआ है, पर अब उसके लिए यह किसी रोशनी की अनुभूति से कम नहीं – यह सहानुभूति और प्यार की अनुभूति बन गई है। नीचे क्रिस्टल-झील शांत है, लेकिन उसके भीतर उठती हल्की लहरें उसके हृदय की हलचल से मेल खाती हैं। आरव अपने हाथ जोड़ता है, भावनाओं का भूकंप उसके भीतर टूट रहा है।

आरव (काँपती आवाज़ में, हृदय से) – “नहीं... मैं यहाँ नहीं रुक सकता... मेरे प्रियजन... मेरी रिया... मेरी माँ और पिता... उन्हें मेरी आवश्यकता है... मुझे लौटना ही होगा। कृपया... मुझे वापस भेज दीजिए, गुरुदेव। मैं अब यहाँ नहीं रह सकता।”

साधु की प्रकट उपस्थिति। साधु धीरे-धीरे अपने क्रिस्टल-डंडे को धरती की ओर नीचे करते हैं। उनकी आभा अब और भी चमकती है, हल्की सुनहरी किरणें झील पर पड़ती हैं। उनकी आँखों में करुणा है, पर स्वर गंभीर है – जैसे ब्रह्मांड की नियमावली स्वयं उनके शब्दों में गूँज रही हो।

साधु (गंभीर, पर करुणा भरे स्वर में) – "पुत्र आरव... यही तुम्हारी सबसे बड़ी परीक्षा है। तेरी आत्मा को अपार शक्ति और ज्ञान मिला है, पर इसका उद्देश्य केवल मानवता की सेवा करना है। तेरा निश्चय ही तेरे धर्म और आत्मा की सच्चाई का प्रमाण है। तुमने दिखा दिया कि प्रेम और करुणा किसी भी शक्ति से ऊपर हैं। यही असली शक्ति है – जो अपने प्रियजन और मानवता के लिए त्याग कर सके।"

उसकी आँखों से आँसू बह रहे हैं, पर उनके साथ चमक और विश्वास है। वह धीरे-धीरे सिर झुकाकर, पूर्ण श्रद्धा और समर्पण के भाव से बोलता है।

आरव (स्थिर स्वर में, हृदय से) – "गुरुदेव, मुझे आशीर्वाद दीजिए। मैं अपने जीवन को समर्पित कर दूँगा। इस शक्ति और ज्ञान का उपयोग केवल मानवता की सेवा के लिए करूँगा। मैं अपनी यात्रा को सिर्फ़ दूसरों की भलाई के लिए आगे बढ़ाऊँगा।"

साधु आशीर्वाद देते हैं। साधु धीरे-धीरे अपने हाथ उठाते हैं। उनकी आभा फैलती है, और सूरज और चाँद की

रोशनी जैसे विलीन हो जाती हैं। दिव्य रथ आकाश में चमकते हुए दिखाई देते हैं, और मंत्रों की गूँज चारों दिशाओं में फैल जाती है – एक प्रकार से, यह आशीर्वाद आरव की आत्मा और ऊर्जा को धरती की ओर निर्देशित कर रहा है। आकाश में दिव्य रथ की हल्की गूंज, मंत्रों का धीमा लयबद्ध स्वर, और झील में हल्की तरंगें – सब मिलकर एक धार्मिक, पवित्र, और उत्साहजनक वातावरण बनाते हैं। आरव को महसूस होता है कि उसकी आत्मा अब स्थिर है, और वह शक्ति और ज्ञान को नियंत्रित कर सकता है। उसका हृदय भर आया है, और वह अपने परिवार, मानवता और धरती की रक्षा का संकल्प दृढ़ करता है।

आरव (धीरे से, भीतर से, आत्मा की गहराई से) – "अब मेरी यात्रा वास्तविक है। मैं लौटूँगा... अपने प्रियजनों के पास, और इस दुनिया को बेहतर बनाने के लिए, अपने ज्ञान और शक्ति का प्रयोग करूँगा। शांगरी-ला का प्रकाश हमेशा मेरे साथ रहेगा।"

क्रिस्टल झील धीरे-धीरे विलीन होती है, साधु की आभा आकाश में मिश्रित हो जाती है, और आकाश में मंत्र और

दिव्य रथों की चमक मानवता की दिशा में प्रवाहित होती है। स्क्रीन पर शब्द उभरते हैं – "सच्ची शक्ति वही है, जो मानवता के लिए त्याग और समर्पण में निहित हो।" "आरव का संकल्प शांगरी-ला का वास्तविक प्रकाश है – आत्मा की सेवा और प्रेम का प्रकाश।"

दृश्य 6 - आत्मा का पुनर्मिलन

स्थान : वही बर्फ़ीला मैदान, हिमालय का कोल्ड डेज़र्ट, सियाचिन से आगे निर्जन ग्लेशियर ,जहाँ आरव कई महीनों से निश्चल पड़ा था।

समय : मार्च, 2020, हिमालय का कोल्ड डेज़र्ट, सियाचिन से आगे निर्जन ग्लेशियर।

आरव शांगरी-ला के दिव्य लोक में अपने संकल्प और आशीर्वाद के साथ खड़ा है। अचानक, चारों ओर वातावरण बदलने लगता है। हवा गूँजने लगती है, बर्फ़ के कण उछलते हैं, जल और अग्नि की धाराएँ अदृश्य रूप से मिलकर एक भयंकर चक्रवात बना रही हैं। सूरज और बादलों का प्रकाश आपस में टकराकर तेज़ रोशनी पैदा कर रहा है। चारों ओर जीवंत ऊर्जा और प्राकृतिक शक्ति का

मिश्रण दिखाई देता है। साधु, जो आरव के पास खड़े हैं, धीरे-धीरे क्रिस्टल-डंडा उठाते हैं और संकेत करते हैं।

साधु (गंभीर, पर उत्साहपूर्ण स्वर में) – “जा, पुत्र! जीवन और मृत्यु इसी में छिपी है। समर्पित हो जाओ। तूफ़ान ही तेरा मार्ग है, अपनी आत्मा को शरीर में वापस लौटाने का!”

आरव गहरी साँस लेता है। उसके भीतर शांगरी-ला के प्रकाश और ज्ञान का प्रभाव अब स्थिर नहीं है– वह इसे धरती पर लाने वाला है। वह आँखें बंद करता है, अपने इष्टदेव का स्मरण करता है और पूरी आत्मा से समर्पित हो जाता है।

आरव (धीमी, निश्चयभरी आवाज़ में, अपने आप से) – “हे ईश्वर! मुझे मेरी जिम्मेदारी समझ में आ गई है। मेरी शक्ति मानवता के लिए है, मेरा प्रेम रिया और मेरे प्रियजनों के लिए है। अब मैं लौट रहा हूँ... लौट रहा हूँ अपने जीवन में।”

आरव धीरे-धीरे तूफ़ान में कदम रखता है। हवा उसे खींचने की कोशिश करती है, बर्फ़ चेहरे पर मारती है,

लेकिन वह एक अटल संकल्प और विश्वास के साथ आगे बढ़ता है। अचानक उसकी आत्मा उसके पुराने शरीर में वापस प्रवेश करती है। जो महीनों से बर्फ़ में निश्चल पड़ा था, वह कांपने लगता है। साँसें तेजी से लौटती हैं, और उसके होंठ हल्के नीले से लाल हो जाते हैं। आँखें धीरे-धीरे खुलती हैं। आरव हाँफता हुआ उठ बैठता है। उसकी साँसें अस्थिर हैं, लेकिन भीतर एक जीवन शक्ति का विस्फोट है। वह चारों ओर देखता है – बर्फ़ अब भी चारों ओर है, लेकिन सूर्य की किरणें धीरे-धीरे ग्लेशियर की चोटियों पर फैल रही हैं।

आरव (धीमी, भावपूर्ण आवाज़ में, आश्चर्य और राहत के मिश्रण में) – "ये सपना था... या सत्य? जो भी था, अब वह मेरे भीतर है। मुझे लौटना है। मेरी रिया... मेरी प्रतीक्षा कर रही है। मेरे प्रियजन... मैं आ रहा हूँ।"

कैमरा धीरे-धीरे ऊपर उठता है। हिमालय की चोटियाँ अब सुनहरी प्रकाश में नहाई हुई हैं। बर्फ़ पर हल्की बूँदें चमक रही हैं, और हवा में अभी भी हल्की बहती ठंडी आभा है। सूरज की किरणें ग्लेशियर की चोटियों पर गिरती हैं, और उनका प्रतिबिंब पूरे मैदान को आलोकित करता है। आरव

अपने पैरों पर खड़ा है। वह ठंडी हवा को महसूस करता है, हाथ फैलाता है और एक अद्भुत स्वतंत्रता और जीवन शक्ति महसूस करता है।

आरव (धीरे से, भीतर से, आत्मा की गहराई से) – "मैं लौट आया हूँ... शांगरी-ला का प्रकाश अब मेरे भीतर है। अब मेरी यात्रा असली है। अब मैं अपने प्रियजनों और इस दुनिया के लिए जीऊँगा।"

बर्फ़ की चिंगारी के साथ सूरज की किरणें चमकती हैं। हल्की हवा और दूर पर्वतों से आती हुई गूँज से वातावरण दिव्य और शांत है। धीमी बाँसुरी और मंत्रमयी ध्वनि आरव के भीतर की शक्ति को दर्शाती है।

स्क्रीन पर उभरते हैं शब्द – "कभी-कभी जीवन का असली अर्थ केवल तब समझ आता है जब आत्मा अपनी सीमाएँ पार कर देखती है।" "आरव लौट आया – ज्ञान, शक्ति और करुणा के साथ। मानवता की सेवा के लिए।"

अध्याय 24 : महामारी और आरव का चमत्कार

दृश्य 1 - महामारी का भय

स्थान : कांगड़ा, हिमाचल प्रदेश।

समय : अप्रैल, 2020.

पहाड़ों से घिरा शांत शहर कांगड़ा अब सन्नाटे में डूबा हुआ है। हवा में ठंडक है, पर उस ठंड से भी गहरा डर फैला हुआ है। अप्रैल, 2020... पहाड़ों के इस छोटे से शहर की सुबह अब वैसी नहीं रही। कभी चाय की दुकानों से उठती भाप, मंदिर की घंटियाँ और बच्चों की हँसी गूँजती थी – पर अब सड़कों पर सन्नाटा पसरा है। पुलिस की जीपें गश्त लगा रही हैं। लाउडस्पीकर से गूँजती कड़क आवाज़ बार-बार लोगों के कानों में डर भर देती है – "कर्फ़्यू लागू है... कोई घर से बाहर न निकले... नियम तोड़ने वालों पर कार्रवाई होगी..."

कैमरा धीरे-धीरे एक सड़क पर घूमता है – बंद दुकानों के बोर्ड हवा में खड़क रहे हैं। मंदिर के दरवाज़े पर ताला

लटका है। सड़क किनारे एक बूढ़ा आदमी मास्क पहने खाली निगाहों से शून्य में देख रहा है। दूर से एंबुलेंस की सायरन सुनाई देती है – तीखी, चुभती हुई। हर घर एक छोटे-से डर का किला बन चुका है। लोग खिड़कियों से बाहर झाँकते हैं, फिर जल्दी से पर्दे खींच लेते हैं। टीवी स्क्रीन पर हर घंटे मौतों का आंकड़ा बढ़ता जा रहा है। "भारत में कोरोना संक्रमितों की संख्या आज 5000 पार..." "हिमाचल में भी बढ़ा संक्रमण का खतरा..." समाचार चैनलों की आवाजें अब दिलों में डर बो रही हैं।

दृश्य बदलता है - कांगड़ा का सरकारी अस्पताल (आइसोलेशन वार्ड) सफेद दीवारें, हल्की नीली लाइटें, और भीतर गूंजती मशीनों की बीप बीप आवाज़ें। स्टाफ PPE किट में लिपटा हुआ है, जैसे इंसान नहीं, कोई स्पेस सूट वाले प्राणी हों। एक बिस्तर पर रिया लेटी है। चेहरा पीला पड़ गया है, शरीर बुखार से तप रहा है। ऑक्सीजन मास्क उसके नाज़ुक चेहरे को ढक रहा है। सांस लेने में कठिनाई है, हर साँस जैसे पहाड़ चढ़ने जितनी मुश्किल।

रिया (कमज़ोर आवाज़ में, डॉक्टर की ओर देखते हुए) – "डॉक्टर साहब... मैं बच जाऊँगी न?"

डॉक्टर थोड़ी देर तक चुप रहता है, उसकी आँखों में भी थकान है – शायद वह पिछले तीन दिनों से सोया नहीं।

डॉक्टर (धीरे, थके हुए स्वर में) – "हम पूरी कोशिश कर रहे हैं, मैडम... लेकिन इंफ़ेक्शन फेफड़ों में गहराई तक फैल चुका है... हमें आपकी हालत पर नज़र रखनी होगी..."

वह रिया के हाथ पर एक बार नजर डालता है, फिर सिर झुकाकर बाहर चला जाता है। दरवाज़ा बंद होते ही 'क्लिक' की आवाज़ गूंजती है – जैसे किसी कैदखाने का दरवाज़ा बंद हुआ हो। रिया अकेली रह जाती है। कमरे में बस मॉनिटर की बीपिंग, और उसकी टूटी हुई सांसों की आवाज़। बाहर कोई नहीं। अंदर कोई नहीं। सिर्फ़ एक डर, जो भीतर तक उतर गया है।

रिया (धीरे से, खुद से, ऑक्सीजन मास्क के बीच से फुसफुसाते हुए) – "काश... मैंने आरव को रोका न होता... तो आज वो यहाँ होता... वो मुझे हिम्मत देता... बस एक बार... उसकी आवाज़ सुन लूँ..."

उसकी आँखों के कोनों से आँसू निकलते हैं और मास्क के नीचे जमा हो जाते हैं। वह दीवार पर लगी घड़ी की ओर

देखती है – रात के 11 बज रहे हैं। बाहर कोई कदमों की आवाज़ नहीं, कोई नर्स नहीं, कोई डॉक्टर नहीं। बस मौन – और उस मौन में उसका डर बढ़ता जा रहा है। हर गुजरते सेकंड में रिया को अपने शरीर का भार महसूस हो रहा है। वह छत की ओर देखती है, जहाँ सफेद ट्यूबलाइट झिलमिला रही है। मानो वहाँ से कोई अदृश्य शक्ति उसे देख रही हो। वह आंखें बंद करती है। यादों का दरवाज़ा खुलता है – आरव का मुस्कुराता चेहरा, उसकी आवाज़, वो वादा – "रिया, मैं लौटूँगा... तुम्हारे पास ज़रूर लौटूँगा।"

रिया (धीरे-धीरे बुदबुदाते हुए) – "आरव... अगर कहीं हो... तो मुझे सुनो... मुझे अब बहुत डर लग रहा है..."

कैमरा उसके कांपते हाथों पर ज़ूम करता है। ऑक्सीजन ट्यूब उसकी उंगलियों से उलझी हुई है। उसकी सांस तेज़ हो रही है। मॉनिटर पर बीपिंग बढ़ जाती है। वो रात शायद रिया की ज़िंदगी की सबसे लंबी रात थी। बाहर पहाड़ों पर बर्फ़ गिर रही थी, और भीतर उसके दिल में उम्मीद पिघल रही थी। हर सांस के साथ वह मौत से एक कदम और करीब जा रही थी – और कहीं दूर, किसी अनदेखे स्थान पर, वही आरव भी – ध्यान में लीन,

हिमालय की गोद में – अचानक बेचैन हो उठा था... हवा में हल्की-सी घंटियों की आवाज़ गूँजती है, जैसे दो आत्माएँ एक-दूसरे को पुकार रही हों।

दृश्य 2 - आरव की वापसी

स्थान : कांगड़ा, हिमाचल प्रदेश।

समय : अप्रैल, 2020.

संध्या का समय। पहाड़ों पर हल्का कुहासा उतर रहा है। आसमान में डूबते सूरज की आख़िरी किरणें कांगड़ा की घाटी को सुनहरा रंग दे रही हैं। चारों ओर अब भी महामारी की उदासी छाई हुई है – लोग पहले की तरह बाहर नहीं निकलते, चेहरे पर मास्क, आँखों में भय और थकान। छह महीने बीत चुके हैं... दुनिया थोड़ी-सी संभल चुकी है, पर लोगों के दिल अब भी डरे हुए हैं। रीढ़ की तरह टूट चुके समाज में अब भी उस मार्च की दहशत बची हुई है – सायरन की आवाज़ें, मौत के आंकड़े, खोए हुए लोग। और कांगड़ा के उस पुराने घर में... एक माँ अब

भी हर शाम दरवाज़े की ओर देखती है – कि शायद... उसका आरव लौट आए। कैमरा धीरे-धीरे उस घर की ओर बढ़ता है – मिट्टी की दीवारें, आँगन में तुलसी का चौरा, और छत पर सूखते कपड़े। भीतर धीमी रोशनी, माँ चूल्हे के पास बैठी है, हाथ काँप रहे हैं।

माँ (धीरे से, खुद से बुदबुदाते हुए) – "आज फिर वही तारीख़ है... जिस दिन आरव की खबर आई थी... बर्फ़ में फँस गया था वो... किसी ने कहा उसकी लाश भी नहीं मिली..."

वह आँचल से आँखें पोंछती है। तभी दरवाज़े की कुंडी हिलती है। 'क्रीक' की हल्की आवाज़ होती है। वह सोचती है – शायद हवा है। पर फिर एक और आवाज़। दरवाज़ा धीरे-धीरे खुलता है। ठंडी हवा का झोंका अंदर आता है। और दरवाज़े के पार – एक आकृति दिखाई देती है। वह आरव है। दुबला, झुलसा हुआ, पर देह से हल्की सुनहरी आभा निकल रही है। उसकी आँखों में एक अनकहा तेज़ है – न साधारण इंसान जैसा, न पूरी तरह सांसारिक। चेहरा शांत, चाल मृदुल, जैसे किसी साधु की। कंधे पर वही पुराना रक्सैक, पर अब वह प्रतीक बन चुका है किसी

यात्रा का, जो आत्मा से होकर गुज़री हो। घर के भीतर अचानक सन्नाटा छा जाता है। माँ धीरे-धीरे उठती है, उसकी आँखें फैल जाती हैं।

माँ (काँपते स्वर में, जैसे विश्वास और भय दोनों से लड़ रही हों) – "आरव...? नहीं... नहीं ये नहीं हो सकता... तू तो... तू तो मर गया था! लोगों ने कहा था तू बर्फ़ में कहीं गुम हो गया... तेरी खोज बंद कर दी गई थी..."

उसके हाथ काँपने लगते हैं, आँखें भर आती हैं।

पड़ोसी (दरवाज़े पर आकर, हैरानी से) – "हे भगवान... ये क्या देख रहे हैं हम? ये तो वही लड़का है न... जो मर गया था! ये प्रेत है या देवदूत?"

आरव शांत स्वर में मुस्कुराता है। उसके चेहरे पर कोई अहंकार नहीं, बस करुणा और अपनापन है।

आरव (धीरे से, झुककर, दोनों हाथ जोड़ते हुए) – "माँ... मैं लौट आया हूँ। मुझे आशीर्वाद दीजिए।"

उसकी आवाज़ में गहराई है, जैसे किसी ने सैकड़ों वर्षों का अनुभव एक स्वर में उतार दिया हो। माँ एक पल के लिए

पीछे हटती है, फिर आँसू उसके गालों पर बहने लगते हैं। वह धीरे-धीरे आगे बढ़ती है और आरव के माथे पर हाथ रख देती है।

माँ (रोते हुए) – "बेटा... तेरा शरीर तो मेरा ही अंश था... मैं तेरे स्पर्श को पहचानती हूँ... तू सच में लौट आया है... मेरे आरव... मेरे लाल..."

वह उसे गले से लगा लेती है। आरव के चेहरे पर एक शांत मुस्कान है। उसके स्पर्श से माँ के कांपते हाथ स्थिर हो जाते हैं – जैसे कोई दैवीय ऊर्जा उसके भीतर उतर रही हो। पड़ोसी बाहर खड़े हैं – कोई सिर झुकाकर नमस्कार करता है, कोई डरते हुए पीछे हट जाता है।

पड़ोसी (फुसफुसाते हुए) – "ये इंसान नहीं, कोई सिद्ध पुरुष लगता है... देखो इसके चारों ओर कैसी रौशनी है..."

आरव सबकी ओर देखता है, आँखों में स्नेह और करुणा। वह धीरे से कहता है – आरव – "डर मत कीजिए। मैं वही हूँ – आरव। बस अब मैं पहले जैसा नहीं रहा। हिमालय ने मुझे लौटा दिया है... एक नई समझ के साथ... जीवन का अर्थ लेकर।"

माँ अवाक होकर उसे देखती रहती है। फिर वह धीरे से पूछती है – माँ (हिचकिचाते हुए) – “बेटा... तू पंद्रह महीने कहाँ था? इतने लम्बे समय तक बर्फ़ में तो कोई ज़िंदा नहीं बचता...”

आरव हल्की मुस्कान देता है, उसकी नज़र दूर पहाड़ों पर चली जाती है।

आरव (धीमे स्वर में, रहस्यमय पर शांत) – “माँ... जहाँ मौत थी, वहाँ जीवन का द्वार खुला। जहाँ अंधेरा था, वहाँ प्रकाश मिला। मैं मरा नहीं था – बस कुछ समय के लिए दुनिया से दूर चला गया था... एक ऐसी जगह, जहाँ इंसान खुद को देख पाता है, जैसे आईना आत्मा का। उस स्थान का नाम है – शांगरी-ला ।”

माँ की आँखें फैल जाती हैं। आसपास खड़े लोग भी आश्चर्य से एक-दूसरे को देखते हैं।

पड़ोसी – “शांगरी-ला ? क्या सच में वो जगह होती है? या कोई सपना था?”

आरव धीरे-धीरे दरवाज़े की ओर देखता है, बाहर की पहाड़ियों पर ढलते सूरज की किरणें उसके चेहरे पर पड़ती हैं – मानो देवत्व की छाया।

आरव (मुस्कुराते हुए) – "सपना और हकीकत... दोनों के बीच जो पुल है न – वही आत्मा है। वही मुझे वहाँ ले गया... और अब वापस लाया है। ताकि मैं कुछ अधूरा काम को पूरा कर सकूँ..."

माँ की आँखें भर आती हैं। वह आरव के हाथ थाम लेती है।

माँ (धीरे से) – "अधूरा...? क्या अधूरा रह गया था, बेटा?"

आरव की नज़र अब कमरे के कोने में रखी रिया की तस्वीर पर जाती है – जिस पर फूल मुरझाए हुए हैं। उस पल... कमरा मानो थम गया। हवा भी रुक गई। आरव के चेहरे पर गहरी करुणा उतर आई। उसने तस्वीर की ओर देखा... और धीरे से कहा – आरव (भावुक स्वर में) – "माँ... मैं लौट आया हूँ... क्योंकि अभी कोई सांस अधूरी है... कोई रिश्ता अधूरा है... और वो है – रिया।"

कैमरा आरव के चेहरे पर ज़ूम करता है – उसकी आँखों में आँसू की चमक और प्रकाश का तेज़ दोनों साथ हैं। बाहर बिजली की गड़गड़ाहट सुनाई देती है, जैसे ब्रह्मांड भी उसके इस वाक्य का साक्षी हो।

दृश्य 3 - रिया की हालत सुनना

स्थान : कांगड़ा, हिमाचल प्रदेश।

समय : अप्रैल, 2020.

शाम पूरी तरह ढल चुकी है। पहाड़ों की चोटियों पर नीली धुंध उतर आई है। घर के भीतर दीयों की मद्धम रोशनी टिमटिमा रही है। खिड़की के बाहर से ठंडी हवा आ रही है, जो अपने साथ कोई अनजाना भय और बेचैनी लेकर आई है।

आरव की वापसी के बाद घर में एक पल के लिए आशा की किरण जागी थी। लेकिन उसी रोशनी में अब एक साया उभर रहा था – एक नाम, एक रिश्ता, एक अधूरा वादा – रिया। वह नाम सुनते ही जैसे पूरा माहौल बदल

गया। कमरे की हवा भारी हो गई। दीवारों पर लटके भगवान के चित्रों में भी उदासी उतर आई। आरव धीरे-धीरे अपने पुराने कमरे की ओर बढ़ता है। टेबल पर उसकी पुरानी नोटबुक, कैमरा और रिया की तस्वीर रखी है – वही मुस्कुराती हुई रिया, जिसके गालों पर कभी सूरज की किरणें नाचती थीं। अब तस्वीर पर धूल जमी है।

आरव (धीरे से, तस्वीर उठाते हुए) – "रिया..."

उसके होंठ काँपते हैं, पर आवाज़ नहीं निकलती। तभी पीछे से माँ की सिसकियाँ सुनाई देती हैं। वह पलटकर देखता है।

आरव (चकित होकर, स्वर में बेचैनी) – "माँ... रिया कहाँ है? वो कैसी है?"

माँ हाथ में आँचल पकड़े काँप रही है। उसके होंठ हिलते हैं, पर कुछ कह नहीं पाती। एक पल बाद उसकी आँखों से आँसू फूट पड़ते हैं।

माँ (रोते हुए, टूटे स्वर में) – "मत पूछ बेटा... वो महामारी की चपेट में है... डॉक्टरों ने कह दिया – अब वो नहीं बचेगी..."

उसका गला रुंध जाता है। वह सिर झुकाकर रोने लगती है। आरव के चेहरे पर सन्नाटा छा जाता है। कुछ क्षणों तक वह बिल्कुल स्थिर रहता है, जैसे समय रुक गया हो। फिर अचानक उसकी साँसें भारी हो जाती हैं। कमरे का माहौल बदल जाता है। घड़ी की टिक-टिक अब बहुत धीमी सुनाई देती है। हवा मानो थम जाती है। एक पल में आरव के भीतर कुछ जाग गया था – कोई शक्ति, कोई ज्वाला। वह प्रेम जो अब तक उसकी आत्मा में मौन था, अब ज्वालामुखी की तरह फूट पड़ा। पर उसके चेहरे पर न घबराहट थी, न आँसू – बस शांति... और दृढ़ता। माँ के रोने की आवाज़ में अब बहन नंदिनी की आवाज़ भी जुड़ जाती है। वह हाथ जोड़कर आरव के पास आती है।

बहन (काँपते स्वर में, आँखों में डर) – "भैया, प्लीज़ वहाँ मत जाइए... वो आइसोलेशन वार्ड में है... वहाँ जाना मौत को न्योता देने जैसा है। डॉक्टर कहते हैं – वहाँ जाने वाला कोई नहीं लौटता। आपको नहीं पता, वहाँ कैसी

हालत है... लोगों को अपने ही प्रियजनों को दूर से देखना पड़ता है... बिना छुए, बिना विदाई दिए..."

आरव उसकी बात सुनता है। फिर धीरे-धीरे उसकी ओर बढ़ता है। उसकी आँखें अब लाल हो चुकी हैं, पर उनमें आँसू नहीं – एक जलती हुई प्रतिज्ञा है।

आरव (गंभीर, पर शांत स्वर में) – "अगर मौत उसकी राह में खड़ी है... तो उसे मुझसे होकर गुजरना होगा।"

माँ घबरा कर उसका हाथ पकड़ लेती है।

माँ (विनती भरे स्वर में) – "बेटा, नहीं... तू अभी आया है, तुझे फिर से नहीं खो सकती मैं। वो जगह अपशकुन बन चुकी है... वहाँ रोज़ लाशें निकलती हैं, बेटा... वहाँ कोई भगवान भी नहीं बचा सकता।"

आरव माँ के आँसू पोंछता है, उसके हाथों को धीरे से अपने माथे से लगाता है।

आरव (धीरे, आत्मविश्वास से भरे स्वर में) – "माँ... भगवान वहीं है जहाँ प्रेम है। अगर मेरा प्रेम सच्चा है, तो वो मौत के अंधकार में भी रौशनी बन जाएगा। मैंने उस

जगह को देखा है जहाँ आत्मा शरीर से बड़ी होती है... रिया का शरीर भले कमजोर हो, पर उसकी आत्मा अब भी मुझे पुकार रही है। मैं उसकी पुकार को अनसुना नहीं कर सकता।"

उसकी आवाज़ में एक ऐसी दृढ़ता है जो सुनने वालों को भी स्थिर कर देती है। माँ स्तब्ध खड़ी रह जाती है। बहन की आँखों में भय और श्रद्धा दोनों हैं।

बहन (धीरे से, काँपती आवाज़ में) – "भैया... लोग कहते हैं, जो वहाँ गया, लौटकर नहीं आया..."

आरव उसकी आँखों में देखता है, मुस्कुराता है – वह मुस्कान साधारण नहीं, किसी साधु की शांति जैसी है।

आरव – "शायद इसलिए मुझे ही जाना होगा... क्योंकि कोई तो लौटे – विश्वास लेकर, डर नहीं।"

वह धीरे-धीरे कमरे से बाहर निकलता है। उसके कदम दृढ़ हैं, पर हवा में एक अद्भुत शांति फैल रही है। जैसे उसके साथ कोई अनदेखी शक्ति चल रही हो। बाहर आसमान में बादल घिरने लगे हैं, बिजली चमकती है। उस रात कांगड़ा

की घाटी में पहली बार ऐसा लगा – कि कोई इंसान नहीं, बल्कि कोई अदृश्य प्रकाश पहाड़ों से उतरकर अस्पताल की ओर जा रहा है। हर पग के साथ जैसे ज़मीन पर रौशनी फैल रही हो... माँ दरवाज़े पर खड़ी थी, हाथ जोड़कर फुसफुसा रही थी – "हे भगवान... मेरे बेटे को आशीर्वाद देना... और मेरी बहू रिया को बचा लेना..."

आरव अब अस्पताल की दिशा में जा रहा है, उसके पीछे जलती हुई लाल शाम, और आकाश में चमकती बिजली जैसे ब्रह्मांड खुद इस यात्रा का साक्षी बन गया हो।

दृश्य 4 - रिया से मिलन

स्थान : कांगड़ा सरकारी अस्पताल, आइसोलेशन वार्ड।

समय : रात, अप्रैल, 2020.

समय आधी रात के करीब। जगह कांगड़ा के सरकारी अस्पताल का आइसोलेशन वार्ड, सफेद सिरेमिक की दीवारें, प्लास्टिक की पड़तालियाँ, और हर जगह पीपीई पहने स्टाफ़। हवादार परदीवाली खिड़की से बाहर की हल्की ठंडी रात की हवा अंदर आती है, पर यहाँ की हवा

क्लोरीन और सैनेटाइज़र की तीखी गंध से भारी है। मशीनों की धीमी बीप-बीप, ऑक्सीजन सिलेंडर की खाँक, और पीपीई की रफलिंग की आवाज़ें एक अजीब-सी ताल बना रही हैं। दरवाज़ा धक्का मारते ही अंदर हड़कंप मच जाता है। नर्सें तुरंत खड़ी हो जाती हैं – उनके पीपीई सूट के ऊपर चमकती प्लास्टिक, फेस शील्ड पर फँसे बूंदे। किसी ने माइक्रोफोन से नहीं, बल्कि आँखों से बोलने की कोशिश की – "रुको, अंदर मत जाओ।" पर आरव की चाल धीमी और अटल है; उसके कदमों में अब वैसा ही संकोच नहीं जो कभी किसी सामान्य इंसान के कदमों में होता है। वह किसी सौम्य आग की तरह चल रहा है – धीमा, पर निश्चित।

नर्स (धीमा पर सक्त स्वर) – "सर... यह हाई-रिस्क ज़ोन है। कृपया बाहर ही रहिए – हमारे नियम हैं, प्रोटोकॉल हैं।"

पर आरव उन शब्दों को सुनता जरूर है, पर मानो वे हवा में बिखरती कोई आवाज़ हों – असली सुनाई दे रहा है तो केवल एक ही आवाज़ – रिया की सांसें। कक्ष में हल्की नीली रोशनी मशीनों से आ रही है। बिस्तर पर रिया लेटी

हुई है – चेहरा पतला, गालों पर पीलापन, आँखें आधी खुली-आधी बंद। ऑक्सीजन मास्क उसके चेहरे से जुड़ा है; मास्क के नीचे उसकी साँसें तेज़ और हकलाती हुई आ रही हैं। ठंडी मशीनों की आवाज़ें उसके सिर के ऊपर गूँज रही हैं। उसके हाथ पतले, लेकिन उसकी उँगलियाँ हल्की-सी गति से एम्बुलेंस की तरफ़ बढ़ने की कोशिश कर रही हैं – जैसे कोई आख़िरी शिकायत कर रही हो। अनिद्रा और दर्द ने उसके चेहरे पर नक़्क़ाशी कर दी है – पर आँखों की चमक में अभी भी वही नरम मानवीयपन है, वही रिया की हँसी का अँश दिखाई देता है।

रिया (हांफते हुए, गुनगुनाती-सी आवाज़ में) – "आरव...? तुम... कैसे... यहाँ?"

उसने जैसे अपनी हिम्मत जुटा कर कहा; आँखों में आशा और डर दोनों झलक रहे हैं। उसके होठ नाजुकता से कांपते हैं।

नर्स (दौड़कर आगे आती है, हाथ बढ़ाकर) – "सर, वापस– कृपया वापस – हम आपको अंदर नहीं आने दे सकते!"

नर्स का चेहरा मॉयश्चर और थकान से फीका है; उसकी आवाज़ में आदेश भी है, भी चिंता भी। बाकी स्टाफ़ पीछे खड़े हैं – कोरोना गाउन में ढँकी आकृतियाँ जो मानो किसी युद्ध के मोर्चे पर ठहरी टीम हों।

आरव (धीमे, धीरे कदमों से आगे बढ़ते हुए; उसके कदमों में कोई घबराहट नहीं) – "कृपया हट जाइए।"

उसके शब्द छोटे लेकिन बहुत पक्के हैं। नर्सों के बीच अचानक एक अजीब चुप्पी फैलती है – इन शब्दों में कोई आदेश नहीं, सिर्फ़ प्यार की सादा प्रबलता है जो किसी तर्क को झकझोर देती है। आरव बिना बचाव कवच के अंदर आता है – उसके कपड़ों पर कुछ बर्फ़ जैसी सफेदी, हवाओं का ठंडा असर, और उसकी देह से नर्म सुनहरी आभा निकली हुई है; वह आभा न तो किसी लाइट का परावर्तन है न किसी मशीन की; वह मानो भीतर से निकल रही हो। नर्सों की आँखों में भय और विस्मय का मिश्रित भाव उभरता है। कुछ ने पीछे हटने की कोशिश की, पर किसी के कदम अवरुद्ध रह गए – मानो दिल कह रहा हो कि अगला कदम लेना है।

आरव रिया के बिस्तर के पास आता है। उसने अपना मास्क नहीं उतारा – पर उसके चेहरे पर ऐसी शांति है कि देखने वाले भी असहज सुख अनुभव करते हैं। वह झुककर रिया का हाथ लेता है – हाथ उतने ही ठंडे और छोटे कि उन्हें देख ही दिल काँप जाए।

रिया (आँखों में आँसू, स्वर में हल्की कठोरता – चिंता) – "आरव... कृपया पास मत आओ... यह बीमारी तुम्हें भी ले डूबेगी। डॉक्टर कहते हैं... यह संक्रामक है... तुम्हें भी बचना चाहिए।"

आरव (धीमे पर दृढ़ स्वर में) – "डर से दूरी नहीं बढ़ती, रिया। मैं तुम्हें अकेला नहीं छोड़ूंगा।"

वह नरम आवाज़ में कहता है – और कहते ही अपने दोनों हाथों से उसका सिर अपनी गोदी में लेकर थपथपाता है। उसका स्पर्श नाज़ुक है, पर किसी माँ के स्पर्श जितना ही स्नेहपूर्ण और स्थिर। रिया की आँखें पूरी तरह खुल जाती हैं – जैसे किसी ने उसे अचानक जीवन दिया हो। उसकी सांसें थोड़ा स्थिर होती सी लगती हैं; मशीन की बीप-बीप धीमी होती है – या शायद ऐसा महसूस हो रहा

है। आरव का हाथ उसके माथे पर धीरे से चलता है। पल भर के लिए समझना मुश्किल है – क्या यह वास्तविक है या कोई कल्पना; पर जो भी हो, कमरे की हवा बदल जाती है – कुछ गर्म, कुछ नम, और भीतर एक शांत लहर दौड़ती है। नर्सों की आँखों में समर्पण और विस्मय दोनों समा जाते हैं। कुछ स्टाफ़ अपने पीपीई के पार हाथ जोड़ते हैं; कुछ सोचते हैं कि यह उनके काम की हकीकत से परे कोई चीज़ है।

आरव (धीमे, फुसफुसाते हुए – जैसे प्रार्थना कर रहा हो) – "शांत हो जाओ, रिया। तुम्हारी साँसें मेरी साँसें हैं। मैं तुम्हारा हाथ नहीं छोड़ूँगा। अँधेरे में भी मैं तुम्हें रोशनी दिखाऊँगा।"

वह अपनी हथेली को उसकी छाती पर रखकर धीरे से कहता है। रिया की आँखे अंदर झुकती हैं – यादें सरकती हैं: साथ में बिताए दिन, उनकी हँसी, उनकी लड़ाइयाँ, और वह रात जिसे रिया अकेले रहकर नहीं भुला पाती।

रिया (फुसफुसाते हुए, साँसों में टूटन) – "तुम... कैसे... लौट आये? लोगों ने कहा था... तुम..."

आरव (मुस्कुराहट में कुछ दर्द) – "कहानी लंबी है, रिया। पर जो तुम सुनना चाहती हो, वह केवल इतना है – मैं यहाँ हूँ। और मैं तुम्हें वापस लाऊँगा।"

वह एक बार फिर उससे आँखें मिलाता है। रिया के चेहरे पर जूझती आशा और अविश्वास का संगम है। बाहर परिवार खिड़की के पास इकट्ठा हैं – माँ, पापा, बहन, कुछ पड़ोसी और कुछ डॉक्टर। उनके चेहरे मास्क से ढके हुए हैं, पर आँखें नम हैं। वे खिड़की से अंदर झाँकते हैं – कुछ की थकावट तेज़ है, कुछ की आशा गहरी। डॉक्टरों के चेहरे पर पेशेवर गंभीरता के साथ-साथ मानवीय विस्मय भी है। उनकी नज़रें बार-बार उस जोड़े पर टिकती हैं – एक मृतप्राय सीहत पर लेटी लड़की और उस पर बैठा एक ऐसा आदमी जिसे लौट आए हुए चमत्कार की तरह देखा जा रहा है।

डॉक्टर (धीरे से, अंदरूनी आवाज़ में, पर सुनाई देती है) – "यह मानवीय भावनाएँ हैं... शायद कभी-कभी वे इलाज से भी ज़्यादा असर कर देती हैं।"

किसी नर्स की उँगलियाँ पीपीई के भीतर से सहम कर फटी पल से छूटती हैं; जैसे वह भी सहम कर कहती हो कि इंसान की चाहत कितनी बड़ी औषधि बन सकती है। आरव की गोदी में रिया के आँसू फूट पड़ते हैं – पर ये आँसू सिर्फ़ कमजोरी के आँसू नहीं हैं; इनमें राहत है, भरोसा है। उसकी साँसें धीरे-धीरे व्यवस्थित होती दिखती हैं; मॉनिटर की हर्ट रेट लाइन थोड़ा-सा स्थिर दिखती है। नर्सें अनायास ही एक-दूसरे की ओर देखती हैं – कुछ ने मोनिटर के रीडआउट्स को नोट किया, कुछ ने अपना हृदय ठंडा कर लिया, और कुछ ने बस देखा कि प्रेम ने एक पल के लिए मशीनों की आवाज़ों पर जीत हासिल कर ली।

रिया (धीरे से, नर्म स्वर में) – "आरव... मुझे डर लग रहा था... मेरे अंदर कुछ टूट गया था..."

आरव (धीरे से, माथे को उसके माथे से लगाकर) – "मैं जानता हूँ। पर टूटना भी कभी-कभी फिर नए के लिए रास्ता खोल देता है। अब तुम मेरे साथ हो – मैं तुम्हें फिर से जोड दूँगा।"

उसके शब्दों में कोई जादू नहीं, सिर्फ़ एक आत्मिक पक्का विश्वास है, जो सुनने वालों को भी अंदर तक झकझोर देता है। कुछ नर्सें अभी भी रिश्तेदारी प्रोटोकॉल का पालन करने को कहती हैं, पर उनकी आवाज़ में कठोरता नहीं; कहीं-कहीं उनकी आँखों में आँसू चुभ रहे हैं। एक बूढ़ी नर्स जो कई सालों से ICU में रही है, धीरे से आरव की पीठ पर हाथ रखती है – बिना पीपीई के दूरी बनाए रखते हुए भी उसका इशारा मानवीय समर्थन है। कई मिनटों के बाद – जो मिनट जैसे सदियों के बराबर लगते हैं – रिया की साँसें धीरे-धीरे मजबूत होती चलीं। मॉनिटर के सांचे में हल्की-सी सुधार दिखाई देने लगी। स्टाफ़ के चेहरे पर आश्चर्य से मिले मुस्कानें झलकने लगीं। बाहर खड़े परिवार की आँखों से अब काँपते आँसू खुशी में बदलने लगते हैं। माँ ने खिड़की पर सर रख दिया, और बहन ज़ोर से रो दी – इस बार यह रोना मातृत्व के ग़म का नहीं, राहत का रोना था।

आरव (धीरे से, दृढ़ता से) – “डॉक्टर से मुझे पूरा मौका दीजिए। मैं यहाँ रोक नहीं सकता – लेकिन मैं रिया की

रक्षा करूंगा। जो भी चाहिये, जो भी जरूरत होगी – मैं करूँगा।"

डॉक्टर (कठोरता और आश्चर्य के मिश्रित सुर में) – "सर – आप जिस तरह यहाँ आए, वह अनुपालन में नहीं आता। पर आप हमारे सामने खड़े हैं और यह दिखा रहे हैं कि मरीज को सांत्वना मिली है। हम अपनी तरफ़ से पूरी कोशिश करेंगे – आपकी अनुमति और सहयोग से।"

कमरा धीरे-धीरे सामान्यता की ओर लौटता है – पर कुछ भी पहले जैसा नहीं। वहाँ अब एक नया सन्नाटा है – भय का नहीं, उम्मीद भरा सन्नाटा। आरव का चेहरा थका-हारकर शांत है; वह रिया के सिर पर हाथ रखकर बैठा है। बाहर की रात अब और भी गहरी लगती है, पर कांगड़ा की उस वादी में किसी ने महसूस किया कि रात के अँधेरे में भी कोई लौ जल सकती है – और वह लौ प्रेम और साहस की थी।

दृश्य 5 - साधु की आकाशवाणी

स्थान : कांगड़ा।

समय : अप्रैल, 2020, रात का समय।

कांगड़ा के सरकारी अस्पताल का आइसोलेशन वार्ड। रात के साढ़े दस बजे हैं। पूरे वार्ड में गाढ़ी खामोशी पसरी है। मशीनों की बीप-बीप, ऑक्सीजन सिलिंडर की फुफकार, और बाहर बरसती बूंदों की आवाज़ – तीनों मिलकर एक अजीब-सी लय बना रही हैं। कमरे के अंदर सिर्फ दो लोग – आरव और रिया। नर्सें और डॉक्टर काँच की दीवार के उस पार खड़े हैं, चेहरों पर भय और अविश्वास साफ झलकता है। इस पल में समय थम गया था। बाहर महामारी अपनी चरम सीमा पर थी – हजारों जानें जा चुकी थीं, लोग अपनों को दूर से अंतिम विदाई दे रहे थे। पर इस छोटे-से वार्ड में, मौत और जीवन आमने-सामने खड़े थे।

रिया की साँसें भारी हैं। उसकी छाती उठती-गिरती है। मशीन पर ऑक्सीजन का स्तर गिरता जा रहा है। डॉक्टर बाहर खड़े मन ही मन गिनती कर रहे हैं – "SpO_2... 78... 75..."

आरव उसके पास झुकता है। उसका हाथ रिया के माथे पर है। उसकी उँगलियों से हल्की-सी गरमाहट फैल रही है – मानो उसके स्पर्श में कोई दिव्य ऊर्जा हो।

रिया (कमज़ोर आवाज़ में, ऑक्सीजन मास्क के भीतर से) – "आरव... नहीं... पास मत आओ... ये वायरस तुम्हें भी ले डूबेगा... डॉक्टर कह रहे थे, ये आखिरी स्टेज है..."

आरव उसकी आँखों में देखता है। उसकी नज़रों में एक ऐसी शांति है जो मौत को भी स्थिर कर दे।

आरव (धीरे, बेहद कोमल स्वर में) – "डरो मत, रिया... जब तक मैं हूँ, तुम्हें कुछ नहीं होगा। मौत अगर तुझसे मिलने आई है... तो पहले मुझे पार करना होगा।"

रिया की आँखों से आँसू बह निकलते हैं। उसकी उंगलियाँ आरव की उंगलियों को हल्के से थाम लेती हैं। जैसे बरसों

बाद किसी ने उसे जीवन का अहसास कराया हो। अचानक कमरे की रोशनी थोड़ी झिलमिलाती है। बिजली के बल्ब हल्के-हल्के टिमटिमाने लगते हैं। ठंडी हवा का झोंका कमरे में घूमता है। खिड़की के बाहर बिजली चमकती है। आरव धीरे से आँखें बंद करता है। उसके भीतर कहीं गहराई में, एक पुरानी आवाज़ गूंज उठती है – वह वही स्वर था जिसे उसने बर्फ़ीले पहाड़ों में सुना था, जब वह मृत्यु और जीवन के बीच खड़ा था। उसके गुरु, वह रहस्यमयी साधु – जिसकी वाणी आज फिर आकाश से उतर आई थी। कमरे में अचानक एक कंपन-सा फैलता है। डॉक्टर और नर्सें खिड़की से झाँकते हैं – कोई दिख नहीं रहा, पर हवा में हल्की-सी गूंज है, जैसे कोई दैवी उपस्थिति वहाँ हो।

साधु की आकाशवाणी (गंभीर, गूंजती हुई, पर दयालु आवाज़) – "पुत्र... याद है वह दिव्य कटोरा...? जिसे तूने शांगरी-ला की रास्ते में पाया था... अब वही समय है... उसी में यह औषधि डाल। तेरे स्पर्श और संकल्प से यह अमृत बन जाएगा। इसे रिया को पिला दे... वह स्वस्थ हो जाएगी।"

आरव की आँखें खुलती हैं। उसके चेहरे पर अब प्रकाश झिलमिला रहा है, जैसे भीतर से कोई दीया जल उठा हो। वह धीरे से बैग खोलता है, जिसमें वही छोटा-सा तांबे का कटोरा रखा है – वही जो उसने शांगरी-ला के रास्ते में पाया था। उस पर हल्के सुनहरे चिन्ह उकेरे हैं, जो मंद रोशनी में चमक रहे हैं। वह पास रखे स्टूल पर रखे हर्बल काढ़े की बोतल उठाता है – वही जो अस्पताल वाले मरीजों को प्रतिरोधक के रूप में देते हैं। वह उस कटोरे में थोड़ा काढ़ा डालता है। जैसे ही उसकी उंगलियाँ कटोरे के किनारों को छूती हैं, हल्की सुनहरी आभा फैल जाती है। बाहर डॉक्टर और नर्सें हक्के-बक्के रह जाते हैं। कोई समझ नहीं पा रहा कि ये प्रकाश कहाँ से निकल रहा है – न कोई मशीन, न कोई यंत्र। बस आरव के स्पर्श से, वह औषधि जैसे जीवंत हो उठी थी। रिया अधमरी-सी हालत में लेटी है। आरव उसके सिर को अपनी गोद में रखता है, कटोरे को उसके होंठों के पास लाता है।

आरव (धीमे स्वर में, जैसे प्रार्थना कर रहा हो) – "हे प्रभु, यह जीवन तेरा दिया हुआ है... मैं बस एक माध्यम हूँ... इस आत्मा को बचा ले जो प्रेम में सच्ची है।"

रिया की पलकों पर हल्की हरकत होती है। वह धीरे-धीरे काढ़ा पीती है। आरव उसके बालों पर हाथ फेरता है, आँखें बंद कर मंत्र-सा बुदबुदाता है – वही प्राचीन शब्द जो उसे अपने गुरु से सीखे थे। कमरे में हल्की-हल्की सुनहरी रोशनी फैलने लगती है। डॉक्टर और नर्सें खिड़की से चिपक कर यह सब देख रहे हैं। कुछ तो काँप रहे हैं, कुछ क्रॉस का निशान बना रहे हैं, और कुछ "जय माता दी" कह रहे हैं। वह पल विज्ञान से परे था, जहाँ विश्वास ने सीमाएँ तोड़ दी थीं। आरव का स्पर्श अब केवल इंसान का नहीं था – वह किसी उच्च शक्ति का माध्यम बन चुका था। रिया की साँसें धीरे-धीरे सामान्य होने लगती हैं। मॉनिटर की बीप स्थिर हो जाती है – 75... 80... 92... 97... डॉक्टर एक-दूसरे की ओर देख रहे हैं, जैसे कोई चमत्कार उनकी आँखों के सामने घटित हो रहा हो। आरव अपनी आँखें खोलता है, गहरी साँस लेता है, और रिया की ओर देखता है। रिया की आँखें खुलती हैं – उनमें अब न कमजोरी है, न डर, बस शांति और आभार।

रिया (कमज़ोर लेकिन मुस्कुराते हुए) – "आरव... तुम... सच में लौट आए..."

आरव हल्की मुस्कान देता है। उसके होंठों से सिर्फ़ एक शब्द निकलता है – आरव – "हमेशा..."

बाहर परिवार और डॉक्टरों की आँखों में आँसू हैं। कोई ताली बजाने लगता है, कोई भगवान को धन्यवाद कहता है। पर आरव की आँखें बस रिया पर टिकी हैं – जैसे वह जानता हो कि यह प्रेम, यही उसकी साधना का सबसे बड़ा फल है। उस रात कांगड़ा की पहाड़ियों पर बारिश थम गई थी। आसमान साफ था, तारों की झिलमिलाहट मानो धरती को प्रणाम कर रही थी। कहीं कोई घंटी बजी – शायद किसी मंदिर में, शायद किसी आत्मा में। और उस पल, महामारी ने पहली बार हार मानी थी – प्रेम के आगे।

दृश्य 6 - चमत्कार

स्थान : कांगड़ा जिला अस्पताल का आइसोलेशन वार्ड।

समय : अप्रैल, 2020, देर रात।

बाहर तेज़ बारिश हो रही है। बिजली कभी-कभी चमकती है और फिर अंधकार गहरा हो जाता है। काँच की दीवार के उस पार डॉक्टर और परिवारजन साँस रोके खड़े हैं। वार्ड के भीतर – आरव और उसकी माँ, जिनके चेहरों पर भय और श्रद्धा दोनों की लकीरें हैं। रात का वह पहर, जब आसमान काले बादलों से ढका था और धरती पर सिर्फ़ मौत का साया था, उसी समय कांगड़ा के एक छोटे-से अस्पताल में एक चमत्कार आकार ले रहा था। विज्ञान थम चुका था, पर विश्वास अब जाग उठा था। आरव की माँ अपने थैले से कुछ जड़ी-बूटियाँ निकालती है – तुलसी की पत्तियाँ, अदरक का टुकड़ा, नीम की छाल, और काफ़ूर की हल्की बूंदें। वह कांपते हाथों से अस्पताल के इलेक्ट्रिक केतली में पानी उबालती है।

माँ (धीरे से, काँपती आवाज़ में) – "बेटा... ये वही जड़ी-बूटियाँ हैं जो तेरे बाबा पहाड़ों से लाया करते थे। कहते थे – 'प्रकृति हर ज़हर का इलाज अपने भीतर छुपाए बैठी है।' शायद अब यही हमारी आखिरी आस है..."

आरव उसकी ओर देखता है, सिर झुकाकर आभार में हाथ जोड़ता है।

आरव (धीमे स्वर में) – "माँ, ये सिर्फ़ औषधि नहीं – यह तुम्हारे हाथों का आशीर्वाद है। तुम्हारी ममता ही इसका सबसे बड़ा मंत्र है।"

माँ आँसू पोंछती है और गर्म काढ़ा उसी पुराने तांबे के दिव्य कटोरे में डाल देती है – वही जो आरव शांगरी-ला की रास्ते से लाया था। कटोरे पर खुदे प्राचीन प्रतीक हल्की सुनहरी चमक में झिलमिलाने लगते हैं। आरव दोनों हाथों से कटोरा उठाता है। उसकी आँखें बंद होती हैं। वह गहरी साँस लेता है और फिर मंत्र-जप शुरू करता है – धीमे, पर गूंजते हुए स्वर में।

आरव (मंत्र-जप, आँखें बंद करके) – "ॐ जीवनाय नमः... ॐ अमृतत्वं ददामि..."

जैसे-जैसे वह मंत्र बोलता है, कटोरे से हल्की सुनहरी आभा फैलने लगती है। कमरे का तापमान जैसे बदल जाता है। हवा में अब न डर है, न संक्रमण की गंध – बल्कि एक शुद्ध, पवित्र सुगंध फैलती है। बाहर खड़े डॉक्टर एक-दूसरे की ओर देखते हैं – कोई वैज्ञानिक तर्क अब उनके पास नहीं बचा।

डॉक्टर (फुसफुसाते हुए) – "सर... ये क्या हो रहा है? क्या ये किसी प्रकार का विजुअल भ्रम है या कोई प्लाज़्मा रिएक्शन?"

नर्स (आँखें फैलाकर) – "नहीं सर... ये तो जैसे... कोई दिव्य रोशनी हो..."

आरव अपनी आँखें खोलता है। उसकी दृष्टि स्थिर, शांत और उज्जवल है। वह रिया के सिर के नीचे तकिया ठीक करता है और धीरे-धीरे कटोरा उसके होंठों के पास लाता है।

आरव (धीरे से) – "रिया... ये केवल काढ़ा नहीं, ये जीवन की लौ है – इसे पी लो, बिना डर के।"

रिया काँपते होंठों से धीरे-धीरे घूँट भरती है। उसकी उंगलियाँ आरव की हथेलियों को छूती हैं। उस स्पर्श में एक कंपन है – जैसे कोई आत्मा दूसरी आत्मा से संवाद कर रही हो। कटोरा खाली होता है। आरव उसके माथे पर हाथ रखता है और गहरी प्रार्थना करता है। कमरे में अचानक एक शांति छा जाती है। सिर्फ़ मॉनिटर की बीप सुनाई दे रही है। पर अब वह बीप धीरे-धीरे स्थिर हो रही

है – 70... 78... 85... 92... रिया की साँसें गहरी और संतुलित होने लगती हैं। डॉक्टर काँच के पार से झाँकते हैं। उनकी आँखों में अविश्वास है।

डॉक्टर – "यह... यह तो मेडिकल मिरेकल है! जिसकी फेफड़े 80% डैमेज थे, उसकी ब्रीदिंग नॉर्मल हो रही है!"

आरव बिना कुछ कहे रिया का सिर अपनी गोद में रखता है। रिया की आँखें अब धीरे-धीरे खुल रही हैं। उसकी त्वचा पर हल्की लाली लौट आई है, जैसे जीवन ने फिर से रंग भर दिए हों। आधे घंटे बाद – मॉनिटर पर 98% SpO_2 दिखता है। डॉक्टर अवाक खड़े हैं।

रिया (धीरे से, आवाज़ कांप रही है, आँखों से आँसू बहते हुए) – "आरव... ये कैसे संभव हुआ? मैं तो... मौत के दरवाज़े पर थी... मैंने खुद महसूस किया था कि अब कुछ पल बचे हैं..."

आरव उसकी ओर झुकता है। उसके होंठों पर मुस्कान है, पर आँखों में असीम प्रेम और कृतज्ञता।

आरव (मृदु स्वर में, मुस्कुराते हुए) “ये मेरे गुरु का आशीर्वाद है, रिया। उन्होंने सिखाया था – ‘जहाँ प्रेम सच्चा होता है, वहाँ मृत्यु का कोई अधिकार नहीं रहता।’ अब कोई महामारी तुम्हें छू भी नहीं सकती।”

रिया की आँखों से आँसू बहते हैं। वह अपने हाथ आरव के हाथों पर रखती है।

रिया (धीरे से) – “तुम सिर्फ़ लौटे नहीं, आरव... तुमने मुझे भी लौटा दिया – ज़िन्दगी में।”

बाहर खड़े डॉक्टर, नर्स और परिवारजन खामोश हैं। किसी के मुँह से एक शब्द नहीं निकलता। एक माँ की आँखों से आँसू बह रहे हैं, पर वे आँसू दर्द के नहीं – आस्था के हैं। उस रात, जब कांगड़ा की घाटियों पर महामारी का साया मंडरा रहा था, एक छोटे से अस्पताल के कमरे में प्रेम ने विज्ञान को झुका दिया था। उस कटोरे में डाला गया काढ़ा अब औषधि नहीं, अमृत बन चुका था – और आरव, जो कभी एक खोजी पत्रकार था, अब लोगों के लिए जीवित चमत्कार बन चुका था। बाहर बारिश रुक चुकी है,

आसमान में तारों की एक सीधी रेखा चमक रही है, जैसे ब्रह्मांड खुद इस पुनर्जन्म का साक्षी हो।

दृश्य 7 - ख़बर का फैलना

स्थान : कांगड़ा शहर।

समय : सुबह से दोपहर तक का दृश्य।

सुबह की ठंडी हवा में पहाड़ों के बीच हल्की धुंध तैर रही थी। मंदिर की घंटियाँ दूर से गूँज रही थीं और पंछियों की चहचहाहट के बीच एक अजीब-सी हलचल पूरे कांगड़ा शहर में फैल चुकी थी। लोग अपने मोबाइल फोनों पर वही वीडियो देख रहे थे– जिसमें एक महिला, जो कल तक ऑक्सीजन पर निर्भर थी, अब मुस्कुराते हुए अपने पति का हाथ थामे बैठी थी। बाज़ारों में, चाय की दुकानों पर, मंदिर के बाहर, यहाँ तक कि पुलिस स्टेशन में भी सबके होंठों पर एक ही नाम था – "आरव।"

आरव का घर - सुबह 10 बजे। घर के बाहर मीडिया वैनों की कतारें लगी हैं। बड़े-बड़े बैनरों पर लिखा है – "शांगरी-

ला से लौटा व्यक्ति बना चमत्कार का वाहक!" कैमरों की चमक आँखों को चौंधिया रही है। रिपोर्टर्स माइक्रोफोन संभाले भाग-दौड़ कर रहे हैं। भीड़ में कुछ लोग फूल लेकर आए हैं, कुछ आरती की थाली।

रिपोर्टर (लाइव कैमरे के सामने, उत्साह भरे स्वर में) – "दर्शकों, हम इस वक्त मौजूद हैं हिमाचल के कांगड़ा में– जहाँ एक ऐसा चमत्कार हुआ है जिसने पूरे देश को हिला दिया है! कोरोना से जूझती एक महिला, जो कल तक मौत के करीब थी, अब पूरी तरह स्वस्थ है। उसके पति आरव का कहना है कि उसने शांगरी-ला की गुफाओं में साधना कर दिव्य ऊर्जा प्राप्त की है– और उसी ऊर्जा से उसने पत्नी को मृत्यु के द्वार से लौटा लिया!"

कैमरा धीरे-धीरे घर के गेट की ओर घूमता है, जहाँ आरव सफ़ेद कुर्ते में शांत चेहरा लिए खड़ा है। भीड़ में सन्नाटा छा जाता है। बच्चे फूल बरसाने लगते हैं।

इंटरव्यू सेटअप - रियल टाइम, दोपहर 12:15 बजे। कैमरे की लाइटें जल चुकी हैं। सामने कुर्सी पर आरव बैठा है– उसकी आँखों में गहरी विनम्रता है। रिया उसके पास

खड़ी है, अभी भी थोड़ी कमजोर लेकिन चेहरे पर ऐसी आभा कि जैसे जीवन लौट आया हो।

रिपोर्टर (थोड़े भावुक स्वर में) – "आरव जी, लोग आपको देवदूत कह रहे हैं। सोशल मीडिया पर लाखों लोग आपका वीडियो शेयर कर रहे हैं। क्या आप वाकई किसी चमत्कारिक शक्ति से संपन्न हो गए हैं?"

आरव (धीरे से मुस्कुराते हुए, कैमरे की ओर देखता है) – "नहीं... मैं कोई देवता नहीं हूँ। न कोई चमत्कार करने वाला संत। मैं तो बस एक इंसान हूँ – जिसे अपने प्रेम और विश्वास पर भरोसा था। शक्ति, जो आपने देखी, वो किसी गुफा से नहीं आई... वो हमारे भीतर ही थी। जब मनुष्य प्रेम, करुणा और निस्वार्थ भाव से जुड़ता है, तो ईश्वर उसी में प्रकट हो जाता है।"

पृष्ठभूमि में भीड़ की आँखें नम हो जाती हैं। कोई महिला आँचल से आँसू पोंछती है, कोई वृद्ध व्यक्ति हाथ जोड़कर आरव की ओर झुकता है।

आरव (आवाज़ थोड़ा ऊँचा करते हुए, भावनाओं में डूबकर) – "अगर इस धरती को किसी शक्ति की ज़रूरत है, तो

वो सिर्फ़ मानवता की शक्ति है। मंदिरों या पहाड़ों में नहीं, असली भगवान तो हमारे कर्मों में बसता है– जब हम किसी दुखी का हाथ थामते हैं, किसी बीमार को आशा देते हैं, वही असली पूजा है, वही सबसे बड़ा धर्म।"

भीड़ में एक व्यक्ति चिल्लाता है – "जय मानवता! जय आरव!" और बाकी सब उसकी आवाज़ में शामिल हो जाते हैं।

भीड़ (भावनाओं से गूँजती हुई) – "आरव देवदूत है! आरव मानवता का रक्षक है!" "प्रेम ही परमात्मा है!"

टीवी चैनलों के ग्राफिक्स पर ब्रेकिंग न्यूज़ चलती है – "कांगड़ा के आरव ने दिखाया प्रेम का चमत्कार!" "दिव्य नहीं, मानवीय शक्ति की जीत!"

कैमरों की भीड़, लोगों की जयकार, और आरव की शांति– ये तीनों मिलकर एक ऐसा दृश्य बनाते हैं जो इतिहास में दर्ज हो जाएगा। सूरज की किरणें रिया के चेहरे पर पड़ती हैं और वो मुस्कुराती है– अब उसमें न कोई बीमारी है, न कोई भय। आरव उसकी ओर देखता है, उसकी हथेली

थामकर धीरे से कहता है – "अब जब तक हम साथ हैं, कोई अंधकार हमें छू नहीं सकता।"

कैमरा धीरे-धीरे ऊपर उठता है। आसमान में बादलों के बीच से सुनहरी रोशनी उतरती है – जैसे ब्रह्मांड खुद इस प्रेम को आशीर्वाद दे रहा हो।

दृश्य 8 - समय का रहस्य

स्थान : कांगड़ा।

समय : रात से सुबह तक का दृश्य।

रात का सन्नाटा चारों ओर फैल चुका था। बाहर हल्की बारिश की बूँदें गिर रही थीं, और दूर पहाड़ों पर बिजली की चमक बीच-बीच में आकाश को नीला कर देती थी। कमरे में दीपक की हल्की लौ झिलमिला रही थी। रिया खिड़की के पास बैठी थी – उसकी आँखें अब भी अविश्वास से भरी थीं। आरव शांत भाव से एक पुरानी लकड़ी की अलमारी खोल रहा था।

रिया (धीरे से, टूटी आवाज़ में) – "आरव... तुम पंद्रह महीने कहाँ थे? हर जगह तुम्हारी तलाश हुई। तुम्हारे जाने के बाद मैं हर दिन अस्पताल, पुलिस स्टेशन, यहाँ तक कि मठों तक गई... सब कहते थे – 'वो अब नहीं रहा।' लेकिन तुम कहते हो, तुम्हारे लिए वह सिर्फ एक दिन था? कैसे... कैसे संभव है ये?"

कमरे में कुछ क्षणों का मौन छा जाता है। सिर्फ़ बारिश की टप-टप की आवाज़ सुनाई देती है।

आरव (धीरे से मुस्कुराते हुए, गहरी आवाज़ में) – "रिया... कुछ रहस्य शब्दों से नहीं, अनुभवों से समझे जाते हैं। जहाँ मैं था, वहाँ समय नहीं बहता... वह ठहर जाता है। शांगरी-ला में दिन, महीने, साल – सब अर्थहीन हो जाते हैं। वहाँ का एक दिन... धरती के 10 महीने के बराबर है। मैं वहाँ बस एक रात ठहरा था, लेकिन जब लौटा – यहाँ 10 महीने बीत चुके थे।"

रिया की आँखें चौड़ी हो जाती हैं। वह आरव की ओर अविश्वास और विस्मय के मिश्रित भाव से देखती है।

रिया (काँपते स्वर में) – “मतलब... वहाँ का समय रुक जाता है? तुम कह रहे हो कि तुम किसी और आयाम में थे?”

आरव (धीरे से सिर हिलाते हुए) – “हाँ। वो जगह किसी भौगोलिक नक्शे पर नहीं मिलेगी। वो एक चेतना का स्थान है – जहाँ आत्मा, समय और प्रकृति एक हो जाते हैं। वहाँ साधु ने मुझसे कहा था – ‘जब तुम लौटोगे, तुम्हारे भीतर का समय जाग चुका होगा।’ शायद यही कारण है कि मैं अब हर धड़कन में शांति महसूस करता हूँ... हर सांस में उद्देश्य।”

वह मेज़ से एक पुरानी डायरी उठाता है – उसकी जिल्द फटी हुई है, पन्नों पर धूल और समय के निशान हैं।

आरव (डायरी खोलते हुए) – “देखो... ये 19वीं सदी के एक अंग्रेज़ यात्री की डायरी है। उसने लिखा था – ‘कैलाश के पास एक घाटी है जहाँ सूरज नहीं ढलता और उम्र ठहर जाती है।’ जो वहाँ कुछ दिनों के लिए गया, लौटते ही सफ़ेद बालों वाला बूढ़ा हो गया। वहाँ का समय, हमारे

समय से अलग बहता है – जैसे दो नदियाँ जो कभी मिलती नहीं।"

रिया धीरे-धीरे पास आती है, उसके हाथ काँप रहे हैं। वह आरव की हथेली थाम लेती है।

रिया (आँखों में आँसू लिए) – "तो तुम... सच में शांगरी-ला गए थे?"

आरव (शांत स्वर में, हल्की मुस्कान के साथ) – "हाँ, लेकिन अब मैं जानता हूँ – असली शांगरी-ला कोई जगह नहीं... वो हमारे भीतर है। जहाँ प्रेम है, दया है, त्याग है – वही शांगरी-ला है। वो शक्ति जो मुझे वहाँ मिली, अब मानवता की सेवा में ही सार्थक है।"

रिया की आँखों से आँसू बहने लगते हैं। वह आरव के सीने से लग जाती है।

रिया (धीरे से) – "मुझे डर लगता है आरव... कि ये सब सपना न हो।"

आरव (उसके बालों पर हाथ फेरते हुए) – “अगर ये सपना है... तो यही वो सपना है जो दुनिया को जगाने के लिए ज़रूरी है।”

अगली सुबह - कांगड़ा की पहाड़ियाँ, सूर्योदय का समय। पहाड़ों की चोटियों पर सुनहरी रोशनी उतर रही है। हवा में देवदार की ख़ुशबू है, पक्षी गा रहे हैं। आरव वरान्दाह पर खड़ा है – उसके पीछे रिया और पूरा परिवार खड़ा है। बाहर गाँव के लोग जमा हैं – कुछ फूल लेकर आए हैं, कुछ प्रणाम करने।

एक बुज़ुर्ग व्यक्ति हाथ जोड़कर आगे आता है।

बुज़ुर्ग – “बेटा, हमने तुम्हारे जैसा इंसान नहीं देखा। तुमने तो मानो खुद भगवान को पा लिया।”

आरव (विनम्र स्वर में) – “मैंने सिर्फ़ यही पाया है कि भगवान हम सबके भीतर हैं – और जब हम किसी की मदद करते हैं, वही सच्चा दर्शन है।”

रिया गर्व से आरव को देखती है। उसकी आँखों में प्रेम और कृतज्ञता झलकती है। अब आरव सिर्फ़ एक पत्रकार

नहीं रहा। वह एक चेतना बन चुका है – जिसने समय, मृत्यु और भय की सीमाओं को पार कर लिया है। वह अब मानवता का प्रहरी है, सेवा और करुणा का जीवंत प्रतीक। आरव आकाश की ओर देखता है, उसकी आँखों में चमक और गहराई है।

आरव (धीरे से, हाथ जोड़कर) – "गुरुदेव... मैं वचन देता हूँ– मेरी शक्ति, मेरा जीवन अब सिर्फ़ मानवता की सेवा के लिए समर्पित है।"

कैमरा धीरे-धीरे ऊपर उठता है। हिमालय की चोटियों पर सूरज उग रहा है। पृष्ठभूमि में बाँसुरी की मधुर धुन और मंदिर की घंटियों की गूँज। सूरज की किरणें आरव और रिया पर पड़ती हैं – जैसे स्वयं ब्रह्मांड उन्हें आशीर्वाद दे रहा हो।

*****

अध्याय 25 : आरव – रहस्य और हकीकत

दृश्य 1 - ख़बर का फैलना

स्थान: दिल्ली, न्यूज़24 चैनल का मेन स्टूडियो।

समय: अप्रैल, 2020, देशव्यापी लॉकडाउन का तीसरा सप्ताह।

बाहर सड़कों पर सन्नाटा पसरा हुआ है। मास्क पहने कुछ तकनीशियन कैमरों और टेलीप्रॉम्प्टर को सेट कर रहे हैं। कमरे में हल्की-सी तनाव भरी खामोशी है। सबकी निगाहें स्क्रीन पर टिकी हैं। टीवी की बड़ी एलईडी स्क्रीन पर लाल रंग में "ब्रेकिंग न्यूज़" फ्लैश होता है। बैकग्राउंड में ड्रम रोल जैसा साउंड इफ़ेक्ट बजता है।

न्यूज़ एंकर (तेज़ लेकिन भावनाओं से भरी आवाज़ में) – "ब्रेकिंग न्यूज़! हिमाचल प्रदेश के कांगड़ा ज़िले से आई एक ऐसी ख़बर जिसने पूरे देश को चौंका दिया है! बताया जा रहा है कि एक स्थानीय व्यक्ति ने जड़ी-बूटियों से बने

काढ़े से कोरोना संक्रमित दर्जनों मरीजों को ठीक कर दिया है! डॉक्टर हैरान हैं, प्रशासन सन्न है!"

कैमरा धीरे-धीरे स्क्रीन की ओर ज़ूम करता है। वहां रिया और अन्य मरीजों की वीडियो क्लिप चल रही है – जो कुछ दिन पहले वेंटिलेटर पर थे और अब मुस्कुराते हुए कैमरे की ओर हाथ हिला रहे हैं।

एंकर (थोड़ा रुककर, उत्सुकता के साथ) – "आप जो दृश्य देख रहे हैं, यह किसी फ़िल्म का सीन नहीं है... यह सच्चाई है! हिमाचल के एक छोटे से गाँव में चमत्कार हो रहा है। मरीज जो सांस नहीं ले पा रहे थे, आज चल-फिर रहे हैं, बात कर रहे हैं। और इस सबके पीछे हैं–आरव शर्मा!"

कैमरा अब कांगड़ा की पहाड़ियों के बीच एक गाँव दिखाता है। चारों ओर देवदार के पेड़, पत्थरों से बने पुराने मकान और लोग मास्क पहने हुए, लेकिन आँखों में चमक और उम्मीद भरी हुई।

ग्राउंड रिपोर्टर (माइक पकड़े, भीड़ के बीच से बोलते हुए) – "जी हाँ, मैं इस वक़्त कांगड़ा के एक छोटे से गाँव में

खड़ा हूँ जहाँ का हर इंसान सिर्फ़ एक ही नाम ले रहा है– आरव! कहा जा रहा है कि इस युवक ने अपनी पारंपरिक ज्ञान और आयुर्वेदिक जड़ी-बूटियों से वो कर दिखाया जो बड़े-बड़े अस्पताल नहीं कर पाए।"

भीड़ में से एक बुज़ुर्ग महिला बोल पड़ती है। उसकी आँखों में आँसू हैं, लेकिन चेहरे पर कृतज्ञता झलक रही है।

बुज़ुर्ग महिला (कंपकंपाती आवाज़ में) – "मेरे बेटे को डॉक्टरों ने जवाब दे दिया था... लेकिन आरव ने उसका इलाज किया। दो दिन में ही उसे होश आ गया। हम तो उसे भगवान का रूप मानते हैं बेटा।"

पास खड़ा एक नौजवान हाथ जोड़ते हुए कहता है।
नौजवान – "सर, वो बस एक साधारण इंसान है, लेकिन उसके पास कुछ ऐसा ज्ञान है जो हमें समझ नहीं आता। वो कहता है–'प्रकृति ही सबसे बड़ी वैद्‍य है।' और शायद वो सही भी है।"

भीड़ में लोग नारे लगाने लगते हैं – "आरव मानवता का रक्षक है! आरव जिंदाबाद!" कैमरा ऊपर उठता है और पूरे गाँव की हवा में "आरव... आरव..." की गूँज सुनाई देती है।

कट बैक टू स्टूडियो। एंकर थोड़ी देर तक मौन रहती है, फिर गहरी साँस लेकर बोलती है।

एंकर (धीरे, भावनाओं को छुपाते हुए) – "एक तरफ़ जहाँ दुनिया वैक्सीन और ऑक्सीजन की तलाश में है, वहीं दूसरी तरफ़ भारत के एक छोटे गाँव में उम्मीद का यह दीपक जल रहा है। लेकिन सवाल यह भी है–क्या यह सच में चमत्कार है या किसी पुराने ज्ञान की वापसी?"

बैकग्राउंड म्यूज़िक धीमा होता है। कैमरा एंकर के चेहरे पर ठहरता है, जहाँ अब उत्सुकता के साथ-साथ हल्की-सी हैरानी भी है।

एंकर (धीरे-धीरे कैमरे की ओर झुकते हुए) – "हमारी विशेष रिपोर्ट–'आरव: रहस्य या हकीकत'–आज रात 9 बजे। जुड़े रहिए हमारे साथ।"

कैमरा ज़ूम आउट करता है। न्यूज़रूम में सभी लोग कुछ पल चुप खड़े रहते हैं। किसी ने भी इतनी भावनात्मक कहानी की उम्मीद नहीं की थी। तभी एक टेक्नीशियन फुसफुसाता है– टेक्नीशियन: "सर, ये तो लग रहा है जैसे कोई साधु धरती पर लौट आया हो..."

एंकर उसकी ओर देखती है, हल्के से मुस्कुराती है, और बुदबुदाती है– एंकर (धीरे से) – "या शायद... वो कभी गया ही नहीं था।"

सीन धीरे-धीरे फेड आउट होता है, और पृष्ठभूमि में "आरव" नाम की गूंज फिर से सुनाई देती है–मंद लेकिन रहस्यमयी।

दृश्य 2 - सरकारी जांच

स्थान: हिमाचल प्रदेश, कांगड़ा ज़िले का एक छोटा पहाड़ी गाँव।

समय: सुबह के लगभग साढ़े सात बजे, अप्रैल 2020।

बाहर का माहौल बेहद शांत है। पहाड़ियों से आती ठंडी हवा में देसी चूल्हों का धुआँ घुला हुआ है। चारों ओर लॉकडाउन का सन्नाटा–सड़कें सूनी, दुकानों के शटर बंद, और लोग अपने घरों की खिड़कियों से बाहर झाँक रहे हैं। अचानक, उस सन्नाटे को तीन सफ़ेद रंग की सरकारी गाड़ियों की आवाज़ तोड़ देती है। गाड़ियाँ एक-एक कर

आरव के घर के सामने आकर रुकती हैं। उन पर नीले रंग में लिखा है – "Government of India - Health Investigation Team"। गाड़ियों से मास्क पहने अधिकारी उतरते हैं। उनके साथ दो सुरक्षाकर्मी और एक फ़ोटोग्राफ़र भी हैं। सबके हाथों में फाइलें, कैमरे और लैपटॉप बैग हैं। सूरज की पहली किरणें देवदार के पत्तों पर गिरती हैं। मुख्य अधिकारी – लगभग 45 वर्ष के, सख्त लेकिन शालीन व्यक्तित्व वाले व्यक्ति – आगे बढ़ते हैं और लकड़ी के दरवाज़े पर दस्तक देते हैं। ठक... ठक... ठक! दरवाज़ा खुलता है। सामने आरव खड़ा है – हल्के भूरे कुर्ते में, आँखों में वही स्थिरता और चेहरे पर शांति का भाव। उसके पीछे उसकी माँ और छोटी बहन खड़ी हैं, थोड़ी घबराई हुईं लेकिन गर्व से भरीं।

मुख्य अधिकारी (औपचारिक लेकिन सम्मानजनक स्वर में) – "आरव जी, नमस्ते। मैं डॉ. संजीव त्रिपाठी, स्वास्थ्य मंत्रालय से आया हूँ। आपकी ख़बर केंद्र सरकार तक पहुँच चुकी है। बताया जा रहा है कि आपने अपने हर्बल मिश्रण से सैकड़ों मरीजों को ठीक किया है। हम यहाँ इसकी

सच्चाई जानने आए हैं। क्या आप हमारी जांच में सहयोग देंगे?"

आरव हल्के से मुस्कुराता है, उसकी आँखों में कोई डर नहीं। वह शांत स्वर में जवाब देता है।

आरव (धीरे और विनम्रता से) – "सच को छुपाना ही क्यों, सर? पूछिए, जो मैंने किया, जो जाना, सब बताऊँगा। प्रकृति से लिया है, किसी से नहीं छिपाया।"

अधिकारी हल्का सिर हिलाते हैं। पीछे से एक वैज्ञानिक लैपटॉप निकालता है, दूसरा कमरे की वीडियो रिकॉर्डिंग शुरू करता है।

सहायक अधिकारी – "हम सिर्फ़ सैंपल लेना चाहते हैं – वो काढ़ा, जड़ी-बूटियाँ, और आपका प्रोसेस। सरकार यह जानना चाहती है कि आखिर इस इलाज में ऐसा क्या है जो इतना असरदार साबित हुआ।"

आरव उन्हें अंदर बुलाता है। छोटा-सा पहाड़ी घर – दीवारों पर लकड़ी की अलमारियाँ, जिनमें दर्जनों शीशियाँ और

सूखी जड़ी-बूटियाँ रखी हैं। मेज़ पर पीतल का कटोरा, पत्थर की सिल और ओखली रखी हुई है।

मुख्य अधिकारी (चारों ओर देखते हुए) – "आपने यह सब कहाँ सीखा? क्या आप किसी आयुर्वेदिक संस्था से जुड़े हैं?"

आरव (धीरे, भावनाओं के साथ) – "नहीं सर, मेरे दादा वैद्य थे। उन्होंने जंगल से पहचान करना, पौधों से दवा बनाना सिखाया था। ये ज्ञान किताबों में नहीं, अनुभव में मिलता है। जब महामारी आई, तो मैंने वही पुराना ज्ञान इस्तेमाल किया। बस, इरादा इंसानों की मदद का था।"

अधिकारी उसके शब्दों को नोट कर रहे हैं। फ़ोटोग्राफ़र कमरे की तस्वीरें लेता है। एक जगह मिट्टी का बड़ा पात्र दिखता है – जिसमें हल्का-सा धुआँ उठ रहा है। अधिकारी झुककर उसमें झाँकते हैं।

वैज्ञानिक (मास्क के भीतर से) – "यह क्या है?"

आरव (मुस्कुराकर) – "यह 'अग्नि संस्कार' है। जब तक औषधि धुएँ से शुद्ध न हो, उसका असर अधूरा रहता है। यह सिर्फ़ इलाज नहीं, प्रार्थना भी है।"

कुछ पल का मौन। अधिकारी एक-दूसरे को देखते हैं। उनकी वैज्ञानिक सोच उस आध्यात्मिक लहजे से टकरा रही है। बाहर, गली में कुछ गाँव वाले धीरे-धीरे इकट्ठा हो गए हैं। सबकी आँखों में जिज्ञासा और गर्व है। बच्चे पेड़ के पीछे से झाँक रहे हैं।

एक बुज़ुर्ग पड़ोसी अपने सिर पर गमछा डाले फुसफुसाते हैं– पड़ोसी (धीरे से दूसरे से) – "देख भाई, अब सरकार खुद आई है। अब तो शायद आरव का नाम पूरे देश में होगा।"

अंदर अधिकारी काढ़े का सैंपल शीशी में भरते हैं।

मुख्य अधिकारी (संयमित स्वर में) – "आरव जी, यह सब हम दिल्ली भेजेंगे। लैब में इसकी जांच होगी। अगर यह सच साबित हुआ तो... आपकी खोज इतिहास बदल सकती है।"

आरव हल्के से मुस्कुराता है, पर उसके स्वर में विनम्रता बनी रहती है।

आरव – "इतिहास नहीं सर, इंसानों की सोच बदलनी चाहिए। इलाज दवाओं में नहीं, विश्वास और प्रकृति में छिपा है।"

मुख्य अधिकारी उसकी बात सुनकर कुछ पल के लिए मौन हो जाते हैं। बाहर हल्की हवा बह रही है, पेड़ों के पत्ते हिल रहे हैं। टीम धीरे-धीरे बाहर निकलती है। गाड़ियों में बैठने से पहले अधिकारी आरव की ओर देखते हैं – उनकी आँखों में अब सिर्फ़ औपचारिकता नहीं, बल्कि एक अनकही श्रद्धा झलकती है।

मुख्य अधिकारी (धीरे से) – "आपने जो किया है, आरव जी... वो कर्तव्य से बढ़कर है। देश को ऐसे लोगों की ज़रूरत है।"

आरव बस मुस्कुरा देता है, कुछ नहीं कहता। गाड़ियाँ धीरे-धीरे सड़क से नीचे उतरती हैं। भीड़ ताली बजाने लगती है। कैमरा ऊपर उठता है – पहाड़ी गाँव का दृश्य, धूप में नहाया हुआ। आरव अपने आँगन में खड़ा है, पीछे पहाड़ हैं

और सामने वो पौधे, जिन्होंने शायद सैकड़ों ज़िंदगियाँ बचाई हैं।

रिया की आवाज़ में, टीवी रिपोर्टिंग के अंदाज़ में) – "सरकार की जांच जारी है, लेकिन कांगड़ा के लोगों के लिए आरव अब किसी वैज्ञानिक या साधु से बढ़कर–एक विश्वास बन चुका है।"

दृश्य 3 - वैज्ञानिकों का परीक्षण

स्थान: दिल्ली, ऑल इंडिया बायो-रिसर्च लैब, सफ़दरजंग एरिया।

समय: शाम के करीब 5:30 बजे, अप्रैल 2020।

बाहर लॉकडाउन की सख़्ती जारी है। सड़कों पर सन्नाटा, पुलिस बैरिकेड्स, और हवा में मास्क और सैनिटाइज़र की गंध घुली हुई। लैब के भीतर पूरी व्यवस्था सैनिटाइज़्ड है। हर व्यक्ति पीपीई किट में लिपटा हुआ है। दीवारों पर लगे मॉनीटर्स पर विभिन्न मेडिकल रीडिंग्स चमक रही हैं–दिल

की धड़कन, ऑक्सीजन लेवल, डीएनए स्ट्रक्चर और फेफड़ों के स्कैन की लाइव इमेजें।

आरव सफेद अस्पताल गाउन में शांत बैठा है। उसके चेहरे पर न भय है, न बेचैनी। बस आँखों में वही स्थिरता और सहजता, मानो उसे किसी परिणाम की प्रतीक्षा न हो। उसके आसपास वैज्ञानिकों की एक टीम खड़ी है – दस-पंद्रह विशेषज्ञ, देश के सबसे अनुभवी डॉक्टर और बायोटेक्नोलॉजिस्ट। कैमरा धीरे-धीरे घूमता है – दीवारों पर लैब के चिन्ह, टेस्ट ट्यूब्स में रखे सैंपल्स, और मॉनिटर पर चलता आरव का CT स्कैन।

वैज्ञानिक 1 (आश्चर्य भरे स्वर में) – "यह तो अविश्वसनीय है... इनके शरीर में किसी भी तरह के संक्रमण का निशान नहीं। न फेफड़ों में कोई सूजन, न ब्लड में कोई इन्फ्लेमेशन मार्कर। जबकि रिपोर्ट कहती है कि ये महीनों बर्फ़ीले इलाके में रहे थे, बिना भोजन-पानी के!"

वह एक और शीट निकालता है, और अपने चश्मे के पीछे से आँकड़ों पर नज़र डालता है।

वैज्ञानिक 2 (गंभीर स्वर में) – “कमाल है... RBC और WBC दोनों का अनुपात बिल्कुल संतुलित है। हड्डियों की डेन्सिटी सामान्य से 15% ज़्यादा है। शरीर में ‘वाइटल एनर्जी लेवल’ औसत इंसान से लगभग दोगुना!”

पास खड़ा एक यंग रिसर्चर चौंककर बोल पड़ता है। रिसर्च – “सर, ऐसा तो तब भी नहीं होता जब कोई व्यक्ति सुपरफ़ूड डाइट पर हो या लम्बे मेडिटेशन में। यह तो जैसे... किसी नैचुरल एनर्जी फील्ड में रह रहे हों।”

कमरे में कुछ पल सन्नाटा छा जाता है। हर वैज्ञानिक अपने मॉनिटर पर झुका हुआ है। बीच में केवल आरव की स्थिर साँसों की आवाज़ सुनाई देती है।

वैज्ञानिक 3 (धीरे से, लगभग फुसफुसाते हुए) – “कहीं ये वाकई किसी दिव्य शक्ति से जुड़े हों?”

बाकी सब चुप हो जाते हैं। एक वरिष्ठ वैज्ञानिक, लगभग 60 वर्ष के, सफेद बालों वाले और वर्षों के अनुभव से भरे, अपनी कुर्सी पर पीछे झुकते हैं। उनकी आँखों में कौतूहल और श्रद्धा का मिश्रण झलकता है।

वरिष्ठ वैज्ञानिक (धीरे से बोलते हुए) – "विज्ञान हर चीज़ का उत्तर खोजता है... पर कभी-कभी जवाब विज्ञान से परे भी होते हैं। इनका शरीर, इनकी कोशिकाएँ–मानो किसी अदृश्य नियम से संचालित हैं। शायद इनकी चेतना प्रकृति के साथ इतनी जुड़ गई है कि शरीर अब अलग से ऊर्जा नहीं लेता... वही प्रवाह बन गया है।"

आरव हल्की मुस्कान के साथ उनकी ओर देखता है। उसकी आँखों में कोई घमंड नहीं, केवल शांत ज्ञान है।

आरव (धीरे से) – "शरीर वही करता है जो मन उसे आदेश देता है, और मन वही सुनता है जो आत्मा फुसफुसाती है। जब तीनों एक हो जाएँ, तब बीमारी नाम की कोई चीज़ रह ही नहीं जाती, सर।"

कमरा एक पल के लिए बिल्कुल स्थिर हो जाता है। कोई वैज्ञानिक कुछ नहीं कहता। सिर्फ़ मॉनिटर की "बीप बीप" आवाज़ और एयर प्यूरिफ़ायर की हल्की गूँज सुनाई देती है।

वैज्ञानिक 1 (थोड़ा झेंपते हुए, नोटबुक में लिखते हुए) – "सबसे दिलचस्प बात यह है कि इनका DNA स्ट्रक्चर में

एक म्युटेशन है – जो अब तक किसी इंसान में दर्ज नहीं हुई। यह शरीर शायद एक्सट्रीम क्लाइमेट के अनुसार खुद को 'एडैप्ट' कर चुका है। यह नेचर का जवाब है – कि जीवन खुद अपनी रक्षा करना जानता है।"

वरिष्ठ वैज्ञानिक अपनी फाइल बंद करते हैं और गहरी साँस लेते हैं।

वरिष्ठ वैज्ञानिक – "अगर यह सच है, तो हमें अपने सारे मेडिकल पैरामीटर फिर से लिखने होंगे। ये केस सिर्फ़ चिकित्सा का नहीं, मानव विकास की दिशा का उदाहरण है।"

आरव धीरे से सिर झुकाता है और शांत स्वर में कहता है। आरव – "मैं सिर्फ़ प्रकृति का माध्यम हूँ, सर। जो उसने मुझसे करवाया, वही किया। अगर कुछ सीखना है, तो उसे समझने की कोशिश कीजिए – मुझे नहीं।"

सभी वैज्ञानिक एक-दूसरे की ओर देखते हैं। किसी की आँखों में विज्ञान की जिज्ञासा है, किसी में श्रद्धा, और किसी में डर–कहीं यह उस शक्ति की झलक तो नहीं जिससे इंसान हमेशा भागता रहा है?

कैमरा धीरे-धीरे ऊपर उठता है – आरव मॉनिटर के बीच खड़ा है, चारों ओर नीली रोशनी, जैसे उसकी देह खुद प्रकाश बिखेर रही हो। बाहर खिड़की के पार शाम का आसमान सुनहरा हो चला है, और सूरज की आखिरी किरण उसके चेहरे पर पड़ती है।

वॉइसओवर (रिया की रिपोर्टिंग की आवाज़) – "दिल्ली की इस लैब में जब विज्ञान ने आरव को परखा... तो शायद पहली बार विज्ञान खुद को असहाय महसूस करने लगा। क्योंकि कुछ रहस्य, इंसान नहीं – प्रकृति तय करती है।"

बैकग्राउंड में धीमी बाँसुरी की धुन और स्क्रीन पर शब्द उभरते हैं – 'सत्य की खोज अब केवल प्रयोगशाला तक सीमित नहीं रही... वह चेतना में उतर चुकी है।'

दृश्य 4 - धार्मिक संस्थाओं की रुचि

स्थान: वाराणसी, काशी विश्वनाथ मंदिर परिसर।

समय: मई 2020 की सुबह, लगभग 9:00 बजे।

वाराणसी की सुबह अपने पूरे आध्यात्मिक वैभव में खिली हुई है। सूरज की सुनहरी किरणें गंगा के जल पर पड़कर

झिलमिलाहट पैदा कर रही हैं। मंदिर परिसर में घंटियों की मधुर ध्वनि, शंखनाद, और पंडितों के वेदपाठ की गूँज चारों दिशाओं में फैल रही है। आज यहाँ एक असाधारण दृश्य है – मंदिर के मध्य आँगन में एक विशेष सभा आयोजित की गई है। चारों ओर सफेद और भगवा वस्त्रधारी साधु-संत बैठे हैं। उनके चेहरों पर अनुभव की रेखाएँ हैं, पर आँखों में जिज्ञासा की चमक। सामने आसन पर बैठा है – आरव शर्मा। वह आज भी अपनी वही सादगी में है – हल्का खादी का कुर्ता, माथे पर चंदन का तिलक, और चेहरे पर शांत, दिव्य आभा। उसके आस-पास दीपकों की लौ जल रही है और वातावरण में हल्की चंदन-सुगंध घुली हुई है।

कैमरा धीरे-धीरे मंदिर के गुंबदों से नीचे उतरता है और सभा पर टिकता है। सभा के बीच में बैठे मुख्य संत श्री अद्‌वैतानंद जी महाराज, जो दशकों से काशी में आध्यात्मिक गुरु के रूप में पूजे जाते हैं, आरव को गहराई से देख रहे हैं। उनका स्वर धीमा, लेकिन गूंजदार है।

मुख्य संत (गंभीर और आदरपूर्ण स्वर में) – "पुत्र आरव... तुम्हारे तेज से स्पष्ट है कि तुम केवल साधारण मानव नहीं हो। तुम्हारे शरीर से जो प्रकाश झलक रहा है, वह किसी योगी का तेज है। हमें बताओ–यह वरदान कहाँ से मिला? कौन-सी शक्ति ने तुम्हें यह सामर्थ्य दी?"

आरव कुछ पल मौन रहता है। फिर धीरे से गहरी साँस लेकर बोलता है। उसकी आवाज़ में न कोई दिखावा है, न रहस्य का अभिमान–बस सत्य की सरलता है।

आरव (धीरे, भावनाओं से भरे स्वर में) – "महाराज, मैं कोई चमत्कारी या दिव्य पुरुष नहीं। मैं तो बस एक पथिक था... जो सत्य की तलाश में हिमालय के ऊँचे शिखरों तक चला गया। वहाँ, बर्फ़ और नीरवता के बीच, मैंने एक ऐसी गुफा देखी–जहाँ समय ठहर गया था। वहाँ एक वृद्ध साधु मिले... जिनकी आँखों में युगों का ज्ञान था। उन्होंने कहा–'आरव, मनुष्य तब तक अधूरा है जब तक वह स्वयं को पहचान न ले।' मैंने उनसे ज्ञान माँगा नहीं, बस सेवा का वचन दिया। और वही वचन शायद आज भी मुझे चला रहा है।"

आरव की आवाज़ काँपती नहीं, पर हर शब्द में गहराई है। उसकी आँखें मानो अतीत के दृश्य देख रही हों–शांगरी-ला की बर्फ़ीली गुफाएँ, साधु का शांत चेहरा, और वह क्षण जब उसे वरदान मिला था।

आरव (धीरे से आगे कहते हुए) – "उन्होंने मुझे प्रकृति के नियम समझाए–समय का रहस्य, शरीर और आत्मा का संतुलन। कहा कि अगर मनुष्य लोभ और भय से मुक्त हो जाए, तो उसका शरीर रोग से परे हो जाता है। मैंने वहीं शपथ ली–कि इस ज्ञान का प्रयोग केवल मानवता की सेवा में करूँगा, न कि प्रसिद्धि या शक्ति के लिए।"

सभा में पूर्ण शांति छा जाती है। सिर्फ़ मंदिर की घंटियों की धीमी गूँज सुनाई देती है। कई संत अपनी माला थामे, ध्यान की मुद्रा में डूब गए हैं। कुछ की आँखें नम हो गई हैं।

एक युवा संन्यासी, जो अब तक चुप था, धीरे से बोल उठता है– युवा संन्यासी – "पुत्र, तुम्हारी वाणी में अनुभव की सच्चाई है। ऐसा लगता है जैसे तुम स्वयं प्रकृति के संदेशवाहक बनकर आए हो।"

मुख्य महंत, लगभग 70 वर्ष के, सफ़ेद दाढ़ी और तेजस्वी आँखों वाले संत, धीरे-धीरे उठते हैं। उनके उठते ही बाकी संत भी आदर से मौन हो जाते हैं। वे अपने हाथ उठाते हैं और गूँजते स्वर में कहते हैं– मुख्य महंत (गंभीर और भविष्यवाणी जैसे स्वर में) – "यह युग का दुर्लभ वरदान है, पुत्र! ऐसे व्यक्तित्व सैकड़ों वर्षों में जन्म लेते हैं। लेकिन याद रखो–शक्ति जब तक विनम्रता से जुड़ी रहे, तभी वह कल्याणकारी होती है। तुम्हें यह वरदान धर्म और परोपकार के लिए मिला है, स्वार्थ या प्रसिद्धि के लिए नहीं। आने वाले समय में तुम्हारे मार्ग में कई परीक्षा आएँगी। कई लोग तुम्हें पूजेंगे, और कुछ तुम्हें अपमानित भी करेंगे। परंतु तुम्हारा धर्म एक ही होना चाहिए– मानवता की सेवा।"

आरव सिर झुकाकर उनके चरणों में प्रणाम करता है। उसकी आवाज़ विनम्र है, पर भीतर से दृढ़ता झलकती है।

आरव (नम्र स्वर में) – "गुरुदेव, मैं वचन देता हूँ–जब तक प्राण हैं, मैं इस शक्ति को किसी अहंकार का साधन नहीं बनने दूँगा। यह प्रकृति की देन है, और इसे उसी के नियमों में रहकर लोगों के हित में लगाऊँगा।"

महंत उसके सिर पर हाथ रखते हैं। उस क्षण मंदिर के घंटे बज उठते हैं–मानो पूरा ब्रह्मांड उसकी प्रतिज्ञा का साक्षी बन गया हो। हवा में चंदन और दीपक की सुगंध फैल जाती है।

सभा में बैठे सभी संत एक स्वर में उच्चारण करते हैं– "सत्यं शिवं सुंदरम्।"

कैमरा धीरे-धीरे ऊपर उठता है – आरव ध्यान मुद्रा में बैठा है, सूर्य की किरणें उसके चारों ओर सुनहरी आभा बना रही हैं। पृष्ठभूमि में गंगा बह रही है, और उसकी लहरों में एक पवित्र शांति गूँज रही है।

वॉइसओवर (रिया की आवाज़ में, टीवी रिपोर्टिंग के अंदाज़ में) – "वाराणसी में आज जो दृश्य देखा गया, उसने शायद युगों पुरानी धारणा को फिर से जीवित कर दिया– कि जब मानवता संकट में होती है, तो धरती पर कोई न कोई प्रकाश अवश्य उतरता है... और इस बार वह नाम है– आरव।"

बैकग्राउंड में मंत्रों की ध्वनि और धीरे-धीरे बजती बाँसुरी की मधुर तान।

दृश्य 5 - विरोध और राजनीति

स्थान: नई दिल्ली।

समय : रात 9:00 बजे।

देश का सबसे चर्चित न्यूज़ चैनल “24x7 Nation Live” अपने प्राइम-टाइम डिबेट शो का उद्घाटन कर रहा है। स्टूडियो की रोशनी तेज़ है, कैमरे घूम रहे हैं, और बाहर न्यूज़रूम में लगातार फोन की घंटियाँ बज रही हैं। बड़ी स्क्रीन पर लिखा है – “आरव: देवदूत या धोखेबाज़?”

होस्ट (अर्णव जैसे ऊर्जावान स्वर में) – “नमस्कार भारत! आज का सवाल पूरे देश की आत्मा को झकझोर रहा है – क्या वाकई आरव नाम का वह व्यक्ति महामारी के दौर में लोगों को छूकर ठीक कर रहा है, या यह किसी नए अंधविश्वास का खेल है? हमारे साथ हैं – स्वास्थ्य मंत्री श्री राघव शर्मा, वरिष्ठ पत्रकार मीरा वर्मा, और धर्म गुरु स्वामी अधोरेशानंद जी।”

कैमरा तीनों पैनलिस्ट्स पर ज़ूम करता है। मंत्री की आँखों में कठोरता है, मीरा के चेहरे पर गुस्से और तर्क का

मिश्रण, और स्वामी जी शांत, किंतु चिंतनशील भाव में बैठे हैं।

मंत्री राघव शर्मा (कड़क आवाज़ में) – "देखिए, हमें 21वीं सदी में जीना है, मध्यकाल में नहीं। बीमारी का इलाज वैज्ञानिक तरीकों से ही संभव है। यह 'आरव चमत्कार' महज़ अफवाह है। देश में ऐसे अंधविश्वास से हम पीछे जाएंगे।"

मीरा वर्मा (तीखे लेकिन संयत स्वर में) – "मंत्री जी, अगर ये अफवाह है, तो फिर कैसे दर्जनों मरीज, जिनकी साँसें थम चुकी थीं, आज सामान्य जीवन जी रहे हैं? क्या उनके परिवार भी झूठ बोल रहे हैं?"

कैमरे पर कुछ मरीजों की वीडियो क्लिप चलती हैं – कोई अस्पताल से हँसते हुए बाहर आ रहा है, कोई डॉक्टरों को धन्यवाद दे रहा है। बैकग्राउंड में भावनात्मक म्यूज़िक धीमे से बजता है।

मंत्री (थोड़ा झुँझलाकर) – "यह सब मीडिया का तमाशा है। सरकार की प्राथमिकता जनता का स्वास्थ्य है, चमत्कार नहीं!"

मीरा (उठते हुए, दृढ़ स्वर में) – "जनता का स्वास्थ्य? या सत्ता की इमेज, मंत्री जी? आरव ने किसी से पैसा नहीं लिया, न प्रचार किया। वो सिर्फ़ सेवा कर रहा है। अगर यह राजनीति न होती, तो शायद आप भी उन्हें सलाम करते।"

होस्ट स्थिति सँभालने की कोशिश करता है।

होस्ट – "ठीक है, ठीक है... एक पल रुकिए। अब हम जोड़ रहे हैं आरव के गृहनगर काँगड़ा से लाइव कनेक्शन।"

स्क्रीन पर गाँव की सड़कें दिखती हैं। दर्जनों लोग आरव के घर के बाहर इकट्ठे हैं। कोई आरती उतार रहा है, कोई नारे लगा रहा है – "जय मानवता के मसीहा आरव!" वहीं कुछ लोग पोस्टर फाड़ रहे हैं – "चमत्कार नहीं, छलावा!"

होस्ट (तनावभरे स्वर में) – "देश दो भागों में बँट गया है। ट्विटर पर ट्रेंड कर रहा है #आरव_चमत्कार और #आरव_धोखा – लाखों ट्वीट्स, वीडियो, और बहसें... लेकिन असली सवाल अब भी वही है – 'आरव' कौन है? एक संत, एक वैज्ञानिक रहस्य, या एक आम इंसान जिसमें प्रकृति ने कुछ असाधारण भर दिया है?"

कैमरा धीरे-धीरे आरव की पुरानी तस्वीर पर फोकस करता है – वह शांत मुस्कान, आँखों में स्थिरता और रहस्य। पृष्ठभूमि में धीमी धुन शुरू होती है।

वॉइस ओवर (धीरे, भावपूर्ण स्वर में) – "सत्ता के गलियारों में तर्क चलता है... मंदिरों और प्रयोगशालाओं में प्रश्न गूँजते हैं... लेकिन सच्चाई? वह अभी भी हिमालय की बर्फ़ीली चुप्पी में दबी है – जहाँ से आरव लौटा था।"

लाइट्स धीरे-धीरे मंद पड़ती हैं। स्क्रीन पर सोशल मीडिया के हैशटैग चमकते हैं –

#आरव_चमत्कार

#आरव_धोखा

#सत्य_या_विश्वास

दृश्य 6 - आरव का रुख

स्थान: काँगड़ा, हिमाचल प्रदेश - आरव का घर।

बाहर हल्की बारिश हो रही है। खिड़की के शीशे पर पानी की बूँदें धीरे-धीरे फिसल रही हैं। पहाड़ों के बीच फैली धुंध

कमरे में भी एक ठंडी नमी भर देती है। दूर कहीं मंदिर की घंटी की ध्वनि गूँजती है। भीतर टीवी म्यूट है, लेकिन स्क्रीन पर लगातार आरव की ख़बरें चल रही हैं– "मसीहा या मायाजाल?", "सरकार ने बनाया हाई-लेवल कमेटी", "आरव के समर्थन में लाखों ट्वीट"।

रिया खिड़की के पास खड़ी है। उसकी आँखों में थकान है, चिंता है, और थोड़ी-सी बेचैनी भी। उसने घंटों से कुछ खाया नहीं। टेबल पर रखी ठंडी चाय की प्याली उसकी हालत कह रही है।

रिया (धीरे से, टूटी आवाज़ में) – "आरव... हर ओर बस तुम्हारा नाम गूँज रहा है। कोई तुम्हें भगवान कह रहा है, कोई ठग। कोई तुम्हारे शरीर पर रिसर्च करना चाहता है, तो कोई तुम्हें मंदिरों में बिठाना चाहता है। तुम्हें डर नहीं लगता... इतने लोग तुम्हें अपनी-अपनी दिशा में खींच रहे हैं?"

आरव चुपचाप कुर्सी से उठता है। उसकी आँखों में थकान नहीं, बल्कि एक अजीब सी स्थिरता है – जैसे वह भीतर से बहुत कुछ समझ चुका हो। वह धीरे-धीरे चलता हुआ

रिया के पास आता है। बाहर से आती ठंडी हवा उसके बालों को हल्का-सा हिला देती है। वह रिया का हाथ पकड़ लेता है। उसकी हथेली गर्म है – जैसे उसमें अब भी वही शक्ति बह रही हो जिसने सैकड़ों जिंदगियाँ छुई थीं।

आरव (शांत लेकिन दृढ़ स्वर में) – "रिया... जब मैं शांगरी-ला में था, उस साधु ने कहा था – 'जो सत्य को जान लेता है, उसे संसार की परवाह नहीं करनी चाहिए।' मैंने वचन लिया है कि मेरा जीवन केवल मानवता की सेवा के लिए होगा। कोई मुझे अवतार कहे या ठग... मुझे फर्क नहीं पड़ता। मेरे लिए सिर्फ़ एक सत्य है – लोगों का दुःख मिटाना।"

रिया की आँखों में आँसू आ जाते हैं। वह उसके हाथ को और कसकर पकड़ती है। उसकी आवाज़ काँपती है।

रिया (धीरे से) – "लेकिन आरव... लोग निर्दयी हैं। वो पहले पूजा करते हैं, फिर पत्थर फेंकते हैं। अगर उन्होंने तुम्हारे खिलाफ़ साजिश की तो?"

आरव मुस्कुराता है। उसके चेहरे पर एक अजीब-सी शांति है – न भय, न क्रोध, बस एक गहरा विश्वास।

आरव (धीरे, लेकिन दृढ़) – "अगर पत्थर भी फेंकेंगे, तो मैं उन्हें भी आशीर्वाद दूँगा। क्योंकि वे भी भय में जी रहे हैं, रिया। और भय को मिटाने के लिए ही मुझे लौटाया गया है।"

कैमरा धीरे-धीरे पीछे खिसकता है। रिया उसे देखती रहती है – जैसे उसके सामने कोई साधारण इंसान नहीं, बल्कि एक मिशन खड़ा हो। बाहर बारिश की आवाज़ तेज़ हो जाती है, बिजली चमकती है। धीमी बांसुरी और तबले की संगति, जैसे हिमालय की गहराई से कोई पुरानी आत्मा बोल रही हो।

वॉइस ओवर (धीरे और भावनात्मक) – "कभी-कभी दुनिया किसी व्यक्ति को सवालों में बाँध देती है... लेकिन कुछ लोग उत्तर बनने के लिए ही जन्म लेते हैं। आरव अब सवाल नहीं था – वह एक दिशा था, जो मानवता की ओर बढ़ रही थी।"

बारिश में भीगा काँगड़ा, पहाड़ों के बीच आरव का छोटा-सा घर, और अंदर एक दीपक जो अब भी जल रहा है। शांति, बारिश की आवाज़, और एक अनकहा संकल्प।

दृश्य 7 - समापन (गुरु की चेतावनी)

स्थान: कांगड़ा, हिमाचल प्रदेश।

समय : रात का समय।

पूरे शहर में सन्नाटा पसरा हुआ है। लॉकडाउन का तीसरा चरण चल रहा है। सड़कें सूनी हैं, बस कभी-कभार किसी दूर के कुत्ते के भौंकने की आवाज़ सुनाई देती है। आसमान पूरी तरह साफ़ है – जैसे बारिश के बाद धोया गया हो। हवा में देवदार के पेड़ों की खुशबू घुली है, और दूर पहाड़ियों पर बर्फ़ की परत चाँदनी में चमक रही है।

आरव अपने घर की छत पर खड़ा है। उसने हल्की ग्रे शॉल ओढ़ रखा है। चारों ओर सन्नाटा है, सिर्फ़ रात की ठंडी हवा उसके बालों को हिला रही है। उसकी निगाहें आसमान की ओर टिकी हैं – तारों की वह चमक उसके भीतर कुछ जगा रही है, कुछ पुराना, कुछ अनकहा। उसके चेहरे पर न थकान है, न अभिमान। बस एक अजीब-सी स्थिरता, जैसे उसे पता है कि यह शांति तूफ़ान से पहले की है।

धीरे-धीरे वही रहस्यमयी ध्वनि गूँजने लगती है – वही जो उसने शांगरी-ला में सुना था। पहले हवा में हल्की कंपन होती है, फिर वह आवाज़ मानो आकाश से उतरती है – गंभीर, धीमी, लेकिन आत्मा को झकझोर देने वाली।

साधु की आकाशवाणी (गंभीर, गूंजती हुई) – "पुत्र आरव... असली युद्ध अब शुरू होगा। बीमारी से लड़ना आसान था, क्योंकि वह शरीर को छूती थी। लेकिन अब तुम्हें उन बीमारियों से लड़ना है जो आत्मा को खोखला कर देती हैं– राजनीति, लालच, झूठ और षड्यंत्र। दुनिया तुम्हें बाँटने की कोशिश करेगी, अपने मतलब के लिए इस्तेमाल करेगी। हर चमकते चेहरे पर भरोसा मत करना। याद रखो– जो प्रकाश फैलाता है, वही अंधकार का सबसे बड़ा लक्ष्य बनता है। तुम्हारा असली इम्तिहान अब शुरू होता है।"

आरव के होंठ हल्के-से काँपते हैं, जैसे उसकी आत्मा भीतर तक हिल गई हो। वह आँखें बंद कर लेता है। उसके कानों में गुरु की आवाज़ गूंजती रहती है– "अंधकार के बीच सत्य को थामे रहना ही साधना है..." वह धीरे-धीरे घुटनों के बल बैठता है। उसके हाथ फोल्डड होकर आकाश

की ओर उठते हैं। उसकी हथेलियों पर चाँदनी पड़ती है – मानो खुद आकाश उसको आशीर्वाद दे रहा हो।

आरव (धीरे, लेकिन दृढ़ स्वर में) – "गुरुदेव... आपके आशीर्वाद से ही आज मैं इस धरती पर खड़ा हूँ। मैं वचन देता हूँ – चाहे कितनी भी साजिशें हों, चाहे सत्ता मुझे तोड़ने की कोशिश करे, मैं मानवता का दीपक बुझने नहीं दूँगा। मैं इस धरती पर सत्य और करुणा की रक्षा करूँगा – हर कीमत पर।"

उसकी आवाज़ ठंडी रात की हवा में विलीन हो जाती है। कुछ पल के लिए वातावरण बिल्कुल शांत हो जाता है – जैसे खुद प्रकृति उसकी प्रतिज्ञा सुन रही हो। फिर दूर कहीं से हल्की बांसुरी की धुन उठती है – वही धुन जो उसने शांगरी-ला में पहली बार सुनी थी। हवा के साथ वह स्वर पूरे आकाश में फैल जाता है।

कैमरा धीरे-धीरे ऊपर उठता है – पहले आरव के चेहरे से, फिर उसके पीछे झिलमिलाते तारों तक, और फिर दूर बर्फ़ से ढकी हिमालय की चोटियों तक, जो चाँदनी में किसी दिव्य ज्योति की तरह चमक रही हैं।

वॉइस ओवर (धीरे, भावनात्मक, सिनेमैटिक टोन में) – "सत्य की राह हमेशा कठिन होती है... और जो उसे चुनता है, उसे अकेला चलना पड़ता है। लेकिन वही अकेलापन अंततः दुनिया को रौशन करता है। आरव अब सिर्फ़ एक व्यक्ति नहीं – वह युग का दीपक था, जो अंधकार में मानवता की लौ बनकर जलने वाला था।"

कैमरा आसमान की ओर बढ़ता है। तारों के बीच एक हल्की चमक फूटती है – मानो किसी अनदेखे साधु का आशीर्वाद फिर से उस पर बरस रहा हो। धीरे-धीरे स्क्रीन ब्लर होती है, और बांसुरी की धुन के साथ सीन फ़ेड आउट।

अध्याय 26 : षड्यंत्र की छाया

दृश्य 1 : गुप्त बैठक

स्थान : दिल्ली, अगस्त 2020.

रात का समय। बाहर हल्की-सी बारिश हो रही है। दिल्ली के चाणक्यपुरी की सड़कों पर सन्नाटा पसरा हुआ है। चारों ओर सिर्फ़ ब्लैक सुवस की कतारें और सिक्योरिटी गार्ड्स की रेडियो पर धीमी-धीमी बातचीत सुनाई देती है। होटल इम्पिरियल क्राउन के पाँचवें माले का कॉन्फ्रेंस हॉल – पूरी तरह साउंडप्रूफ, पर्दे गहरे ग्रे रंग के, बीच में गोल महोगनी की मेज़ और उसके ऊपर चमकता हुआ क्रिस्टल लैंप।

दरवाज़ा धीरे से खुलता है। अंदर कदम रखता है देश का एक केंद्रीय मंत्री – सफ़ेद कुर्ता-पायजामा, आँखों पर सुनहरा फ्रेम, चेहरा तनाव से भरा हुआ। उसके पीछे दो उद्योगपति और दो बड़े फार्मा समूहों के मालिक अंदर आते हैं। सबकी नज़रों में एक ही चीज़ झलकती है – चिंता और लालच।

टीवी पर चल रही लाइव न्यूज़ रिपोर्ट – टीवी एंकर (जोश भरे स्वर में) – "हिमालय से लौटा आरव शर्मा, जिसके बनाए आयुर्वेदिक काढ़े ने सैकड़ों कोरोना-जैसे मरीजों को चमत्कारिक रूप से ठीक किया है, अब देशभर में उम्मीद की किरण बन चुका है। लोगों का कहना है कि यह काढ़ा वैक्सीन से भी ज़्यादा असरदार है..."

टीवी की स्क्रीन पर आरव की मुस्कुराती तस्वीर दिखती है – उसके पीछे पहाड़ और साधु-संतों के बीच खड़ा एक सादा, आत्मविश्वासी इंसान। मंत्री टीवी की ओर घूरता है, फिर रिमोट उठाकर स्क्रीन बंद कर देता है।

मंत्री (गंभीर स्वर में, धीरे लेकिन धारदार लहजे में) – "अगर ये आदमी यूँ ही आगे बढ़ता गया तो हमारी पूरी फ़ार्मा इंडस्ट्री खतरे में पड़ जाएगी। अरबों का बाज़ार मिट्टी में मिल जाएगा। लोग उसके काढ़े की ओर भागेंगे, दवाइयों की ओर नहीं।"

टेबल पर बैठे फार्मा कंपनी के मालिक ने गुस्से में अपनी फाइल मेज़ पर पटक दी।

फार्मा मालिक (क्रोधित स्वर में, माथे पर बल पड़ते हुए) – "हमने रिसर्च में अरबों झोंक दिए, और ये आदमी पहाड़ों से आकर सारा खेल बिगाड़ रहा है! अगर यह चलता रहा तो हमारे सारे इन्वेस्टर्स पीछे हट जाएंगे। मीडिया उसकी पूजा कर रही है, और जनता हमें लुटेरा समझ रही है।"

दूसरा उद्योगपति, जो अब तक चुप था, धीरे से कुर्सी पर झुकता है। उसके चेहरे पर चालाक मुस्कान तैरती है।

उद्योगपति (धीरे, लेकिन गहरी आवाज़ में) – "रोकने की कोशिश करेंगे, तो ये आदमी और मशहूर हो जाएगा। इसे रोकना नहीं... अपने साथ मिलाना होगा।"

कमरे में बैठे सब एक-दूसरे की ओर देखने लगते हैं। हवा में तनाव घुल जाता है।

फार्मा मालिक 2 (संदेह भरे स्वर में) – "मिलाना मतलब?"

उद्योगपति – "देखिए... हर इंसान की एक कमज़ोरी होती है – पैसा, शोहरत या डर। अगर उसे हमारे कंट्रोल में ले

आएँ, तो दुनिया के बाज़ार पर हमारा राज होगा। उसकी दवा हमारे ब्रांड के नाम से बिकेगी, और हमें मिलेगा– जनता का भरोसा। बस नाम उसका, खेल हमारा।"

मंत्री गहरी साँस लेता है, फिर कुर्सी पर पीछे झुक जाता है। उसके चेहरे पर सोच की लकीरें गहरी होती जा रही हैं।

मंत्री (धीरे से, जैसे खुद से बोल रहा हो) – "देश की जनता भावनाओं से चलती है... अगर इसे 'राष्ट्रहित' या 'सुरक्षा नीति' के नाम पर पैक किया जाए, तो कोई सवाल भी नहीं उठाएगा।"

बाहर बिजली की गड़गड़ाहट होती है। अंदर का माहौल और भी भारी हो जाता है। कमरे में हल्की धूपबत्ती की गंध फैली है, पर उसमें भी एक बेचैनी झलकती है। फार्मा मालिक मोबाइल निकालता है, स्क्रीन पर आरव की तस्वीर ज़ूम करता है – आरव अपने गाँव के बच्चों के साथ मुस्कुरा रहा है।

फार्मा मालिक (ठंडे स्वर में, हल्की हँसी के साथ) – "देखिए इसे... कितना भोला चेहरा है। लेकिन भोले लोगों को तोड़ना सबसे आसान होता है।"

दूसरा उद्योगपति उसकी ओर झुककर फुसफुसाता है।

उद्योगपति – “अगर ये हमारे साथ नहीं आया… तो इसका ‘काढ़ा’ नहीं, इसका नाम भी इतिहास से मिटा देंगे।”

कुछ पल के लिए कमरे में चुप्पी छा जाती है। बाहर बारिश तेज़ हो जाती है। खिड़कियों पर पानी की बूँदें लगातार गिरती रहती हैं, मानो आसमान भी इस षड्यंत्र का विरोध कर रहा हो।

मंत्री (ठंडे स्वर में, निर्णायक लहजे में) – “ठीक है… शुरू कीजिए तैयारी। पहले इसे मनाने की कोशिश करो। अगर वो नहीं माना… तो रास्ता दूसरा भी है।”

सभी सिर हिलाते हैं। दरवाज़ा धीरे से बंद हो जाता है।

कैमरा धीरे-धीरे पीछे हटता है– टीवी स्क्रीन पर अब भी आरव की मुस्कुराती तस्वीर स्थिर है। नीचे चलता है ब्रेकिंग न्यूज़ का बैनर – “आरव शर्मा – आयुर्वेद का योद्धा या इंडस्ट्री के लिए खतरा?”

स्क्रीन काली हो जाती है। सिर्फ़ बारिश की आवाज़ गूंजती रहती है...

दृश्य 2 : प्रस्ताव

स्थान : काँगड़ा, हिमाचल प्रदेश।

सुबह का समय। काँगड़ा की वादियों में हल्की धुंध फैली हुई है। चारों ओर देवदार के पेड़ झूम रहे हैं, पहाड़ी पक्षियों की चहचहाहट वातावरण को जीवन से भर रही है। हवा में मिट्टी और फूलों की मिली-जुली ख़ुशबू तैर रही है। आरव अपने छोटे-से आँगन में बैठा मिट्टी के चूल्हे पर पानी गरम कर रहा है। लकड़ी की धीमी-धीमी जलती आवाज़ मानो उसके मन की शांति का संगीत हो।

अचानक दूर से इंजनों की भारी गड़गड़ाहट सुनाई देती है। पहाड़ी रास्ते पर धूल का गुबार उठता है। कुछ ही पलों में, काले शीशों वाली तीन लक्ज़री गाड़ियाँ गाँव के उस संकरे रास्ते पर रुकती हैं, जहाँ अब तक सिर्फ़ बैलगाड़ी या जीपें पहुँचा करती थीं। गाड़ियों के दरवाज़े खुलते हैं। सूट-बूट पहने चार आदमी बाहर उतरते हैं – उनके साथ कुछ सुरक्षाकर्मी भी हैं। उनके चमचमाते जूते और चमड़े की

फाइलें इस पहाड़ी गाँव के सादे माहौल से एकदम अलग लग रही हैं। आँगन में खड़ा छोटा मोर झट से उड़कर पेड़ पर जा बैठता है। बच्चे दूर से कौतूहल भरी नज़रों से यह दृश्य देख रहे हैं।

मुख्य अधिकारी (मुस्कुराते हुए, लेकिन आँखों में गणना की चमक के साथ) – "आरव जी! नमस्कार। आपसे मिलना हमारे लिए गर्व की बात है। आपने जो काम किया है, वो इतिहास में दर्ज होगा। देश ही नहीं, पूरी दुनिया आपके नाम को याद रखेगी।"

आरव शांत स्वर में मुस्कुराता है, हाथ जोड़कर अभिवादन करता है। उसके चेहरे पर विनम्रता है, लेकिन उसकी आँखों में अजीब-सी सतर्कता झलकती है।

आरव (धीरे से) – "नमस्कार। बताइए, आप सब यहाँ इस छोटे से गाँव में कैसे?"

अधिकारी ने अपने साथ आए सूट वाले उद्योगपति की ओर इशारा किया। वो आगे बढ़ा, उसकी मुस्कान में एक शिकारी-सी आत्मविश्वास भरी थी।

उद्योगपति (हाथ फैलाते हुए, चमकते स्वर में) – “हम साझेदारी की बात करने आए हैं, आरव जी। देखिए, आपका यह काढ़ा देश की शान बन गया है। लोग इसे 'अमृत' कह रहे हैं। अगर हम मिलकर काम करें, तो इसे पूरे विश्व में पहुँचा सकते हैं। हम इसकी पैकेजिंग, ब्रांडिंग, प्रमोशन – सब संभाल लेंगे। आपको सिर्फ़ हमें इसका फॉर्मूला देना है।”

आरव कुछ पल तक चुप रहता है। उसके पीछे मिट्टी के घर की दीवार पर उसके गुरु की तस्वीर टँगी है – साधु की शांत मुस्कान, जिसकी आँखों में करुणा और ज्ञान झलकता है।

आरव (धीरे से, बिना उनकी ओर देखे) – “फॉर्मूला?”

अधिकारी तुरंत बीच में बोलता है। उसकी आवाज़ में मिठास है, लेकिन हर शब्द में एक दबाव छिपा हुआ है।

मुख्य अधिकारी – “जी हाँ, आरव जी। देखिए, ये काढ़ा अब एक बड़ा ब्रांड बन सकता है। आप समझिए, अगर हम इसे वैज्ञानिक प्रमाणों के साथ मार्केट में लाएँगे, तो पूरी दुनिया इसे खरीदेगी। आपको अरबों रुपये मिलेंगे।

बंगले, गाड़ियाँ, सम्मान–सब मिलेगा। और हाँ, नाम भी आपका ही रहेगा। बस... हमारे सहयोग से।"

आरव उनकी बात सुनते हुए धीरे-धीरे उठता है। उसका चेहरा अब शांत नहीं, बल्कि गहराई से भरा हुआ है। वह आँगन के उस पेड़ के पास जाता है, जहाँ उसने कभी अपने गुरु के साथ औषधीय पौधे लगाए थे। हवा में तुलसी, नीम और अदरक की गंध घुल रही है।

आरव (मुलायम लेकिन दृढ़ आवाज़ में) – "यह काढ़ा मेरे गुरु का आशीर्वाद है। उन्होंने मुझे सिखाया था कि औषधि व्यापार नहीं, सेवा होती है। यह लोगों की भलाई के लिए बना है, किसी कंपनी के मुनाफ़े के लिए नहीं।"

कमरे – या कहें, उस छोटे-से आँगन – में एक भारी सन्नाटा छा जाता है। अधिकारी और उद्योगपति एक-दूसरे की ओर देखते हैं, मानो उम्मीद न की हो कि कोई इस तरह इंकार करेगा।

उद्योगपति (थोड़ा हँसते हुए, लेकिन भीतर गुस्सा दबाते हुए) – "आरव जी, भावनाओं से पेट नहीं भरता। आप अपने गाँव के इन लोगों की मदद करना चाहते हैं न? तो

सोचिए, अरबों रुपये से आप कितनों का जीवन बदल सकते हैं। आप भगवान बन जाएँगे। बस एक हाँ कह दीजिए।"

आरव पलटकर उनकी ओर देखता है – उसकी आँखों में अब आग है।

आरव (कड़क आवाज़ में) – "भगवान बनने की इच्छा ही तो इंसान को शैतान बना देती है। मैं अपने गुरु के मार्ग से एक कदम भी नहीं हट सकता। ये काढ़ा बिकेगा नहीं, बाँटा जाएगा – जब तक एक भी ज़रूरतमंद इंसान बाकी है।"

मुख्य अधिकारी का चेहरा कठोर हो जाता है। उसकी मुस्कान अब गायब है। वह धीरे से फाइल बंद करता है, और ठंडी आवाज़ में कहता है: मुख्य अधिकारी – "ठीक है, आरव जी। आपने स्पष्ट जवाब दे दिया। पर याद रखिएगा–जब कोई चीज़ इतनी बड़ी हो जाती है कि दुनिया के व्यापार को चुनौती देने लगती है... तो या तो वो बिक जाती है, या मिटा दी जाती है।"

आरव उनकी आँखों में सीधे देखता है, बिना डरे।

आरव (धीरे लेकिन दृढ़ता से) – "सत्य को मिटाया जा सकता है, पर हराया नहीं।"

कुछ पल की चुप्पी। फिर अधिकारी उठते हैं, अपने कोट के बटन बंद करते हैं। गाड़ियों की ओर बढ़ते हुए उनमें से एक धीमे स्वर में बड़बड़ाता है: उद्योगपति (बुदबुदाते हुए) – "यह आदमी खुद को महात्मा समझता है... लेकिन दुनिया महात्माओं को जल्दी भूल जाती है।"

गाड़ियों के इंजन दोबारा गरज उठते हैं। धूल का गुबार हवा में फैल जाता है। आरव वहीं खड़ा रहता है, उसकी आँखें आसमान की ओर उठी हैं। हवा में तुलसी की गंध के साथ अब हल्का-सा तूफ़ान भी उठ रहा है – जैसे प्रकृति खुद उस आने वाले संघर्ष को महसूस कर रही हो। कैमरा धीरे-धीरे ऊपर उठता है – पहाड़ों के बीच आरव का छोटा घर, नीचे घाटी में बहती नदी, और ऊपर घिरते काले बादल... एक अशुभ संकेत की तरह।

दृश्य 3 : धमकी

स्थान : काँगड़ा, हिमाचल प्रदेश।

समय : दोपहर के बादल से ढका हुआ समय।

आँगन में ठंडी हवाओं का एक साँझा झोंका आकर रुका – पेड़ों की पत्तियाँ खड़खड़ाईं। गाँव के छोटे-छोटे घरों की खिड़कियों से कुछ लोग_कुरियस _ नज़रें झांकते हैं; बच्चों ने खेल बीच में छोड़ दिया और दूर खड़े होकर यह सब देख रहे हैं। आरव के घर की मिट्टी सीढ़ियों पर धूल अभी भी गाड़ियों के पहियों से उड़ी हुई थी।

मुख्य अधिकारी का चेहरा अचानक बदल गया – मुस्कान गायब, आँखों में ठंडक आ गई। उसने अपने कोट का कॉलर कसते हुए कदम आगे बढ़ाया। उसकी बात में अब वे सब मीठी-सी बातों की मिठास नहीं रही; अब हर शब्द में दबाव और धमकी की तीखी धार थी।

मुख्य अधिकारी (तेज़, बिना किसी शक्कर-बहार के) – "आरव, तुम बहुत सीधे-सादे हो, लेकिन यह दुनिया सादगी को इनाम नहीं देती। सोच-समझकर जवाब दो – हमारे साथ नहीं आएँगे तो परिणाम भुगतने के लिए तैयार रहना। हम मीडिया में चलवा देंगे कि तुम्हारे काढ़े से लोगों की तबीयत बिगड़ी, कुछ मामलों में मौतें भी हुई हैं।

जांच चलाये जायेंगे, आप जाँच के घेरे में आ जाओगे – जेल की सैर भी करानी पड़े तो करवा देंगे।"

कठोर शब्दों की गूँज छोटे-छोटे पत्थरों पर टिक कर दूर तक चली – जैसे पहाड़ों की रखी चुप्पियाँ टूट गई हों। रिया के हाथ में पकड़ी थाली अचानक हल्की सी गिरने लगी; उसने संभाला और तेजी से आरव का हाथ पकड़ा। उसके हाथ थर-थर रहे थे।

रिया (घबराहट में, धीमी आवाज़ पर कांपते हुए) – "आरव... ये लोग... ये सब कुछ कर सकते हैं। मना कर दो, प्लीज़। हमारे लिए सोचना – बच्चों, माँ-पिता के लिए। इससे बड़ा खतरा और क्या होगा?"

रिया की आँखों में आँखें नहीं, डर की तेज़ तरकीब थी – मानो किसी ने उसकी छाती पर भारी पत्थर रख दिया हो। उसके होंठ सूख गए थे। पास के एक लकड़ी के बेंच पर बैठी बूढ़ी औरत ने अपनी उंगलियाँ जोर से एक-दूसरे में घुमाईं – गाँव के मान-सम्मान की हवा अब डर के साथ-ही-साथ सिसक रही थी।

आरव ने रिया का हाथ अपने हाथों में कसकर पकड़ लिया। उसकी उँगलियाँ गर्म और भरोसेमंद थीं; पर चेहरे पर अब भी सख्ती थी, आँखों में ठहराव – उसी तरह जैसे पहाड़ों में बरफ की तह रहती है, जो टूटती नहीं।

आरव (कड़क, शांत पर असमंजस से परे) – "रिया, तुम्हें डरना ठीक है – और मैं तुम्हें समझता हूँ। पर जो गुरु ने सिखाया, उसने हमारी आत्मा को बाँध रखा है। यह काढ़ा किसी की दौलत नहीं, किसी की पहचान नहीं; यह आदमी के दर्द को कम करने का रास्ता है। तुम सच बोल रही हो – ये लोग बड़े हैं, उनके पास ताकत है। पर झूठ सच नहीं बनता।"

मुख्य अधिकारी ने एक कदम आगे बढ़कर कहा, उसकी आवाज़ में अब एक योजना की ठंडी करवट थी: मुख्य अधिकारी (धीरे, खुरदरे स्वर में) – "झूठ? झूठ को हम सच बनाकर दिखा देंगे। रिपोर्ट लिखेगी–'अनियंत्रित दावा, अनियंत्रित असर'–तुम लोगों को दोषी ठहराएंगे। वहाँ से एक-दो केस, फिर दूसरा, फिर मीडिया का शोर। अदालतें क्या सुनेंगी, यह बाद की बात है। तुम चाहोगे कि तुम्हारे गाँव के लोग तुम्हारे पास आएँ? वे डर कर दूर हो

जायेंगे। और अगर एहतियातन तुम्हें कुछ समय के लिए अलग रखना पड़ा तो क्या?"

किसी सुरक्षाकर्मी ने पास आकर मोबाइल में संदेश टाइप किया – तुरन्त उस संदेश की हल्की सी रिफ्लेक्शन चमक कर अधिकारी की चमकती घड़ी पर दिखी। उद्योगपति ने बेल्ट में हाथ फँसाया और तरह-तरह के कागज़ पत्र काटते हुए एक ठंडी हँसी छेड़ी – हँसी में सहमी हुई ताकत थी।

आरव के चेहरे पर एक पल के लिए बहुत सारी चीजें दौड़ गईं – उसके बचपन की यादें, गुरु की सिखाई बातें, गाँव के लोगों के नाम। उसके होंठों के कोने पर एक छोटी सी मुस्कान फैली–यह कोई आनंद की मुस्कान नहीं थी; यह दृढ़ निश्चय की मुस्कान थी।

आरव (धीरे-धीरे, मगर हर शब्द में इरादे की गरमाहट) – "तुम्हारे पास पैसे हैं, शक्तियाँ हैं, चैनल हैं... पर मेरे पास भी कुछ है–लोग, जिनकी आंखों में सच्चाई दिख जाती है। अगर तुमने झूठ फैलाया, तो तुम्हारे छुपे हुए हिस्से बाहर आने से नहीं रुकेंगे। और हाँ, जेल का दरवाज़ा खोल दो –

पर याद रखना, सच्चाई की एक ऊर्जा होती है जो जेल की दीवारों से भी तेज़ निकल आती है।"

रिया की आँखों में आशा और डर का अजीब मिश्रण उभरा। उसके होंठ धीरे से हिले – वह कुछ कहना चाहती थी पर शब्द नहीं निकले। गाँव वाले भी जैसे धीरे-धीरे सर झुकाने लगे – कुछ लोग आत्म-रक्षा की तरह मुट्ठियाँ बाँध रहे थे, कुछ की आँखों में डर, पर उसी आँख में आरव के लिए अडिग विश्वास था।

मुख्य अधिकारी ने अपनी सूट की जेब से कुछ कागज़ निकाले – उनमें किसी तरह के दस्तावेज़ जैसे दिख रहे थे – और ठंडी आवाज़ में कहा: मुख्य अधिकारी – "हमने सब सोच लिया है। प्रेस नोट भी तैयार है – और कुछ 'स्वतंत्र विशेषज्ञ' हमारी ओर से बयान भी दे देंगे। कुछ 'कठोर कदम' भी उठाने पड़ेंगे तब जाकर तुम्हें समझने का मौका मिलेगा कि कतई क्यों न समझना चाहें। तुम शांत रहो, और सोचो – यह तुम्हारे आख़िरी विकल्पों में से एक हो सकता है।"

उसने बात ख़त्म करते ही मोबाइल पर एक बटन दबाया – संदेश उड़ा गया। उद्योगपति ने धीरे से कहा, जैसे भविष्य का कुछ अँधेरा आने वाला हो: उद्योगपति (हिसकते स्वर में, किंतु अंदर की निर्दयी गर्मी के साथ) – "ये दुनिया दबदबे से चलती है, आरव। काबू में रहो तो हम मिलकर काम कर सकते हैं। नहीं तो..."

उसका वाक्य अधूरा रह गया; उसकी आँखों में फिर वही चेतावनी चमकी – अधूरी बातों की तरह, उस चमक ने सबको घेर लिया। रिया अब लगभग बेसहारा सी हो चुकी थी – उसकी आँखों से आँसू चुपके से गिरने लगे। उसने आरव का हाथ और कसकर पकड़ लिया, जैसे एक आखिरी सहारा हो। आरव ने एक गहरी साँस ली, और उसकी सांसे जैसे ठंडे पहाड़ की हवा के साथ मिलकर स्थिर हो गईं।

आरव (कम, निश्चित और निर्भीक) – "तुम अपने सब साधन लगा लो – मैं डर से नहीं हटूँगा। अगर मेरा हँसता चेहरा तुम्हारे अखबार के पन्नों पर सदियों तक भी ठगा हुआ दिखाई दे, तो मेरा काम वहीं तक सीमित नहीं होगा

जिसे तुम मिटाना चाहते हो। तुम लोग सोचो, पर मैं वही करूँगा जो सही है।"

अधिकारी ने बिना कुछ कहे झपकी भरी नज़रें चलाईं, फिर धीरे-धीरे अपनी कॉटरोलर-सी मुस्कान रखकर गाड़ियों की ओर बढ़े। गाड़ियों के इंजन ने फिर एक बार गूँज भरी – धूल उठी और वह उनकी पगडण्डी में छिप गईं। गाड़ियों के निकलते ही गाँव में जैसे एक थर्राहट रह गई – पेड़ों के पत्ते सुस्त से हिले, बच्चे छुप कर फिर खेलने लगे। रिया अपने चेहरे पर हाथ रखकर बैठ गई – थकान और घबराहट के कारण उसके चेहरे की रेखाएँ गहरी दिखीं। आरव वहीं खड़ा रहा, उसकी छाती उठती-गिरती, पर उसकी आँखों में अब और भी स्पष्ट इरादा था – वह उस आग को भीतर समेट कर खड़ा था जो दूसरों को डराती थी।

कैमरा दूर से ऊपर उठता है – पहाड़ों के बीच आरव का छोटा-सा घर, नीचे बहती नदी, और दूर क्षितिज में अब भी काले बादल तैर रहे हैं – जैसे यह संकेत कि आने वाले दिनों में यह संघर्ष केवल उनके परिवार तक सीमित न रहेगा।

दृश्य 4 : मीडिया का खेल

स्थान : दिल्ली स्टूडियो, 2020.

सुबह का समय। दिल्ली के हाईटेक स्टूडियो की आंतरिक रोशनी तेज़ और अंधेरी झलक में बटी हुई है। हर तरफ़ कैमरे, रोशनी के पैनल, और क्रिस्प-क्रिस्टल वाले माइक्रोफोन चमक रहे हैं। पर्दों के पीछे प्रोडक्शन टीम के लोग जल्दी-जल्दी नोट्स देख रहे हैं और स्क्रीन पर सोशल मीडिया के ट्रेंड्स की झलकियाँ लगातार बदल रही हैं। स्क्रीन पर अचानक लाइव खबर चली – तेज़-तेज़ लाल टाइटल्स के साथ।

टीवी एंकर (चिल्लाते हुए, हड़बड़ाहट और सनसनी के साथ) – "ब्रेकिंग न्यूज़! हिमालय से लौटे आरव शर्मा का काढ़ा अब खतरे में! कई लोगों की तबीयत बिगड़ी! स्वास्थ्य विभाग ने चेतावनी जारी की है!"

कैमरे का एंगल बदलता है। सोशल मीडिया का लाइव फ़ीड स्क्रीन पर आता है। ट्विटर, फेसबुक और इंस्टाग्राम पर #AravKadhaScam, #FakeMedicine जैसे हैशटैग ट्रेंड कर रहे हैं। ट्रोल अकाउंट्स आरव के फोटो के साथ झूठी

खबरें फैला रहे हैं – कुछ लोग कमेंट्स में लिख रहे हैं "धोखा, माफ़ नहीं करेंगे", कुछ मज़ाक बना रहे हैं।

काँगड़ा और आसपास के गाँवों में लोग टीवी और मोबाइल पर यह खबर देखते हैं। कुछ लोग घबराए हुए हैं – उनके चेहरे पर भय और अविश्वास की झलक। वहीं कुछ और लोग, जो आरव की दवा के चमत्कार देख चुके थे, अभी भी विश्वास बनाए हुए हैं। रिया अपने कमरे में बैठी है। उसकी आँखें लाल, गीली और थकी हुई हैं। मोबाइल की स्क्रीन पर उसके सामने गाँववालों की प्रतिक्रियाएँ आती हैं। वह धीरे से रोते हुए आरव के पास आती है और उसका हाथ पकड़ती है।

रिया (आँसू भरी आँखों से, कांपते स्वर में) – "आरव... लोग अब दो हिस्सों में बँट गए हैं। कुछ अभी भी तुम्हें मसीहा मानते हैं, पर कई लोग कहते हैं कि तुमने उन्हें धोखा दिया। क्या करोगे? अब तुम्हें लड़ना पड़ेगा... अकेले।"

आरव खिड़की से बाहर काँगड़ा की घाटियों की ओर देखता है। धुंध धीरे-धीरे उठ रही है और सूरज की हल्की रोशनी

पेड़ों की पत्तियों पर पड़ रही है। हवा में ठंडी ताज़गी, लेकिन साथ में एक हल्की चिंता का झोंका भी। वह गहरी साँस लेता है। उसके सीने में हलचल है – डर नहीं, बल्कि जिम्मेदारी का एहसास।

आरव (धीरे लेकिन कड़क स्वर में, आत्मविश्वास के साथ) – "झूठ... आग की तरह फैलता है, रिया। वो लोगों के दिमाग में रोशनी की तरह उतर जाता है। पर आग की तरह, वह जल्दी बुझ भी जाता है। मैं जानता हूँ कि डर से भरे लोग पहले झुकते हैं, लेकिन सत्य हमेशा मजबूती से खड़ा होता है। अब समय है कि मैं खुद जनता के सामने खड़ा होऊँ, अपने कर्म और अपने काढ़े के साथ।"

रिया उसकी आँखों में आत्मविश्वास देखती है। उसका डर धीरे-धीरे विश्वास में बदलने लगता है। वह उसके हाथ को कसकर पकड़ती है।

रिया (धीरे से, अब कुछ आशा के साथ) – "तुम सही कह रहे हो... अगर सच सामने आ जाएगा, तो लोग फिर से तुम्हें पहचानेंगे। हमें बस धैर्य रखना होगा।"

आरव पलटकर उसकी ओर मुस्कुराता है – मुस्कान में कठोरता नहीं, बल्कि दृढ़ता और विश्वास की गर्माहट है। काँगड़ा की घाटियों में धुंध अब पूरी तरह उठ चुकी है। नीचे से नदी बह रही है, पक्षियों की चहचहाहट सुनाई देती है। गाँव में लोग फिर धीरे-धीरे बाहर आते हैं, टीवी और फोन अपने हाथों में लेकर–कौन विश्वास करेगा और कौन नहीं, यह तय होना अभी बाकी है।

आरव अपनी छोटी सी छत पर खड़ा होता है। उसके हाथ में वह काढ़ा है, जो उसके गुरु की सीख और गाँववालों की भलाई का प्रतीक है। कैमरा ऊपर उठता है–पीछे से सूर्य की हल्की किरणें उसके चेहरे पर पड़ती हैं। उसके चेहरे पर निश्चय और सच्चाई की चमक है–एक ऐसा पल जो आने वाले संघर्ष की तैयारी का संकेत देता है।

दृश्य 5 : खुला मंच

स्थान : धर्मशाला मैदान, हिमाचल प्रदेश।

सुबह का समय। धर्मशाला का बड़ा मैदान सूरज की हल्की सुनहरी रोशनी में नहा रहा है। चारों ओर देवदार और चीड़ के ऊँचे पेड़ हवा में हल्की-सी खुशबू फैला रहे हैं। मैदान में

हजारों की भीड़ जमा है – कुछ लोग पीले और लाल पारंपरिक कपड़े पहने, कुछ पश्चिमी कपड़े में। हर चेहरे पर उत्सुकता और हल्का डर झलक रहा है। बच्चों की आवाज़ें, बूढ़ों की सिसकियाँ और युवाओं की उत्सुक फुसफुसाहटें मिलकर वातावरण में एक अद्भुत ऊर्जा पैदा कर रही हैं। मंच विशाल, नीले रंग के पर्दों से ढका हुआ है। मंच के चारों ओर मीडिया के कैमरे घूम रहे हैं – क्रेन कैमरा ऊपर, हैंडहेल्ड कैमरे नीचे, लाइव स्ट्रीमिंग के लिए मोबाइल स्टाफ हर ओर दौड़ रहे हैं। टीवी चैनल्स के झंडे हिल रहे हैं, उनके साथ माइक पर लगे कवर में मीडिया कर्मियों की जल्दबाजी दिख रही है।

आरव मंच पर कदम रखते ही भीड़ में हल्की सन्नाटा छा जाता है। सभी की नजरें उसी पर टिक जाती हैं। हवा में ठंडक है, लेकिन धूप की किरणें आरव के चेहरे पर पड़कर उसकी आँखों में चमक ला रही हैं।

आरव (गंभीर स्वर में, पूरे आत्मविश्वास के साथ) – "भाइयों और बहनों, मैं कोई देवता नहीं हूँ। मैं साधारण इंसान हूँ, जैसे आप सब हैं। लेकिन जो वरदान मुझे मिला है, वह केवल मानवता की सेवा के लिए है। मैं किसी की

शोहरत या दौलत के लिए इसे नहीं बनाता। यह काढ़ा सिर्फ़ बीमारी को दूर करने और जीवन को बचाने के लिए है।"

भीड़ के कुछ लोग सिर झुकाते हैं, कुछ आंखों में अश्रु लिए। बच्चों के चेहरे पर उत्सुकता और आशा के साथ डर भी है।

आरव (कटोरे की ओर इशारा करते हुए) – "अगर किसी को शक है कि मेरा काढ़ा ज़हर है, तो आज मैं खुद इसे पियूँगा – सबसे पहले।"

भीड़ में हल्की सरसराहट होती है। आरव ने कटोरे से धीरे-धीरे काढ़ा पिया। उसकी आँखें शांत और आत्मविश्वासी थीं। हवा में हल्की खुशबू फैली, जैसे आसमान भी इस पल का गवाह हो रहा हो। आरव ने मंच पर ही कुछ बीमार मरीजों को बुलाया। उनके चेहरे पर चिंता और भय झलक रहा था। एक-एक मरीज आरव के हाथों से काढ़ा पिया। भीड़ के बीच खड़े लोग ध्यान से देख रहे थे, उनके हाथ थरथरा रहे थे। कुछ ही देर में एक अद्भुत परिवर्तन हुआ – मरीजों के चेहरे पर चमक लौट आई। उनके होंठों

पर हल्की मुस्कान, आँखों में जीवन की चमक। कुछ उठ खड़े हुए, दूसरे हाथ में हाथ डालकर खुशी के आंसू बहा रहे थे।

भीड़ गूँज उठी। हजारों की आवाज़ें एक साथ मिलकर उद्घोष कर रही थीं: भीड़ (गूँजते स्वर में) – "आरव... आरव... मानवता का रक्षक! आरव... आरव... मानवता का रक्षक!"

कैमरे लगातार यह दृश्य पकड़ रहे हैं। स्क्रीन पर लाइव दृश्य देखते ही दिल्ली के चाणक्यपुरी में वही केंद्रीय मंत्री और उद्योगपति तिलमिला उठे। उनके चेहरे पर गुस्सा और अविश्वास का मिश्रण।

मंत्री (रिमोट हाथ में पकड़ते हुए, फुसफुसाते स्वर में) – "यह कैसे हो सकता है... सब मीडिया झूठ दिखा रहा था... और अब यह इंसान सबको चकित कर रहा है।"

उद्योगपति (चेहरा लाल, गुस्से से काँपते हुए) – "हमने जो योजनाएँ बनाई थीं, सब बेकार... यह आदमी हमारे हर कदम से आगे निकल गया। ये नाम, ये विश्वास... सब खत्म नहीं होगा, पर हमारी ताकत की सीमा दिख गई।"

धर्मशाला के मैदान में अब हल्की हवा चल रही थी। पेड़ों की शाखाएँ हिल रही थीं, और धूप की हल्की सुनहरी किरणें आरव की ओर पड़ रही थीं। भीड़ धीरे-धीरे उत्साह से और करीब आती जा रही थी। उनके चेहरे पर अब डर की जगह विश्वास और उम्मीद थी। आरव मंच पर खड़ा, अपनी आँखों में स्थिरता और चेहरे पर हल्की मुस्कान के साथ, यह जानते हुए कि अब केवल अपने कर्म और सत्य की शक्ति ही उसे आगे बढ़ाएगी।

कैमरा ऊपर से धीरे-धीरे उठता है–धर्मशाला की घाटियाँ, आरव का मंच, नीचे खड़े लोग और पीछे हिमाचल के ऊँचे पहाड़। सूरज की किरणें और भी चमक उठती हैं, जैसे पूरे वातावरण में उम्मीद का उजाला फैल गया हो।

दृश्य 6 : समापन

स्थान : काँगड़ा की रात।

समय : सितंबर 2020.

रात गहराई हुई थी। काँगड़ा की वादियों में एक गहरी शांति पसरी थी – वही शांति, जो कभी-कभी तूफ़ान से

पहले आती है। आसमान में पूर्णिमा का चाँद चमक रहा था, और उसकी दूधिया रोशनी दूर-दूर तक फैली हुई थी। धौलाधार की बर्फ़ीली चोटियाँ चाँदनी में ऐसे दमक रही थीं जैसे किसी ने उन पर चाँदी का परदा डाल दिया हो। हवा में ठंडक थी, पर उसमें देवदार की खुशबू घुली थी – पहाड़ों की वह सुगंध जो आत्मा को छू जाती है।

आरव घर की छत पर बैठा था – घुटनों को मोड़े, हाथों में एक पुराना डायरी लिए। उसके सामने टेबल पर एक दीपक टिमटिमा रहा था। उसके पास रखी जड़ी-बूटियों की पोटलियाँ हल्की हवा में सरसराहट कर रही थीं। उसके चेहरे पर गहराई और थकान दोनों झलक रहे थे। आँखों में दर्द भी था, लेकिन उससे बड़ा एक सुकून – सत्य का सुकून। पीछे से कदमों की आहट आई। रिया धीरे-धीरे छत पर आई, हाथ में ऊनी शॉल लिए। चाँदनी में उसकी परछाईं लहराई। उसके चेहरे पर चिंता साफ झलक रही थी।

रिया (धीरे स्वर में, काँपती आवाज़ में) – "तुम्हें कोई हरा नहीं सकता, आरव... लेकिन मुझे डर है... ये लोग अब तुम्हें सिर्फ़ बदनाम नहीं करेंगे, तुम्हें मिटाने की कोशिश

करेंगे। ये सत्ता वाले हैं, ये किसी को ज़िंदा रहने नहीं देते जो उनके मुनाफ़े के रास्ते में खड़ा हो।"

आरव ने उसकी ओर देखा – उसकी आँखों में करुणा थी, पर भय नहीं। उसने हल्की मुस्कान दी।

आरव (शांत स्वर में, आसमान की ओर देखते हुए) – "रिया... अगर मेरी मौत भी आ जाए, तो कोई फर्क नहीं पड़ता। शरीर मरता है, लेकिन सत्य और प्रेम नहीं मरते। जब तक एक भी इंसान मेरे काढ़े से ठीक हुआ है, जब तक किसी के चेहरे पर फिर से मुस्कान लौटी है... तब तक मैं ज़िंदा रहूँगा। मेरा अस्तित्व इन हवाओं में रहेगा, इन वादियों में, इन लोगों के दिलों में।"

रिया की आँखों से आँसू बह निकले। उसने शॉल उसके कंधों पर रखी। नीचे घाटी से कुत्तों के भौंकने की आवाज़ आई – जैसे किसी अनदेखे खतरे का संकेत हो। हवा में हल्की ठंडक और तेज़ी आ गई।

रिया (धीरे से, काँपती आवाज़ में) – "मुझे डर है, आरव... इनकी नफ़रत किसी बीमारी से भी ज़्यादा खतरनाक है। तुम अकेले हो... और ये पूरा तंत्र तुम्हारे खिलाफ़।"

आरव (गंभीर लेकिन दृढ़ स्वर में) – "अकेला नहीं हूँ, रिया। हर वो इंसान जो सच्चाई में विश्वास रखता है, वो मेरे साथ है। भगवान की शक्ति उन दिलों में बसती है जो भय से नहीं, प्रेम से काम करते हैं। अगर मैं गिरा... तो कोई और उठेगा। यही जीवन का नियम है।"

अचानक आसमान में बिजली कड़की – एक चमकदार रोशनी ने पहाड़ों को कुछ पल के लिए दिन जैसा उजला कर दिया। दूर घाटी में बादलों की गरज गूँजी – मानो देवताओं की चेतावनी हो कि आने वाले समय में युद्ध सिर्फ़ बीमारी से नहीं, बल्कि लालच और छल से भी होगा।

रिया ने डर से आरव का हाथ पकड़ लिया। उसकी हथेलियाँ ठंडी थीं। आरव ने उसका हाथ धीरे से थामा और कहा: आरव (धीरे, आश्वस्त स्वर में) – "डरना मत, रिया। अंधेरा कितना भी गहरा क्यों न हो... सुबह हमेशा आती है। बस हमें विश्वास बनाए रखना है।"

दोनों कुछ देर यूँ ही बैठे रहे – चाँदनी में नहाई हुई वादियों के बीच, जहाँ नीचे पूरे काँगड़ा में सन्नाटा था,

और ऊपर आसमान में टिमटिमाते तारों के बीच बिजली की हल्की-हल्की चमक अब भी दिखाई दे रही थी।

कैमरा धीरे-धीरे ऊपर उठता है – आरव और रिया की परछाईं छत पर, पीछे हिमालय की चोटियाँ और आसमान में गूंजती बादलों की गर्जना। संगीत पृष्ठभूमि में गूँजता है – धीमा, रहस्यमयी और भावनात्मक।

वॉयसओवर (आरव की आवाज़ में) – "लड़ाई अब सिर्फ़ बीमारी से नहीं थी... यह इंसान के भीतर के लालच, झूठ और अंधेपन से थी। और जब तक इंसान सच्चाई पर विश्वास करता रहेगा, तब तक कोई भी षड्यंत्र इस रोशनी को बुझा नहीं सकेगा।"

स्क्रीन पर एक पंक्ति उभरती है – "सत्य को दबाया जा सकता है, मिटाया नहीं।"

******

अध्याय 27 : मृत्यु के साए में

दृश्य 1 – घातक योजना

स्थान : दिल्ली, जनपथ के नीचे बने गुप्त अंडरग्राउंड रूम।

समय : सितम्बर, 2020, रात के आधे बज रहे हैं।

स्टीम की हल्की गंध, ईंटों पर चिपकती धूल और ठंडी हवा की खट्टी-धुंधली महक–जनपथ के ऊपर की रफ्तार-भरी रोशनियों से बचकर नीचे उतरे इस कमरे में हर चीज़ पर एक तरह की सनकी सन्नाटा छाया हुआ था। दीवारों पर लगे बड़े LED पैनलों पर हिमाचल का नक्शा लाल-पीले टैग्स से चिपका हुआ था; नक्शे के किनारों पर छोटे-छोटे फोटो–आरव की पुरानी तस्वीरें, गाँव के बाजार के शॉट्स और रिया की एक रिपोर्टिंग की फ्रेम–सुई की तरह ठिकाने पर चुभ रहे थे। टेबल के ऊपर मशीनगन का सुस्त चमक, ड्रोन के मॉडल की नुकीली परतें और केमिकल कैनिस्टर की गोल सिल्हूट – सब कुछ योजनाबद्ध तरीके से रखा हुआ था, मानो किसी प्रयोगशाला की सादगी में साजिश घर कर रही हो। घंटों

की टिक-टिक का समां इस कमरे में अलग तरह की घबराहट पैदा कर रही थी—हर टिक के साथ योजनाएँ और पक्की होती जा रही थीं। एक कोने में खड़ा विदेशी एजेंट—सुथरे सूट में, धीमी आवाज़ और चेहरे पर नर्वस मुस्कान—किसी फिल्म का किरदार नहीं, बल्कि ठंडे तार्किक गणित जैसा दिखता था। उसकी आँखों में कोई दया नहीं; सिर्फ़ परिणामों की उम्मीद थी।

विदेशी एजेंट (ठंडी, नियंत्रित स्वर में) —- "तुम्हारे पास राजनीति है, हमारे पास टेक्नोलॉजी। दिल्ली में भीड़ का रिएक्शन, मीडिया का सर्किट—सब हमारे कैलकुलेशन में है। आरव को हम लाइव नहीं मारेंगे; उसे ऐसा खत्म करेंगे कि लोग उसे ही अपराधी मान लें। उसका सच मिट जाएगा। समझे?"

मंत्री—जिसकी गर्दन पर कालीन का धुआँ-सा दबाव दिखाई देता था—कागज़ों को कसकर पकड़कर बैठा था। उसकी मूछों के नीचे की दीवारों पर पसीना इकट्ठा हो रहा था; हर शब्द तबाही की योजना में शामिल था पर उसके शब्दों में एक प्रकार का संतप्त आत्मविश्वास था—एक

आदमी जो समझता था कि उसके कदमों का दायरा कितना लंबा है।

मंत्री (आँखें सिकोड़ते हुए, धीरे पर निर्णायक स्वर में) – "हमारा मकसद सिर्फ़ मौत नहीं। इससे पहले उसकी इज़्ज़त मिटानी होगी–गाँववालों के बीच डर और शक का बीज बोना होगा। उसकी खबरों को अफवाहों से, उसकी छवियों को छद्म प्रमाणों से बदल देना होगा। लोग तभी किसी को मसीहा से ठग मानेंगे–जब उनके अपने विश्वास में दरार आ जाएगी। हर संदेश, हर कैमरा शॉट – सब इंकार और संशय के लिए डिजाइन होगा।"

कमरे में बैठे ऑपरेटिव्स के चेहरे काले कपड़ों और नकाबों के फौरी अँधेरे में केवल आँखों के रूप में दिख रहे थे– आँखें जो कठोर और मिशन-केंद्रित थीं। उनकी साँसें नियंत्रित, कदम अनिश्चिप्त नहीं बल्कि तालबद्ध; जैसे किसी संगीत के स्टेप्स हों–हर कदम एक फ़ाइनल कटसीन की तरह योजनाबद्ध। पर एक छोटे से शोर ने हवा में एक रिसावट कर दी–किसी युवा ऑपरेटिव की अंगुली का कंपकप, जो कांच की बोतल से छूटी थी और टेबल पर थर-थराकर गिरी। वह शोर जल्दी से दबा दिया

गया, जैसे किसी ने सावधानीपूर्वक आवाज़ों की सूची से उसे हटाया हो। तकनीशियन–जो इस योजना का तकनीकी पक्ष संभालता था–उसका चेहरा थका हुआ था; आंखों के नीचे गहरे कुहासे। उसकी उंगलियाँ कभी-कभी बैठकर अपने-अपने अतीत की ओर रेंगती थीं; लेकिन उसने आज रात अपनी दया को दरवाज़े के बाहर ही छोड़ दिया था। वह जानता था कि एक कोड, एक ड्रोन्स का शॉट, या एक फर्जी ट्वीट कितनी आसानी से किसी की जिंदगी बदल सकता है। उसकी आवाज़, जब उसने कहा, तो उसमें अवसाद और अनिच्छा दोनों की परतें थीं।

तकनीशियन (कम आवाज़ में, खुद से लड़ते हुए) – "हम इसे ऐसे कर सकते हैं कि कोई शक तक न करे... लाइव स्ट्रीम में एक कट–दर्शन वही होगा जो हमने तय किया है।"

विदेशी एजेंट के चेहरे पर एक हल्की मुस्कान आई–नकाब के पीछे के चेहरे को नियंत्रित करने का वही घिसा-पिटा तरीका। उसने टेबल पर रखे ड्रोन के मॉडल की ओर एक

मनमोहक हाथ उटाया और उस पररे मुट्ठी से टक किए। उसके शब्द अकड़कर भी ठंडे और धारदार थे।

विदेशी एजेंट – "प्रूफ की कला–यहाँ कला की नहीं, विज्ञान की ज़रूरत है। मीडिया को सही समय पर वही टुकड़ा दिखाओ जिसे हमने तैयार किया है। भीड़ वही मान लेगी जो स्क्रीन उसे बताएगी। और मंत्री–आपका रोल? उस भीड़ के भरोसे को तोड़ना।"

मंत्री ने एक कागज़ आगे बढ़ाते हुए मुस्कराहट नहीं की; उसकी संतुष्टि एक धुंधली सी परत थी–एक आदमी की जीत जिसमें मानवीय रिश्तों की कीमत थी। उसने अपने सहकर्मी की ओर देखा–एक महिला सलाहकार, जिसकी उँगलियाँ कंप्यूटर स्क्रीन पर चल रही थीं; उसके चेहरे पर कुछ थकन और कुछ अनुरोध था, जैसे वह किसी भी पल पीछे हटना चाहती हो पर नहीं कर पा रही हो।

सलाहकार (धीरे से, जैसे अपना वाइब बदल रही हो) – "हम आरव के गाँववालों को कैसे भरमाएंगे? अगर कुछ गलत हुआ–अगर कोई हमारी साज़िश पकड़ गया? हम सिर्फ़ एक कहानी दे रहे हैं–पर उसे ठीक से बुनना होगा।"

कमरे की पृष्ठभूमि में घंटों पहले ली गई किसी बातचीत की रिकॉर्डिंग बजने लगी—एक नर्म पत्रकार की आवाज़, आरव की मधुर मुस्कान की क्लिप; फिर कट कर कुछ नकली दस्तावेज़ दिखा दिए गए। एक छोटा-सा प्रोजेक्शन उस नक्शे पर हरकत करता है—गाँव का नाम, एक स्कूल, एक दुकान—और अचानक उन शांत जगहों पर शक का साया डालता हुआ एक तीर बन जाता है। यह दृश्य सामूहिक कल्पना को नियंत्रित करने के लिए डिजाइन किया गया था—एक सिनेमाई फ्रेम जो लोगों के दिमाग़ में संशय की आग लगा दे। एक ऑपरेटिव, जिसकी आवाज़ अभी तक नाकाफ़ी तौर पर सख्त नहीं थी, अचानक मुम्बई के ठंडी रातों में गुज़रे अपने बचपन की याद में खो गया—वह जानता था कि ये प्लान निर्दोष जीवन को कैसे बदल देंगे। उसकी आँखें गीली हो आईं, पर उस निगाह को रखते हुए उसने मुख में कसकर कहा:
ऑपरेटिव (धीमी, टूटती आवाज़ में) – "हम क्या कर रहे हैं? ये लोग... वे सिर्फ़ लोगों की उम्मीद हैं।"

उसकी बात पर कमरे में एक अजीब सा ठहराव आया—जैसे कोई छोटा सा कील कहीं अटक गया हो। मंत्री की

तरफ़ एक ठंडी नजर उठी–उसने अपने हाथ की हड्डियों पर जोर डाला, जैसे किसी डरावने वाक्य पर विराम लगाते हुए।

मंत्री (कटु मुस्कान के साथ) – “इतिहास में कभी-कभी 'सही' और 'ग़लत' के बीच की रेखा धुंधली हो जाती है। हमें वह करना होगा जो सत्ता को बचाए।”

कमरे की गहराई में धुआँ और नमी से भरी नज़रें मिलती रहीं–कुछ लोगों के चेहरे कठोर और बेपरवाह, कुछ के दिल में दरारें और पछतावे। बाहर, जनपथ पर ट्रैफिक का अड़ियल शोर रात के सन्नाटे में खो गया था; ऊपर की दुनियाँ अनजान थी कि नीचे क्या रचा जा रहा है–एक छोटी सी कमरा, बड़ी बड़ी योजनाएँ, और उन योजनाओं के बीच इंसान के टूटते-टूटते टुकड़े।

सीन के अंत में, मंत्री उठता है, अपनी कड़े जूते की एड़ी से सीट के पास रखे नक्शे पर हल्की सी थप्पड़ मारता है–एक इशारा कि अब कोई पछतावा नहीं चलेगा। कमरे के दरवाज़े पर खडे ऑपरेटिव्स की परछाइयाँ दीवार पर लम्बी हो जाती हैं–जैसे उन पर मौत की छाया पहले से

ही जम चुकी हो। और LED स्क्रीन पर आरव की मुस्कान अभी भी चमक रही है–पर वह मुस्कान अब किसी और की कहानी बन चुकी थी।

दृश्य 2 – हमला शुरू

स्थान : काँगड़ा जिला, परागपुर गाँव का स्कूल ग्राउंड।

समय : दोपहर का समय, हल्की गर्माहट में धूप नरम थी।

स्कूल का आँगन सफेद मिट्टी से हल्का चमक रहा था; पेड़ों की परछाइयाँ घोलती धूप में पीछे-पीछे नाच रही थीं। आस-पास की हवाएँ गुज़र-गुज़र कर चूल्हों पर पका काढ़ा की मीठी सोंधी खुशबू बिखेर रही थीं। बच्चे छोटे-छोटे कटोरी लेकर लाइन में खड़े थे, बूढ़े छज्जे के नीचे बैठकर हवा खा रहे थे और महिलाएँ अपने-अपने बर्तन संभाले बातें कर रही थीं – किसी के चेहरे पर राहत, किसी के चेहरे पर एक धीमा, नया भरोसा। आरव क्रोधित नहीं, पर उसकी आँखों में वही गहराई थी जो पहले दृश्य में दिखी थी: एक आदमी जिसने लोगों की पीड़ा को ठोकर नहीं, अपनाया था। वह हाथों से काढ़ा पिला रहा था; हर कटोरी

देते समय उसकी उंगलियाँ धीरे से किसी का दर्द भी छू लेती थीं – बच्चों की छोटी-छोटी ठूंठी ठुंठी हथेलियाँ, बुज़ुर्गों के फटे नाखून, और महिलाओं की थकी आँखें।

रिया आरव के पास खड़ी थी, उसके गाल पर हल्की धूप की पपड़ी चमक रही थी। वे दोनों गाँववालों की मुस्कानों और चुटकियों के बीच कुछ पल साँस ले रहे थे – ऐसा लग रहा था कि दुनिया ने कुछ समय के लिए साँस रोकी है और फिर छोड़ दी है। अचानक – ऊपर से एक भिनभिनाहट आई। वह आवाज़ किसी मधुमक्खी के झुंड जैसी थी, पर तेज़, अनुनादी। पहले लोग इसे अनदेखा करने की कोशिश करने लगे – कुछ ने कहा, "ड्रोन होगे," और हँसी में उसे उड़ा दिया – पर दो-तीन सेकंड में वह हँसी चीखों में बदल गई। लोग ऊपर की ओर देखते ही रह गए। काले, पंखों जैसे पर और नुकीली बोडियाँ–छोटे ड्रोन नीले आसमान को चीरते हुए नीचे उतर रहे थे। वे इतनी संख्या में थे कि वे जैसे काली धब्बों की लड़ी बन गए हों। फिर, एक-एक करके, वे नीचे झुकने लगे और उनके नीचे से छोटे-छोटे सिलेंडर उभर आए–कुछ से काला धुंआ निकला, कुछ से पतला सुस्ता धुआँ फैला और कुछ से

एक बूंद-सी गंध जहाँ तक पहुँची, वहाँ के साँसों को चुभने लगी – तेज़, कटु और रोंगटे खड़े कर दे वाली।

पहली चीख़ एक बूढ़े की निकल पड़ी, जिसने अपनी छड़ी संभालते हुए कहा, – "ये क्या है! आसमान से आग बरस रही है!"

धुएँ की लहरें थमी-सी हवा में फैलने लगीं। कुछ ही पल में खाँसी की शुरुआत हुई–पहले सौम्य, फिर तीव्र; लोगों की आवाज़ें एक दूसरे में कटती पड़ीं। महिलाएँ बच्चों को गले से लगाकर पीछे की ओर दौड़ीं; बच्चे चिल्ला-चिल्ला कर रोने लगे–उनकी छोटी सांसें तेज़, आँखें पानी से भर आईं। किसी की नाक से खून की एक पतली रेखा दिखाई दी; किसी के कपड़ों पर एक पतली सफेदी-सी परत आ गई, मानो धूल के साथ कुछ और मिला हो। हवा में एक अजीब धातु जैसी गंध और विटामिन-सी के ओवरडोज का कड़वापन मिला हुआ था – आँखों में खुजली, गले में जलन।

रिया तुरंत आरव का हाथ पकड़ी। उसका चेहरा सफेद पड़ गया था, होंठ कांप रहे थे।

रिया (एकदम तेज़, काँपती आवाज़ में) – “आरव! हमें यहाँ से चलना होगा – जल्दी, बच्चों को बचाओ!”

लेकिन आरव की आँखें शांत थीं – इतना शांति जैसे किसी ने उसे पहले ही किसी चित्र में बैठा दिया हो। उसने रिया की उंगलियों को कसकर पकड़ा, पर भागने की जगह नहीं ली। उसकी आवाज़ धीरज और विनम्रता से भरी थी।

आरव (मौन पर काबू रखते हुए, पर निर्णायक) – “रिया, मैं भागकर तुम्हें कहीं सुरक्षित नहीं पहुँचाऊँगा अगर वे लोग यहाँ बच्चों के पीछे जाएंगे। तुम पहले बच्चों को अंदर छत पर सुरक्षित करो–और स्कूल के बचे हुए लोगों को क्लासरूम के अंदर बंद करो। मैं कुछ करूँगा।”

रिया हिचकिचाई – उसका अंदरूनी इन्स्टिंक, उसके शिक्षक-पीछे का आदर्श, सब टकरा रहे थे। पर उसने आरव की आँखों में जो ठहराव देखा, उससे मान गई। उसने बच्चों को चिल्लाकर समझाना शुरू किया, तौलिए और कपड़ों के टुकड़े बाँटे ताकि वे अपनी नाक-मुँह ढकें। गाँव के कुछ युवक भी उठ खड़े हुए; कुछ के हाथ में

पुरानी चादरें, कुछ के पास मिट्टी भरा मिट्ट्ठा – वे समझना शुरू कर रहे थे कि किसी भी तरह से दुष्प्रभाव को कम करना है।

ड्रोन नीचे से आगे बढ़े और कुछ फुहारों ने जमीन छू ली। एक बूढ़ी औरत, जिसकी पीठ झुकी थी, धक्का खा कर गिर पड़ी। उसकी साँस बंद-सी हो गई; किसी ने पीछे से पकड़कर उठाने की कोशिश की लेकिन उसे उठाना मुश्किल था। एक छोटा-सा लड़का, जिसका नाम पंकज था, अपनी माँ की बांह से फिसल कर गिर पड़ा – उसकी आँखें फ़िनफ़िन कर आईं और उसने जोर से रोना शुरू कर दिया। एक युवक, रामू, जो खेतों से लौटा था, क्रोधित हो उठा। उसने भाग कर ड्रोन की ओर पत्थर उछाले पर वे तेजी से छिप गए, और अगले पल एक तेज़ विस्फोट की तरह की आवाज़ ने सबको झटका दे दिया—नज़दीकी एक ड्रोन ने ज़मीन पर एक चीज़ गिरा दी थी जिससे धुंआ और गाढ़ा हो गया। कहीं से आवाज आई: “रन!” – पर यह ‘रन’ भी खोई हुई उम्मीद जैसी थी, क्योंकि भागना भी अब दिक्कत भरा हो चला था – हवा में भरी गैस हर कदम पर साँसें घुटा रही थी।

आरव जमीन पर गिरते-बैठते कुछ बोतलें खोलने लगा – वे बोतलें किसी पुराने प्राथमिक औषधि बॉक्स की तरह थीं। उसने गाँव के लोगों को आदेश दिए–चेहरे पर पसीने की एक परत, पर आवाज़ में कड़ापन – “छोटे बच्चे अंदर! बुजुर्गों को उठाओ, नाक-मुँह ढँककर चलो, और जहाँ ज़्यादा धुएँ का असर नहीं, वहाँ इकट्ठा हो जाओ!”

उसकी हर माँग का असर तुरंत दिखा–लोग उसके पास इकट्ठे हुए, उसकी एक-एक हरकत दर्द और भरोसे के बीच एक पुल बन गई। रिया, आँसू पोंछते हुए, उसके पास आई और कहा, “मैं तुम्हारे साथ हूँ।”

आरव ने उसकी ओर देखा–उसकी आँखों में किसी प्रकार की शांति और स्वीकार्यता दोनों थीं। वह जानता था कि जो कुछ होने वाला है उसे रोकना अब शायद उसके बूते से बाहर था; पर वह लोगों की राह बना रहा था। उसने एक छोटी गोली-सी हँसी छोड़ दी, जैसे किसी बचपन की याद, और फिर पूरी तरह से उस काम में लग गया – बच्चों के सिर छूना, बूढ़े की पीठ सहलाना, और लगातार गाँव वालों को अंदर खींचना।

स्क्रीन पर बूँदें, धुआँ और चीख़ों का एक साथ मिश्रण गाँव की खुशियों को झटके में बदल रहा था। हवा में उड़ते पत्तों पर धूल के साथ कुछ छोटे-छोटे कण तैर रहे थे – और परागपुर का वह शांत दोपहर, जिसमें थोड़ी देर पहले काढ़ा की मीठी खुशबू थी, अब एक ज्वर-युक्त अफ़रातफ़री बन चुकी थी। सीन खत्म होते-होते, आरव गाँववालों की ओर देखते हुए खड़ा था–उसका चेहरा धुँधला पर स्थिर; उसके हाथ पर रिया का हाथ निश्चय के साथ पकड़ा हुआ था। उसकी आँखों के पीछे एक सवाल था – क्या वह इस आग का सामना अकेले करेगा? और कैमरा ज़ूम आउट करते हुए गाँव के ऊपर से गुजरती काली छवि पर रुकता है – ड्रोन की कतारें अभी भी लौट रही थीं।

दृश्य 3 – मौत से सामना

परागपुर गाँव का चौक – दोपहर की तेज़ धूप अब धुँधली हो रही थी, हवा में धुएँ और बार-बार होती हल्की-हल्की धमकियों की गूंज फैली हुई थी। धुएँ की परत और जमीन पर बिखरी हुई झाड़ियों के बीच अचानक एक और तेज़ आवाज़ चिलमिलाई – इस बार सिर्फ़ भिनभिनाहट नहीं,

बल्कि गोलियों की एक भयंकर बारिश। ड्रोन ज़मीन के ऊपर काले सितारों की तरह मंडराए और उनकी नोकों से मशीनगनों की धार–एक तरह की सुसंगठित कटरी–नीचे उतर पड़े। आवाज इतनी तेज़ थी कि लोगों के कानों में सीटी बजने लगी; धड़कनों की तरह फटती गोलियाँ तरह-तरह के मिश्रित ध्वनि पैटर्न बना रही थीं। हमले की शुरुआत के साथ ही चौक पर अफ़रा-तफ़री का एक नया स्तर आ गया। पतंग-सी हवा अब न तो ठंडी थी न ही आरामदेह–उसमें किसी का गला घोंटने की आहट थी। मिट्टी के छोटे कण और कच्चे बांस के टुकड़े उछल कर हवा में तैरने लगे। लोग सिर नीचे किए भाग रहे थे–कुछ छतों पर चढ़ गए, कुछ स्कूल के छोटे कमरों में रेंग कर घुस गए, पर जो लोग खुली जगह पर थे उनके पास बचने का समय नहीं था।

एक गोलि की तड़कन – तेज़, चीख़ की तरह – और फिर कुछ सेकंडों में वह सीधी आरव की ओर आई। आरव, जो अभी तक लोगों के बीच शांति और व्यवस्था बनाए रखने की कोशिश कर रहा था, अचानक सीने पर एक तेज़ दर्द से झुक गया। उसकी सांसें ऊपर से नीचे आकर रुक गईं;

चारों ओर की आवाज़ें धीमी पड़ती चली गईं–रिया सहित सब कुछ धीमी गति में चलने लगा, जैसे किसी ने दुनिया के वॉल्यूम को घटा दिया हो।

रिया के चेहरे पर पहले ही धुएँ और गंदगी की परत थी; अब वह जैसे पिघलती जा रही थी। उसने पहली बार खोकर जोर से चिल्लाया–आवाज़ में वह सब कुछ था जो एक इंसान अंतिम सीमा पर कहता है: अविश्वास, डर, और एक पिघलता हुआ प्यार।

रिया (ऊँची, टूटती आवाज़ में) – "नहीं! आरव... तुम मुझे छोड़कर नहीं जा सकते!"

आरव जमीन पर गिरे हुए था; उसकी कमीज़ रक्त से गीली थी और धूप के कारण उसका रंग तेज़ हो गया था। उसकी साँसें अनियमित थीं–कभी एक लंबी खिंचाव, कभी हल्की-सी फुसफुसाहट। चेहरे पर खून का एक छोटा-सा धब्बा था पर उसकी मुस्कान–वह मुस्कान जो हमेशा से लोगों के दुख को सहलाती रही–अब भी उसके होठों पर थी, कमजोर पर सचमुच मौजूद। यह मुस्कान किसी तरह

की स्वीकार्यता और शांति का संकेत थी, ना कि विजय का।

रिया जल्दी-जल्दी उसकी ओर दौड़ी और जमीन पर गिरकर उसका सिर अपने घुटनों पर रख लिया। उसके आँसू बिना किसी रोक-टोक के बह रहे थे; वह बार-बार आरव के चेहरे को छूने की कोशिश कर रही थी—उसकी आँखों में जैसे समय ठहर गया हो। गाँव के कुछ लोग भी पास आकर गिरे—उनकी आहट में एक तरह की बेबसी थी; कोई बुनियादी प्राथमिक उपचार की दवाइयाँ लाया, कोई शर्ट से एक पट्टी काटकर आरव की छाती पर बाँधने लगा ताकि रक्त बहना कम हो। पर रक्त बड़ी तेजी से निकल रहा था, और दवाइयाँ जैसे किसी बूंद के सामने समंदर की तरह कम पड़ती थीं।

आरव ने रिया की उँगलियाँ अपनी उँगलियों में महसूस की—वह उनका वजन जानता था। उसकी आँखें भारी थीं पर चेतना जिंदा थी; उसने धीरे-धीरे रिया की ओर देखा। उसकी आवाज़ अब फ़ुसफ़ुसाहट के बराबर थी, पर हर शब्द में दृढ़ता थी—एक आख़िरी संदेश, एक वचन जो ज़िन्दगी से परे भी बचेगा।

आरव (कमज़ोर, पर स्पष्ट स्वर में) – “रिया... अगर मेरा शरीर गिर भी जाए... तो भी सत्य को कोई नहीं गिरा सकता। सत्य... अमर है।”

यह वाक्य सुनते ही रिया की चीख़ फिर से निकल गई– पर इस बार उसके शब्दों के बीच कुछ और था: न केवल ख़ुजली और दर्द, बल्कि एक प्रश्न और एक प्रतिज्ञा भी। उसने अपना चेहरा आरव के सामने झुका कर कहा, आवाज़ में टूटते हुए निश्चय के साथ: रिया (रोते हुए, थकावट में भरे स्वर में) – “तुम्हारा सत्य मेरा भी है, आरव। मैं इसे जिंदा रखूँगी – मैंने वादा किया है।”

आस-पास के गाँववाले उनकी बात सुनकर कुछ पल के लिए जैसे थम गए–कईयों की आँखों में आंसू, कईयों का गला अवरुद्ध। एक बूढ़ा शिक्षक, जो आरव का पुराना साथी था, पीछे हटकर जमीन पर घुटने टेक कर जमीन पर सर रखकर रो पड़ा–उसकी आवाज़ अब शांत थी पर हृदय बहुत भारी था। एक और युवक, रामू, जो पहले ड्रोन पर पत्थर फेंक कर आया था, अब खड़ा होकर खुले आसमान में देख रहा था–उसकी आँखों में स्याही-सी काली उदासी थी; वह कुछ नहीं कर पा रहा था। पैसे के इकठ्ठे

करतब और राजनीतिक साज़िश के बीच एक मनुष्य ने आख़िरी साँसें लीं–पर उसकी आखों में जो मुस्कान थी वह सिर्फ़ उसकी नहीं थी; यह उन हजारों चेहरों की थी जिन्हें उसने छुआ, जिनके जीवन में उसने उम्मीद बोई थी। उसकी साँसों का कम होना भीड़ के लिए एक तरह की रीढ़ की हड्डी टूटने जैसा था–एक ध्वनि जो अब कभी वापस नहीं आएगी।

आरव की आख़िरी साँस निकली–धीमी, ऑलमोस्ट अस्पष्ट और उसके होंठों की मुस्कान जैसे हवा में धुंधली हो गई। रिया उसके चेहरे पर झुक कर बस इतना कहती रही, “मैं तुम्हें नहीं छोड़ूँगी,” और उसकी आवाज़ हवा में टूटकर गुम हो गई। चौक पर अब चुप्पी का एक नया स्तर पसरा–गोलियों की रौनक तो अभी भी कहीं दूर बज रही थी, पर यहाँ एक गहरी खामोशी थी, जो मौत के बाद की आईना-सी छवि थी।

दृश्य का आख़िरी शॉट आरव के फ़टे हुए हॉल और उसकी मुट्ठी पर जमी मिट्टी पर रोक कर थमता है–रिया का हाथ, खून में भीगा, फिर भी कसकर उसके हाथ को थामे हुए है। कैमरा धीरे-धीरे ऊपर उठता है और चौक के चारों

ओर खड़ी चेहरों को दिखाता है–कुछ के आँसू, कुछ के खुले चेहरे, कुछ के ग्रसित होंठ–और फिर गाँव के ऊपर से उड़ती एक काली सिलसिलेवार छवि पर बंद होता है–ड्रोन्स की कतारें अब लौटती हुई दिखाई देती हैं।

दृश्य 4 – दिव्य मोड़

धौलाधार की पहाड़ियों – परागपुर गाँव से थोड़ी दूरी पर, शाम की सुनहरी-नीली छटा के बीच, आसमान में तेज़ बादल घिर आए थे। हवा अब तक की तुलना में और भी तेज़, ठंडी और तूफ़ानी हो गई थी। गाँववाले अब भी चौक पर खड़े थे, आरव की मुस्कान और उसके शरीर की स्थिरता के बीच झुलसते भावों में उलझे। बच्चे अपनी माँओं की बांहों में दबे थे, बुजुर्गों के चेहरे पर भय और आह का मिश्रण था। तभी अचानक आकाश में बिजली की तेज़ चमक ने चौक और आसपास की पहाड़ियों को रोशन कर दिया। काले, घने बादल एक-दूसरे में कुचलते चले गए। हवा में अब सिर्फ़ तेज़ रफ्तार की खड़खड़ाहट नहीं, बल्कि बिजली की गूँज, पत्थरों और पेड़ों पर उतरती हल्की चमक और मिट्टी में हलचल के कारण एक

भौतिक झटका सा महसूस हो रहा था। चारों ओर, लोगों के चेहरे चमक और डर दोनों में डूबे हुए थे। तभी, आरव के शरीर के ऊपर हल्की-हल्की सफ़ेद आभा का संकेत दिखा। धीरे-धीरे वह बढ़ती गई। उसकी छाती से एक नरम-सी रोशनी फूटने लगी – पहले धीमी, फिर तेज़ और सुनहरी। लोग देखते ही रह गए, उनकी साँसें थम सी गईं। हवा में रोते हुए बच्चे, कांपती महिलाएँ, पसीने में भीगे बुज़ुर्ग – सब एक जगह खड़े, द्रवित भावों के बीच। आरव का शरीर स्थिर था, पर उसकी आत्मा धीरे-धीरे ऊपर उठ रही थी। वह ऊपर उठते हुए, अपने चारों ओर दिव्य आभा फैलाने लगी – सुनहरे, नीले और हल्के बैंगनी रंग की हल्की-हल्की लहरें उसके इर्द-गिर्द घूम रही थीं। हर लहर के साथ आसपास की हवा में एक मीठी-सी महक और हल्की ठंडी ठंडक फैल गई। लोगों के चेहरे अब केवल आश्चर्य और विस्मय से भरे थे; जैसे समय खुद थम गया हो। तभी, धौलाधार की चोटियों के बीच से वही साधु प्रकट हुए – सफ़ेद वस्त्रों में, हल्की आभा उनके चारों ओर, और गहरी शांति उनके चेहरे पर। उनकी आँखें अब भी उसी करुणा और दृढ़ता से भरी थीं, जैसा आरव ने

शांगरी-ला में पहली बार देखा था। उनके कदम हवा में हल्के थे, और उनके स्वर में जैसे पहाड़ों की गूंज समा गई हो।

साधु (आकाशीय, गूंजते स्वर में) – "पुत्र आरव... तुम्हारा समय अभी पूरा नहीं हुआ। मानवता को अभी तुम्हारी आवश्यकता है। शरीर मिट सकता है... पर आत्मा अमर है। आज से तुम सिर्फ़ इंसान नहीं, मानवता के प्रहरी हो।"

भीड़ के लोग अब धीरे-धीरे अपने घुटनों पर झुकने लगे। कुछ के हाथ उठ गए, कुछ आँखों से आंसू बहा रहे थे। एक वृद्ध महिला ने धीरे-धीरे कहा, हँसते-रोते स्वर में – "यह... यह कोई इंसानी शक्ति नहीं है... आरव... तुम सच में भगवान के भेजे हुए हो।"

रिया, आँसुओं में डूबी, अपने हाथों को आसमान की ओर फैलाकर खड़ी थी। उसने फुसफुसाकर कहा, – "आरव... तुम सिर्फ़ हमारे नहीं, सबके लिए हो... और मैं हमेशा तुम्हारे साथ रहूँगी।"

आरव की आत्मा अब पूरी तरह से ऊपर उठ चुकी थी। उसके चारों ओर की आभा अब पहाड़ियों और जंगलों में

फैली। हवा में उड़ती धूल और पत्ते उसकी चमक में सुनहरी रेखाओं की तरह चमकने लगे। बच्चों की हँसी और रोने की आवाज़, बुज़ुर्गों की आहें – सब मिश्रित होकर एक प्रकार की दिव्य सिम्फ़नी बन गई।

साधु ने हल्का मुस्कुराते हुए हाथ ऊपर किया, और हवा में एक हल्की सी लहर दौड़ गई – जैसे पहाड़ और आसमान आरव की आत्मा को पहचान रहे हों। साधु ने फिर धीरे से कहा – "देखो, पुत्र, यह केवल शुरुआत है। अब तुम केवल उस गाँव के नहीं, उस दुनिया के हो – जिसे तुम्हारी हिम्मत और करुणा की आवश्यकता है।"

आरव की दिव्य आत्मा अब एक उज्ज्वल धारा बन चुकी थी। वह धीरे-धीरे आकाश की ओर बढ़ी, और हर कदम के साथ आसपास की दुनिया में उम्मीद की नई किरण फैल रही थी। लोगों ने अपने हाथ फैलाए, अपने चेहरों को ऊपर किया – और उस पल, गाँव और पहाड़ दोनों में एक गहरी, शांति भरी ऊर्जा फैल गई।

कैमरा ऊपर की ओर ज़ूम आउट करता है – धौलाधार की चोटियों, उड़ते पक्षियों और सुनहरी बादलों के बीच, आरव

की दिव्य आत्मा एक प्रकाश स्तम्भ की तरह आकाश में उठती दिखाई देती है। नीचे, रिया और गाँववाले उनके नीचे खड़े हैं, आँखों में विश्वास और दिलों में नई उम्मीद।

दृश्य 5 – पुनर्जन्म जैसा दृश्य

स्थान : परागपुर का मैदान।

समय : शाम का समय

आसमान पर बादलों ने घेरा बदला हुआ है; चारों तरफ धूल और धुंआ अभी भी तैर रहे हैं। एक पलक भर में सब कुछ बदल गया। अचानक आकाश में बिजली चमकी—न केवल एक झटका, बल्कि ऐसा लगा मानो धरती और आकाश के बीच एक तार कसा गया हो। उस बिजली की गूंज ने जमीन को हिला दिया; हवा एक पल के लिए ठहर सी गई और फिर सहमी हुई—हवा के साथ एक मीठी, नम सी महक फैली जैसे बारिश आने वाली हो। बादलों के बीच से निकली हुई दिव्य ऊर्जा की एक लहर ने हवा काटते हुए नीचे उतरी और सीधे आरव के ऊपर गिरती हुई उसके

तन में समा गई – वह लहर किसी ठंडे स्पर्श की तरह थी पर उसमें गर्मी और स्नेह भी था, जैसे किसी ने उसे वापस अपनी गोद में बुलाया हो। जो कुछ भी उस क्षण हुआ, वह तेज़ और बेहिसाब था: आरव का शरीर जो अभी कुछ समय पहले बुरी तरह जख्मी और निर्जीव पड़ा था, अचानक सीने के नीचे झटका सा खाया। उसकी छाती फिर से उठी–पहली साँस ने गांव के चारों तरफ एक नयी तरह की आवाज़ फैला दी। भीड़ पहले तो एकदम स्तब्ध रही; फिर एक साथ–किसी ने डर से, किसी ने आश्चर्य से–चीख़ फूट पड़ी:

भीड़ (हैरान, ऊलजलूल स्वर में) – "वो जिंदा है... आरव जिंदा है!"

आस-पास के लोग एक-दूसरे पर चढ़े, कुछ ने जमीन पर गिर कर उसके पास हाथ थामे, कुछ ने सिर झुकाकर आँखों से नम किया। रिया जैसे काँपते हुए उसके सिर के पास आई–उसकी उँगलियाँ तेजी से उसकी धड़कन को महसूस कर रही थीं। उसके चेहरे पर पहले की भयभीत पपड़ी अब आशा की चमक में बदल रही थी; उसके होंठों से एक टूटती रही फुसफुसाहट निकली, "हे प्रभु... यह

कैसे–?" पर शब्द बीच में ही रुक गए, क्योंकि आरव ने आँखें खोलीं। उसकी आँखें अब पहले जैसी नहीं थीं। रक्त और मिट्टी से सनी होंठों के कोने पर एक अजीब-सी चमक थी; आँखों के भीतर जो गहराई थी, वह मन को चीर देती थी–दर्द भी था, पर उसके साथ में एक ठोस दृढ़ता और करुणा की गर्मी भी थी। उसने धीरे-धीरे उठने की कोशिश की; पहले हाथ। हाथ काँपे मगर मजबूत थे। उसने अपना शरीर सहलाया, कपड़ों पर लगी मिट्टी छुई और वहाँ से खून की कुछ परतें हटीं, पर चेहरे की मुस्कान और आँखों की रोशनी पहले से और ज़्यादा तीव्र थी–जैसे अंदर से कोई आग जली हो जो अब केवल जलाने के लिए नहीं, बल्कि रोशनी बाँटने के लिए है। लोगों के बीच एक मौन-सा उदबुध्भाव फैला रहा–देर तक कोई बोल नहीं सका। फिर एक बूढ़े शिक्षक ने घुटनों पर झुक कर अपने आँसू पोंछते हुए कहा, "यह तो चमत्कार है"–लेकिन उसकी आवाज़ में श्रद्धा और भय दोनों का मिश्रण था। एक माँ ने अपने बच्चे को छाती से चिपका लिया और बार-बार भगवान का नाम लेने लगी। कुछ युवकों ने अपने मोबाइल निकाल कर जल्दी-जल्दी रिकॉर्ड

करने की कोशिश की, पर उनकी उँगलियाँ काँप रही थीं– कोई भी इस पल को ठंडे दिमाग से लेना नहीं चाहता था; हर कोई बस जी रहा था।

आरव धीरे-धीरे खड़ा हुआ–उसका कद ऐसा नहीं रहा जैसे कोई सामान्य मनुष्य उठ रहा हो; पर उसकी चाल में अब एक स्थिरता थी जो निर्णय और दया दोनों का मेल दिखाती थी। उसकी आँखें चारों ओर पड़ी जनता पर टिकी रहीं–बच्चों की चोटी पर लगी मिट्टी, बुजुर्गों की झुर्रियाँ, महिलाओं की थकी हुई उँगलियाँ–वह हर चेहरे को एक-एक करके पढ़ रहा था, और हर पढ़ाई में कुछ करुणा आ रही थी। आवाज़ उसकी अभी भी भारी थी, पर जब उसने बोलना शुरू किया तो उसकी आवाज़ में एक गर्जन थी– नरम लेकिन आदेशात्मक, जैसे पहाड़ों की गुंज हो जो भीतर के डर को काट दे।

आरव (गर्जन भरी, दृढ़ आवाज़ में) – "आज से मैं केवल इंसान आरव नहीं... मानवता का प्रहरी हूँ। मुझे मारकर कोई सत्य को नहीं मार सकता। जिसे भगवान ने चुना है, उसे कोई शक्ति रोक नहीं सकती।"

उसके शब्द जैसे फ़िज़ा में बिजली की तरह फैल गए—कुछ लोग एकटक सुनते रहे, कुछ ने हाथ जोड़ लिए, कुछ ने आँखों में श्रद्धा भर ली। रिया के चेहरे पर सख्त निश्चय आ गया—उसकी साँसें गहरी और स्थिर थीं। उसने धीरे से कहा, "हम तुम्हारे साथ हैं," और उसकी आवाज़ में अब डर नहीं, बल्कि एक प्रतिज्ञा थी। आसपास के लोग जैसे उस प्रतिज्ञा का हिस्सा बन रहे थे—वे खड़े होकर अपने-अपने स्वर में प्रतिध्वनित हुए: "हम भी... हम भी।"

आरव ने गांव की ओर देखा—जहाँ अभी कुछ समय पहले धूल और खून बिखरा हुआ था, अब लोग अपने-अपने प्रियजनों की तरफ़ झुके हुए थे, कुछ घायल थे, कुछ बेसहारा, पर सबके चेहरों पर एक नई उम्मीद की रेखा उभर आई थी। उसने अपनी बाहें फैलाईं और जो आवाज़ निकली वह केवल शब्द नहीं थी—वह एक वादा था, एक विश्वास की शपथ। आरव को गाँव वालों के द्वारा पास के हॉस्पिटल लेके जाया जाता हैं। वहाँ उसका प्राथमिक उपचार करते हुए उसके सीने में लगी गोली को सफलता पुर्वक निकाल कर मरहम पट्टी कर दिया जाता है।

डॉक्टर बोल पड़ते हैं – " आरव आप बहुत ही भाग्यशाली हो इतनी घातक बुलेट लगने के बाद भी जीवित बच गये। आप सच में मानवता के देवदूत हो। "

यह दृश्य मानवीय जोड़-तोड़ का एक सजीव गीत था: दर्द और खुशी के बीच की लकीर, मौत और जीवन के बीच का फाके, और फिर उसी फाके से उठती हुई एक नई रोशनी। उसकी आँखों में अब ठहराव है, और पीछे परागपुर का मैदान धीरे-धीरे एक आशावादी सन्नाटा लिए खड़ा है, जैसे सबने मिलकर एक नई शुरुआत की ठान ली हो।

दृश्य 6 – दुश्मनों की हार

दिल्ली, वॉर-रूम – गहरे बंकर के अंदर, नीली और लाल LED रोशनी की हल्की चमक में बड़ा टेबल रखा है। चारों तरफ स्क्रीन लगी हैं, जिनमें परागपुर गाँव के चौक और आसपास का दृश्य लाइव दिखाई दे रहा है। बाहर, दिल्ली की गर्मी और शहर की हलचल यहां तक पहुँच नहीं पा रही। कमरे में बैठे मंत्री, उद्योगपति और ऑपरेटिव्स की

आंखों में पहले आश्वासन था, अब भय का अजीब मिश्रण। हाथ पसीने से तरबतर थे; कभी कोई चाय का कप उठाता, कभी पंखा झटकता–पर दिल की धड़कनें इतनी तेज़ थीं कि पूरा वॉर-रूम गूँजता था।

जैसे ही स्क्रीन पर दिखा–ड्रोन अचानक हवा में फट कर राख हो गए। पहले तो धुएँ की मोटी परत और आग की लपटें, फिर राख के छोटे छोटे टुकड़े चारों तरफ उड़ते हुए कैमरे में दिखे। ऑपरेटिव्स की आँखों में हड़कंप और अविश्वास दोनों थे। उनमें से एक ने धीरे से कहा – "ये... ये नहीं हो सकता... उन्होंने सब कुछ सेट किया था–लेकिन ये..."

एक दूसरा ऑपरेटिव पीछे हटते हुए बोला, हाथों से आँखों को ढकते हुए – "भागो! हम कुछ भी नहीं कर सकते... यह इंसान नहीं, कोई शक्ति है।"

वहीं मंत्री की पसीने में भीगी शक्ल अब डर से पूरी तरह बदल चुकी थी। उसकी जुबान फिसल रही थी, हाँफने की आवाज़ रूम में गूँज रही थी। उसने स्क्रीन की ओर देखा– जहाँ अब आरव अपने पूरे प्रकाश और आभा में खड़ा था,

चारों ओर से आसमान में उठती सुनहरी लहरें–और उसकी आँखों से हल्की चमक निकल रही थी।

मंत्री (पसीना पोंछते हुए, हकलाते स्वर में) – "अब... अब इसे रोकना असंभव है। अगर जनता इसे भगवान मानने लगी... हमारा अंत निश्चित है। हमारा... हमारा अस्तित्व खतरे में है।"

उद्योगपति, जो पहले ठंडा और चालाक दिखता था, अब कांपते हाथों से चश्मा संभालता हुआ बोला – "ये... ये तो असंभव है! यह इंसान नहीं... कोई दिव्य शक्ति है। यह... यह हमारे सारे प्लान, हमारी ताकत–सब खत्म कर रहा है। मैंने किसी भी आंकड़े में इसे नहीं देखा!"

वॉर-रूम में बैठे ऑपरेटिव्स एक-दूसरे को देख रहे थे– किसी ने कंप्यूटर स्क्रीन के पास झुक कर देखा, किसी ने मोबाइल हाथ में लिया; पर सभी के चेहरे पर वही भय था। उनके अंदर की योजनाएँ, जो इतने महीनों से तैयार की गई थीं, अब जैसे हवा में उड़कर राख हो गई थीं।

मंत्री ने धीरे-धीरे कुर्सी से उठते हुए दीवार के सहारे टिकते हुए कहा – "तुरंत... तुरंत हमारी रणनीति बदलनी होगी।

नहीं तो... नहीं तो यह हमारे राजनीतिक और आर्थिक साम्राज्य को मिटा देगा।"

उद्योगपति के चेहरे पर भय अब शर्म और अविश्वास में बदल गया। उसने अपने हाथों को जोड़ कर कुछ नहीं कहा–बस स्क्रीन को घूरता रहा, जहाँ आरव का दिव्य तेज़ अब हर धुएँ और धूल के कण को पार कर चमक रहा था।

कमरे में खामोशी कुछ सेकंड के लिए छा गई–सिर्फ़ हार की आहट और अपराजेय शक्ति की गूँज। कोई मुस्कुरा नहीं रहा था; कोई बोल नहीं रहा था। मंत्री की आँखों में अब हकीकत की ठंडी लौ जल रही थी–वह जान गया था कि उस इंसान या उस शक्ति को रोकना अब किसी भी साधन से संभव नहीं।

कैमरा स्क्रीन पर ज़ूम करता है–जहाँ परागपुर का मैदान, धूल और धुएँ में डूबा हुआ, लेकिन आरव खड़ा है, दिव्य आभा से चारों ओर रोशनी फैला रहा है। वॉर-रूम में मंत्री और उद्योगपति की परछाइयाँ स्क्रीन पर उभरती हैं–छोटे,

असहाय और हार मान चुके। हवा में फैली खामोशी अब डर और विस्मय की गूंज में बदल चुकी है।

दृश्य 7 – समापन

काँगड़ा, परागपुर गाँव – रात का समय, पूरा गाँव अब शांत था। हवा में हल्की ठंडक थी, पेड़ों की पत्तियाँ धीमी सरसराहट कर रही थीं। दूर-दूर से कभी-कभी रात के जीवों की आवाज़ सुनाई दे रही थी। गाँव की गलियाँ सुनसान थीं, घरों में लोग अब सो चुके थे, और चौक पर फैली धूल अब ठंडी और स्थिर लग रही थी। आरव छत पर खड़ा था। उसकी छाती अभी भी हल्की-सी तेजी से उठती-गिरती थी, पर अब डर और पीड़ा की जगह एक स्थिर शांति थी। उसके हाथ खड़े थे, हल्के थके हुए लेकिन मजबूत; आँखें ऊपर आकाश की ओर थीं, जहाँ तारे धीरे-धीरे झिलमिला रहे थे। उनकी चमक नरम थी, पर आरव की आँखों में अभी भी वही दिव्य तेज़, वही आभा थी – जैसे उसने केवल स्वयं नहीं, बल्कि पूरी दुनिया को छू लिया हो।

रिया धीरे-धीरे उसके पास आई। उसके चेहरे पर अभी भी हल्की थकान और आँसुओं की आभा थी। उसने अपने हाथों से कुछ धूल पोंछी और फिर आरव के हाथ पकड़ लिए। उसकी आवाज़ इतनी धीमी थी कि केवल हवा के झोंके में घुलती हुई प्रतीत हो रही थी, पर शब्दों का वजन भारी था।

रिया (धीरे, भावुक स्वर में) – "आज मैंने तुम्हें मरते और फिर जीते देखा। तुम्हारे हर दर्द, हर संघर्ष... मैं महसूस कर रही थी। अब तुम साधारण इंसान नहीं रहे, आरव। तुम कुछ और हो... कुछ ऐसा जो मैं समझ भी नहीं सकती।"

आरव ने रिया की ओर देखा। उसकी आँखों में वह गहराई थी जिसे शब्दों में बयाँ करना मुश्किल था। उसने हल्की मुस्कान दी, जो सिर्फ़ चेहरे की हँसी नहीं थी–वह हँसी उम्मीद, स्थिरता और प्यार की मिली-जुली छाया थी। उसकी आवाज़ शांत थी, स्थिर और भरोसेमंद।

आरव (धीरे, शांत स्वर में) – "नहीं रिया, मैं अब भी वही हूँ... साधारण इंसान। लेकिन अब यह जीवन केवल मेरा

नहीं है, पूरी मानवता का है। हर खुशी, हर दुःख... अब मैं उसका भी हिस्सा हूँ। और मैं इसे संभालूँगा।"

रिया ने उसकी आँखों में झाँका। वहाँ अब डर नहीं था–केवल दृढ़ निश्चय और एक आभा थी जो किसी साधारण इंसान में नहीं हो सकती। उसने धीरे से कहा: रिया (आँसुओं से भीगी आवाज़ में, मुस्कुराते हुए) – "तुमने दिखा दिया कि असली ताकत इंसान की हिम्मत में है, और दिल की अच्छाई में। मैं तुम्हारे साथ हूँ, हर कदम। चाहे जीवन में कितनी भी कठिनाई आए।"

आरव ने उसके हाथ को कसकर थामा। उनका स्पर्श सिर्फ़ हाथ का नहीं था–यह भरोसा, स्नेह और निश्चय की अनुभूति था। आसमान में झिलमिलाते तारों की रोशनी उनके चारों ओर फैल रही थी। पर उनकी आँखों में चमक इतनी तेज़ थी कि तारों की रोशनी फीकी पड़ गई।

आरव ने धीमे-धीमे आसमान की ओर देखा और फुसफुसाया, जैसे अपने भीतर के संकल्प को हवा में बोल रहा हो:

आरव (धीमी, स्थिर आवाज़ में) – "अब हर संघर्ष, हर चुनौती... मैं उसे स्वीकारूँगा। मैं केवल खुद के लिए नहीं, सबके लिए जिऊँगा। मानवता की रक्षा मेरी जिम्मेदारी है।"

रीया ने सिर झुका कर उसके कंधे पर अपना सिर रखा। दोनों की सांसें अब धीरे-धीरे मेल खा रही थीं। रात की ठंडी हवा उनके चेहरे को छू रही थी, पर उनके भीतर की गर्मी और शक्ति ने इसे महसूस न होने दिया। छत, गाँव, पहाड़ों की चोटियाँ और आसमान में फैले तारे। पर सबसे तेज़ चमक अब भी आरव की आँखों में है – स्थिर, अमर और दिव्य। वह रात अब केवल अंधकार का प्रतीक नहीं रही; यह उम्मीद, शक्ति और मानवता के नए अध्याय का प्रतीक बन गई थी।

अध्याय 28 : नई सुबह का जन्म

दृश्य 1 – महामारी के बाद की दिल्ली

स्थान - इंडिया गेट, नई दिल्ली।

समय - दिसंबर, 2020 की सुबह, हल्की ठंडी हवाओं के साथ।

सर्दियों की हल्की ठंडक दिल्ली की सड़कों पर अपने निशान छोड़ रही थी। महीनों के लॉकडाउन और मौन के बाद, शहर जैसे नींद से जाग रहा हो। इंडिया गेट के आसपास की सड़कें अब फिर से हलचल से भर रही थीं। कुछ लोग अपने बच्चों के हाथों में गर्म कपड़े पकड़कर पार्क की ओर बढ़ रहे थे, कुछ बुज़ुर्ग आराम से पैदल चलते हुए हल्की ठंडी हवा में साँस ले रहे थे। मुखोटों के पीछे से मुस्कानें झाँक रही थीं। कहीं-कहीं बच्चे छोटे पतंगें उड़ाने की कोशिश कर रहे थे। मंदिरों की घंटियाँ और कर्फ्यू जैसी सन्नाटा की यादों के बीच, लोग आसमान की

ओर देखकर भगवान का शुक्रिया अदा कर रहे थे। हल्की धूप ने इंडिया गेट की विशाल पत्थर की संरचना पर सुनहरे रंग बिखेर दिए थे, मानो शहर की हर चिन्ता और डर को मिटा देने वाली हो।

आरव शर्मा इंडिया गेट के एक कोने में खड़ा था। उसके हाथों में कैमरा था, लेकिन अब वह केवल तकनीक की नहीं, बल्कि भावनाओं की तस्वीर खींच रहा था। उसकी आँखें आसमान में थीं – गहरी नीली छाया और हल्की सुनहरी किरणें मिलकर एक नए दिन का स्वागत कर रही थीं। उसका चेहरा शांत था, भय और चिंता की कोई परछाई नहीं।

आरव (धीरे से, खुद से बातें करता हुआ) – "जब सबकुछ अंधकार में डूब गया था... जब हर खुशी रुक गई थी... तब भी कहीं न कहीं उम्मीद की एक छोटी सी किरण थी। शायद वही अब लौट आई है। शायद अब फिर से हम जीना सीख सकते हैं।"

उसी समय, हल्की ठंडी हवा के साथ रिया आई। उसने आरव की ओर देखा, आँखों में वही प्यार और राहत की

चमक थी जो लंबे समय से उसके दिल में थी। उसके चेहरे पर मास्क था, लेकिन उसकी आँखें पूरी कहानी कह रही थीं।

रिया (मुस्कान के साथ, पर हल्का झिझकते हुए) – "आरव... अब बस करो। लोगों ने बहुत कुछ झेला है। हमें फिर से जिंदगी को मुस्कुराना सिखाना होगा... और इसे सिर्फ़ देखना ही नहीं, जीना भी होगा।"

आरव ने रिया की ओर देखा। हवा में उसके बाल हल्के से उड़ रहे थे, और उसकी आँखों में अब केवल प्यार की गहराई थी। उसने धीरे-धीरे कहा: आरव – "तुम्हारे बिना तो मैं ये रोशनी देख ही नहीं पाता... तुम मेरी नई सुबह हो, रिया। तुम ही वो उम्मीद हो, जो अंधेरों में भी मुझे संभालती रही।"

रिया झिझकती मुस्कान के साथ उसके कंधे पर सिर रख देती है। दोनों के बीच एक क्षण के लिए समय थम सा गया। पीछे सूरज उगता है, और सुनहरी किरणें उनके चेहरे पर पड़ रही हैं। हवा में हल्की ठंडी खुशबू, ताजगी, और नई उम्मीद घुली हुई थी।

धीरे-धीरे वातावरण में संगीत उठता है–हल्की सी पियानो धुन, मानो प्रकृति खुद इन दो दिलों की राहत और नए सवेरे की खुशी को महसूस कर रही हो। इंडिया गेट के विशाल पत्थरों पर सूरज की किरणें चमक रही थीं, और दूर-दूर तक लोग नए दिन का स्वागत कर रहे थे। आरव और रिया की आँखें अब एक-दूसरे में थीं। मास्क के पीछे की मुस्कानें, ठंडी हवा की हल्की झोंक, और आसमान में उगते सूरज की रोशनी – सब मिलकर एक नई सुबह की शुरुआत का एहसास दे रहे थे।

आरव (धीरे से, दिल की गहराई से) – "आओ, रिया... आज से हम फिर से जीना शुरू करें। डर और अकेलेपन को पीछे छोड़कर। नई सुबह का स्वागत सिर्फ़ शब्दों में नहीं, बल्कि हर साँस में होगा।"

रिया (आँखों में आँसू और मुस्कान के मिश्रण के साथ) – "हाँ, आरव... हम साथ हैं। और अब हर सुबह हमारी होगी। नई, चमकदार और पूरी तरह हमारी।"

सूरज की किरणें धीरे-धीरे पूरे इंडिया गेट और आसपास की हर चीज़ को सुनहरा रंग देने लगीं। शहर अब जाग

चुका था, और आरव और रिया, इस नई सुबह के साथ, अपनी नई जिंदगी की ओर कदम बढ़ा रहे थे।

दृश्य 2 – एम्स हॉस्पिटल, दिल्ली

स्थान - एम्स हॉस्पिटल, दिल्ली।

समय - 9 फरवरी, 2021, सुबह लगभग 5:30 बजे, हल्की बारिश के साथ।

एम्स हॉस्पिटल की लंबी और सफ़ेद गलियों में अफरा-तफरी थी। नर्सें जल्दी-जल्दी मरीजों की देखभाल कर रही थीं, बेड के पहियों की टप-टप आवाज़ हर कोने में गूँज रही थी, और मॉनिटर की बीपिंग की ताल जैसे किसी अनकहे उत्साह की गूँज थी। हवा में अस्पताल की कीटाणुनाशक दवाओं की तीखी खुशबू और बारिश की ठंडी नमी मिली हुई थी।

रिया को प्रसव कक्ष में ले जाया जा चुका था। उसका चेहरा थकावट से भरा था, लेकिन मुस्कान अभी भी उसके

होंठों पर झलक रही थी। हर बार उसकी साँस कठिनाई से निकलती, तो आरव का दिल झकझोर सा जाता।

आरव बाहर हॉल में बैठा था। उसने अपनी कुर्सी के किनारे हाथ जोड़े, आँखें बंद, और बार-बार प्रार्थना कर रहा था। बारिश की हल्की बूँदें बाहर खिड़कियों पर टपक रही थीं, और मानो प्रकृति खुद इस नए जीवन के स्वागत में पवित्र हो रही हो। हर बूँद जैसे भगवान की तरफ़ से आशीर्वाद की एक झिलमिलाहट थी।

अचानक, प्रसव कक्ष से एक नन्ही, प्यारी किलकारी गूँजी। आरव की आँखें झपक गईं। हॉस्पिटल की सफ़ेद बत्तियाँ पलभर के लिए झिलमिलाईं, मानो बच्चे के आगमन की खुशी में उनके भीतर की रोशनी भी झूम उठी हो।

कुछ ही क्षणों में डॉक्टर कमरे से बाहर आए। उनके चेहरे पर हल्की मुस्कान थी, लेकिन आँखों में हैरानी और आश्चर्य भी साफ़ दिख रहा था।

डॉक्टर (धीरे, लेकिन भावुक स्वर में) – “मिस्टर आरव शर्मा... बधाई हो। आपका बेटा हुआ है। पर... ये अजीब है – जन्म के समय बिजली चली गई थी, ऑपरेशन थिएटर

में सब कुछ अंधेरे में डूबा था। और फिर... अचानक, वहाँ एक रोशनी अपने आप जल उठी।"

आरव की साँसें थोड़ी तेज़ हो गईं। उसकी आँखों में विश्वास और हैरानी दोनों झलकने लगे।

आरव (अचंभे से) – "रोशनी? कैसी रोशनी?"

डॉक्टर (धीरे से, अभी भी भावुक) – "जैसे किसी दीपक की लौ... किसी दिव्य शक्ति की तरह... आपके बेटे की आँखों से उजागर हुई हो।"

आरव का दिल धक-धक कर रहा था। उसके कदम काँप रहे थे, लेकिन वह तेजी से कक्ष की ओर दौड़ा। कमरे में घुसते ही उसने देखा कि रिया बिस्तर पर थकान और दर्द के बावजूद मुस्कुरा रही थी। उसकी आँखों में वही रोशनी थी, जिसे आरव ने बाहर महसूस किया। आरव धीरे-धीरे बच्चे को गोद में उठाता है। बच्चा आँखें खोलता है, और उसकी छोटी-सी नज़र आरव की ओर जाती है। आरव को महसूस होता है कि बच्चे की आँखों में हल्की सुनहरी चमक थी, मानो उसका अस्तित्व खुद में आशा और उजाले का प्रतीक बन गया हो।

रिया (धीरे से, आँसुओं और मुस्कान के मिश्रण के साथ) – "देखो आरव... जैसे हमारे जीवन में प्रकाश लौट आया हो। जैसे अंधेरों के बाद सूरज खुद हमारे घर आया हो।"

आरव अपनी आँखें नम होते हुए बच्चे पर टिकाता है। उसकी आवाज़ में भावुकता इतनी घुली थी कि रुक-रुक कर बोल पाता है।

आरव (धीरे, लेकिन दृढ़ता और प्यार से) – "इसका नाम होगा... आदित्य। क्योंकि ये आने वाले युग की रोशनी बनेगा। ये हमारे लिए, और दुनिया के लिए उजाला लेकर आएगा।"

रिया की आँखें भर आती हैं। उसने अपने हाथों से बच्चे को धीरे-धीरे गले लगाया। आरव भी बच्चे को अपने सीने से लगाकर उसकी नन्ही गर्म साँसें महसूस करता है।

बाहर खिड़की से सूरज की पहली किरणें कमरे में प्रवेश करती हैं। हल्की सुनहरी रोशनी बच्चे के चेहरे को छूती है, और जैसे हर छाया हटकर सिर्फ़ उजाले को जगह दे रही हो। बारिश की बूंदें अभी भी खिड़की पर चमक रही थीं,

और कमरे में हल्की नमी के साथ एक दिव्य शांतिपूर्ण माहौल बन गया।

आरव, रिया, और आदित्य – तीनों एक-दूसरे की आँखों में एक नए जीवन की उम्मीद और नई सुबह की चमक देखते हैं। हर साँस, हर स्पर्श, हर मुस्कान, और हर नज़र जैसे इस नन्हे चमत्कार को पूरी दुनिया के सामने अदृश्य रूप से मान्यता दे रही थी।

आरव धीरे-धीरे फुसफुसाता है – "आदित्य... हमारी दुनिया अब तुम्हारे उजाले के साथ पूरी हुई है। तुम्हारे आने से, हर दर्द का अर्थ बदल गया है।"

रिया उसके हाथों में हाथ डालकर मुस्कुराती है। बच्चा हल्के से रोता है और फिर अपनी छोटी-सी नन्ही मुस्कान दिखाता है। यह क्षण, यही प्यार और आशा, उनका नया जीवन और उनका नन्हा चमत्कार था।

दृश्य 3 – खुशियों की लहर

स्थान - दिल्ली, काँगड़ा और पूरे हिमाचल प्रदेश।

समय - 10 फरवरी, 2021, सुबह से शाम तक।

सुबह का उजाला दिल्ली के गलियों और होर्डिंग्स पर फैल चुका था। न्यूज़ चैनल्स पर एक ही हेडलाइन हर चैनल पर चमक रही थी – “महामारी से बचाने वाले पत्रकार आरव शर्मा के घर पुत्र रत्न का जन्म – देशभर में खुशी की लहर।”

साथ में चल रहे छोटे क्लिप में, आरव और रिया का प्रसन्न चेहरे वाला वीडियो दिखाया जा रहा था। कैमरे के सामने लोग अपने घरों की खिड़कियों और बालकनी से हाथ हिला रहे थे।

“लोग कह रहे हैं – मानवता का देवदूत लौटा है!”

यह संदेश हर सोशल मीडिया प्लेटफ़ॉर्म पर दौड़ रहा था। ट्विटर, फेसबुक और इंस्टाग्राम पर #देवदूत_का_जन्म ट्रेंड करने लगा। हर पोस्ट के साथ एक नया उत्साह जुड़ रहा था।

काँगड़ा के गरली गाँव में सुबह से ही हलचल बढ़ गई। छोटे-छोटे मंदिरों में दीपक जलाए जा रहे थे। पुराने पत्थर और लकड़ी से बने मंदिरों की दीवारों पर मोमबत्तियों की रोशनी झिलमिला रही थी। लोग हाथों में मिठाइयाँ लेकर

आ रहे थे। हर कोई आरव और रिया के बेटे आदित्य के जन्म की ख़ुशी में शामिल होना चाहता था। एक बुज़ुर्ग महिला कैमरे के सामने खड़ी थी। उसके चेहरे पर समय की लकीरें थीं, लेकिन उसकी आँखों में चमक और भावुकता साफ़ दिख रही थी।

बुज़ुर्ग महिला (धीरे, भावुक स्वर में) – "बेटा आरव ने इस देश को सबसे अंधेरी रात में उम्मीद दी थी। अब... अब उसका बेटा नई सुबह लेकर आया है। यह नन्हा जीवन... हमारी सारी पीढ़ियों के लिए उजाले की किरण है।"

काँगड़ा, धर्मशाला और आसपास के छोटे गाँवों में लोग एक-दूसरे को मिठाइयाँ बाँट रहे थे। सड़कों पर बच्चे दौड़ रहे थे, और बुज़ुर्ग हल्की मुस्कान के साथ खड़े थे। लोग आरव और रिया की तस्वीरों को फूलों, नारियल और रंग-बिरंगी झंडियों से सजाकर अपने घरों और मंदिरों में रख रहे थे। सोशल मीडिया पर वायरल हो रही तस्वीरें: रिया हाथ में बच्चे को लेकर मुस्कुरा रही थी, और आरव के चेहरे पर हल्की थकान के बावजूद गहरी संतुष्टि थी। लोग उन तस्वीरों को अपनी दीवारों पर, अपने प्रोफाइल पिक्चर में और अपने समुदाय के ग्रुप में शेयर कर रहे थे।

दिल्ली के स्थानीय बाजारों में भी हल्की धूम मची थी। मिठाइयों की दुकानों पर रौनक थी। लोग एक-दूसरे से कह रहे थे – "आदित्य ने तो सच में उम्मीद की लौ जलाई है!" "देखो, कैसे पूरे देश में खुशियाँ फैल रही हैं!"

आरव और रिया की तस्वीरें अब केवल उनके घर तक सीमित नहीं थीं। हर किसी के दिल में एक नई उम्मीद की चमक थी। जैसे कि महामारी की अंधेरी यादें भी धीरे-धीरे फीकी पड़ रही हों, और एक नई सुबह की सुनहरी किरण पूरे देश में फैल रही हो।

काँगड़ा के छोटे गाँवों की गलियों में लोग दीपक और मोमबत्तियाँ लेकर निकल रहे थे। हर मंदिर के दरवाजे पर फूलों की सजावट थी। हल्की ठंडी हवा में मोमबत्तियों की खुशबू और ताज़ा मिट्टी की गंध घुली हुई थी। लोग एक-दूसरे को गले लगाकर कह रहे थे – "ये नई सुबह, आदित्य के जन्म से आई है।" "मानवता का देवदूत फिर से हमारे बीच है।"

आरव और रिया की तस्वीरों के चारों ओर लोग फूल और रंग-बिरंगी धागे सजाते जा रहे थे। बच्चे छोटे झंडे लिए

दौड़ रहे थे, और बुज़ुर्ग हाथ जोड़कर खड़े होकर नए जीवन का स्वागत कर रहे थे। सच में, यह सिर्फ़ एक बच्चे का जन्म नहीं था। यह एक पूरे देश में खुशियों और उम्मीदों की लहर था। हर दिल में विश्वास था कि चाहे कितनी भी अंधेरी रात आई हो, नई सुबह फिर से आएगी। और इस नई सुबह की पहली किरण, छोटे आदित्य के रूप में चमक रही थी।

दृश्य 4 – साज़िश की छाया

स्थान - जिनेवा, स्विट्ज़रलैंड - एक कॉर्पोरेट मीटिंग रूम।

समय - 10 फरवरी, 2021, दोपहर का समय।

जिनेवा के हरे-भरे पहाड़ों और झील की ठंडी हवा के बीच, शहर की शांतिपूर्ण छवि के विपरीत एक ऊँची इमारत के भीतर साज़िश की हवा घुल रही थी। इस इमारत के ग्लास-फेस वाले कॉर्पोरेट मीटिंग रूम में, बड़ी गोल टेबल के चारों ओर कुछ विदेशी उद्योगपति और एजेंट बैठे थे। रूम की दीवारें काले और स्लेटी रंग की थीं, आधुनिक लाइटिंग ने कोने-कोने में हल्की परछाई डाली थी। टेबल

पर चमकदार लैपटॉप, फाइलें, और कुछ उच्च तकनीक वाले गैजेट्स पड़े थे। कमरे में बैठी हर शख्स की मुस्कान में कोई गर्माहट नहीं थी – हर चेहरे पर ठंडा, गंभीर और खतरनाक विचार साफ़ झलक रहा था। दीवार पर लगी बड़ी स्क्रीन पर भारत की न्यूज़ चैनल की लाइव ब्रॉडकास्ट चल रही थी। कैमरे में दिख रहा था – आरव शर्मा, अपनी पत्नी रिया और नन्हे आदित्य के साथ। लोग खुशियाँ मना रहे थे, सोशल मीडिया पर #देवदूत_का_जन्म ट्रेंड कर रहा था।

उद्योगपति ने स्क्रीन को घूरते हुए अपने दाँत पीसते हुए कहा – उद्योगपति (कड़वे स्वर में, चुप्पी तोड़ते हुए) – “वो आदमी... जिसे हमने महामारी के समय खत्म करने की कोशिश की थी... अब लोगों के दिलों में भगवान बन चुका है। यही वह इंसान है जिसने देश को उम्मीद दी। और अब... उसका बेटा भी।”

दूसरा एजेंट, हल्की झुकी मुद्रा में, अपनी उँगलियाँ टेबल पर थपथपा रहा था। उसकी आँखों में भय और द्वंद्व था, जैसे उसे खुद एहसास हो कि यह केवल बच्चा नहीं है, बल्कि भविष्य की एक शक्ति है।

दूसरा एजेंट (धीरे, ठंडी आवाज़ में) – "और उसका बेटा... ये तो एक और प्रतीक बन जाएगा। हम इसे जड़ से मिटाना होगा। अब विलंब नहीं किया जा सकता।"

तीसरा व्यक्ति, जो इस समूह में सबसे अनुभवी लग रहा था, गंभीर स्वर में बोला। उसके चेहरे पर वर्षों की साज़िश और अनुभव की कठोरता झलक रही थी।

तीसरा व्यक्ति (गहरी सोच के साथ) – "कहा जाता है कि यही परिवार है जिसने हिमालय की गुफाओं में 'शांगरी-ला' का रहस्य छुआ था। अगर वो ज्ञान और शक्ति दुनिया तक पहुँच गया, तो हमारे साम्राज्य... सब कुछ... खतरे में पड़ जाएगा। हमे इसे रोकना ही होगा।"

कुछ क्षणों के लिए पूरे कमरे में सन्नाटा छा गया। सिर्फ़ होठों की हल्की हिलाहट और लैपटॉप की टाइपिंग की आवाज़ें ही सुनाई दे रही थीं। हर कोई सोच रहा था कि इस छोटे बच्चे और उसके परिवार की खुशी कितनी बड़ी चुनौती बन गई थी।

फिर अचानक, लीडर ने गंभीर और ठंडी आवाज़ में आदेश दिया।

लीडर (दृढ़, कम शब्दों में) – "ऑपरेशन 'ब्लैक डॉन' शुरू करो।"

कमरे में तुरंत हलचल मच गई। एजेंट और उद्योगपति अपने लैपटॉप और गैजेट्स की ओर बढ़े। हर किसी की आँखों में अब कोई संवेदना नहीं थी – सिर्फ़ उद्देश्य और साज़िश की ठंडी धार थी।

बाहर, जिनेवा की झील पर सूरज हल्की धूप छोड़ रहा था, और शहर की सड़कों पर लोग सामान्य जीवन जी रहे थे। लेकिन इस मीटिंग रूम में, दुनिया की छवि के बिल्कुल विपरीत, अंधेरे की योजना चल रही थी। एक बच्चे की मुस्कान और नए जीवन की उम्मीद अब खतरे में थी। तीनों उद्योगपति और एजेंटों के चेहरे पर ठंडी मुस्कान थी, और उनके हाथों में एक अनकही खतरनाक शक्ति की झलक। जैसे ही आदेश का पालन शुरू हुआ, कमरे में लैपटॉप स्क्रीन पर भारत के लाइव फुटेज को और करीब से मॉनिटर किया गया। यह क्षण, आरव और आदित्य के लिए आने वाले संघर्ष का पहले सन्नाटा और पहले इशारा था – एक छोटी-सी खुशियों की दुनिया, अब साज़िश की छाया में डूबने वाली थी।

दृश्य 5 – संकल्प

स्थान - काँगड़ा, आरव का घर।

समय - रात, लगभग 11 बजे, हल्की ठंडी हवा के साथ।

काँगड़ा की रात अब पूरी तरह शांत हो चुकी थी। हल्की ठंडी हवा खिड़कियों के दरवाजों से कमरे में प्रवेश कर रही थी। बाहर हल्की दूर-दूर तक बत्ती जली हुई थी, लेकिन शहर का शोर अब फीका पड़ चुका था। आरव खिड़की के पास खड़ा था। उसकी आँखें आसमान की ओर थीं। चाँद की ठंडी चाँदनी कमरे में धीरे-धीरे फैल रही थी, और दीवारों पर हल्की परछाईयाँ उभर रही थीं। उसके चेहरे पर अब डर या चिंता की कोई झलक नहीं थी – सिर्फ़ गहरी स्थिरता और संकल्प की चमक थी।

पीछे रिया धीरे-धीरे आदित्य को पालने में लगी हुई थी। बच्चे की हल्की साँसें कमरे में एक मीठी लय बना रही थीं। आदित्य की छोटी-सी मुस्कान, मानो जैसे उसकी आँखों से ही किसी दिव्य ऊर्जा का प्रकाश फैल रहा हो।

आरव ने गहरी साँस ली और धीरे से खुद से, या शायद किसी उच्च शक्ति से, बातें करना शुरू किया : आरव (धीरे, गंभीर और भावुक स्वर में) – "प्रभु... आपने मुझे शांगरी-ला तक पहुँचाया। वहाँ मैंने अंधकार और भय को देखा... और अब... आपने मुझे एक नई जिम्मेदारी दी है। अगर फिर कभी अंधकार आया, मैं उसे मिटाकर रहूँगा। मैं उस रोशनी का प्रहरी बनूँगा... इस जीवन और भविष्य की रक्षा के लिए।"

रिया अब उसके पास आई, उसके हाथ पर हल्के से हाथ रख दिया। उसकी आँखों में आँसू और मुस्कान का संगम था। उसका दिल भी आरव के संकल्प से झूल रहा था।

रिया (धीरे, लेकिन दृढ़ता से) – "हम इस रोशनी को बुझने नहीं देंगे। आदित्य सिर्फ हमारा बेटा नहीं है... वो आने वाले समय की आशा है। ये छोटे हाथ, ये नन्ही मुस्कान... हमारे जीवन की सबसे बड़ी जिम्मेदारी हैं। हमें इसे बचाना ही होगा।"

आरव ने धीरे से रिया की ओर देखा। उनके हाथ आपस में जुड़े हुए थे, और कमरे में हल्की ठंडी हवा उनके बीच

की गर्माहट को और महसूस करा रही थी। फिर दोनों की नजरें आदित्य की ओर गईं। बच्चा अपनी नन्ही-सी मुस्कान के साथ पल भर के लिए अपनी छोटी हथेलियों को हल्का हिलाता है। मानो जैसे वह भी जानता हो कि उसके चारों ओर एक नई ऊर्जा और उम्मीद फैल चुकी है। कमरे में चाँद की रोशनी उसके चेहरे पर पड़ रही थी, और उसके छोटे-छोटे बाल हल्की हवा में हिल रहे थे। खिड़की के बाहर, काँगड़ा की रात की चाँदनी बिखरी हुई थी। दूर हिमालय की बर्फ़ीली चोटियाँ चाँदनी में चमक रही थीं। आकाश में एक-एक तारा उभर रहा था, और पहली सुबह की उम्मीद की झलक साफ़ दिख रही थी।

आरव और रिया, दोनों एक साथ खड़े, बच्चे की ओर देखते हुए, दिल और आँखों में अडिग संकल्प लिए थे। यह क्षण केवल एक पारिवारिक मिलन का नहीं था – यह भविष्य की रक्षा, रोशनी का प्रहरी बनने और मानवता के लिए नए संकल्प का प्रतीक था।

आरव ने अपने हाथों से आदित्य को हल्का सहलाया और धीरे से फुसफुसाया: आरव (धीरे, आत्मविश्वास और प्यार से) – “तुम्हारी मुस्कान हमारी दुनिया की सबसे बड़ी

ताकत है... और मैं इसे किसी भी कीमत पर बचाऊँगा। ये रोशनी कभी बुझने नहीं पाएगी।"

रिया ने उसकी बाँहों में सिर रखकर धीरे से कहा: रिया – "और हम साथ हैं, आरव... हमेशा।"

बाहर चाँदनी में हिमालय की चोटियाँ दमक रही थीं। शहर की हल्की बत्तियाँ चमक रही थीं। कमरे में सिर्फ़ तीन जीवन – आरव, रिया और आदित्य – और उनके बीच बसी उम्मीद और रोशनी की गूंज थी। यह रात, यह चाँद, और यह संकल्प – नई सुबह का संकेत थे।

अध्याय 29 : मानवता का देवदूत

दृश्य 1 - WHO का निमंत्रण और घर का माहौल

स्थान: काँगड़ा, आरव शर्मा का घर।

समय: मार्च 2021, दोपहर।

सर्दी की हल्की धूप आँगन में धीरे-धीरे फैल रही थी। सूरज की सुनहरी किरणें जैसे घर में जीवन की हल्की मुस्कान बिखेर रही हों। छत पर रखे तुलसी के पौधे की पत्तियाँ धूप में चमक रही थीं, और उनका हर हल्का कंपन मानो कह रहा हो - "आज कुछ खास होने वाला है।"

रिया आँगन में अपने बेटे आदित्य को गोद में लिए बैठी थी। आदित्य अपनी छोटी-छोटी उंगलियों से उसकी अंगुलियों को पकड़कर हँस रहा था। उसकी खिलखिलाहट जैसे घर के हर कोने में गूँज रही थी। फर्श पर बिखरी हल्की धूप के पैटर्न के बीच उसका छोटा पैर खेल-खेल में उछलता। रिया का चेहरा उसके हँसी के साथ खिल उठा, आँखों में उस प्रेम की झलक जो एक माँ के दिल में छुपा

होता है। आरव पास ही, लिविंग रूम के कोने में खड़ा, कैमरे के ट्राइपॉड को ठीक कर रहा था। उसका माथा हल्का फड़फड़ा रहा था, लेकिन चेहरे पर ध्यान की गंभीरता थी। हाथ में उसके मोबाइल पर WHO की ईमेल खोली हुई थी। हर बार जैसे उसकी सांसों में भी उत्सुकता की हल्की हलचल थी।

इतने में दरवाज़े की घंटी बजी। आवाज़ इतनी अचानक आई कि आदित्य की छोटी आँखें फैल गईं। रिया ने बच्चे को गोद में कसते हुए कहा, – "आरव, कौन आया होगा?"

आरव ने दरवाज़ा खोला। बाहर डाकिया नीली वर्दी में खड़ा था, हाथ में नीला लिफाफ़ा। उसकी आँखों में हल्की मुस्कान थी, मानो वह जानता हो कि ये सिर्फ़ एक डाक नहीं, कोई खुशखबरी है।

डाकिया (मुस्कुराते हुए) – "सर, विदेश से आया है। WHO का निशान है इस पर।"

आरव ने साँस लिया। हाथ हल्के काँप रहे थे।

आरव (धीरे से, खुद से) – "WHO... विश्व स्वास्थ्य संगठन?"

उसने लिफाफा धीरे से खोला। कागज़ पर सुनहरी मुहर चमक रही थी। जैसे धूप की किरण उस पर सीधे पड़ रही हो। आरव की आँखों में चमक दौड़ गई, दिल तेज़ी से धड़कने लगा।

आरव (धीरे से पढ़ते हुए) – "Mr. Aarav Sharma is invited to Geneva, Switzerland on 7th April 2021, to be honored for his humanitarian contribution during the pandemic."

रिया ने काँपते हाथों से लिफाफा पकड़ा। उसकी आँखें भर आईं। हृदय में एक ऐसी भावना उठी, जिसे शब्दों में बयाँ करना मुश्किल था।

रिया (आँसू भरी आँखों से, गर्व के साथ) – "अब पूरी दुनिया जानेगी कि मैंने किस पर विश्वास किया था... मैं गर्व करती हूँ तुम पर, आरव।" आरव ने उसे देखा। उसकी आँखों में नम्रता और हल्की मुस्कान थी। उसने रिया का हाथ पकड़ते हुए कहा, आरव (धीरे से, स्नेहपूर्ण स्वर में)

– “रिया... यह सम्मान मेरा नहीं है। यह उस विश्वास का है जो तुम्हारे प्रेम, लोगों की प्रार्थनाओं और ईश्वर की कृपा से बना है। मैं तो बस एक माध्यम हूँ।”

आदित्य अपनी नन्हीं उंगलियों से आरव की ठुड्डी को छूता है और खिलखिलाकर हँस पड़ता है। उसकी हँसी मानो यह कह रही हो - “देखो, पापा ने वो कर दिखाया जो हम सपने में भी सोचते थे।”

रिया ने बच्चे को और मजबूती से गोद में लगाया। आरव ने धीरे से लिफाफ़ा पास रखा, और अपने कमरे की खिड़की से बाहर देखता रहा। धूप की किरणें उसके चेहरे पर पड़ रही थीं, और उस क्षण में समय थम सा गया। सभी मौन में ही खुशी की चुप्पी थी। जैसे घर की हर चीज़ - हवाएँ, धूप, तुलसी का पौधा, आदित्य की हँसी - सब इस पल को अपना सम्मान दे रहे हों। आरव ने गहरी साँस ली। मन में हल्की-सी घबराहट थी, लेकिन उसके चेहरे पर संतोष और शांति की झलक थी। यह वह पल था, जब इंसानियत का सम्मान सिर्फ़ एक व्यक्ति तक सीमित नहीं रहा, बल्कि उसके घर, परिवार और विश्वास की ऊर्जा में समा गया।

दृश्य 2 - जिनेवा में WHO का सम्मान समारोह

स्थान - Geneva, Switzerland.

समय : 7 अप्रैल 2021, World Health Day.

WHO मुख्यालय के विशाल हॉल में 194 देशों के झंडे लहरा रहे थे। हर चेहरा गर्व से दमक रहा था। मंच के पीछे नीला पर्दा – "World Health Day - Celebrating Humanity" लिखा हुआ। WHO के महानिदेशक टेड्रोस अधनोम घेब्रेयसस मंच पर आए। पूरा हॉल शांत था। उनकी आवाज़ गूँजी– टेड्रोस – "Today, the world bows to a son of India – Aarav Sharma. When fear ruled the world, he became the voice of courage. When death spread darkness, he became the light of hope. Let's welcome... The Messenger of Humanity."

पूरा हॉल तालियों की गड़गड़ाहट से गूँज उठा। आरव मंच पर पहुँचा – भारतीय पारंपरिक कुर्ते-पायजामे और शॉल में, चेहरे पर वही सादगी और विनम्रता।

उसने झुककर प्रणाम किया, और हाथ जोड़कर कहा–

आरव (स्पीच) – "मेरे प्यारे भाइयों और बहनों... जब महामारी आई, हमने जाना कि विज्ञान भी तब तक अधूरा है, जब तक उसके साथ विश्वास और प्रेम न जुड़ा हो। मैंने देखा – इंसान के भीतर ही एक दिव्य शक्ति छिपी है। अगर हम डर को छोड़ दें और करुणा को अपनाएँ, तो हर महामारी, हर संकट छोटा पड़ जाएगा। यह जीत किसी एक व्यक्ति की नहीं – यह मानवता की जीत है।"

तालियाँ फिर से गूँज उठीं। कई देशों के प्रतिनिधि खड़े होकर झुक गए। कई वैज्ञानिकों की आँखों में आँसू थे।

टेड्रोस – "Mr. Aarav, today the world salutes you... as the Messenger of Humanity – मानवता का देवदूत।"

आरव ने शॉल और स्वर्ण-पदक ग्रहण किया, फिर मंच से उतरते हुए एक क्षण आसमान की ओर देखा। मानो शांगरी-ला के अदृश्य साधु को धन्यवाद दे रहा हो।

दृश्य 3 - रहस्यमयी साधु का संकेत

स्थान: इंदिरा गांधी अंतर्राष्ट्रीय हवाई अड्डा, नई दिल्ली।

समय: 9 अप्रैल, 2021, दोपहर 3:45 बजे।

हवाई अड्डे के टर्मिनल-3 का माहौल किसी उत्सव जैसा था। लोगों की भीड़, स्वागत बैनर, कैमरों की लगातार चमकती फ्लैश, और "जय भारत" के नारे पूरे परिसर में गूँज रहे थे। पिछले दिन आरव को विज्ञान भवन में सम्मानित किया गया था – आज वह जिनेवा से लौट रहा था, और भारत उसे "मानवता का देवदूत" कहकर स्वागत करने आया था। एयरपोर्ट के बाहर एक बड़ा बैनर लगा था – "वेलकम होम, द हीरो ऑफ ह्यूमैनिटी - श्री आरव शर्मा" भीड़ में हर चेहरा चमक रहा था – कोई फूलों की माला लिए खड़ा था, कोई मोबाइल से लाइव कर रहा था,

कोई बस उसकी एक झलक पाने को बेसब्र। सुरक्षा कर्मियों के सीटी बजाने की आवाज़ें, बच्चों की खुशी की चीखें, और रिपोर्टरों के माइक हवा में लहरा रहे थे। फ्लाइट के दरवाज़े खुलते ही, आरव धीरे-धीरे बाहर आया। सफेद कुर्ता-पायजामा, हल्की थकान के बावजूद चेहरे पर शांति की लकीरें। उसकी आँखों में संतोष था – जैसे किसी लंबी यात्रा का अंत हुआ हो।

भीड़ ने तालियों और नारों से उसका स्वागत किया – "मानवता का देवदूत ज़िंदाबाद!" "भारत माता की जय!" आरव ने विनम्रता से हाथ जोड़े, मुस्कुराते हुए सभी को प्रणाम किया।

मालाएँ उसके गले में पड़ी जा रही थीं, कैमरे लगातार चमक रहे थे, और हर सेकंड कोई न कोई उसका नाम पुकार रहा था। लेकिन तभी... उसकी नज़र भीड़ के पार, टर्मिनल के एक साइड गेट पर पड़ी। वहाँ – एक वृद्ध साधु खड़ा था। लंबा केसरिया चोगा, सफेद दाढ़ी, और माथे पर हल्का भस्म का टीका। वह साधु न किसी के स्वागत में था, न किसी भीड़ का हिस्सा। बस शांत... स्थिर... जैसे किसी अदृश्य लोक से आया हो। आरव की

सांस थम गई। उसके आसपास की सारी आवाज़ें – तालियाँ, फ्लैश, शोर – अचानक दूर चली गईं। मानो किसी ने समय का बटन रोक दिया हो। साधु ने उसकी ओर देखा। उन आँखों में ऐसी गहराई थी कि आरव को लगा जैसे वह भीतर उतर रहा हो – अपने ही हृदय में। और तभी... आरव के मन में एक गंभीर, गूंजती हुई आवाज़ उठी – लेकिन साधु के होंठ हिले नहीं।

साधु (मन की वाणी) – "पुत्र... तुम्हारा पहला कार्य पूर्ण हुआ। पर असली युद्ध अभी बाकी है। महामारी तो बस आरंभ थी... अब जो आने वाला है, वह सम्पूर्ण मानव सभ्यता की परीक्षा होगा।"

आरव का दिल तेज़ी से धड़कने लगा। उसकी हथेलियाँ पसीने से भीग गईं। उसने चारों ओर देखा – कोई और उस आवाज़ को नहीं सुन रहा था। भीड़ अब भी नारे लगा रही थी, लेकिन उसके कानों में बस वही स्वर गूँज रहा था – गंभीर, रहस्यमयी, और अडिग।

आरव (धीरे से, खुद से बुदबुदाते हुए) – "कौन हैं आप...? और क्या कहना चाहते हैं...?"

वह भीड़ को चीरते हुए साधु की ओर बढ़ा। हर कदम के साथ उसका दिल कह रहा था – "ये वही हैं... वही जिन्होंने मेरे जीवन की दिशा बदली थी।"

पर जैसे ही वह वहाँ पहुँचा – वह स्थान खाली था। सिर्फ़ एक केसरिया कपड़े का कोना हवा में उड़ता दिखाई दिया – और फिर वो भी अदृश्य हो गया। आरव चारों ओर देखने लगा। लोग अब भी उसी तरह उसके नाम के नारे लगा रहे थे। कैमरों की फ्लैश उसके चेहरे पर पड़ रही थी, लेकिन उसके चेहरे पर अब मुस्कान नहीं थी – बस गहरी चिंता और रहस्य का भाव। उसने आसमान की ओर देखा। काले बादलों के बीच से हल्की बिजली चमकी। बारिश की पहली बूंद उसके गाल पर गिरी – जैसे किसी अदृश्य संदेश की मुहर।

आरव ने मन ही मन कहा – "अगर ये संकेत है... तो मुझे इसे समझना ही होगा। शायद मानवता की परीक्षा अभी खत्म नहीं हुई।" और तभी, भीड़ में आदित्य और रिया के चेहरों की झलक दिखाई दी – रिया मुस्कुरा रही थी, लेकिन आरव के दिल में एक बेचैनी उठी। उसने बच्चे को कसकर गले लगाया – मानो उसे किसी अनजाने खतरे से

बचाने की शपथ ले रहा हो। चारों ओर अब फिर से शोर उठ चुका था – लोग “जय आरव!” के नारे लगा रहे थे। लेकिन आरव की आँखें अब भी उस दिशा में थीं, जहाँ वो साधु खड़ा था। वहाँ अब बस खाली हवा थी... पर उसके भीतर, साधु की आवाज़ अब भी गूंज रही थी। – “अब जो आने वाला है, वह सम्पूर्ण मानव सभ्यता की परीक्षा होगा...”

कैमरों की चमक में, उस पल आरव का चेहरा एक साधारण इंसान का नहीं, बल्कि एक चेतावनी देने वाले दूत का लग रहा था। जैसे मानवता का दूसरा अध्याय – अब शुरू होने जा रहा था।

दृश्य 4 – भारत सरकार का सम्मान

स्थान: नई दिल्ली, विज्ञान भवन।

समय: 15 अगस्त 2021, सुबह।

नई दिल्ली की सुबह में हल्की ठंडी हवा बह रही थी। आसमान में सूरज की रोशनी धीरे-धीरे चारों ओर फैल रही थी, और विज्ञान भवन के विशाल प्रांगण में भारत का

तिरंगा गर्व से लहरा रहा था। धूप की किरणें चमकती थीं, मानो पूरे भारत की उम्मीद और ऊर्जा को प्रतिबिंबित कर रही हों। हॉल में जगह इतनी भीड़ थी कि तिल रखने की जगह तक नहीं थी। हर सीट पर बैठे लोग, हर गलियारे में खड़े दर्शक, सब उत्सुकता और सम्मान की एक अनकही धुन में लिपटे थे। बच्चों की हल्की फुसफुसाहट, मोबाइल कैमरों की चमक, और हर किसी के चेहरे पर गर्व की झलक मिल रही थी।

मंच पर प्रधानमंत्री का प्रवेश हुआ। उनकी उपस्थिति के साथ ही हॉल में शांति का संयोग कुछ पल के लिए छा गया। फिर उन्होंने माइक पर आवाज़ उठाई–गूंज इतनी स्पष्ट थी कि हर दिल में यह भाव उतर गया।

प्रधानमंत्री (गंभीर और गर्व से) – "आज हम उस सपूत का सम्मान कर रहे हैं जिसने न केवल भारत बल्कि पूरी दुनिया को महामारी के अंधकार से बाहर निकाला। श्री आरव शर्मा – आपने विज्ञान, आध्यात्म और प्रेम को एक सूत्र में बाँधकर मानवता को नई दिशा दी है। आप भारत की शान हैं।"

हॉल में बैठे लोगों ने एक साथ जोरदार तालियाँ बजाईं। "भारत माता की जय!" के नारे गूँज उठे, जैसे पूरे भवन में गर्व और सम्मान का महासमुद्र उठ खड़ा हुआ हो। भीड़ में रिया अपनी गोद में आदित्य को पकड़े बैठी थी। आदित्य अपने छोटे हाथों से रिया की उँगलियों को पकड़ रहा था, और उसकी आंखों में नन्हीं जिज्ञासा के साथ-साथ उसकी माँ की खुशी का प्रतिबिंब था। रिया की आँखें आँसुओं से भीगी थीं। वह लगातार आरव की ओर देख रही थी, उसके हृदय में गर्व और स्नेह की भावनाएँ उमड़ रही थीं। आरव की माँ पिछली पंक्ति में खड़ी थीं। उनका चेहरा भावविभोर था, हाथ जोड़े, आँखों में आँसू और हृदय में संतोष की भावना। उन्होंने धीरे-धीरे अपने बेटे को देखा–वह अब सिर्फ़ उनका बेटा नहीं, बल्कि पूरे देश का गर्व बन चुका था।

आरव ने मंच की ओर कदम बढ़ाए। उसके हृदय में हल्की धड़कन थी, लेकिन चेहरे पर संतुलित आत्मविश्वास और विनम्रता थी। उसने मंच पर पहुँचकर सम्मान ग्रहण किया। सम्मान का पल ऐसा था मानो समय थम गया

हो, और हर आवाज़, हर चेहरा केवल उसे देखने के लिए उपस्थित था।

आरव ने हाथ जोड़कर कहा– आरव (धीरे से, लेकिन स्पष्ट और भावपूर्ण स्वर में) – "भारत ही वो भूमि है जहाँ इंसानियत पूजा जाती है। आज जो कुछ भी हूँ, वो इस मिट्टी का आशीर्वाद है। यह सम्मान केवल मेरे लिए नहीं, बल्कि हर उस व्यक्ति के लिए है जिसने प्रेम, समर्पण और सेवा की भावना से काम किया।"

तालियाँ फिर से गूँज उठीं। हॉल में बैठे लोग खड़े होकर तालियाँ बजा रहे थे। कई लोग आँखें पोंछते हुए भावविभोर हो गए थे। बच्चों के चेहरे भी गर्व और उत्सुकता से चमक रहे थे। रिया ने आदित्य को गोद से धीरे-से उतारा और उसके सिर पर हाथ फेरते हुए मुस्कुराई। आदित्य अपनी छोटी आँखों से आरव को देख रहा था, मानो यह पल वह जीवनभर याद रखेगा।

आरव ने एक नजर पीछे अपनी माँ और रिया की ओर डाली। उसके चेहरे पर हल्की मुस्कान और नम्रता का संगम था। उसकी आत्मा को यह एहसास हो रहा था कि

यह केवल उसका सम्मान नहीं है—यह पूरी मानवता का सम्मान है।

हॉल में हर सांस, हर धड़कन, हर तालियाँ मानो इस बात की गवाही दे रही हों कि मानवता का देवदूत न केवल सम्मानित हुआ है, बल्कि लोगों के हृदयों में अमिट छाप छोड़ गया है।

दृश्य 5 - परिवार के साथ निजी पल

स्थान: दिल्ली, आरव शर्मा का फ्लैट।

समय: 15 अगस्त 2021 की रात – हल्की बारिश के बाद का सन्नाटा।

रात के लगभग दस बज रहे थे। की सड़कों पर हल्की बारिश की बूंदें अब भी चमक रही थीं। गीली सड़क पर स्ट्रीट लाइट की रोशनी पड़ते ही पानी की पतली परतें छोटे-छोटे सोने जैसे धब्बों में बदल जाती थीं। हवा में मिट्टी की भीनी खुशबू थी, जैसे धरती खुद सांस ले रही हो। काली आसमान में हल्के बादल तैर रहे थे। बीच-बीच

में बिजली दूर कहीं चमकती थी, लेकिन अब गरज नहीं थी–बस एक शांत, नर्म ठंडक भरी रात।

आरव की कार धीरे-धीरे उनके घर की गली में मुड़ी। अंदर शांति पसरी हुई थी। आदित्य रिया की गोद में सो रहा था, उसका सिर रिया के सीने से लगा हुआ, बाल हल्के गीले, साँसें धीमी और कोमल। रिया उसकी उँगलियों को धीरे-धीरे सहला रही थी, जैसे कोई माँ अपनी थकान को अपने बच्चे की नींद में समेट लेती है। आरव ड्राइव कर रहा था। उसकी आँखें आगे थीं, लेकिन मन उस मंच की तालियों में खोया हुआ था जो अब भी उसके भीतर गूँज रही थीं। हर तालियाँ अब उसके लिए नहीं, बल्कि उस मिशन की याद दिला रही थीं जिसके लिए वह जिया था। घर पहुँचकर आरव ने धीरे से दरवाज़ा खोला। रात की हवा घर के भीतर घुस आई – ताज़गी और शांति से भरी हुई। रिया ने आदित्य को धीरे से बिस्तर पर सुलाया। बच्चे के चेहरे पर मुस्कान थी, जैसे कोई सपना देख रहा हो जिसमें पिता फिर से मंच पर खड़ा है। कुछ क्षण बाद आरव और रिया बालकनी में आ खड़े हुए। हवा में ठंडक थी, और छत पर रखे पौधों की पत्तियाँ हवा के झोंकों में

झूम रही थीं। बारिश की बूंदें रेलिंग से नीचे टपक रही थीं। सामने आसमान में तारों का मेला सजा था, और बीच में चाँद पूरी शांति से दमक रहा था। आरव बालकनी की रेलिंग पर झुककर आसमान देखने लगा। उसके चेहरे पर चाँद की हल्की सफेद रोशनी पड़ रही थी, जिससे उसकी आँखों में एक आत्मिक चमक झिलमिला उठी। वह कुछ देर मौन रहा, जैसे खुद से बातें कर रहा हो।

रिया पास आई। उसके बालों से अब भी बारिश की हल्की नमी टपक रही थी। उसने धीरे से कहा – रिया (धीरे स्वर में) – " आज जो देखा, वो किसी सपने से कम नहीं था... जब तुम्हें मंच पर देखा, लोगों की तालियाँ सुनीं – लगा जैसे भगवान ने हमारी हर प्रार्थना सुन ली हो। तुम्हें देखकर गर्व होता है, आरव।"

आरव ने उसकी ओर देखा, मुस्कुराया, और उसका हाथ अपने हाथों में लिया। उसकी उँगलियाँ ठंडी थीं, लेकिन स्पर्श में अपार गर्माहट थी।

आरव (धीरे से, आत्मविश्वास और करुणा भरे स्वर में) – "रिया... यह अंत नहीं है। आज जो सम्मान मिला, वह

सिर्फ़ एक शुरुआत है। अब असली यात्रा शुरू हुई है। जब तक इस धरती पर कोई भी व्यक्ति पीड़ा में है, जब तक किसी के घर में आँसू हैं – हमें रुकना नहीं है। ये सम्मान नहीं... जिम्मेदारी है।"

रिया ने हल्की मुस्कान के साथ उसकी आँखों में देखा। उसकी पलकें थोड़ी झुकीं, और उस पल में उसने महसूस किया – यह वही आरव है जिसे उसने कभी सिर्फ़ एक साधारण इंसान समझा था, लेकिन आज उसमें एक प्रकाश देखने लगी थी – मानवता का। दोनों कुछ पल मौन रहे। हवा में दूर कहीं से किसी मंदिर की घंटी बजने की आवाज़ आई। आसमान में चाँद धीरे-धीरे बादलों के पीछे सरक गया। पीछे कमरे से आदित्य की हल्की-सी आवाज़ आई। वह नींद में मुस्कुराया – होंठों पर एक छोटी-सी हँसी थी।

रिया और आरव ने पलटकर देखा। रिया मुस्कुराई, और बोली – "देखो, इसे भी शायद आज का दिन याद रह गया है।"

आरव ने धीरे से कहा – "शायद ये ही आने वाले समय का संकेत है।"

हवा में हल्की ठंडक और शांति घुल गई। बालकनी से नीचे दिल्ली की लाइटें झिलमिला रही थीं – जैसे धरती खुद तारों का प्रतिबिंब बन गई हो। उस रात न आरव को नींद आई, न रिया को। दोनों बस साथ बैठे रहे – बिना कुछ बोले – लेकिन भीतर से सब कह चुके थे। मानो दो आत्माएँ एक ही संकल्प में बंध चुकी थीं – सेवा, प्रेम और मानवता की यात्रा अनंत है... और यह बस शुरुआत थी।

दृश्य 6 - क्लिफहैंगर (Suspenseful End)

स्थान - दिल्ली इंटरनेशनल एयरपोर्ट से साउथ दिल्ली की ओर जाती सड़क, रात का समय।

बारिश की महीन बूँदें विंडशील्ड पर गिर रही थीं। स्ट्रीट लाइट की पीली रोशनी उन पर चमक रही थी, मानो कोई पुराना सपना फिर से धुंधला होकर लौट आया हो। कार

की खिड़की के शीशे पर पानी की धारियाँ बहती जा रही थीं – जैसे समय खुद पिघलकर बह रहा हो। आरव पिछली सीट पर बैठा था। चेहरे पर हल्की थकान, लेकिन आँखों में एक अजीब बेचैनी थी – जैसे उसके भीतर कोई अधूरी बात अभी तक गूंज रही हो। रिया ने उसकी हथेली को धीरे से थामा। उसका हाथ ठंडा था, मानो बर्फ छू ली हो।

रिया (धीरे, चिंता भरे स्वर में) – "क्या हुआ आरव? तुम इतने चुप क्यों हो? सब ठीक तो है न?"

आरव ने खिड़की के बाहर देखा – काले बादलों के बीच अचानक बिजली कौंधी। उस एक पल की रोशनी में उसने आसमान में वही साधु का चेहरा देखा – गंभीर, शांत, और रहस्यमयी। दिल की धड़कन तेज हो गई।

आरव (धीरे, गहरी साँस लेकर) – "रिया... शायद ये कहानी यहीं खत्म नहीं हुई है। मुझे लगता है... कुछ बड़ा आने वाला है।"

रिया ने उसकी ओर देखा – उसके चेहरे पर डर और जिज्ञासा दोनों थे।

रिया (धीरे से) – "तुम फिर वही साधु की बात कर रहे हो?"

आरव (धीरे सिर हिलाते हुए) – "हाँ... उसने कहा था कि महामारी तो बस शुरुआत थी। अब जो आने वाला है... वह पूरी सभ्यता की परीक्षा होगी।"

कार के पीछे की सीट पर आदित्य सो रहा था – उसके मासूम चेहरे पर मुस्कुराहट थी। वह नींद में बुदबुदाया, बहुत हल्के स्वर में – "शांगरी-ला..."

रिया चौंक गई। उसने बेटे की ओर देखा, फिर आरव की आँखों में – दोनों एक पल के लिए निःशब्द रह गए। कार के अंदर सन्नाटा छा गया, सिर्फ वाइपर की लयबद्ध आवाज़ गूंज रही थी। बारिश अब तेज़ हो चुकी थी। गाड़ी सड़क पर आगे बढ़ती जा रही थी, और हर चमकती बिजली के साथ आरव के भीतर वही शब्द गूंज रहे थे – "असली युद्ध अभी बाकी है..."

कुछ सप्ताह बाद – टीवी पर न्यूज़ फ्लैश हो रहा था: " आरव शर्मा को WHO और भारत सरकार की ओर से 'मानवता का देवदूत' सम्मान से नवाज़ा गया।"

रिया की आँखों में गर्व था, पर दिल के किसी कोने में अजीब-सी दहशत भी थी। वह आरव की ओर देखती है – जो बालकनी से आसमान की ओर निहार रहा है, जहाँ बादलों के बीच बिजली फिर चमकी... मानो आने वाले तूफ़ान का संकेत दे रही हो।

आरव धीरे से बुदबुदाया – "कहानी खत्म नहीं हुई, रिया... यह तो बस शुरुआत है।"

कैमरा धीरे-धीरे पीछे जाता है। बारिश में धुंधली सड़क, आसमान में चमकती बिजली – और दूर कहीं वही साधु की परछाई... जो मुस्कुराकर गायब हो जाती है।

स्क्रीन पर उभरता है – " आगे जारी रहेगा भाग 2 मे"

"TO BE CONTINUED..."

अंतिम शब्द

हर अंत एक नई शुरुआत है। अगर इस कहानी में आपको अपनी छाया दिखी – तो समझिए, 'शांगरी-ला' अब आपके भीतर है।

– महेश दास महंत

www.ingramcontent.com/pod-product-compliance
Lightning Source LLC
LaVergne TN
LVHW090208051026
849517LV00001B/6
* 9 7 9 8 2 3 3 3 5 1 0 6 8 *